吕双伟，1977年生，湖南湘阴人。湖南师范大学文学院教授，博士生导师，中文系主任，获湖南省文学研究中心主任，主要从事骈散研究。2006年博士毕业于南京大学文学院，同年8月进入湖南师范大学文学院工作至今。2013年入选教育部"新世纪优秀人才支持计划"，在北京大学做博士后研究。独立在《文学评论》《文学遗产》等刊物上发表论文50余篇；出版专著《清代骈文通论》《清代骈文研究》2部；主持国家社科基金重大项目、"明清骈文文献整理与研究"及年度项目共4项；中国博士后科学基金会特别资助项目、教育部新世纪优秀人才基金等教研项目众多。现主持国家社科基金项目《清代骈文研究》1项。2019年入选教育部长江学者。

图书在版编目（ＣＩＰ）数据

守正与创新：第五届骈文国际学术研讨会论文集 / 吕双伟主编. -- 南京：凤凰出版社，2020.4
ISBN 978-7-5506-3126-7

Ⅰ. ①守… Ⅱ. ①吕… Ⅲ. ①骈文－文学研究－国际学术会议－文集 Ⅳ. ①I207.22-53

中国版本图书馆CIP数据核字(2020)第058968号

书　　　名	守正与创新——第五届骈文国际学术研讨会论文集
主　　　编	吕双伟
责 任 编 辑	李　霏
出 版 发 行	凤凰出版社（原江苏古籍出版社） 发行部电话 025-83223462
出版社地址	南京市中央路165号，邮编：210009
出版社网址	http://www.fhcbs.com
照　　　排	凤凰零距离数字印前中心
印　　　刷	江苏凤凰通达印刷有限公司 南京市六合区冶山镇，邮编：211523
开　　　本	787毫米×1092毫米　1/16
印　　　张	35.25
字　　　数	540千字
版　　　次	2020年4月第1版　2020年4月第1次印刷
标 准 书 号	ISBN 978-7-5506-3126-7
定　　　价	180.00元

（本书凡印装错误可向承印厂调换，电话：025-57572508）

守正与创新

——第五届骈文国际学术研讨会论文集

吕双伟 主编

凤凰出版社

国家社科基金重大招标项目"明清骈文文献整理与研究"（18ZDA251）资助；
湖南师范大学辞赋骈文研究中心资助

目　录

开幕辞(代序)　曹　虹　1

综　论

曹　虹:中国历史上的女性与骈文　3

李生龙:骈文之辨体及其与句格、风格之关系　14

徐宝余:骈文文气论　29

徐昌盛:赋体分类的变迁与总集形式的演进　44

六朝唐宋骈文研究

曹丽萍:宋代四六批评的新发展——《新编四六宝苑群公妙语》　59

陈　鹏:论六朝碑文的骈化及其艺术特质　70

戴　路:南宋后期荐举官制与四六启文的交际性　85

何祥荣:沈约骈文与南齐永明文学新变　100

侯体健:中山大学藏明钞残本《新编四六宝苑群公妙语》考述　117

蒋振华:六朝道教骈文的文学史意义　128

刘　宁:柳宗元《南霁云睢阳庙碑》的骈体写作用心　142

刘　涛:南朝骈文隶事及其深层文化意蕴　155

莫道才:论初唐北方骈体文风在岭南之播衍　166

孟　飞:从"链体"结构看陆贽骈文的功能突破　177

沈如泉:骈体募缘疏的兴起及文体特征　192

束　莉:经典追认与理论抽绎——初唐诸史文苑列传在骈文发展史上的意义　206

韦异才:杜甫近体诗的骈化特征平议　224

熊礼汇:试论李白骈文的美感特质　235

肖献军:论元结散文自我创变过程中的骈散互融现象　253

元明清骈文研究

陈松青:才子之文——论易顺鼎辞赋、骈文的情感特质与风格　267

侯美珍:明代乡会试诏诰表公文考试析论　291

李金松:从实用到审美:晚明时期骈文的嬗变　315

路海洋:论清代的骈体游记　332

吕双伟:陈维崧骈文经典地位的形成与消解　345

莫山洪:论刘麟生"美文"视野下的骈文研究　368

孟　伟:《八家四六文钞》与《国朝骈体正宗》的编选、批评旨趣及影响　379

苗　民:从官场仪式化到世俗仪式感——宋代四六启与明代四六启社会功能的对比式考察　395

潘务正:《畅叙谱》著者非沈德潜考　409

谭家健:晚清民国湖南骈文举隅　417

汪孔丰:清代桐城麻溪姚氏家族的骈文思想与创作　430

赵伯陶:蒲松龄的骈文刍议　441

张明强:明末清初文坛"六朝转向"与骈文演进　454

钟　涛　岳赟赟:蒋士铨《评选四六法海》评语论骈文风格　470

诸海星:由《文体论纂要》看蒋伯潜的文体分类观念　485

域外骈文研究

道坂昭广:有关日本平安时代诗序简介——以《本朝文粹》所收诗序为中心 499

金乾坤:高丽前期骈体文与古文的对立 510

朴用万:十七世纪朝鲜文人对骈文的认识与创作实践——以南龙翼的《俪评》为中心 522

孙福轩:越南科举与骈文创作论 534

编后记 553

开幕辞(代序)

曹 虹

在"荷香清露坠,柳动好风生"的夏日佳辰,中国骈文学会第五届国际学术研讨会在湖南师范大学隆重开幕了。我谨代表中国骈文学会和中国古代散文学会,向各位来宾表示热烈的欢迎,向热情主办本次研讨会的湖南师大的领导、师生和会务人员表示衷心的感谢。

骈文是凝结汉字文化优势和修辞艺术的既古老又光景常新的文体,古往今来积累了丰厚的创作实践与理论思辨成果,是博大精深的中华传统文化的重要组成部分。骈文作为汉语修辞艺术的代表,也传布和渗透到古代东亚人从政习文的生活中,创造出东方世界精湛的文明成果,留下了以骈文典籍和艺术典范为丝带而联结的汉字文化圈文体交流的宝贵经验。

此时此刻,当海内外学术同仁从四面八方云集于湘江岸边,欢快相聚,我们不禁油然忆及中国骈文学会从 1996 年在美丽的桂林筹备并举行首届大会以来,已经走过了二十一年的历程,期间又分别在贵阳、兰州、南京举办过三届,都试图发挥出地理与人文交相映发的意旨,更生动地理解骈文史上人杰地灵的神趣。本次研讨会尤为可喜的是,参加者的年龄覆盖既有壮心不减的老一辈师长和中年学者,更有在二十一世纪得到学术培养和步入研究前沿的青年学者。从收到的论文看,不仅涉及从古代到近现代、从中国到域外的广泛的时空场域,而且也有包括同题互勘、文史相兼、文献实证、理论阐发等更具有洞见和对话潜能的专题或个案。从论文作者看,来自国内几十所高校和研究、出版单位,并且仍一如既往地得到了台湾、香港地区的学者出席,来自韩国和日本的学者人数有所增加。

中国传统文化注重开物成务、立言见志。骈文的经世与审美就有其文化品格上的意义。湖南作为富有特色的文化区域,在历史上出现了两位文化巨人,即楚之屈原、宋之周敦颐,一为文学之鼻祖,一为理学之开山。湖湘自清代道咸以来的百年间,曾国藩等名贤崛起,不仅事功卓著,其文学观亦劲健爽朗。江苏籍学者钱基博出于弘赞之心,二十世纪四十年代撰《近百年湖南学风》一书,表彰这种地域特色的近代学风为"宏识孤怀,涵今茹古,罔不有独立自由之思想,有坚强不磨之志节"。今天,我们聚会在学科积淀颇有传统的湖南师范大学,就骈文研究的相关问题,交流近期成果,检证研究方法,展望前沿课题,正有必要在学风导向上吸纳湖湘先贤的"独立自由之思想",更自觉地追求学术创新的品格和宽容研讨的氛围。让我们思芳徽于往哲,藉真气以鼓荡,视听为之发皇,襟抱得以超远,共同努力,推动骈文研究一步一步地向前迈进。

2017 年 7 月 8 日于长沙

综 论

中国历史上的女性与骈文

曹虹(南京大学文学院)

在晚清民初的历史转折时期,当时学者对古老的骈俪文体已有较为通达的总结,例如1911年出版的黄摩西《普通百科新大辞典》是这样定义"四六骈俪体"的:"我国文学之一体,以排偶成辞,而与散行文对称者也。辞之有偶奇,最古文字已有之。两汉时尚混而未画,至六朝,始有专以骈俪组织之文。至唐益盛,韩柳起而矫之,于是骈散始分行。"当然,他也提到:"盖唐之韩柳,其散文尚多偶句。至宋而散文与四六,乃若朱素之不相入矣。本朝李兆洛欲矫其弊,乃有《骈体文钞》之选,然亦积重难返也。"若以时代为风格之标记,"故又有汉魏骈文、六朝骈文、唐骈文之分,而四六则皆取法于宋人"①。到了明清也不乏以上述时代风格为宗而衍为派别者,如清代就有所谓"六朝派"。

在这种"最古文字已有之"的骈偶书写历程中,其实也有女性的身影。但通常学界对此有欠关注,究其原因,大概有两点是较为要害的。一是学者从文学代有其胜的视角出发,就可能重视诗词曲小说等文体而忽略了骈文,如谭正璧《中国女性的文学生活》设七章,除"叙论"外,其余六章为"汉晋诗赋"、"六朝乐府"、"隋唐五代诗人"、"两宋词人"、"明清曲家"、"通俗小说与弹词"②。虽然其中提到的赋和弹词于辞饰之学不遑多让,但更长时段内诸多女性的文章之才往

---

① 黄摩西《普通百科新大辞典》,上海国学扶轮社1911年版。
② 谭正璧《中国女性的文学生活》,光明书局1931年版。

往被她们的吟咏之才所掩,更是实情。二是从文献积累的角度看,历来女性文集传世的意识相对薄弱,因而女性的文才如何,不容易被世人了解。晚清才女薛绍徽的胞姐薛嗣徽曰:"妇女鲜有以文集传者,非不能文也,只以内言外言之限,未能多有撰述。故曹大家、左惠妃虽著专集,皆不过数篇而已。"①印刷技术未曾发达的时代尤其如此。进入民国,对古代妇女著作竭尽搜讨能事的王秀琴、胡文楷曰:"闺秀著述,诗词为多,选辑闺文,实非易事。"②也是感于文献现实的甘苦之言。

刘勰在《文心雕龙·事类》中总结了"文采必霸"的个人条件:"才为盟主,学为辅佐,主佐合德,文采必霸。"③以古代女性的教育资质而言,才学双显者的脱颖而出比之男性要困难。更从骈文的应世功用看,正如黄摩西所言,四六骈俪的风气大开与官场实用之需相适应,"滥觞于馆阁",而为"词臣及记室所通行者"(《普通百科新大辞典》)。就古代远离于官场的女性而言,她们的文才之发挥,缺少这种实用之需的刺激。尽管如此,中国历史上的女性仍于骈俪艺术有所表现。

一、女性"文采必霸"的早期典范

清代王初桐《奁史》"文墨门"立有学术、书籍、著作、诗、文、书法、镌刻、画、笔墨纸砚、印十项子目,在"文"以及"学术"目中出现的以下数例,都堪称女子能文的早期典范:

例1:柳下惠死,门人将诔之。妻曰:将述夫子德耶?二三子不若妾之知之。乃为诔曰:夫子之信,诚与人无害兮……

例2:曹世叔妻班昭,博学多才,兄固著《汉书》,八表、《天文志》未竟而卒。和帝诏昭踵成之。

例3:(薛)涛作《四友赞》(砚、笔、墨、纸)。

---

① (清)薛嗣徽《黛韵楼文集序》,(清)薛绍徽《黛韵楼遗集》,《清代诗文集汇编》七九一,上海古籍出版社2010年版,第156页下。
② 王秀琴编集,胡文楷选订《历代名媛文苑简编》凡例,商务印书馆1947年版。
③ (梁)刘勰著,范文澜注《文心雕龙注》卷八,人民文学出版社1962年版,第615页。

例4:李清照母,王状元拱辰女,亦工文章。①

兹稍予分析这些早期典范。

(一)"君子谓柳下惠妻能光其夫矣!"

据刘向《列女传》卷二:"柳下惠处鲁,三黜而不去,忧民救乱。妻曰:'无乃渎乎?君子有二耻:国无道而贵,耻也;国有道而贱,耻也。今当乱世,三黜而不去,亦近耻也。'柳下惠曰:'油油之民,将陷于害,吾能已乎?且彼为彼,我为我。彼虽裸裎,安能污我?'油油然与之处,仕于下位。柳下既死,门人将诔之,妻曰:'将诔夫子之德耶?则二三子不如妾知之也。'乃诔曰:

夫子之不伐(祭 bjat)兮,

夫子之不竭(祭 gjiat)兮。

夫子之信诚而与人无害(祭 gadh)兮。

屈柔从俗,不强察(祭 tshriat)兮;

蒙耻救民,德弥大(祭 dadh)兮。

虽遇三黜,终不蔽(祭 pjiadh)兮;

恺悌君子,永能厉(祭 ljadh)兮。

嗟呼惜哉,乃下世(祭 sthjadh)兮!

庶几遐年,今遂逝(祭 djadh)兮!

呜呼哀哉!魂神泄(祭 radh)兮!

夫子之谥,宜为惠(脂 gwidh)兮。

门人从之,以为诔,莫能窜一字。"②

括号中用李方桂拟音③。本文的音调谐和,可从句末用字的讲究看出:伐、竭、害、察、大、蔽、厉、世、逝、泄等字,上古韵王力归于月部,李方桂归于祭部。惠为脂部阴声韵(李方桂)或质部(王力),与上面几个韵字的韵尾相同,旁转为韵。柳下惠妻对于丈夫的表彰出于相知之深,加上对自身文才的自信,故能卓然成文,令柳下惠众弟子佩服而不可改动一字。早期文字于奇偶之境不甚自

---

① (清)王初桐辑《奁史》卷四三、四五,《续修四库全书》一二五二,上海古籍出版社2002年版。
② (汉)刘向编撰,顾凯之图画《古列女传》卷二,中华书局1985年版,第49—50页。
③ 参李方桂《上古音研究》,商务印书馆1980年版,第50—53、65—67页。

觉,但此文出于情理之需,既赞"夫子之不伐",复赞"夫子之不竭";既叹其"不强察"的隐忍,复颂其"终不蔽"的光芒,富于双映生姿之笔调。

(二)班昭"博学高才"

据《后汉书·列女传》:"扶风曹世叔妻者,同郡班彪之女也,名昭,字惠班,一名姬。博学高才。世叔早卒,有节行法度。兄固著《汉书》,其八表及《天文志》未及竟而卒,和帝诏昭就东观藏书阁踵而成之。帝数召入宫,令皇后诸贵人师事焉,号曰大家。每有贡献异物,辄诏大家作赋颂。及邓太后临朝,与闻政事。以出入之勤,特封子成关内侯,官至齐相。时《汉书》始出,多未能通者,同郡马融伏于阁下,从昭受读。""所著赋、颂、铭、诔、问、注、哀辞、书、论、上疏、遗令,凡十六篇。子妇丁氏为撰集之,又作《大家赞》焉。"①

班昭是古代女性才学兼擅的典范。她承其家学,不仅有史学著述,而且擅长"赋、颂、铭、诔"等流行文体写作,作为先唐骈文渊薮的昭明《文选》中就入选了她的《东征赋》②。从史传所载她擅长的文体排序看,赋、颂、铭、诔这些居前的文体,对文采的要求很高。她对这些文体的染翰,与东汉最活跃和最具笔力的男性文人并无所谓"内言外言"之别,可谓同属文体风尚前沿。

(三)薛涛四友赞

据史料,"薛涛,字洪度……八九岁,知声律……元稹闻涛有辞辩……微之矜持笔砚,薛涛走笔作《四友赞》,其略曰:

> 磨扪虱先生之腹,
> 濡藏锋都尉之头,
> 引书媒而默默,
> 入文亩以休休。

微之惊服。"③

以拟人之法,传谐谑之趣,行文亦深得偶对之妙。

---

① (南朝宋)范晔撰,(唐)李贤等注《后汉书》卷八四,中华书局1965年版,第2784—2785、2792页。
② (梁)萧统编,(唐)李善注《文选》卷第九,上海古籍出版社1986年版,第432—436页。
③ 《薛涛李冶诗集·薛涛传》,《景印文渊阁四库全书》一三三二,台湾"商务印书馆"1986年版,第342页下。

（四）李清照"长于四六"

正如胡文楷指出："赵宋妇女之能文者,厥为易安居士。"①她颇有博学高才之能,参与撰著《金石录》。《四库全书总目》著录此书时特采张端义之说,欲加证实："《金石录》三十卷,宋赵明诚撰。明诚字德父,密州诸诚人。历官知湖州军州事。是书以所藏三代彝器及汉唐以来石刻,仿欧阳修《集古录》例,编排成帙。绍兴中,其妻李清照表上于朝。张端义《贵耳集》谓清照亦笔削其间,理或然也。有明诚自序并清照后序。"②关于李清照《金石录后序》一文,浦江清评鉴曰："清照本长于四六,此文却用散笔,自叙经历,随笔提写。"③不仅深赏此文的散笔提写,而且揭示她"长于四六"的本领。在四六风气大开的时代,李清照的文才不让时贤。

二、明清女性工文的进一步表现

文采斐然离不开学养,女性在家族纽带中展现学养与文翰。书写中留下个性与社交中的馨香,其中有才德观上的自立,有对女性丽影的颂扬,有对书香生涯的沉潜,有对恬淡人生的醒悟……

（一）学养

有较丰富的史料显示,明清女性的教养更具有家族性的特征,她们在文学上的表现也往往以家族而著称。

如晚明商景兰,"故吏部尚书周祚女……归同邑祁彪佳。彪佳美丰采,时有金童玉女之目"。"祁氏自先世多藏书……夫人从事简册,教其三女,及子妇张氏、朱氏,操翰吟咏,著有《东书堂合稿》。"④祁氏先世有《澹生堂藏书目》收书九千多种,约可想象商景兰"从事简册"的读书条件。朱彝尊《明诗综》卷八十五《诗话》曰："祁商作配,乡里有金童玉女之目,伉俪相重,未尝有妾媵也。公怀沙日,夫人年仅四十有二,教其二子理孙、班孙,三女德渊、德琼、德茝及子妇张德

---

① 胡文楷《历代名媛书简序》,王秀琴编集,胡文楷选订《历代名媛书简》,商务印书馆1941年版,第1页。
② (清)永瑢等《四库全书总目》卷八六,中华书局1965年版,第733页。
③ 郭预衡《李清照的文风、诗风、词风》,《柳泉》1985年第1期。
④ (清)孙静庵著,赵一生标点《明遗民录》卷四八,浙江古籍出版社1985年版,第367—368页。

蕙、朱德蓉。葡萄之树,芍药之花,题咏几遍,经梅市者,望若十二瑶台焉。"①商景兰对于延续祁氏家教至关重要。

再如晚明顾若璞,其《与弟》信中提及自己读"四子经传以及《古史鉴》、《皇明通纪》、《大政记》之属",周亮工《尺牍新钞》收入此信并加批语曰:"女子能读此等书,岂非异人。"顾夫人自谓读书日多,"圣贤经传,育德洗心,旁及骚雅词赋,游焉息焉",周亮工批语:"女中大儒。"②著有《卧月轩稿》,不仅工诗擅文,而且"所遗二子女,彬彬有文,皆若璞教之也"③。李清《女世说》称她"文章节行,为武林闺秀之冠"④。

再如丁圣肇序王端淑《吟红集》:"内子性嗜书史,工笔墨,不屑事女工,黛余灯隙,吟咏不绝……予不自言,得吾内子而于是获良友,亦足志也。"(胡文楷获见钞本,录于《历代妇女著作考》)⑤

桐城方孟式赞妹维仪:"窥其学不减女博士祭酒,上下古今,亹亹成章。"⑥

在诸多经史学养格局下,亦有以骈文为嗜好者,如清代中期汪端"每终日坐一室,手唐人诗默诵……资敏甚,诵庾子山《哀江南赋》才三遍,倍文不误一字"⑦。

又如晚清薛嗣徽回忆其妹薛绍徽"龆龄嗜词章,学于骈体文,具有领悟。犹忆其梳双蝶髻,傍余刺绣,口中诵庾子山《枯树赋》,先妣笑曰:是将为女博士应考耶?……见绣筐上有杂抄唐小品及八家四六"。庾信是六朝骈文的殿军人物,在清代崇尚六朝的风尚中庾信的典范性得以稳固。薛绍徽在闺阁中口诵用典密丽的《枯树赋》,难怪其母笑她要去应考女博士。在她的绣筐上随手可见的读物中,有"八家四六",这应该就是指吴鼒于嘉庆三年(1798)辑成《八家四六文钞》,由袁枚、邵齐焘、刘星炜、孔广森、洪亮吉、孙星衍、曾燠、吴锡麒构成,虽诸

---

① (清)朱彝尊编《明诗综》卷八五,上海古籍出版社1993年版,第1537页上。
② (清)周亮工著,朱天曙编校整理《尺牍新钞》卷之十,《周亮工全集》第九册,凤凰出版社2008年版,第708—709页。
③ (明)顾若璞《卧月轩稿》附包鸿泰撰传,《丛书集成续编》一一九,上海书店出版社1994年版,第586页。
④ (清)李清《女世说》,清道光五年经义斋刊本。
⑤ 胡文楷编著《历代妇女著作考》,上海古籍出版社1985年版,第249页。
⑥ (明)方孟式《维仪妹清芬阁集序》,(明)沈宜修辑《伊人思》,(明)叶绍袁原编,冀勤辑校《午梦堂集》,中华书局1998年版,第540页。
⑦ (清)许宗彦《自然好学斋诗集序略》,(清)汪端《自然好学斋诗钞》,清同治十三年刻本。

家各有创造性成就,但正如李元度所归纳,他们的共性为"其于东京六朝皆寝馈而渔猎焉者也"①,代表着清人标举汉魏六朝作为文学典范的成功②。薛嗣徽识察到其妹绍徽的骈文体调在于"用古文之法为骨,以诗词之藻彩为饰"③,这一骈古相通的心法也恰是"八家四六"弘扬六朝风的精髓所系。从薛绍徽的闺中读物仍可见这一清中期骈文新典范的后续影响力。

(二)个性与社交书写

谢国桢《明清之际党社运动考》指出:"所以结社这一件事在明末已成风气,文有文社,诗有诗社……那时候不但读书人们要立社,就是士女们也要结起诗酒文社,提倡风雅,从事吟咏。"④高彦颐《闺塾师——明末清初江南的才女文化》将女子社团分为三类:家居式(domestic)、社交式(social)和公众式(public),举沈宜修、商景兰、蕉园诗人为这三种社团类型的代表⑤。这些研究成果给学界带来启发。就女性美文的书写而言,随生活圈子在家居式与社交式的印迹中呈现,留下个性与社交中的文字馨香。

一方面,由女子结社而可测女性社交生活有所活跃,调动了写作社交文类的积极性。兹对社交文类略作举例:

晚明徐媛写有《赵夫人寿颂》,文曰:"石壁春融,玄池流瀲。瑶草龙耕,精桃咒实。服散仙姝,访真灵匹。地接鸿濛,坛通太乙。大椿景齐,小有天密。琼录名镌,胡麻芽苗。玉历三千,颂从今日。"⑥在明清时期,男性之间颂寿之文颇普遍,男性也有为女性长者而写寿序的。女性之间因年寿祝颂而为文相酬,文中辞藻洋溢着游仙气息。

清中期汉学家江藩之妹江珠《自叙诗稿简呈心斋先生》曰:"香奁小社,拈险韵以联吟;花月深宵,劈蛮笺而酬酢。并翻五色之霞,奇才倒峡;互竞连珠之格,

---

① (清)李元度《金粟山房骈体文序》,《天岳山馆文钞》卷二四,清光绪六年刻本。
② 参拙文《清代骈文史上"国朝八家"之挺生及其意义》,林宗正、蒋寅编《川合康三教授荣休纪念文集》,凤凰出版社2017年版。
③ (清)薛嗣徽《黛韵楼文集序》,(清)薛绍徽《黛韵楼遗集》,《清代诗文集汇编》七九一,第156页下。
④ 谢国桢《明清之际党社运动考》,中华书局1982年版,第8页。
⑤ 详参[美]高彦颐著,李志生译《闺塾师——明末清初江南的才女文化》,江苏人民出版社2005年版,第191—264页。
⑥ (明)徐媛《络纬吟》卷之十一,《四库未收书辑刊》第七辑第十六册,北京出版社2000年版,第399页下。

彩笔摩空。接瑶席而论文,宛似神仙之侣;树吟坛而劲敌,居然娘子之军。"①用绚丽的四六体调自摹女子的文学生活,此文既可当诗稿自叙,又是典雅的书简。文中也透露了女子结社联吟的乐趣。

女性之间的文集互序是发挥才学识的一种酬酢方式。沈善宝《淡菊轩初稿序》中有这样的丽句:"裁花作骨,搜金粉于六朝;镂雪为神,弋英华于两汉。……枕经葄史,绣厨成翰墨之林;摘艳薰香,镜槛即缥缃之所。则亲承有伏女风徽;绩学亦曹姬流亚。"②生动而凝练地描摹出女子对翰墨书香的投入。作为六朝丽文代表之一的梁昭明太子萧统《文选序》曰:"词人才子,则名溢于缥囊;飞文染翰,则卷盈乎缃帙。"③沈善宝"绣厨成翰墨之林"、"镜槛即缥缃之所"则抓住了女才子的日常特征。文中极善用典,如伏女,指汉初经师伏生之女,《汉书·儒林传·伏生》载"使掌故朝错(即晁错)往受之"。颜师古注引汉卫宏《定古文尚书序》:"伏生老,不能正言,言不可晓也,使其女传言教错。"④老年伏生的经学是在家中通过其女传授给朝廷派来的官员的,则伏女的家学之深可想而知。

另一方面,女子投射于社交中的文笔之美,其实也反映书写者热爱生活、向往审美、体悟真朴的个性,尤其在她们书写自我、书写亲人时,笔间饶溢馨香,可谓"闻香识女人"。沈宜修《季女琼章传》《表妹张倩倩传》记家族女性,情味隽永。如《表妹张倩倩传》极写其美丽:

是年倩倩已十八,余一见光艳惊目,娟冶映人,亭亭若海棠初绽,濯濯如杨柳乍丝……昔人所云美而艳者,殆必若此。时初夏八日,斜月半窗,金壶渐滴,与二三女伴,挑灯话旧,庭户寥寥,栏花灼灼,不知东方之白也。未几,即别,别后又相睽阔……余父挂冠栖隐,余复得数归相聚,尔时倩倩脂凝玉腻,微丰有肌,姊妹妯娌间戏呼为华清宫人,偶当日午梦余,云鬟仿佛,

---

① (清)江珠《青藜阁集》,胡晓明、彭国忠主编《江南女性别集》二编,黄山书社2010年版,第837页。
② (清)沈善宝《淡菊轩初稿序》,胡晓明、彭国忠主编《江南女性别集》四编,黄山书社2014年版,第627页。
③ (梁)萧统编,(唐)李善注《文选》,第2页。
④ (汉)班固撰,(唐)颜师古注《汉书》卷八八,中华书局1962年版,第3603页。

余曰:"此真沈香亭上宿醒未解耳。"①

此文骈散相间,但摹写美姿美景时,句式整丽对称,又不雕饰过度,仿佛六朝美文风韵。

女性在生活与文艺间如何平衡,唯有自身最知情味。桐城方孟式序其妹维仪《清芬阁集》曰:"皇甫玄晏,只语千金,名公钜卿事也。我辈嚅唲深闺,终日行不离咫尺,何足当弁简之赘?虽然,吾姊弟间子墨倡和,可得而更仆数也……于是载其近篇,用觊寤寐,其有名公钜卿,浏览彤管者,当必择琳琅之一枝,存湘间之斑泪云尔。"②有趣的是,屈原《卜居》原文曰:"将促訾栗斯,喔咿嚅唲,以事妇人乎?""嚅唲",王逸注:"强笑噱也。"③形容妇人唯唯诺诺之态,含有贬义。但方氏自我形容"嚅唲深闺",语感为之一转,贴切形容女子生活于咫尺深闺,似乎并不易有什么大见识和大感慨,语谦而调亲,但后面更表达了内心对文学性的高度追求,以"择琳琅之一枝,存湘间之斑泪"自期,含有类似"洛阳纸贵"的自信。

叶小鸾《秋日同两姊作词母命为序》笔致清丽:

> 天边新雁,带木叶以齐飞;帘外余花,挹秋光而更美。砧声伴月,似将罗袖俱清;竹影摇云,纷共绮窗相映。蕙香琴阁,袭佩青青;梧冷箫楼,随风袅袅。月中杨柳,犹迷隔岸之烟;露下芙蓉,争艳西池之锦。将弃班姬之扇,暂惜流光;非同宋玉之辞,讵悲秋气。聊填短韵,漫写凉思。④

不仅突显了绮窗联吟中定格的女性身影,而且阐发了挑战悲秋传统的美学新主张。

沈大荣(号一行道人)为从妹沈宜修撰《叶夫人遗集序》,总结沈宜修一生的写作"具人生众美,极宇宙奇哀"的特点,"读其挽女诗,有'回首从前都是梦,劬劳恩念等闲销',又云'亦知幻化原非相,未悟真空只有悲'之句,定是从果位中现女人身,以说法儆醒世人,不作痴憨之态,则情极而性空也"⑤。沈大荣试图引

---

① (明)沈宜修《鹂吹集》,(明)叶绍袁原编,冀勤辑校《午梦堂集》,中华书局1998年版,第205页。
② (明)方孟式《维仪妹清芬阁集序》,(明)沈宜修辑《伊人思》,(明)叶绍袁原编,冀勤辑校《午梦堂集》,第540页。
③ (宋)洪兴祖《楚辞补注》,中华书局1983年版,第177页。
④ (明)叶小鸾《返生香集》,(明)叶绍袁原编,冀勤辑校《午梦堂集》,第352页。
⑤ (明)沈大荣《叶夫人遗集序》,(明)沈宜修《鹂吹集》,(明)叶绍袁原编,冀勤辑校《午梦堂集》,第24页。

导出"情极而性空"的解脱理论,这当然是一种佛家的色空相即、即色观空之说,但她指出像沈宜修这样的女性作者,将世间的众美极哀尝遍,如同佛陀现女人身广演言教,客观上极大地肯定了作为女性的全部生命体悟而沉潜于文学的认识能量。

女性的悲喜欢戚虽然多受限于"终日行不离咫尺",但窗下庭前的空间享受中往往寓有价值趣味。清代吴永和《苔窗赋》是这方面书写淋漓尽致的一个代表,赋序以骈文精心撰成:

> 余有故居,今来新主。
> 蔽此风雨,虚狡兔之三窟;
> 托兹晨夕,借鹪鹩之一枝。
> 爰求隙壤,因成小筑。
> 坐卧止此丈室,景物揽乎四时。
> 蠼螋吟管,岂闺中擅林下之风;
> 颠当守门,亦俗外适闲居之乐。
> 偶多快语,不乏侈辞云。

较多用到六朝时的典故,尤其是张华《鹪鹩赋》、《世说新语》中有"林下之风"的谢道韫、弃俗归真的陶渊明,行文格调也逼近庾信(如《小园赋》)的善用典故。作为女性之擅长,她在此文中也展现了女性对家园的细腻感觉,如:

> 逍遥兮容与,偃仰兮栖息。
> 任平行之碍眉,审易安于容膝。尔乃
> 左排藜床,中列棐几,
> 琴拂峄阳之桐,诗裁浣花之纸,
> 书装玑瑠之签,砚浴蔷薇之水。则复
> 面以素垣,带以红栏,
> 花疏疏兮三五树,竹袅袅兮数十竿。
> 帘非水晶而不下,屏非琉璃而不寒。
> ……
> 况乎志先淡泊,心非崇侈,

> 检书课蓬头之子,泼茶训赤脚之婢。
> 地僻则喜其面城,景幽则忘其背市。
> 优哉游哉,完矣美矣!①

"任平行之碍眉,审易安于容膝"这一匀称对句极妙。形容空间狭促,而出之以女性身体本能,才会写到触觉与视觉交叠下的眉宇难展。后一句令人联想到李清照喜爱陶渊明《归去来辞》"审容膝之易安"句而自号易安,延续着女性融入隐逸传统的精神历程②。

即使是写妇女最日常的相夫教子生涯,上引"检书课蓬头之子,泼茶训赤脚之婢"充满着伦常之情。在晚清《女学报》第一主笔薛绍徽笔下,写与外交官的丈夫客居上海的生活曰:"壬寅七月(1902),余随绎如夫子寄居海上。课女咏诗,呼儿作绘。曳柴食啖,助班超之写书;烧烛添香,伴子京以读史。"(《双线记序》)③虽然她在投入译业上呈现出时代的进步性,较少旧道德的羁绊,但她笔下的家庭氛围仍传递着传统女性抱持的情味。

脱逸于实际生活,而能作情境上之想象与幻设,这样的创作往往需要以文为戏的艺术热情。表章书记之类政坛应用之文,女子因身份关系大凡无缘涉猎。但如徐德英作有《拟宋文丞相移江淮诸郡檄》,既体现拟仿的艺术热情,同时也对题旨意义表达现实用心。柳如是仿曹植《洛神赋》而为《男洛神赋》,写一女子向男神求爱,其独特之处在"倒置传统角色的性别",全篇善用象征手法,将所爱慕的理想对象,化身为男洛神之男性美而加以铺写。"柳如是的修辞技巧虽然不脱传统的方式,却能透过角色性别的转换而传达出一种新的诗意。"④

总之,女性与骈文交涉并非如一般想象之简单,有待勾勒透视的面向尚多。本文略作概览,以期引起学者进一步研究。

---

① (清)吴永和《苔窗拾稿》,《清代诗文集汇编》一九五,第648页下—649页上。
② 参拙文《论朝鲜女子徐氏〈次归去来辞〉——兼谈中朝女性与隐逸》,《清华大学学报》2007年第1期。
③ (清)薛绍徽《黛韵楼遗集》,《清代诗文集汇编》七九一,第163页上。
④ [美]孙康宜《情与忠——陈子龙、柳如是诗词因缘》,北京大学出版社2012年版,第33—34页。

骈文之辨体及其与句格、风格之关系

李生龙（湖南师范大学辞赋骈文研究中心）

骈文的体式、句格与风格，学界已有不少探讨，但有些问题意见并不统一，有些认识也略嫌笼统，未必深入。本文仅从文体发展与创作实践的角度就骈文之辨体及其同句格选择、风格差异的关系作一些浅探，以就教于方家。

一、骈文实脱胎于"古文"

就体式而言，笔者比较赞同莫道才骈文与骈赋同现代意义的散文是交叉关系的看法，但对莫先生所云骈文跟"古文"是对立关系[①]之说有不同理解。笔者认为，就功能性而言，骈文（指骈文之实而非其名）跟"古文"并不完全对立。所谓功能，其义有二：

一为社会政教功能。"古文"同返朴还淳的社会政教理想相对应，故反骈文者如隋代李谔上书，就从政教角度批评骈文说："臣闻古先哲王之化民也，必变其视听，防其嗜欲，塞其邪放之心，示以淳和之路。五教六行为训民之本，《诗》、《书》、《礼》、《易》为道义之门。故能家复孝慈，人知礼让，正俗调风，莫大于此。……魏之三祖，更尚文辞，忽君人之大道，好雕虫之小艺。……江左齐、梁，竞骋文华，其弊弥甚，贵贱贤愚，唯务吟咏。遂复遗理存异，寻虚逐微，竞一韵之奇，争一字之巧。连篇累牍，不出月露之形；积案盈箱，唯是风云之状。……故

---

① 莫道才《骈文通论》（修订本），齐鲁书社2010年版，第14—17页。

文笔日繁，其政日乱，良由弃大圣之轨模，构无用以为用也。"①从政教角度说，骈文与"古文"确实有对立的一面。但这是因为六朝骈文内容有背离政教的倾向，如果骈文也承负起政教功能，李谔还反不反对骈文呢？刘勰《文心雕龙》是用骈文写的，开篇即要求文章写作应以原道、征圣、宗经为宗旨，可见骈文与"古文"写作原则相通。中唐"古文"兴盛之后直到清代，骈文反而承担起了最能体现政教功能的诏诰、策命、章表、檄书、露布之类应用文体的任务。唐宋的特科专门为搜求能写这类文章的人才而设，清代许多骈文高手都是恪守政教的馆阁文臣。这是为什么呢？无非是因为骈体的工稳华美更符合政教庄重雅正之审美需求。

一为文体功能。古人所谓文体，有风格、题材、体裁等多重意义，常见者一是风格意义，一是体裁意义。从体裁意义上说，先秦两汉之文称"古"，南朝的时文称"今"，故萧纲《与湘东王书》有"若以今文为是，则古文为非；若昔贤可称，则今体宜弃，俱为盍各，则未之敢许"之说②。所谓"古文"，实是一个非常笼统的大概念，狭义的"古文"专指先秦两汉的散文，广义的"古文"包括诗、赋等文学类文体和箴、铭、颂、哀祭、诏诰、册命、章表、书序、笺记等各种应用文体两大类别，不独指散文，故韩愈《进学解》把诗、骚都置于"古文"的学习范围之内。后世之论骈文者，很多人都认为骈文与"古文"同源，而且把诗也放在"古文"之中。宋人王铚说："世所谓笺、题、表、启号为四六者，皆诗赋之苗裔也。故诗赋盛，则刀笔盛，而其衰者亦然。"③清人孙梅撰《四六丛话》，把楚辞、《文选》全部涵盖进去，论骚时说："《丛话》曷为而次骚也？曰：观乎人文，稽乎义类，古文、四六有二，源乎大要，立言之旨，不越情与文而已。"④

笔者认为，若论文体发展之先后，则骈文实脱胎于"古文"。萧统《文选序》说文学演进之路径乃踵事增华，变本加厉，是符合实际的。先秦到汉的所谓"古文"，越古越质朴。论文体，则"古文"包括文学和应用两大类。文学类最主要的体式是诗赋，其次是史传等。应用类则有箴、铭、赞、颂、哀、诔、祭文、书序、笺

---

① (唐)魏征等《隋书·李谔传》，中华书局1973年版，第1544—1545页。
② (唐)姚思廉《梁书·庾肩吾传》，中华书局1973年版，第690—691页。
③ (宋)王铚《四六话序》，王水照主编《历代文话》，复旦大学出版社2007年版，第6页。
④ (清)孙梅撰，李金松点校《四六丛话》，人民文学出版社2010年版，第45页。

记、诏诰、章表、训誓、檄书、露布等诸多体式。应用类中也可分为文学性较强和公文性较强两大类。箴、铭、赞、颂、哀、诔、祭文、书序、笺记写法相对自由,主体性较强,从而文学性也较强;诏诰、章表、训誓、檄书、露布等则属于公文。正是"古文"内部的这两大类文体的互动导致了骈文的产生与兴盛。这里面有两个要素:一是人们对对偶功能认识的不断深入与运用的不断拓展,二是文学类文体不断向应用类文体浸淫,导致了应用文体不断文学化。

　　对偶本只是文章表达的修辞方法之一。"古文"(包括儒家及各种子书)各类文体中都包含对偶。"古文"中修辞手段甚多,对偶本只是其中之一而已。但对偶不纯是修辞手法,更不单是纯方块汉字的整齐排列和汉语平仄的抑扬顿挫,它还隐含着"物必有两"、"一阴一阳之谓道"的深刻哲学思辨,符合古人追求的对称、整饬、均衡、工稳、合律、中和等审美理想。随着人们对诗赋对偶形式钻探的深细,对偶不断花样翻新,成为所有修辞手法中技巧最为丰富的一种。言对、事对、反对、正对、正名对、隔句对、双声对、叠韵对、连绵对、异类对、回文对、双拟对、流水对、鼎足对、扇面对等各种对法宛如万花筒,能最大限度地满足作文遣词造句的新变要求。对偶本身虽是修辞手法,却能吸附、容受、驱遣、融汇诸如比喻、拟人、用典、夸张、顶针、映衬等各种修辞手法,造成或尖新或清丽或温润或豪壮或典雅之种种艺术风格,堪称修辞手段的"宗主"。对偶句不仅可以工巧,还可以精警,经过精心打磨的对偶句往往使文章生色出彩,播在人口。故吕本中说:"陆机《文赋》云:'立片言以居要,乃一篇之警策。'此要论也。文章无警策则不足以传世,盖不能耸动世人。"①批评骈文者都认为骈对太滥容易造成靡丽无骨,殊不知经过精心提炼、打磨的对偶句比一般散句更精练、更富于概括力、灵动感和感染力。将对偶句连缀成文,可以产生其他修辞手法所难以独立做到的遣词造句,谋篇构境,显示学殖、彰显匠心、个性与才情等诸多效果。特别是受到"古文"家的批评与打压之后,骈文本身也逐渐吸取古文的精神内蕴,以期与"古文"比肩颉颃,甚至分庭抗礼。曾燠《国朝骈体正宗序》称:"岂知古文丧真,反逊骈体;骈体脱俗,即是古文,迹似两歧,道当一贯。"②骈对所蕴藏的巨

---

① (宋)吕本中《童蒙诗训》,郭绍虞辑《宋诗话辑佚》,中华书局1981年版,第587页。
② (清)曾燠《国朝骈体正宗序》,《续修四库全书》第1668册,上海古籍出版社2002年版,第2页。

大的艺术魅力,是它能向各种文体特别是应用文体拓展、浸淫的内在动因,并最终发展成为能与"古文"并驾的独立文体。

简单地说,骈文中在"古文"中孕育、滋长、成熟出来的。其路径大致可描述为"古文"中的文学类作品如辞赋,领先向骈的方向挺进,其次是应用文体中文学性较强的文体如箴、铭、颂、书、序、章表、诔、哀词等相继跟进,最后及于一切应用文体,包括公文。

屈宋之骚,汉人之赋——包括七体、对问、大赋、抒情小赋等——都包含着大量骈句,可以说骈体最早在辞赋内部形成。张衡的《归田赋》是比较公认的最早的骈赋。从文章学角度说,它实际上就是最早的骈文。东汉后期很多赋作,如赵壹《刺世疾邪赋》、祢衡《鹦鹉赋》、王粲《登楼赋》之类,实际上也已经骈化。骈赋的出现,标志着"古文"中文学类创作率先向骈文挺进。应用类文体中的文学性较强的文体如铭、颂很早就向赋靠拢,有赋化的特征。班固《燕然铭》,近赋而多对句;张载《剑阁铭》,不惟近赋,更类骈体。屈原《橘颂》,本来属赋,后来作颂者,如王褒《圣主得贤臣颂》、马融《广成颂》、蔡邕《京兆樊惠渠颂》等,皆以赋体为之。故刘勰论颂:"原夫颂惟典懿,辞必清铄。敷写似赋,而不入华侈之区。"①书、序、章表、史论等文体因主体性较强,可以发挥才情的空间较大,在应用类文体中骈化最早,李斯《谏逐客书》被《骈体文钞》尊为"骈体初祖",司马迁、邹阳、杨恽等人的书信,都有相当的骈语间杂其中。曹氏兄弟及建安七子的部分书信、章表、论说已可视为骈文②。陆机的《吊魏武帝文》、《豪士赋序》等更具骈文特质。西晋时陈寿《三国志》的史论已经趋骈,到范晔《后汉书》的史论则基本骈化。南朝特别是齐梁时代,几乎所有的应用文体都被骈化,这已是公认的事实,毋庸举例说明了。

南朝应用文体的全面骈化,意味着应用类文体被文学类文体全面同化。这种同化容易导致文学与应用属类不清,也容易导致华而不实文风的出现。但中唐前除了少数人对这种文风有所批评,绝大多数人都是以此为能的。应用文体的文学化所造成的凝练、典雅、富于韵致其实也有它符合王朝与时代审美需要

---

① 刘勰撰,王运熙、周锋译注《文心雕龙译注》,上海古籍出版社2010年版,第38页。
② 于景祥认为骈文在建安曹魏时期已经形成,并举了曹植、曹丕、徐幹、应场、刘桢、吴质等人的作品为例,笔者赞同这一观点。《骈文的形成与鼎盛》,《文学评论》1996年第6期。

的一面,故唐代的常科考律赋,特科及吏部试考应用文也多用骈体,中唐"古文"兴盛之后,一般文学类作品向"古文"回归,而应用文却保留了骈文的地盘。连韩柳这样的古文大家也用骈体写应用文。谢伋说:"祭文,唐人多用四六,韩退之亦然。"[①]柳宗元的章表也多用骈体。宋代的古文家欧阳修不喜骈文,但为了应付科举也不得不学习写作骈文。杨囷道说:"本朝四六,以刘筠、杨大年为体,必谨四字六字律,故曰四六。然其弊类俳,欧阳公深嫉之曰:'今世人所谓四六者,非修所好,少为进士不免作。自及第,遂弃不作。'"[②]宋代很多儒学大师也习骈体。谢伋说:"程门高弟如逍遥公(谢良佐)、杨中立、游定夫,皆工四六。后之学者,乃谓谈经者不习此,岂其然乎?"[③]当然,应用类文章的文学化也需要改造才能符合政教与文体本身的要求,所以像苏轼、王安石这样的古文家也着力于骈体的改造。其改造的路径,一是由以情采为主变为以事理为主,使之更适合于应用类文体的写作要求;一是以古文句式(长句)来改变工稳、精巧的骈文特质,使之更能适应应用文体表达事理的需求。

从写作实践的角度说,无论"古文"还是骈文,都需"辨体"。所谓"体",指体裁,又称体式、体制。骈文与"古文"都只是句格、语言修辞及风格不同,不具备单独的体式意义。它们都包涵诸多文章体式。六朝人论文体分文、笔,文属韵文,笔属散体。骈体可以是韵文(骈赋),也可以是散体,故不特立一体;笔则既可以是散体,也可以是无韵之骈体,故也不特立一体。文与笔,都只是表达形式,而非文章体裁。《文心雕龙》有《丽辞》一篇,讲的是对偶,而非专讲骈文,这是因为对偶骈文、"古文"都可用,只是句格与修辞手法而已,不能独立成体。

作文之关键乃在于体式。体式的决定因素是文章的表达对象与目的。所以就文体功能而言,骈文、"古文"两者是交叉关系而并非对立关系。正因为交叉,故可以互渗互融,骈文中用点"古文"句格,"古文"中用些骈文句格的文章在历史上所在多有。

古人作文,特重辨体,论体式一般不分今(骈)、古(散)。为什么不分骈、散?这是因为无论骈、散都必须遵循同样的体式要求。曹丕论文,已分出奏议、书

[①] 谢伋《四六谈麈》,《历代文话》第1册,第36页。
[②] 杨囷道《云庄四六余话》,《历代文话》第1册,第118页。
[③] 谢伋《四六谈麈》,《历代文话》第1册,第39页。

论、铭诔、诗赋四类八种,陆机则分出诗、赋、碑、诔、铭、箴、颂、论、奏、说十种,挚虞《文章流别志论》分类更细。但这些人分类的多关注风格而不完全是文章体式。直到刘勰才真正对各种文体的体裁要求做出明确的界定。他论文体,一辨源流演变,二辨功用目的,三辨写作要求,四辨语言风格,论述已相当具体。如论诏策,"汉初定仪则,命有四品:一曰策书,二曰制书,三曰诏书,四曰戒敕。敕戒州部,诏诰百官,制施赦命,策封王侯。策者,简也。制者,裁也。诏者,告也。敕者,正也",这是辨诏策的源流演变与功用目的;"夫王言崇秘,大观在上,所以百辟其刑,万邦作孚。故授官选贤,则义炳重离之辉;优文封策,则气含风雨之润;敕戒恒诰,则笔吐星汉之华;治戎燮伐,则声存洊雷之威;眚灾肆赦,则文有春露之滋;明罚敕法,则辞有秋霜之烈,此诏策之大略也。"①这是辨写作要求与语言风格。他还指出历史上一些作者因过分追求文学性而忽略文体本身要求,导致写作不符合文体规范的弊端。例如箴这种文体,有官、私两种,都是要求有所针砭警醒,于人于己有所戒示,要求"文资确切",过分追求文学性会导致"不得体"。他举例说:"潘勖《符节》,要而失浅;温峤《侍臣》,博而患繁;王济《国子》,引多而事寡;潘尼《乘舆》,义正体芜,凡斯继作,鲜有克衷。至于王朗《杂箴》,乃置巾履,得其戒慎,而失其所施,观其约文举要,宪章武铭,而水火井灶,繁辞不已,志有偏也。"②在他看来,这些作品的主要偏失就在于"繁辞不已",即过于追求文学性而忽略了文体本身要求。

因"古文"、骈文都只是一个内涵与外延都非常宽泛的大概念而不是某种具体文体,故后世无论推崇"古文"者还是骈文者,都重视辨体,也就是区分具体文体。如宋人王应麟《词学指南》引倪正父说:"文章以体制为先,精工次之。失其体制,虽浮声切响,抽黄对白,极其精工,不可谓之文矣。凡文皆然,而王言尤不可以不知体制。"③这是说写作骈文也当以体制为先,诏诰之类的"王言"尤须符合体制。体制有失,虽骈对工稳,极其精工,也不算好文章。元人杨植翁说:"文章先体制,而后论其工拙。体制不明,虽操觚弄翰于当时犹不可,况其勒于金石

---

① 刘勰撰,王运熙、周锋译注《文心雕龙译注》,第92—93页。
② 刘勰撰,王运熙、周锋译注《文心雕龙译注》,第48页。
③ 王应麟《词学指南》,王水照主编《历代文话》,第946页。

者乎？"①潘昂霄也说："学力既到，体制亦不可不知，如记、赞、铭、颂、序、跋，各有其体。不知其体，则喻人无容仪，虽有实行，识者几人哉？体制既熟，一篇之中，起头结尾，缴换曲折，转折反复，照应关锁，纲目血脉，其妙不可以言尽，要须自得于古人。"②这是说记、赞、铭、颂诸体都各有体制要求，体制不对，有如人失去仪容，难以自立。明人吴讷论文也主张"文辞以体制为先"③。徐师曾《文体明辨序说·文章纲领》引明人陈洪谟说："文莫先于辨体，体正而后意以经之，气以贯之，辞以饰之。体者，文之干也；意者，文之帅也；气者，文之翼也；辞者，文之华之也。体弗慎则文庞，意弗立则文舛，气弗昌则文萎，辞弗修则文芜。四者，文之病也。是故四病去，而文斯工矣。"徐氏本人也说："夫文章之有体裁，犹宫室之有制度，器皿之有法式也。……苟舍制度法式，而率意为之，其不见笑于识者鲜矣，况文章乎？"④

古人选文，无论今古骈散，率多以《文选》为楷模。文选所选39类，后人多有损益，也有人批评《文选》，但于文章体式则不能不辨。如宋真德秀《文章正宗》批评《文选》，分文体为辞令、议论、叙事、诗歌四大类，而各大类之下，仍包括诸多小类。如辞命一项，就包括诰、誓、命、玺书等"王言"体，与《文选》并无二致。明人王志坚《四六法海》，其实也隐含辨体立式之意。清代一些重要的骈文选本主骈、古同源，分辨体式亦细。如李兆洛的《骈体文钞》上编列铭刻、颂、杂飏颂、箴、谥诔哀策、诏书、策命、告祭、教令、策对、奏事、驳议、劝进、贺庆、荐达、陈谢、檄移、弹劾等十八种体式，中编列书、论、序、杂颂赞箴铭、碑记、墓碑、志状、诔祭等八大类体式，下编列设辞、七、连珠、笺牍、杂文等五种体式，其序则称："文之体，至六代而其变尽矣。沿其流极而溯之，以至乎其源，则其所出者一也。"⑤李氏所说之"体"，既是骈体之体，又兼指文章体式之"体"。王先谦的《骈文类纂》分论说、序跋、表奏、书启、赠序、诏令、檄移、传状、碑志、杂记、箴铭、颂赞、哀吊、杂文、辞赋等十五大类，而以论说居首，论说类又把《文心雕龙》全书置

---

① 杨植翁《金石例序》，《历代文话》第二册，第1368页。
② 潘昂霄《金石例》，《历代文话》第二册，第1452—1453页。
③ 吴讷撰、于北山校点《文章辨体序说》，人民文学出版社1998年版，第9页。
④ 徐师曾撰、罗根泽校点《文体明辨序说》，人民文学出版社1962年版，第80页。
⑤ 李兆洛《骈体文钞》，上海书店根据世界书局旧版影印，1988年版，第20页。

于首位,其中就包含着辨体之深意。于每种文章体式之源流、功用、要求等,王氏也在序例中略加陈说。如序跋,"史家类传,乃有序文,所以领厥宏纲,陈其命意……若寻常诗文序跋,亦分两事:一曰酬应之作……一曰揆张之作"。如表奏,"敷奏始于《尚书》,上书沿于战国。秦并区宇,列为四品,表以陈事,章用谢恩,劾验政事曰奏,推覆平论曰驳"①,等等。

辨体的意义在于不同的文体必须选择不同表述方式,呈现不同的风格。无论骈、"古",都必须遵循体式写作,特别是那些带有应用性质的文体,如果"不得体",文字再好,骈偶再精工,都不能称为合格的文章。从这点说,骈文、古文,实本同末异而已。

二、骈文句格在不同体式中的不同运用

骈文的句格,无非就是对偶,莫道才从总体与一般出发概括为字数的基本对等,意义的基本对举,词性的基本对称,结构的基本对应四个方面,从骈句的一般特征来说,这无疑是正确的。然而,仅知对偶的一般规则并不意味着就能写出骈文。骈文是"文","文"必须有组织、结构,必得由众多骈句搭配、组合而成。就骈文的创作实践来看,不同的文章体制在句格的选择、搭配与运用是很不相同的。

六朝时,骈文大盛,除史传(不包括史论)外骈文的触角无所不及,中唐"古文"兴盛之后,骈文虽未废弃,但使用空间大为压缩,主要集中在应用文体中。据王应麟《辞学指南序》,北宋哲宗绍兴初(1094)始立宏辞科,搜求以文辞见长的人才。礼部初立试格十条,所试文体为章表、赋、颂、箴、铭、诫谕、露布、檄书、序、记十种。除诏诰赦敕不试,又再立试格九条。章表、露布、檄书要求用四六体,颂、箴、铭、诫谕、序、记依古今体,亦得用四六。南宋高宗绍兴三年,所试制、诰、诏书、表、露布、檄、箴、铭、记、赞、颂、序十二种文体,都是古今杂出,即既有古文,又有四六,总的走向是四六越来越局限于应用类。

谢伋认为应用类文体之所以采用四六,主要是为了便于宣读:"三代两汉以前,训诰、誓命、诏策、书疏,无骈俪粘缀,温润尔雅。先唐以还,四六始盛,大概

---

① 王先谦《骈文类纂》,浙江古籍出版社1998年版,第4、7页。

取便于宣读。"①因为骈文(四六)多用于应用文体,故宋代论骈文者多从应用文体的角度论句格、写法。四六句格并不只是四字句与六字句的简单联缀、叠加,而是要求句子之间形成关联。王铚认为,四六句格之间应形成映衬,每联前四字须召唤下六字,形成照应关系,才算工巧入微:"四六格句,须衬者相称,乃有工,方为造微。盖上四字以唤下六字也,此四六格也。"刘勰《文心雕龙·丽辞》曾指出对偶有字字相衔、句句相俪、宛转相承、隔行悬合四种情况,②杨明则对"宛转相承"作了细致分析,认为这实际上是多层对偶相连续,使每层对偶的上下联分别依次相承接、相对应,以造成文章形成层层递进深入的效果。③ 元代陈绎曾也对四六的段落构成有较为明细的论述:

> 每一段中,以一隔联,包括其意,前后随宜;以四字六字散联,弥缝其阙。所以然者,事分则明,既以约事分章取之矣。意分则朗,故以明意,属辞取之也。凡意或有首尾,或有主客,或有待对。混而言之,则昏晦;分而言之,则明朗。故四六属辞之法,必分事意为两壁,而以对偶明之也。又一意之中,必分主从。从者常多而意短,主者常少而意长,若不为法以明之,则主从混淆,而轻重不分矣。故少其偶联以明主意;多其散联,以明从意,此四六属辞所以用四六限段节、拘对偶、分散联之本意也。欲读者便于音声,故切以平仄;欲听者不至迷误,故平易其辞。此又四六属辞所以定粘律、明句读文辞之本意也。但明此旨,则四六之作自然合辙矣。④

这里所谓"隔联",笔者的理解就是区隔文章的对偶句格。它必须能概括段意(即一段之中心思想),对段落中其他联语起统率、带动作用。所谓"散联",就是连缀本段文字的其他联语,多为叙事句或议论句。"隔联"标举本段之意,"散联"则以事充实、展开本段之意。这样才能做到通段有意有事,事约而意明。标举段意的是主联,其他叙述句、议论句为从联,前者重而后者轻,前者语少而后者语多,以少统多,可以起到一以驭万之作用。

---

① (宋)谢伋《四六谈麈》序,王水照主编《历代文话》第二册,复旦大学出版社 2007 年版,第 33 页。
② (宋)王铚《四六话》卷上,《历代文话》第一册,第 23 页。
③ 杨明《宛转相承:骈文文句一种接续方式》,《文史哲》2007 年第 1 期。
④ (元)陈绎曾《四六附说》,《历代文话》第二册,第 1267 页。

从现代文章学角度说,句格通常可分四类,即叙述(事)句格、描写句格、抒情句格、议论句格,无论骈、古都是如此。

前人对句格的这种区分有所认识但不甚深入,有所论述也往往比较笼统。如叙述(事)句,程杲就有论述:"四六序事之法,有挨序格,若一事自始至终,一人自少至老,递详其实是也。有类序格,若德行、文章、勋业以及世望、后裔,各标其目是也。有分序格,若双寿之夫妻,联芳之兄弟,以及累叶亲贤、同堂友哲,各扬其美是也。有合序格,若前项诸类而以错综分配举之是也。"①程杲对序事句的分析,似乎仅限于行状、碑记、贺词之类的文体。实际上,骈偶叙事句并不限于这些文体。只是用骈偶叙事往往需要提炼、概括,叙事文体通篇用骈句是很困难的,因而叙事文体特别是史传正文不适合通篇用骈句来写。清人姚文田对此有所认识,说:"文体自东汉之季,往往排比经言,惟以文辞相尚。比例则常嫌于过实,叙述则又病于不明。六朝更为骈丽之词,遂使记事记言必先览者旁置史传,然后本末乃可详考。"②骈文短于叙事,这已是骈文创作与研究界的共识。但任何文体又都少不了叙事,故叙事句的运用仍然是非常广泛的,只是不同文体叙事句的运用有多寡之别而已。大致而言,叙事因素较多的如记、序、碑、志之类,叙事句的数量相对较多。

描写句最适合用于描写山水、建筑、场面、氛围、人物形貌等,是骈文文学类作品如赋、七、对问、连珠或文学性较强的应用文如赞、颂、箴、铭、吊、哀祭等文体的常用句格。明代有所谓骈俪派戏文,晚清有所谓骈体小说,实际上都是大量使用描写句格,以求语言的婉转尖新。骈文长于写景、状物,主要指其中的文学性文体而言。描写句是易于吸附各种修辞格的重要句型,骈文的华美、绮丽,往往与描写句吸附各种修辞手法密切相关。

前人或认为骈句最适合于抒情与议论,如王莳兰就有"意双则陈理易达,句耦则言情易深"③之说。王氏之说有符合事实的一面,骈句组构抒情句、议论句确实比较方便,也易于出彩。但王氏之说也有过于笼统的一面。就这两种句格

---

① (清)孙梅著,李金松点校《四六丛话》程杲序,人民文学出版社 2010 年版,第 7 页。
② 王葆心《古文词通义》卷一,《历代文话》第八册,第 7080 页。
③ (清)王莳兰《复庄骈俪文榷二编序》,《续修四库全书》第 1533 册集部,上海古籍出版社 2002 年版,第 437 页。

的运用而言,却各有自己的文体领域,也各有自己的局限性。

抒情句最适合用于文学类骈文之中。它常跟描写、叙事搭配来用,这样容易使文章情文并茂,情景交融。应用类中有些文体如赞、颂、箴、铭、章表、书信、记序等可自由抒情者,也往往较多运用抒情句。但公文类文体却不宜过多地使用抒情句,抒情句过多容易滥情伤理,有失客观公允,导致"不得体"。

议论句可用文学类骈文中,但不可多用,议论过多会影响文章的形象性,造成理过其辞的弊端。优秀的文学类骈文只是以警策的议论句来画龙点睛。文学类骈文中也有以议论为主的,如律赋就有很多作品是从儒道经典取题,需要大量运用议论句。一些文章高手常常想方设法冲淡议论过多的缺点,尽量化议论为描写、抒情,以回归赋的文学本位。有些题目实在没有办法回归文学性,就只能依照题目要求选择体式句格。李调元说:"辞尚体要,总贵称题。如圆丘祀天、藉田、献茧等题,能援据精详,简古肃穆,便是第一义矣。若徒句雕字琢,刻意求新,则是错朱紫于衮衣,奏郑卫于清庙,非特大乖体制,转开不学人省力法门。"①所以议论不是赋的常态,但涉及议论为主时,也只能按赋题要求写作。议论句可大量运用于应用类文体中,宋代四六多表现为议论色彩浓厚,主要是因为宋代的骈文以应用类文体为主,议论句正好有发挥自身作用的空间。

总之这四种句格在不同的文章体制中搭配比例、组合方式是很有讲究的。一般说来,夹叙述夹描写夹抒情是文学类骈文的常见手法。议论句则最适合用于应用类骈文,特别是具有公文性质的文体。叙述、抒情、议论是应用文体的常用句格,经常互相搭配,使议论与事实的陈说、情感的抒发相互为用,相得益彰。当然,这也只是大致而言。如上所言,应用类骈文当中也包含诸多体式,有些体式文学性较强,就可多用描写、抒情句格。但多数应用类文体特别是公文,是不宜多用描写句的。描写过多常常会冲淡议题,甚至使文章荒腔走板。王铚《四六话》卷下说:

四六贵出新意,然用景太多,而气格低弱,则类俳矣。唯用景而不失朝廷气象,语剧豪壮而不怒张,得从容中和之道,然后为工。王岐公作《慈圣皇后山陵使掩圹慰表》云:"雁飞银汉,虽阅景于千龄;龙绕青山,终储祥于

---

① (清)李调元《赋话》卷四,《丛书集成初编》本,中华书局1985年版,第33页。

百世。"滕元发《乞致仕表》云:"云霄鸿去,免罹矰缴之施;野渡舟横,无复风波之惧。"吕太尉《谢赐神宗御集表》云:"凤生而五色,怅丹穴之已遥;龙藏乎九渊,惊骊珠之忽得。"凡此之类,皆以气胜与语胜也。①

王氏所谓"用景太多",主要指写应用类文体描写句用得太多。他举的比较符合文体要求的三篇范例都是表文。表文中也可以用描写句,但必须写出"朝廷气象",符合表文特有的句格要求。如果用一般写文学类骈文的方式来写应用类骈文,就会显得不伦不类,因"气格低弱"而"类俳"。

张鷟是初唐著名骈文高手,其小说《游仙窟》描写部分就大量用骈。张氏用骈体写的判书集《龙筋凤髓判》,被作为范文传世。但在宋代却受到了洪迈的批评:"唐史称张鷟早惠绝伦,以文章瑞朝廷,属文下笔辄成,八应制举皆甲科。今其书传于世者,《朝野佥载》、《龙筋凤髓判》也。《佥载》纪事,皆琐尾摭裂,且多媟语。百判纯是当时文格,全类俳体,但知堆垛故事,而于蔽罪议法处不能深切,殆是无一篇可读、一联可味。"判是一种公文文体。《文心雕龙·书记》:"券者,束也。明白约束,以备情伪,字形半分,故周称判书。"判书相当于合同或司法裁定书,应按合同或司法裁定的要求来写,张氏用的是骈体,又按写文学类骈文的方式来选择句格,堆砌典故,华而不实,不符合文体要求。大概是唐初文尚华丽,对公文的要求尚不严格,所以张氏的不合规范的公文反被叫好。中唐以后公文逐渐规范,到宋代要求更为明确,故洪迈的认识与唐初人大相径庭。他总结应用性四六的要求说:"四六骈俪,于文章家为至浅,然上自朝廷命令、诏册,下而缙绅之间笺书、祝疏,无所不用。则属辞比事,固宜警策精切,使人读之激卬,讽味不厌,乃为得体。"②"警策精切"是针对议论句的运用而言,"使人激卬"则是指议论与抒情相结合。

句格的不同也直接影响到修辞手法的不同。文学类骈文的句格与诗赋同格,凡诗赋所能用之修辞基本上都能用,表现出文学作品常有的尖新。应用类以实用为主,以议论句格为多,其修辞手法受文体本身的制约严格。应用文体当中的不同文体也有不同要求。如诏书,这是代表王朝发言的文体,就比章表

---

① (宋)王铚《四六话》卷上,《历代文话》第18页。
② (宋)洪迈《容斋四六丛谈》,《历代文话》第一册,第49、56页。

一类要求严格。吕祖谦说:"诏书或用散文,或用四六,皆得。唯四六者下语须浑全,不可如表,求新奇之对而失大体。但观前人之诏自可见。"①这是说,相对于诏书,章表可有"新奇之对",而诏书不可追求新奇。然而,章表也是应用文体,相对文学文体它也应有所克制:"大抵表文以简洁精致为先,用事不要深僻,造语不可尖新,铺叙不要繁冗,此表之大纲也。"②所以不同的文体要用不同的句格和修辞方法,不能随意。记序之类的文体在应用文体中相对比较自由,但同文学类文体相比又有所拘限,故有"记序以简重严整为主,而忌堆叠窒塞;以清新华润为工,而忌浮靡纤丽"之说③。

宋代的四六主要是应用文体,尤重在公文,故四六论者多从应用文体或公文角度论修辞。应用类骈文和文学类骈文句格修辞的最大不同是,应用类特别是公文语言的新颖性大受限制,难以自创伟词,为了追求典雅精严,只能采取两个最主要的办法。一是变化传统骈文句格,采用类似古文的相对自由的对偶句格,多用长句,以避免清一色四六句造成的板滞、僵硬。"宣和间,多用全文长句为对,习尚之久,至今未能全变。前辈无此体也。"④二是融铸经史,巧用成句,以造成典雅精警之风格。有"四六经语对经语,史语对史语,诗语对诗语,方妥帖"、"四六之工,在于裁剪,若全句对全句,亦何以见工"⑤、"四六有伐山语,有伐材语。伐材语者,如已成之柱桷,略加绳削而已;伐山语者,则搜山(一作"披山")开荒,自我取之。伐材,谓熟事也;伐山,谓生事也。生事必对熟事,熟事必对生事。若两联皆生事,则伤于奥涩;若两联皆熟事,则无工。盖生事皆用熟事对出也"⑥等等说法,都是针对运用经史语技巧归纳出来的造句原则。

三、不同骈文体式有不同风格追求

总体说,骈文是美文,其风格比"古文"华美,前人用"沉博绝丽"形容之,不无道理,但未必准确。笔者在上文反复提到,骈文本身是一种并包众体的文体,

---

① 王应麟《辞学指南》引吕祖谦语,《历代文话》第 1 册,第 958 页。
② (宋)王应麟《辞学指南》,《历代文话》第 1 册,第 971 页。
③ (宋)王应麟《辞学指南》,《历代文话》第 1 册,第 1007 页。
④⑤ (宋)谢伋《四六谈麈》,《历代文话》第 1 册,第 34 页。
⑥ (宋)王铚《四六话》,《历代文话》第 1 册,第 8 页。

不同体式不仅写法有不同要求,风格也会有明显的差异。从这个意义上说,体式对风格有决定作用。

文学类骈文用"沉博绝丽"来形容比较合适。应用类骈文就未必。曹丕论文,粗分四科,认为四科风格不同:"奏议宜雅,书论宜理,铭诔尚实,诗赋欲丽"。前三类属应用类,后一种是文学类。陆机论文,增至十类:"诗缘情而绮靡,赋体物而浏亮。碑披文以相质,诔缠绵而悽怆。铭博约而温润,箴顿挫而清壮。颂优游以彬蔚,论精微而朗畅。奏平彻以闲雅,说炜晔而谲诳。"值得注意的是,陆氏已把属文学类的诗赋提到了前面,把其他八种应用类文章放到了后面。他对文体的理解继承了曹丕,但比曹丕深入细致。刘勰《文心雕龙·定势》论文体风格,指出风格与体式之关系,是"因情立体,即体成势":他认识到不同文体的风格与"情""体"有关,比曹、陆又更为深入。他论文体风格,也是分而论之:"章、表、奏、议,则准的乎典雅;赋、颂、歌、诗,则羽仪乎清丽;符、檄、书、移,则楷式于明断;史、论、序、注,则师范于核要;箴、铭、碑、诔,则体制于弘深;连珠、七辞,则从事于巧艳:此循体而成势,随变而立功者也。"①后世之论文体风格者,多宗刘勰之说,只是对各种文体的风格差异认识更为细致、深入、具体罢了。

说体式对风格有决定作用并不是说同样的体式只能写出同一种风格,而是说体式对风格有重要制约作用。经过创作者的努力,即使是同一种文体也能写出时代与个人的风格差异。后人多说骈体从六朝、唐、宋有三变,是说骈文也一代有一代之风格。一些骈文大家也总能写出自己的风格来:"皇朝四六,荆公谨守法度,东坡雄深浩博,出于准绳之外,由是分为两派。近时汪浮溪、周益公诸人类荆公,孙仲益、杨诚斋诸人类东坡。大抵制诰笺表贵乎谨严,启疏杂著不妨宏肆,自各有体,非名世大手笔不能兼之。"②"藏曲折于排荡之中者,眉山也;标精理于简严之内者,金陵也。"③清代骈文名家众多,而且骈文也是以应用文体为主,但大家高手仍能写出自己的风格来。清代"八家"(袁枚、邵齐焘、刘星炜、孔广森、孙星衍、洪亮吉、吴锡麒、曾燠)、"后八家"(张惠言、乐钧、王昙、王衍梅、刘开、董祐诚、李兆洛、金应麟)以及未入"八家"的彭兆荪、吴鼒、方履篯等,"十家"

---

① (梁)刘勰撰,王运熙、周锋译注《文心雕龙译注》,上海古籍出版社2010年版,第148—149页。
② (宋)杨囦道《云庄四六余话》,《历代文话》第一册,第119页。
③ (明)王志坚《四六法海序》,《景印文渊阁四库全书》本。

(刘开、梅曾亮、王闿运、李慈铭、方履篯、周寿昌、董诚基、董祐诚、赵铭、傅桐)之目,都各有自己的风格。这说明文体本身并不是决定风格的唯一因素,任何一种文体,只要人们用心钻研,就能出自己的独特风格。相反,一味因循模仿,就会出这样那样的问题。王志坚批评明代的骈文说:"大抵四六与诗相似,唐以前作者韵动声中,神流象外;自宋而后必求议论之工,证据之确,所以去古渐远。然矩矱森然,差可循习。至其末流,乃有诨语如优,俚语如市,媚语如倡,祝语如巫,或强用硬语,或多用助语,直用成语而不切,叠用冗语而不裁。四六至此,直是魔胃,所当亟为澄汰不留一字者也。"《四库全书总目》也说:"(骈文)降而愈坏,一滥于宋人之启札,再滥于明人之表判,剿袭皮毛,转相贩鬻,或涂饰而掩情,或堆砌而伤气,或雕镂纤巧而伤雅,四六遂为作者所诟厉。"①

　　清代骈体号为中兴,但仍主要限于应用类,虽不乏名家名作,写得好的是那些易于发挥个人才情、文学性较强的文体,如哀、铭、颂、书、笺、记、序等体式(如汪中的《广陵对》、《哀盐船文》、《经旧苑吊马守贞文》、《吊黄祖文》,洪亮吉的《与孙季逑书》、《戒子书》、《出关与毕侍郎笺》、《游天台山记》、《城东两庐记》,王闿运的《桂颂》、《秋醒词序》,李慈铭的《吊包村文》、《与柯山亲友书》等),那些应用性过强、特别是公文虽也有闻名当时之作,但由于时代局限太大,很难传世。清王朝灭亡,许多应用体式特别是公文文体也宣告终结,不再使用。虽然晚清还有许多骈文高手,甚至有人以骈体写小说,然而骈文的总体需求与影响与日俱减,除了少数文学类名作仍能流传,其他都只有尘封在庋藏中,等待研究者去发掘它们的历史文献价值了。

---

① (清)纪昀等《四库全书总目》,中华书局1987年版,第1719页。

骈文文气论

徐宝余(韩国全南大学中文系)

中国古典文论中的文气论是一个十分重要的理论范畴,它根源于中国哲学的"气"的概念,在文学层面流传甚广。然而,自韩愈开始,在相当长的一段时间内,文气论却发展成为古文理论的核心内容之一,于骈文则较少涉及。因为古文家的文气论合道与文而言,故而对讲究声律对偶的骈文大加挞伐,致使骈文理论中的文气理论一直不兴。这种情形到了明清时期才有所好转,特别是在孙梅等人的努力下,骈文文气论才得以发展起来。[①] 然而,当前学术界对文气论的研究成果虽然很多,但基本集中在古文理论的层面,在骈文方面则十分稀少,仅见的几篇研究成果也集中在朱一新的"潜气内转说"上,如奚彤云《中国古代骈文批评史稿》第四章(华东师范大学出版社 2006 年版)、余祖坤《论古典文章学中的"潜气内转"》(《中南民族大学学报》2012 年第 1 期)、莫道才《骈文文论:从辞章之论到气韵之说——论朱一新"潜气内转"说的内涵、来源与价值》(《文学评论》2013 年第 4 期)等。就中尤以奚氏所论最为简要得当。然而,骈文文气论究竟包含哪些内容,它与古文文气论有什么不一样的地方,这些方面的研究还不够充分。本文的写作无意于对骈文文气论做全面系统的研究,而是循着这一问题做一些必要的论述。

[①] 之所以这么说,笔者并非要忽视或否认刘勰《文心雕龙》中的系列论述。在骈散未分的时代,文气不过是一个共性词语,并不像中唐以后具有那么强烈的道德主体意识。

一、徐庾文评中的"气"

我们一般所熟悉的文气论主是在古文理论方面,在骈文方面似乎并不突出。然而笔者近几年在对徐庾文评进行梳理的过程中,① 发现了一个颇为值得注意的现象,即也多有以骨气论骈文,尤以气为主。兹引相关五家文字,并做简要评述于后。

张溥《汉魏六朝百三家集序》云:"总言其概:椎轮大辂,不废雕几,月露风云,无伤骨气,江左名流,得与汉朝大手同立天地者,未有不先质后文、吐华含实者也。人但厌陈季之浮薄而毁颜、谢;恶周、随之骈衍而罪徐、庾,此数家者,斯文具在,岂肯为后人受过哉?"② 他在《徐仆射集》题辞中首先肯定了徐陵的才能和人格,然后说:"乃余读其劝进元帝表,与代贞阳侯数书,感慨兴亡,声泪并发,至羁旅篇牍,亲朋报章,苏李悲歌,犹见遗则,代马越鸟,能不凄然。……历观骈体,前有江任,后有庾徐,皆以生气见高,遂称俊物,他家学步寿陵,菁华先竭,犹责细腰以善舞,余窃爱其饿死也。"又在《庾开府集》题辞中将徐庾比作苏李,并认为"(庾信)文与孝穆(徐陵)敌体,辞生于情,气余于彩,乃其独擅"。

永瑢等《四库全书总目》于《庾开府集笺注》提要中说:"至信(庾信)北迁以后,阅历既久,学问弥深,所作皆华实相扶,情文兼至,抽黄对白之下,灏气舒卷,变化自如,则非陵(徐陵)之所能及矣。"③

蒋士铨《评选四六法海》评庾信《谢赵王赉米启》:"庾氏父子深于隶事,既无牵缀之迹,复免板重之识,但觉灵气盘旋,彩云上下。"评《周赵国公夫人纥豆陵氏墓志铭》:"华而不滞,秀而不弱,有才而能节,有气而能制。"评《贺平邺都表》:"自具遒宕之气。"评徐陵《陈王九锡文》:"如此大篇,妙在气体渊雅,语义匀称,既无逗凑粗厉之患,复绝弩骞骧服之嫌。遒劲式让子山,而雍容揖让,气象可与接踵。后虽四杰,不能继之,何况余子。"评《使东魏值侯景乱与北齐尚书令求还

---

① 笔者有关这方面的论文有《明清辑选注解中的徐庾文评》,《中国人文科学》(韩),第 62 辑,2016 年 4 月;《一般评论中的徐庾文评》,《中国语文论丛》(韩)第 79 辑,2017 年 2 月;《历代文话赋话中的徐庾文评》,《中国学研究》(韩),第 79 辑,2017 年 2 月。
② 张溥著,殷孟伦注《汉魏六朝百三家集题辞注》,中华书局 2007 年版,第 2 页。
③ 永瑢等《四库全书总目》,中华书局 1981 年版,第 1275—1276 页。

书》:"沈雄之气略逊子山,而顿宕风流,后为无比。"①

李兆洛《骈体文钞》评徐陵《与王僧辩书》:"孝穆文惊彩奇藻。摇笔波涌,生气远出。有不烦绳削而自合之意,书记是其所长。他未能称也。"②是书谭献评语亦重气,如评徐陵《陈公九锡文》:"遂为台阁文字滥觞,尚有生气,后人不能。"又于尾评中说:"生气不减。"评《在北齐与杨仆射书》云:"古人之格自我而变,后人之法自我而开,文章气力至此正不必以皮相论矣。"于《徐周处士宏让书》的尾评中说:"调笑中文气排宕。"评《与李那书》:"从容抒写,神骨甚清。"又如评庾信,在《贺平邺都表》、《为阎将军乞致仕表》等评语中,他认为庾信的表文具有变体的地位:"势纵气敛,固是名篇章法,兜里一变齐梁以来疏散之体。""沈着之言,开府独擅,《文选》三十卷微婉之体尽矣。"然而又与唐代表文的"阐缓"不同,他评《贺新乐表》云:"章句近人而清新相接,骨体不凡,尚非唐初阐缓所及。"评《周大将军司马裔碑中》"有奔轶之气"、《周柱国长孙俭神道碑》"激荡有气"、《为上黄侯世子与妇书》"气举其辞"等等。

许梿《六朝文絜》在《小园赋》中,这样来评价庾信:"骈语至兰成所谓采不滞骨,隽而靡絜。余子只蝇鸣蚓窍耳。乃唐令狐德棻等撰信本传,诋为淫放轻险,词赋之罪人。何愚不自量至此。诗家如少陵,且极推重,况模范是出者,安得不俯首邪。"《镜赋》中"竞学生情"四句评云:"婉约微妙,妩媚可怜,昔人评开府文谓其辞生于情,气余于采,信然。"③

在以上所引的评语中,我们可以明显地注意到他们所用的词语存在一个共同的特征,即以气论徐庾之文。

在张氏的评语中,如"椎轮大路"这种由质而文的积变观念当是源自于萧统的《文选序》④"月露风云",这是自隋唐以来对徐庾等六朝文人的否定性评价用语,然而张溥却认为"无伤骨气",即徐庾的藻饰还处在一个适度的范围,或可理解为徐庾之文仍处于"情采"与"风骨"相结合的完美阶段。可见张氏的六朝文

---

① 蒋士铨《评选四六法海》,藏园藏版。
② 李兆洛《骈体文钞》,上海书店 1988 年据世界书局旧版本影印版,第 343 页。
③ 许梿评选,黎经诰笺注,吴丕绩标校《六朝文絜笺注》,中华书局 1962 年版,第 26、44 页。
④ 关于萧统的积变观,笔者有《萧统"文变"思想发微》(韩国《中国人文科学》第 50 辑,中国人文学会 2012 年版,第 189—203 页)一文,可参看。

学观念受《文选》积变观念的影响比较深远,徐庾生在《选》后,但张溥却在事实上将他们与《选》放在了同一个标准上。"无伤骨气",可与"气余于彩"相互印证,也就是说非但徐庾之文无绮靡之过,而且"气"与"骨"相称,甚至是"气"过于"彩",这与徐庾的一般评论之词是截然不同的。清人蒋士铨评语中有"遒宕之气"、"沉雄之气",或可与张溥所说的"无伤骨气"相映发。

张氏还用到了"生气"一词,这个"生气"当是指江、任、庾、徐的文章中有一股生动之气,这种生动之气,与后来骈文的板重、凝滞、堆垛、熟烂等弊端明显不同。这样的评语,为李兆洛、谭献所采,足见"生气"是徐庾之文所具备的一个突出特点。而蒋士铨的评语中所用到的"灵气",即"灵动之气",与"生动之气"的"生气"当是属于同一范畴。

在蒋士铨的评语中还用到了"气体渊雅"、"气象"这样的词,这是指徐庾某类文字所呈现出来的一种雍容庙堂之气,与徐庾自身的精神气质关系不大,主要是指在文体上做到了合乎规范。蒋士铨还说到"有气而能制",与谭献所说的"势纵气敛"存在着共通性,都是说徐庾在使气时能够做出克制,也就是说文中的"势""气"不为才气所掩。谭献评语中的"从容抒写,神骨甚清"、"气举其辞",许氏的"采不滞骨,尚而弥絜"等等,都可以从这一角度寻求到合理的解释。

至于四库馆臣所说的"灏气舒卷,变化自如",则是统庾文而言之,是指庾信在创作上所达到的一种自由度。这种自由度当然也可以从骨气、采骨或神骨上去寻求,但毕竟又与之有所不同。

通过以上分析,我们大致可以归纳出明清人在对徐庾骈文的评价上所使用的"气"的意义:一是与骨、采联系在一起的气,"遒荡之气"、"沉雄之气"便是在这一意义上的使用,它与钟嵘、刘勰所说的风骨、风力大概是处于同一层面的;二是"生气"之气,有空灵、疏朗的意思,它是通过语言(包括事典)的精心选择和句子的巧妙安排所达到的一种流动之气;三是气体、气象之气,是指创作上某一种文体所应具备的精神气质,或可归纳为体与貌的关系,如前所述"气体渊雅"、"气举其辞"便是这一层面意思;四是势气之气,是文章抒写的过程中,一种对语言和结构的把控能力,所谓制气、敛气,即强调对于气的运用应该收纳在合理的范畴内。

可见,批评家们对于骈文文气的使用还是相当重视的,这与我们的一般认识存在着比较大的跨度,并且骈文文气所涉及的方面也基本与古文文气大致相当,只是回避了文道或理气的关系层面问题。

文气论自曹丕在《典论·论文》中首次提出以来,亦不乏用之于六朝文学的批评上,如钟、刘辈,然而在六朝以后的文论中,对这一理论加以发扬光大的却是古文家,而不是骈文家。之所以出现如此局面,与韩愈将道德仁义的涵养、文章的情感气势二者结合在一起深有关系。

二、古文家对骈文气弱的批评

正如我们熟知的,韩愈是文气论的重要阐发者和运用者,影响最为巨大。其《答李翊书》云:"气,水也;言,浮物也。水大而物之浮者大小毕浮,气之与言犹是也,气盛则言之短长与声之高下者皆宜。"[①]宋代则有苏辙之论,其《上枢密韩太尉书》云:"辙生好为文,思之至深。以为文者气之所形,然文不可以学而能,气可以养而致。孟子曰:'我善养吾浩然之气。'今观其文章,宽厚宏博,充乎天地之间,称其气之小大。太史公行天下,周览四海名山大川,与燕、赵间豪俊交游,故其文疏荡,颇有奇气。此二子者,岂尝执笔学为如此之文哉?其气充乎其中而溢乎其貌,动乎其言而见乎其文,而不自知也。"[②]所以章太炎说"昔者文气之论,发诸魏文帝《典论》,而韩愈、苏辙窃焉"[③]。其实,在曹丕后,韩、苏之前以气论文的还有数家,六朝如钟、刘,唐代如杜枚、李德裕,宋代如范仲淹、欧阳修,他们在文气论上皆有发挥。如果说钟、刘的文气论还未能自成系统的话,那么韩后苏前的李德裕和欧阳修所论则是应该值得注意的了。

李德裕的《文章论》似是从曹丕《论文》中得来,他说:"魏文《典论》称'文章以气为主,气之清浊有体',斯言尽之矣。"接下来,他对于文气的分析与曹丕有所相同,他说:"气不可以不贯,不贯则虽有英词丽藻,为编珠缀玉,不得为全璞之玉矣。鼓气以势壮为美,势不可以不息,不息则流宕而忘返。亦尤丝竹繁竹,必有希声窈眇,听之者悦闻;如川流迅激,必有洄洑透迤,观之者不厌。"他所说

[①] 马其昶《韩昌黎文集校注》卷三,上海古籍出版社1986年版,第171页。
[②] 陶秋英《宋金元文论选》,人民文学出版社1984年版,第179页。
[③] 章太炎《国故论衡·文学总略》,上海古籍出版社2003年版,第55页。

的"气贯",主要从针对沈约有关音韵论而说的,所以他所说的气是情意的一种连贯性与波动性而已,故而他在后文驳斥沈约的音韵说之后,总结说:"古人辞高者,盖以言妙而工,适情不取于音韵;意尽而止,成篇不拘于只耦。"①杜牧也曾说过:"凡为文以意为主,以气为辅。"(《答庄充书》)②意与气相辅助,而形成一种文章的内在力量。他们所说的文气,与曹丕所说的文气是不同的,曹丕注重的是人的禀气不同所带来的创作上的偏好与差异,清浊之论是用来说明人各有擅的,而不是用来说明文章的情感意脉的。

与李德裕的情意之气不同,欧阳修的文气说,则更多地集中在道德理念的层面。他的"充中发外"理论,可以视为是对韩柳古文理论的一种扩充。他说:"圣人之文虽不可及。然大抵道胜者文不难而自至也。……若道之充焉,虽行乎天地,入于渊泉,无不之也。"(《答李秀才书》)"闻古人之于学也,讲之深而信之笃。其充于中者足,而后发乎外者大以光。……今之学者或不然,不务深讲而笃信之,徒巧其词以为华,张其言以为大。夫强为则用力艰,用力艰则有限,有限则易竭;又其辞不规模于前人,则必屈曲变态以随时俗之所好,鲜克自立。此其充于中者不足,而莫自知其所守也。"(《答乐秀才第一书》)③司马光、吕南公、王十朋、陆游、周必大、魏了翁、真德秀、王柏等人都对充中发外的理论有所强调,④这说明了韩愈以来的古文传统与儒学传统有着强大的连续性与延展性。

---

① 周祖譔《隋唐五代文论选》,人民文学出版社1999年版,第304页。
② 吴在庆《杜牧集系年校注》,中华书局2008年版,第884页。
③ 陶秋英《宋金元文论选》,分别见第78—79、82页。
④ 吕南公说:"盖古人之于文,知由道以充其气,充气然后资之言,以了其心。"又说:"盖文之为道,由东京以下,始与经家分歧,其弊起于气不足。"(《与汪秘校论文书》)王十朋《蔡端明公文集序》:"文以气为主,非天下之刚者莫能之。古今能文之士非不少,而能杰然自名于世者亡几。非文不足也,无刚气以主之也。"陆游《次韵和杨伯子主簿见赠》:"文章最忌百家衣,火龙黼黻世不知。谁能养气塞天地,吐出自足成虹霓。"周必大《皇朝文鉴序》:"臣闻文之盛衰主乎气,辞之工拙存乎理。昔者帝王之世,人有所养而教无异习。故其气之盛也,如水载物,小大无不浮;其理之明也,如烛照物,幽隐无不通。……"王柏《题碧霞山人王公文集后》:"'文以气为主',古有是言也;'文以理为主',近世儒者尝言之。李汉曰:'文者贯道之器。'以一句蔽三百年唐文之宗,而体用倒置不知也。必如周子曰:'文者所以载道也。'而后精确不易。夫道者,形而上者也;气者,形而下者也。形而上者不可见,必有形而下者为之体焉。故气亦道也。如是之文,始有正气;气虽正也,体各不同;体虽多端,而不害其为正气足矣。盖气不正,不足以传远。学者要当以知道为先,养气为助。道苟明矣,而气不充,不过失之弱耳。道苟不明,气虽壮,亦邪气而已,虚气而已,否则客气而已,不可谓载道之文也。"(《宋金元文论选》,分别见193—194、263、273、275、418页。)

他们的理论近承韩愈,上接孟子的集义养气说,①这说明这一派的文气说注重的是主体的道德情感在文字表达上的贯注作用。

  古文家对于骈文的批评也时时以气来加以衡量,如明人茅坤在《唐宋八大家文钞总序》中说:"魏、晋、宋、齐、梁、陈、隋唐之间,文日以靡,气日以弱,强弩之末,且不及鲁缟矣,而况于穿札乎?"②清人吴德旋在《七家文钞后序》中从气充辞达的古文家路数,否定六朝之文,可视为对姚氏《古文辞类纂》去取古文的补充说明。他说:"洎乎汉氏之东,文气渐即衰薄;魏、晋以降,才士雕琢曼词,以为适俗应用之具,则固宜其气之不足以充,词之不足以达矣。及其久而相沿成习,若士之为文固应若此者,斯为蔽益甚,而其于古也不亦远乎;六经简严易直之体,不既澌灭而无遗矣乎?"③《唐宋八大家文钞》与吴氏的清人《七家文钞》并是古文大家的文选,也是古文家学习古文的经典范本,二人的序文都不遗余力地攻击骈文,其攻击的要点即为"气弱",可见骈文在古文家眼中,"充气"不足是其致命的弱点。明清骈文批评之所以以"气"来评点徐庾骈文,不能不说有着与古文"争气"的用意,尽管二者在"气"的使用上意义各有侧重,一重在文辞层面,一重在道德层面,并未形成针锋相对的态势。

三、骈文家的文气论

  骈文家的文气论与古文家有着明显的不同。如果说古文家的文气来源于孟子,那么骈文家的文气则是发源于钟、刘。钟、刘时代骈散未分,所以他们的论述也只是在一般文章学上做出提炼,并非专门针对骈体而言。据笔者考察,骈文理论中,以气骨论骈文,当以两宋之际的叶梦得、王铚为最先。叶氏在《避暑录话》中谈及四六用经语时说,只要适合语意即可,不必刻意回避,也不必勉强用之,他批评大观以后的作家"争以用经句为工",不问切当与否,认为"虽有甚工者,而文气扫地矣"。王铚《四六话》是第一部专门论四六的著作,其中也有

---

① 《孟子·公孙丑上》:"(公孙丑)'敢问夫子恶乎长?'曰:'我知言,我善养吾浩然之气。''敢问何谓浩然之气?'曰:'难言也。其为气也,至大至刚,以直养而无害,则塞于天地之间。其为气也,配义与道;无是,馁也。是集义所生者,非义袭而取之也。行有不慊于心,则馁矣。'"(朱熹《四书集注》本,中华书局1983年版,第231—232页。)
② 高海夫主编《唐宋八大家文钞校注集评》,三秦出版社1998年版,第1页。
③ 王运熙等《清代文论选》,人民文学出版社1999年版,第708页。

两次说到气,例如他认为"表章要有宰相气骨",他举了范尧夫、刘丞相的两表,表明"爱其语整雅有大臣气象"。其所说的气骨、气象皆就文体得体而言。南宋费衮《梁溪漫志》亦说刘元城、陈了翁有"刚正之气",在说到用事时,认为"雕镌太过,则类俳,则反伤正气"。后者就用事而言,前者就主体而言。继之而后,明人王文禄在《文脉》中也说到六朝气骨的问题,他说:"夫六朝文,风骨虽怯,组织甚劳,研覃心精,累积岁月,非若后代率意疾书,顷刻盈幅,皆俚语也。夫惟俚语为文也,见文奇者,讥曰艰深绮靡之文;见文俗者,夸曰明体适用之文,无怪文日卑也。"①一句"风骨虽怯"貌似与古文家声口无异,然而意味之中有所保留却是显而易见的,他看到了六朝骈文在精心结撰上的"组织甚劳"之功,从而避免了日后之文的卑俗,其所论亦当是有所感而发。当然,王文禄的语言还是有所躲闪,有退让。②到了明末张溥辑《汉魏六朝百三家集》时,则已经改变了许多。张溥说徐庾之文在文辞上的雕饰之功"无伤气骨",并且还说徐庾之文"以生气见高"、"气余于彩",这明显是较王文禄的《文脉》更进了一层,语气显得更为肯定。因此,今天有学者认为,张溥的批评显得十分特别,是受了古文文论的影响而加以改造的结果。这一看法非常敏锐地捕捉到了骈文文气论的应对对象问题,虽然张溥在这一方面并无直接面对古文理论的阐释。③

到了清代乾隆时期孙梅(?—1790?)的《四六丛话》则放开了更多,他在柳宗元的案语中说:"自有四六以来,辞致纵横,风调高骞,至徐、庾极矣。笔力古劲,气韵沈雄,至燕公极矣。驱使卷轴,词华绚烂,至四杰极矣。意思精密,情文

---

① 王文禄《文脉》,王水照《历代文话》本,复旦大学出版社 2008 年版,第 1692 页。
② 例如,他还在别处对文气加以强调,并且是就道德仁义而说的:"文显于目也,气为主;诗咏于口也。文必体势之壮严,诗必音调之流转。是故文以载道,诗以陶性情,道在中矣。"又:"或曰:后世无《孟子》七篇,何也? 曰:孰养浩然之气也? 故曰:'文以气为主。'有塞天地之气,而后有垂世之文。"分别见第 1693、1695 页。
③ 奚彤云《中国古代骈文批评史稿》第三章"明代文学复古运动中的骈文批评"在论述张溥时,对此特别加以说明:"'气'在文论中的含义相当丰富,可以指作家的气质,作品的风貌,或主体的精神元气在文中的实现状况,一般以气势充沛为尚。……张溥则一反古文家的观念,认为骈文也可以做到文气充沛,故他评论骈文时也能以文气是否充沛为标准……他称庾信的文章注重华采之余,仍有充足的气势。他对'气'的理解虽与六朝人相仿,但在骈文批评中能以气为主要衡量标准,实为受古文文论影响并加以改造的结果,这也昭示了一种新的批评趋向。由于和古文相比,骈文的气势显得较为柔缓,所以张溥并不以盛气、壮气要求它,而是强调'生气'、'逸气',希望文章能表现出活跃、超凡的精神气质。"华东师范大学出版社 2006 年版,第 83—84 页。

婉转,至义山极矣。及宋欧、苏诸公,笔势一变,创为新逸,又或一道也。惟子厚晚而肆力古文,与昌黎角立起衰,垂法万世。推其少时,实以词章知名,词科起家。其镕铸烹炼,色色当行。盖其笔力已具,非复雕虫篆刻家数。然而有欧、苏之笔者,必无四杰之才;有义山之工者,必无燕公之健。沿及两宋,又于徐、庾风格去之远矣。独子厚以古文之笔而炉韝于对仗声偶间,天生斯人,使骈体、古文合为一家,明源流之无二致。呜呼,其可及也哉!"(《四六丛话》卷三十二)孙梅从骈文史的角度来论述徐庾骈文的佳处,所以能得其重点。"辞致纵横,风调高骞",这已经等同于说徐庾之文已经了有充沛的感情和气势了,又说燕公(张说)"笔力古劲,气韵沈雄",更是从感情与声韵两个方面对骈文加以肯定。此外,孙梅还在多处提到"气"的问题。如在论中,有"采珠数言之精当,气骨非常"句;在制敕诏册中有"魏晋而下,华缛递增,然琢句弥新,而遒文间发"句。特别是他在评徐陵《与杨仆射书》的案语中所说的一段话尤其值得注意:"议论曲折,情词相赴。'气盛而物之浮者大小毕浮',不意骈俪有此奇观。至末段声情激越,顿挫低佪,尤神来之笔。"①他甚至找到了骈文足以媲美古文文气的具体作品,足见与古文"争气",是孙梅在评论骈文时一直潜存于其意识中的观念。

蒋士铨(1725—1785)与孙梅生活的时代大体相同,他在评徐庾之文时用到了"灵气盘旋"、"有气而能制"、"遒宕之气"、"气体渊雅"、"沉雄之气"等表达,在气论上分别注意到了作家、作品等不同层面,这足资证明骈文家的气论在乾隆时期已经打开了与古文家相同的层面,只是在理论的深度上和系统上还没有形成更好的局面,这从乾隆时期的四库馆臣对庾信赞以"灏气舒卷"四字也可得到印证。

李兆洛和谭献在骈文选本《骈体文钞》上的评点,明显地可以见出上述论者的影子。如他们经常用到的"生气"一词以及"文气排宕"、"神骨甚清"、"势纵气敛"、"奔轶之气"、"激荡有气"、"气举其辞"等;同时也可以发现,他们的评论似乎更多地集中在情感气势这一层面,一直在回应着古文家的批评。

与谭献生活时代大致相同的朱一新(1846—1894),则对骈文文气论有所发展。他在《无邪堂答问》中说:"骈文自当以气骨为主,其次则词旨渊雅,又当明

---

① 孙梅《四六丛话》,《历代文话》本,分别见第 4929—4930、4914、4310、4372、4601 页。

于向背断续之法。向背之理易显,断续之理则微。语语续而不断,虽悦俗目,终非作家。(公牍文字,如笺、奏、书、启之类,不得不如此,其体自义山开之。)惟其藕断丝连,乃能回肠荡气。骈文体格已卑,故其理与填词相通。(文与诗异流而同源,骈文尤近于诗,倚声亦诗之余也。风、雅本性情之事,惟深于情者,乃可为诗。特用情有邪正之不同,温柔敦厚,诗教也;缘情绮靡,非诗教也。至如雍容揄扬之作,铿锵镗鞳之词,源出于颂,别是一格。以骈文论,则曾选中刘画三最工此。)潜气内转,上抗下坠,其中自有音节,多读六朝文则知之。(四杰用俳调,故与此异,燕许尚皆如此,至中唐后而始变。)国朝精于此者,惟稚威、叔宝、汪、洪诸家,亦时有之。巽轩以下,文虽工而此意则寡矣。"①

朱一新强调"骈文自当以气骨为主",高举"气骨"二字,这仿佛是回应明代王文禄的风骨稍怯的遗憾,也是对张溥以来的骈文气论不够理直气壮的一种创作上的回应,同时也更应该视作是对古文家文气论的一种回应。他的气论既有着历代评论六朝骈文的视角,有着总结的意味,又是对当下骈文写作的一种要求,有着指导和规范的意味。只是很可惜,他没有从理论层面来细加分析。朱一新在另一处的文字表达,或可以用来说明他所说的"气骨"的内容:"夫骈文不运以古文之气,则涂附可憎。"②此处所说的"运以古文之气"大概是就骈中运散、偶中运奇的意思。骈偶中参以行散,这样的提法较早就已经有了。如刘开(1784—1824)于《与子卿太守论骈体书》中云:"故骈中无散,则气壅而难疏;散中无骈,则辞孤而易瘠,两者但可相成,不能偏废。"③包世臣(1775—1855)的《文谱》则对之有着更为明确的表达:"是故讨论体势,奇偶为先,凝重多出于偶,流美多出于奇。体虽骈,必有奇以振其气;势虽散,必有偶以植其骨。仪厥错综,致为微妙。"④

---

① 朱一新《无邪堂答问》,上海古籍出版社 2000 年版,第 91—92 页。
② 朱一新《佩弦斋文存》卷上《复傅敏生妹婿》,《拙庵丛稿》本,光绪二十二年(1896)。
③ 刘开《刘孟涂集》,道光六年(1826)刻本。
④ 《包世臣全集·艺舟双楫卷一》,黄山书社 1993 版。按:朱一新所提出的第二点是"词旨渊雅","渊雅"就是深厚、淳雅的意思。钟嵘《诗品》评任昉的诗是"善铨事理,拓体渊雅,得国士之风",评嵇康的诗是"过为峻切,讦直露才,伤渊雅之致"(吕德申《钟嵘诗品校释》,北京大学出版社 2000 年版,第 108、68 页),刘勰《文心雕龙·诏策》说武帝册封三王的文字"劝诫渊雅,垂范后世"(范文澜《文心雕龙注》,人民文学出版社 1958 年版,第 359 页),都有这方面的意思。"词旨渊雅",是就用词用语方面来说的,其对立面就是流滑、鄙恶,这是骈文世俗化和末流作者的行径,也是骈文衰敝的一大表征。

朱一新所说的"向背断续"法中,以"潜气内转"说最为近来学者所称赞,①但是在阐释方面往往将之与气骨论混杂在一处,而没有注意到"潜气内转"说的是字法、句法、结构等方面的内容。对于朱一新的"潜气内转"论,后来有一种解释,是通过不设虚词而实现的一种文意转运法。古文家十分强调,通过虚词实现文意的转接,其文意的转承启接十分明显,故而可以说是"浮气";而骈文则不同,骈文的转接处往往使人不觉,故而需要慢读、缓读方能体味其中的意思关捩处,所以是"潜气",而不是"浮气"。潜气,使骈文别有一种内在的阴柔之美,即要眇幽隐之意,要通过反复的体味与琢磨方能获得。这方面的论述最为详赡的当是孙德谦(1873—1935)的《六朝丽指》。我们在《六朝丽指》里,可以看到"断笔之法"、"贵用散行"、"宜缓读"、"宜轻读"、"骈散合一乃正格"、"用虚字流通血脉"、"潜气内转妙诀"、"任沉辨"等条中都涉及了"气"的问题,皆是与"向背断续"法有关的,并且尤其是侧重于"断续"法。这说明,"潜气内转"关键在于意义、字句的转接上。

　　除了"向背断续"法,孙德谦在气论上也谈到了情感气势等问题,并且直接与古文气论相并论。其第十条"气之阴柔者"说:"然文气贵分清浊,尤宜识阴阳之变。近世古文家,其论文气也,有阳刚、阴柔之说,立论最确当不易。以吾言之,六朝骈文即气之阴柔者也。……六朝文体,盖得乎阴柔之妙矣。"他将骈文气论直接上接古文气论,不厚此薄彼。在第三十二条中,他又分析了古文之气与骈文之气的差别:"昌黎谓:'惟其气盛,故言之高下皆宜。'斯古文家应尔,骈文则不如此也。六朝文中,往往气极遒炼,欲言不言,而其意则若即若离,急转直下者。北魏孝文帝《与太子论彭城王诏》:'吾少与绸缪,提携道趣,每请解朝缨,恬真丘壑。吾以长兄之重,未忍离远,何容仍屈素业,长婴世纲。'于'未忍离远'下应言'彼此情好,勉为淹留,事等周南,逾阅岁纪',如是乃接'何容'云云,方为曲折尽致。今无此等语,似上下气不联属,六朝文所以不易读也。又谢朓

---

① 按:笔者所见有关论述重要的成果有奚彤云的《中国古代骈文批评史稿》下编第四章"沟通骈散的骈文理论"第二部分"朱一新的骈文批评"(华东师范大学出版社 2006 年版)、余祖坤的《论古典文章学中的"潜气内转"》一文(《中南民族大学学报》2012 年第 1 期)以及莫道才的《骈文文论:从辞章之论到气韵之说——论朱一新"潜气内转"说的内涵、来源与价值》一文(《文学评论》2013 年第 4 期),然而三者皆对"潜气内转"说有所误读,关于此,详见笔者另文《"潜气内转"辨》,《中国语文论丛》(韩国)第 82 辑,中国语文研究会 2017 年。

《谢随王赐左传启》:'朓未睹山笥,早懵河籍,业谢专门,说非章句。'此下亦当言'得承颁赐,有此《左传》一书',然后接'庶得既困而学,括羽莹其蒙心,家藏赐书,籯金遗其贻厥'。今并不言及赐字,而'未睹山笥'四句,只作谦逊之词,径出此'庶得'两字,文气亦不贯穿。苟非深知六朝文诀,必疑其辞不逮意矣。故骈文蹊径,与散文之'气盛言宜',其所异在此。"①十分明显,同是"气盛言宜",他从中竟也分辨出古文与骈文的差别。同是气,古文、骈文不同;同是气盛言宜,古文与骈文又有所不同。这是骈文理论上第一次全面系统地正面回应古文文气论,在骈文理论史上真正具有划时代的意义。在此基础之上,孙氏"以遒论文"以及所标举的"遒逸"、"宕逸"既是上继前人所论,也可以见出孙氏的慧眼发明。

孙德谦还有一条是专门谈骈文的气韵的,他所说的气韵也是与"潜气内转"联系在一起的。为了更好地说明他的气韵论,今录其全文如下:"长沙王益吾先生于学无所不通,著述宏富。至论文字,有《续古文辞类纂》,则皆录阳湖、桐城诸家之文。其于骈体,《十家四六文钞》而外,又选《骈文类纂》若干卷。此书包该古今,首有例言,语极精妙。其持论大旨,则在不分骈散,而以才气为归。夫骈文而归重才气,此固可使古文家不复轻鄙,无所借口。惟既言骈文,则当上规六朝,而六朝文之可贵,盖以气韵胜,不必主才气立说也。《齐书·文学传论》曰:'放言落纸,气韵天成。'此虽不专指骈文言,而文章之有气韵,则亦出于天成,为可知矣。余尝以六朝骈文譬诸山林之士,超逸不群,别有一种神峰标映、贞静幽闲之致。其品格孤高,尘氛不染,古今亦何易得?是故作斯体者,当于气韵求之,若取才气横溢,则非六朝之真诀也。夫骈文而不宗六朝,拟之禅理,要为下乘。使果知六朝之妙,试读彼时诸名家文,有不以气韵见长者乎?"②有学者认为,钱基博的"气韵论"借评述孙德谦的《六朝丽指》将"潜气内转说"进一步提

---

① 按:甚至有学者提出,六朝骈文之气与古文无异,如近代李详《答江都王翰棻论文书》:"文章自六经周秦两汉六代以及三唐,皆奇耦相参,错综而成。六朝俪文,色泽虽殊,其潜气内运,默默相通,与散文无异旨也。"而且散文也是自然高妙的:"其散文亦为千古独绝,试取《三国志注》、《晋书》及南北两史、郦善长之《水经注》、杨炫之《洛阳伽蓝记》与释氏《高僧传》等书读之,皆散文之至佳者,至今尚无一人能承其绪;盖误以雕琢视之,而未知其自然高妙也。"(《学制斋书札》上卷,《李审言文集》,江苏古籍出版社1989年版,第1061页)
② 孙德谦《六朝丽指》,《历代文话》本,分别见第8448、8455、8456、8434—8435页。

升为"气韵说":"主气韵,勿尚才气,则安雅而不流于驰骋,与散行疏科。崇散朗,勿矜才藻,则疏逸而无伤于板滞,与四六分疆。"认为"朱一新的骈文理论到了钱基博又有了新的创造性的进步"①。其实钱氏所说的气韵,与孙德谦所说的气韵并无二致,都是指与才气相对的一种内在的转运之法所达到的流动之气。

　　从以上的分析可以看出,孙德谦所论六朝骈文文气,主要有三个方面:字法、句法或结构;人与文的情感气势;文章的内在气脉、意蕴。虽然在气论上还不是系统周密,如缺少对作家个体之气的差异分析,在时代气运等方面也没有相关论述,但是基本上对古文的文气论批评都做出了针对性的回应。

　　既然骈文可以与古文一样,都重视气,那么在模写上必然要向骨气充备的对象学习,这是孙学濂《文章二论》中骈文主学汉魏的一个大背景。虽然孙氏没有明确提出,但是我们可以从字里行间寻找到许多印证。如其论汉魏骈文有九长,其中第三便是"排不尽偶,故气疏以达",第九也说"虽俪体而持重处则间以散行,故局势峻整"。二者皆与文气有关。他在历数汉魏大家之后说,"要之,诸家工拙不同,而各有精采,不能摘其字句之研词朴茂也,不能掩其清刚之致气疏越也"。可见,其盛赞汉魏,"致气疏越"是重要一环。他在论述晋代骈文不如汉魏时也是举出气之一端来加以说明:"晋文不逮汉魏者,以四六句多也;东晋不逮西晋者,以四六句尤多也。盖语有排偶,实顺自然之势,如贾山、邹阳之作,层层比喻,皆用偶句,而气自能达。骈四俪六,句皆成联,是则有意为之,故辞愈巧,而气愈靡。裁对调声之功多,则运思通玄之功少。徒能隶事,而不能辨理;徒能饰辞,而不能达诂;徒能排比铺张,而不能以气贯注。"其批评南北朝也有如此倾向,认为汉魏之文能够做到"以意驱辞,以气摄意",齐梁则不同,他从世人大多右庾左徐的现象中窥视出"世之言骈文者,皆重色泽、略气骨,喜清新、恶典重",从反面也可以觉察到他对于"气"的重视。所以,他对朱一新的"藕断丝连"法特别赞赏:"朱蓉生谓:'句句连而不断,则失之俗,惟其藕断丝连,乃能回肠荡气。'旨哉言乎!后人学骈,或取法陆敬舆,以为条畅,实则近俗。公牍、词章,固自殊制也。汉文承接之句,多至六语;唐人承接句虽少,然堆砌沉滞,并丝而断;宋人迭四五句为排,则连而拔,花落实坠矣。"一个非常有趣的现象是,孙学濂的

---

① 见莫道才《骈文文论:从辞章之论到气韵之说——论朱一新"潜气内转"说的内涵、来源与价值》一文。

气论在很大程度是延续了朱一新的断续法而来,与孙德谦的潜气内转法相通。但是在《文章二论》的结论部分,我们又看到了他论风骨的文句:"文章要旨,惟在风骨,丽句清辞皆成卑弱。其道非他,则文中有我也,故摛藻扬葩,润声涂泽之中,必切乎时会,合乎分际,斯不为泛衍,则骨重风骞矣。近人恒谓某某弘博,能为巨制。夫类书甚多,孰难獭祭,东西涂抹,长篇易易,而按之无骨,绎之无意,则亦何贵有此文哉? 故骈文关键在存骨。"①这说明孙学濂的文气论与风骨论是相为辅助,风骨论是主,文气论是辅,风骨论是就内容情感说的,文气论则是就字法、句法、文法而言的。

孙学濂所论,与朱一新相比,只论其中的两点;与孙德谦相比,又少了孙德谦的文章气质品格的方面。由此可见,就骈文理论来说,朱一新所论最为简约,孙德谦所论最为宏深,而孙学濂所论则有所偏至。就骈文文气论来说,亦如斯。这说明,自乾嘉以来的骈古文之争之合,最终落脚点恰恰都在文气上。当骈文的文气也能够如古文一样具有相应的情感气势,那么,如何发现骈文文气? 如何实现骈文文气的"气盛言宜"? 这样的现实需求与理论要求也就被提到议事日程上来。这是孙德谦、孙学濂们致意于对骈文断续之法(即潜气内转之法)的探索和揭示的真正动力所在,也是其真正的意义和价值所在。不明此点,则不足以言骈文。

结论

骈文文气论是骈文理论中一个十分重要的范畴。最初它出现在骈文的一般评论中,直到骈文理论渐趋成熟,它才成为骈文理论家们所热心运用的一个范畴。如同其他古典诗学的用语一样,人们在使用的过程中,对其理解的角度和重心不同,从而使骈文文气论呈现出丰富多样的内容。仅本文所涉及的方面就有作家的主体情感、文章的情感气势、作品所呈现出的风格特征、行文结构的方法等等许多方面。

在骈文文气的梳理中,我们可以发现,骈文家之所以重视气,是为了应对古文家有关气弱的批评,在古文家大力倡导气论的时代背景下,骈文家想要力争

---

① 孙学濂《文章二论》,《历代文话续编》本,分别见第 873、874、883、914—915 页。

骈文的地位，就得对之有所回应。在这一背景下，骈文的气从而得以被发现，并且在骈散合一的观念指导下，从古文气论中吸收有关内容，如强调运骈以散、偶中出奇、骈散相参，从而为骈文气论打开了一个新的局面。

在骈文气论的研究中，人们也发现，骈文之气与古文之气毕竟有所不同。同是气盛言宜，古文之气很容易被捕捉到，而骈文之气则很难发现。于是研究六朝骈文的孙德谦从朱一新那儿借来了"潜气内转"说，在骈文断续之法上发现了虚词的缺失所带来的特殊效果。顺着孙德谦的说法，也许我们可以将古文之气称之为"浮气"，而将六朝骈文之气称之为"潜气"，一个显，一个隐。孙德谦的"潜气内转"理论，确实丰富了骈文的气论内容。但是也无需将之抬得过高，毕竟"潜气内转"说只是就六朝骈文的字句来说的，而骈文气论则包含更多的内容，如主体情感、文章内容、文体属性等。

最后，应该提出的是"潜气内转"法虽然被孙德谦揭示出来，然而由于骈文创作的发展并未停留在六朝水平，唐代燕许以来的骈文作家在气方面的由潜而浮的努力，使得潜气内转法逐渐淡化。而清代孙德谦的提出，有助于骈文家在文气安排上能够借鉴六朝，为六朝骈文的复兴提供了理论支撑。与此同时，在骈散融合的大背景下，也有助于人们打通骈散之气，从而使文章在潜与浮、隐与显、阴与柔之间寻求到一条适中的道路，晚近文学中所强调的沉郁顿挫、沉雄博丽、摧刚为柔、柔中带刚等等，无不可以视为这方面的具体显现。

赋体分类的变迁与总集形式的演进

徐昌盛(湖南师范大学辞赋骈文研究中心)

挚虞的《文章流别集》是第一部汇聚众体的文章总集,采取了按照文体分类的形式,萧统的《文选》在文体分类的基础上,又进一步按照题材进行分类,确立了此后总集分类的基本体式。赋体是汉魏六朝最具代表性的文体,在魏晋南北朝的文学理论和文集编纂中占有首要地位,赋体分类由"体"向"事"的变迁过程,典型地体现了魏晋南北朝总集分类形式的演进历程。

一、赋体扩充与总集文体分类的确立

汉代的赋体观念重视政治功用,强调"赋做什么"[①],魏晋之际发生了重要变化,随着魏晋时期文学地位的提高,赋体创作日趋繁荣,"赋怎么分"是当时学者面临的实际问题。从"赋做什么"到"赋怎么分"的发展,既体现了总集的编纂方式从经史汇聚向文学编纂的演进历程,又反映了总集文体分类的确立过程。

(一) 赋体政治功用分类的实践困境

赋体分类的标准最早是政治功用,这与赋为"古诗之流"的说法相适应。《史记·司马相如列传》说:"相如虽多虚辞滥说,然其要归引之节俭,此与《诗》之风谏何异?"[②]这是最早从文章功用的角度将赋的讽谏拟于诗教,按照《诗经》

---

① 参见许结《汉代赋用论的成立与变迁》,《杭州师范大学学报》2016 年第 3 期;许结《中国辞赋理论通史》,凤凰出版社 2016 年版,第 288—292 页。
② 《史记·司马相如列传》卷一〇七,中华书局 1982 年版,第 3073 页。

的美刺观念要求大赋同样具有"劝"与"讽"的政治职能,是赋按照政治功用分类的前奏。汉宣帝已经透露了赋为《诗》之流的意思,他面对众人批评王褒等作宫观歌颂的文章,解释道:"'不有博弈者乎,为之犹贤乎已。'辞赋,大者与古诗同义,小者辩丽可喜,譬如女工有绮縠,音乐有郑卫,今世俗犹皆以此虞说耳目,辞赋比之,尚有仁义风谕,鸟兽草木多闻之观,贤于倡优博弈远矣。"①重点突出了"与古诗同义"和"仁义风谕"。班固《两都赋序》明确提出了这个说法:"或曰:'赋者,古诗之流也。'昔成、康没而颂声寝,王泽竭而诗不作。大汉初定,日不暇给。至于武宣之世,乃崇礼官、考文章,内设金马石渠之署,外兴乐府协律之事,以兴废继绝、润色鸿业。是以众庶悦豫,福应尤盛,《白麟》《赤雁》《芝房》《宝鼎》之歌,荐于郊庙。神雀、五凤、甘露、黄龙之瑞,以为年纪。故言语侍从之臣,若司马相如、虞丘寿王、东方朔、枚皋、王褒、刘向之属,朝夕论思,日月献纳;而公卿大臣,御史大夫倪宽、太常孔臧、太中大夫董仲舒、宗正刘德、太子太傅萧望之等,时时间作。或以抒下情而通讽谕,或以宣上德而尽忠孝,雍容揄扬,著于后嗣,抑亦雅颂之亚也。"②这个"或曰"应该是宣帝的话,"古诗之流"在班固之前已经出现。班固说"赋"是"雅颂之亚",赋仅次于雅颂,从诗赋的政治功用说明两者的承继关系,这就大大提高了赋的地位,成为目录和总集中以赋居首的思想渊源。后来曹植《前录自序》说:"故君子之作也,俨乎若高山,勃乎若浮云。质素也如秋蓬,摛藻也如春葩。氾乎洋洋,光乎皜皜,与雅颂争流可也。余少而好赋,其所尚也,雅好慷慨,所著繁多。虽触类而作,然芜秽者众,故删定别撰,为《前录》七十八篇。"③说赋足以与雅颂争流,并自编赋体集《前录》,成为第一部生前自编的单一文体的别集,可见赋体地位对文集形成的影响。

扬雄最早将政治功用运用至赋体的分类实践。《法言·吾子》说:"或问:'景差、唐勒、宋玉、枚乘之赋也,益乎?'曰:'必也淫。''淫、则奈何?'曰:'诗人之赋丽以则,辞人之赋丽以淫。如孔氏之门用赋也,则贾谊升堂,相如入室矣。如其不用何?'"④扬雄将赋分为"诗人之赋"和"辞人之赋",依据是"则"与"淫",标

---

① 《汉书·王褒传》卷六四下,中华书局1962年版,第2829页。
② 《文选》卷一,中华书局1977年版,第21—22页。
③ 赵幼文《曹植集校注》,中华书局2016年版,第647页。
④ 汪荣宝撰《法言义疏》,中华书局1987年版,第49—50页。

准是"益",属于政治功用上的区分。《汉书·艺文志·诗赋略序》说:"大儒孙卿及楚臣屈原离谗忧国,皆作赋以风,咸有恻隐古诗之义。其后宋玉、唐勒,汉兴枚乘、司马相如,下及扬子云,竞为侈丽闳衍之词,没其风谕之义。"①班固将赋区分为"古诗之义"和"侈丽闳衍",着眼点在于"风谕",标准依旧是赋的政治功用。《汉书·艺文志》将赋分为屈原赋、陆贾赋、荀卿赋、杂赋等四类,至于分类的原因,后世学者多有异说,但《汉书·艺文志》来源于向歆父子整理中秘藏书而编撰的《别录》、《七略》,很大程度上反映了典藏的实际,而班固《诗赋略序》才是明确的理论宣示。皇甫谧分赋为"古诗之意"与"近代辞赋",第一次确立了赋的古今差别,《三都赋序》说:"是以孙卿、屈原之属,遗文炳然,辞义可观。存其所感,咸有古诗之意;皆因文以寄其心,托理以全其制,赋之首也。及宋玉之徒,淫文放发,言过于实,夸竞之兴,体失之渐,风雅之则,于是乎乖。逮汉贾谊,颇节之以礼。自时厥后,缀文之士,不率典言,并务恢张。其文博诞空类,大者罩天地之表,细者入毫纤之内;虽充车联驷,不足以载,广厦接榱,不容以居也。其中高者至如相如《上林》、扬雄《甘泉》、班固《两都》、张衡《二京》、马融《广成》、王生《灵光》,初极宏侈之辞,终以约简之制,焕乎有文,蔚尔鳞集,皆近代辞赋之伟也。"②皇甫谧的着眼点是"纽之王教、本乎劝戒",仍然是政治功用的旧说,指出赋作有"古诗之意"的是荀子、屈原、贾谊等,自宋玉以下,已乖离风雅,颇好夸诞,但司马相如、扬雄、班固、张衡、马融、王延寿等也属于"近代辞赋之伟"。挚虞将"赋"区分为"古诗之赋"与"今之赋",《文章流别论》说:"古之作诗者,发乎情,止乎礼义。情之发,因辞以形之;礼义之旨,须事以明之,故有赋焉,所以假象尽辞,敷陈其志。古诗之赋,以情义为主,以事类为佐,今之赋,以事形为本,以义正为助。情意为主,则言省而文有例矣;事形为本,则言富而辞无常:文之烦省,辞之险易,盖由于此。"③可知挚虞的分类思想来源于乃师皇甫谧。葛洪《抱朴子·辞义》说"古诗刺过失,故有益而贵;今诗纯虚誉,故有损而贱也"④,正

---

① 《汉书·艺文志》卷三〇,第1756页。
② 《文选》卷四五,第641页。
③ 《艺文类聚》卷五六,上海古籍出版社1999年版,第1018页。其中"言当而辞无常",钱锺书指出"当"系"富"之讹。
④ 杨明照《抱朴子外篇校笺》(下),中华书局1991年版,第398—399页。

是这种观念的延续。

(二) 赋体文体分类的确立过程

赋体依附《诗经》采取功用分类的方法,固然提高了赋体的地位,但随着赋作的持续增多,这种分类方式在实践中遭遇困境,从而激发了进一步分类的必要性和迫切性。根据扬雄、班固、皇甫谧和挚虞所评价的作家分析,符合"古诗之义"的仅有荀子、屈原和贾谊等三人①,自宋玉以下,统统归入"丽以淫"一党,那么随着淫丽党的作家作品不断滋长,继续按照功用的标准,则只能将汉代以来的赋作全部归为一类,既不符合赋体发展的实际,又不满足赋体讨论的需要,在双重困境之下,赋体的进一步分类就自然而然地产生了。

赋的分类又表现为文体形态的扩充,突出地表现在"七"体。"七"体被《文心雕龙》列入"杂文",实则出自骚赋,《汉书·艺文志》已称"枚乘赋九篇",则"七"体属于赋体,殆无疑问。"七"体本是赋体却脱离赋体而独立一体,是赋体形态扩充的典型例证。"七"体来源于枚乘的《七发》,《七发》是早期大赋的标志性作品,因此成为后世文人模拟的对象。曹植《七启序》说:"昔枚乘作《七发》、傅毅作《七激》、张衡作《七辩》、崔骃作《七依》,辞各美丽,余有慕之焉! 遂作《七启》,并命王粲作焉。"②既说王粲在世,则《七启》是曹植在建安后期所作。傅玄《七谟序》说:"昔枚乘作《七发》,而属文之士若傅毅、刘广世、崔骃、李尤、桓麟、崔琦、刘梁桓彬之徒,承其流而作之者纷焉,《七激》、《七依》、《七说》、《七蠲》、《七举》、《七误》之篇。于是通儒大才马季长、张平子亦引其源而广之,马作《七广》,张造《七辨》。或以恢大道而导幽滞,或以点瑰参而托调咏,扬辉播烈,垂于后世者,几十有余篇。自大魏英贤迭作,有陈王《七启》、王氏《七释》、杨氏《七训》、刘氏《七华》、从父侍中《七诲》,并陵前而邈后,扬清风于儒林,亦数篇焉。世之贤明,多称《七激》工,余以为未尽善也。《七辨》似也,非张氏至思,比之《七激》,未为劣也。《七释》佥曰妙哉,余无间矣。若《七依》之卓轹一致,《七辨》之缠绵精巧,《七启》之奔逸壮丽,《七释》之精密闲理,亦近代之所希也。"③《文章流

---

① 扬雄也推崇司马相如,因为司马相如是其同郡乡贤,扬雄因仰慕而模拟大赋,如《羽猎》、《长杨》对《子虚》、《上林》的模仿。
② 《文选》卷三四,第484页。
③ 《太平御览》卷五九〇,中华书局1960年版,第2657页。

别论》说:"傅子集古今七而论品之,署曰《七林》。"①傅玄生于217年,卒于278年,文中称"大魏",则本序作于曹魏期间。曹植和傅玄提及的作家和作品,都是"七"体史上的代表作,说明建安曹魏时期"七"作已经从大赋中独立一体。而理论上支持"七"体独立的是挚虞的《文章流别论》,说:"《七发》造于枚乘,借吴楚以为客主。先言出舆入辇,蹷痿之损;深宫洞房,寒暑之疾;靡漫美色,宴安之毒;厚味暖服,淫跃之害。宜听世之君子要言妙道,以疏神导体,蠲淹滞之累。既设此辞,以显明去就之路,而后说以声色逸游之乐,其说不入,乃陈圣人辩士讲论之娱,而霍然疾瘳。此因膏粱之常疾以为匡劝,虽有甚泰之辞,而不没其讽谕之义也。其流遂广,其义遂变,率有辞人淫丽之尤矣。崔骃既作《七依》,而假非有先生之言。呜呼!扬雄有言'"童子雕虫篆刻",俄而曰:"壮夫不为也"',孔子疾'小言破道'。斯文之族,岂不谓义不足而辨有余者乎?赋者将以讽,吾恐其不免于劝也。"②挚虞"七"体理论的基本脉络是,先直接交待"七"体的起源是枚乘《七发》,并讨论了《七发》的结构和功能,以"其流遂广,其义遂变"来说明"七"体在发展过程中形式和功能的变迁,并举出代表人物和作品即崔骃《七依》,最后表达了"七"体演变中变讽为劝的忧虑。挚虞的文论最大贡献是文体辨析,典型地体现于"七"体。"七"体地位的提升,与魏晋"七"体创作的盛行密切相关。根据学者对现存文献的统计,东汉魏晋是"七"体创作的高峰期,东汉有14家,魏晋有15家,而南北朝不过17家③,如果将建安作家王粲、徐干归入魏晋,则魏晋有17家,堪称鼎盛。萧统《文选》是现存最早的诗文总集,"七体"已经明确地独立一体,察其渊源,不能不归功于魏晋的"七"体创作和理论。

在"七"体之外,还有"骚""辞""颂"等文体,在魏晋南北朝学者看来,都与赋有着千丝万缕的联系。《文章流别论》说"《楚词》之赋,赋之善者也。故扬子称赋莫深于《离骚》;贾谊之作,则屈原俦也"④,则挚虞认为"骚""辞"与"赋"本为一体;《文章流别论》又说"若马融《广成》、《上林》之属,纯为今赋之体,而谓之颂,

---

① 《艺文类聚》卷五七,第1020—1021页。
② 《艺文类聚》卷五七,第1020页。
③ 郭建勋《辞赋文体研究》,中华书局2007年版,第60—61页。
④ 《艺文类聚》卷五六,第1002页。

失之远矣"①,则有些"颂"体也可以归入赋类。尽管现代学者对辞赋等文体的关系还有各种不同的意见,但在挚虞看来,"七""骚""辞""颂"都是"赋"体形式的扩充,这属于魏晋人的普遍观念,反映了魏晋时代的文体意识。

"赋""七""骚""辞""颂"这些具有亲缘关系的文体也是西晋末年挚虞《文章流别集》文体分类的来源和依据。挚虞编纂的《文章流别集》是第一部按照文体分类的诗文总集。《晋书》本传说挚虞"撰古文章,类聚区分为三十卷,名曰《流别集》,各为之论,辞理惬当,为世所重"②。《隋书·经籍志》说:"晋代挚虞,苦览者之劳倦,于是采摘孔翠,芟剪繁芜,自诗赋下,各为条贯,合而编之,谓为《流别》。是后文集总钞,作者继轨,属辞之士,以为覃奥,而取则焉。"③罗宗强说《文章流别论》"实为其时文体论之集大成之作"④,但具体的文体情况现在已不清楚,根据兴膳宏《挚虞文章流别志论考》⑤的归纳,已知的文体有颂、赋、诗、七、箴、铭、庆、哀辞、设论、碑、图谶、述⑥等十三种。因此,挚虞《文章流别集》是第一部以文体"类聚区分"的总集。东晋李充编纂总集《翰林》,据《翰林论》的遗文记载,至少有赋、诗、赞、表、驳、论、议奏、诫诰、檄等文体,因此《翰林》也是典型地以文体分类的总集。《文章流别集》和《翰林》是两晋文章总集的代表,根据文献呈献的状态可以推知,按照文体分类是两晋文章总集的基本形式。

二、赋的题材分类与总集分类的深入

《文章流别集》确立了总集的文体分类形式,但到底有没有进行题材分类,目前还没有寻找到任何的迹象。俞士玲《挚虞〈文章流别集〉考》对《文章流别集》的类目进行了归纳,提出赋体有楚辞、京都、田猎、纪行、游览、志、孙卿等类,诗体有赠答、杂诗、古诗之类⑦,但作者明言这仅仅是依据《文选》分类情况的还原拟测,缺少实际的依据,应该说《文章流别集》只是按照文体分类,尚没有进行

---

① 《艺文类聚》卷五六,第1018页。
② 《晋书·挚虞传》卷五一,中华书局1974年版,第1425页。
③ 《隋书·经籍志》,中华书局1973年版,第1089—1990页。
④ 罗宗强《魏晋南北朝文学史》,中华书局2006年版,第104页。
⑤ 兴膳宏《挚虞文章流别志论考》,《中华文化复兴月刊》第19卷第6期。
⑥ 《文心雕龙·颂赞》说"又纪传后评,亦同其名,而仲洽'流别',谬称为述,失之矣",则挚虞以赞为述,也属有韵之文。
⑦ 俞士玲《西晋文学考论》,南京大学出版社2008年版,第199页。

题材的分类。可以作为印证的是,东晋李充《翰林》的文体分类,据残存的《翰林论》记载,可以考知的有赋、诗、赞、表、驳、论、议奏、诫诰、檄等文体,并无题材分类的痕迹,据此可以推断两晋时期尚没有按照题材分类的总集出现。

赋体按题材分类的方式直到东晋才有明确的记载,晋宋之际已经在总集上有所实践。葛洪《抱朴子·钧世》:"今诗与古诗,俱有义理,而盈于差美。方之于士,并有德行,而一人偏长艺文,不可谓一例也。比之于女,俱体国色,而一人独闲百伎,不可混为无异也。若夫俱论宫室,而奚斯路寝之颂,何如王生之赋灵光乎?同说游猎,而《叔畋》、《卢铃》之诗,何如相如之言《上林》乎?并美祭祀,而《清庙》、《云汉》之辞,何如郭氏《南郊》之艳乎?等称征伐,而《出车》、《六月》之作,何如陈琳《武军》之壮乎?则举条可以觉焉。"[①]提出了宫室、游猎、祭祀、征伐等与天子有关的题材,将《诗经》与王延寿《鲁灵光殿赋》、郭璞《南郊赋》、陈琳《武军赋》相比,突出了赋的重要作用。同时,他说赋胜于《诗》而不出于《诗》,也是大胆而实事求是的观点。谢灵运《山居赋序》称:"扬子云云:'诗人之赋丽以则。'文体宜兼,以成其美。今所赋既非京都、宫观、游猎、声色之盛,而叙山野、草木、水石、谷稼之事。才乏昔人,心放俗外,咏于文则可勉而就之;求丽,邈以远矣。览者废张、左之艳辞,寻台、皓之深意,去饰取素,傥值其心耳。"[②]《隋书·经籍志》记载谢灵运编有《赋集》九十二卷,应该体现了总集的据事分类,惜乎今已不存,无法考知体例。除谢灵运有《赋集》外,《隋书·经籍志》载宋新渝惠侯有《赋集》五十卷,宋明帝撰《赋集》四十卷,佚名《赋集钞》一卷、崔浩《赋集》八十六卷、佚名《续赋集》十九卷、梁武帝有《历代赋》十卷,多是鸿篇巨制,其中必有分类,惜俱亡佚。另有《乐器赋》十卷、《伎艺赋》六卷、《杂都赋》十一卷,可以窥见单一题材类总集的流行。因此《文选》前的赋体总集,我们认为已经有按题材分类的实践,但目前尚没有文献的支撑,而《文选·赋》是现存最早的一部赋集,是明确地按照题材分类的总集。傅刚先生指出:"汉魏以后将赋按题材进行分类,尽管葛洪、谢灵运注意到赋的题材分类,但直到《文选》出现前尚无材料证明有按题材分类的总集。从而使得类目比较清楚,《文选》之功不可没。当然,《文

---

① 杨明照《抱朴子外篇校笺》(下),第74—75页。
② 顾绍柏《谢灵运集校注》,里仁书局2004年版,第449页。

选》之前已有许多赋集，或许已经赋类在先，但毕竟没有流传下来，我们也就无从讨论了。"①

魏晋以来题材分类的理论和实践为南朝以《文心雕龙》和《文选》为代表的理论论述和总集实践做好了充分的准备。《文心雕龙·诠赋》说"京殿苑猎，述行序志，并体国经野，义尚光大"②，又说"草区禽族，庶品杂类，则触兴致情，因变取会"③，将题材分为两类，一是"京殿苑猎，述行序志"，一是"草区禽族，庶品杂类"，而具体的题材可征之《文选》。《文选》赋类题材分为京都、郊祀、耕籍、纪行、游览、宫殿、江海、物色、鸟兽、志、哀伤、论文、音乐、情等十五类。《文选序》称："《诗序》云，诗有六义焉，一曰风，二曰赋，三曰比，四曰兴，五曰雅，六曰颂。至于今之作者，异乎古昔。古诗之体，今则全取赋名。荀、宋表之于前，贾、马继之于末。自兹以降，源流实繁。述邑居则有'凭虚''亡是'之作。戒畋游则有《长杨》《羽猎》之制。若其纪一事，咏一物，风云草木之兴，鱼虫禽兽之流，推而广之，不可胜载矣。"④"邑居"题材举张衡《西京赋》和司马相如《子虚上林赋》为例，属于京都赋范畴；"畋游"举扬雄《长杨》《羽猎》为例，属于游猎类题材；而"纪一事，咏一物，风云草木之兴，鱼虫禽兽之流"则是指"江海""物色""鸟兽"之类。至于分类的逻辑，傅刚先生说前四类"京都""郊祀""耕藉""畋猎"与天子事物有关，"五、六两类'纪行''游览'是行历作品；八、九、十类的'江海''物色''鸟兽'则与自然事物有关；余下五类'志''哀伤''论文''音乐''情'与人的情志有关"⑤。说明当时的文论和总集，将重大题材置于前列，这既与不同题材的重要程度有关，又反映了赋体题材本身的演进历程。

三、"事类"兴起与题材分类意识的演进

赋体题材资源内蕴于文体自身，汉赋作家已经进行了多种题材形式创作的实践，但尚没有建立题材分类的意识。《七发》是最早的大赋，述音乐、饮食、乘车、游宴、田猎、观涛和妙言要道等七件事情，汉代作者依照《七发》的形式，注重铺陈其中的某一类，如田猎赋(司马相如《子虚上林赋》等)、音乐赋(王褒《洞箫

---

①⑤ 傅刚《昭明文选研究》，中国社会科学出版社 2000 年版，第 234 页。
②③ 范文澜《文心雕龙注》，人民文学出版社 1958 年版，第 135 页。
④《文选》，第 1 页。

赋》等),并且进一步发展到京都赋(班固《两都赋》、张衡《二京赋》等)、纪行赋(刘歆《遂初赋》、班彪《北征赋》、班昭《东征赋》等)等题材。汉代的大赋题材发达。"京都""郊祀""耕藉""畋猎"等重大题材的赋作属于"体国经野"的大赋,许结指出"京都赋"居首是肯定汉宫廷赋的正宗地位,"汉赋中如'游猎''郊祀'等题材,亦皆围绕京都制度展开,其实属于汉代'天子礼'的构建"①。总之,天子游猎、京殿规制、祭祀典礼等大赋题材本质上属于汉代礼仪制度推动的产物。汉初的赋作如贾谊的《吊屈原赋》和枚乘《七发》等还具有个体性和讽谏性特征,以司马相如进宫创作"明天子之义"(《史记·司马相如列传》)的《上林赋》为代表的宫廷赋,却显示了汉赋的国家化特征。扬雄的《甘泉赋》是"祀甘泉"、《河东赋》是"祭后土",属于郊祀制度的产物;班固《两都赋》是面对"盛称长安旧制,有陋洛邑之议"而进行辩论的产物。总之,汉代大赋题材的出现,是汉代赋家围绕制度建设的一系列热点问题,创作了大量郊祀、校猎、都城、宫室等赋作,构成了后世文论和总集中京都、郊祀、耕籍、畋猎、宫殿等题材的最早资源。虽然汉代大赋已经有了丰富的题材分类,但从汉代创作的实际来看,这些作品是顺应礼乐制度的需要,属于职业型、应命式的作品,是汉大赋政治教化功能的产物,并非有意识地创作,因此汉赋准备了分类的题材资源,却不具备分类的意识。另外,汉代的一些小赋也提供了题材的资源。贾谊的《鹏鸟赋》是借鹏鸟来抒发情感,《文选》将其归入"鸟兽"类题材;班固《幽通赋》和张衡《思玄赋》、《归田赋》归入"志"类题材;司马相如《长门赋》归入"哀伤"类题材;王褒《洞箫赋》、傅毅《舞赋》、马融《长笛赋》归入"音乐类"题材。另有战国末年的宋玉《风赋》归入"物色"类,《高唐赋》、《神女赋》、《登徒子好色赋》归入"情"类。尽管这些题材的分类是后人观念的产物,但是汉代时已经具备了这些题材的创作。

魏晋赋体题材分类意识的形成是"事类"推动的结果。赋本就事而言,《周礼·春官·大师》载"大师教六诗:曰风,曰赋,曰比,曰兴,曰雅,曰颂",郑玄释"赋"称"赋之言铺,直铺陈今之政教善恶"②,孔颖达《毛诗注疏》说"赋者直陈其事,无所避讳,故得失俱言",则汉赋的"事"原指政教善恶或得失。曹丕《答卞兰

---

① 参见许结《汉赋与制度》,《赋学:制度与批评》,中华书局2013年版,第19页。
② 孙诒让《周礼正义》,中华书局1987年版,第1842页。

教》说:"赋者,言事类之所附也。颂者,美盛德之形容也。故作者不虚其辞,受者必当其实,兰此赋岂吾实哉?昔吾丘寿王一陈宝鼎,何武等徒以歌颂,犹受金帛之赐。兰事虽不谅,义足嘉也。"①这个事类要求"不虚其辞""必当其实",显然突破了政教要求而指向具体事情;"事虽不谅,义足嘉也",揭示了"事"与"义"的关系,即事情未必征实,但表达的意思值得赞许。这实际上是对汉大赋虚诞一面的反思和继承,左思批评说"相如赋《上林》而引'卢橘夏熟',扬雄赋《甘泉》而陈'玉树青葱',班固赋《西都》而叹'以出比目',张衡赋《西京》而述以'游海若'。假称珍怪,以为润色,若斯之类,匪啻于兹。考之果木,则生非其壤;校之神物,则出非其所。于辞则易为藻饰,于义则虚而无征"②,具体的事情或许不存在,但意旨是表彰帝国的物产丰富,因此是值得肯定的。曹丕对"事"的定义在当时有划时代的意义,预示了"自然事物"和"人的情志"两大类别的出现,而当时占据主流的是经传之事和史书之事。

《皇览》主要是"经传之事",却提供了"据事分类"的最初形式。曹丕《典论·论文》说:"盖文章,经国之大业,不朽之盛事。年寿有时而尽,荣乐止乎其身,二者必至之常期,未若文章之无穷。是以古之作者,寄身于翰墨,见意于篇籍,不假良史之辞,不托飞驰之势,而声名自传于后。"③曹丕将文章与经国大业相提并论,称为不朽,提高了子书和诗赋的地位。但曹丕更重视经书的地位,说"故西伯幽而演《易》,周旦显而制《礼》",经书"立德"属于圣人之事,只好退而转向著述来"立言",他与王朗书说:"生有七尺之形,死唯一棺之土。唯立德扬名,可以不朽;其次莫如著篇籍。疫疠数起,士人彫落,余独何人,能全其寿?"④曹丕即位伊始,诏令王象领秘书监,利用秘阁图籍,集合刘劭、桓范等人完成了"四十余部,部有数十篇,通合八百万字"⑤的类书《皇览》。《文帝纪》说"使诸儒撰集经传,随类相众,凡千余篇,号曰《皇览》"⑥,《刘劭传》说"受诏集五经群书,以类相

---

① 《三国志·魏书·后妃传》卷五裴松之注,中华书局 1982 年版,第 158 页。
② 《文选》卷四,第 74 页。
③ 《文选》卷五二,第 720—721 页。
④ 《三国志·魏书·文帝纪》卷二裴注引《魏书》,第 88 页。
⑤ 《三国志·魏书·杨俊传》卷二三,第 664 页。
⑥ 《三国志·魏书·文帝纪》卷二,第 88 页。

从,作《皇览》"①,说明《皇览》是儒学之士以经传为基础进行分类的,而主持编纂的王象,《魏略》说"既性器和厚,又文采温雅,用是京师归美,称为儒宗"②,则是一代儒学大师。《艺文类聚·序》说"《流别》、《文选》,专取其文;《皇览》、《遍略》,直书其事"③,则此事是经传之事。曹丕即位前,主要致力于子书和诗赋,即位之后,想在经书"立德"上有所创造,因此组织儒士编纂巨著《皇览》,这就与建安时所作的《答卞兰教》不能不有所区别。虽然《皇览》收录的是经传之事,与赋的"事类"尚有区别,但形式上的传承,也有一定的借鉴作用。西晋时期的《善文》属于"集经书要事",有学者认为是最早的总集,屈守元先生指出"《善文》收录的,并不是集部之文,而是谠言、史料",又说:"盖杂抄经史诸家,无以别于类书,安得推为总集权舆?"④,总之《善文》是将经书中的重要事例汇集在一起。

值得注意的是,汉末建安以来的史学发展推动了"史事"的重视。建安时期,汉献帝爱好典籍,"常以班固《汉书》文繁难省,乃令悦依《左氏传》体以为《汉纪》三十篇"⑤,荀悦删略《汉书》编年而成《汉纪》,特点是"辞约事详,论辩多美",实际上也是史事的积累。桓范《世要论》也是如此,鱼豢《魏略》载"范尝抄撮《汉书》中诸杂事,自以意斟酌之,名曰《世要论》"⑥,则《世要论》主要是"史事"的汇编。

挚虞是总集题材分类的探索者,最早形成了以事分类的意识。曹丕虽然已经以"事类"言赋,蕴含了题材分类的可能,但没有进一步地发展,这与他缺乏总集编纂的实践需要有关,而挚虞编纂《文章流别集》的实践需要加速了赋体题材分类意识的形成。挚虞在曹丕的"事"与"义"的基础上,第一次将"情义"与"事类"并提,并进行了理论的比较分析。《文章流别论》说:"古之作诗者,发乎情,止乎礼义。情之发,因辞以形之;礼义之旨,须事以明之。故有赋焉,所以假象尽辞,敷陈其志。古诗之赋,以情义为主,以事类为佐;今之赋以事形为本,以义正为助。情意为主,则言省而文有例矣;事形为本,则言当而辞无常。文之烦

---

① 《三国志·魏书·刘劭传》卷二一,第618页。
② 《三国志·魏书·杨俊传》卷二三裴注引,第664页。
③ 《艺文类聚·序》,第27页。
④ 屈守元《昭明文选杂述及选讲》,天津古籍出版社1988年版,第11页。
⑤ 《后汉书·荀悦传》卷九二,中华书局1982年版,第2062页。
⑥ 《三国志·魏志·曹爽传》卷九,第290页。

省,辞之险易,盖由于此。"①挚虞指出"古诗之赋"的主体是"情"与"礼义"组成的"情义","事类"不过是佐助,则"事类"服务于"情义";而"今之赋"却以"事形"为本,"义正"为佐助,指出后世的赋体却以铺陈事形为主,情义沦落到辅助的位置。挚虞在坚持古诗之义的基础上注意到事类的重要性,响应了当时的学术争议,虽然在《文章流别集》的编纂上选择了文体分类,但《文章流别论》保留的讨论,言切事明,足以使他成为赋体分类进一步向"事类"发展的过渡性人物。后来葛洪《抱朴子·钧世》从"今诗与古诗"出发,列举了赋体的重大题材,成为赋体题材分类的最早文献,正是在挚虞文论基础上的重大发展。

赋是汉魏六朝时期最重要的文体,后世文集的编纂也多以赋居首②。赋体的地位崇高,是当时文人展示才华的重要舞台,创作者众多,分类也日益细致,涌现了大量的亲缘性文体。随着赋体的内容从政教礼仪走向日常生活,题材分类应运而生,成为赋体分类的基本形式。从《文章流别集》到《文选》,总集呈现了汇次众体、进行分类的特点,赋体分类变迁的成果,正是记录在总集形式的演进历程当中。

---

① 《艺文类聚》卷五六,第 1018 页。
② 章学诚说"后世编次文集,不知校雠之学,但奉萧梁陋例,一概甲赋乙诗而癸吊、祭文"(王重民《校雠通义通解》,上海古籍出版社 1987 年版,第 117—118 页)。

六朝唐宋骈文研究

宋代四六批评的新发展
——《新编四六宝苑群公妙语》

曹丽萍（国家图书馆社会教育部）

  骈文发展到宋代，成为公私文翰的通用文体，宋四六的典型风格正式确立，作家作品数量增多。文学批评总是以创作为风向标，作为文体学意义上四六批评的开端，宋代四六批评也有着特别的价值。首开先河者是两宋之交王铚《四六话》，如其自序中所言："又以铚所闻于交游间四六话事，实私自记焉，其诗话、文话、赋话，各别见云"[①]，作者开始具有自觉的文体批评意识，从而成为一般性文章之学到专门性文体批评的转折点。时人费衮因此肯定其开创之功："甚新而奇，前未尝有此。"[②]随后《四六谈麈》、《云庄四六余话》、《辞学指南》等四六批评著作相继出现，大大丰富了宋代文学批评内容。明清以来，这些批评专著进入学者的研究视野，形成了"骈文批评的批评"。其中《四六话》、《四六谈麈》、《云庄四六余话》、《容斋四六丛谈》、《辞学指南》等都常被提及，唯一被忽视的就是《新编四六宝苑群公妙语》。清代孙梅《四六丛话》和彭元瑞《宋四六话》对此书只字未提，现当代研究者也极少关注到，只有沈如泉发表过一篇论文《被忽略的宋文话：新编四六宝苑群公妙语·议论要诀》。[③]实际上，该书编选体例、理论

[①] 王铚《四六话》，王水照《历代文话》第一册，复旦大学出版社2007年版，第6页。
[②] 费衮撰，金圆点校《梁溪漫志》卷五"《四六谈麈》差误"，上海古籍出版社1985年版，第57页。
[③] 沈如泉《被忽略的宋文话：新编四六宝苑群公妙语·议论要诀》，王水照、侯体健《中国古代文章学的阐释与建构——中国古代文章学三集》，复旦大学出版社2017年版，第308—324页。

构建等方面多有独到之处,代表了宋代四六批评的新发展,本文对此进行简要论述。

一、《新编四六宝苑群公妙语》简介

《新编四六宝苑群公妙语》是宋代祝穆编纂的一部作品,原为四六总集。祝穆因《方舆胜览》和《事文类聚》为人熟知,他对四六有浓厚兴趣且长期研习,所编纂的著作多有备四六之用的意图,《新编四六宝苑群公妙语》同样如此。祝穆本人和出版商曾经对其传播寄予很高的期望,甚至为此向官府专门申请禁版,成为古代版权保护的一个典型案例。由于出于一人之手,各书内容难免有些交叉,如《新编四六宝苑群公妙语》和《事文类聚》所选取的名家作品多有重合。又如《新编四六宝苑群公妙语》"包体贵尽"[①]中的内容与《事文类聚》重合。类目名称与所附的前两条例证"徽庙以于阗王增八宝为九宝"(卷一,第14页),"王荆公在金陵,有中使传宣抚问并赐银合茶,令中外各作一表"(卷一,第15页)同《事文类聚》别集卷七文章部"包题贵尽"[②]部分重合,第三条"首联固贵包尽题意,而中间铺叙尤贵包括无遗"(卷一,第15页)同"中央亦贵包括"[③]部分重合,可见两书渊源匪浅。

在流传过程中,与《方舆胜览》和《事文类聚》的回应者众相比,《新编四六宝苑群公妙语》稍显寥落,虽有流传,但少被引用。就现有数据看,主要有卷次差别较大的两个版本。如明《文渊阁书目》卷九"日字号第一厨书目"著录《四六宝苑》一部十册,归入文集类,状态为已缺。清人范邦甸《天一阁书目》卷四之四集部著录了四十二卷红丝阑钞本《新编四六宝苑》。由于流传不广,祝尚书《宋人总集叙录》和施懿超《宋四六论稿》叙录都未谈到此书。中山大学图书馆藏四十三卷明钞本《新编四六宝苑群公妙语》残本是目前已知国内该系统唯一现存版本。结合目录和残卷分析,该书卷一卷二为"议论要诀",卷三为"宏词提纲",卷四至卷二十五为"名公私稿",收录真德秀、洪咨夔等名家作品,卷二十六以下为对语散联汇编。全书体例清晰,内容丰富,是一部实用性较强的四六写作工

[①] 祝穆《新编四六宝苑群公妙语》卷一,蔡镇楚《中国诗话珍本丛书》第三册,北京图书馆出版社2004年版,第14页。按:以下凡引《新编四六宝苑群公妙语》者,只标卷次页码。
[②][③] 祝穆《事文类聚》别集卷七文章部,《景印文渊阁四库全书》本。

具书。

二卷本《新编四六宝苑群公妙语》始见于清人书目。莫友芝、傅增湘《藏园订补郘亭知见传本书目》著录了二卷由祝穆编的《新编四六宝苑群公妙语》二卷。沈德寿《抱经楼藏书志》也记载:"《新编四六宝苑群公妙语》二卷,明人抄本,宋建安祝穆和父编。"① 沈德寿所见版本至今仍存,台湾广文书局《古今诗话丛编》和北京图书馆出版社《中国诗话珍本丛书》中的《新编四六宝苑群公妙语》就使用了这个底本,上面还有"浙江沈德寿家藏之印"。该书篇幅较小,体例明晰,主要内容为"议论要诀上"和"议论要诀下",以理论概括和例证的方式对四六作法进行系统总结。

版本对照显示,与王应麟《辞学指南》系从《玉海》中摘录出来独立成书类似,二卷本《新编四六宝苑群公妙语》应脱胎于四十三卷本《新编四六宝苑群公妙语》,当为后人把四十三卷本中的作文法部分完整摘录出来形成,是一部有独特价值的四六话著作。沈如泉认为二卷本更准确的书名当为《新编四六宝苑群公妙语·议论要诀》。本文讨论的就是二卷本《新编四六宝苑群公妙语》,为描述方便,下文沿用原书名,仍称为《新编四六宝苑群公妙语》。

二、对四六批评专著的继承总结

文学接受学研究往往会从两个维度入手,一是观察较之前人提供了哪些新内容,二是如何借鉴前人,因为对前人的接受同样能体现出后来者的文学观念和态度立场。《新编四六宝苑群公妙语》的价值首先在于其编选方式上体现出的集大成性质,借此可以清晰地梳理出宋代四六批评的发展轨迹。

《四六话》和《四六谈麈》开启了文体学意义上骈文批评的新时期。四库馆臣评价《四六话》"较胜负于一联一字之间"②,《四六谈麈》"论四六多以命意遣词分工拙,视王铚四六话所见较深"③,但客观而言,两书从编选体例和创作意图上极为相似,对以往文论、诗话等的借鉴痕迹明显。王铚自序云:"类次先子所谓

---

① 沈德寿《抱经楼藏书志》卷六三,中华书局1990年版,第744页。
② 永瑢等《四库全书总目》卷一九五《四六话》提要,中华书局1965年版,第1783页。
③ 永瑢等《四库全书总目》卷一九五《四六谈麈》提要,中华书局1965年版,第1786页。

诗赋法度与前辈话言附家集之末,又以铚所闻于交游间四六话事,实私自记焉。"①谢伋《四六谈麈》原序也说:"山居历年饱食终日,因后生之问可记者辄录之,以资赞学之一事,如古今五七字话,题为《四六谈麈》云。"②可见,它们都属突出个人见闻的评论性文话著作,注重轶事描述,仍带有以资闲谈的味道。作者注重独创,两书内容很少重合。

同为宋代四六话代表性著作,南宋后期杨囷道的《云庄四六余话》有很大不同。清人阮元《四库未收书提要》对《云庄四六余话》评价甚高,认为"持论精审,固习骈体者之所必资也"③。但正如施懿超分析,书中基本没有编者个人见解,所有条目基本都能从其他典籍中找到出处。④ 从骈文批评史的角度看,《云庄四六余话》的价值在于基本摆脱了个人化的诗话笔记体的闲谈杂记色彩,从《玉壶清话》、《容斋随笔》、《能改斋漫录》、《文章丛说》等众多宋人笔记杂著中广采博搜大量四六相关资料汇编成书,体现出更为自觉的批评总结意识。

《新编四六宝苑群公妙语》的出现标志着宋代四六批评向专门文章学的方向又迈进了重要一步,可谓集此前四六批评之大成。在创作宗旨和编排体例上,它仿效《云庄四六余话》,去掉了个人化的闲谈色彩,并有意识地对前代四六批评专著本身进行继承总结和整理提升。

《新编四六宝苑群公妙语》编写体例为原创性的类目和摘录性的例证两部分,其中例证152条,全引自他书,与《云庄四六余话》类似。如"夺胎换骨"类下附录了6条例证,分别为源自《四六话》的"唐郑准为荆南节度使……"、"宋元宪晚岁有诗云……"以及源自《云庄四六余话》的"刘禹锡听宫人穆氏唱歌诗……"、"王元之黄州谢表云……"、"张天觉既相,谢表有云……"、"何文缜谢召还表曰……"。不过在数据源选择上,《新编四六宝苑群公妙语》另有独特之处,不再像《云庄四六余话》那般费力地从浩繁的宋代笔记杂著中广采博搜。仔细研究后可发现,152条例证除少数来自分散的笔记杂著外,大部分内容都直接

---

① 王铚《四六话》序,第6页。
② 谢伋《四六谈麈》,王水照《历代文话》第一册,复旦大学出版社2007年版,第6页。按:以下凡引《四六谈麈》者,只标卷次页码。
③ 阮元《揅经室集》,中华书局1993年版,第1241页
④ 施懿超《宋四六论稿》,上海古籍出版社2005年版,第237页。

取材于《四六话》、《四六谈麈》和《云庄四六余话》这三部四六批评专著,且三书最精炼最经典的内容基本都囊括在内。粗略统计,全书 19 条来自《四六话》,包括著名的"生事必对熟事"(卷上,第 8 页)、"上四字以唤下六字也,此四六格也"(卷下,第 23 页)等。有 18 条来自《四六谈麈》,包括"四六施于制诰、表奏、文檄,本以便宣读,多以四字、六字为句。宣和间多用全文长句为对"(第 34 页)等。《新编四六宝苑群公妙语》书中内容更多地还是来自《云庄四六余话》,大致统计约 60 条,个别类目中这个趋向尤为明显,如议论要诀上"属对贵巧"后所附录的 8 条例证中有 6 条源自《云庄四六余话》,依托之重显而易见。当然这也与《云庄四六余话》本身的汇编辑录性质有关。不仅选择的数量庞大,编选者祝穆的眼光也很独到。后代研究者常引用的"本朝四六以刘筠、杨大年为体,必谨四字六字律令"(第 118 页),还有四库馆臣特别提到的"皇朝四六,荆公谨守法度,东坡雄深浩博,出于准绳之外,由是分为两派","大抵制诰笺表,贵乎谨严,启疏杂著,不妨宏肆"(第 119 页)等等,已全搜罗在内。

书中多次直接点名《四六谈麈》和《云庄四六余话》的作者谢伋和杨囷道,说明这种内容重合并非偶然无心,而是有意为之的结果。

谢伋云:"先公奏云:'当于脑词下称皇帝乳母某氏。'而草云:'早参慈保之严,谨于燥湿之视。'"(卷一,第 8 页)

谢伋云:"先子尝言四六须只当人可用,他处不可使,方为有工。"(卷一,第 27—28 页)

赵祖颖奇与伋同在太学,中秋趣人作会,启云:"庾亮楼边,渐睹挂檐之月;扬雄宅畔,几无载酒之人。方孤坐以无聊,欲就眠而未可。"(卷二,第 65 页)

杨囷道《答蒋丞相辞免》曰:"永惟万事之统,知非艰而行惟艰;有不二心之臣,帅以正则罔不正。"(卷一,第 10 页)

杨囷道《紫宸大宴致语》曰:"庙谟先定,百官修辅而厥后惟明;黼坐端临,五帝神圣而其臣莫及。"(卷一,第 13 页)

具体引用时,除对前人文字的直接沿用外,《新编四六宝苑群公妙语》中很多内容都经过了认真的整理改编。其中有直接的语序与逻辑调整。如前面所引的《四六谈麈》中的著名论断:"宣和间多用全文长句为对,习尚之久,至今未能全变,前辈无此体也。此起于咸平王相翰苑之作,人多效之。"(第 34 页)清代

《四六丛话》完全照抄。而在《新编四六宝苑群公妙语》中则改为："宣和间多用全文长句为对,此起于咸平王内相翰苑之作,人多效之,习尚之久未能全变,前辈无此体也。"(卷一,第5页)改编后显然更流畅。也有为表达更准确完整而对原文本进行的增添精简。如《云庄四六余话》云:"《王绹复官制》曰:圣人之心如权衡之公,法无私者;君子之过如日月之食,人皆见之。卫侯醇谨,初岂有于他肠;颜子庶几,尚何忧于贰过。"(第112页)《新编四六宝苑群公妙语》则在增加例句作者名字并精简后改编为:"浮溪行《王绹官制》曰:圣人之心如权衡之公,法无私者;君子之过如日月之食,人皆见之。"(卷一,第9页)此类型的改编在书中有多处。又如《四六话》云:"文章有彼此相资之事,有彼此相须之对,有彼此相须而曾不及当时事,此所以助发意思也。唐人方有此格,谓之互换格……此又妙矣。"(卷上,第10—11页)《新编四六宝苑群公妙语》则变为:"文章有借彼明此者,唐人谓之互换格……凡此皆借古人以明当时之事也。"(卷二,第41—42页)根据表达重点不同对原文进行了较大改动。

从文学接受的角度看,同一内容从《四六谈麈》到《云庄四六余话》再到《新编四六宝苑群公妙语》,文本变化本身就清晰地展示出宋代四六批评传承发展的轨迹。如《四六谈麈》、《云庄四六余话》、《新编四六宝苑群公妙语》都引用了汪藻代拟的《谢赐象简表》,但文本有继承亦有新变。《四六谈麈》云:"靖康间京尹程伯起《谢赐出等牙简表》云:'看山拄颊,敢为晋士之清狂;上马设囊,岂有唐贤之风度。'汪彦章词。"(第42页)《云庄四六余话》注明来源又加上后联,改为:"程伯起《谢赐牙简表》曰:'看山拄颊,敢为晋士之清狂;上马设囊,岂有唐贤之风度。'此浮溪文也,谢景思已笔之《谈麈》。然末联亦胜,曰:'入赵表著,知文竹之非珍;传示子孙,庶甘棠之不朽。'"(第109页)再发展到《新编四六宝苑群公妙语》时,又进行了新的改写,虽笔墨不多,却更加准确精炼,曰:"浮溪《代程大尹谢赐象简表》曰:'看山拄颊,敢为晋室之清狂;上马设囊,岂有唐人之风度。'又曰:'入赵表著,知文竹之非珍;传示子孙,庶甘棠之不朽。'"(卷二,第52—53页)见微知著,这种文本比较既说明《新编四六宝苑群公妙语》编写时集大成之功,有较高的文献校勘价值,又从一个侧面体现出宋代四六批评的发展脉络。因此对《新编四六宝苑群公妙语》的研究在一定程度上有助于突破传统仅局限于几部四六话的单个论述方式,延展宋代四六批评的范围。

三、四六批评理论体系的初步构建

《新编四六宝苑群公妙语》的集大成性质更主要表现在自觉超越了传统四六话点评闲谈式的细碎零散状态,第一次以述作结合的方式对四六作法自觉地进行理论化和系统化的提升,从而初步构建出一个条理清晰、内容完善的四六批评理论体系。

《新编四六宝苑群公妙语》内容大致分为原创性的类目和摘录性的例证两部分,例证主要从历时性的角度反映出对前代四六批评的继承发展,在原创性的类目部分,作者首次对四六作法要诀进行了精要系统的概括,集中反映了作者的文学观念和构建四六批评体系的努力。该书 34 个类目,分在议论要诀上和议论要诀下两卷中。上卷类目分别为"总论体制"、"叙述贵得体"、"用古书全句"、"用全句贵善衬"、"包题贵尽"、"体题贵切"、"体物贵工"、"认意贵明"、"下字贵审"、"属对贵巧"、"用事贵精"、"用事贵博"、"实事贵相等"、"字面贵换易"、"时忌贵回互"、"亲语贵相贯"。(目录,第 1—2 页)"议论要诀下"类目分别有"状景贵脱洒"、"借彼明此"、"夺胎换骨"、"生事对热事"、"古事配今事"、"逐句自为对"、"对字有来历"、"造语有典重者"、"有质实者"、"有平正者"、"有奇壮者"、"有豪放者"、"有新奇者"、"有华丽者"、"有感慨者"、"有戏用方言者"、"有当用俳语者"、"有不可用俳语者"(目录,第 2—3 页)。类目设置和体系构建皆为独创,或可称为宋代四六批评史上的首创。虽然每个类目只有寥寥几字,作者并无专门论述,但 34 个类目提纲挈领,从宏观的总论体制到具体骈文作文法,从造语用事、认题立意到语言风格等,几乎涵盖骈文应用写作的各个方面,初步搭建了骈文相对独立的文章学体系。

这种文章学体系的出现不是孤立的文学现象,它依托于南宋文章学繁荣的大背景,并大量借鉴融汇了其他文体批评理论的范畴、术语和观念理论。相比古代诗学理论的先行一步,古代文章学创立略晚,南宋时期文章学开始进入成熟期,专著、笔记、评点各类文章学著作相继涌现,古文、时文、四六的作文法研究取得重要进展。这种兴盛状态的出现与当时的社会制度、文化环境密切相关,是特定历史环境下各种因素综合的必然结果,其中最重要的影响因素就是科举制度变化与时文创作程序化。"文章学之所以在这个时期成熟、成立,背景正是南宋初科举考试的全面程序化;或者说程序化了的科举考试的需求,既是文章学蓬勃生长发育的肥沃土壤,也是文章学成熟、成立的天然'接生婆'。"①

与骈文关系最为直接的是词科。"自词科之兴,其最贵者四六之文。"②"南宋古文衰而骈文盛,皆出于科举,若孙觌、滕庚、洪遵、洪适、洪迈、周必大、吕祖谦、真德秀之伦,在博学弘辞,最为杰出,而有文名。"③它对南宋骈文的风格技法与盛衰变迁、骈文理论形成与发展都有决定性的作用。南渡后,尤其中后期经义、律赋、策论等各类科举文体都出现了程序化的趋势,"南渡以后,讲求渐密,程序渐严。试官执定格以待人,人亦循其定格以求合,于是'双关'、'三扇'之说兴,而场屋之作遂别有轨度"④。"实代王言"的词科对程序化的要求更加严格。"盖是科之设,绍圣颛取华藻,大观俶尚渰该,爰暨中兴,程序始备。"⑤词科之文对程序化的过分重视直接体现在宋代四六批评专著中。以往研究者多强调王应麟《辞学指南》作为一部词科直接影响下的四六批评专著,系统地总结了程序化背景下四六作法的系统化表达,却忽视了之前《新编四六宝苑群公妙语》的首创之功。四十三卷本《新编四六宝苑群公妙语》第三卷原为宏词提纲,内容包括"总论体制二十六条"、"总论编类凡十九条"、"总论作文凡八条"。虽内容已佚,仅据目录也能断定应该是对词科作文法的首次总结和理论概括。

从现存二卷本《新编四六宝苑群公妙语》中,我们也能清楚看到词科对四六批评的影响。书中多次引用南宋文人词科练习和应试时使用的文字,频率远超之前的《四六话》和《四六谈麈》。这些例证不限于例句的简单摘录,大多数还带有较为精炼切实的分析点评,从正反两方面对词科文字如何四六遣词造句认题命意进行阐述。其中有对典范作品的赞扬,如:"莫冲《词科高丽谢赐燕乐表》'登歌下管,天地同流;鼓瑟吹笙,君臣相悦'全用经语而复典丽"(卷一,第10页),"《词科代守臣谢赐御书周易尚书表》……此联尤不费力"(卷一,第16—17页),"绍兴丁丑《词科代交趾进驯象表》……惟周益公说出象之步趋来庭之意,

---

① 祝尚书《宋元文章学》,中华书局2013年版,第5页。
② 叶适著,刘公纯、王孝鱼、李哲夫点校《叶适集》,中华书局1961年版,第803页。
③ 金秬香《骈文概论》,商务印书馆1934年版,第109—110页。
④ 永瑢等《四库全书总目》卷一八七《论学绳尺》提要,中华书局1965年版,第1702页。
⑤ 王应麟《玉海·辞学指南》卷一,王水照《历代文话》,复旦大学出版社2007年版,第908页。

遂中首选"(卷一,第 20 页)。也包含对宋代文人包括名家词科文字不尽完美之处的点评,如:"范同《词科宰臣谢御制宣德楼上梁文表》曰……此首联虽见赐宰臣之意而奎画宝章芝检不无稠迭","孙觌《词科代太尉制》'眷予哲艾,维国老成'颇似重迭","洪文安《词科代皇叔宗正制》'周旋中其威仪',其字恐未安"(卷一,第 23 页)。《新编四六宝苑群公妙语》中"包题贵尽"、"体题贵切"、"体物贵工"、"认意贵明"几条更是词科审题立意时的应有文章,后来《辞学指南》进一步将其延伸细化。

"绍圣后置词科,习者益众,格律精严,一字不苟措。"①词科影响下的南宋四六创作和四六批评都有技巧化、程序化、格律化的趋势。《新编四六宝苑群公妙语》议论要诀 34 个类目以体制为核心,以法度为入手,这正是词科在四六批评理论体系构建中留下的最重要的思想痕迹。无论是宏观上的守体,还是微观造语用事等作文法的"贵工"、"贵切"、"贵精"、"贵审"、"贵巧"等,真实全面地展示出词科程序化要求下四六文章学应该有且必须有的基本面貌。

体制是中国古代文学批评中最常见的一个术语,在南宋文章学著作中出现频率很高,也是当时衡量各类文体创作的通用标准。南宋四六批评尤其重视这点。"文章以体制为先,精工次之。""而王言尤不可以不知体制。"②词科之文,尊体守体是第一要务。《新编四六宝苑群公妙语》所构建的整个四六批评理论体系都是围绕着"体制"这个核心,以法度为具体入手点展开的。"议论要诀上"开门见山,第一个类目即为"总论体制",例证部分通过所摘录的《四六谈麈》、《云庄四六余话》等书中关于体制的论述及例句,明确表达出守体谨守法度的观念。第二个类目为"叙述贵得体",继续通过例证说明骈文写作如何得体,如应切合作者身份,内容表达准确,语言表达典雅得当等。此外作者在其他类别的例证中也摘录了多条关于得体的内容,如"周益公《落职判潭州谢表》曰……亦得体也"(卷二,第 50—51 页),"元祐间立皇后孟氏而梁况之为翰林学士,其制略曰……一时诸公皆叹其平正得体"(卷二,第 51—52 页),"浮溪《贺吕丞相启》首联曰……语逞意壮,得启事之体"(卷二,第 54 页)等。

---

① 陈振孙《直斋书录解题》卷一八《浮溪集》解题,上海古籍出版社 2015 年版,第 526 页。
② 王应麟《玉海·辞学指南》卷二引倪思语,王水照《历代文话》,复旦大学出版社 2007 年版,第 946 页。

《新编四六宝苑群公妙语》对四六法度和体制的重视还表现在对以汪藻为代表的格律派作家的特别推崇上。虽以作品而不是以作者为中心，祝穆对四六作者评价的倾向性通过所摘录的例句仍然隐约逗露出来。讲求制作得体用语精工的宋四六作者中，最具有代表性的当属汪藻。"表章工夫最宜用力，先要识体制……前辈之文，惟汪龙溪集中诸表皆精致典雅，可为矜式。"①"龙溪、益公号为得体制。"②《新编四六宝苑群公妙语》共收录了近二十条与汪藻相关的四六资料，这个数量从纵向上远胜《四六话》和《四六谈麈》，从横向作者比较来看也是宋代四六作者中数量最多的。内容涉及汪藻所创作的制、表、启等多种骈文体式，反映的大多是汪藻作品体制、技法上的谨守法度言语精工等情况，从一个特殊的角度展示了祝穆的文学观念。

在《新编四六宝苑群公妙语》批评体系的构建中，与其他文体批评理论的借鉴融合起到了重要的作用。宋代诗文创作中尊体破体虽常有相争，但文体创作中的相互借鉴明显，诗文理论也多相互融通、相互吸收。后来者四六批评从古文作法、诗赋格中汲取了大量的营养，既有成熟的概念、术语，也包括所积淀的文学观念和理论框架。如前所述，《新编四六宝苑群公妙语》批评体系的核心体制和法度是当时文章学的共同焦点，34个类目使用的术语和通过术语表达的文学理念绝大多数都在此前或同时的诗学、文章学著作中出现过，如下字贵审、属对贵巧、用事贵精、用事贵博等都是诗学和文章学中老生常谈的话题，此前四六批评著作也早已引入。祝穆的"认意贵明"与陈傅良等古文名家提到的体认题意本质并无多大区别。只不过由于文体批评类型和组织方式差异，这个批评体系给人一种熟悉而又陌生的感觉。而且较之《四六话》和《四六谈麈》，《新编四六宝苑群公妙语》在批评体系构建时借鉴中仍有突破，如专门设立"夺胎换骨"、"字有来历则以来历字对"两个类目，第一次把江西诗法中的核心理念引入四六，为南宋四六批评提供了新的理论内容。

综上所述，可见《新编四六宝苑群公妙语》在所体现的文学观念及文学批评理论体系的构建上自有其价值。长期以来，宋代骈文批评是古代文学批评的一

---

① 王应麟《玉海·辞学指南》卷三引真德秀语，王水照《历代文话》，复旦大学出版社2007年版，第970页。
② 王应麟《玉海·辞学指南》卷二引倪思语，王水照《历代文话》，复旦大学出版社2007年版，第946页。

个薄弱环节,研究范围和研究方法都存在一定的局限。现有的研究成果主要集中于《四六话》、《四六谈麈》、《云庄四六余话》、《辞学指南》、《诚斋诗话》等较少的几部专著,缺少对更广大批评领域的探讨。在研究方法中,通常只进行单部批评著作的孤立分析,较少对这些著作之间影响接受关系的阐释梳理。另外,出于对创新性的追求,研究者更多地强调批评话语中的原创内容,从而导致辑录性批评著作被冷落。实际上,辑录性文学著作的广泛存在是中国古代文学批评的一个重要现象,其中同样反映出编选者本人的文学观念及其所在时代的文学风尚。作为宋代有代表性的辑录性批评著作,通过对《新编四六宝苑群公妙语》的关注和研究,可在一定程度上拓展大家对古代文学批评的认识。

论六朝碑文的骈化及其艺术特质

陈鹏(河南师范大学文学院)

中国古代文体非常丰富,并各自形成相对独立的演变历程、独特的审美修辞和特定的社会功能。郭建勋认为:"从文体发展的角度看,中国古代文学史可以视为各种文类孕育形成和发展演变的历史,也是各种文类之间互相作用、互相渗透,不断衍生出新品种的历史。正是这种经由各时代创作活动所引发的文学体类的自动与互动,促进了文学形式的创新、繁衍,并与它们所承载和表现的历史事件、作家情感等内容一起,共同构成缤纷复杂的中国古代文学的发展历史。"[①]这在六朝时期也有鲜明的表现。"文章各体,至东汉而大备。"[②]随着六朝时期各体文学创作的繁荣,六朝文人对文体的辨析也日趋深入,如曹丕《典论·论文》、陆机《文赋》、挚虞《文章流别志论》,尤其是《文心雕龙》体大虑周,自成体系。骈文是一个大文体概念,笼统地研究作为"一代之文学"的六朝骈文,不能切合骈文这种文学体式在当时渗透并且改变了众多类别文章写作的实际状况。因此,本文以六朝时期的代表文体之一碑文为例[③],力求在总体把握的宏观视野之下,细致考察其具体的骈化进程和艺术特质,兼及文学批评和文化思想的整

[①] 郭建勋《楚辞的文体学意义——兼论楚辞与几种主要的中国古代韵文》,《中国文学研究》2001年第4期。

[②] 刘师培《中国中古文学史讲义》,凤凰出版社2011年版,第23页。

[③] 程章灿在《论"碑文似赋"》(《东方丛刊》2008年第1期)一文中指出:"在魏晋南北朝时代人们的文学观念中,碑和赋两种文体确实同样占有举足轻重的文学地位。如果一个作家有能力创作高水平的碑铭或赋颂,那便足以证明其文学实力。"

体考察。

一、碑的起源及文体辨析

《说文》石部曰:"碑,竖石也。"段玉裁注引《仪礼·聘礼》郑注曰:"宫必有碑。所以识日景,引阴阳也。凡碑引物者。宗庙则丽牲焉。其材,宫庙以石。窆用木。"又引《礼记·檀弓》郑玄注曰:"丰碑,斲大木为之,形如石碑。于椁前后四角树之,穿中于间为鹿卢,下棺以紼绕。天子六绋四碑,前后各重鹿卢也。"段玉裁认为"此《檀弓》注即《聘礼》注所谓'窆用木'也。非石而亦曰碑,假借之称也"(《说文解字注》卷十七)。由此可见,碑并不完全为石器,之所以"其字从石者",盖"取其坚且久"也(孙何《碑解》)。碑的主要功能或竖立在宫廷里以识日影,或竖立在宗庙里以拴牲口,或竖立在墓穴里以牵引棺椁。

关于碑的起源,刘勰认为:"上古帝皇,纪号封禅,树石埤岳,故曰碑也。"(《文心雕龙·诔碑》)因为缺少足够的传世文献和出土文献佐证,他的这一观点并不被后人认同,但其云"庸器渐缺,故后代用碑,以石代金",却精辟地指出了碑从铭金到刻石的巨大变化。由于青铜器的稀缺,再加上铸刻工艺的提高,所以铭刻的材料在秦汉时期逐渐由"金石并重"演变为"以石代金"。正如现代金石学家朱剑心所说:"三代以上,有金而无石;秦汉以下,石盛而金衰,其有纪功述事,垂示来兹者,咸在于石。"[①]

中国古代文体的名称大多滞后于实际创作,碑文亦是如此。宋郑樵云:"秦人始大其制而用石鼓,始皇欲详其文而用丰碑。"(《通志·金石略》)明吴讷说得更为具体:"秦汉以来,始谓刻石曰碑,其盖始于李斯峄山之刻耳。"(《文章辨体序说·碑》)。秦国具有较为悠久的刻石传统,如现藏故宫博物院的石鼓文[②],北宋出土的诅楚文,皆是明证。秦始皇统一天下后,为了彰显功德和巩固统治,先后东巡刻石颂德七次。这些刻石文本为四言诗体,对后来碑志铭文产生了较大的影响。但《史记·秦始皇本纪》只言"立石"、"刻石",后人也多将这些刻石文本称之为"铭"或"颂",正如清人刘宝楠所论:"纪功德亦以石,但不名碑,故《史

[①] 朱剑心《金石学》,文物出版社1981年版,第4页。
[②] 关于石鼓文的产生时代,众说纷纭。其中"主秦说"占据主流,但又有秦襄公、秦文公、秦德公、秦穆公、秦献公、秦惠文王等诸家观点。

记·封禅书》引《管子》、《秦始皇本纪》并云刻石,不言立碑。《淮南子》卢敖见若士遁逃乎碑,高诱注'匿于碑阴',此见于西汉人书也。墓用石名碑,与刻石纪功德名碑,皆始于汉。"①碑的文体名称到了汉代才得以确立。遗憾的是,西汉时期的碑刻今已不存。宋代欧阳修就感慨道:"至后汉以后,始有碑文。欲求前汉时碑碣,卒不可得。"(《集古录》卷四)

刘勰云"自后汉以来,碑碣云起"(《文心雕龙·诔碑》),但未点明刻碑之举盛行的原因。著名学者杨宽认为:"到东汉时,由于豪强大族重视上冢礼俗,讲究建筑坟墓,再加上由于炼钢技术的进步,锋利的钢铁工具便于开凿和雕刻石材,于是在建筑石祠、石阙、石柱的同时,更流行雕刻石碑了。"②除了技术因素外,求名的心理也不容忽视。之所以自东汉以后,"门生故吏多相与立碑颂德"(《集古录》卷四),"一时名卿贤士大夫,死而立碑",一个重要的原因就是"门生故吏往往寓名其阴,盖欲附托以传不朽尔"(赵明诚《金石录跋尾》)。风气所及,甚至没有官职的平民百姓、早夭的孩童也立墓碑,如《故民吴仲山碑》、《童幼胡根碑》等。有人还为此倾家荡产,如崔寔父崔瑗卒后,其"剽卖田宅,起冢茔,立碑颂",以致"资产竭尽"、"以酤酿贩鬻为业"(《后汉书·崔寔传》)。

郭英德指出:"中国古代的文体分类正是从对不同文体的行为方式及其社会功能的指认中衍生出来的。"③东汉刻碑之举的盛行,突出了碑的独特社会功能,由此逐渐形成相对固定的外在载体形制和文本表达方式,并"因器立名",即沿袭器物之名而确立文体名称,从而约定俗成,被时代和群体所接受。尽管当时的很多碑文仍然摆脱不了颂体的影响,或以"颂"为题,或体同雅颂,但碑已经独立成为一种文体。《后汉书》列传往往详细著录传主的各种文体创作,其中就包含碑这种文体④,如:

> (崔)瑗高于文辞,尤善为书、记、箴、铭,所著赋、碑、铭、箴、颂……凡五

---

① 刘宝楠《汉石例》,《丛书集成初编》本,中华书局1985年版,第3页。
② 杨宽《中国古代陵寝制度史研究》,上海人民出版社2008年版,第156页。
③ 郭英德《由行为方式向文本方式的变迁——中国古代文体分类生成方式片论之一》,《陕西师范大学学报》(哲学社会科学版)2005年第1期。
④ 由于无法确定范晔《后汉书》史料来源的准确年代,所以其所著录传主的文体是否合乎东汉的实际情况,还是要有疑问的,所以本文在论述时还结合了现存汉代其他相关的材料,以求稳妥。

十七篇。(《后汉书·崔瑗传》)

(杨)修所著赋、颂、碑、赞、诗、哀辞、表、记、书凡十五篇。(《后汉书·杨修传》)

(皇甫规)所著赋、铭、碑、赞、祷文、吊、章表、教令、书、檄、笺记,凡二十七篇。(《后汉书·皇甫规传》)

(服虔)所著赋、碑、诔、书记、连珠、九愤,凡十余篇。(《后汉书·服虔传》)

正因众多文人的参与创作,汉代碑文文体形式也有了较大的发展,正如清人王兆芳所云:"碑者,竖石也。……汉以纪功德,一为墓碑,丰碑之变也;一为宫殿碑,一为庙碑,庭碑之变也;一为德政碑,庙碑、墓碑之变也。"①特别是蔡邕致力于碑文的创作,取得了很高的艺术成就。其"杨赐之碑,骨鲠训典;陈郭二文,词无择言。周胡众碑,莫非清允。其叙事也该而要,其缀采也雅而泽;清词转而不穷,巧义出而卓立"(《文心雕龙·诔碑》)。蔡邕在碑文创作方面之所以能够超越同时代的其他作家,出类拔萃,卓然一家。主要在于"一则词调变化甚多,篇篇可诵,非普通汉碑之功候所能及;二则有韵之文易致散漫,而伯喈能作出和雅之音节"②,即刘勰所推崇的"清词转而不穷"。蔡邕的碑文对后世碑文,尤其是骈体碑文的创作产生了深远的影响。就选本而言,萧统《文选》"碑文"选录 4 位作家的 5 篇碑文,仅蔡邕一人入选两篇。李兆洛《骈体文钞》"墓碑类"选录 5 位作家的 21 篇碑文,仅蔡邕就入选 14 篇,被李兆洛誉为"质其有文,可为后法"。

东汉文人在理论上也初步认识到碑是一种独立的文体。如东汉刘熙称:"碑,被也,此本葬时所设也。施鹿卢,以绳被其上,引以下棺也。臣子追述君父之功美,以书其上,后人因焉,无故建于道陌之头,显见之处,名其文就,谓之碑也。"③他将碑与诔、铭、论、诏书等文体并列,显然是将碑视为一种独立的文体,但在具体论述时又未能辨析器物与文体、载体与文本之间的差别。又如蔡邕

---

① 王兆芳《文章释》,王水照《历代文话》(第 7 册),复旦大学出版社 2007 年版,第 6293 页。
② 刘师培《〈文心雕龙〉讲录二种》,《中国中古文学史讲义》,凤凰出版社 2011 年版,第 240 页。
③ 刘熙撰,毕沅疏证,王先谦补《释名疏证补》,中华书局 2008 年版,第 218—219 页。

《铭论》专篇论述碑文的起源和发展,认为"物不朽者莫不朽于金石,故碑在宗庙两阶之间"。"近世以来,咸铭之于碑。德非此族,不在铭典",但由于仍拘泥于"碑实铭器,铭实碑文",未能以碑名篇。

值得注意的是,后世对碑是否作为一种独立的文体还有着争议。不赞同者以宋代孙何为代表,其在《碑解》一文中说:"碑非文章之名也,盖后人假以载其铭耳。"他举例类比:"古者盘盂几杖皆有铭,就而称之曰盘铭、盂铭、几铭、杖铭,则庶几乎。正若指其文曰盘、曰盂、曰几、曰杖,则三尺童子皆将笑之,今人之为碑亦犹是矣。"①孙何的观点受到了一些后来学者的认可,尤其是纪昀对其推崇有加:"碑非文名,误始陆平原,孙何纠之,拔俗之识也。"清章学诚却对此不以为然,特撰写《驳孙何碑解》一文针锋相对地进行批驳:"古人文字,初无定体,假借为名,亦有其伦。……策乃竹木之属,载书于上,亦非文章名也。而朝廷策书,科举策对,莫不因是立名,与碑岂异指乎?羽檄露板,皆简书制度,亦非文章名也。文人撰著,不闻别器与文,异其称谓,又何执于碑乎?乐府,汉官名也。……即以官名为诗定体,是殆较碑为尤甚矣,何必正彼而顾沾沾责此,是亦知一十而不知二五者矣。"如果依照孙何的逻辑,对策、檄等文体"一一追正其名,追改其制,不亦繁且扰乎"。章学诚认为只要"于事理无所隔阂",不须"戛戛与世争也"②。

相较而言,还是章学诚论述得较为通达。但是由于"盖凡刻石皆可谓之碑,而非文章之一体"③,从外在传播载体而言,汉代石刻可分为碑、碣、石阙、摩崖等。因此,正如张相所论"单词不立,循名责实,宜曰碑文"(《古今文综·碑文类》),作为文体名称还是以"碑文"较为严谨。如上举《后汉书》著录传主的各种文体,尽管大都称碑,但也有称为碑文的。如:

> (孔融)所著诗、颂、碑文、论议、六言、策文、表、檄、教令、书记,凡二十五篇。(《后汉书·孔融传》)

> (张超)著赋、颂、碑文、荐、檄、笺、书、谒文、嘲,凡十九篇。(《后汉书·

---

① 吕祖谦《宋文鉴》,中华书局1992年版,第1747页。
② 章学诚著,仓修良编注《文史通义新编新注》,浙江古籍出版社2005年版,第476—477页。
③ 刘师培《〈文心雕龙〉讲录二种》,《中国中古文学史讲义》,凤凰出版社2011年版,第239页。

张超传》）

后来的文章总集如《文选》、《宋文鉴》、《元文类》、《文体明辨》等也都以碑文作为文体名称。

二、六朝碑文的发展与骈化

东汉末年的战乱频仍从根本上摧毁了立碑之举的物质基础。曹操、司马炎先后以"天下雕弊","兴长虚伪,伤财害人"等原因下令禁止立碑(《宋书·礼志二》)。不仅当时的统治者充分意识到立碑之风的流弊,知识精英对此也有清醒的认识。如桓范批判说:"门生故吏,合集财货,刊石纪功,称述勋德,高邈伊周,下陵管晏,远追豹产,近逾黄邵,势重者称美,财富者文丽。后人相踵,称以为义,外若赞善,内为己发,上下相效,竞以为荣,其流之弊,乃至于此。欺曜当时,疑误后世,罪莫大焉!"(《世要论·铭诔》)再加上盗墓之风盛行,这些都限制了碑文的发展。因此,魏晋时人开始"撰录行事,就刊于墓之阴"(《宋书·礼志二》),墓志文体开始形成,并逐渐蔚为大观。① 东晋政权偏安江南一隅,为了笼络江南士族,太兴元年(318),晋元帝诏许为顾荣立碑,"自是后,禁又渐颓。大臣长吏,人皆私立"。碑文创作呈复兴的态势。如孙绰"少以文才垂称,于时文士,绰为其冠",当时的温、王、郗、庾等世族显贵薨后,"必须绰为碑文,然后刊石焉"(《晋书·孙绰传》)。

魏晋时期的碑文虽然数量不多,只有四十余篇,且多有残缺,但在碑文创作和理论方面仍有较大的发展。尤其是陆机《文赋》将碑、铭视为两种具有不同审美风格的独立文体,即"碑披文以相质","铭博约而温润"。尽管后世常以碑文的有韵之文为铭,但碑文不再依附于铭体。另外,陆云也说:"碑文通大悦愉有似赋"②(《与兄平原书》三十),自觉地追求辞藻之美。这种倾向在当时的碑文创作中也有鲜明的表现。据习凿齿《襄阳耆旧记》记载:蜀人李安创作有纪念西晋名臣羊祜的碑文,"碑文工,时人始服其才也"(卷五),从中可见时人对于碑文

---

① 参看拙作《六朝墓志文滥觞与骈化发展艺术特色研究》,《云南社会科学》2016年第2期。
② 正如钱钟书先生所论,陆云《与兄平原书》"无意为文,家常白直,费解处不下二王诸《帖》",所以这句话较为难懂。综合各家观点,可以确定的是陆云已认识到碑文应具有赋的文体特征,即铺陈藻饰,文辞繁富。

的重视以及文采的追求。

汉代碑文已多有偶句,如"膺游夏之文学,襄冉季之政事。入则腹心,出则爪牙。忠以卫上,清以自修。犯颜謇愕,造膝傀辞"(《郑固碑》)。尤其是蔡邕碑文已连用对句,如"公乃布恺悌,宣柔嘉,通神化,道灵和。扬惠风以养贞,激清流以荡邪,取忠肃于不言,消奸宄于爪牙。是以君子勤礼,小人知耻,鞫推息于官曹,刑戮废于朝市,余货委于路衢,余种栖于畎亩"(《胡广碑》)。东晋孙绰、袁宏等人的碑文在蔡邕骈语雅润的基础上又有了很大的推进①。如:

> 君喻嵩岩之玄精,挹清濑之洁流,贞质谋于白珪,明操厉于南金。虽名器未及,而任尽臣道,正身提衡,铨括百揆,知无不为,谋必鲜过。端委待旦,则有心宣孟;以约训俭,则拟议季文。……夫良玉以经焚不渝,故其贞可贵;竹柏以蒙霜保荣,故见殊列树。(孙绰《司空庾冰碑》)

> 文武开业,尚父定王佐之契;宗周不竞,桓公弘九伐之勋。脱履于必济之功,忘怀于屈伸之会,高氏出乎生民,公亮坦于万物。遂复改谋回虑,策马武关,总辔丹拼之涂,扬鞭终南之岭。兵交则战无全敌,劝义则襁负云集。……虽奇功大勋未捷于一朝,而宏谟神略义高于天下。公惟秀杰英特,奇姿表于弱冠,俊神朗鉴,明统备于成德;巾褐衡门,风流推其高致;忘已应务,天下谢其勋业。辅相两仪,而通运之功必周;虚中容长,而方圆之才咸得。道济而不有,处泰而逾约,可谓固天时纵,生民之杰者也。(袁宏《丞相桓温碑铭》)

这些碑文篇幅较短,当是《艺文类聚》收录时有所删略,虽不是全貌,但追求骈俪的审美倾向从中可见一斑。

此后的宋、齐、梁、陈政权,虽始终有禁碑之举,但大多是针对私碑。对于公碑,则不甚控制,甚至有时出于道德教化、纪功载政等目的,还提倡立碑。如宋裴松之虽认为"勒铭寡取信之实,刊石成虚伪之常,真假相蒙,殆使合美者不贵,但论其功费,又不可称。不加禁裁,其敝无已",但只是建议"以为诸欲立碑者,宜悉令言上,为朝议所许,然后听之,庶可以防遏无征,显彰茂实,使百世之下,

---

① 嵇叔良《魏散骑常侍步兵校尉东平相阮嗣宗碑》骈俪色彩较浓,但此文直到明代杨慎才认为是东平太守嵇叔良所作,未详何据,姑且存疑。

知其不虚,则义信于仰止,道孚于来叶"(《宋书·裴松之传》)。虽然南朝立碑之举大多是帝王诏许,但也极大地推动了碑文创作的繁荣。

汉代碑文"作者极少落款,上石亦然,如汉《文范先生陈仲弓碑》,赖有《蔡中郎集》知其作者,其余大多无考,严可均辑全文'阙名'各卷即是其证"①。程章灿就认为"最著名的汉碑作家蔡邕往往成为'箭垛式人物'"②。如《刘熊碑》直到中唐王建才被认为是蔡邕所作③。而东晋以来的碑文就多出自名家之手。梁安成王萧秀薨后,"东海王僧孺、吴郡陆倕、彭城刘孝绰、河东裴子野,各制其文,欲择用之,而咸称实录,遂四碑并建"(《南史·萧秀传》)。另据史书记载,豫章文献王萧嶷去世后,其门下故吏乐蔼托沈约为碑文,沈约辞曰:"郭有道,汉末之匹夫,非蔡伯喈不足以偶三绝。谢安石素族之台辅,时无丽藻,迄乃有碑无文。况文献王冠冕彝伦,仪刑宇内,自非一代辞宗,难或与此。"(《南齐书·萧嶷传》)沈约谦称"自非一代辞宗,难或与此",推辞不作,可以看出时人对于名家碑文创作的推崇。另据史书记载,萧乂理"有文才,尝祭孔文举墓,并为立碑,制文甚美"(《梁书·萧乂理传》),从中可见当时碑文创作对于骈俪华美文风的崇尚。相较汉魏晋宋时期的碑文创作,齐梁骈体名家如沈约、任昉、萧纲、萧绎、徐陵等人的碑文"辞采增华,篇幅增长",尤其是被《文选》收录的沈约《齐故安陆昭王碑》长达近乎三千字,对仗工致、用典广博、刻意铺采,四六铿锵,有气韵贯通之畅,而无呆板滞涩之弊。

北魏终结五胡十六国的混乱局面之后,北方社会逐渐稳定。曹魏以来的禁碑之令已失去存在的政治基础,整个社会都较为注重碑文的创作。据《魏书》记载:早在北魏桓帝十年(304),"桓帝与腾盟于汾东而还。乃使辅相卫雄、段繁,于参合陂西累石为亭,树碑以记行焉"。桓帝崩后,卫操"树碑于大邗城,以颂功德"(《魏书·序记》)。北魏早期的碑文以纪事颂德为主。如道武帝拓跋珪登国六年(391)九月,袭五原,"于栖杨塞北,树碑记功"(《魏书·太祖纪》)。道武帝拓跋焘"驾幸漠南,高车莫弗库若干率骑数万余,驱鹿百余万,诣行在所。诏

---

① 叶国良《石学蠡探》,大安出版社1989年版,第67页。
② 程章灿《从碑石、碑颂、碑传到碑文——论汉唐之间碑文演变之大趋势》,《唐研究》第13辑,北京大学出版社2007年版,第425页。
③ 王建《题酸枣县蔡中郎碑》:"苍苔满字土埋龟,风雨销磨绝妙词。不向图经中旧见,无人知是蔡邕碑。"

(邓)颖为文,铭于漠南,以纪功德"(《魏书·邓渊传》)。

这一时期现存的碑文,如《御射碑》、《太武帝东巡碑》、《文成帝南巡碑》,注重实用,质朴无文,不尚雕润。孝文帝迁都洛阳后,于太和十九年六月下诏"迁洛之民,死葬河南,不得还北"(《魏书·高祖纪下》)。这无疑推动了当时碑文,尤其是墓碑文的创作。此后立碑之风愈演愈烈。孝明帝时期的隐士赵逸就批评说:"生时中庸之人耳,及其死也,碑文墓志,莫不穷天地之大德,生民之能事。……所谓生为盗跖,死为夷齐,妄言伤正,华词损实。"(杨炫之《洛阳伽蓝记》卷二)

与此相应的是碑文开始呈现出骈化的倾向,如太和十二年的《晖福寺碑》就多有骈句,辞情赡丽,雍容典雅。此后宣武、孝明时期,越来越多的文士参与到碑文的创作中,甚至呈现出竞争的创作态势。如宣武帝的季舅高显卒后,"其兄右仆射肇私托景及尚书邢峦、并州刺史高聪、通直郎徐纥各作碑铭,并以呈御。世宗悉付侍中崔光简之,光以景所造为最……遂以景文刊石"(《魏书·常景传》)。到了东魏、北齐时期,以"北地三才"为代表的知名文士都大力创作碑文,如温子升《寒陵山寺碑》、《定国寺碑》、《大觉寺碑》、《常山公主碑》,邢邵《广平王碑文》、《冀州刺史封隆之碑》、《景明寺碑》、《并州寺碑》,魏收《征南将军和安碑铭并序》、《兖州都督胡延碑铭并序》①,全为骈体,属对精工,典雅弘正。这些碑文不仅被世俗的请托者引为荣耀,如北齐太宁二年(562)《彭城寺碑》,"末题仆射魏收造文,此则造寺者以伯起名高,特为表著,而非收所自署者矣"②,而且也得到当时文坛领袖的推崇。如自视甚高的庾信也不禁赞颂魏收的碑文"制作富逸,特是高才"(《酉阳杂俎·语资》),并对温子升《寒陵山寺碑》评价甚高,即"唯有韩陵山一片石堪共语"(《朝野佥载》卷六)。即使是一些作者不详的碑文,如《高叡定国寺碑》、《玄极寺碑》不仅篇幅很长,洋洋两千多字,而且对仗工整,用典贴切,雅润铿锵,从中可见当时碑文创作的繁盛以及对骈俪之风的自觉追求。

相较东魏、北齐,西魏、北周早期的碑文创作则寂寥得多,不仅数量极少,而

---

① 魏收的碑文现存仅日藏弘仁本《文馆词林》收录的这两篇,但魏收曾称"唯以章表碑志自许,此外更同儿戏"(《北齐书·魏收传》),庾信也说"近得魏收数卷碑"(《酉阳杂俎·语资》),又《北史·樊逊传》记载魏收曾作"库狄干碑序,令孝谦为之铭",可见魏收碑文的数量远非此两篇。
② 叶昌炽撰,柯昌泗评《语石 语石异同评》,中华书局1994年版,第387页。

且朴实无华。如北周孝闵帝元年(557)的《强独乐文帝庙造像碑》颂扬开创北周基业的宇文泰的功德,应是当时的大手笔,却全为散体,不讲究辞采修饰。即使到了周武帝天和五年(570)的《魏故谯郡太守曹祢乐碑》《张僧妙碑》也没有太大的发展。庾信、王褒等南朝文士的入北,给北朝碑文的创作起到极大的推动作用。据史书载:王褒与庾信"才名最高,特加亲待"(《周书·王褒传》),"群公碑志,多相请托"(《周书·庾信传》)。庾信今存14篇碑文,王褒今存9篇碑文,占现存北周碑文的绝大比例。二人都创作有《温汤碑》,同为陆逞写作碑文,异曲同工,相得益彰。可见他们的碑文在当时已成为引领创作风尚的作品,将北朝骈体碑文的创作推向了高峰。

据《隋书·经籍志》著录,六朝时期的碑文总集有:谢庄《碑集》十卷,梁元帝萧绎《释氏碑文》三十卷①,陈勰《杂碑》二十二卷、《碑文》十五卷,车灌《碑文》十卷,僧佑《诸寺碑文》四十六卷。另有无名氏《碑集》二十九卷、《杂碑集》二十九卷、《杂碑集》二十二卷、《羊祜堕泪碑》一卷、《桓宣武碑》十卷、《长沙景王碑文》三卷、《义兴周处碑》一卷、《太原王氏家碑诔颂赞铭集》二十六卷、《荆州杂碑》三卷、《雍州杂碑》四卷、《广州刺史碑》十二卷,当时碑文创作之盛从中可见一斑。六朝碑文不论是外在样式还是文本内容,都已基本涵盖后世的所有种类。"论其名义,有刻石、碑碣、碑、塔铭、浮图、经幢、造象、石阙、摩厓、地莂之异;而制度亦各殊焉。至其所刻文字,自儒释经典,以至诗文杂著,几于无体不备。"②今天据传世文献和出土文献所能见到的碑文数量之所以很少,主要在于碑立于地上,饱受风雨消磨,流传不易。

三、六朝骈体碑文的艺术特质与后世的正变之争

刘勰认为:"夫属碑之体,资乎史才,其序则传,其文则铭。"(《文心雕龙·诔碑》)近人刘师培阐述说:"'其序则传'——碑前之序虽与传状相近,而实为二体,不可混同。盖碑序所叙生平,以形容为主,不宜据事直书。……未有据事直

---

① 《金楼子·著书》:"《碑集》十秩,百卷,付兰陵萧贲撰。"姚振宗《隋书经籍志考证》认为此"盖其后所撰集,此三十卷或亦合并百卷中"。清华大学出版社2014年版,第2224页。今人许逸民认为可能是萧绎初辑三十卷,后付萧贲足成百卷。《金楼子校笺》,中华书局2011年版,第1030页。
② 朱剑心《金石学》,文物出版社1981年版,第4页。

书,琐屑毕陈,而与史传、家传相混者。试观蔡中郎之《郭有道碑》,岂能与《后汉书·郭泰传》易位耶？彦和'其序则传'一语,盖谓序应包括事实,不宜全空,亦即陆机《文赋》所谓'碑披文以相质'之意,非谓直同史传也。六朝碑序本无与史传相同之作法,观下文所云:'标序盛德……必见峻伟之烈。'则彦和固亦深知形容之旨,绝不致泯没碑序与史传之界域也。"①其实,晚清王闿运对此也有所认识,其在解说"碑披文以相质"时强调要"以文述事,而不可以事为主。相质者,饰质也"②,只不过没有刘师培论述得如此详致。尤其刘师培以形容二字来描述六朝碑文的创作特色,可谓独具只眼。相对散体碑文,六朝骈体碑文更能发扬以形容为主的特质。如六朝骈体寺庙碑文常用较多篇幅描绘其所处形胜之地的自然风光:

> 蘚寻千仞之木,气叶星晕；华飞五香之草,形图宫室。帷叶彩花,卷舒蹊迮。阳桃侯枣,荣落岩崖；树息金乌,檐依银鸟。凤将九子,应吹能歌；鹤生七岁,逐节成舞。旭日晨临,同迎若华之色；夕阳斜影,俱成拂镜之晖。(萧纲《招真馆碑》)

> 凤皇之岭,迤绵映色；莲花之洞,照曜增辉。山云黄鹤,疑钧天之夜响；城称却月,似轻云之霄蔽。(萧绎《郢州晋安寺碑》)

这些碑文被《艺文类聚》收录,当有所删略。今天读来非常类似当时吴均、陶弘景等人的山水小品,清空秀雅,简澹高素,尽得江南山水之神韵。

不仅寺庙碑文如此,六朝时期占据主流的墓碑文也常使用这种手法。如徐陵《司空徐州刺史侯安都德政碑》本重在"颂美安都功绩"(《陈书·侯安都传》),却用了较多对句描述其劝农耕织的场景:"望杏敦耕,瞻蒲劝穑,室歌千耦,家喜万钟,陌上成阴,桑中可咏,春鹧始啭,必具笼筐,秋蟀载吟,竟鸣机杼,或啸拜灵祝,躬瞻舞雩,去驾拥于风尘,还旌阻于飘浹。"明屠隆赞曰:"论农务,则循声而得貌；言节候,则披文而见时。"又如庾信《周柱国大将军长孙俭神道碑》"风云积惨,山阵连阴,陵田野寂,松径寒深"等句,渲染悲凉心绪,感人至深,无怪乎清人谭献称庾信碑志的特色是"情胜"(《骈体文钞》卷二三)。

---

① 刘师培《〈文心雕龙〉讲录二种》,《中国中古文学史讲义》,凤凰出版社2011年版,第240页。
② 陆机撰,张少康集释《文赋集释》,上海古籍出版社1984年版,第82页。

钱基博先生认为:"碑志之文,自蔡邕后,皆逐节敷写。"①刘师培以王俭《褚渊碑文》为例,探究六朝碑文是如何在蔡邕碑文基础之上增藻逞词的。为了论述的方便,兹引录如下②:

  公禀川岳之灵晖,含珪璋而挺曜。【和顺内凝,英华外发】,神茂初学,业隆弱冠。【是以仁经义纬,敦穆于闺庭,金声玉振,寥亮于区寓】,孝敬淳【深,率由斯】至。【尽欢朝夕】,人无间言。(至若和顺内凝,英华外发),【逍遥乎文雅之囿,翱翔乎礼乐之场。风仪与秋月齐明,音徽与春云等润。韵宇弘深,喜愠莫见其际,心明通亮】,用言必由于己,(喜愠莫见其际),汪汪焉,洋洋焉,可谓澄之不清,挠之不浊(者也)。③

通过比较可以看出,六朝碑文尤其是齐梁时期的碑文所增加的往往是一些骈俪精工的对句,尤其是隔对。六朝文人之所以在创作碑文时,"常恐事实挂漏,凡可叙述者纤细不遗,与东汉人着眼不同",并不是为了追求叙事的详尽和切实。因为联系褚渊的生平,碑文所言很多并不属实。其实,六朝时期的大多数骈体碑文皆可作如是观。

钱钟书对六朝骈体碑文的代表作者庾信颇多批评,称其"集中铭幽诔墓,居其太半;情文无自,应接未遑,造语谋篇,自相蹈袭。虽按其题,各人自具姓名,而观其文,通套莫分彼此。惟男之与女,扑朔迷离,文之与武,貂蝉兜牟,尚易辨别而已"④。不可否认,庾信的碑文的确或多或少地有着上述弊端。究其原因,一方面是北周开国显贵的勋绩本来就有着一定程度的雷同,如"平窦军、复弘农、破沙苑、战河桥"(庾信《田弘墓志》),因为这些战争直接关乎宇文泰政权的存亡,庾信在创作碑文时不得不反复渲染;另一方面则是骈体碑文在叙事方面有着一定的局限。⑤ 但六朝文人并没有尽力克服这种局限,反而放纵笔墨铺写,极尽形容之能事。如庾信《周柱国大将军纥干弘神道碑》有云:"天和二年,被使

---

① 钱基博《中国文学史》,中华书局1993年版,第231页。
② 引文中加【】表示可删,加()表示可增。
③ 参看刘师培《〈文心雕龙〉讲录二种》,《中国中古文学史讲义》,凤凰出版社2011年版,第245页。
④ 钱钟书《管锥编》第四册,中华书局1986年版,第1527页。
⑤ 关于骈体叙事的局限,可参看拙文《论中国古代骈体小说的文体互参与叙事特征》,《东南学术》2014年第4期。

南征,带甲百万,轴轳千里,江源水起,海若乘流。船官之城,登巢悬甍,吴兵习流,长驱战舰,风灰箭火,倏忽凌城。公以白羽麾军,朱丝度水,七十余日,始得解衣。"作者以散行四言句式叙述田弘与南朝陈军的战争场面,颇为简洁生动。其《周上柱国齐王宪神道碑》不按时间顺序,先叙宇文宪讨平稽胡刘没铎,接下来详细叙述其平灭北齐的卓著功绩,深得文章布局之法。但是这些都不是庾信碑文的重心,其碑文的显著特色是"偶意共逸韵俱发,丽句与事实并流"。又如温子升《寒陵山寺碑》描写决定高欢政权命运的韩陵之战:

> 钟鼓嘈喈,上闻于天;旌旗缤纷,下盘于地。壮士凛以争先,义夫愤而竞起。兵接刃于斯场,车错毂于此地。轰轰隐隐若转石之坠高崖,硠硠磕磕如激水之投深谷。俄而雾卷云除,冰离叶散。靡旗蔽日,乱辙满野。楚师之败于柏举,新兵之退自昆阳,以此方之,未可同日。

作者用骈语铺叙,场面宏大,声势雄壮,可谓"天矫腾骧,负声结响,振清绮以雄丽"①,但就叙事而言,却较为笼统概括。

据笔者检索,在唐前的文献中,几乎看不到碑传二字之连词,多是碑颂一词连用,碑文更多的是受赋颂文体的影响。到了中唐以后,碑传一词开始普遍使用,就总集而言,宋人杜大珪编纂《名臣碑传琬琰集》发其先端,后人仿其体例逐渐形成了碑传集系列,如清钱仪吉《碑传集》、闵尔昌《碑传集补》、汪兆镛《碑传集三编》。其他如曾国藩《经史百家杂钞》则将碑文"附入传志之下编"。可以说到了明清时期,碑序与史传的界限开始变得模糊,所以碑文批评逐渐以叙事为正宗。如明徐师曾认为碑文"主于叙事者曰正体,主于议论者曰变体,叙事而参之以议论者曰变而不失其正。至于托物寓意之文,则又以别体列焉"(《文体明辨序说》)。朱荃宰《文通》、王之绩《铁立文起》都认同徐师曾的正变之论。

正变之分在中国古代源远流长,最早可以追溯到汉儒对于《诗经》的阐述。作为中国古代诗学的重要范畴,正变论也逐渐被引入文章学的领域。由于其隐含着以正为源、以变为流、以正为盛、以变为衰的价值评判,所以就不可避免地导到崇正抑变或伸正诎变。当然,也有不拘泥于传统正变之论,主张主变存正,

---

① 李兆洛《骈体文钞》,上海书店1988年版,第14页。

甚至变胜于正者。如章学诚认为:"至六代以还,文靡辞浮,殆于以人为赋,赋卒为乱,千篇一律,意义索然。即唐初诸子,承陈、隋之余波,无复振作,韩柳诸公,始一变而纯用情真叙述之体,隐与史传相为出入。是则铭志之体,原属华辞,至韩、柳诸公摧陷廓清,反属变体。然变而得善,则人乐从之,故欧、曾以下,奉为不祧之宗。而文集之中,遂为一大门类,与传记相出入矣。"(《与朱少白书》)章学诚虽然也认为唐宋碑文在藻饰方面不如六朝,却坚决反对"因用唐宋书法叙事,而参以六朝藻饰"(《信摭》)。可见这两种正变论虽有不同,但都倾向于将碑文视作史传类的叙事文体。

其实,这种论调与明清叙事文体的发达有着密切的关系,但这些批评者都有意或无意地忽略了六朝是一个叙事文体相对边缘的时代。如萧统《文选》不录史传,所选只有"碑文"、"墓志"、"行状"三种类似叙事文体。六朝骈体碑文也有极个别叙事生动的,如萧纲《吴郡石像碑》:

晋建兴元年癸酉之岁,吴郡娄县界,淞江之下,号曰沪渎。此处有居人,以渔者为业,挂此詹纶,无甄小断,布斯九罨,常待六鳌。遥望海中,若二人像。朝视沉浮,疑诸蜃气;夕复显晦,乍若潜火。于是谓为海神,即与巫祝,同往祈候、七盘圆鼓,先奏盛唐之歌;百味椒浆,屡上东皇之曲。遂乃风波骇吐,光景晦明,咸起渡河之悲,窃有覆舟之惧,相顾失色,于斯而返。

碑文典丽工致,富有文采声韵之美,"叙事生动处,乃不为对偶所滞"①。但这在六朝碑文中是极为少见的。再加之六朝碑文中的叙述部分在被后来《艺文类聚》等类书收录时多有删节②,在明清批评者眼里叙事显得更为不够清晰。

明清碑文批评以叙事为正体,以今律古,无疑影响了对六朝碑文客观公正的评价。再加上许多古文家出于"轻骈、拒骈"的偏见,将六朝碑文看成是言之无物、绮靡华丽,将其从碑文发展史上一笔抹去,如姚鼐《古文辞类纂》、曾国藩《经史百家杂钞》对于六朝碑文一概不予选录。值得注意的是,当时也有为六朝碑文张目的声音,如汪中云:"碑铭之体,自东汉至于唐初,其叙年月官阀既详且

---

① 李兆洛《骈体文钞》,上海书店1988年版,第508页。
② 如高步瀛在《南北朝文举要》中指出,温子升《常山公主碑》与《寒陵山寺碑》"轮廓虽具,殆已多删节,故公主为某帝之女,下嫁某氏,碑中皆不见,盖节之去矣"。中华书局1998年版,第664页。

实,而于事迹,则为隐括比拟之词。中唐以后,作者数家,始以《史》《汉》叙事之法行之,故史家多采焉;而年月官阀,类多凌躐剪裁,以求行文简便,且避体制之重。"他认为碑文创作应"于年月官阀则用汉以后例,于事迹则用唐以后例"①。虽然汪中的论述仍然注重叙事,但表现出融通正变的难能可贵的倾向。到了近代,刘师培等人以严谨的学术态度对六朝碑文进行研究,注重辨体分析,深入挖掘六朝碑文的独特之处②。今天我们正要避免那种严分正变的狭隘思维,回到六朝碑文发展的历史语境,以一种通变的眼光重新审视六朝骈体碑文的独特成就。

---

① 汪中著,田汉云校《新编汪中集·附录一》,广陵书社2005年版,第30页。
② 如刘师培认为:"汉碑镕铸经诰,不引杂书;庙碑崇仰佛陀,须宗内典。倘庙碑不用内典而专采六经,或虽援用佛书而行以蔡邕之调,则于体均为不称。故今日作庙碑者须取法六朝,亦犹校练名理之文须宗式嵇康以下;相题定体,庶免乖违耳。"《中国中古文学史讲义》,凤凰出版社2011年版,第247页。

南宋后期荐举官制与四六启文的交际性

戴路(四川大学中国俗文化研究所)

宋代荐举制度是指中高级官员定期定额保荐下级官员改转升迁,以及应诏举荐特需人才的官制,在南宋格法与禁限增多,程序繁密,对士人流动和社会转型影响较大。产生于荐举环节的启文是南宋四六文中发展较显著、数量较丰富的文体,包括荐举前后的贽启、谢启、通启、回启等。以荐举制度为切入点的启文研究,就是以士人交往的动态过程为主轴,关注荐举对四六话语策略和叙述立场的影响,考察四六语词典故对荐举主体和人际关系的书写方式,在制度与文学的互阐互释中透视启之文体属性在南宋后期[①]的演变轨迹,具有制度史和文学史的双重意义。

一、启的文体渊源与边界拓展

根据《文心雕龙·奏启》的追溯,"启"在先秦典籍中的本义为开,汉代无启,曹魏时期在笺记末尾署名"谨启",尚未出现作为独立文体的"启"。时至晋代,启成为"奏"和"表"的别枝,所谓"自晋来盛启,用兼表奏。陈政言事,既奏之异条;让爵谢恩,亦表之别干"[②],启仍然依附于上行文体。从南朝到隋唐,启有了

[①] 宋史研究中的南宋后期通常以宋宁宗嘉定元年(1208)为上限,帝昺祥兴二年(1279)宋室灭亡为下限。参见张其凡《试论宋代政治史的分期》,载《宋史研究论文集》,河南大学出版社1993年版,第362—369页。
[②] 刘勰著,詹锳义证《文心雕龙义证》卷二三,上海古籍出版社1988年版,第873页。

充分发展,作为平行文体的功用得以固定,骈体在启文中的主导地位得以确立①。关于启的风格演变,清人王之绩《铁立文起》有简要概括:

> 或曰:任昉《奉答敕示七夕诗启》,述谦让之怀,绍前后之辙;《为卞彬谢修卞忠贞墓启》,表忠靖之风,悲宿草之莽,固六朝之妙笔也,言简意长。唐启则工丽似赋矣。宋启自欧苏为之,韵悠辞逸,笔墨间有行云流水之趣,则又胜于前贤矣。②

王之绩指出六朝启的特征是"言简意长",唐启"工丽似赋",宋启"韵悠辞逸",勾勒出这一文体的总体发展脉络。这种风格变化背后除了骈散语体的消长融摄,更有文体功能的拓展。启文应用性的增强对四六语体叙事述意的要求性更高,所谓行云流水,更多的是意脉的贯穿。当然,它毕竟不同于古文的表达方式,尚需依赖声律对仗的交错推进,离不开语典故实的融化剪裁。典故的选择、语辞的措置,需要考虑应用场合,甄辨交际对象的身份地位等,不再追求唐启的形式工丽,走向重意蕴、讲礼节的一途。总之,风格演化的深层动力是文体属性和功用的变革。

诚如四库馆臣所言:"至宋而岁时通候、仕宦迁除、吉凶庆吊,无一事不用启,无一人不用启,其启必以四六。遂于四六之内别有专门。"③启之"别有专门",最重要的发展期是宋代,尤其是南宋中后期。从应用类型看,启可分为谢启、通启、陈献启、订婚启、聘婚启、贺启、小贺启等。每类之下又可细分,如谢启有谢座主、谢到任、谢解任、谢除授等,贺启有贺正、贺冬、贺生辰等。从交往对象看,上至三公宰执,下至州县簿尉,启文的传递覆盖了整个文官系统。从交际功能看,启的撰写既有礼节性的恭贺问讯,又有事务性的请托答谢,起到了互通有无、联络情感的作用。清人王之绩云:"启在近世特盛,甚至另为一书单行,要惟有别才别趣乃可擅场。"④这种"另为一书"的局面,在南宋"别有专门"的时代已经奠定。创作队伍的扩大,作者地位身份的多样,往来事宜的复杂,凸显出启

---

① 有关启在晋唐间的发展,参见钟涛《试论晋唐启文的体式嬗变》,《文学遗产》2007年第4期,第134—139页。
② 王之绩《铁立文起》前编卷七,《历代文话》第四册,复旦大学出版社2007年版,第3707—3708页。
③ 永瑢《四库全书总目》卷一六三《四六标准》提要,中华书局1965年版,第1396页。
④ 王之绩《铁立文起》前编卷七,《历代文话》第四册,第3707—3708页。

文的交际性。对此,研究者已有总体论述①,现结合南宋后期的情况进行必要补充和引申。

南宋后期启文功能多样化、职能专门化的趋势,从所存书目和作品中可以看出。在此之前,启文专书并不多见,尤袤《遂初堂书目》总集类仅有《缄启新范》与启相关②。而到南宋后期,单行的《梅亭四六》《南塘四六》《巽斋四六》、《后村四六》《壶山四六》《臞轩四六》,合刻的《四六膏馥》《三家四六》《四家四六》,大多为启文专书。这一方面意味着启文撰写在南宋后期名家辈出,成为新的典范。明人王志坚《四六法海》卷六所选启文中,宋启占据大半,宋启当中,南宋后期的比重不小,包括真德秀、魏了翁、刘克庄、危稹、李刘、王迈、方岳、文天祥等人的作品。这反映出整个时代的创作水平。另一方面,它又意味着启文写作技能的普及和推广。这类坊刻书籍层出不穷,拥有巨大市场,背后是士人社会酬酢交际的不断活跃。除此之外,宋元之际涌现出一批指导启文写作的日用类书,包括《新编事文类要启札青钱》《启札云锦裳》《启札锦语》《启札渊海》等。它们按照职官、关系、场合分类编排,摘取警联佳句,方便士人的应用写作。这类文集和类书面向基层社会,使文章技巧和知识典故拥有更广阔的接受空间,也使启文写作日益成为专门之学。

"四六"一词在南宋后期很大程度上等同于"启",不仅当时刊刻的诸多以"四六"命名的小集专收启文,时人的相关论述也体现出这一倾向。如欧阳守道《代人谢解书》曰:

> 某以举子之文,辱在乡贡之末,出而一谢太守,当有所谓四六文,今世之所谓启者,以赞于下执事……四六之文,今世所谓启,某未尝学也。③

---

① 参见周剑之《新型士人关系网络中的宋代启文》,《北京师范大学学报(社会科学版)》2016年第6期,第61—68页;邬志伟《从公牍到私书:论唐宋启文的新变》,《海南大学学报(人文社会科学版)》2016年第6期,第78—86页;胡坤《宋代的荐举书启:探索改官过程中人际网络的线索》,《宋史研究论丛》2018年第1期,第30—55页。
② 《缄启新范》又名《仕途必用缄启新范》,全书已佚,编者不详。周必大编《欧阳文忠公集》时曾据此书辑得数首欧阳修四六启状。另外陈鹄《耆旧续闻》卷四曾引此书"李秀才贺滕学士"一启部分文字。则可知《缄启新范》流行于南宋前期,所收多北宋人四六启文。
③ 欧阳守道《代人谢解书》,《巽斋文集》卷二,影印本《文渊阁四库全书》第1183册,台湾"商务印书馆"1986年版,第516页。

欧阳守道两次强调"四六之文,今世所谓启",其一说明启在这一时期已普遍采用四六语体;其二表明启在士人日常生活中的地位颇为重要,逐渐占有了"四六"这一专名。此处启的具体用途是举子乡贡后赘见太守,表达谢意。在《通萧宰书》中,欧阳守道又写道:

> 当用今所谓四六语者通姓名于下执事,而半生学文,雅好庄直,不敢以四六语为当然。①

欧阳守道虽不屑于作四六,但却反衬出四六在官场通候问讯中的流行程度。"今所谓四六语"即启,按照惯例作为地方学官的欧阳守道该以四六启文向新任知州问好。与欧阳守道类似的是,黄震在给上级长官通信时也不愿意用流行的四六启文,体现出与俗异驰的独立风节;但其批评的语词反倒可以证明启文在官场交际中的普及程度。如《与钟运使季玉书》其一云:"某于使台为支郡,例有四六启以代参谒,某何敢后。"②此处启文的用途是向一路转运使请谒。再如黄氏《通新宪翁丹山》云:"未几闻下令约束所部吏,不许通四六启,俾各以政言,某因私窃自喜。夫破去寻常,略虚文而访实政,此真大丈夫所为。"③黄震仍是站在反对者的立场上看待四六启文。但所谓"寻常",其实是这种文体在一般官吏之间已较为通行,以致需要长官"约束"。从文体功能看,"虚文"固然不能发挥古文书信言"实政"的功能,但其礼仪性、应酬性却是士人日常交际不可或缺的。

如果说上述诸例都是从反面证明四六启文的流行性,那么南宋后期编印的大量四六文集则从正面反映这一趋势。除前述各类以四六命名的别集和总集外,我们在晚宋文人所作题跋中还可发现诸多线索。如方逢辰《胡德甫四六外编序》云:

> 胡公伯骥德甫,余乡之老师,学问渊源山涌泉出,而尤长于四六。近得启事数篇观之,交乎上者不谄,交乎下者不倨。④

---

① 欧阳守道《通萧宰书》,《巽斋文集》卷三,第525页。
② 黄震《与钟运使季玉书》,《黄氏日钞》卷八四,影印本《文渊阁四库全书》第708册,台湾"商务印书馆"1986年版,第872页。
③ 黄震《通新宪翁丹山书》,《黄氏日钞》卷八四,第858页。
④ 方逢辰《胡德甫四六外编序》,《蛟峰文集》卷四,影印本《文渊阁四库全书》第1187册,台湾"商务印书馆"1986年版,第535—536页。

胡伯骥具有深厚的儒学背景，仍兼擅四六。在他纂辑的《四六外编》中，启占据了重要地位，发挥了沟通上下的功用。和欧阳守道、黄震激烈反对的态度有所不同，方逢辰在"不谄不倨"的标准下，承认了这一文体的合理性，肯定了它的独特功能。除胡德甫外，林希逸之子林泳的启文亦汇编成卷，得到刘克庄的品题。刘氏《林太渊稿序》云："然犹未尽见其俪语也。别后得其《谢荐举启》一卷，又超诣于散语。"①林泳的此卷"俪语"是在诗稿之外另外编纂、独立成卷的，用于感谢上级官员的举荐。这些以启为主体的四六文集在南宋后期频繁涌现，是启文功能细化、交际性增强的必然结果。

从上述诸人的论述中，我们可以看到启文在举子谢太守、学官致州官、士人谢荐举、官吏相问候等场合的应用，这恰好可以和此时四六类书与文集的分类情况相互印证。启文写作人群的扩大、交际仪节的细化、文献资料的丰富都显示出这一文体在南宋后期取得的新变化。荐举类启文正是在此环境中得以广泛流行。

二、南宋后期荐举制度的关系化

在启文功能的拓展过程中，荐举制度起着重要的推动作用。所谓"科举以取士，荐削以升改，国家之重事也"②。如果说科举体制培育了庞大的士人阶层，那么荐举制度则关系到士人终身的仕途走向，无论循资关升、担任差遣，还是磨勘改官、迁升朝官，皆需举主的保荐。已有研究者指出，荐举是课绩、资格与关系的综合体③，一道荐举程序的完成，除了举主与被荐者的互动，更有中间人的斡旋。对南宋后期士人而言，荐举中的关系因素更加突出。倪思晚年所作《公荐举》云："请托之风不戢，权势之书日驰，法虽屡更，孤寒者受其弊耳，于荐举乎何益？今之士大夫以荐贤报国为己任者，盖绝无而仅有耳。怵于权势，移于请托，每每皆是也。"④倪思对觅荐者借助权势之人请托关说的风气提出批评，呼吁

---

① 刘克庄著，辛更儒笺校《刘克庄集笺校》卷九八，中华书局2011年版，第412页。
② 刘琳、刁忠民、舒大刚校点《宋会要辑稿》职官七九，上海古籍出版社2014年版，第5244页。
③ 参见邓小南《宋代文官选任制度诸层面》第五章《铨选中占特殊地位的荐举制》，河北教育出版社1993年版，第157—163页。
④ 倪思《经鉏堂杂志》卷八，《续修四库全书》影印明万历潘大复刻本第1122册，上海古籍出版社2002年版，第250页。

举荐者要善于识贤,保持公正严明的立场。许应龙《论荐举札子》则从两个方面针砭时弊。"奈何人情贪荣,竞欲速化,不顾职事之修否,而惟欲露章之荐引,头钻肘刺,不得不已"①,这是对觅荐者奔竞之风的不满,"头钻肘刺"折射出士人的干谒情态。"合一岁而论,不知其几,非亲故之夤缘,则势要之嘱托,非关升之所不及,则京削之所未遍"②,则批评徇私说情的中间人,请求朝廷整饬荐举保任的法令。淳祐年间,选人改官过程中挟势图利、投机取巧的行为引发关注,《吏部条法·荐举门》所引淳祐十年七月九日的"都省札子"曰:

> 选人改官,合用举主五员。近来有得五员,多求三员放散给告示。或水土赏处,只用二员改秩,亦多求三员放散给告示。或有势力先求台阃程赏,得免举主至二三员者,及改官之日,合用五削者用五削,合用土赏者用土赏,却将举主告示,及所得减员公据,每一员乞转一官,如职司乞转两官。③

选人一面利用酬赏政策减免举员,同时又依托势力关系求得多余举状,以谋取更大的晋升机会。针对此类弊端,朝廷作出了"若已及格人续发到举状,并不许放散出给告示。若元系程赏减员,听乞比折收使"④的政策规定。以上臣僚进言和法令调整都折射出关系因素对南宋后期荐举事务的渗透。

值得注意的是,官方打击抑制的"权势"与一般士人的结交对象有所区别。关于这一点,《癸辛杂识·后集》"马裕斋尹京"的记载颇具启发意义。马光祖本坚拒"挟贵挟势"的觅荐者,但以进纳入仕的薛姓监酒官"出入福邸贵家甚稔",在"南阳贵人"的帮助下,薛氏最终获得马光祖的提携,"以是知人不可无势,以马公峻峭壁立,亦不能不为流俗所移,况他人哉"⑤。马光祖最终屈服的"贵"与"势"来自福王府,这些王公宗族、宠幸近侍对荐举事务的干预,是造成"孤寒者受其弊"的重要因素。而像"薛监酒"这样以钱粮买官,又携势晋升的举动,无疑是对一系列宋代文官制度(科举取士与荐举磨勘)的挑战,必定会引发类似《论

---

① 许应龙《东涧集》卷七,影印本《文渊阁四库全书》第1176册,台湾"商务印书馆"1986年版,第484页。
② 许应龙《东涧集》卷七,第484页。
③《吏部条法·荐举门》,《中国珍稀法律典籍续编》第二册,黑龙江人民出版社2002年版,第280页。
④《吏部条法·荐举门》,第280页。
⑤ 周密著,吴企明点校《癸辛杂识·后集·马裕斋尹京》,中华书局1988年版,第83页。

《荐举札子》这样的强烈抨击。当然,"权势"不仅限于王公贵人,淳祐元年理宗下诏"自今宰执、台谏、侍从,不许发私书,求举削。诸路监司、帅守,宜体国荐贤,毋徇权要"①,遏制天子侍从和朝廷重臣的徇私请托。

但是,对于众多沉沦下僚、觅荐改官的士人而言,关系因素又不可或缺,正如刘克庄所言:"若乃夫寻常中庸之流,鲜不蒙父兄家世之力"②,亲族、世交、同年、师生、同乡等关系是底层官员向上流动的重要帮助。选人改官通常需要五份上级官员出具的举状,首曰"破白",末曰"合尖",五位举主又有"职司""常员"之分③,荐举改官的完成是多种力量相互作用的结果,形成复杂的关系网络。这种关系,并非来源于王公贵人、朝廷重臣等少数"权势"的干预,而是具有大众化、普遍性的特征。从这个角度看,南宋后期的荐举法令在抑制部分士人"挟贵挟势"钻营取巧的同时,实际上又给广大底层官员提供了结交上司、联络同道的合理空间,加速了官场人际关系的建构。方大琮《与林宪书》云:"私念职状为选人司命","仲晦不汲汲于求,皆我辈人相与料理","合颖者明公也"。④ 这是方氏致信时任广东提刑的林宋伟,感谢作为"职司"的"林宪"为徐明叔(仲晦)改官提供最后一封举状。方大琮利用地域乡邦的纽带"相与料理",因为他跟举主林氏、被举者徐氏均为福建人。除同乡外,同年关系在荐举事务中亦发挥作用。姚勉曾为同年邓氏的晋升求助于提刑郑氏,"清漳佥判邓从政名方渊,温陵人,登癸丑第,于某为同年,而在使部为属吏,发身白屋,无虮蝱蚁子之援,孰与翼而飞之者","知某辱眷遇不薄,求一羽言,以干千钧。某以同年之义,不得辞也"。⑤ 邓方渊出身贫寒,科举及第后沉沦下僚,通过同年姚勉的斡旋,在上司郑提刑处寻求荐举升迁的机会。

无论刘克庄的"父兄家世之力",方大琮的同乡之谊,还是姚勉的"同年之义",都有别于中古门阀士大夫的家族势力,又不同于"福邸贵家"这样的特权阶层,它来源于科举进士对古典经史知识的掌握、对道德修养的追求、对诗文写作

---

① 毕沅《续资治通鉴》卷一七〇,中华书局1957年版,第4633页。
② 刘克庄《代上西山》,《刘克庄集笺校》卷一一七,第4829页。
③ 朱瑞熙《宋代幕职州县官的荐举制度》,《文史》第27辑,中华书局1986年版,第67—88页。
④ 方大琮《与林宪书》,《铁庵集》卷二一,明正德八年(1513)方良节刻本。
⑤ 姚勉著,曹诣珍、陈伟文校点《通提刑郑南谷书》,《姚勉集》卷三二,上海古籍出版社2012年版,第363页。

的熟练,向广大读书人敞开,为追求晋升的官员所共有。惟有提高此种关系的覆盖率,孤寒之士向上流动的通道才不至于壅滞,这正是近世社会的鲜明特征。由此反观南宋后期启文功能的拓展与荐举类启文的流行,我们就更能理解此种关系因素的重要推动作用。与上述众多请托书信相互映衬的是,南宋后期文集中保存了数量丰富、科目完整的荐举类启文。如刘克庄《后村集》中的谢启,涵盖了改官、升陟、自代、应诏等多种荐举类别。李曾伯《可斋杂稿》卷十一的启文包括"举著述""举文华""举智谋""举练达""举兵机"等各个科目。而陈著《本堂集》不仅完整保留了五封举改官的谢启,还附上举主的褒词,有助于我们了解完整的荐举流程。这些都发生于南宋后期荐举事务关系化的时代背景之中。

三、比拟与遇合:启文中的古今人物关系

荐举类启文有被荐一方的求荐与答谢,亦有举主的回复和问候。前引《癸辛杂识》关于薛监酒谒见马光祖的材料对启文的应用场景有所呈现:

> 薛出袖中函书,马公颦蹙不语。既而又出俪卷,傍观皆悚惧,而典客面无人色,谓受杖必矣。及退,乃寂然无所闻。又旬日,余复以事至,则薛又在焉。余因扣其所投何如,薛笑曰:"已荷收录矣,余袖中乃谢启也。"扣其所主,则南阳贵人也。①

袖中函书当为"南阳贵人"请托关说的书信,而"俪卷"则是薛氏自撰的觅荐启文。目的达到后,他又将谢启当面呈递马光祖。当时启文的实际用途可见一斑。作为一种礼节性文书,除了交际双方的现场互动,启的文本语辞亦发挥了联络作用。被荐者与举主之间或为上下级,或是同乡,或属世契,或为同姓。一位有心的启文撰写者会千方百计拉近彼此距离,运用典故将双方的身世、地位、处境等巧妙关联起来。如《紫薇诗话》所载:"孙广伯衍《谢东莱公举改官启》云:'清朝荐士,寒门蒙座主特达之知;绛帐传经,贱子辱侍讲非常之遇。'盖孙公莘老受知正献公,广伯尝从荥阳公学也。"②启文用一联概括了孙吕两家的世谊,加深了荐举双方的交情。这种关系纽带的建构在南宋后期士人那里更加明显。

---

① 周密《癸辛杂识·后集·马裕斋尹京》,第83页。
② 吕本中《紫薇诗话》,《历代诗话》本,中华书局1981年版,第370页。

《隐居通议》卷二十二云：

> 洪公以京状荐之朝，次山启谢，有曰："萧何之追韩信，岂云得士之无双？秦穆之用孟明，姑示与人之能一。皆精切如此。"①

所谓"精切"，主要指古今人物之间身份的匹配和处境的相似。萧何与韩信、秦穆公与孟明映衬出举主洪焘与改官者赵必㻌（次山）之间地位高下的差异。赵必㻌被洪焘辟为幕职官，后因故辞职，洪焘惜才再招入幕，并最终举荐赵氏改为京官。萧何之追与秦穆公之用，表现出赵必㻌仕途的曲折与洪焘用人的专一。这种"精切"，随着荐举双方地位和处境的差异有多种表现形式。如荐举改官或应诏特荐，州县幕职与监司长官的地位悬殊较大，启文秉持以卑事尊的叙述立场。以李刘《谢卫参帅泾特荐》为例：

> 然主择客，客择主，亦各有宜；故公求士，士求公，苦难相值。裴晋公于韩愈至公，仅使之就闲；欧阳子于圣俞素交，乃忘于推荐。况在疏贱，何与品题。②

此处用主与客、公与士描述荐举双方的关系，显出地位的高下之分。裴度与韩愈、欧阳修与梅尧臣的身份悬殊，也适用于卫泾与李刘的关系。卫泾嘉定年间有《奏举黄学行刘用行李刘乞赐甄擢状》，当时李刘任潭州宁乡县主簿，卫泾任荆湖南路安抚使。州县幕职和帅臣之间的地位差距决定了启文的叙述方式。类似的联句还有"况欧阳公不能挽圣俞之达，而东坡老亦难拔方叔之穷"③，显出荐举双方的身份差异。和特荐不同的是，"举自代"的双方身份相近，典故中的历史人物也就相对平等，如洪咨夔《谢李坡举自代并应诏》与《谢庄中书举自代》：

> 引蔡襄而居同列，有言必酬；荐唐介而作要官，弗进不已。④

> 为命得裨谌，子产顾不韪欤；稽首逊受圻，伯与亦过矣。⑤

---

① 刘壎《隐居通议》卷二二《骈俪》二，清海山仙馆丛书本。
② 李刘《谢卫参帅泾特荐》，《四六标准》卷三，影印本《文渊阁四库全书》第 1177 册，台湾"商务印书馆"1986 年版，第 92—93 页。
③ 李刘《谢任尚书希夷举著述科》，《四六标准》卷四，第 129 页。
④ 洪咨夔著，侯体健点校《谢李坡举自代并应诏》，《洪咨夔集》附录《洪平斋四六笺注》，浙江古籍出版社 2015 年版，第 910 页。
⑤ 洪咨夔《谢庄中书举自代》，《洪咨夔集》附录《洪平斋四六笺注》，第 872 页。

蔡襄受到欧阳修、余靖、王素的引荐名列谏官,唐介被孙忭推荐为御史,他们地位相近,前任与后任之间的身份相当。子产与裨谌通力合作,叔忻跟伯舆相互协调,这些都是围绕"举自代"的同一职事进行比拟。总之,撰启者要根据荐举双方地位身份的差异精确用典。

除了身份地位的对应,古今人物处境的有效关联亦是启文撰写者需要考虑的,这突出表现为同姓关系的比拟。如果荐举双方恰好同姓,这就要求撰者运用同姓同宗相互汲引的典故以切合当下语境。众所周知,在交际性文字中,为恭维交往对象,运用同姓"当家故事"是一种常见手段。而在此处,启文撰写者要安排两个同姓的历史人物出场,两者须具备相互影响的关系,而古今人物之间不必同姓。如方澄孙《谢方秋崖举关升》:"元老自期,断不辱眉山之系;彦章晚志,式堪记相国之堂。"①上联故事是苏轼从孙苏元老以继承元祐学术为荣,下联故事是汪藻为汪伯彦作《昼绣堂记》。两者都是同姓之间的提携和传承。又如洪咨夔《谢权帅洪提刑荐》,感谢同姓长官的引荐:"虽狄武襄之谱梁公,大非吾耦;吕文穆之举夷简,岂无他人。"②上联用狄青厚赠狄仁杰后代之事,下联用吕蒙正举荐侄子吕夷简之事,都是同姓尊者对卑者的优遇。此外,如赵汝谈《谢赵文昌举自代》"昔刘路之任宗家,李璆之荐族子,间缘恩请,或借文鸣"③亦是沿用这种用典套路。在日常交际场合,荐举双方关系千变万化,启文撰写者要抓住彼此纽带,寻找合适的沟通路径。在这方面,启文的语词典故为不便直说、不宜过谀的交际者提供了包罗万象的表达方式。欧阳守道曾批评一些四六启文"至于揄扬主人之盛德,则当极其谀辞,无以复加,然后以蒙一眄睐"④。启文撰写者为了避免露骨的称颂和赤裸的攀援,将双方关系隐蔽于历史的纽带之中。

值得注意的是,古今人物的比拟,彼此纽带的建构,根本上是突出荐举双方"遇合"的缘分。刘克庄《甲申同班小录》曰:"合天下选人至多也,合天下京状至

---

① 方澄孙《谢方秋崖举关升》,《翰苑新书·续集》卷三〇,影印本《文渊阁四库全书》第950册,台湾"商务印书馆"1986年版,第454—455页。
② 洪咨夔《谢权帅洪提刑荐》,《洪咨夔集》附录《洪平斋六笺注》,第921页。
③ 赵汝谈《谢赵文昌举自代》,《南塘先生四六》,《四库全书存目丛书》影印北京图书馆藏清钞《五家四六》本,齐鲁书社1997年版,第56—57页。
④ 欧阳守道《代人谢解书》,《巽斋文集》卷二,影印本《文渊阁四库全书》第1183册,台湾"商务印书馆"1986年版,第516页。

少也。以至少之数,待至多之求,难矣。况夫修为系乎人,遇合系乎天。在人者可勉,而在天者不可徼也。噫,愈难矣。"①这种"遇合",除了君臣的知遇,更重要的是举主与被荐者之间的相互遭遇。如前所述,一封举状的觅得,背后有复杂社会关系的辗转斡旋,而当荐举程序正式完成后,当事双方除了在法律上成为责任共同体,更建立起一种夹杂着道义与人情的纽带。以道义而论,荐才举能、为国求贤是上级官员的责任,它除了要求被举者的优秀素质之外,也需要举主的鉴别能力,如倪思《公荐举》所言:"惟贤知贤,则所举者必贤;不肖者知不肖,则所举者必不肖矣。"②由此视之,一个理想的荐举共同体是贤官与贤才的"遇合"。上述萧何与韩信、裴度与韩愈、欧阳修与梅尧臣、苏轼与李廌等人物关系的比拟,无不营造出一种"惟贤知贤"的荐举效果。另一方面,荐举双方的"遇合"又包含个人情愫的碰撞。在位者提携后进,有对沉沦下僚的悲悯,被荐者致谢恩公,有对意气相投的预期。前引"挽圣俞之达""拔方叔之穷"等从举主角度写出体恤与拯济的情怀,促使双方对人生命运产生共鸣。刘克庄《谢王侍郎举自代》曰:"退之东野,愿为相逐之云龙。"③韩孟之间,有荐士时仕途不顺的体悟,"酸寒溧阳尉,五十几何耄? 孜孜营甘旨,辛苦久所冒。俗流知者谁,指注竞嘲慠"④,更有"四方上下逐东野,虽有离别无由逢"⑤的交契。这种云龙相逐、同声相应是荐举关系的理想状态。总之,四六启文对古代人物关系的移植,目的是增强荐举双方的交互性,在"公求士,士求公"的语境中追求相互遇合的人生境界。

四、尊卑的超越:启文的叙述立场

陈绎曾《文章欧冶·四六附说》云:"谢启:一破题,二自叙,三颂德,四述意。"⑥如果说上述古今人物关系的比拟注重当事双方的互动,那么在启文的自

---

① 《刘克庄集笺校》卷九四,第 3965 页。
② 倪思《经鉏堂杂志》卷八,第 250 页。
③ 《刘克庄集笺校》卷一一九,第 4898 页。
④ 韩愈著,方世举编年笺注,郝润华、丁俊丽整理《荐士》,《韩昌黎诗集编年笺注》卷二,中华书局 2012 年版,第 62 页。
⑤ 韩愈《醉留东野》,《韩昌黎诗集编年笺注》卷七,第 404 页。
⑥ 陈绎曾《文章欧冶·四六附说》,《历代文话》第二册,复旦大学出版社 2007 年版,第 1272 页。

叙部分则主要介绍自身状况,在对话的语境中表达作者对荐举事务的态度。求荐和谢恩的士人在以卑事尊的语境中,或为快速晋升而摇尾乞怜,或因博取关注而高蹈自恃,极易落入俗套。欧阳守道曾批评某些启文:"自叙率用厄穷卑贱无聊可怜之语,间或反是,则有高自称道,无复退逊,以幸己知。"① 如何把握措辞分寸,在人际交往中做到"不谄不倨",这是检验启文写作水平的重要标准。在这方面,李刘、洪咨夔、郑霖等人提供了一些借鉴。如洪咨夔《谢叶提刑荐》:

> 如某者拊缶不韵,挈瓶无奇。遇会意之文,时拟《景福》《灵光》之赋;求安心之法,日对《布衾》《陋室》之铭。羞襁褓以不为,任揶揄而弗顾。正请老农之学,忽求病瘗之师。抵掌而谈古今,千岁可坐致也;屈指而计日月,期年尚窃迟之。岂期夜雨之灯,忽入春风之笔。先鞭方著,归袟难留。滥埃风而上征,殿奔虽后;过屠门而大嚼,知味已多。倘自兹或寻覆蕉之缘,则其他可乘破竹之势。造物所相,终身所依。②

此段自叙虽不回避沉沦下僚的现实,但毫无穷困潦倒之态,反而充满抱道自居、卓尔不群的名士风范。因此,撰者虽然是表达成功获荐的欣喜感激之情,但喜悦中有自励与节制,体现出知恩图报、有所树立的决心。整段文字虽然秉持谦卑的立场,但贯穿着风节与才华。再如李刘《谢魏运使了翁举状》的自叙部分:

> 伏念某于道无闻,甚愚不肖。每思名教之乐地,何必事功;亦知富贵之浮云,不如贫贱。徒缘一第之底,强为三釜之谋。中罹弗洎之悲,甚悔未信之仕。以风为解,遂回蓬岛之船;斡流而迁,径泛瞿塘之水。既元戎所自辟于天子,非先生敢图利于大夫。缀锦城雪岭之观,未容黔突;厕天水祁山之役,滥佐青油。方深国事之忧,遑复身谋之恤。③

与洪咨夔的豪俊才气不同,李刘此段自谦自抑的姿态更加明显,但情感真诚,内容充实,并未落入摇尾乞怜的俗套。"三釜""弗洎"体现出事亲养家的无奈与悲哀。瞿塘、锦城、雪岭等点出自身入蜀的经历,又切合举主潼川路转运判官魏了翁的任职地域。同时泛舟回船之语又暗指一种命运不能自主的人生困境。总

---

① 欧阳守道《代人谢解书》,《巽斋文集》卷二,第516页。
② 洪咨夔《谢叶提刑荐》,《洪咨夔集》附录《洪平斋四六笺注》,第841页。
③ 李刘《谢魏运使了翁举状》,《四六标准》卷三,第83—84页。

之,李刘的自叙谦逊而充满节制,在概述个人经历的同时表明了重义轻利的立场。再如郑霖《谢特荐》:

> 伏念某菰蒲冷地,樗栎凡资,欲寡其过而未能,多上于人则不敢。草木同味,屡蒙当世名公之见推;薰莸异居,忽有达巷党人之相值。孟轲欲行道,而子敖以为简;充国愿息兵,而武贤独不然。顾是非未有久而不明,然行藏安于悠然顺适。不谓蹶熟涂之马,可偕护大泽之龙。褒衮虽荣,负山为惧。馁刚大之气,安能塞天地之间;非卓异之才,岂足备江淮之选。风寒凛凛,冰履兢兢,当勉驽庸,以称鹗表。①

此段在语势上超过洪咨夔和李刘,有一种用之则行、舍之则藏的坚定,字里行间渗透着浩然之气与卓荦之才。同时,面对举主,撰者表现出内省戒慎,以勇于担当的态度不负赏识之恩。这些启文都是在以卑事尊的叙述语境中保持了独立人格,谦逊而不鄙陋,求助而不乞怜,谢恩而不谀颂,在交际中颇为得体。如果我们将其与荐举过程中的种种丑态作对照,这种语言艺术和文体功能的优越性体现得更加明显。如《齐东野语》卷八"嘲觅荐举"所载:

> 直斋陈先生云:"向为绍兴教官日,有同官初至者,偶问其京削欠几何?答云:'欠一二纸。'数月,闻有举之者。会间,贺其成事,则又曰:'尚欠一二纸。'又越月,复闻有举者,扣之,则所答如前。余颇怪之,他日,与王深甫言之,深甫笑曰:'是何足怪?子不见临安丐者之乞房钱乎?暮夜,号呼于衢路曰:"吾今夕所欠十几文耳。"有怜之者,如数与之,曰:"汝可以归卧矣。"感谢而退。去之数十步,则其号呼如初焉。子不彼之怪,而此之怪,何哉!'因相与大笑而罢。②

觅荐如乞丐求房钱,一方面折射出改官举状难以凑齐,一方面又反映出士人在荐举制度中的辛酸与无奈。为势所屈、为利所趋,这与读书人原初的道德理想相悖离,体现出处世与立身之间的矛盾。这种窘迫之状时常招致嘲笑。如《桯史》卷第十三《选人戏语》曰:

---

① 郑霖《谢特荐》,《翰苑新书·续集》卷三,影印本《文渊阁四库全书》第950册,台湾"商务印书馆"1986年版,第446页。
② 周密著,张茂鹏点校《齐东野语》卷八,中华书局1983年版,第150—151页。

  蜀伶多能文,俳语率杂以经史,凡制帅幕府之燕集,多用之。嘉定初,吴畏斋帅成都,从行者多选人,类以京削系念,伶知其然。一日,为古冠服数人游于庭,自称孔门弟子,交质以姓氏,或曰"常",或曰"于",或曰"吾",问其所莅官,则合而应曰:"皆选人也。"……如之,夫子不答,久而曰:"钻遂改火,急可已矣。"坐客皆愧而笑。①

选人皆聚集于制阃幕府,为求得改官的举削亦步亦趋,最后被扮演孔门弟子的蜀中伶人戏弄一番。类似的记载又见于《齐东野语》卷十三《优语》,只不过选人觅荐的对象由吴猎(畏斋)变成了史弥远,伶人的演出增加了"钻弥远"的台词。②这些都体现出南宋后期选人改官过程中的卑微扭曲之态。

  回到启文的书写,典故语词造就的文学世界既是对现实缺憾的弥补,又是对尊卑关系的超越。面对权力和上司,一位有心的撰文者能够将自身诉求有理有据地表达出来,保持了读书人的雍容典雅。《宋元学案》评价舒璘云:"今观其谢荐诸启,皆引古谊以相规,大儒风节,不肯少屈如此,是岂可以区区文字目之哉!"③这种"古谊"与"风节",在前引李刘、洪咨夔、郑霖诸人的启文中时常涌现,它牵涉到士人在官场等级中如何自我定位。李刘《谢曾运使槃举关升》云"小草之有远志,但欲深根"④,化用黄庭坚《古诗二首上苏子瞻》"小草有远志,相依在平生。医和不并世,深根且固蒂"之句,这种倚靠上司而又保持独立人格的状态,正是启文作者坚持的处世原则。对于此种关系,洪咨夔常用花木进行比拟。"丝苓同生于松,而丝托苓为根;蕖荷皆出于藕,而蕖倚荷为荫"⑤,这是点明荫庇与倚托的状态;而"犹谓疏枝冷蕊,有未放之寒梅;纵令换叶移根,亦旧栽之红药"⑥,"香出淤泥,濂溪之爱莲未为过;影落横斜,和靖之好梅正自佳"等则是突出自身高洁品性与坚毅操守。在这种叙述逻辑下,求荐者的主体性得以充分显现。如果说前述荐举双方的遇合是一种"公求士,士求公"的互动状态,那么此

---

① 岳珂著,吴企明点校《桯史·选人戏语》,中华书局1981年版,第156页。
② 周密《齐东野语》卷一三《优语》,第245页。
③ 黄宗羲著,陈金生、梁运华点校《宋元学案》卷七六《广平定川学案》,中华书局1986年版,第2550页。
④ 李刘《谢曾运使槃举关升》,《四六标准》卷三,第90页。
⑤ 洪咨夔《谢权帅洪提刑荐》,《洪咨夔集》附录《洪平斋四六笺注》,第921页。
⑥ 洪咨夔《谢叶提刑荐》,《洪咨夔集》附录《洪平斋四六笺注》,第842页。

时更倾向李刘所说"其求士甚士之求公","不即人而人自即我",①是被举者优秀品质的自我涌现。正如苏轼《钱塘勤上人诗集叙》云:"士有一言中于道,不远千里而求之。"②荐举的最高境界在于修德立身,所谓"修为系乎人",等待有识之士的发现。南宋后期徐元杰《应诏荐士状》即引荐了这样一位官员,"新知临安府临安县王亚夫","素以恬静自持,不挟书,不干进,当路闻风而争举之。臣与之交,尝谓臣曰:'平心敬物,世间事无不可为者。'臣以是尤敬之"。③ 恬静自持之人引得各级官员争相汲引,成为荐举史上的佳话。从道而不从势,融会人情而超越尊卑,它指明了荐举关系的向上一路。因而我们在探讨荐举类启文尤其是谢启的叙述立场时,不能忽视撰者在交际语境中保持个性、优化关系的心理期待。

以上从启的文体渊源出发,介绍了它的应用功能在南宋后期的拓展。其次介绍了荐举官制在南宋后期的新变化,指出关系因素对荐举事务的重要影响,揭示了荐举类启文流行的深层动因。接下来围绕古今人物关系的比拟,分析了启文如何运用典故构筑交际双方的纽带,营造贤官与贤才相互遇合的表达效果。最后从启文的叙述立场出发,指出撰启者在交往中的自我定位及其对尊卑关系的超越。荐举事务的关系化与启文的交际性是我们的关注中心,一方面荐举制度拓展的关系网络为启文提供了广阔的应用空间,另一方面启文运用特有的语词符码优化和提升了这种人际关系。这背后是宋代文官制度培育的庞大士阶层,从科举到荐举,掌握了经典知识文化就具备了拓展人际关系的资本,同时也拥有了塑造官场礼仪的能力。荐举的关系网络具有普遍性与开放性,为社会阶层流动提供动力,同时又将四六文体承载的知识结构和文化趣味推广开去,使启文的创作拥有更加广泛的社会基础。对于科举出身的士阶层而言,治理天下的抱负,内在道德的完善,沉沦下僚的艰辛,人人皆可理解,也就极易引起共鸣;蕴含这些内容的历史典故与修辞表达,成为增强官场交际性的关键因素,这是我们在认识荐举类启文交往功能时不可忽视的。

---

① 李刘《谢林提举行知举关升》,《四六标准》卷三,第1177页。
② 孔凡礼点校《苏轼文集》卷一〇《钱塘勤上人诗集叙》,中华书局1986年版,第321页。
③ 徐元杰《应诏荐士状》,《梅野集》卷六,影印本《文渊阁四库全书》第1181册,台湾"商务印书馆"1986年版,第674页。

沈约骈文与南齐永明文学新变

何祥荣(香港树仁大学中文系)

过去对沈约的文艺观的研究，多侧重在其诗歌审美方面，较少注意其与骈文审美理论与创作的关系、其对开拓永明文风新变的贡献及骈文修辞形态的确立等。本文侧重探讨沈约的文艺审美观与骈文修辞的关系，在沈约的骈文作品中，考究他对其审美观的实践程度；并从宏观过度，探究其对永明文学，以至骈文修辞发展的贡献。

永明，是南齐武帝萧赜年号(483—493)；沈约(441—513)，字休文，吴兴武康人，是竟陵八友之一，也是永明文学中的代表人物，尤以"四声说"的确立，对文学发展贡献良多。沈约不仅创作诗，也创作骈文，在诗歌理论方面，也有特殊贡献。从其《宋书·谢灵运传论》可以窥见沈约评论文学作品的准则。沈约以诗闻名于当时，故有"沈诗任笔"之说。然沈约不仅对诗有贡献，更是贯通诗歌与骈文的重要桥梁人物，把诗歌的审美观念，体现于骈赋及其他体类的骈文，促进骈文迈向以语言形式为主要审美特征的格局。

众所周知，永明体概指以声律为新变的诗歌体式，侧重于语言形式。故永明文学的新变，实进一步奠定了骈文以语言形式为主的审美特征。沈约作为永明时期地位最崇高的代表作家之一，凭借其文艺理论与创作实践，促成永明文学的新变，以至影响骈文修辞的确立。

一、沈约与永明文学思想

南齐"永明文学"是中国诗歌、骈文由古体走向近体的重要过渡时期,对诗文的律化、骈化,以至语言形式美的构建,起着关键的作用。过去文学史对永明文学较多着眼于诗,因而有"永明体"的称谓,概指永明时期出现的新体诗。但笔者以为,永明时期的文学发展,不仅限于诗,更有不同体类的文章,如《文选》所列便有约三十九种古代文体;《文心雕龙》也有二十多种。萧子显《南齐书·陆厥传》所指的永明体,其实概指文章,其言曰:"永明末,盛为文章,吴兴沈约,陈郡谢朓,琅邪王融以气类相推毂。汝南周颙善四声,约等文皆用宫商,以平上去入为四声,虽此制韵,不可增减,世呼为永明体。"可见萧子显是以广义的文学概念,用"文章"概指"永明体",似应包括诗、文。故本文阐释的"永明文学"实包括永明时期的诗歌与其他古代文体。

"声律"是永明文学的重大发明,标志着诗文迈向格律化。史书中所记永明文学的新变,也着眼于四声的确立。《梁书·庾肩吾传》:"齐永明中,文士王融、谢朓、沈约文章始用四声,以为新变。"刘宋时期"文笔论"的出现,体现了永明文学以前,已孕育了诗文声韵美感表现。《南史·颜延之传》:"帝尝问以诸子才能,延之曰:'竣得臣笔,测得臣文。'"《文心雕龙·总术》进一步明言文、笔之别,"今之常言,有文有笔,以为无韵者笔也,有韵者文也。夫文以足言,理兼诗书,别目两名,自近代耳"。可见诗文押韵在当时的重要性及普遍性。及至萧齐永明年间,四声的发现,更有利于格律的确立,为诗文走向格律化奠定了重要基础。陈寅恪较早指出齐梁人转读佛经及翻译佛经时,促成汉字四声的发现。永明七年的二月及十月,更举行了有关四声的集会,包括周颙、沈约、王斌等四声学者,更进一步奠定了四声说的基础。

实际上,永明文学的艺术内涵,不限于声律,从其时诗文创作可知,还有骈化、藻饰、用典等特征,凡此皆成为后来骈文理论中的五种修辞形态——对偶、声韵、句式、藻饰、用典。在当中起着重要的桥梁作用,并且贯串诗歌与骈文艺术内涵的重要人物,不得不首推沈约。奚彤云《中国古代骈文批评史稿》曾指出"声律的规则是从诗歌逐步推广至骈文的,只是声律要求,相对于诗歌更为宽松"[①],并指出

[①] 奚彤云《中国古代骈文史稿》,华东师范大学出版社2006年版,第18页。

沈约贯通诗歌骈文,把诗歌的审美观应用到骈文中去。

沈约由齐入梁,兼善诗文,更由于其在文坛上的重要地位,对推动诗文的语言形式发展,影响深远,为奠定骈文此后的艺术发展,贡献良多。沈约是南齐永明年间的重要文学集团"竟陵八友"的代表人物。《梁书·武帝纪》:"竟陵王子良开西邸,招文学,高祖与沈约、谢朓、王融、萧琛、范云、任昉、陆倕等并游焉,号曰竟陵八友。"萧纲《与湘东王论文书》云:"近世谢朓、沈约之诗,任昉、陆倕之笔,斯实文章之冠冕,述作之楷模。"对沈约做出高度评价。《梁书·王筠传》也称沈约"少好百家之言,身为四代之史"。

今存沈约集中有不少用骈体写作之文,亦有不少散体之文,可谓骈文、散文兼善。故沈约的文章不像江淹、任昉,以骈体为主。除了诏、敕、令、表、奏、议、启,用散体写作外,其赋、论、记、序、铭、碑、行状、愿疏、讲疏等,均曾以骈俪的形式进行创作。沈约是确立永明声律说确立的主要人物,然而,除了声律的运用之外,沈约还有其他的审美理想较少受人注意。例如,文章三易说;以辞采、句韵、光影作为雕饰美的要素等。这些审美理想,在沈约的一些骈文之中,均有一定程度的体现,丰富了永明文学的文艺理论与艺术内涵。

(一)沈约的审美理想与骈文修辞

1. 诗赋同源论

沈约对文艺的审美理想较多见于《宋书·谢灵运传论》。从文献中对作家、作品的评论可见,其审美对象,虽以诗为主,但也包含赋。其论汉魏以后的文学发展云:"子建函京之作,仲宣霸岸之篇,子荆零雨之章,正长朔风之句,并直举胸情,非傍诗史。"既然明言"诗史",则知此文的评论对象,主要是诗歌。兼之"六义所因,四始攸系",把《诗经》放在文章的最前端,正是说明沈约是以《诗经》为最早的诗歌艺术源流。但文中也提及"屈宋导清源于前,贾谊、相如,振芳尘于后",后又评论了汉赋家"王褒、刘向、扬、班、崔蔡之徒,异轨同奔,递相师祖"。则知沈约所论也兼"赋"。

沈约诗、赋兼论,是由于沈约认定了《楚辞》是古典诗歌的艺术源流,故明言屈原、宋玉是"导清源于前",然后汉赋家继作。从中可见,沈约认定了"赋"与"诗"两种文体的融通。事实上,"赋"可说是诗化了的"诗",两者在美学上本来即有融通之处。"骈赋"作为赋体文学的其中一种门类,同时也是骈文的其中一种类型。加以骈文与赋一样,同样是诗化了的文体,因此,《宋书·谢灵运传》所论,不仅适用于诗,用之于骈文,其实也无不可。

2. 沈约的文质论与骈文修辞

沈约的二元论也在于对"文"与"质"的掌握,即艺术形式与艺术内涵的并重,成为沈约评论诗歌的一大准则。沈约认为创作主体的素质,包含源自天地自然的灵气,故《谢灵运传论》云:"民禀天地之灵,含五常之德","禀气怀灵,理无或异,然则歌咏所兴,宜自生民始也"。沈约重视作家内在气质的流露,因此在评价前人时,也着眼于这点。在评论汉代文学发展至后期的流弊,便说:"而芜音累气,固亦多矣。"在赞赏曹植、王粲之时,则云:"子建、仲宣以气质为体,并标美当时。"而内在的气质,也应与外在的形式相配,取得平衡,不能偏废,在评论建安文学时,特为赞赏曹氏三父子,原因是他们的作品,符合文质兼美的理想,"二祖陈王,咸蓄盛藻,甫乃以情纬文,以文披质"。

沈约的本质论,除了上述的"气"之外,尚有"情"、"义"与"理"作为作品的艺术内涵。故在赞赏汉赋家张衡时,也说:"若夫平子艳发,文以情变,绝唱高踪,久无嗣响。"张衡的作品,以抒情多变取胜,而贾谊、司马相如的作品,则以"义"取胜,"高义薄云天",是指他们的作品,内容的含义丰富、充实,有价值,故为优。至于班固更是以"情理"兼备取胜,故云:"班固长于情理之说。"可见,情、义、理充实与否,成为评论作品的重要标准。反之,像东晋时期,玄风渗透于文学,导致作品的艺术内容贫乏,是不可取的,故云:

> 有晋中兴,玄风独振,为学穷于柱下,博物止乎七篇。驰骋文辞,义单乎此。自建武暨乎义熙,历载将百,虽缀响联辞,波属云委,莫不寄言上德,托意玄珠,遒丽之辞,无闻焉尔。

于此再次揭示,沈约以形式与内涵并重,东晋缺乏的是"遒丽"之辞,"遒"应是指内在气质的力度;"丽"应是语言形式的雅丽。

至于艺术形式方面,沈约特别强调"对偶"、"声律"与"藻饰",正是骈文修辞五种形态中的其中三种。《谢灵运传论》云:"刚柔迭用,喜愠分情","升降讴谣,纷披风什",当中"刚"、"柔"、"喜"、"愠",均是反义,正符合骈文学理论中牵涉"对偶"的阴阳对称原则。这也说明了为何永明文学的新变,其特点是"对偶"运用的加强。因此沈约除创作诗歌外,也迎合当时的创作趋向,重视对偶文的写作,在文章中加以骈俪化。

在《传论》中也提到"藻饰"的重要。他赞扬屈原、宋玉、贾谊、司马相如是文质兼美的典范。他们除了有高尚的内容义理外,更有英伟的辞藻,故云:"英辞润金石,高义薄云天。"另一组可以作为文质兼美的代表,即三曹父子,"至于建安,曹氏基命,二祖陈王,咸蓄盛藻,甫乃以情纬文,以文披质",曹操三父子作品的可贵之处,在于藻饰特别丰盛,再加以充沛的情感。沈约也特别提及骈文藻饰修辞中的"色彩藻饰",《传论》:"夫五色相宣,八音协畅,由乎玄异律吕,各适物宜",故沈约把色彩藻饰与音声流畅相提并论,具见他重视藻饰修辞,与音韵运用,二者共同成为艺形式美的重要元素。在沈约的《报王筠书》也说:"览所示诗,实为丽则,声和被纸,光影盈字",可见,沈约评诗的一些准则,包括艺形式上的光影和音韵,王筠的诗,深得沈约赏识,正在于声韵和谐自然,充斥于诗句之中,光与影的藻饰,也充分表露于字里行间。

沈约确立了四声,促使他对文章的音韵的重视。他赞赏潘岳、陆机,原因是在声韵方面的表现,"降及元康,潘陆特秀,律异班、贾,体变曹王,缛旨星稠,繁文合",潘陆作品的"音律"与前人有特异之处,并且能"缀平台之逸响,采南皮之高韵,遗风余烈,事极江左","逸响"、"高韵"都是重声韵的明证。因此,他赞美曹植、王粲等人能学习前人在音韵运用的长处,"正以音律调韵,取高前式"。因此,他具体地说明了理想的音韵运用准则:

> 欲使宫羽相变,低昂互节。若前有浮声,则后须切响。一简之内,音韵尽殊;两句之中,轻重悉异。妙达此旨,始可言文。

前人对此有不同理解,有的认为是指音韵的平仄相间运用,有的认为纯粹是音值的高与低。如顾炎武的《音论》、钱大昕的《潜研堂集》、陈澧《切韵考》,均主平仄说。刘跃进认同郭绍虞之说,认为所谓浮声、切响等并非完全等同平仄,但也不是与平仄全无关系。[①] 不论怎样,其重点是可以肯定的,就是要求作品的音韵运用要多变化,字音调值相同或相近的不宜放在一起,而是该用间隔的方

---

① 刘跃进《永明文学研究》,文津出版社1992年版,第120—121页。

式,使作品的音韵具有高低抑扬的起伏变化,作品才具备音韵之美。这也是作或评论文章首要认识的重点。体悟了这点,才有资格谈论文章。他也补充一点,就是音韵的运用,应自然天成,不应过于人工化的雕凿,"至于高言妙句,音韵天成,皆暗与理合,匪由思至"。而要达至自然天成,便须留意音声与情志的配合得宜,故沈约的《答陆厥书》亦云:"天机启,则律吕自调;六情滞,则音律顿舛也。"律吕等音韵运用,应配合天机,纯其自然,随着文意的表达,配合适当的音韵运用,便可达致自然流畅。音声也应配合情感的抒发,不同类型的情志,配以不同风格的音韵,也可达到自然美的理想,否则音韵的表现便会受到窒碍。

二、沈约骈文创作与审美实践

(一) 沈约骈赋的审美特征

沈约今存赋作十一篇(见《全梁文》),除了《郊居赋》之外,其余俱为短篇之赋。句式运用方面,十一篇俱以对句为主要的写作形式,可算是押韵的骈文,因骈赋也是骈文的一种门类。

1. 瑰丽意象

《拟风赋》是集中最短的一篇,为《艺文类聚》所收,只有七句,有可能是残篇断章。就仅存的赋文仍可窥见其游仙的意味:"时卷瑶台翠盖,乍动佚女轻衣。此盖羽客之仙风也。"其余虽只四句,却体现绮丽文风:"若夫摇玉树,响金扉。拂九层之羽盖,转八凤之珠旗。"其中"玉树"、"金扉"为梁代骈文家喜用的对偶类型中的"金玉对";"羽盖"、"八凤"、"珠旗"也是梁代骈文家惯用的瑰丽意象。

《拟风赋》提及"羽客仙风",甚具游仙气息。沈约的骈赋出现游仙的意味,与其服膺魏晋神仙道教有莫大的关系。沈约家族早与道教结缘。沈约本人虽然崇尚佛法,然与其寻仙问道之意,却同时并存。其好友陶弘景即为师承葛洪一派的神仙道教。其《与陶弘景书》亦一再表露其渴慕问道的心迹:

> 凭星夕卧,望日朝餐,而至理深微,暧焉难睹。惟欲下风问道,未知厥路。

对于陶弘景在道教方面的修行,似乎也暗存倾慕之意:"先生糠秕俗流,超然独远。烈电羽带,总辔云霞。方当名书绛简,身游玄阙。"可惜今存《拟风赋》的句子不多,否则或能更深入窥见沈约对于道教的看法及游仙赋的创造。

此外,沈约以前已有用"风"作为赋篇的主题,如宋玉、晋湛方生、陆冲均写有《风赋》①;南齐谢朓则有《拟宋玉风赋》。宋玉《风赋》旨在描述大王之风与庶人之风,比兴的意味较多,沈约《拟风赋》则纯为仙风的叙述。晋人两篇《风赋》侧重描绘风的特质,故多从自然界的现象着眼,富于自然气息。相比之下,沈约能从游仙的角度着眼,显出其设想奇特之处。兼之,运用当时流行使用的瑰丽意象,更使其赋作显出与前代不同的特色。

沈约又有《丽人赋》以描绘女子容貌与动态为主要内容。与江淹《丽色赋》及《水上神女赋》比较,更可窥见二者写作方式的相异之处,说明二者分属于两个不同的艺术系统。沈约《丽人赋》篇幅短小,只用一小段以表述内容。江淹两篇则仍保留长篇的体制,依其内容分段,《水上神女赋》有四段;《丽色赋》则有十段。赋由汉魏发展至南朝已由长篇大赋向短篇小赋转化,江淹保留旧有之形式而沈约则已接受并实践赋体于体制上的新变。事实上江淹大部分赋作均非一段构成之短篇,沈约则除《郊居赋》外,均属短篇。固然,这也许与《艺文类聚》收录沈约赋篇时,有所删节有关;又或沈约本来的作品已有部分遗佚了。《全梁文》所收录的沈约赋作,都是录自《艺文类聚》的。因此,未知沈约赋篇的篇幅短小,是否沈约本人刻意采取短小的形式写作。但在写作方式上,则二者有显著的不同。江淹两篇骈赋在刻画女子外貌丰姿之外,更加插不少大自然景物的描述,甚至如《丽色赋》加插弟子与巫史的对话,似乎并未集中描绘女子的丽色。沈约《丽人赋》则更为集中于描绘女子的容貌与动态。故就二者艺术表现而言,则江淹两篇赋作显得冗赘,不及沈约节奏明快,主题突出。江淹骈赋有深刻模拟屈宋辞赋的痕迹,此两篇亦不例外,如《丽色赋》的造语,不少来自屈宋辞赋中,如"其始见也,若红莲镜池;其少进也,如彩云出崖"即酷似宋玉《神女赋》:"其始来也,耀乎若白日初出照屋梁;其少进也,皎若明月舒其光。"类似之例仍存在不少。沈约《伤美人赋》则体现更多摆脱古人的痕迹。汉魏以来不少刻画

---

① 陈元龙辑《历代赋汇》,江苏古籍出版社1987年版,第29页。

美人的赋篇,均有以礼节情之句,使情归于正,如司马相如《美人赋》:"臣乃服于内,心正于德。信誓旦旦,秉志不回。翻然高举,与彼长辞";蔡邕《青衣赋》:"关雎之洁,不蹈邪非";阮瑀《止欲赋》:"禀纯洁之明节,后申礼以自防";陶渊明《闲情赋》:"尤蔓草之为会,诵邵南之余歌"……沈约则摆脱以礼约情的旧套,言思念美人之情,毫不忌讳:

> 思佳人而未来,望余光而踯躅。拂螭云之高帐,陈九枝之华烛。虚翡翠之珠被,空合欢之芳褥。言欢爱之可永,庶罗袂之空裁。

梁陈艳情小赋言情亦多坦率直露,沈约虽然未必是开启此等风尚的第一人,却未尝不是梁陈艳情赋的先导之一。由此亦可窥见江淹与沈约的赋作,前者较多拟古,后者较多开创;前者接近屈宋辞赋的艺术系统,后者则为永明以后,文学新变的代表。

2. 睹物兴情

沈约又有《愍涂赋》及《悯国赋》两篇抒述个人情怀的骈赋。《愍涂赋》是作者睹物兴情,面对"穷渚"与"长屿",有感于个人命途多舛,前路茫然:

> 彼长路之多端,伊客心之无绪。欢因循而易失,悲由心而难拒。此江海之信辽,知余思之方阻"、"依云边以知国,极鸟道以瞻家。

这篇赋很有可能是作于离开家园的途中。《悯国赋》:"余生平之无立,徒跅驰以自闲。"回顾沈约的一生,多周旋于齐梁二代的政治风云之中,肩负着振兴破落家族的重要使命。在漫长的政治生涯中,沈约并非一帆风顺。沈约虽曾得到蔡兴宗与文惠太子萧长懋的赏识,却得不到齐武帝的见重,《南史·刘系宗传》载:"武帝常云:'学士辈不堪经国,唯大读书耳。经国,一刘系宗足矣。沈约、王融数百人,于事何用。'"入梁,表面虽为开国重臣,实际上却为权臣朱异所牵制,得不到梁武帝的重用。《南史·沈约传》又载:"约久处端揆,有志台司,论者咸谓为宜。"结果,竟然大失众望:"而帝终不用,乃求外出,又不见许。"而沈约数番于言语上得罪武帝,更使其仕途难以惬意,例如:"帝以为约昏家相为,怒曰:'卿言如此,是忠臣耶!'"如《郊居赋》所云:"邀昔恩于旧主,重匪服于今皇。"正好作为沈约失意于梁武帝的佐证。可见,沈约对于自己的人生道路感到坎坷,或由于其功名欲望得不到满足,更有重振吴兴沈氏的重任。凡此均为沈约人生悲感的来源。《悯国赋》所抒之情,又有感于周遭的政治环境:"矛森森而密竖,旗落落而疏布。时难纷其未已,岁功迫其将徂。"充分表露一种有感于危难时代的怖栗意识,是齐梁时代惯见的心态表现。沈约一生,多在充满危惧意识的时代氛围中度过:"骇潜师之夜过,惊跃马之晨呼。"可谓沈约悲剧人生的写照。尤以沈约晚年多番在言语上冒犯梁武帝,忧心忡忡,终于因为恐惧过度而卒:"约惧,不觉帝起,犹坐如初","惧罪,窃以赤章事因上省医徐奘以闻,又积前失。帝大怒,中使谴责者数焉,约惧遂卒。"(《南史·沈约传》)

沈约亦有以植物为主题的赋作。《愍衰草赋》抒情与写景结合,"雕芳卉之九衢,霣灵茅之三脊"。作者既为花落草衰而心伤,亦为时光的流逝而悲叹:"既伤檐下菊,复悲池上兰。飘落逐风尽,方知岁早寒。"句式方面,此篇更像一首五言诗,三十句之中有一句为三言,四句为六言,其余皆为五言,是沈约诸作中诗化最强烈的骈赋。

3. 随想式的表现方式

《郊居赋》是沈约赋作中最具特色的一篇。形式上是汉代大赋的长篇体制,在内容方面却突破汉赋司空见惯的内容。谢灵运《山居赋》亦属长篇,写作手法则仍然因袭汉赋常见的模式,即按照空间方位的顺序铺陈描写。沈约则于内容与写作手法方面,均已摆脱前人而较有个人独创。《郊居赋》可谓沈约所开创的一种随想式的表达方式,结合抒情、写景、纪传、纪事、咏物等内容。庾子山《哀江南赋》亦以抒情、纪传、纪事的不同片段交织而成。追本溯源,沈约《郊居赋》可谓庾子山的先导。

依照《郊居赋》的内容大意,约可分成十一个部分①。要之,均不离社会、人生与自然界三方面。赋中出现反映现实与关怀百姓之句,虽然着墨不多,然处于齐梁"采丽竞繁"的审美风尚之中,此等艺术内容却弥足珍贵。作者追述东昏侯宝卷的黑暗岁月:"逢时君之丧德,何凶昏之孔炽。乃战牧所未陈,实升陑所不记。"对于东昏侯自然是深恶痛绝。对于当时命同兽饵的广大百姓更是怜惜:"彼黎元之喋喋,将垂兽而为饵。瞻穷昊而无归,虽非牢而被戴。"又追忆东晋隆安年间,尸横道路的惨况:

---

① Richard B. Mather, The Poet Shen Yue, Princeton University Press, 1988, P. 176.

> 逮有晋之隆安,集艰虞于天步。世交争而波流,民失时而狼顾。延乱麻于井邑,曝如奔于衢路。

作者不由得望天而叹:"大地广而靡容,旻天远而谁诉。"赋中又追述作者家族的兴衰史:"昔西汉之标季,余播迁之云始……"体现出以赋纪事的特点。庾子山《哀江南赋》也有追述先世的内容,也许受到《郊居赋》的启迪。作者寄居郊外,容易引起对人生的思考与联想。作者虽然一再强调归隐之愿,如"咏归欤而踯局,眷岩阿而抵掌",却又有"竞鄙夫之易失,惧宠禄之难持"之叹。出仕与退隐依然是作者心中的一大矛盾。作者又往往即目兴情,时而引发人生易逝的感慨,时而睹物思人,缅怀亡友。"临翼维而骋目,即堆冢而流眄","穗帷一朝冥漠,西陵忽其葱楚"。面对郊居周遭的高冢与陵墓,不由得慨叹生命的脆弱:"贵则丙魏萧曹,亲则梁武周旦,莫不共霜露歇灭,与风云而消散。"当目睹"昔储之旧苑,实博望之余基",不禁感念曾经有恩于己的文惠太子萧长懋,如今亦已撒手人寰,因而"睇东巘以流目,心凄怆而不怡"。凡此伤时感旧的情绪,显得沉痛深挚,处于魏晋以后,生命朝不保夕的年代,特别容易引起人们的共鸣,因而大为增强文章的抒情色彩。赋中又加插不少对自然景物的描绘,显示作者对大自然的热爱,或为作者意欲退隐的原因。作者除了使用个别的段落以写景之外,又采用咏物小赋组合的形式,对郊居所见的植物和动物进行描绘,如咏水草云:"动红荷于轻浪,覆碧叶于澄湖。餐嘉实而却老,振羽服于清都。"咏陆草则云:"布濩南池之阳,烂漫北楼之后。"咏林鸟则云:"或班尾而绮翼,或绿衿而绛颡。"咏水鸟:"翅抨流而起沫,翼鼓浪而成珠。"咏鱼:"碧鳞朱尾,修颅偃额。"咏竹:"来风南轩之下,负雪北堂之垂。"凡此均显得细腻动人,富于诗情画意。这是借助咏物的组合,使文章的艺术内涵更为丰富。

综观全篇,其内容均为众多不同的细小片段所交织,借着不同片段的转换,时而抒情,时而写景,使其内容表现,不致过于单调与呆板,无疑为此篇结构上最为突出之处,于梁陈众多赋作之中,亦较为罕见。此等手法正为庾子山所承继与总结。

4. 对偶与音韵运用

总括沈约赋作除《郊居赋》外,在句式运用方面全为单句对:

句　式	数　量
三言	1
四言	26
五言	18
六言	46
七言	1

反映出四字句与六字句是沈约最常使用的句法。原因之一在于四言与六言句较易表现音节之美,正如刘勰所言:"四字密而不促,六字格而非缓。"同时亦反映出梁代前期的一些作家,对四言及六言对的偏爱。沈约既标榜自己在音韵方面的成就,又一再强调音韵在文章之中的重要作用,故在写作文章之时,必然注意音韵的抑扬。正如《梁书·王筠》传载:

> 约制《郊居赋》,构思积时,犹未都毕,乃要筠示其草,筠读至"雌霓(五激反)连蜷"约抚掌欣抃曰:"仆尝恐人呼为霓五鸡反。"①

王筠读霓为五激反,得到沈约赞许,原因在于五激反是仄声,如此则与蜷字相配为仄平,否则读为五鸡反则为平平,并不符合沈约所谓"欲使宫羽相变,低昂互节。若前有浮声,则后须切响"之意。②由此亦反映出沈约行文之时,也有斟酌字音的平仄声以及平仄声在字句当中的调配。统计沈约赋作合律之句,除《郊居赋》外,四言合律之句共十一对、六言合律句共十三对,反映出合律之句,仍较不合律之句为少,故沈约在骈赋的音律应用方面,仍在雏形阶段,却也对于骈赋音律化有一定的贡献。

(二) 骈赋以外的骈文与语言形式

沈约赋体以外的骈文,突出表现为文体与题材的多样。不论序、论、碑、铭、行状、愿疏、讲疏等,均有以骈体形式写作的作品。题材方面,包括经济理论、文论、棋艺、佛理、悼亡等。凡此均在说明骈文应用范畴的广泛。

1. 议论骈文与文章三易说

其《辩圣论》、《宋书·谢灵运传论》及《晋书·食货志论》均为用骈体写作的

---

① 《梁书·王筠传》,中华书局1992年版,第485页。
② 《宋书·谢灵运传论》,中华书局1991年版,第1779页。

议论文。《宋书·恩幸传论》为《文选》选录,虽亦有使用骈偶句式,但毕竟以散句为主,不能算作正式的骈文。就文章的达意而言,并未因为使用骈体而受到较大的阻碍。适当的骈散句并行使用,是议论骈文常用的手法。散句有助议论的顺畅表达,不受形式的拘束;骈句则有助意义的对照与并列。沈约的议论骈文亦能注意此点。《辩圣论》旨在阐明"圣人"的含义,并举出文王、武王、周公、孔子为例,逐一探讨。《晋书·食货志论》环绕"食"与"货"两个重心,展开对经济问题的讨论,并指出弃农从商等经济方面的弊端。

《宋书·谢灵运传论》则概述自上古以来,中国诗歌的发展概况,并强调"音律调韵,取高前式"的重要。沈约三篇议论文章,主旨明确,并未因为使用骈文的写作形式而变得含糊。主要原因是除了骈、散句合用得宜之外,作者实践了其"文章三易"的审美原则。《颜氏家训》引沈约之言曰:"文章当从三易,易见事,一也;易识字,二也;易诵读,三也。"观乎以上三篇,用字趋于平易,甚少生涩僻奥的字词;用典一方面不多,即使有亦不见得故意搬弄,故能使文章的旨意畅达。

《晋书·食货志论》与《宋书·谢灵运传论》均有使用复句对,一方面增加写作难度;一方面增加音韵流转之美,诚为非韵文类的文体中,增强音韵美的途径之一。《宋书·谢灵运传论》更出现五言诗句:"英辞润金石,高义薄云天。"可见沈约有意借助诗歌的艺术特质表现于文章之中。骈体本已为诗化的写作形式,于此更突显其诗化的痕迹。此外,其写作方式与《文心雕龙》也有相似之处。如纪述作家的艺术风格,多用对句以概括之,如:

> 相如巧为形似之言,班固长于情理之说。
> 仲文始革孙许之风,叔源大变太元之气。
> 屈平宋玉,导清源于前;贾谊相如,振芳尘于后。
> 灵运之兴会标举,延年之体裁明密。

文中出现的排偶,亦为《文心雕龙》常见的形式,如:"子建函京之作,仲宣霸岸之篇。子荆零雨之章,正长朔风之句。"以其事出沉思而义归瀚藻,故能为《文选》选录。

2. 辞采、事义、句韵、光影

沈约《武帝集序》揭示作者用以鉴赏文艺的标准。"因流极源,披条振藻",

"咏志摛藻,广命群臣"。武帝善于藻饰,得到沈约的肯定,反映出沈约对藻饰的重视。"笺记风动,表议云飞。"显示沈约并未轻视一般的应用文章,反之要求写得生动活泼。飞动之美也就成为沈约鉴赏文艺的标准。"上与日月争光,下与钟石比韵。"文章的光采与音声的审美效应,同为沈约所重视。《武帝集序》虽亦为文学评论之作,却不如《宋书·谢灵运传论》工丽流畅。原因之一,或与其部分对句欠工稳有关,如:"文思安安,钦明所以光宅;日月光华,南风所以兴咏。""文思安安"引自《尚书》,然"安安"却不能与"光华"属对。沈约其他作品也有类似的现象,如《棋品序》:"理生于数,研求之所不能涉;义出乎几,爻象未之或尽。"作者显然有意使用复句对的句式,然而是联的上联为四七句、下联为四六句,实不能成对。

又如《晋书·食货志论》:"昏作役苦,故穑人去而从商;商工事逸,末业流而浸广。"此联本来是颇为工整的对句,却因为第二句加了一个"故"字,使字数与下句不合,因而不能成对。与沈约同时的刘勰,其《文心雕龙》也有类似的现象,反映出部分梁代前期的作家,均有对句欠严格的表现。

《报王筠书》云:"览所示诗,实为丽则。声和被纸,光影盈宇。"《报刘杳书》亦云:"辞采妍富,事义毕举。句韵之间,光影相照,便觉此地,自然十倍。故知丽辞之益,其事弘多。"揭示出"辞采"、"事义"、"句韵"、"光影"是为沈约审美理想中的四个元素。在沈约众多的骈文中,最能体现这些审美理想的是阐述佛理或与佛教有关的文章。如《内典序》:"圣迹彪炳,日焕于阎浮;神光陆离,星繁于净刹。"既有表示光辉的字词如:"彪炳"、"炳"、"陆离"等;亦有"日"、"神光"、"星"等富于光彩的自然意象。又云:"彪著往迹,焕述遐声","昭被象译,辉映缥图",其中"彪著"对"焕述";"昭被"对"辉映",连用四组具有光彩照耀的含义的对仗,使其文章具有强烈的光彩影照的审美效应。此四组对仗,本犯"合掌"之忌,即刘勰所谓"重出"。由此可见,沈约注重文章的光感效应,多于谨守对偶的严格规限。

又如《为齐竟陵王发讲疏》:"凝光琼筲,炫彩瑶滕。"则于光彩之外,配以"琼"、"瑶"等美玉,倍添耀目的美感。《为齐竟陵王解讲疏》:"驻彩辰纬,停华日月。"《为南郡王舍身疏》:"托景中璇,联华日彩。"同样借助光彩以启发美感。《光宅寺刹下铭序》:"朱光所耀,彤云所临。"则光感之外,复加以耀目的色彩。

沈约亦颇讲求雕琢与藻饰，其《为齐竟陵王发讲疏》云："缮以宝缣，文以丽篆"，说明沈约对于"文"字一义的理解，实含有纹饰之意。《内典序》："龙章八彩，琼华九包。"即使用"龙章"、"琼华"等富于雕刻意味的艺术形象。《佛记序》："图澄之龙见赵魏，罗什之凤集关阙。""龙"与"凤"同为梁陈骈文家常用于对偶的艺术形象，也是雕刻艺术喜用的形象。《为南郡王舍身疏》："玉组夙纡，蕃麾早建。兰池紫燕之乘，扰于外闲；黼帐翠帷之饰，光于中寝。"《为齐竟陵王解讲疏》："饰筵藻殿，张帷盛邸。"既富于雕刻与藻饰之美，对偶亦复工整，可谓梁陈工丽文风的体现。

此外，沈约又喜以数字的属对工整，使文章工巧，也使对句的面貌丰富多变。如《为文惠太子礼佛愿疏》："上界八万之劫可期，下方七百之祚未拟。""三途八难，六道十恶。"《为文惠太子解讲疏》："三达宣其妙果，十住赞其祥缘。"《内典序》："六度之业既深，十力之功自远"等均是。

《齐故安陆昭王碑文》是沈约另一篇入选《文选》的骈文，具有一定的艺术价值。文章开首云："魏氏乘时于前，皇齐握符于后。灵源与积石争流，神基与极天比峻。"后二句即具有流动之美与崇高之美。同时见出作者善以具象"积石"、"极天"，比喻抽象，从而形成一虚一实的对照，是文章美化与避免呆板的表现。在描述人物内在的品德与风度之时，亦善以具象表现抽象，使原为抽象之物，化而为具有美感的图像，如："公含辰象之秀德，体河岳之上灵，气蕴风云，身负日月。""昭昭若三辰之丽于天，滔滔犹四渎之纪于地。"可见，上述所谓具象多为自然界的意象，由此构成一幅幅瑰丽的图景，配以整齐排列的对句，长短伸缩的句法，使其文章更能呈现整齐与音节流畅的美感。由"公含辰象之秀德"一句开始，一连使用九对偶句，且句法长短不同，包括六言、四言、九言单句对，并夹杂六四、四五言的双句对。凡此九句，均集中颂扬安陆昭王萧缅的品格内涵，由于连续使用九对对句，故能一气呵成，使文气有一往无前之概，充分突出萧缅的气度与内在美德。可见沈约在颂美人物德性之时，能够善用骈文的形式特点，配合自然意象而创造骈文艺术。

3. 对比式用典

沈约在颂美一人之时，又能运用梁陈骈文家惯用的对比式用典手法。例如，沈约赞扬萧缅"作守东楚"时的功绩："虽春申之大启封疆，邓攸之缉熙萌庶，不能尚也。"《史记》有春申君列传,《晋书》亦有邓攸传。于此,名垂青史的春申君与邓攸,比起萧缅均黯然失色。又如颂美姑苏城之时,使用类似的手法:"全赵之袨服丛台,方此为劣;临淄之挥汗成雨,曾何足称?"用盛极一时的丛台与临淄作比拟,结果丛台与临淄也显得一文不值,凡此俱为沈约巧用典故之例。后又提到萧缅治民的公德"南阳苇杖,未足比其仁;颍川时雨,无以丰其泽"亦属此类。

沈约颂赞萧缅的功德,除了使用以上的手法之外,又从侧面进行烘托,以避免手法的单调。萧缅出治会稽,深得民心,以致"老安少怀,途歌里咏,莫不欢若亲戚,芬若椒兰"。每当离别之旗回转,百姓则于行道为之一哭,犹如昔日老弱攀车,啼号填道以挽留秦彭;以及百姓当道号哭,以挽留侯霸一般。(俱见《文选》李善注)故云:"攀车卧辙之恋,争途忘远;去思一借之情,愈久弥结。"透过老百姓的动人举措,倍显萧缅的难能功绩,达至颂美人物的目的。不仅平民百姓依依眷恋,即使蛮夷戎狄也为之折服,如纪萧缅治理雍州之后:"倾巢举落,望德如归。椎髻鬈首,日拜门阙,卉服满途,夷歌成韵。"

此外,作者于碑文中又加插了不少地理与风土民情的描绘,一则可以丰富其内容,使之不致过于单调;二则由于运用了工整遒劲的骈句,有助增强文气。由于萧缅曾经出任姑苏、郢州、司州、会稽、雍州等地方长官而功绩彪炳,作者于纪述此等事迹之先,每每首先简介某地的地理特点,且运用了不少工整的骈句,如述郢州则云:"衿带中流,地殷江汉。南接衡巫,风云之路千里;西通郧邓,水陆之途三七。"不仅刻画出郢州江流回绕的险要形势,且文字上具有整齐之美,文章的气势也大为增强。通过此等描述,使人驰骋于江汉一带,千山万水连绵不断的图景中,从而丰富文章的艺术内容与趣味。又如描述方城的险要:"北指崤潼,平途不过七百;西接峣武,关路曾不盈千。蛮陬夷徼,重山万里。"均有类似的艺术效果。

沈约骈文中部分骈句已见符合后来定型的格律,虽未必全篇合律,但也有一定程度的开拓,符合其音韵美中"低昂互节"的美学原则,如《光宅寺刹下铭并序》:

义等去鄷,事均徙镐。

仄　平　　平　仄

克济横流,膺斯宝运。
仄 平 平 仄

既等汉高,流连于酆沛;亦同光武,眷恋于南阳。
仄 平 平 仄 平 仄 仄 平

可见,当中不论单句或复句对句,均有合律句子。其余对句,则未见合律:"命帝阁以广辟,即太微而为宇。令事与须弥等固,理与天地无穷。莫若光建宝塔,式微于后……树刹悬壤,表峻苍云。不洞渊泉,仰迫星汉。方当销巨石于贤劫,极未来于忍士。"

4. 深挚的抒情

除了地理的描述之外,沈约又善于加插风土民情的描述,如纪雍州:"小则俘民略畜,大则攻城剽邑","椎埋穿掘之党,阡陌成群"刻画出其地蛮夷为患,蔑视法纪。加上北朝胡人伺机入寇,形势更为险峻:"北风未起,马首便以南向;塞草未衰,严城于焉早闭。"由是,北方的风土民情呈现在读者的眼前,赋予读者更多想象的余地。最后,文中哀悼之情深挚,是此文另一突出之处。作者不仅直接使用抒情语句,更透过皇上惊闻噩耗后的感受与行动,达至沉痛的抒情效果:"闻凶哀震,感绝移时,因遘沉痾,绵留气序。世祖日夜忧怀,备尽宽譬,勉膳禁哭,中使相望。上虽外顺皇旨,内殷私痛,独居不御酒肉,坐卧泣涕沾衣。若此移年"而"怨天德之无厚,痛棠阴之不留"可谓作者最后的诚挚总结。

结语

沈约的审美观,大体上均见诸骈文创作的实践中。如沈约强调的文质兼美论,属于内在的本质美学元素如"情"、"理"、"义"等,可在沈约骈文中找到例证。诸如一些议论骈文,便阐发了深刻的义理,而一些骈赋及碑文,则有较浓挚的抒情色彩。艺术形式方面,在骈赋及一些骈序中,均见出藻饰的烙印。永明文学特重语言形式美的新变,侧重对偶与声律的运用。沈约的骈文作品中对偶大多是工整的,骈赋的句式一般是单句对为多,复句对相对较少。沈约是四声的确立者,在其骈句中,已见出合律之句子,印证其四声说已在骈文中开始实践,但由于合律句子仍较不合律者为少,故四声在骈文的运用,似仍属雏形阶段。总括而言,沈约强调的辞采、事义、句韵、光影等文质兼美的元素,均可在其骈文创作中找到深刻的痕迹。

综言之,沈约对永明文风新变,做出了一定的开拓,从理论与创作实践方面,丰富了永明文学的内涵,并为骈文修辞形态的确立奠定基础。

中山大学藏明钞残本《新编四六宝苑群公妙语》考述

侯体健(复旦大学中文系)

南宋祝穆(？—1255)编著的《新编四六宝苑群公妙语》(下文简称《四六宝苑》)是一部认识南宋骈文风貌与批评观念的重要著作，惜全书已经散佚。该书的常见版本乃台湾"国立中央图书馆"所藏明钞本，为《中国诗话珍本丛书》(北京图书馆出版社，2004年)影印收录。不过，中山大学图书馆藏有另一部明钞残本，与学界常见的影印本颇不相同[①]。据此残本可以断定，《四六宝苑》全书有四十三卷之巨，而台藏明钞本其实仅为该书的前两卷，即书内称"议论要诀"的部分。中山大学所藏虽是残本，但据该书目录，我们可以看到该书篇幅较大，类编特点非常明显，不仅收录篇章，还编录散联，可以视为一部四六类书。它所存录的诸家骈文，亦有散佚文章多篇，可补相关作家文集，对认识南宋骈文流播和相关作者行迹、交游有一定补充作用。本文兹就相关问题试作考述，以供学界参考。

一、从《四六宝苑》留存目录看该书性质

《中国诗话珍本丛书》影印的台湾"国立中央图书馆"所藏《四六宝苑》明钞本二卷，钤有"亚东沈氏抱经楼鉴赏图书印"、"乐盒珍玩宋元秘本"、"浙东沈德

[①] 关于《新编四六宝苑群公妙语》的版本问题，可参沈如泉《被忽略的宋文话：〈新编四六宝苑群公妙语·议论要诀〉》，载王水照、侯体健主编《中国古代文章学的阐释与建构》，复旦大学出版社2017年。本文撰写，亦得到沈如泉先生的启发，特致谢忱。

寿家藏之印"等,知该本曾为晚清藏书家沈德寿所藏,氏著《抱经楼藏书志》卷六十三总集类著录①。将此书收入诗话类丛书,自台湾广文书局1973年出版《古今诗话续编》始。然就此书书名看,已经明白表露其为四六文书籍,无关诗歌,视其为"诗话",显然是一个误会。但《四六宝苑》是否就是一部四六话呢?就《中国诗话珍本丛书》所收明钞本来看,该书分"议论要诀上"和"议论要诀下"两卷,类编前人讨论四六文创作的诸种论述,将之视为汇编式四六话,似无问题。然而,全书名作"群公妙语",如仅仅是汇编几十则论述文字,显然名实有乖。幸有中山大学图书馆藏明钞残本,为我们准确认识此书的性质,提供了重要资料。

《中山大学图书馆古籍善本书目》集部总集类著录:"(新编)《四六宝苑群公妙语》,四十三卷。(宋)祝穆编,明钞本,四册,存二十五卷:第一至第二十五卷。九行,十八至二十字,朱丝栏,白口,四周单边。卷前佚名,墨笔录:'天一阁见存书目卷四。《四六宝苑》四十三卷,缺,钞本。宋祝穆编,存卷一至卷二十五。'审系白棉纸精钞。但是否为天一阁藏本,别无证明。辑录宋人四六文。"②除了提供相应的版本信息外,与《抱经楼藏书志》一样将该书归入总集类,总体判断不错。但仔细比照此版现存目录,《四六宝苑》又与一般的总集很不相同,具有典型的四六类书性质。从目录可以判断,该书四十三卷中,前三卷为"议论要诀",第四至十一卷为"名公私稿",第十二至二十五卷为诸家文选,第二十六至四十三卷为"散联"。这四部分内容中,"议论要诀"乃荟萃前人议论四六文作法者,共计205条,按照论述主题分37类编排(其中第三卷标作"宏词提纲",计53条分3类);"名公私稿"收文102篇,按照内容分为贺启、贺内除授、贺外除授、杂贺、通贺、回启、谢除授、上启8类,全为启文,具体作者已不可知;诸家文选依次收录真德秀(9篇)、洪咨夔(13篇)、赵汝谈(10篇)、李刘(15篇)、刘克庄(27篇)、汪藻(4篇)、孙逢吉(12篇)、周必大(106篇)、杨万里(20篇)、陆游(9篇)、朱熹(2篇)、黄榦(6篇)、朱复之(12篇)共13人的245篇文章,每人名下又按贺

---

① 参《抱经楼藏书志》,中华书局1990年版,第744页。按:沈德寿既将此书著录于"总集类",又注明为二卷本,颇可怪也,或承袭他书分类而又改变卷数。
② 见中山大学图书馆编《中山大学图书馆古籍善本书目》,1982年版,第238页。《中山大学图书馆古籍善本书目(增订本)》(广西师范大学出版社2014年)著录非常简单,不如1982年版详细,但修正该书存卷为:"卷一至卷二、十二至十五、十九至二十五",是。

除授、谢启、上启等类型分目,全为启文;"散联"部分按经史全句巧对、颂德、自叙、结句四类排序,每类之下又按字数或内容分若干小类,这些类编散联共十八卷,占去全书卷数近一半。由此可见,不管是评论文字、文章选辑还是散联编排,全书都是按照一定的主题加以辑录的①,符合类书的典型体例,将之目为四六专门类书,应更能体现该书的编纂特色和主旨。学者在讨论《翰苑新书》的归属问题时,即已指出:"从某种意义上说,此书及其他几种皆可视为具有文集性质的四六类专门性类书,而这也正是宋代类书较前代发展和创新之处,也是宋四六繁荣和发展的一种体现。"②类编全文而兼具总集(选本)色彩,确实是晚宋专门性类书的一大特点。

中山大学藏本《四六宝苑》散联开篇,目录即注:"四六以全句对偶为难,今自四字至十二字及全句散联,各以类聚,聊备检阅。凡此皆经思而后得之,未易忽视。至于经史该洽,随取随足,又在临机应变,毋徒曰取办于此可也。"③可见,编者祝穆在编纂此书时,已经具有自觉而强烈的"各以类聚"观念,不是简单的结集论诀、选刊文章而已。如果我们综观祝穆的其他著作,更能坚定认同祝穆在《四六宝苑》中贯彻了他一贯的类书编纂意识。

祝穆与类书有着不解之缘,现存著作三种④除了《四六宝苑》外,尚有著称于世的《方舆胜览》和《事文类聚》二书,又曾订正陈景沂辑纂的植物类专门类书《全芳备祖》。《方舆胜览》被视为地理总志,《事文类聚》则是典型的类书。这两部书的原始书名分别为《新编四六必用方舆胜览》⑤和《新编古今事文类聚》⑥,包括《四六宝苑》在内的三本书取名规则近似,编纂思想也相类。《事文类聚》全

---

① 就目录来看,《新编四六宝苑群公妙语》的选文编排秩序似无规则可言,既非按年齿排序,亦非收录多寡排序,且就关系而言,祝穆与朱熹关系非同寻常(朱熹外祖父为祝穆曾祖,祝穆幼即受业朱熹),却仅入选2篇,其中缘由颇难寻味。周必大选录最多,目录下有注"内多未经版行者",或许以文章得见难易而论,易见者少选,难见者多选欤?
② 施懿超《宋四六论稿》,上海古籍出版社2005年版,第216页。类书与总集的关系本就特殊,闻一多《类书与诗》中已指出《艺文类聚》兼有总集与类书的性质,类似的情况其实早就显出端倪,但宋代更显突出。
③ 以上引文均见中山大学图书馆藏《新编四六宝苑群公妙语》明钞本目录。
④ 有名《类编古今事林群书一览》者,亦署"建安祝穆和父编",显系伪托。
⑤ 《方舆胜览》以日本宫内厅书陵部所藏宋本为现存最早,最接近祝穆原书面貌,本文所引均据此版。
⑥ 祝穆编成前集六十卷,后集五十卷,续集二十八卷,别集三十二卷,合计一百七十卷。其后,元代富大用续编新集三十六卷、外集十五卷;祝渊再续编遗集十五卷。

119

书分十三部,部下分若干目,目下再按照群书要语、古今事实、古今文集编排,本即类书,固不必再论;《方舆胜览》虽被目为地志,却迥异于前人的《元和郡县志》、《太平寰宇记》等典型地志作品,而与王象之《舆地纪胜》在体例上相近,但有充分理由说明,祝穆在确定此书体例之初,并未受到王象之的影响①,而是时代风潮与自身创造的结果。该书卷首目录注云:"今将每郡事要标出卷首,余并仿此,览者切幸详鉴。"下列郡名、风俗、形胜、土产、山川、学馆、堂院、亭台、楼阁、轩榭、馆驿、桥梁、寺观、祠墓、古迹、名宦、人物、名贤、题咏、四六,共20类,类编特色展露无遗,或者可以说《方舆胜览》不是一般的地理志,而是地理专门性类书。《方舆胜览》前有两浙转运司录白云:"本宅见雕诸郡志名曰《方舆胜览》,并《四六宝苑》两书,并系本宅进士私自编辑,数载辛勤,今来雕版,所费浩瀚。"自序又说:"始,予游诸公间,强予以四六之作,不过依陶公样,初不能工也。其后稍识户牖,则酷好编辑郡志,如耆昌歜。"可见《方舆胜览》虽非四六类书,但最初撰述动机却正在于为四六文创作准备材料,且与《四六宝苑》同时编成刊印,它们着眼四六骈体、以类编纂的思想,显是一致的。

总之,从中山大学藏本留存的全书目录来看,再结合祝穆一贯的编辑思路,可以勘定《四六宝苑》既非一部简单的四六话,更非单纯的总集,而当视作一部四六专门性类书。

二、《四六宝苑》残本所存佚文辑考

中山大学所藏《四六宝苑》残存卷数为卷一至卷二、卷十二至十五、卷十九至二十五,共十三卷。其中卷一、卷二属"议论要诀",除个别字词外,与通行本同,兹不多述。而其他十一卷,则为该本所独有,属"诸家文选"部分,目前所存依次为真德秀、洪咨夔、赵汝谈、李刘、周必大、杨万里、陆游、朱熹、黄榦、朱复之等十人的作品。卷十二目下云:"窃观当代巨公骈俪近体,溯而至于中兴以来前辈所作,名章俊语,士林脍炙。悉有全集刊行于世,部帙浩瀚,未能尽载,各摘数篇,以备一家之制,非敢僭所去取也。"可见祝穆取材,主要是从当时的别集中选

---

① 关于《方舆胜览》与《舆地纪胜》体例的关系,可参考李勇先《试论〈舆地纪胜〉的编纂及其与〈方舆胜览〉的关系》,《宋代文化研究》第五辑,1995年版,第315—329页。

择的。而在卷十九周必大"贺内除授"类文章下，又注有"内多未经版行者"，更显示出祝穆搜罗之广了。今据所存检核，可得四家十篇佚文，其中真德秀1篇、赵汝谈2篇、李刘1篇、朱复之6篇，兹胪列如次并略作考证，以资学界参考。

（一）真德秀

卷十二"回启"《回南康朱寺正》

出纶天陛，拥绂星湾。遗爱百年，尚想先猷之未泯；欢声万口，共欣嗣德之有人。条教未施，耄倪胥悦。共惟某官珪璋毓秀，梧竹凝姿。诗礼见闻，自有家庭之素讲；文学议论，居多师友之所渐。肆简眷之特隆，盍凌虚而直上。胡乃外庸之自诡，尚勤征斾之有行。维紫阳仙伯之旧游，有白鹿书堂之盛观。佩衿坐集，庶几沂水之咏归；襦袴兴歌，未远召棠之芰憩。谅家声之有继，即优诏以征还。某久矣同朝，兹焉联事。遡铃斋而伊迩，撝谈麈以未涯。臭味与俱，幸余波之可挹；缄縢弗敏，愧芳椟之难酬。

健按：真德秀（1178—1235），字景元，号西山，建州浦城人，庆元五年（1199）进士，有《西山先生真文忠公文集》传世，该文不见于此集，亦不为《全宋文》收录。此文朱寺正，应指朱熹季子朱在。朱在（1169—1239），字敬之，嘉定十年（1217）以大理寺正知南康军，黄榦《南康军新修白鹿书院记》云："嘉定十年，先生（指朱熹）之子在以大理正来践世职。"此文当作于嘉定十年或稍后。文中云"嗣德有人"，"自有家庭之素讲"，"维紫阳仙伯之旧游，有白鹿书堂之盛观"，"家声之有继"等，均符合朱在身份。

（二）赵汝谈

卷十四"杂谢"《生日谢权府寿诗》

君子三乐，慨其一而已孤；我生百罹，循厥初而倍感。况颓龄之如许，何庆事之敢言。岂谓某官盛德照邻，隆谦加等。胶漆深存于未契，桑蓬俯记于孟陬。使辈鼎来，筐玄黄而亟馈；名驱御从，袖珠璧以并投。顾受赐以非宜，奈布辞而弗获。歌诗必类，更伤丝竹之娱人；把酒自怜，永愧车牛之服贾。徒曾牢佩，曷称仰酬。

卷十四"杂谢"《生日谢众官寿诗》

岵屺陟兮，已缺终身之望；原隰哀矣，况深同气之怀。窃自悼于孤生，忍复华于初度。敢图轸录，辱赐咏歌。享海鸟以牢牲，引夏虫于龟鹄。奖扶甚宠，揣称无堪。虽谊迫当辞,将卷锦鲸而还客;然词贪可宝,不知兰佩之袭予。再拜有惭,多言奚谢。

健按:赵汝谈(?—1237),字履常,号南塘,宋宗室,淳熙十一年(1184)进士,有宋刻本《南塘先生四六》传世,收录骈文88篇。以上两篇作品《南塘先生四六》未收,它们均为一般的生日谢启,无具体信息,故难以确定写作时间和赠予对象。

(三) 李刘

卷十五"贺外除授通启附"《与杨抚干》

振履见临,袖笺为惠。烂然乌丝之上,美哉黄绢之词。有味其言,不知所谢。共惟某官名门曹望,旧德典刑。数祥符之儒宗,有故家之存者;观绍兴之圣作,岂曰友之云乎。惟时闻孙,勉继先烈。会舍糟丘之曲,径依幕府之莲。交相荐扬,即有除宠。某幸联先契,犹及英游。赠我貂襜褕,报之明月珠,是所愿也;昔为马口衔,今作禁门键,谓之何哉。

健按:李刘(1179—1249),字公甫,号梅亭,抚州崇仁人,嘉定元年(1208)进士,有《梅亭四六标准》传世,该文不见于此集,亦不为《全宋文》收录。文中杨抚干不知何人,抚干即安抚司干办公事,李刘于嘉定六年(1213)除成都府抚干。据文中"幸联先契,犹及英游"之句,谅李刘曾与杨共事,且言"交相荐扬,即有除宠",杨抚干或当举荐过李刘,有可能即成都府抚干李刘前任。

(四) 朱复之

卷二十五"贺外除授"《代贺赵大使》

旋凯奏功,扬纶懋赏。殿庭鸣玉,晋联执政之班;制阃建牙,尽总要冲之地。宠数隆,则元戎之职任愈重;本根壮,则中国之精神可知。邮亭一传,士气百倍。恭维某官器质闳达,识虑沉先。其在本朝,雅擅间平之誉;及属大事,肆驰韩范之声。昨者奸骄,穷而归顺。养鹰伺搏,饱遂扬飞;蓄猘防奸,狂辄反噬。篱落为之振抉,宵旰至于顾忧。赖闑外之奇谋,出师中之成算。天声一振,氛祲划开。于遄归哉,盍股肱而共政;孰可代者,屈方面以小留。特假隆名,用章殊委。虽曰外当于重寄,亦犹入侍于清光。极江淮表里之封,悉资填抚;举宗社安危之系,尽付经纶。顾惟缙绅责望之攸归,所谓明哲驰骛而不足。近而为雠,则有假息游魂之残虏;远而可虑,则有暴兴崛起之强胡。急固在于外攘,本实先于内治。民所以保邦,而揭竿之夫随仆随起;兵所以卫上,而干纪之旅愈豢愈骄。自昔折千里之冲,岂非在一贤之略。愿蚤摅于上策,俾亟致于洪宁。陕以西分命召公,自是非常之任;河以南悉为晋土,伫成莫大之勋。某幸甚焉依,喜而不寐。山林求士,无待致欧阳之书;江汉告成,但当赓吉甫之诵。

健按:朱复之,字几仲,号湛庐,福建建安人,开禧元年(1194)进士,无文集传世。《全宋文》据《翰苑新书》、《五百家播芳大全文粹》、《秘笈新书》等书辑录文章八篇,本文及以下五篇均失收,可补。本文为代撰四六,据文中"昨者奸骄,穷而归顺"之语推测,当指李全叛乱事。李全,山东人,本为金国反金武装首领,后归宋,复叛宋。据《宋史·理宗纪》载:"绍定三年十二月庚申,李全叛。……绍定四年春正月壬寅,赵范、赵葵等诛李全于新塘。……夏四月戊辰,赵范、赵葵并进中大夫、右文殿修撰,赐紫章服、金带。丁丑,赵善湘兵部尚书、江淮制置大使、知建康府,依旧安抚使。赵范权兵部侍郎、淮东安抚副使、知扬州兼江淮制司参谋官。赵葵换福州观察使、右骁卫大将军、淮东提刑、知滁州兼大使司参议官。"可知,题中"赵大使",当指时任江淮制置大使的赵善湘。赵善湘(?—1242),字清臣,庆元二年(1196)进士,累官至浙东安抚使、观文殿学士。此文即当成于平定李全叛乱的绍定四年(1231)春夏之际。

卷二十五"贺外除授"《贺吴总领除兵侍》

王人处外,俟甸懋功。一札十行,自天而下;六韬三略,贰夏之卿。钦惟某官昨者即家,起而拜命。北门管钥,可怜焦土之居;东道资粮,莫啖沿淮之戍。创规考室,唱饱筹沙。牛回首之修梁,连甍接壤;雀不鸣之空廪,聚米成山。人蹰京师而借留,士楫中流而思奋。宗祀而后,侧身靡宁。思昔改弦,多借调和之助;乃今胶柱,孰条张弛之宜。边烽未浇,使传适至。有备无患,所利弧矢之威;得贤为先,用劳笔槖之事。人望所属,公行勿迟。某身在风寒,日蒙雾润。栖迟倦翼,快瞻千仞之翔;寂历归心,安得一枝之托。

健按:此文吴总领,或指吴潜。吴潜(1195~1262),字毅夫,号履斋,先世宣城人,父柔胜,居溧水,嘉定十年(1217)进士。据《宋史·理宗纪》嘉熙二年(1238)六月戊申,"以吴潜为淮东总领财赋、知镇江府";嘉熙三年(1239)五月"戊寅,以吴潜为兵部尚书、浙西制置使、知镇江府"。文中言"东道资粮,莫啖沿淮之戍"与此吻合,由此可知本文当作于嘉熙三年五月左右。另据《宋史·理宗纪》,端平三年(1236)十二月"戊戌,以吴渊户部侍郎、淮东总领财赋兼知镇江府",嘉熙二年(1238)"除权兵部侍郎",吴渊即吴潜兄,亦曾任淮东总领财赋兼知镇江府,但所除为"权兵部侍郎",与此文所称"兵侍"稍有出入。

卷二十五"贺外除授"《贺陈南剑》

显膺中诏,荣绾左符。单车一来,千里胥庆。钦惟某官有用之学,今时所推。军中小范之声,耸闻夷虏;海濒少翁之政,传诵旄倪。属此家居,密勤睿轸。偶汀邵递弄兵之遽,致朝廷严分阃之权。壮其延平,介当侥绝。得人则士聚帖妥,单备则上流绎骚。草木知名,用亟资于附众;金革变礼,义可得以夺情。不蹂改刻之间,以为从天而下。威棱震憺,旗帜精明。快瞻羽檄之四驰,尽使介鳞之一洗。某甫从岁杪,赘厕幕中。窃惟制使平贼之规,专主圣代好生之意。不欲名捕,一惟遣招。某妄谓威不立则降不诚,权不操则招不固。请重立于赏格,听自毙其渠酋。力联我之社隅,进携彼所胁附。或以既招则不当自此失信,既谕则不可使彼怀疑。佩犊何为,已尽宣于德意;牵羊以逆,殊未见其真忱。降款日来,警报益近。顾今大势,重在明公;愿权便宜,无徇中御。惟实暨刑之各称,审民与贼之攸分。恩施于民,威用之贼。贼无所劝,则民不为贼;民有所恃,则贼可为民。闻所施行,皆已宜当。既大义之先定,何隽功之不成。傥来王师,或御使指。当扣风铃之邃,纵观露布之雄。若夫叙推挽之私,致寝饔之祝。当事之急,不敢以陈。

健按:此文陈南剑当指陈韡。陈韡(1179—1261),字子华,号抑斋,福建侯官人,开禧元年(1205)进士。刘克庄《忠肃陈观文神道碑》记载绍定二年(1229):"十二月,盗发于汀、剑、邵,群盗蜂起,残建宁、宁化、清流、泰宁、将乐诸邑,闽中危急。帅王侍郎居安请公提督四隅保甲,公辞之。漕使陈汶、仓使史弥忠告急于朝,谓非公莫办此贼,起复知南剑州。辞不获,遂行。三年正月至郡,籍士民丁壮为一军。"所记与文中"属此家居,密勤睿轸。偶汀邵递弄兵之遽,致朝廷严分阃之权"颇相合。此文亦当作于绍定三年(1230)初。可与下文《辟官谢程招捕》参看。

卷二十五"贺启"《贺赵制置子中童科》

庆积高门,瑞钟英物。诵言十万,未及东朔之年;偕贡三千,已预南宫之列。

历数海内大丈夫之后,难得眼前奇男子之祥。指字之无,间推蚤慧;赋棋动静,突过老成。殆天上之送来,非人间之多有。紫芝玉树,每欲出于阶庭;翠竹碧梧,更有光于林谷。恭维某官世传伟节,天赏精忠。衮衮而生公侯,其来有种;昵昵而相尔汝,不类凡儿。纷五车其甚多,辄一览以不再。召吐所记,随叩则鸣。名骤震于京师,喜益加于恩泽。某得之觇觌,倍甚欢愉。属有绾于铜符,愧莫陪于珠履。窃闻杨句,显终身而立圣朝;敢咏苏诗,请留眼以看他日。

健按:此文赵制置不知指何人。据南宋制置使任职惯例,赵姓宗室出任制置使尤其是沿海制置使尤多。南宋中后期著名的赵姓制置使有沿江制置使赵善湘、京湖制置使赵方、淮东制置使赵葵、两淮制置使赵范、四川制置使赵彦呐等,因从文中无法断定此制置使是指哪一地制置使,故无法推断赵制置为谁。又,据傅璇琮主编《宋登科记考》(江苏教育出版社,2009 年)所录南宋中后期童子科名单,亦未尝载录赵姓童科者。

卷二十五"谢启"《复官谢吴左司》

审官除籍,再作新民;都省议功,复还旧物。幸自脱身于寨栅,乃仍插羽于樊笼。知我则深,感而且惧。伏念某迂疏晚辈,踆踔孤踪。不可口之江梅,分安弃掷;无取材之杜栎,意得存全。属斗作于乡邻,强起闻于军事。辄肆幕中之果辩,莫回堂上之奇谋。连章方侈于招徕,支郡忽传于失守。寸心悄悄,不幸而获知言之名;众目睽睽,交责以当讨贼之任。摄官半刺,匹马空城。不戒以孚,胁从霍散;深入其阻,黠桀就俘。葺旧邑都,宣上德意。暨欢迎于守将,爰退服于县僚。未满岁以为真,蹑七阶而脱选。我战则克,本凭宗社之灵;有功见知,实出朝廷之命。悟觉来之非据,欲引避以未能。偶部使者,受买犊之欺;而新将军,遗养虎之患。复尔横溃,莫之孰何。密院下急急之符,招司督洸洸之武。自惟縻爵,义在死绥。庸首备于颜行,遂力擒[于]元恶。邦民喜以乱本之斯拔,上官耻以降款之失真。久归伏于素冠,犹上烦于白简。未盈遽覆,殆如欹器之易危;遇坎乘流,已付虚舟于不系。虽君子念深于解口,而高门迹扫于曳裾。恍惊披拂之春,自到严凝之谷。一挥椽笔,顿生逾衮之华;重上金闺,疑是覆蕉之梦。兹盖恭遇某官以茹古涵今之学,总纬文经武之纲。顿八纮以为宜,期大搜于野逸;垂千寻而纡缦,每下汲于陆沉。傥相应以同声,何必求之识面。所得先达之士,未之有闻;施及妄庸之人,岂其或误。信兹遭之特异,似有数乎其间。剩惊投老之头颅,更得本来之面目。三仕而为令尹,仍服其劳;九折而成良医,傥从此始。

健按:此文吴左司,或指吴渊(简介见前)。据李之亮《宋代京朝官通考》(巴蜀书社,2003年,第770—778页),知自朱复之开禧元年(1194)登进士第以来,有两位吴姓左司,即绍定五年(1232)吴渊为枢密院检详诸房文字、实录院检讨官兼左司,以及宝祐三年(1255)吴革除尚右郎官兼权左司。设若朱复之二十岁登第,宝祐三年已75岁,可能性不大,故当以吴渊为合适。当然,仍需考虑此文为代作,但75岁亦不便为他人代作复官谢启。

卷二十五"谢启"《辟官谢程招捕》

绣乡学制,久麓册书;玉帐论兵,忽叨清举。殊非其称,只以为惭。伏念某识字间民,易农漫仕。好刚自信,但是诗书糟粕之言;已试罔功,且疏刀笔筐箧之事。幸已逃空于岩岫,不堪抗走于尘埃。猝然汀邵之弄兵,难曰乡邻而闭户。高谟远略,既自有于夷吾;缓带轻裘,果何资于湛辈。过施谦抑,泛致迂愚。岂以在野之宽闲,颇识辍耕之情伪。河南檄笔,从来莫任于中书;水北祝规,讵敢浪陈于下策。允怀甄拔,思效毫分。妄谓威不立则降不诚,权不操则招不固。属大兵之□集,姑小信以示怀。佩犊何为,已尽宣于德意;牵羊以逆,殊未见其真忱。降款日来,警报益近。方且请设爵以怒斗士,免使鹤以重群疑。既无先物之几,惟有不能者止。突其来之误宠,从所辟以为真。才事之殷,欲辞弗可。身居幕府,力无用于颜行;口诵辟书,面有惭于乡井。兹盖伏遇某官禁中颇、牧,海内龚、黄。惟断乃成,不尚苟同之见;好问则裕,时收小异之忠。意脱颖于后来,容典筹于下列。居然戆拙,得预指令。某敢不加狗直穷,更防曲突。譬诸草木,誓竭尽于芳辛;收之桑榆,傥辅成于还定。

健按:此文程招捕,当指程珌。程珌(1164—1242),字怀古,休宁人,绍熙四年(1193)进士。吕午《程公珌行状》记载绍定二年(1229),"汀、邵盗作,诸台以言论异同,由是贼势猖獗。汀之宁化,南剑之沙邑,邵武之建宁、光泽,皆莽为丘墟,骎骎迫汀、邵城治,七闽绎骚。十一月除公招捕使,节制军马"。所记与文中"猝然汀邵之弄兵,难曰乡邻而闭户"之语合。此文或即程珌在福建任招捕使,辟朱复之入幕时所作,时在绍定二年(1229)十一月至绍定三年(1230)间。

以上佚文为我们更全面地了解真德秀、赵汝谈、李刘、朱复之四人的文章创作提供了新材料，特别是朱复之 6 篇文章，蕴藏了许多此前罕觏的行迹交游信息，对我们认识朱复之的行履颇具价值，可堪玩索。

最后顺便一说，除了佚文之外，中山大学藏《四六宝苑》所收文章还有可补通行文本文字之缺者，因涉及琐细，兹不悉举。唯黄榦《通柴漕》一文，可补阙文稍多，特予表出。黄榦是朱熹得意弟子，其《勉斋先生黄文肃公集》四十卷，传世有元刻元延祐二年(1315)重修本(中华再造善本收录)，《全宋文》以之为底本，参校文渊阁四库全书本及傅增湘校清抄本，然该书卷二十一《通江东柴漕启》一文仍缺字不少，我们据《四六宝苑》卷二十四《通柴漕》可补足如下(方框内字为补字)，可供参考：

理义不明，人心为之陷溺；英贤间出，世道赖以扶持。久勤钦慕之私，今获趋承之幸。恭惟某官怀奇负气，笃志力行。道本诸身，不学腐儒之陋习；德施于政，岂徒俗吏之能为。禁伪学以方严，名他师者皆是。确守羲文之象数，自称伊洛之源流。进以立朝，推忠诚而佐后；出而乘障，仗恩信以服人。迨北房之既衰，倚西方而为重。下系群心之属望，上宽当宁之顾忧。岘首崔巍，孰遣羊公之遽去；金陵盘踞，欲令谢傅之来游。上方有意于规恢，事亦莫先于飞挽。粟红贯朽，士饱马腾。不烦刘晏之低昂，所操有道；伫见肖何之馈饷，孰并其功。行观诏绂之盼，入侍经帷之邃。榦少无立志，老不逮人。每嗟半世之徒劳，政坐一贫之为累。边尘眯目，曾何风月之分；吏事关心，益想林泉之适。况筋力衰颓之甚矣，于功名慷慨以何如。所期求全璧之归，敢意有赘员之命。靖惟侥冒，实自推扬。诸老凋零，方恨见闻之益陋；晚年飘泊，岂期道德之焉依。

综上所述，《新编四六宝苑群公妙语》是一部搜罗广泛的四六类书，中山大学所藏明钞残本，不但为我们认识该书性质提供了宝贵信息，而且保存了一些独有的南宋中后期骈文资料，具有较高的文献价值，值得我们关注。

六朝道教骈文的文学史意义

蒋振华(湖南师范大学辞赋骈文研究中心)

六朝是我国古代骈文发展的旺盛期,骈文成为此时"一代之文学",骈文史家刘麟生先生引历世之誉称之为"六朝文"①,刘勰在《文心雕龙·丽辞》里既已为骈体之文判词定义,又艳称魏晋之作,群才并骋。观六朝之骈,既有单篇为骈者,又多专著专书为骈者,后者如《文心雕龙》、《诗品》、《颜氏家训》、《水经注》、《洛阳伽蓝记》等等,此两者共同构成"六朝文"的"彬彬之盛"。

然六朝骈文之盛,史论家大多关注世俗文学之一面,在六朝方丈丛林、洞天仙境,却有被学界所忽略的构成六朝骈文之盛的另一面,舍此一面,对于"六朝文"的理解是不完整的。即以六朝道教骈文论之,在作家构成上,有葛洪、郭璞、陆修静、顾欢、陶弘景等可与鲍照、江淹、孔稚珪、吴均、庾信相比肩者;在单篇骈文的佼佼者方面亦有郭璞的《江赋》,陆修静的《灵宝经目序》,顾欢的《夷夏论》,陶弘景的《仙风赋》、《水仙赋》、《答谢中书书》,这些骈文单篇,足可置于"六朝文"之优秀者行列;在骈体的专著专书上,葛洪的《抱朴子》内篇、外篇三十余万字,全为骈文,可与前述刘勰、钟嵘、颜之推、郦道元等"骈文中最大之著作"②相媲美。六朝如此创作繁盛的道教骈文,必须引起骈文研究领域的高度重视,职是之故,我们在此不揣浅陋,拟对六朝道教骈文的文学史意义作一初探。

---

① 刘麟生《中国骈文史》,东方出版社1996年版。
② 刘麟生《中国骈文史》,东方出版社1996年版,第50页。

一、六朝道教赋体之骈

六朝道教作家皆为文章高手,散体骈体各擅其长,尤能承汉赋之统绪,在赋体中造骈偶之丽辞,形成了道教辞赋"赋体之骈"的文学文体样式,对六朝骈文的发展产生了积极作用,葛洪、郭璞、陶弘景是道教赋体之骈的卓有成就者,在文学史上具有重要地位。

葛洪(283—343)是我国道教史上具有划时代意义的人物,他把道教神仙信仰理论化,使道教从民间转移到了上层社会,建立了全面的道教理论体系,而且也是一个学问广博极富文学造诣的文章学术之大家,《晋书·葛洪传》正是在这个基点上评价葛洪的:"稚川优洽,贫而乐道。载范斯文,永传洪藻。"[1]斯文为范,洪藻永传,盖棺定论极高。在文学创作上,《晋书》本传记载他所著"碑诔诗赋百卷",可知其赋亦很可观,多道教题材之作,开六朝道教赋之先声,其所作《遐观赋》、《养生赋论》既张扬道教养生养神的宗教旨趣,又创"赋体之骈"的程式,如后者有云:

> 抱朴子曰:一人之身,一国之象也。胸腹之设,犹宫室也;支体之位,犹郊境也;骨节之分,犹百官也;腠理之间,犹四衢也;神犹君也;血犹臣也;炁犹民也。故至人能治其身,亦如明主能治其国。夫爱其民,所以安其国;爱其炁,所以全其身。民弊国亡,炁衰身谢。是以至人上士,乃施药于未病之前,不追修于既败之后。故知生难保而易散,气难清而易浊。若能审机权,可以制嗜欲,保性命。[2]

此一节赋文,第一层以多重骈对写身与国之关系,初露"洪藻"之貌;第二层以两两双对之句写治身与治国之关系,为骈体之正对形式;第三层以单句对形式写养生养气之难易清浊,化繁对为简对,由上三层之对偶以体现骈文之"范"者,此见葛氏在道教文章创作上运用骈文之垂范。《养生赋论》接下来又云:

> 且夫善养生者,先除六害,然后可以延驻于百年。何者是耶? 一曰薄

---

[1] 房玄龄《晋书·葛洪传》,中华书局1974年版,第1914页。
[2] (清)严可均辑《全晋文》,中华书局1958年版,第1188页。

名利,二曰禁声色,三曰廉货财,四曰损滋味,五曰除佞妄,六曰去沮嫉。六者不除,修养之道徒设尔。盖缘未见其益,虽心希妙道,口念真经,咀嚼英华,呼吸景象,不能补其短促。所以保和全真者,乃少思少念,少笑少言,少喜少怒,少乐少愁,少好少恶,少事少机。夫多思则神散,多念则心劳,多笑则脏腑上翻,多言则气海虚脱,多喜则膀胱纳风,多怒则腠理奔血,多乐则心神邪荡,多愁则头鬓憔枯,多好则志气倾溢,多恶则精经奔腾,多事则筋脉干急,多机则智慧沉迷。①

此一节赋体承前节"洪藻"之端绪而张扬到极致,以"少"字领起的语词计十二种,同样以"多"字领起的句子亦十二句,繁词丽句,铺张扬厉,极尽赋体之态。又"少"与"多"相反相对,符合刘勰所谓"反对"之意,这正是葛洪对骈俪之文精准理解而用之于创作实践的典范之作。至于"一曰""二曰"云云,既是动宾结构式一一偶对,又是六个三字句排比铺陈,骈与赋融为一体,两者相得益彰,文采"玉润双流,如彼珩珮"②。

《养生赋论》以下各节,在描写养生要妙、理趣法则诸多方面,"精核是非,才章富赡"③,限于篇幅,此不赘引以衍拙文之意。

如果说葛洪开六朝道教赋骈诸体之先声,那么,郭璞(276—324)为晋代著名风水卜筮学家,方术之士,属道教之流,不但辞赋"为晋中兴之冠"④,亦为六朝道教赋骈之杰,其所作《巫咸山赋》、《江赋》、《盐池赋》、《井赋》、《流寓赋》、《南郊赋》、《登百尺楼赋》、《蜜蜂赋》、《蚍蜉赋》既是赋史上的卓尔佳构,亦是六朝道教赋体之骈的执牛耳者。

据《晋书》本传载郭璞"所作诗赋诔颂亦数万言",又注司马相如《子虚赋》、《上林赋》,既有实践上的赋作成就,又对汉赋正宗、赋的体式、本事,乃至赋学研究都有独到理解,可知在赋的理论和实践上,郭璞都称得上辞赋大家,因此,《晋书》称其为"晋中兴之冠"名副其实,不为虚谈。他所作《江赋》"其辞甚伟,为世

---

① (清)严可均辑《全晋文》,中华书局1958年版,第1188页。
② 刘勰撰,周振甫注译《文心雕龙今译》,中华书局1986年版,第318页。
③ 房玄龄《晋书·葛洪传》,中华书局1974年版,第1911页。
④ 房玄龄《晋书·郭璞传》,中华书局1974年版,第1899页。

所称"①,又"复作《南郊赋》,帝见而嘉之,以为著作佐郎"②。

郭璞所作《江赋》之缘起,一者因有同时木华所作《海赋》为赋海之首创,郭氏故赋江欲与之相抗衡以比才思之高下,二者因浸淫于《子虚》、《上林》的注解与感染之中,故模仿相如之作以逞羡古之怀和仰慕之情,三者更为重要的是为东晋据有江左之基业而歌颂,诚如《文选》李善注引《晋中兴书》所云"璞以中兴,王宅江外,乃著《江赋》,述川渎之美"③。因此可知,《江赋》是郭璞有所为而作,意在增强朝野之信心,故写江水之壮盛。该赋被史家称之"其辞甚伟",自问世以来,人们对其辞伟的内涵理解存在不同的意见,但有一点是趋于一致的,那就是《江赋》继承汉大赋骋辞扬厉的传统,在铺陈描写长江壮景的造语、结构、风格、文脉气势诸方面着实有蹈学《子虚》、《上林》之处,是郭璞注《子虚》、《上林》熏陶所致,但我们还必须重视它的另一方面,即郭璞在赋体之中运用了骈文之法,使得这篇扬厉大赋如虎添翼。如开篇即为骈俪排体:

> 咨五才之并用,实水德之灵长。惟岷山之导江,初发源乎滥觞。聿经始于洛沫,拢万川乎巴梁。冲巫峡以迅激,跻江津而起涨。极泓量而海运,状滔天以森茫。总括汉泗,兼包淮湘。并吞沅澧,汲引沮漳。源二分于崌崃,流九派乎浔阳。鼓洪涛于赤岸,沦余波乎柴桑。纲络群流,商榷涓浍。表神委于江都,混流宗而东会。注五湖以漫漭,灌三江而漰沛。滈汗六州之域,经营炎景之外……④

此段文字骈四俪六交替使用。由于作者按照长江的发源至中途融合众流、两岸山势地形、地貌、植被、江水势态、江中万物(鱼类)、江上飞禽(鸟类)、水上船帆以及江景物候变化的描写角度来铺陈敷衍,汉代骋辞大赋的标准特征极其明显而典型,因此人们在研究该赋的文体学意义时,多关注其赋体本位,而忽视其赋体之次生地位即骈体意义。又如其尾段,与开篇相呼应,亦全为骈俪的四六之体。

---

① 房玄龄《晋书·郭璞传》,中华书局1974年版,第1901页。
② 房玄龄《晋书·郭璞传》,中华书局1974年版,第1901页。
③ 李善《文选注》,中华书局1977年版,第473页。
④ 马积高主编《历代辞赋总汇》,湖南文艺出版社2014年版,第788—789页。

《江赋》的主题在我们前述三种创作缘起中已见其大略,当亦无可厚非,但联系该赋终段数组骈偶之文的立意而观之,又以汉赋"劝百讽一"的创作原则来考量,则作者的创作意图就在于用道教的神仙长寿和原始宗教的万物有灵思想来祈愿东晋基业的长久永固,其骈偶之结束者有云:

> 符祥非一,动应无方。经纪天地,错综人术。妙不可尽之于言,事不可穷之于笔。岷精垂耀于东井,阳侯遁形乎大波。奇相得道而宅神,乃协灵爽于湘娥。骇黄龙之负舟,识伯禹之仰嗟。壮荆飞之擒蛟,终成气乎太阿。悍要离之图庆,在中流而推戈。悲灵均之任石,叹渔父之櫂歌。想周穆之济师,驱八骏于鼋鼍。感交甫之丧佩,愍神使之婴罗。焕大块之流形,混万尽于一科。保不亏而永固,禀元气于灵和。考川渎而妙观,实莫著于江河。①

这段骈体文章基本上为六字对,其中又运用了多个神仙道教典故,借骈俪之形式写天地神灵和人类之感应关系以颂谀,则作者内心中的道教信仰思想和神仙灵化观念还是很深刻的,因此视郭璞的《江赋》为使人"飘飘然有凌云之志"的仙道文学作品,并不为过,亦不为虚。

道教的终极性宗教关怀是追求人类生命的永恒存在,生命的生存方式是以神仙隐士的身份出入于天地之间,因此,六朝道教赋文多以描写神仙隐士的心理愿望和情感内涵为重要题材,往往借登高兴感、触景生怀等文学方式来表达,如郭璞《登百尺楼赋》即属此类。其辞曰:

> 在青阳之季月,登百尺以高观。嘉斯游之可娱,乃老氏之所叹。抚凌槛以遥想,乃极目而肆运。情眇然以思远,怅自失而潜愠。瞻禹台之隆窟,奇巫咸之孤峙。美盐池之滉污,察紫氛而霞起。异傅岩之幽人,神介山之伯子。挹首阳之二老,招鬼谷之隐士。嗟王室之蠢蠢,方构怨而极武。哀神器之迁流,指缀旒以譬主。雄戟列于廊技,戎马鸣乎讲柱。寤苕华而增怪,叹飞驷之过户。陟兹楼以旷眺,情慨尔而怀古。②

---

① 马积高主编《历代辞赋总汇》,湖南文艺出版社 2014 年版,第 790 页。
② 同上,第 792 页。

该赋全文短小精悍,严对与散对相结合的骈体形式,在登高怀古之中,表达对于傅岩、介推、首阳二隐等前辈隐士的向往之情,出世游仙与归隐的主题非常明显,联系赋文中所写禹台、巫咸山和盐池等地名来看,正是郭璞于西晋末期遭遇八王之乱离开故乡河东闻喜而南迁江左途经山西夏县时所作,他的《流寓赋》和《盐池赋》正可作为《登百尺楼赋》的注解。前者写自己遭乱而背井离乡流离转徙,后者写经过盐池时对盐之形成、性状、作用等进行描写,战乱和政治斗争造成的生灵涂炭和飘若转蓬,故有《登百尺楼赋》中的出世仙隐之叹,而《流寓赋》中同样寄寓着游仙飘举之情,只是不能得而无可奈何罢了,如云"过王城之丘墟,想谷洛之合斗。恶王灵之雍流,奇子乔之轻举"①,作者经过洛阳,一想起西晋八王在洛阳争权夺利滥杀生灵,就羡慕起遗世独立遁迹乱世的神仙王子乔,游仙的思绪油然而生,这种身世之感、现实之叹是与他的《游仙诗》完全相一致的,他在《游仙诗》十九首里,多通过对仙境的向往来抒发自己坎壈之怀,将游仙诗从纯粹单一的仙境描写、羡仙意识之孤立抒发转移到借游仙写怀抱的路径上来,《流寓赋》这种文学书写和表达的转变,又是以赋之骈体完成之,因此,这种道教题材的赋体之骈有较大的文学史意义。

既以赋体写道教神仙信仰之题材,又借赋体之骈将其推波助澜有如风火之互为煽动,这种文学书写到了南朝道教文人陶弘景(456—536)那里,已臻成熟而至鼎盛,标志着道教赋体和骈文创作进入一个新阶段:陶弘景这类文体创作多以象征道教义旨的物象为描写对象,注重于物象的意趣和艺境的描绘,善于塑造物象的艺术感染魅力并在物象之中蕴含"道"的本质或"理"的旨趣,象与道融合在一起,因此提升了道教赋体或赋之骈体的文学价值。其《云上之仙风赋》云:

> 缥缈遥裔,亘碧海而眩朝霞,凌青烟而溥天际,出龙门而激水,度葱关以飞雪。于是汉区动御,月轨惊文。浮虚入景,登空泛云。一举万里,曾不浃辰。此列子有待之风也。若乃绵括宇宙,包络天维。周流八极,回环四时。气值节而动律,位涉巽而离箕,徒见去来之绪,莫测终始之期。此大虚

---

① 马积高主编《历代辞赋总汇》,湖南文艺出版社 2014 年版,第 794 页。

无为之风也。①

仙风,道教信仰中的一种物象,其外在形象对于人们视觉的感染与艺术描绘唤起的对于人们的心灵震撼共同完成艺术形象的预期目的,前者即外在形象就是"列子有待之风",后者即艺术化的内在理趣就是"太虚无为之风",从有待到虚无的递进,就是"仙风"物象从客观直感到艺术抽象的变化过程,象与理融合统一,相得益彰。在文学形式上,两层对比上下照应:列子有待之风与太虚无为之风形成意对;每个单独的造意中又形成词对或语对,如前一个意对中"浮虚入景"与"登空泛云"极其精对,后一个意对中"周流八极"与"回环四时"形成严对,凡此种种,都见骈体之语对、事对、意对等对偶规则在陶弘景赋体之骈中的重要性。

陶弘景的另一篇赋体《水仙赋》同样以道教物象——水仙为描写对象,也是精确意义上的道教题材作品,创作主体已在赋篇终句明确指出为"更天地而弥固,终逍遥以长生",而所赋之水仙,内则"真琼"、外则"英瑰"的返老还童之仙貌,尽在开篇长段的穷形尽态之中展现。此段赋体一仍作者将物象的外形描绘与理趣的内隐含括相与包融的一贯写法,即把水仙的"象"与"理"统一起来,形成富有艺术造境的仙道形象,将道教的宗教旨趣与文学的艺术提升合而为一。在表达形式上,仍然运用赋体之骈来体现,其重心在开段的三层语意建构上,即写水仙之"琼"、"英"、"瑰",此三者形成其"象"与"理"的基本要义,都分别有两个韵部以上的对偶句,使骈体的偶俪、韵律非常鲜明,如写水仙之"琼"有云:

森漫八海,泆汩九河。中天起浪,分地漫波。东卷长桑日窟,西斡龙筑月阿。乃者潼关不壅,石门已开。导江出汉,浮济达淮。漳渠水府,包山洞台。娥英之所游往,琴冯是焉出来。或穷发送鹏,咸池浴日。随云濯金浆之洴,追霞采建木之实。弄珠于渊客之庭,卷绡乎鲛人之室。此真琼矣。②

本段一韵一换凡三换,每一换韵,句内均对偶较工稳,三换之句全为骈体,以下写水仙之"英"与"瑰"亦复如是,只是改三韵为两韵而已,使全段为赋体之骈则

---

① 马积高主编《历代辞赋总汇》,湖南文艺出版社2014年版,第990页。
② 同上,第989页。

毫无疑义,其所承载的宗教与文学功能,有着积极而重要的意义。

二、六朝道教骈体之正

道教进入六朝后得到了迅猛的发展,这得力于数代道教领袖和博闻广学的道教学者们在教理教义上的多方建树,其中卓有成就者在晋代有葛洪,在刘宋有陆修静,在宋齐有顾欢,在齐梁有陶弘景。他们著书立说,撰写大量的道教文章来创建道教理论,宣传道教义理,制订道教规则,阐释道教宗旨,从文章发展史来看,他们的"载道"之文绝大多数是用六朝正宗的骈体写成,在世俗骈文轰轰烈烈发展壮大的同时,仙道世界也推波助澜、入室操戈,将时文拿来作为宣教的有力工具,因此,六朝骈文出现了方外方内齐头并进共同繁荣的局面。

葛洪创建了两晋神仙道教理论,指出了中国道教向神仙信仰发展的方向,其理论含蕴和思想内容都在其《抱朴子·内篇》以及其他单篇文章之中,这些作品都用骈文正体写作,虽为方外之士,葛洪却没有将自己置身于文学的主流之外,而是自觉主动地参与时文创作,为两晋骈文的发展做出了积极贡献。

葛洪严格按照骈文的对偶原则进行写作,无论是单篇宣教的文章,抑或是长篇大论的专书,都践履骈文的俪偶标准,体现了其成熟的骈文意识和创作实绩。序体之文,葛洪写作较多,一者为道家类原典作序,一者为自己的道教文章和著作作序,前者如《〈关尹子〉序》、《〈西京杂记〉序》等,后者如《〈抱朴子〉序》、《〈肘后急备方〉序》等。此类序体打破晋前以散体为序的传统格局而刻意增多骈偶之句,这种情况也正好说明汉末以来骈文逐渐作大和兴旺的历史趋势。如《〈关尹子〉序》有云:

> 洪每味之,泠泠然若蹑飞叶而游乎天地之混溟,茫茫乎若履横枝而浮乎大海之渺漠。超若处金碧琳琅之居,森若握鬼魅神奸之印,倏若飘鸾鹤,怒若斗虎兕,清若浴碧,惨若梦红。擒纵大道,浑沦至理,方士不能到,先儒未尝言。可仰而不可攀,可玩而不可执,可鉴而不可思,可符而不可言。其忘物遗世者之所言乎?其绝迹去智者之所论乎?[①]

[①] (清)严可均辑《全晋文》,中华书局1958年版,第1187页。

该序主要对《关尹子》作神仙道教宗旨之阐述,全文三百五十余字,四分之三的篇幅为骈体,从上引内容来看,对偶整齐而严格,字数多少相对,词性相对,虚实相对,长短相对,是典型而工稳的四六骈文,由此见葛氏对骈体之谙熟。葛洪所为自己之专书作的序文,同样遵循骈文的对偶标准,使其序体典雅妥帖,如《〈抱朴子〉序》五百余字,开篇即工稳流畅:"洪体乏进趣之才,偶好无为之业。假令奋翅则能陵历玄霄,骋足则能追风蹑景,犹欲戢劲翮于鹡鹩之群,藏逸迹于跛驴之伍,岂况大块禀我以寻常之短羽,造化假我以至驽之蹇足。"以下篇幅,亦多此类对仗之体。

葛洪的论体之文为其所作之最多者,无论是《抱朴子》内外篇这类鸿篇巨制的专书,还是单独讨论某一问题的短制,皆为论体,都是运用当时骈体的正宗形式来写作的。在这两类论体中,以葛氏的专书成就最高。无论是《抱朴子》外篇还是内篇都是他的子书思想观点的实践成果。这一点暂且不论①,即以这类子书的文体形式而言,却是借写子书而实践骈体之效应,在规模、结构上,外篇内篇两书通篇都是用骈体写成,两书三十余万字的篇幅较之全用骈体的《文心雕龙》更为洋洋大观,这种全书用骈的文体意识足见作者对骈体的认同。此外,《抱朴子》内外篇虽然在思想成分上一道一儒,但绝不介意用词造语的风格选择,也同样合乎魏晋文学主要是文章与诗歌上的华丽趋求,把骈文的语言华靡发挥到了极致,丽辞主义倾向非常明显。即以阐扬道家思想、创立神仙道教理论体系的内篇而论,举开篇之论体《畅玄》则知其造语用词之深邈奢丽,如云:

> 玄者,自然之始祖,而万殊之大宗也。眇眇乎其深也,故称微焉;绵邈乎其远也,故称妙焉。其高则冠盖乎九霄,其旷则笼罩乎八隅。光乎日月,迅乎电驰,或倏烁而景逝,或飘澣而星流,或混漾于渊澄,或雰霏而云浮,因兆类而为有,托潜寂而为无。沦大幽而下沉,凌辰极而上游。金石不能比其刚,湛露不能等其柔……②

此段骈语,可谓将形容道家"玄论"内涵的词语搜刮殆尽,极其"畅玄"之能事,由此可以推知魏晋六朝骈文用词华丽的取向,华丽之词的选用,也就是说表现出

---

① 参见拙著《汉魏六朝道教文学思想研究》第二章第二节,中南大学出版社 2006 年版。
② 葛洪撰,王明校释《抱朴子内篇校释》,中华书局 1985 年版,第 1 页。

什么样的华丽,也是取决于描摹之对象的,同样的艳丽词风,写景有写景的华丽用语,写物有写物的华丽用语。写春的丽辞不同于写夏的丽辞,写江的丽辞不同于写海的丽辞,写雨的丽辞不同于写雪的丽辞,同理,《抱朴子》中"畅玄"的丽辞不同于"论仙"的丽辞,凡此种种,足见六朝骈文在造语华丽的正体原则上表现出所写不同但所求趋一的用语原则,这一点,青木正儿《中国文学思想史》称之为六朝的丽辞主义,这是比较切合文学史的实情的,而作为道教骈文创作有成就的作家,葛洪也表现出用语丽靡、造境华丽的审美取向,也是与文学的时代潮流相一致的,因此也就可以肯定以葛洪为代表的道教文人在我国骈文史乃至整个文学史上的地位或意义。

除了在对偶、语言上体现了六朝道教骈文的"正体"性之外,在声律和用典上,六朝道教骈文也能循其源而振其流,这以道教文人郭璞和陶弘景为代表。

平仄协调,声律和洽,是六朝骈文最具正体特色的显明标志,故沈约曾从此标准出发高度评价:"子建函京之作,仲宣灞岸之篇,子荆零雨之章,正长朔风之句,并直举胸臆,非傍诗史,正以音律调韵,取高前式。"①"音律调韵"的和谐优美,正是曹植以来骈文愈来愈兴盛繁荣的重要原因。郭璞既处两晋骈文高涨之际,又以道教方术之士的博学多识参与骈文正体的写作,其赋、疏、叙、释文、图赞等各类文体写来皆朗朗上口,嘤嘤成韵,大多篇幅短小,尤其是释文、图赞二体,绝大多数是六至八句,四言一句,声律和谐。赋体如《南郊赋》有云:

> 郊寰之内,区域之外,雕题弁服,被发左带,骏奔在坛,不期而会。峨峨群辟,蚩蚩黎庶,翘怀圣猷,思我王度。事崇其简,服尚其素。化无不融,万物自鼓。振西北之绝维,隆东南之桡柱。廊清紫衢,电扫神宇。风马桂林,抗旌琳圃。②

此节骈文写祭祀场景,可谓隆重而简约,老子的崇简尚素思想,体现了道家情怀;而声律用韵上凡两换其韵,皆和谐悠扬,一如祭祀之况,前六句叶一韵,外、带、会相协;后十四句叶一韵,庶、度、素、鼓、柱、宇、圃相协,体现了韵律之美。

郭璞的图赞、释文两体,是我国六朝时期关于名物制度阐释类文章写作中

---

① 沈约《宋书·谢灵运传论》,中华书局 1974 年版,第 1743 页。
② 马积高主编《历代辞赋总汇》,湖南文艺出版社 2014 年版,第 791 页。

作品数量较多的文体,累计多达316篇。在两汉名物制度趋于成熟的文化背景下产生的诸多典籍,由于汉字创造的繁多,中古人类知识的大爆炸,需要由博物君子对之进行解说和释义,因此,郭璞的《尔雅图赞》、《山海经图赞》及其释文便应运而生。他的赞体与释文几乎全都是四言六句至八句的骈对韵语,声律和悦。由于所赞对象或释义本体多为客观物象,很少是灵长类神物,极少为概念或抽象意义上的虚体,因此,用描绘性形象性的语言进行解释,可使接受者有直观生动的感觉印象,从而使释文、赞文具有朗朗声韵,悠悠音调,也就成为自然之顺势,非刻意雕琢以求协韵,现举数例证之:

(1)《尔雅图赞·释地·枳首蛇》:

夔称一足,蛇则二首。少不知无,多不觉有。虽资天然,无异骈拇。①

(2)《尔雅图赞·释水》:

川渎绮错,涣澜流带。潜润旁通,经管华外。殊途同归,混之东会。②

(3)《尔雅图赞·释草·芙蓉》:

芙蓉丽草,一曰泽芝。泛叶云布,映波椒熙。伯阳是食,餐比灵期。③

(4)《山海经图赞·南山经·桂》:

桂生南裔,拔萃岑岭。广莫熙葩,凌霸津颖。气王百药,森然云挺。④

(5)《山海经图赞·南山经·凤凰》:

凤凰灵鸟,实冠羽群。八象其体,五德其文。附翼来仪,应我圣君。⑤

(6)《山海经图赞·中山经·马腹兽飞鱼》:

马腹之物,人面似虎。飞鱼如豚,赤文无羽。食之辟兵,不畏雷鼓。⑥

以上所选例证,符合骈文的用韵声律原则。通观六朝骈文,讲究声律之美,趋求丽辞风格,多体现在写景描摹类文章中,这类文章即属当时有"文""笔"之争的"文"类。"笔"类运用骈体,在声律的协和方面明显逊色于"文",更何况郭

---

① (清)严可均辑《全晋文》,中华书局1958年版,第1236页。
② (清)严可均辑《全晋文》,第1237页。
③ (清)严可均辑《全晋文》,第1238页。
④ (清)严可均辑《全晋文》,第1243页。
⑤ (清)严可均辑《全晋文》,第1245页。
⑥ (清)严可均辑《全晋文》,第1257页。

璞这类图赞、释文之体,为了将《尔雅》、《山海经》此等深奥古朴的名物文献的记述内容通俗化,需要以形象生动的语体出之,因此一是要以文学描写手法代替原作的学术、科普思维,二是借助诗的用韵和声律"化腐朽为神奇"。所选六例,我们充分考虑自然界最普通的草木虫鱼现象,不但解说形象,而且声韵朗朗,诵读流利,又间或将严对与散对结合,使作品参差错落有致,带来声律、对偶上的美感,体现骈体美文之时代气息。

声韵之美多体现在写景描绘性文章中,这在道教领袖陶弘景那里也同样地表现这种审美趋向,前及《水仙赋》所描写的水仙单开篇即有五个韵脚,声律优美,属于柔美之韵。即使陶弘景那些不用韵律的写景文,以著名的《答谢中书书》为例,他也讲究字的平仄声调,读来朗朗上口,如该文云:

山川之美,古来共谈。高峰入云,清流见底。两岸石壁,五色交晖。青林翠竹,四时俱备。晓雾将歇,猿鸟乱鸣;夕日欲颓,沉鳞竞跃。

无论快读还是慢诵,无论粗览还是细观,都富音调起伏有致、流利畅快之感,至于对偶的整齐严谨,已是骈文之典范。其他如《答虞中书书》、《寻山志》、《华阳颂》、《瘗鹤铭》、《茅山长沙馆碑》、《请雨词》,皆为声律和美的时文,其骈文文体意义和文学意义重大。比如《瘗鹤铭》既体现了陶弘景骈文创作上的精工,毫不逊色于《答谢中书书》(与吴均的《与朱元思书》都是齐梁文坛上的名篇),又是书法史上的杰作,当然,它更体现了陶弘景的神仙道教信仰思想,因此,将此文认定为道教文学史上的重要之作是毫无疑义的。

故实或者典故的使用是六朝骈文的重要考量因素,但在描写性或绘景写景性的骈文中,故实都用得较少,主要出现在论说体之中,议事议理的文章,适合于用典,事实胜于雄辩,摆事实就能把道理说清楚,这是生活的常识,也是论说体骈文的普遍要求。以此考衡六朝道教骈文,这个现象多发生在两个道教改革人物那里,一个是与佛教辩论高低的顾欢,一个是整顿道教教规的陆修静。

顾欢(生卒年不详),生活于宋齐间,二十余岁后即隐居修道。当佛道之争如火如荼之时,他站在道教立场排斥佛教,著《夷夏论》等文章,几乎全用骈体,征引故实批驳敌论。该文所征引的故实文献有道经《老子》、《庄子》、《列子》、《文子》,佛经《玄妙内篇》、《法华无量寿》、《瑞应本起》,其他典籍文献,经、史、子、集都有涉猎,限于篇幅不列举。

陆修静(406—477),主要生活于刘宋萧齐时期。道教之所以在经过了两晋葛洪建立起系统的道教理论之后到南朝得到显著的发展,完全得力于陆修静在宋齐最高统治者的支持下对道教的改革与整顿。陆修静通过整顿道教组织系统,健全道教三会日制度,清理道籍混乱状况,建立道教仪式制度,规范道教斋醮活动等一系列的工作,使道教在南朝迅猛发展壮大,完全能够与"南朝四百八十寺"的佛教分庭抗礼。陆氏呕心沥血,制订道教规章制度,这些制度文本,翻检《道藏》所存陆氏文献,大多用六朝骈文写成,以其整顿道教仪式制定道教规范之文本为例,即可知他在倡导教规教义时为了说服道教徒而不厌其烦地征引典故,以谈理论道,使骈文的用典原则得以充分彰显。如《太上洞玄灵宝众简文》、《洞玄灵宝五感文》、《太上洞玄灵宝授度仪》、《升玄步虚章》、《灵宝步虚词》、《洞玄灵宝玉京山步虚辞》(均收于今本《道藏》之中)等是陆修静所撰文章中运用典故较多的骈体文,其用典范围主要出自《老》、《庄》文献和先秦史书、子书以及民间故实、神仙故事或传说等。我们以其最著名的《玉京山步虚辞》十首为例来检验其用典情况,统计表明,陆修静用来完善道教斋醮仪式、礼赞神明的诗篇赞歌,均为颂赞体,用典所涉共二十四处,主要语典有太上、虚无、玄元、七祖、上德、希微、冲虚、太和、胎息、斋戒、宿缘、太虚、万劫、真人、万椿、玄寂、无漠、太一、逍遥、五苦、八难、利贞、芙蓉,这些语典既有道家文献,如《老子》、《庄子》,也有儒家典籍,如《周易》,更有佛教经典如《法华经》。十篇赞歌中,事典也很多,如七祖、玄都山玉华林、紫微宫、梵行、坐莲花、舍利、七宝林等,皆为佛道中故实。陆修静对于三教典籍的广泛涉猎,使他具备了丰富的知识量,作为"幼习书典,笃好文籍,旁究象纬,研精玉书"的道教领袖,他在制作道教规章制度的各类文章文体中,以饱满的知识信息充实在他的创作或写作之中,顺从六朝骈文作家以"掉书袋"为荣光的时代潮流,成为名副其实的道教骈文大腕。

六朝道教发展迅速,从汉末的下层低卑状态,一跃而成上流社会信仰的对象,依赖于自葛洪开始的学养深厚的文人士大夫参与对道教的改造和整顿,而文章写作,尤其是成为六朝时尚的骈文写作是他们修整和完善道教的锐利武器,骈文的正体取向,骈文的赋体采择,都成就了他们对时文的深刻多元理解,葛洪、郭璞、陶弘景、顾欢、陆修静,这一个个道教内外人们熟悉的名字,他们用骈文一方面对六朝乃至整个中国道教的发展做出了重要贡献,另一方面对六朝骈文创作不但积极热情参与,而且以完全符合时文标准要求的坚实成就,成为与世俗骈文作家遥相呼应的作家队伍,共同创造了六朝骈文的繁荣,具有较大的文学史意义。

柳宗元《南霁云睢阳庙碑》的骈体写作用心

刘宁（中国社会科学院文学研究所）

今天传世的韩柳文中，与张巡、许远睢阳保卫战直接相关的作品，只有柳宗元《南霁云睢阳庙碑》和韩愈《张中丞传后叙》。两者皆表达了鲜明的褒忠之义，韩愈之作在后世成为深受推重的古文经典，而柳文因采用了骈俪之体而颇受后人非议。蒋之翘云："南公固是伟人，子厚乃以此靡靡之文属之，几无生气。"①储欣云："子厚晚年痛除夙习，出拔骈俪……不应于南公乃有此作。"②面对这些非议与困惑，何焯以"相避"作解："当时睢阳死守，李翰既为之传南八事首尾，韩氏又书之矣，此碑用南朝文体，盖相避也。"③柳宗元是韩愈提倡古文的同道，创作上虽不排斥骈俪，但像《南霁云睢阳庙碑》这样典型的四六骈俪之体，在柳集中还是十分罕见。激劝英风的褒忠之作，柳宗元为何出之以如此平正典丽、文气内敛的骈俪之笔？前人的非议与困惑，如果抛开骈散对立的门户之见，的确反映了此文所带给读者的不解。

通过考察，可以发现，柳宗元此文的文体选择，包含了深刻的现实用心，与安史之乱后朝野对待平叛功臣的不同态度，有密切关系。朝廷对张巡、许远、南霁云等睢阳保卫战功臣进行了大力褒赠，但睢阳地方对朝廷的褒忠之举并无积极回应。《南霁云睢阳庙碑》所采用的四六骈俪之体，是唐代翰林学士撰写王言

---

① 柳宗元著，尹占华、韩文奇校注《柳宗元集校注》，中华书局2013年版，第439页。
② 柳宗元著，尹占华、韩文奇校注《柳宗元集校注》，第440页。
③ 同上。

朝命的通行文体,大量朝廷赐碑之作亦采用这样的文体。柳宗元用这样的文体创作碑文,呼应了中央朝廷对忠臣的褒扬之义,对于回应地方之于忠臣的淡漠,具有特殊意义。《南霁云睢阳庙碑》揭露了唐代中央与地方的矛盾对树立忠义观念的阻碍,韩愈创作《张中丞传后叙》面对同样的现实问题,但韩文并未单纯依靠树立朝廷权威来褒扬忠臣,而是从心性的角度阐扬张、许之忠,既回应了现实矛盾,又包含了更为复杂的忠义思考。《张中丞传后叙》成为褒扬忠义的经典之作,与其丰富的思想内涵有密切关系,而与《南霁云睢阳庙碑》对读,可以对此有更深的认识。

一、中唐朝野对待睢阳功臣的不同态度

《南霁云睢阳庙碑》是柳宗元贬谪永州期间,应南霁云之子南承嗣之请而作的。南承嗣贞元末任涪州刺史①,元和元年刘辟叛乱,因守备不利贬永州,②元和四年量移澧州③。柳宗元此碑当作于元和二年至四年之间。此时距睢阳郡立南霁云之庙,已近五十年。

唐肃宗在睢阳保卫战刚刚结束的至德二年十二月,即褒赠张巡等人,并命令在睢阳为张巡、许远、南霁云三人立庙,《旧唐书》记载:"其年十二月,上御丹凤楼大赦,节文曰:'忠臣事君,有死无贰;烈士徇义,虽殁如存。其李憕、卢奕、袁履谦、张巡、许远、张介然、蒋清、庞坚等,即与追赠,访其子孙,厚其官爵,家口深加优恤。'"④《新唐书》张巡本传记载:"天子下诏,赠巡扬州大都督,远荆州大都督,霁云开府仪同三司、再赠扬州大都督,并宠其子孙。睢阳、雍丘赐徭税三年。巡子亚夫拜金吾大将军,远子玫婺州司马。皆立庙睢阳,岁时致祭。"⑤

按照一般的习惯,唐人立庙之后往往随之树碑。例如柳宗元去世三年后,柳州人为之立庙,一年后,韩愈应州人之请为之撰成碑文,即著名的《柳州罗池

---

① 郁贤皓《唐刺史考》,安徽大学出版社2000年版,第2921—2922页。
② (宋)欧阳修、宋祁《新唐书》卷一九二,列传第一一七,中华书局1975年版,第5543页。
③ 《柳宗元集校注》,第1539页。
④ (后晋)刘昫等《旧唐书》卷一八七,列传第一三七,中华书局1975年版,第4904页。
⑤ 《新唐书》卷一九二,列传第一一七,中华书局1975年版,第5541页。

庙碑》。① 但张、许、南三人的祠庙在睢阳建立后，似近五十年未能立碑。② 柳宗元《南霁云睢阳庙碑》作于元和二年至四年之间，《金石录》卷九载："《张中丞许使君南特进庙碑》，元和十五年，韦臧孙撰"③（《中州金石考》作韦藏撰，赵晏正书④），则此碑上距立庙，已逾六十年。柳宗元《南霁云睢阳庙碑》即有"惧祠宇久远，德音不形"之语，反映了作为子嗣的南承嗣对先人祠庙久未树碑的焦虑。

睢阳忠臣庙树碑之迟，透露出很值得关注的问题，那就是中唐朝野对待安史忠臣，其态度有着明显的差异。唐肃宗在睢阳为张、许、南三人立庙，有两点颇为特殊：其一，立庙对象为当代忠臣；其二，立庙地点在忠臣的立功之地。这在中唐以前的祠庙制度里，都是比较罕见的。

从现存史料来看，中唐以前，官方支持的立庙祭祀对象极少涉及当代的忠臣义士。唐玄宗曾在天宝七载，下诏规定地方政府的祭祀对象，其中包括山川神，前代帝王、忠臣、义士、孝妇、烈女等："其历代帝王肇迹之处，未有祠宇者，宜令所繇郡县，量置一庙，以时享祭。仍取当时将相德业可称者二人配祭，仍并图画立像。如先有祠宇霑享祭者，亦宜准此。式闾表墓，追贤纪善，事有劝于当时，义无隔于异代。其忠臣义士，孝妇烈女，史籍所载，德行弥高者，所在亦置一祠宇，量事致祭。"（《加应道尊号大赦文》)⑤其中忠臣包括：傅说、箕子、微子、比干、夷吾、晏子、叔向、季孙行父、子产、乐毅、蔺相如、屈原、霍光、萧望之、邴吉、诸葛亮；义士：吴太伯、伯夷、叔齐、季札、段干木、鲁仲连、申包胥、纪信；孝妇：太姜、太任、太姒、敬姜、孟轲母、陈宣孝妇、曹大家；烈女：齐姜、恭姜、樊姬、楚昭王女、宋公伯姬、梁宣高行、齐杞梁妻、赵括母、班婕妤、冯昭仪、王陵母、张汤母、严延年母、淳于缇萦。⑥ 这份名单中的人物，皆出汉代之前。《资治通鉴》曾记载李泌对唐德宗欲为白起立庙的不满，很可以反映唐代官方祭祀专以古人为对象的特点：

---

① (唐)韩愈著，刘真伦、岳珍校注《韩愈文集汇校笺注》，中华书局2010年版，第2291页。
② 《金石录》卷八载有唐《双庙记》，齐嵩撰，杜劝正书，大历四年八月(中国东方文化研究会历史文化分会《历代碑志丛书》第一册，江苏古籍出版社1998年版，第229页)；此《双庙记》是否为张巡、许远双庙所撰，尚无其他史料可以佐证。
③ 《历代碑志丛书》第一册，第241页。
④ (清)黄叔璥《中州金石考》卷三，《石刻史料新编》第一辑，新文丰出版公司1977年版，第13687页。
⑤ (清)董诰编《全唐文》卷三九，中华书局1983年版，第429页。
⑥ 雷闻《郊庙之外：隋唐国家祭祀与宗教》，生活·读书·新知三联书店2009年版，第260—261页。

咸阳人或上言:"臣见白起,令臣奏云:'请为国家扞御西陲。正月,吐蕃必大下,当为朝廷破之以取信。'"既而吐蕃入寇,边将败之,不能深入。上以为信然,欲于京城立庙,赠司徒,李泌曰:"臣闻'国将兴,听于人'。今将帅立功而陛下褒赏白起,臣恐边臣解体矣!若立庙京城,盛为祈祷,流闻四方,将长巫风。今杜邮有旧祠,请敕府县葺之,则不至惊人耳目矣。且白起列国之将,赠三公太重,请赠兵部尚书可矣。"上笑曰:"卿于白起亦惜官乎!"对曰:"人神一也。陛下倘不之惜,则神亦不以为荣矣。"上从之。①

唐德宗将平定吐蕃的战功不归于浴血奋战的边将,而是归于遥远的古人白起,进而要为之立庙京城,厚重古人以至于如此不近情理,无怪乎李泌不满。但德宗之所以有这样的想法,与唐代官方祭祀皆着眼于古人的特点,显然是有关系的。

对于当代的忠臣义士,唐朝官方极少为之特别立庙。其间的重要原因,是唐代有完善的家庙体制,朝廷对当代功臣的褒扬立庙是在家庙的基础上加以施行。五品以上官员,皆有家庙。朝廷希望褒扬的忠臣,若已有家庙,则无需于家庙之外另立庙宇,只有在官员未有家庙的情况下,才会由官方为之立庙,而立庙后的树碑祭祀,官方虽有参与,但在很大程度上也要依靠子孙家族,以家庙的形式来实行。唐太宗忠臣戴胄,去世后由官方为之立庙:"卒,帝为举哀,赠尚书右仆射,追封道国公,谥曰忠;以第舍陋不容祭,诏有司为立庙。聘其女为道王妃。"②这里当是指官方为戴胄建立家庙。这就可以解释,在抵抗安史叛军的战斗中,颜杲卿同样忠勇献身,其忠义并不在张巡等人之下,但平乱后朝廷并未为其立庙,其原因当在于颜氏家庙已十分完备,颜真卿所撰写的《唐故通议大夫行薛王友柱国赠秘书少监国子祭酒太子少保颜君碑铭》(又称《颜氏家庙碑》)备述颜氏家世之盛,铭曰"流光盛,庙貌融。永不祧,垂无穷",③是一篇典型的家庙碑,颇为脍炙人口。

中唐德宗时期的忠臣段秀实,当庭抗击叛将朱泚被害,兴元元年,唐德宗赐

---

① 司马光《资治通鉴》卷二三三,中华书局2011年版,第7632页。
② 《新唐书》卷九九,第3916页。
③ 《全唐文》卷三四〇,第3451页。

以御制纪功碑文以褒其忠勇,并命为段立庙。《赠太尉段秀实纪功碑》云:"公能杀身殉国,朕得不以重位报之哉?乃诏有司,册赠太尉,谥曰忠烈。赐实封五百户,庄宅各一所。嗣子授三品正员官,诸子各授五品正员官。表其闾里,护其丧葬,官立祠宇,史载忠勋,哀荣之典备矣,君臣之义极矣。"①但是,据《新唐书》本传记载,段秀实的祠庙,迟至近五十年后的唐文宗太和年间,才由其子段伯伦建立起来:"兴元元年,诏赠太尉,谥曰忠烈。赐封户五百,庄、第各一区;长子三品,诸子五品,并正员官。帝还都,又诏致祭,旌其门间,亲铭其碑云。太和中,子伯伦始立庙,有诏给卤簿,赐度支绫绢五百,以少牢致祭。"②这可以进一步看出,唐朝官方为褒奖忠臣而下诏立庙,是在忠臣没有家庙的情况下,给予其建立家庙的资格,对于段秀实来讲,其子伯伦是具体负责修庙者,延迟多年才得建立。可见,唐代朝廷褒忠立庙与家庙体制有密切联系。

唐肃宗下令在睢阳为张巡、许远、南霁云三人立庙,这一立庙之举,有着极其特殊的性质。睢阳忠臣庙不是张、许、南三人之家庙,其立庙之地,不在三人子孙生活之地,③而在三人立功之地,岁时致祭者,主要是睢阳地方百姓。这种在当代忠臣立功之地由朝廷为之立庙的举措,从传世史料来看,唐廷此前尚无先例。唐肃宗的立庙之命,固然在很大程度上是由三人家世不显、皆无家庙所触发,但其立庙方式,已与家庙没有任何联系。作为地方百姓的祭祀场所,睢阳忠臣庙与唐代地方为赞颂官员功德所建立的生祠有某种接近之处,但在庙宇的性质上,又有显著的不同。唐代官员因造福一方而受到地方的赞颂,由此建立生祠的情形颇为常见。但生祠的建造由地方主持,睢阳忠臣庙的建立则来自朝廷之命。可见,在唐代的祠庙制度中,睢阳忠臣庙是一个极其罕见的特例,它体现了安史之乱后中央朝廷在地方宣示褒忠之义的深刻用心。

并非家庙的睢阳忠臣庙,其祭祀维护等事,要由睢阳地方来负责,维护的状况如何有赖于地方对待朝命的态度。忠臣庙立庙之后迟迟未得树碑,就说明这一态度并不是那么积极。一般庙碑的撰写,于家庙多出于子孙之请,如韩愈受

---

① 《全唐文》卷五五,第594页。
② 《新唐书》卷一五三,第4852—4853页。
③ 唐代家庙一般是在子孙家人生活地附近,参见甘怀真《唐代家庙礼制研究》,商务印书馆1991年版,第102—108页。

袁滋之托,为其撰写《袁氏家庙碑》;于生祠则多出于地方之请,如代宗年间,华州刺史周智光及奉天县令程遇都曾向朝廷申请为郭子仪立碑与生祠。① 睢阳忠臣庙的树碑,自然要依赖睢阳地方对此事的关注。树碑之事搁置如此之久,南霁云的庙碑还是由其子亲自向柳宗元请求,这并不是一个偶然的疏忽,而是反映出睢阳当地对此事的冷漠。

在未能树碑的这五十年间,朝廷不止一次地褒赠张巡等人,"德宗差次至德以来将相功效尤著者,以颜杲卿、袁履谦、卢弈及巡、远、霁云为上。又赠姚訚潞州大都督,官一子。贞元中,复官巡它子去疾、远子岘。赠巡妻申国夫人,赐帛百"②。然而朝廷的褒扬,似乎都未令地处睢阳的忠臣庙宇得到更多关注。

张巡等人曾浴血奋战的睢阳,何以在忠臣身后有如此反应,这个颇令人费解的现象,透露出中唐时期朝野对待忠义的复杂态度。保卫睢阳从中央国家的立场看,无疑有巨大的意义,这一场艰苦的战争,对于抵抗叛军、保全江淮、维护唐王朝的统治,发挥了巨大的作用。但从睢阳地方的角度看,这场战争代价极为惨烈,对于睢阳地方百姓,尤其意味着痛苦的牺牲。张巡等人在粮绝之时靠食人自存,《旧唐书》记载:"乃括城中妇人,既尽,以男夫老小继之,所食人口二三万。"③食人达二三万之众,如此难以置信的惨烈,就发生在睢阳的土地上,无疑带给当地百姓难以愈合的精神创伤。平乱之后,张巡等人因食人而多受非议,这未尝不是战争创痛的反映。

唐肃宗在睢阳保卫战后褒赠张巡等人,然而朝廷的褒扬并没有平息对张巡等人的非议,《新唐书》张巡本传记载:"时议者或谓:'巡始守睢阳,众六万,既粮尽,不持满按队出再生之路,与夫食人,宁若全人?'于是张澹、李纾、董南史、张建封、樊晃、朱巨川、李翰咸谓巡蔽遮江、淮,沮贼势,天下不亡,其功也。翰等皆有名士,由是天下无异言。"④又据《唐国史补》记载:"张巡之守睢阳,粮尽食人,以至受害。人亦有非之者。上元二年,卫县尉李翰撰《巡传》,上之。因请收葬

---

① 邵说《为郭子仪让华州及奉天县请立生祠堂及碑表》,《全唐文》卷四五二,第4618—4619页。
② 《新唐书》卷一九二,列传第一一七,第5541页。
③ 《旧唐书》卷一八七,列传第一三七,第4901页。
④ 《新唐书》卷一九二,列传第一一七,第5541页。

睢阳将士骸骨。又采从来论巡守死立节不当异议者五人之辞,著于篇。"①可见,对张、许等人非议最多的,便是食人的问题,以至于李翰在上元二年的《进张巡中丞传表》中还着重为此事进行辩护。

倘若忠义深入人心,这样的创痛或许会更容易平复和调整,然而唐朝立国以来,朝野上下,忠义观念远未如宋代以后那样浓厚。清人赵翼云:"盖自六朝以来,君臣之大义不明,其视贪生利己背国忘君已为常事。有唐虽统一区宇已百余年,而见闻习尚犹未尽改,颜常山、卢中丞、张睢阳辈,激于义愤者,不一一数也。至宋以后,始知以忠义为重,虽力所不及者,犹勉以赴之,岂非正学昌明之效哉。"②

安史之乱中大量从贼官员的出现,使唐王朝意识到提倡忠义的必要与紧迫,多有倡导忠义之举措,然效果并不明显。睢阳地方对张巡等人庙宇树碑之事的漠然,与发生在德宗建中年间几乎是昙花一现的武成王庙祀扩大之举,从朝野的不同层面,反映了唐王朝提倡忠义的尴尬遭遇。德宗建中三年,礼仪使颜真卿奏请扩大武成王庙配飨,其建议配飨的名单不仅包括先秦至隋历代功臣,还包括唐代名将"唐司空河间郡王孝恭、礼部尚书闻喜公裴行俭、兵部尚书同中书门下三品代国公郭元振、朔方节度使兼御史大夫张齐丘、太尉中书令尚父汾阳郡王郭子仪"③。这项诏令颁布的第二年,李希烈、朱泚叛乱,德宗逃难,颜真卿本人命丧藩镇之手,配飨的历代诸将也被撤去,"唯享武成王及留侯,而诸将不复祭矣"④。

安史之乱后,无论朝野,仍然笼罩在藩镇骄横的浓重阴影里,这无疑是朝廷提倡忠义所遇到的最大阻力。睢阳所处的汴宋之地,在中晚唐藩镇势力极强。睢阳南门外开元寺,立有颜真卿于大历七年撰并书的《宋州八关斋会记石幢》,此石幢为当时河南节度使田神功病重,宋州刺史徐向为其禳祈报恩所树,"《苍润轩碑跋》唐世藩镇跋扈,此碑因公所费不下千万,当时炬耀者,今皆澌灭,而田

---

① (唐)李肇《唐国史补》,上海古籍出版社1979年版,第19页。
② (清)赵翼著,王树民校证《廿二史札记校证》,中华书局1982年版,第434—435页。
③《新唐书·礼乐志》卷一五,志第五,第378页。
④《新唐书·礼乐志》卷一五,志第五,第579页。

独以鲁公所书而传"。① 虽然田神功本人在安史之乱中平叛有功,但在安史乱后担任河南节度使时,则是烜赫于地方的藩镇,宋州刺史为之树碑祈福,所费不下千万,这与张巡等人祠庙树碑之事无人关注,无疑形成强烈的反差。朝廷对忠臣的褒奖,在藩镇骄横的地方,显然难以产生积极的回应。睢阳忠臣庙宇的遭遇,反映了中唐朝野的深刻矛盾,这正是推扬忠义的巨大阻力所在。

二、以王言褒忠臣:《南霁云睢阳庙碑》的骈体书写

柳宗元贬谪永州期间,受南霁云之子南承嗣之托创作《南霁云睢阳庙碑》。这篇褒扬忠义的作品,采用了富含四六句式的工整骈俪文体。骈俪之文,以潜气内转为尚,与激劝英风的锋芒,颇有不易协调之处。柳宗元是韩愈提倡古文的同道,何以在如此重要的褒忠之作中,做出这样的文体选择?

与韩愈相比,柳宗元的确对骈体表现出更多的包容,但柳集中典型的骈文并不多见,绝大多数作品,是在散体的基础上融合一些骈句,这些骈句往往字数灵活多样,较少工整的四六句式。柳集中收录碑铭文 20 篇,只有《南霁云睢阳庙碑》以工整的四六骈对为主,其他都是在散体中融合灵活多样的骈句,例如《箕子碑》

> 当纣之时,大道悖乱,天威之动不能戒,圣人之言无所用。进死以并命,诚仁矣,无益吾祀,故不为;委身以存祀,诚仁矣,与去吾国,故不忍。具是二道,有行之者矣。是用保其明哲,与之俯仰,晦是谟范,辱于囚奴,昏而无邪,隤而不息。故在《易》曰"箕子之明夷",正蒙难也。②

又如骈句更多的《龙安海禅师碑》,仍是以灵活多样的句式为主:

> 师之言曰:"由迦叶至师子二十二世而离,离而为达摩。由达摩至忍,五世而益离,离而为秀为能。南北相訾,反戾斗狠,其道遂隐。呜呼!吾将合焉。且世之传书者,皆马鸣、龙树道也。二师之道,其书具存。征其书,合于志,可以不愚。"于是北学于惠隐,南求于马素,咸黜其异,以蹈乎中,乖

---

① (清)黄叔璥《中州金石考》卷三,《石刻史料新编》第一辑,第 13686 页。
② 《柳宗元集校注》,第 365 页。

离而愈同,空洞而益实,作《安禅通明论》。①

《南霁云碑》中的骈句则有大量四六句式:

> 急病让夷义之先,图国忘死贞之大。利合而动,乃市贾之相求;恩加而感,则报施之常道。睢阳所以不阶王命,横绝凶威,超千祀而挺生,奋百代而特立者也。
>
> 时惟南公,天与拳勇,神资机智,艺穷百中,豪出千人。不遇兴词,郁龙眉之都尉;数奇见惜,挫猿臂之将军。
>
> ……贼徒乃弃疾于我,悉众合围。技虽穷于九攻,志益专于三板。偪阳悬布之劲,汧城凿穴之奇。息意牵羊,羞郑师之大临;甘心易子,鄙宋臣之病告。诸侯环顾而莫救,国命阻绝而无归。以有尽之疲人。敌无已之强寇。②

《南霁云碑》所运用的四六骈俪之体,不无南朝徐庾体的遗风,初盛唐之四杰、燕许,中唐之陆贽都对这一文风多有变革。身为古文运动之倡导者的柳宗元,虽然包容骈体,但在《乞巧文》中亦以"骈四俪六"之文,失之太巧,所谓"眩耀为文,琐碎排偶。抽黄对白,唯哗飞走。骈四俪六,锦心绣口"③。对于他十分推重的忠臣义士南霁云,他何以运用骈四俪六之体来创作表达褒扬之义的庙碑文?这显然有颇为特殊的用心。

骈四俪六的骈文文风,是唐代翰林学士写作王言朝命的通行文体。中唐以下,皇帝多有对臣下的赐碑之举,例如唐德宗御制的《赠太尉段秀实纪功碑》、《西平王李晟东渭桥纪功碑》《韦皋纪功碑》,以及众多的御赐功德碑、纪功碑等,这些御赐碑文,皆由翰林学士创作,例如陆贽任翰林学士时,受命撰写田承嗣遗爱碑。④ 元稹被命令为田弘正撰写德政碑。这些御赐碑文既出翰林学士之手,其文风也多为工整的骈四俪六。德宗御制《赠太尉段秀实纪功碑》无疑会成为这类创作的典范,其文云:

---

① 《柳宗元集校注》,第469页。
② 《柳宗元集校注》,第418—419页。
③ 《柳宗元集校注》,第1220页。
④ 陆贽《请还田绪所寄撰碑文马绢状》,《全唐文》卷四七五,第4844—4845页。

  立人之道,曰君与臣;为臣之义,曰忠与节。忠莫极于卫国,节莫大于忘身。存其诚德,贯乎天地;致其功用,施于社稷。独断剿凶慝之命,沈谋安宇宙之危。其智勇足以拯时,其义烈足以宏教。非昊穹锡庆,敷佑皇家,重振纪纲,再激汙俗,何邂逅之会,而获见斯人。
  ……公始以天宝四载,奋笔从戎。才为时生,官为才达。得司马战阵之法,参将军帷幄之筹。累典方州,更践台寺,出拥旌节,入为卿士,位历十七,岁逾三纪。封王列于异姓,开府比于台司,参职六官,食赋百室。言不代善,虑常下人,恒持顺信之规,罔居疑悔之地。利刃在手,投节皆虚,贞松有心,老而弥劲。吞大憝于方寸之内,定危疑于晷刻之间。力可屈而志不可迁,身可杀而节不可夺;所谓有始有卒,为臣之极致者欤!①

  如果加以对照,就会发现,柳宗元创作《南霁云睢阳庙碑》,其骈俪之体与此颇为接近。翰林学士写作的御赐碑文,其骈俪文风虽然缺乏创新,但体现了来自最高统治者的褒扬崇重之义。在柳宗元看来,用这种不无程式化的翰苑文风来写作庙碑,或许比用自己个性化的文笔,更能为立庙近五十年而未能树碑的南霁云庙带来荣光,彰显此庙所承载的朝廷褒忠之义。如此文风的碑文,树于庙前,可以令地方之人在仰希忠臣节概的同时,进一步增进对朝廷权威的感受。

三、以王言褒忠臣的局限:与韩愈《张中丞传后叙》对比

  柳宗元用王言之体来创作《南霁云睢阳庙碑》,在褒扬忠臣中突显中央朝廷的权威,其现实用心不可谓不深刻。然而面对同样的现实问题,韩愈《张中丞传后叙》的褒忠书写则并未停留于树立朝廷权威的焦虑,而是呈现出更为深刻的思考。

  韩愈写作此文的缘由,据文中所云,是元和二年,韩愈与张籍阅家中旧书,见到李翰所作《张巡传》,以其有所缺漏,故而在文后加以补叙。韩愈对忠义不明于天下的焦虑,与其亲见睢阳忠臣庙宇之冷落、亲身感受地方藩镇背离中央、为祸酷烈有直接关系。《后叙》中特别提到:"愈尝从事于汴、徐二府,屡道于两

---

① 《全唐文》卷五五,第594—595页。

府间,亲祭于其所谓双庙者。其老人往往说巡、远时事。"①他经过睢阳,亲祭张巡、许远庙,并听老人言说往事,其间也很可能包含对张巡等人的非议。韩愈非常清楚,忠义不明于天下的重要原因,是藩镇之祸仍然酷烈。他曾在汴州、徐州幕府中任职,对汴宋之地藩镇的骄横有真切的了解。在《张中丞传后叙》中,他特别借张籍之口介绍了曾亲接张巡的士兵于嵩的凄凉遭遇。贞元初,于嵩的田地被武人侵夺,于嵩诣州讼理,竟为武人所杀害。如此为所欲为的武人,正是藩镇骄横之祸的体现。所以,尽管睢阳保卫战已过去五十年,朝廷已多次褒赠,前辈士人已多次为之辩难,韩愈仍然深感再度褒扬忠臣的必要。而他的思考并未单纯停留于树立中央权威,而是深入阐扬张、许内在的忠义心性。

在韩愈之前,李翰为张巡等人做传,其《进张巡中丞传表》驳斥了时人加诸张巡的污毁之辞:"今巡握节而死,非亏教也;析骸而爨,非本情也。春秋之义,以功覆过,咎繇之典,容过宥刑,故大易之戒。遏恶扬善,为国之体,录用弃瑕,今众议巡罪,是废君臣之教,绌忠义之节,不以功掩过,不以刑恕情,善遏恶扬,录瑕弃用,非所以奖人伦,明劝戒也……巡所以固守者,非惟怀独克之志,亦以恃诸军之救。救不至而食尽,食既尽而及人,乖其本图,非其素志,则巡之情可求矣。设使巡守城之初,已有食人之计,损数百之众,以全天下,臣犹曰功过相掩,况非其素志乎!"②

李翰为张巡所做的辩解,主要基于两条原则,其一是《春秋公羊传》的以功覆过,其二是董仲舒由《春秋》所引发出的原心之旨。张巡"析骸而爨"固然失当,但其保全江淮,维护国家的大功,足以弥补其过失,按照《春秋》"以功覆过"的原则,应当给予宽宥;张巡坚持抗敌,因粮绝而不得已食人,"乖其本图,非其素志",从原心定罪的角度,亦无过失。对于这两点辩护,李翰皆有详细的论证,但显然更加重视"以功覆过"的原则,甚至认为即使张巡真有食人之情,他为保全国家所立下的功劳,也足以令其无罪,所谓"设使巡守城之初,已有食人之计,损数百之众,以全天下,臣犹曰功过相掩,况非其素志乎!"

韩愈《张中丞传后叙》的立意与李翰颇为不同,他为文的主要目的之一,是

---

① 《韩愈文集汇校笺注》,第297页。
② 《全唐文》,第4377页。

针对张巡之子对许远的指责进行剖辩,《新唐书》许远传记载:"大历中,巡子去疾上书曰:孽胡南侵,父巡与睢阳太守远各守一面。城陷,贼所入自远分。尹子琦分郡部曲各一方,巡及将校三十余皆割心剖肌,惨毒备尽,而远与麾下无伤。巡临命叹曰:'嗟乎,人有可恨者!'贼曰:'公恨我乎?'答曰:'恨远心不可得,误国家事,若死有知,当不赦于地下。'故远心向背,梁、宋人皆知之。使国威丧衂,巡功业堕败,则远于臣不共戴天,请追夺官爵,以刷冤耻。诏下尚书省,使去疾与许岘及百官议。皆以去疾证状最明者,城陷而远独生也。且远本守睢阳,凡屠城以生致主将为功,则远后巡死不足感。若曰后死者与贼,其先巡死者谓巡当叛,可乎?当此时去疾尚幼,事未详知。且艰难以来,忠烈未有先二人者,事载简书,若日星不可妄轻重。议乃罢。然议者纷纭不齐。"①

张巡之子指责许远守城先陷、被叛军生俘,当时朝臣对此虽加驳斥,但并未完全平息非议之辞。据记载,安史之乱平定后,朝廷褒赠功臣,与许远一同被执赴洛阳的程千里,就因"生执贼庭"而未得褒赠。② 如果从功过的原则来看,许远的守城先陷与被敌军生俘,皆是过失,然而韩愈并未单纯从许远抗敌之功巨大足以抵消其过失的角度来辩护,而是着力阐明无论城陷亦或生俘,皆有其不得已,其绝非不忠不义的畏死之人:

> 远诚畏死,何苦守尺寸之地,食其所爱之肉,以与贼抗而不降乎?当其围守时,外无蚍蜉蚁子之援,所欲忠者,国与主耳。而贼语以国亡主灭,远见救援不至,而贼来益众,必以其言为信。外无待而犹死守,人相食且尽,虽愚人亦能数日而知死处矣。远之不畏死,亦明矣!乌有城坏其徒俱死,独蒙愧耻求活,虽至愚者不忍为。呜呼!而谓远之贤而为之邪?③

显然,韩愈对许远的辩护,已不是依据以功覆过的原则,而是通过原心,通过揭示其内在的忠义之志,来驳斥种种非议构陷之辞,其思考角度鲜明地转向心性的方向。正是在这个意义上,他再度回应了对张、许"死守"的责难。张、许因"死守"而不得已食人自存,李翰通过"以功覆过"的原则,为食人之过加以辩

---

① 《新唐书》卷一九二,列传第一一七,第 5541—5542 页。
② 《新唐书》卷一九二,列传第一一七,第 5546 页。
③ 《韩愈文集汇校笺注》,第 296 页。

护,韩愈则进一步论证"死守"之不得已:

> 当二公之初守也,宁能知人之卒不救,弃城而逆遁?苟此不能守,虽避之他处何益?及其无救而且穷也,将其创残饿羸之余,虽欲去,必不达。二公之贤,其讲之精矣。守一城,捍天下,以千百就尽之卒,战百万日滋之师,蔽遮江淮,沮遏其势,天下之不亡,其谁之功也!当是时,弃城而图存者,不可一二数;擅强兵坐而观者相环也。不追议此,而责二公以死守,亦见其自比于逆乱,设淫辞而助之攻也!①

不得已的"死守",是忠臣的艰难,亦是忠臣的执着,在韩愈看来,功过相较的原则不适合评判忠臣,以此论其过失,是"自比于逆乱"。显然,韩愈强调从心性的角度,肯定忠臣的意义,而功过相较,则难免功利性的考量。在现实政治中,心性的原则并不一定能完全取代功过权衡,但韩愈的《后叙》树立了新的精神原则,对于弘扬忠义,褒扬忠臣,无疑会有更积极的意义。宋人对忠义的认识,受到韩愈这一心性原则的深刻影响,《新唐书》许远本传赞扬韩愈《后叙》"于褒贬尤慎",②即反映了宋人的态度。

与韩文相比,柳宗元《南霁云睢阳庙碑》以王言褒忠臣,更多地体现出树立朝廷权威、让朝廷的褒忠之义推阐于地方的自觉意识。虽然尊王是忠义的旨归,也是中唐朝野矛盾下推扬忠义必须强调的内容,但仅仅通过强调中央权威来树立忠义精神,是过于简单化的。韩愈面对同样的现实矛盾,以新的思想立意回应对忠臣的冷漠与非议,其思想建树较之柳宗元更为深刻。清人焦循曾建议《张中丞传后叙》与《南霁云睢阳庙碑》对读。③ 从本文的讨论可以看出,只有了解《南霁云睢阳庙碑》的写作背景,才能对韩柳忠义思考所针对的现实矛盾获得更深入的认识。柳宗元忠义思考的现实关怀及其局限,体现在《南霁云睢阳庙碑》以王言褒忠臣的骈俪书写中,而韩愈《张中丞传后叙》褒忠书写的深刻性,恰可以通过与柳文的对比,获得进一步的呈现。

---

① 《韩愈文集汇校笺注》,第296页。
② 《新唐书》卷一九二,列传第一一七,第5542页。
③ 《柳宗元集校注》,第441页。

南朝骈文隶事及其深层文化意蕴

刘涛（韩山师范学院中文系）

一、隶事与南朝骈文形式美

隶事即数典用事，亦称用典，与对偶、藻饰、声律共同构成了骈文追求形式美的四大要素。南朝时期，数典隶事之法颇受文家青睐，自颜延之、谢庄、鲍照至任昉、王融、沈约，再到徐陵、庾信，隶事技巧愈趋精湛，风气亦盛极一时。关于隶事的种类，《文心雕龙·事类》分成用于征义的事典和用于明理的语典两大类："事类者，盖文章之外，据事以类义，援古以证今者也。……然则明理引乎成辞，征义举乎人事，乃圣贤之鸿谟，经籍之通矩也。"[①]此种分类方式遂为后代所广泛接受。骈文隶事既可充实文章内容，提高表现力，又可增强文章形式的典雅、委婉、凝练、对称之美，体现出明显的装饰性功能。台湾学者张仁青论骈文用典的必要性及表达效果说："骈文之繁用典故，自魏晋以后成为必要之条件……文学作品之用典者，无间中外，所在多是……是以典非不可以用，只看各人能不能用，善不善用，诗文修辞之法，不止白描一端，固夫人而知之者也。抑更进一步言之，骈文为唯美文学之一种，亦即属于美感之文学，不可不注重词采，其来源皆取材于典籍故实，读书稍多，造语自有来历。骈文原是间接表达作者之意念，魏晋以前多用排比，魏晋以后乃用典实，其作用在于用简洁之文字表

---

① 刘勰著，范文澜注《文心雕龙注》，人民文学出版社1958年版，第614页。

达繁复之意思,使作品富有浓厚的神秘性、象征性与趣味性,以增加读者之美感,从而提高其艺术价值。"①近人刘永济《文心雕龙校释》则说:"文家用古事以达今意,后世谓之用典,实乃修辞之法,所以使言简而意赅也。故用典所贵,在于切意。切意之典,约有三美:一则意婉而尽;二则藻丽而富;三则气畅而凝。"②骈文用典既能借助象征隐喻手法使文章更显含蓄委婉,又能通过丰富多彩的华词丽藻加强藻饰之美,还能凭借两两对出的古人古事令文气畅达充足而又可收束,其妙处于此可概见。

数典隶事与藻采、对偶、声律一样,在南朝骈文追求形式美的过程中也起到至关重要的作用。其实,隶事用典都经过字雕句琢,故藻采纷呈,对仗精工,语词简洁精当,在很大程度上加强了藻饰、对称及凝练之美。姜书阁叙骈文形式特征时曾将用典与雕藻合一并加以解释说:"这是两回事,但又密切相关,所以也可以当作一条来说。用典使事本是为了借古明今,以彼喻此,散体文章也需要,原非骈文所独具;饰词琢句,在没有骈体以前也是经、史、诸子之文所不废的。然而,这两项之所以成为骈文的特征并为论文者所公认,则是由于骈文为美文、为丽辞,为排偶对仗之作,故襞积典事,炼词铸句,不但较写散体文章之可以用白描者不同,而且必须为了适合上下联长短、平仄、虚实等属对的要求,在用典的方法上和造辞的技巧上也因而有所不同。散文用事,可详举某一旧典,不限字数,亦不须另取一事与之对称;骈文则往往一句一典,若其事甚繁,则裁剪为难,遂不免意晦辞艰,故作者必须精加雕琢,以成藻采。"③范文澜则将用事与对偶并论:"对偶与用事是不可分的,没有充足的故事,句子就对不起来,就是对起来,也只能称为'言对',属于低级的一类。"④概言之,骈文隶事可与雕藻、对偶及声律同行,意图皆在于加强文章的形式美。

刘宋以降,骈文追求繁密用典、丽藻缛绘及精工对偶,风气颇为兴盛。以颜延之而论,世称其诗"喜用古事,弥见拘束"⑤,"尤为繁密","错彩镂金","句句用

---

① 张仁青《骈文学》,文史哲出版社 1984 年版,第 137—138 页。
② 刘勰著,刘永济校释《文心雕龙校释》,中华书局 1962 年版,第 140 页。
③ 姜书阁《骈文史论》,人民文学出版社 2010 年版,第 11—12 页。
④ 范文澜《中国通史简编(修订本第二编)》,人民出版社 1965 年版,第 412 页。
⑤ 钟嵘著,陈延杰注《诗品注》,人民文学出版社 1961 年版,第 43 页。

故事,也句句相对偶",其文亦然。所谓"侈言用事"①,"动无虚散,一句一字,皆致意焉","织词之缛,始于延之"②,"文章之美,冠绝当时"③,都是对颜氏骈文注重隶事与藻采的准确概括。稽考颜延之《陶征士诔》、《三月三日曲水诗序》、《祭屈原文》、《宋文皇帝元皇后哀策文》诸文,无不以用典与藻饰贯穿全篇。时至任昉、王融,仍然"竞须新事",导致"尔来作者,寖以成俗。遂乃句无虚语,语无虚字","缉事比类,非对不发,博物可嘉,职成拘制","全借古语,用申今情,崎岖牵引,直为偶说。唯睹事例,顿失清采"④。骈文创作中注重用典、对偶与藻饰的现象极为普遍,而且还常常得到赞赏,如萧纲即称赞用典繁密的"任昉、陆倕之笔"为"文章之冠冕,述作之楷模"。任昉长于属笔,为齐梁骈体大家,其文巧于隶事是优点,但隶事过多又成了最大的缺点。清人蒋士铨《评选四六法海》卷一评任昉《为萧扬州荐士表》云:"专以隶事见长。""愚谓用事不显是彦昇长处,专以用事见长是其短处,得使事之妙而不得不使事妙,方之诗家,如李玉谿。"⑤孙月峰则评此文曰:"以造语胜,其用事却俱不显,故自妙。"⑥又评任氏《为褚咨议蓁让代兄袭封表》云:"以用事见姿态,然亦是活用,不是板用。"孙德谦《六朝丽指》说:"《诗品》云:'昉既博物,动辄用事,所以诗不得奇。'然则彦昇之诗,失在贪用事,故不能有奇致。吾谓其文亦然,皆由于隶事太多耳。语曰:'文翻空而易奇。'以此言之,文章之妙,不在事事征实,若事事征实,易伤板滞。后之为骈文者,每喜使事,而不能行清空之气,非善法六朝者也。……然而任、沈要为骈文大家也。"⑦总体看来,任昉骈文以用典精妙见长,虽多用典却不滞于典,而是熔铸锤炼,化繁为简,且能融入散句以疏通文气,故平易自然而不使人觉察。与刘宋初期骈文用典多以明用或直用为主不同,齐梁以后用典方式则走向多样化,明用之外,又有暗用、反用、借用、活用等。永明声律论提出后,骈文家在隶事的基础上又讲究平仄格律,寻求声律之美。观沈约、谢朓、王融等人各体骈文,可

---

① 刘师培著,舒芜校点《中国中古文学史》,人民文学出版社1998年版,第89页。
② 李兆洛选辑《骈体文钞》,上海书店出版社1988年版,第64页。
③ 沈约《宋书》,中华书局1974年版,第1891页。
④ 萧子显《南齐书》,中华书局1972年版,第908页。
⑤ 蒋士铨《评选四六法海》,光绪乙亥年(1875)重刊寄螺斋藏版本。
⑥ 于光华编《评注昭明文选》,学海出版社1977年版,第723页。
⑦ 王水照编《历代文话(第九册)》,复旦大学出版社2007年版,第8479页。

见其声律之严谨细密。

  降至徐陵、庾信,骈文臻于成熟,藻采纷呈,用典繁密,可谓"词事并繁"①,加之对偶精工,声律谐调,句法灵活,以四六为主而兼有其他句式,在形式方面堪称至美。"南朝骈文演变至徐庾,特别是庾信所作,可称绝美。骈文自东汉以来,虽然文体屡变,但总的趋向是求美观,庾信骈文正是这个趋向达到最高峰的表现。"②作为加强骈文形式美的一种重要修辞方式,徐、庾之作对隶事更是刻意经营,数量众多,几乎无一字无来历,但并不给人殆同书钞之感,反倒觉得如出胸臆。究其原因,固然是由于徐、庾隶事善于活用化用,熔铸无痕,巧妙妥当而又平易自然。如庾信《谢赵王赉丝布启》:"妾遇新缣,自然心伏;妻闻裂帛,方当含笑。"巧妙化用乐府古诗《上山采蘼芜》与《帝王世纪》所载夏桀后末喜、《通鉴外纪·周幽王纪》所载幽王后褒姒爱听裂帛之声的典故,以古比今,出言平淡,宛如常见叙述,用典而不着痕迹。再如徐陵《玉台新咏序》:"玉树以珊瑚作枝,珠帘以玳瑁为柙。"初看只是寻常写景,其实二句皆暗用《汉武故事》:"上起神屋,前庭植玉树,以珊瑚为枝,碧玉为叶,花子青赤,以珠玉为之,空其中如小铃,锵锵有声。又以白珠为帘,玳瑁柙之。"以汉武宫中的瑰丽奢华景观比拟梁代宫廷的豪华壮观之景,用典自然平易,近于白描常语。又如庾信《哀江南赋序》:"将军一去,大树飘零;壮士不还,寒风萧瑟。"上联出自《后汉书·冯异传》:冯异不与诸将争功,独自躲在大树下,被称为"大树将军"。庾信借用此典,仅取其语词,意在说明侯景之乱时,自己率兵抗拒却溃败于朱雀航,其地失陷,故有飘零之义。下联借用《战国策》所载荆轲离燕赴秦刺杀秦王失败而身死之事,言己出使西魏而不得归的凄凉状况。翻检徐、庾各体骈文,隶事无不灵活巧妙,堪称"缉裁巧密,多有新意"③,"使事跌宕","运事甚巧"。善于突出强化数词的作用,以此增强表达效果,也是徐、庾骈文用典的一大特点。如徐陵《玉台新咏序》:"三台妙迹,龙伸蠖屈之书;五色华笺,河北胶东之纸。"庾信《谢赵王示新诗启》:"八体六文,足惊毫翰;四始六义,实动性灵。"徐陵《为护军长史王质移文》:"羌胡宝马,纵横七泽之中;荆楚楼船,弥满三江之上。"庾信《周谯国公夫人步陆孤

---

① 《骈体文钞》,第64页。
② 《中国通史简编(修订本第二编)》,第416页。
③ 姚思廉《陈书》,中华书局1972年版,第335页。

氏墓志铭》:"夷歌一曲,未足消忧;猿鸣三声,沾衣无已。"徐陵《与齐尚书仆射杨遵彦书》:"迁箕卿于两馆,縶骥子于三年。"庾信《谢明皇帝赐丝布等启》:"蓬莱谢恩之雀,白玉四环;汉水报德之蛇,明珠一寸。"徐、庾文章中的数词不但数量多,而且在文中的位置也灵活多样,句首、句中、句尾皆可。将数字镶嵌于精工对偶与恰切用典中,愈益增强了骈文的形式之美。

二、南朝骈文隶事的深层文化动因

作为一种修辞手法,隶事在南朝骈文创作中极为常见并且颇受称赏。追溯原因,不仅在于其独特的表达效果,而且还有更深层次的文化动因,即除传统文化观念背景下的尊经崇古心态使然外,还有所接受的南朝时期重形式的文学审美取向和重博学的社会文化风气的影响。

南朝时期,中国传统文化已发展到一定的高度,具有广博的内蕴和深厚的积淀,形成了独特的民族文化心理。其中,尊经崇古的文化心态对于骈文隶事具有明显而直接的推动作用。先秦时期的两大主要思想流派儒家和道家为后世文人留下了许多权威而经典的文本资料,这些都成为骈文隶事素材的重要来源。两汉时期,先秦儒道著述自然被奉为古代典籍,崇古尊经的心态进而促使文人在创作中屡屡引经据典。魏晋以至南朝,尽管儒学的地位已经动摇,两汉时期一统天下的局面不复存在,但文士信古崇古的心理丝毫没有受到影响,而是根深蒂固了。先是东晋中期以后,玄学、佛学合流,士人清谈的内容自然包括玄学和佛理。至刘宋,则儒学、玄学、史学、文学四科并列,此外,佛学思想的影响仍然存在。此时经典文本的范围也得以拓宽,由儒道典籍及其注疏类著述延伸至史、子、集、百家杂记、逸史轶闻,甚至外来典籍如佛学著作等。文学批评家论及文章产生的源头时,往往追溯至早期的儒家经典如《易》、《书》、《诗》、《礼》、《春秋》等,自刘勰《文心雕龙·宗经》至颜之推《颜氏家训·文章》无不持此说。这一观点恰恰说明了文章与古代典籍的密切关系,亦从侧面印证了文人尊经崇古心态存在的合理性。在这种崇古信古心态的驱使下,骈文中出现大量隶事的现象也就不足为奇了。"南朝文士因受前代清谈与玄学之影响,作品遂由情韵之表现,转为事理之铺陈,而又处心积虑,欲在修辞技巧上突过前人,于是吐胆呕心,全力经营,因而造成用典隶事风气之全盛,使诗文形式完全改观。"①稽考南朝各家各体骈文可见,其隶事多来自《诗经》、《楚辞》、《尚书》、《论语》、《礼记》、《中庸》、《孟子》、《老子》、《庄子》、《列子》、《管子》、《吕氏春秋》、《左传》、《国语》、《史记》、《汉书》、《后汉书》、《三国志》、臧荣绪《晋书》、王隐《晋书》、何法盛《晋书》、《晋中兴书》、《宋书》、《南齐书》、《西京杂记》、《淮南子》、《法言》、《说苑》、桓谭《新论》、《抱朴子》、《竹林名士传》、《博物志》、《搜神记》、《世说新语》、《山海经》、《穆天子传》、《荆楚岁时记》、《三辅决录》、《孝经钩命决》、《维摩经》、《维摩经注》、《涅槃经》、《大智度论》、《瑞应经》、《妙法莲华经》、谢灵运《金刚般若经注》、《僧肇论》、《大品经》、《高僧传》以及诗、赋、各体散文与骈文等,可谓经史子集、百家杂记、佛学典籍,一应俱全。南朝骈文隶事数量多,范围广,时间跨度长,技巧高超,为后代骈文隶事提供了很好的范本。

隶事为南朝骈文的一大形式特征,骈文通过隶事来加强形式美也反映出南朝文学重形式的审美取向。汉末魏晋以降,重形式的文学思想日益发展,时至南朝,随着骈文逐渐走向成熟,追求形式美的风气臻于极盛。"从宋初到陈末,文学发展的总体趋向是社会功能逐步淡化,而美学价值却为所有的作家所追求。"②"魏晋南北朝文学思想发展的总趋势,是沿着重文学的艺术特质展开的,重抒情,重形式的美的探讨,重表现手段、表现方法。"③"刘宋至陈,文学思想的发展如果从大的脉络考察,它一直是沿着自建安开始的重文学特质、重抒情、重文学形式的探讨的方向发展的。"④"魏晋南北朝是一个骈体文章发达在文坛占统治地位的时代,骈文要求文章讲求对偶、辞藻(包括比兴、夸张、字形等等)、用典、声韵等语言美;南朝文人关于文章美的衡量标准,正是首先从这些方面着眼的。"⑤隶事与对偶、藻饰及声律皆为南朝骈文增强形式美的修辞方法,因此颇受当时文学批评家的赞赏。刘勰对魏晋以来日趋发展的骈体文学持肯定的态度,对隶事、骈偶、辞藻、声律等骈文形式美的诸要素都很重视,因此在《文心雕龙》中各设专篇予以论述。据《文心雕龙·情采》所述,立文之道,其理有三:一为形

---

① 《骈文学》,第142页。
② 曹道衡、沈玉成《南北朝文学史》,人民文学出版社1991年版,第13页。
③ 罗宗强《魏晋南北朝文学思想史》,中华书局2002年版,第5页。
④ 《魏晋南北朝文学思想史》,第172页。
⑤ 王运熙、杨明《中国文学批评通史(魏晋南北朝卷)》,上海古籍出版社1996年版,第164页。

文,即五色,五色交错而成文采;二为声文,即五音,五音排列而成乐曲;三为情文,即五性,五情并发而成文章。《文心雕龙·原道》提出,形文即文采之美,它广泛地表现于自然界万物身上,日月山川和各种动植物都有形态色泽之美;声文即音乐之美,如风吹树林、泉水激石等所发出的美妙音韵。人类制作或加工的事物的文采,主要也是表现在形状、声音两个方面,文学作品也是这样。《文心雕龙·附会》认为,作文"必以情志为神明,事义为骨髓,辞采为肌肤,宫商为声气"[1],论及骈文的隶事用典、藻采与声律,分别以人的骨髓、肌肤与声气作比,较为贴切。辞采指形文,宫商指声文,故刘勰立《声律》一篇专论声文,立《事类》、《丽辞》、《比兴》、《夸饰》、《练字》、《隐秀》诸篇,分别论述隶事、对偶、比喻、夸张、字形、含蓄和警句等修辞手段,这些都属于形文。无论形文还是声文,都是骈文讲求形式美的重要组成部分。除刘勰外,还有不少批评家对骈文隶事、藻采等持肯定或赞成的态度。钟嵘虽反对诗歌大量用典,但对骈文隶事基本上还是认可的:"夫属词比事,乃为通谈。若乃经国文符,应资博古,撰德驳奏,宜穷往烈。至乎吟咏情性,亦何贵于用事?"萧统《文选序》言选文标准曰:"踵其事而增华,变其本而加厉……若其赞论之综缉辞采,序述之错比文华,事出于沉思,义归乎翰藻。"同样不外乎注重隶事、藻采等增强骈文形式美的诸要素。朱自清《文选序"事出于沉思,义归乎翰藻"》一文也考证"事出于沉思,义归乎翰藻"即"善于用事,善于用比"之意。很显然,通过大量隶事来加强骈文文采,是十分有效的,这已得到当时众多文人的公认。"当时大多数文人认为,大量用典,是增加骈文文采的一个重要手段。"[2]重视形式之美的文学取向对骈文隶事的促动作用是不言而喻的。

南朝骈文多数出自门阀士族阶层和朝廷重臣之手,这也是南朝文学历来被视为贵族文学的主要原因。贵族文士为炫耀深厚的家学积淀和博富的学识,于是在诗文中竞相借助数典隶事来显示自己的文化修养。文学创作中大量使用典故,反过来也在很大程度上又助长了这种矜才逞博的社会文化风气。探讨南朝骈文隶事的深层文化动因,自然离不开所接受的重博学的文化

---

[1] 刘勰著,范文澜注《文心雕龙注》,第462页。
[2] 王运熙《中古文论要义十讲》,复旦大学出版社2004年版,第31页。

风尚的影响。

重博学的社会文化风气由来已久。按《颜氏家训·勉学》所载,魏晋以来,士族文人多笃于学业,以增进学问为维持家学门风和立身的重要手段:"明六经之指,涉百家之书,纵不能增益德行,敦厉风俗,犹为一艺,得以自资。"①在这种风向的指引下,博物洽闻遂成为众多文士共同追求的目标:"夫学者贵能博闻也。郡国山川,官位姓族,衣服饮食,器皿制度,皆欲根寻,得其原本。""士大夫子弟,皆以博涉为贵,不肯专儒。……虽好经术,亦以才博擅名。"②关于此类崇尚博学的作风,史书中更是不胜枚举。据《南史·王准之传》所记,准之曾祖王彪之博闻多识,练悉朝仪,并熟谙江左旧事,自是家世相传,形成一门学问,因缄之于青箱,故世谓之王氏青箱学。又如徐广家世好学,至其尤精,百家数术,无不研览(见《宋书·徐广传》)。刘峻家贫好学,寄人篱下,读书通宵达旦,自谓所见不博,更求异书,闻京师有者,必往祈借,清河崔慰祖称之为"书淫"(见《梁书·文学下·刘峻传》)。江总笃学有辞采,家传赐书数千卷,常昼夜寻读,未尝辍手(见《陈书·江总传》)。陆从典笃好学业,博涉群书,尤好《汉书》(见《陈书·陆从典传》)。又《南齐书·王僧虔传》载《诫子书》曰:"于时王家门中,优者则龙凤,劣者犹虎豹,失荫之后,岂龙虎之议?况吾不能为汝荫,政应各自努力耳。或有身经三公,蔑尔无闻;布衣寒素,卿相屈体。或父子贵贱殊,兄弟声名异。何也?体尽读数百卷书耳。"高门士族告诫后辈勤于读书治学之苦心于此可见。

学风的兴盛也引发了文人聚书藏书和借数典隶事以逞才显博的风气。沈约、任昉、王僧孺并称梁代三大藏书家,正是因为有广览群书作为基础,他们才能有博富的学识以助于大肆数典隶事。"约……好坟籍,聚书至二万卷,京师莫比。……历仕三代,该悉旧章,博物洽闻,当世取则。……约尝侍宴,值豫州献栗,径寸半,帝奇之,问曰:'栗事多少?'与约各疏所忆,少帝三事。出谓人曰:'此公护前,不让即羞死。'帝以其言不逊,欲抵其罪,徐勉固谏乃止。"③隶事是炫耀博学的一种方式,在熟记关于栗的故事这一点上,梁武帝萧衍与沈约为显才

---

① 王利器《颜氏家训集解》,中华书局1993年版,第157页。
② 同上,第177页。
③ 姚思廉《梁书》,中华书局1973年版,第242—243页。

学,各不相让,终致反目,而沈约也差点因此受罚。这种帝王与士族文臣以隶事争胜的现象恰恰反映出当时崇尚广博的学风。"昉坟籍无所不见,家虽贫,聚书至万余卷,率多异本。昉卒后,高祖使学士贺纵共沈约勘其书目,官所无者,就昉家取之。"①显然,任昉"才思无穷"应得益于博览群书。"僧孺好坟籍,聚书至万余卷,率多异本,与沈约、任昉家书相埒。少笃志精力,于书无所不睹。其文丽逸,多用新事,人所未见者,世重其富。"②又如姚察"于坟籍无所不睹。每有制述,多用新奇,人所未见,咸重富博"。南朝文人崇尚学识富博,"以一事不知为耻,以字有来历为高"③,而隶事正是逞才炫博的最佳方式,一时之间,竞相隶事之风大盛,而王俭文学集团最负盛名。《南齐书·陆澄传》:"俭自以博闻多识,读书过澄。澄曰:'仆年少来无事,唯以读书为业。且年已倍令君,令君少便鞅掌王务,虽复一览便谙,然见卷轴未必多仆。'俭集学士何宪等盛自商略,澄待俭语毕,然后谈所遗漏数百千条,皆俭所未睹,俭乃叹服。俭在尚书省,出巾箱机案杂服饰,令学士隶事,事多者与之,人人各得一两物,澄后来,更出诸人所不知事复各数条,并夺物将去。"又《南史·王摛传》:"尚书令王俭尝集才学之士,总校虚实,类物隶之,谓之隶事,自此始也。俭尝使宾客隶事多者赏之,事皆穷,唯庐江何宪为胜,乃赏以五花簟、白团扇。坐簟执扇,容气甚自得。摛后至,俭以所隶示之,曰:'卿能夺之乎?'摛操笔便成,文章既奥,辞亦华美,举坐击赏。摛乃命左右抽宪簟,手自掣取扇,登车而去。俭笑曰:'所谓大力者负之而趋。'竟陵王子良校试诸学士,唯摛问无不对。"尽管何宪"博涉该通,群籍毕览,天阁宝秘,人间散逸,无遗漏焉",但与陆澄、王摛相比,终略逊一筹,于此可见当时隶事高手之间相互竞赛的精彩场面。

通过隶事来显示才学多寡,文士对此极为看重。作为帝王或文学集团的首领,一方面奖励高才博学者,另一方面对于胜己者却又不能容忍。除上述沈约因隶事而得罪梁武帝萧衍之外,"博极群书,文藻秀出"的刘峻也因才高而遭到萧衍的贬抑。"武帝每集文士策经史事,时范云、沈约之徒皆引短推长,帝乃悦,加其赏赉。会策锦被事,咸言已罄,帝试呼问峻,峻时贫悴冗散,

---

① 姚思廉《梁书》,中华书局1973年版,第254页。
② 同上,第474页。
③ 黄侃《文心雕龙札记》,华东师范大学出版社1996年版,第240页。

忽请纸笔，疏十余事，坐客皆惊，帝不觉失色。自是恶之，不复引见。"①梁武帝还曾敕命张率撰妇人事多条，勒成百卷，亦见张氏颇悉典事。又沈约任丹阳尹时，曾于座测试刘显经史十事，显对其九，受到陆倕的高度赞赏。陆云公好学有才思，自小博观众书，陆倕、刘显曾质问十事，云公对无所失，刘显甚为叹服。韦载笃志好学，年十二，随叔父韦稜见刘显，显问《汉书》十事，载随问应答，曾无疑滞。诸如此类博学强记、熟谙典事之例见录于史籍，可谓比比皆是。

  文人在数典隶事竞赛中能够取胜，无疑要依赖于自己富博的学识，但个人的记忆力与知识储备毕竟是有限度的，在这种情况下，南朝时期出现大量类书也就不足为奇了。类书的问世为隶事提供了诸多便利，显然又会推动隶事之风愈演愈烈。"按隶事与类书乃互为因果，用典多，则类书必应运而生，类书多，则用典之风愈盛，作者不复以自铸新词为高，而以多用事典为博矣。"②最早的类书为魏文帝时撰集的《皇览》，其后屡有继作，极盛于梁朝。《三国志·魏书·文帝纪》："初，帝好文学，以著述为务，自所勒成垂百篇。又使诸儒撰集经传，随类相从，凡千余篇，号曰《皇览》。"据裴松之注引鱼豢《魏略》及《三国志·魏书·刘劭传》可知，当时儒生王象、桓范、刘劭等皆参与编纂《皇览》。撰集类书最初是为了博览检阅的方便，后来却成了属文时猎取辞藻、缀辑典故的宝库。"虽为博览之资，实亦作文之助。"③据《隋书·经籍志》子部杂家类著录，杂家书（含不录撰者）共97部，其中南朝人所编撰的有《纂要》（颜延之撰）、《四部要略》（萧子良等撰）、《袖中记》（沈约撰）、《珠丛》（沈约撰）、《采璧》（庾肩吾撰）、《锦带》（萧统撰）、《类苑》（刘峻撰）、《华林遍略》（徐僧权等撰）、《法宝联璧》（萧子显等撰）、《长春义记》（萧纲等撰）等50余部。这些类书撰集的经过多载于史书，因此可信度较高。如《南齐书·武十七王·竟陵文宣王子良传》："移居鸡笼山邸，集学士抄《五经》、百家，依《皇览》例为《四部要略》千卷。"又《梁书·文学下·刘峻传》："安成王秀好峻学，及迁荆州，引为户曹参军，给其书籍，使抄录事类，名曰《类苑》，未及成，复以疾去。"此事亦见于《梁书·太祖五王·安成康王秀传》：

---

① 《南史》，第1219—1220页。
② 《骈文学》，第143页。
③ 《中国中古文学史》，第84页。

"精意术学,搜集经记,招学士平原刘孝标,使撰《类苑》,书未及毕,而已行于世。"齐梁时期编纂类书的风气之盛于此可见一端。

数典隶事为南朝骈文的一大构成要件,它不仅反映出文士的崇古尊经心理,而且也推动了重形式的文学审美取向和重博学的社会文化风气,在骈文追求形式美的过程中起到极为重要的作用。

论初唐北方骈体文风在岭南之播衍

莫道才(广西师范大学文学院)

初唐时期,文风承续南北朝遗风,崇尚骈偶。从《全唐文》中保留的这一时期的文章来看,中原的各类文体继续沿袭六朝文风,以偶对精切、语言工整为美①。而这种骈体文风,也开始在岭南地区播衍。从目前所能掌握的资料来看,初唐时期岭南地区流传下来的文章并不多,主要有王勃《广州宝庄严寺舍利塔碑》(675年)、韦敬辨《大宅颂》(682年)、韦敬一《智城碑》(697年)、陈集源《龙龛道场铭》(699年)和卢藏用《景星寺碑铭》(约713年)等②。通过这些文章,我们对初唐时期骈体文风在岭南地区播衍的主体、范围与特点做初步探究。

一、骈体文风的播衍及播衍主体

毋庸讳言,初唐时期岭南文化相对于北方主流文化仍旧是落后的③。两种文化的交流基本是单向的——北方文化影响岭南文化。就文章而言,这种单向交流则表现为北方骈体文风在岭南地区的播衍。上述五篇文章中骈文有四篇,分别是王勃《广州宝庄严寺舍利塔碑》、韦敬一《智城碑》、陈集源《龙龛道场铭》

---

① 莫道才《从上林唐碑〈大宅颂〉和〈智城碑〉看唐代中原文风对岭南少数民族地区文化的影响》,《民族文学研究》2005年第4期。
② 卢藏用《景星寺碑铭》作于713年前后。按照一般文学史的分期,713年是盛唐之始;但考虑到卢藏用作此文后未几而卒,本文仍将之归为初唐。
③ 从地域上来讲,初唐文化发达、文学繁荣的地域主要有山东、江左、关中以及代北,都在岭南之北。为行文简洁,本文将以上四地域的文化、文学概称为北方(主流)文化、文学。

和卢藏用《景星寺碑铭》；散文只有韦敬辨《大宅颂》一篇，而且也是"骈散兼行"，可见北方骈体文风在岭南的播衍。

这种骈体文风的播衍主体有两类。一是因流放或贬谪等原因而南迁的北方文人，他们直接将北方文风带入岭南。上述初唐岭南地区流传下来的骈文作者中，王勃为绛州龙门人，卢藏用为幽州范阳人，王勃《广州宝庄严寺舍利塔碑》和卢藏用《景星寺碑铭》都是典型的骈文，无疑是北方骈体文风的代表。王勃《广州宝庄严寺舍利塔碑》几乎通篇皆偶；散句只有寥寥数语用以介绍背景，如"夫宝庄严寺舍利塔者，梁大同三年内道场沙门昙俗法师所立也"①。占绝对比例的对偶句有"四四"、"六六"、"四四/四四"、"四六/四六"、"七七"、"四七/四七"、"九/九"、"八四/八四"等多种类型。其中主体句式是"四四"、"四四/四四"、"四六/四六"。"四四"句如"傍稽素篆，仰叩玄扉"；"四四/四四"句如"汉庭峻节，祖德犹传；梁甫高吟，嘉声未远"；"四六/四六"句如"羊车绮岁，悬欣半月之词；凤阁髫年，已振弥天之响"②。卢藏用《景星寺碑铭》中散句虽然占有一定篇幅，但仍以对偶句为主。散句大体上是叙述众多的官员姓名、职官、僧人名号等。对偶句有"三/三"、"四/四"、"五/五"、"六/六"、"七/七"、"八/八"、"四四/四四"、"四五/四五"、"四六/四六"、"四七/四七"、"五四/五四"、"五六/五六"、"五七/五七"、"六四/六四"、"七四/七四"、"七六/七六"等多种类型。其中以"四/四"、"六/六"、"四六/四六"句型为主，"四/四"句如"示凡遗化，即色归空"；"六/六"句如"道以不住为名，事以无常为体"；"四六/四六"句如"小枝小叶，洒甘露而俱霑；非想无想，覆慈云而毕润"③。总的说来王、卢二文展示了典型北方主流文化区的骈体文风，对句之多，句型之丰，置于全部的唐文中也很显著。

二是对北方骈体文风主动接受并创作骈文的岭南土著文人。这是初唐时期值得关注的文学现象。上述作者中，韦敬一是澄州（广西上林县）人，其家族是土著豪族；陈集源是泷州开阳（广东罗定）人，"代为岭表酋长"（《旧唐书·陈集源传》），都是典型的岭南土著文人。韦敬一《智城碑》和陈集源《龙龛道场铭》

---

① （唐）王勃著，（清）蒋清翊注《王子安集注》，上海古籍出版社1995年版，第524页。
② 同上，第521、524—525页。
③ （清）董诰《全唐文》，中华书局1983年版，第2407—2408页。

都是规范的骈文。《智城碑》共210句,其中散句仅4句,其余均为对偶句,有"四/四"、"五/五"、"六/六"、"七/七"、"四四/四四"、"三六/三六"、"四六/四六"、"四七/四七"等多种类型。其中以"四/四"、"四六/四六"两种句型最多,"四/四"句型如"性该武禁,艺博文枢";"四六/四六"句型如"悬岩坠石,奔羊伏虎之形;落涧翻波,挂鹤生虹之势"①。《龙龛道场铭》也以对偶句为主,散句很少,只有两段来介绍道场之起因,如:"武德四年,有摩阿大檀越永宁县令陈普光,因此经行,遂回心口,愿立道场;即有僧惠积,宿缘善业,响应相从。惠积情慕纯陀,巧自天性,即于龛之北壁,画当阳像,左右两厢,飞仙宝塔,罗汉圣僧。"其对偶句型多为"四六/四六"、"四七/四七"、"六六"、"七七"四种。"四六/四六"句如"龙出龙入,每脱骨于岩中;仙隐仙栖,屡承空于香气";"四七/四七"句如"八十种好,不可以色睹真容;十二部经,不可以词诠至理";"六六"如"施殷忧以无裹,息多难以夷途";"七七"句如"攀缘于虚妄之境,驰骛于名色之间"②。都是比较规范的骈文。

初唐骈体文风在岭南的播衍,说明北方文学对岭南文学的影响;而播衍主体上流寓岭南的北方文人与岭南土著文人的二元构成,说明北方文学对岭南的文风输入与岭南对北方文风的主动接受。

二、骈体文风播衍的范围

交通与文学的关系极为密切,这在落后地区表现尤为明显。初唐时期,岭南地区与山东、江左、关中等主流文化区的交通往来,主要依靠三条交通路线:一是从广州经韶州(广东韶关)、郴州到衡州(湖南衡阳),再继续北上;二是从广州经韶州越过大庾岭到虔州(江西赣州),再继续北上;三是从邕州经象州或者藤州到达桂州(广西桂林),再由桂州北出永州(湖南零陵)、衡州以继续北上,而邕州往西南则可经瀼州(广西上思)到交趾③。象州一路大致从邕州北上经澄州

---

① 杜海军《广西石刻总集辑校》,社会科学文献出版社2014年版,第11页。
② (清)董诰等《全唐文》,中华书局1983年版,第2049—2050页。
③ 参陈伟明《唐五代岭南道交通路线述略》,《学术研究》1987年第1期;莫道才《从上林唐碑〈大宅颂〉和〈智城碑〉看唐代中原文风对岭南少数民族地区文化的影响》,《民族文学研究》2005年第4期;钟乃元《唐宋粤西地域文化与诗歌研究》,广西师范大学2010届博士毕业论文。

(广西上林)或宾州(广西宾阳)到达严州(广西来宾),再经象州(广西象州)而至桂州;藤州路则由邕州沿江直下至横州(广西横县),再经贵州(广西贵县)、浔州(广西桂平)、藤州(广西藤县)、梧州,沿漓水而上桂州。武则天在天授三年(692)下令修筑相思埭运河,沟通漓江水系与柳江水系,可直接由桂州到柳州、象州和严州并进而到达邕州。而这三条交通路线又可互通,如由广州则可通过海路进入交趾,或溯西江而上至梧州,北可至桂州,西可至邕州或象州、柳州,南转藤州陆路又可经容州西南至廉州、钦州;或陆路由新州、泷州至容州。这样形成了广州、邕州、桂州、容州等交通枢纽。岭南地区中地理上的交汇之处,为北方文人南迁和土著文人接受北方文风都提供了便利,当然也就容易沐浴北方的骈体文风。从初唐岭南骈体文学作品发生的地点看,也基本集中于这些交通干道的枢纽上。

王勃《广州宝庄严寺舍利塔碑》出于广州,属于赣州经广州入海到达交趾这条路线。唐高宗上元元年(674),王勃在虢州参军任,"恃才傲物,为同僚所嫉。有官奴曹达犯罪,勃匿之,又惧事泄,乃杀达以塞口。事发当诛,会赦除名"(《旧唐书·王勃传》)。其父坐累贬交趾县令(王勃《上百里昌言书》)。上元二年(675),王勃"就养于交趾"(杨炯《王勃集序》),经淮阴、楚州(江苏淮安)、扬州、江宁(江苏南京)、洪州(江西南昌)至广州,赴交趾。次广州期间有《广州宝庄严寺舍利塔碑》。文云:"国惟瓯骆,郡实番禺。尔其封疆跨蹑之壮,海陆会同之冲。上当星纪,下裂坤维。阶百越而邻三吴,轵雕题而陬交趾。"[1]说的就是广州和江左、交趾之间的交通地理形势关系。

韦敬一《智城碑》出于澄州(广西上林),属于邕州北上经澄州、象州到达桂州这条路线。陈集源《龙龛道场铭》出于泷州,属于从广州经陆路由新州、泷州、容州的交通线上。《龙龛道场铭》云:"近有交趾郡僧宝聪,弱岁去家,即诣江左,寻师问道,不惑图南。闻有此龛,振杖顶礼。"[2]可知交趾僧人取道,来往交趾和江左之间。另外值得关注的是,《智城碑》采用了六个武则天新造的字,《龙龛道场铭》用了十二个武则天新造字。顾广圻《跋〈龙龛道场铭〉》云:"铭刻于圣历年

---

[1] (唐)王勃著,(清)蒋清翊《王子安集注》,第529页。
[2] (清)董诰等《全唐文》,第2049—2050页。

多用武后字,前人所说或多或寡,看予合《集韵》等书,考定为字十七,其见于此铭者十有二。"①武后造字事在天授元年(690),武后准凤阁侍郎宗秦客所奏,改"天""地"等十二字。远离京城的澄州《智城碑》、泷州《龙龛道场铭》能够在七年之后的万岁通天二年(697)、九年之后的圣历二年(699)使用武后新造字,除了中央强大的统治威慑力,也说明了交通对于北方骈体文风在岭南播衍的潜在影响②。

  《景星寺碑铭》是卢藏用是在从新州(广东新兴)改流驩州(越南荣市)途中经过容州撰写的。据文云"增封东岱,有景星垂象,制诸州置寺,仍景星为名",可知容州景星寺乃唐高宗诏置之寺。其后寺废。在睿宗、玄宗两朝之际,容州都督光楚客于原址重建,欲立碑而无作者,"作者盖缺,故历稔未刊"(《景星寺碑铭》)。直至卢藏用被流放岭南,始有是篇之作。先天二年(713)秋七月,卢藏用因依附太平公主,被"长流领表"(《旧唐书·玄宗纪》),先流新州,后改流驩州(《新唐书·卢藏用传》)③。文云:"属鄙人罹忧五宅,投迹九真。心依鹫岭之恩,路出鸢江之徼。众君子博我以道德,访我以文章。"说明此文乃卢氏从新州奔赴驩州时途经容州,应官方之邀而写。文又云:"此地(容州)南驰日户,北走石门。海陆当天下之冲,琛贽总寰中之贵。珠还浦媚,商旅之所往来;桂长岩芬,隐沦之所栖息。"④可见当时容州确实是交通要道。

  北方骈体文风的播衍从范围上主要集中于交通干道。这种情况反映了交通对骈文文风播衍的潜在影响,还说明:尽管在初唐北方文化对岭南进行文风输入、岭南对北方文风也主动接受,但是这种输入与接受只是点上的接受,顶多说是线上的接受——要么是南迁的北方文人在这些交通主干道上将骈体文风直接带入岭南,要么土著文人在交通主干道上获得由北方而传来的典籍、结识由北方而来的文人从而学习骈体文风;而从整个面上来说初唐的岭南地区仍然是文化、文学的荒蛮之地。

---

① (清)顾广圻《思适斋集》,道光二十九年徐渭仁刻本。
② 莫道才《从上林唐碑〈大宅颂〉和〈智城碑〉看唐代中原文风对岭南少数民族地区文化的影响》。
③ 案《资治通鉴》卷二一○载"藏用流泷州",与《新唐书》异。
④ (清)董诰等《全唐文》,第2409页。

三、骈体文风播衍的特点

初唐北方骈体文风在岭南的播衍,主要有如下几个显著的特征:一是北方骈文与岭南骈文交相影响,二是流寓岭南的北方文人作品教化色彩浓厚,三是多因佛教播衍,条述如下。

1. 北方骈文与岭南骈文交相影响

初唐时期北方与岭南的文化交流,从文风上来说当然是北方骈体文风影响、播衍到岭南;如果再进一步细致考察,我们就会发现在具体的文句、用语等方面北方骈文与岭南骈文其实是交相影响的。

一方面,岭南文人学习北方骈文。我们以韦敬一《智城碑》为例。从句式和用语上,可以看出《智城碑》对北方骈文的承袭。如《智城碑》云:"实乃灵仙之窟宅,贤哲之攸居。"①此前杨炯《少室山少姨庙景星碑》有云:"六合交会,于是乎有天帝之下都;九州名山,于是乎有灵仙之窟宅。"于敬之《桐柏真人茅山华阳观王先生景星碑》有云:"固灵祇之窟宅,诚羽客之留连者也。"王勃《广州宝庄严寺舍利塔碑》有云:"信夷夏之奥区,而仙灵之窟宅也。"王勃《梓州郪县灵瑞寺浮图碑》有云:"造化之所枢纽,灵仙之所窟宅。"再往上追溯,六朝孙绰《游天台山赋》有云:"皆玄圣之所游化,灵仙之所窟宅。"这些句子都是表达大致相同的意思,只是在词语和句式上稍加变化而已。这一情况,尽管有骈文大致相同的艺术思维导致句式类似的因素,但从用语的相似度来说,不能否认其中的传承关系。可以说,从这一组句例的用语可以看出《智城碑》近承杨炯、于敬之、王勃等,远追孙绰,受到北方骈体文风的影响。

另一方面,岭南文人学习北方文人,而其骈文创作又为此后的北方文人提供借鉴,形成交相影响的骈体文风之播衍。如陈集源《龙龛道场铭》明显受到此前北方骈体文风的影响。《龙龛道场铭》云"就日与慧日俱明,油云共法云同覆"②,显然近承王勃《滕王阁序》"落霞与孤鹜齐飞,秋水共长天一色",远袭庾信《马射赋》有"落花与芝盖同飞,杨柳共春旗一色"。又如《龙龛道场铭》云:"既而年代浸远,石

---

① 杜海军《广西石刻总集辑校》,第 11 页。
② (清)董诰等《全唐文》,第 2050 页。

竟无毁坏之期;岁序奄迁,粉黛有沈湮之理。"此前王勃《广州宝庄严寺舍利塔碑》有云:"虽金沙宴驾,双林无可作之期;而玉牒遗文,六尘有经行之俗。"再往前,庾信《哀江南赋》有云:"舟楫路穷,星汉非乘槎可上;风飙道阻,蓬莱无可到之期。"何其相似乃尔!而陈集源《龙龛道场铭》又为此后北方文人的骈文创作提供借鉴。稍后卢藏用《景星寺碑铭》在写作的时候就受到《龙龛道场铭》的影响。《景星寺碑铭》云"小枝小叶,洒甘露而俱霑;非想无想,覆慈云而毕润。"[1]此前《龙龛道场铭》有云:"大乘小乘,随浅深而悟道,中茎中叶,逐性分以含滋。"可以看出,二者句式和意思都一样,只是陈集源的写法较为质实,卢藏用稍微高明,"言用不言体",意象圆融高妙。尽管二人都是化用《法华经·譬喻品》,但句式如此接近,恐怕不是一种巧合。据《新唐书》,卢藏用流放新州,与《龙龛道场铭》所在的泷州相邻,借鉴的可能性非常大;如按《资治通鉴》记载,卢藏用的贬所就是泷州,这样基本可以肯定卢藏用《景星寺碑铭》受到《龙龛道场铭》的直接影响。

从北方骈文与岭南土著文人骈文的交相影响,可以看出初唐时期岭南文人对于北方骈体文风的接受是比较成功的——当然也意味着北方骈体文风在岭南的播衍是成功的。

2. 流寓岭南的北方文人作品教化色彩浓厚

初唐岭南地区流传下来的骈文,流寓岭南的北方文人作品教化色彩浓厚;相比之下,岭南土著文人的《智城碑》、陈集源《龙龛道场铭》则几乎没有这方面的内容。

如王勃《广州宝庄严寺舍利塔碑》在介绍舍利塔与宝庄严寺的历史与昙俗法师的经历后,赞美当朝三代君王的文治武功:"国家业拥太初,事用皇极。高祖以援危拨乱,伏紫气以登三。太宗以端拱继明,自黄离而用九。皇上缵乾坤之令业,振文武之英风。太阶平而百度理,中国定而兆人乐。时和岁阜,邑颂涂歌。以五刑不用,六械徒设。舟车四达,谁论贡赋之差;襟带八荒,非复华夷之隔。"[2]接着颂扬都督李某的教化之功:"群盗屏迹而归农,奸吏闻风而去职。京坻坐积,囹犴潜回。汲黯之卧淮扬,直闻清净;王堂之居池郡,但举贤良。用能

---

[1] (清)董诰等《全唐文》,第2407页。
[2] (唐)王勃著,(清)蒋清翊注《王子安集注》,第533页。

使槛穽不施,猛兽巡江而远窜;市廛无扰,商旅倍道而相欢。飓风寝毒,炎埃罢厉;人称有道,家实无为。"①又颂扬长史:"布道移风,善宠邦政;归休置驿,独守家声。然则野老行歌,虽致功于露冕;藩君坐啸,固藉美于题舆。化成异壤,抑由同德。故能道扬法教,挥斥盖缠。"②在介绍舍利塔与宝庄严寺的历史之后,着重从政治教化方面回到当朝进行颂美。

又如卢藏用《景星寺碑铭》从立意方面也可以看出浓郁的教化色彩。《景星寺碑铭》指向当时社会具体的人事,表彰事功道德。从中央层面,则通过唐高宗封禅泰山一事颂扬皇帝高功盛德,云:"高宗继文嗣武,缵历登枢,淳化洽于无垠,至德罩于有截。缉熙庶绩,平章百姓,沐雨思理,窅然姑射之风;顺风闻真,邈矣崆峒之野。金绳玉检,跻日观而告成功;宝篆瑶缄,禅云亭而肃明祀。灵茅瑞鲽,海岳之珍毕萃;气象讴歌,天人之心允接。"③从地方层面颂扬容州都督光楚客镇服一方,云:"今都督光府君名楚客……至则宣皇明,颁时令。修战守之备以与权,示威信之成以谕物,夷梗翕然革心矣。又以俗殊政异,甿风不一,因人设范,违方或二。难以虑始,可使由之。阜成日用之功,克就月将之渐。以为食者人之天,食不足焉,未可以训时。则度其川原,分其高下,田畯至喜,是铚是获,岁以有成矣。以为礼义者德之舆,礼义兴而人伦厚。然后修其丧祭,节其宾嘉,夫夫妇妇,兄兄弟弟,庶及乎教矣。以为学校者行之府,学校立而邪枉措。时则理其详序,敦其弦咏,青青子衿,在城阙矣。……威加陬落,声被县道。联虚均化,列郡同风。"④赞美光楚客在重农、化俗、兴教等各方面的政绩。

从王勃《广州宝庄严寺舍利塔碑》、卢藏用《景星寺碑铭》二文的用典也可以看出教化色彩。《广州宝庄严寺舍利塔碑》用了很多儒家语典。如"虽叶和制变,实赖文思之功;而持盈守成,亦资连帅之助"⑤,语出《尚书》、《毛诗诂训传》,《尚书·尧典》云:"曰放勋,钦明文思安安。"《诗经·大雅·凫鹥》序云:"太平之君子,能持盈守成。"《景星寺碑铭》用儒家语典也很多,其中以《诗经》和《尚书》

---

① (唐)王勃著,蒋清翊注《王子安集注》,第535页。
② 同上,第539—540页。
③ (清)董诰等《全唐文》,第2406—2407页。
④ (清)董诰等《全唐文》,第2408—2409页。
⑤ (唐)王勃著,(清)蒋清翊注《王子安集注》,第533页。

为最多。如"人是用息,化臻俾乂",典出《尚书》,《尚书·尧典》云:"帝曰:咨,四岳,汤汤洪水方割,荡荡怀山襄陵,浩浩滔天,下民其咨,有能俾乂?"又如"修废祀,秩无文"①,典出《尚书》,《尚书·洛诰》云:"周公曰:'王肇称殷礼,祀于新邑,咸秩无文。'"这些蕴藏着儒家经典思想义理的语典,对于"此邦荒服权舆"的初唐岭南来说,具有文化上的重要意义——把当时北方主流文化区流行的以用典作为思想内容表达方式的骈体文风展示于岭南社会,播衍北方骈体文风的同时还传播了儒家的教化思想。

南迁的王勃、卢藏用所作骈文具有的浓厚的教化色彩,反映了从北方主流文化区到来到岭南的文人在维护中央权威与政治教化方面的责任感和文化优越感。

3. 骈体文风多因佛教播衍

佛教由于其普世价值以及包容、调和姿态,为不同阶层所接受,故自汉代传入中国以来传播甚广。在初唐,由于朝廷官方的提倡与政令的畅达,岭南地区佛教已经广为流传。佛教对于文学的影响是多方面的。而就初唐骈体文风在岭南的播衍来说,佛教起到了介质的作用——随着佛教的广泛流传,骈体文风也附丽于佛教而随之播衍。初唐岭南现存文章中,王勃《广州宝庄严寺舍利塔碑》、陈集源《龙龛道场铭》、卢藏用《景星寺碑铭》都关乎佛教,从数量上占五分之三。可以说初唐骈体文风在岭南多因佛教而播衍。

那么,在岭南地区尤其交通会绾之地,随着佛教的传播产生了相关文章的需求;而南迁文人,尤其是精通佛理的文人,则成为这些文章撰写的最佳人选。如王勃《广州宝庄严寺舍利塔碑》云:"弟子家嗣太丘,忝闻门之薄宦;地连潍涣,窃藻绘之余工。爰托下才,用旌高躅。"②自谦"窃藻绘之余工",所以地方"爰托下才,用旌高躅",地方因王勃负有文名而邀其执笔。当然,王勃本身也精通佛理,否则恐怕不敢率尔操觚。《广州宝庄严寺舍利塔碑》就用了很多佛教语典。如云:"向使三灾克殄,八正咸修。人握戒珠,家藏宝印。则三十二相,不可得而视也;八万四千法,不可得而闻也。"③其中"三灾",语出《法苑珠林》:"是二十小劫,中间有三小灾,次第轮转:一疾疫灾,二刀兵灾,三饥馑灾。""八正",语出《大

---

① (清)董诰等《全唐文》,第2409页。
② (唐)王勃著,(清)蒋清翊注《王子安集注》,第542页。
③ 同上,第521—522页。

涅槃经》:"复说八种。所谓正见,正思惟,正语,正乐,正命,正精进,正念,正定。""人握灵珠",语出《妙法莲华经·譬喻品》:"若见佛子,持戒清洁,如净明珠。""三十二相",《释迦氏谱》云:"经云:太子身黄金色,三十二相,光照大千。"《般若经》有具体解释。"八万四千法"语出《阿育王传摩诃迦叶涅槃因缘经》:"商那和修言,阿难所持八万四千法藏,悉能受持。"通过王勃此文可见这种骈体文风是通过佛教文章而播衍的。

卢藏用也是精通内典的文士,还曾经以修文馆学士的身份充当译场"润文"①。其《景星寺碑铭》云"众君子博我以道德,访我以文章",反映了容州长官对他文章之推崇而选定他为景星寺碑的作者;而卢藏用在《景星寺碑铭》中对佛经术语的娴熟运用,亦颇能显出佛经原典的雅致韵味。由卢藏用执笔《景星寺碑铭》,可谓得人。卢藏用《景星寺碑铭》用了很多佛教语典。如云:"小枝小叶,洒甘露而俱霈;非想无想,覆慈云而毕润。"语出《妙法莲华经》、《金刚经》与《涅槃经》。《妙法莲华经·药草喻品》云:"小根小茎、小枝小叶,中根中茎、中枝中叶,大根大茎、大枝大叶,诸树大小,随上中下、各有所受,一云所雨,称其种性而得生长,华果敷实。虽一地所生,一雨所润,而诸草木、各有差别。"《金刚经·大乘正宗分》云:"若有想,若无想。若非有想非无想,我皆令入无余涅槃而灭度之。"《涅槃经》云:"无想天中所有寿命,唯佛能知,非余所及,乃至非想非非想处,亦复如是","得我三昧,能断非想,非非想处有。"又如云:"知生生不生,以一乘为贞实;体灭灭不灭,以三身为去来。"②语出《金刚三昧经》、《妙法莲华经》、《金光明最胜王经》。《金刚三昧经》云:"菩萨!如是净法,非生之所生生、非灭之所灭灭。"《妙法莲华经·方便品》云:"但以一乘道,教化诸菩萨。"《金光明最胜王经·分别三身品》云:"一切如来有三种身","一者化身,二者应身,三者法身"。又如云:"密行称独,解空无二。法云持诵,即降天花。"③语出《妙法莲华经》,《妙法莲华经·授学无学人记品》云:"罗睺罗密行,惟我能知之。"《妙法莲

---

① 唐睿宗时"帝复于北苑甘露亭来菩提流志同法藏、尘外等译《大宝积经》,宰相张说、右丞卢藏用、博士贺知章、中书侍郎陆象先、尚书郭元振、侍中魏知古润文监护"。又,"出《浴像功德经》、《毗奈耶杂事》、《二众戒经》、《唯识》、《宝生》、《所缘释》等二十部","修文馆大学士李峤、兵部尚书韦嗣立、中书侍郎赵彦昭、吏部侍郎卢藏用、兵部侍郎张说、中书舍人李乂二十余人润文"。昙噩《新修科分六学僧传》卷二《译经科·唐义净》,《卍新纂续藏经》第77册。(宋)释赞宁《宋高僧传》卷一《译经篇·义净》。
②③ (清)董诰等《全唐文》,第2407页。

华经·序品》云:"佛说此经,天雨曼陀罗华。摩诃曼陀罗华,曼殊沙华,摩诃曼殊沙华。"

陈集源《龙龛道场铭》是为新州龙龛岩道场所做铭序。文中亦有一些佛语,如云"就日与慧日俱明,油云共法云同覆","慧日"语出《妙法莲华经》。《妙法莲华经·观世音菩萨普门品》云"无垢清净光,慧日破诸暗"。又云:"大乘小乘,随浅深而悟道;中茎中叶,逐性分以含滋。"①语出《妙法莲华经·药草喻品》。王勃、卢藏用和陈集源三篇骈文所用佛教典语,有两种情况:一是佛教在世俗社会传播中形成的,已经成为当时社会的习语,在文学作品中也很常见;另一种情况是学术意味比较浓的术语,与佛经的翻译以及精英士人崇尚佛典的风气有关,这在王勃、卢藏用两文表现尤为明显。

可以说,初唐佛教在岭南地区的广泛流传,产生了相关文章的需求,进而为北方骈体文风的播衍起到媒介作用。

中华文化是由多个不同地方文化共同构成的。这些地方中,岭南、荆湘、黔中、闽中等在曾经是相对落后的,都经历了政治上纳入中央有效管辖之后的文化同化与认同,而后逐渐成为中华文化不可分割的一部分。初唐北方骈体文风在岭南之播衍,正是地方文化对中央主流文化同化与认同的表现之一。通过对初唐北方骈体文风在岭南之播衍的探析,可窥地方文化对中央主流文化同化与认同的机制与特点。

---

① (清)董诰等《全唐文》,第 2049 页。

从"链体"结构看陆贽骈文的功能突破

孟飞(西北大学中国文化研究中心)

一、骈文"别调":陆贽奏议

骈文是与散文相对而言的,其文体特征是讲求对偶、声律、典故和词藻等,因为过分追求语言的形式美,骈文通常会给后世学者留下"华而不实"的印象,甚或被认定为一种"极度畸形的装饰性文体"①。骈文之备受诟病,除了风格特征不被认可,主要集矢于表达功能的局限上。首先,不能否认整饬的句式、和谐的声律、富艳的词藻等确实会增加文章的美感,尤其运用于写景、抒情,更可使人赏心悦目。然而一旦将其应用于叙事、议论、说理,因为受到对偶、声律、典故、词藻等种种束缚,骈文创作便显得左支右绌、力不从心,作者若非才大力雄,便难得出现此种类型的佳构。

骈文不适用于议论,前人早有认识。如明人王志坚云:"四六与诗相似,皆著不得议论。"②清人张谦宜解释原因说:"以骈语论事,不难于工整,难于曲折如意、情理允协耳。"③奏议作为中国古代重要的文类之一,其行文风格主要是议论、说理。清人孙梅《四六丛话》曾特别指出奏议不宜骈文写作、写作者亦难乎

---

① [日]吉川幸次郎《中国文章论》,王水照、吴鸿春编《日本学者中国文章学论著选》,上海古籍出版社1994年版,第281页。
② 王志坚《四六法海》卷二,明天启七年(1627)戴德堂刻本。
③ 张谦宜《絸斋论文》,王水照编《历代文话》,复旦大学出版社2007年版,第3915页。

为工:

> 盖奏疏一类,下系民瘼,上关政本,必反复以伸其说,切磋以究其端。论冀见从,多浮靡而失实;理惟共晓,拘声律而难明。此沈、任所以栖毫,徐、庾因之避席者也。①

孙梅指出奏议与骈文难以"兼容"的原因所在:奏议目的是为了意见被君主采纳,因此议论必须深切著明,才具有足够的说服力,而要达到此种效果,"必反复以伸其说,切磋以究其端",对于形式方面有诸多限制的骈文而言,实在难以胜任。为此他还作过一个形象的比喻:"四六长于敷陈,短于议论。盖比物远类,驰骋上下,譬之蚁封盘马,鲜不蹶矣。"②

然而亦有逸出常轨不在此限者,比如唐代陆贽骈文就是一个特例。陆贽骈文"能在形式的限制中写得情采盎然,自然畅达,言事详备、说理深刻",赢得了时人及后世读者的一致称誉,被认为是"骈文史上的一大演变"③。时人权德舆为陆贽《翰苑集》作序,评价其文有"曲尽事情,中于机会"之语④。朱熹对于骈文颇多微词,但对陆贽骈文却表示出极大的兴趣:"陆宣公奏议极好看,这人极会议论事理,委曲说尽,更无渗漏,虽至小底事,被他处置得亦无不尽。"⑤上述评论也许只是单纯表达赞许,而更多评论则惊奇于陆贽克服骈文的缺点。如《四库全书简明目录·翰苑集》:"(陆)贽文多用骈句,盖当日之体裁。然真意笃挚,反复曲畅,不复见排偶之迹。"⑥又如朝鲜王朝正祖评价云:"陆文自是一格,用之疏章,尤为好矣。虽多骈俪,而自然合对,绝无破碎雕靡之病矣。"⑦皆从骈文对立面进行称扬。古文大家曾国藩对陆贽骈文可谓推崇备至,他曾评论说:

---

① 孙梅《四六丛话》,商务印书馆1937年版,第239页。
② 孙梅《四六丛话》,第560页。
③ 莫道才《骈文在唐代文学史上的地位》,《广西师范大学学报(哲学社会科学版)》1990年第1期,第17页。
④ 权德舆《唐赠兵部尚书宣公陆贽翰苑集序》,《全唐文》,中华书局1982年版,第5032页。
⑤ 黎靖德编、王星贤点校《朱子语类》,中华书局1994年版,第3248页。
⑥ 永瑢等《四库全书简明目录》卷一五,清《文渊阁四库全书》本。
⑦ 《参政院日记》正祖二十一年六月十二日条,第1777册,第66页。陆贽奏议在朝鲜王朝正祖时备受推崇,参见张光宇《朝鲜王朝正祖与〈陆宣公奏议〉》一文(《文学遗产》2015年第5期)。

> 骈体文为大雅所羞称,以其不能发挥精义,并恐以芜累伤其气也。陆公则无一句不对,无一字不谐平仄,无一联不调马蹄。而义理之精,足以比隆濂洛,亦堪方驾韩苏。退之本为陆公所取士,子瞻奏议终身效法陆公。而公之剖析事理,精当不移,则非韩所能及。①

曾国藩叹服陆贽骈文几乎达到了形式与内容的完美统一,至于"剖析事理,精当不移",甚至连"古文八大家"之首的韩愈都有所弗逮。孙梅《四六丛话》更是将陆贽骈文推尊到无与伦比的地位:"若敷陈论列,无往不可,而又纂组辉华,宫商谐协,则前无古后无今,宣公一人而已。"②

二、"链体"结构与"连珠"体

"文涉俳偶者,气象萎苶不足观焉",何以陆贽的骈文能够"如行云流水,读之不觉其俳?"③针对骈文形式上的种种束缚,陆贽是如何做到"从心所欲,不逾矩"的? 对此古今学者多有探讨。

古人每从学问道德上推原,较少写作技艺层面的讨论。即便如《四六丛话》这样颇成系统的骈文批评代表著作,得出的结论也无非是:"大抵义蕴得自六经,而文词则《文选》烂熟也。"④此外还有一种"以气行文"的说法⑤,因玄妙难言而失之肤廓,也很难让人餍服。近现代学者始着眼于从形式上分析陆贽骈文特质形成之原因。钱基博评价陆贽骈文曾言:"宣公议论纚纚,自出机杼,易短为长,改华从实,质文互用,工为驰骋"⑥,注意到其"易短为长,改华从实"的特点,即扩充句子容量、语言由华丽转为平实。台湾学者谢武雄最早就此问题展开全面论述,他认为陆文风格的形成缘于"骈散夹叙"、"鲜用典故"、"用散文方法使文气承转"、"长于论断,善于敷陈"、"多作长篇巨制"等多种原因。⑦ 上述观点后

---

① 曾国藩《鸣原堂论文》,王水照编《历代文话》,第六册,第 5525 页。
②④ 孙梅《四六丛话》卷三二,第 585 页。
③ [日]斋藤正谦《拙堂续文话》,王水照、吴鸿春编选《日本学者中国文章学论著选》,第 185 页。
⑤ 如李慈铭《越缦堂读书记》:"至陆宣公、李樊南全以气行文,大开宋人门径。"(辽宁教育出版社 2001 年版,第 851 页),又如陈康麟《古今文派述略》:"其所作制诰章奏,排比之中,行以灏瀚之气。"(王水照编《历代文话》,第九册,第 8162 页)。
⑥ 钱基博《骈文通义》,大华书局 1934 年版,第 68 页。
⑦ 参看谢武雄《陆宣公之言论及其文学》,台湾政治大学中国文学研究所硕士论文,嘉新水泥公司文化基金会丛书 1975 年版。

被学者不断论述加强并作补充,如另外一位台湾学者陈松雄在其专著《陆宣公之政事与文学》中亦曾总结为六点①,内容则与之大同小异,未出前者论列范围。大陆学者中首先展开专门研究者当推于景祥先生,其专著《陆贽研究》中有专节论述"陆贽改革骈文的方式"②,此后又经提炼总结,概括为以下四点:一是运单成复,不失整齐之态;二是杂用单行,承转文气;三是力求朗畅,少用典故;四是加长骈句和加长篇幅。③ 于先生的考论较前人转精转密,尤其是其关于句式结构的探讨,特别强调其"散句双行,运单成复"的重要特征,深化了我们对于陆贽骈文运作原理的认识。就此问题后来学者虽续有研究,但大多是前人意见的翻新,未能有更进一步的发现。④

前人的研究很大程度上为我们揭示了陆贽骈文"读之不觉其俳"的奥妙,但是否已题无賸义?笔者认为尚有值得深入探讨的余地。德国汉学家鲁道夫·瓦格纳(Rudolf G. Wagner)教授在其专著《王弼〈老子注〉研究》一书中提出"链体风格"(Interlocking Parallel Style),用以分析王弼的注释技艺,同时探讨其思想内容及文本结构。所谓"链体","即两个思想要素平行交错地展开"。与骈体"强调对偶句子间横向的对称关系"不同,"链体"结构更加关注"关键语汇或思想要素的纵向连续性"。⑤ 其所介绍的语言分析方法对我们研究陆贽骈文特质的成因颇有启发。

我们试以瓦格纳教授《王弼〈老子注〉研究》中对《老子》第64章"为者败之,执者失之,是以圣人无为故无败,无执故无失"一段的分析为例,以略明其旨趣所在。为方便论说,上述语句根据语意逻辑可标记为如下形式⑥:

---

① 六点分别为:一、骈散兼务,而妙造自然;二、镕铸故实,而明白晓畅;三、长于议论,善于敷陈;四、工于镕裁,巧于比兴;五、思想清晰,博依不溺;六、词句流利,渊雅圆赅。见陈松雄《陆宣公之政事与文学》,文史哲出版社1985年版,第121—128页。
② 参看于景祥《陆贽研究》,辽宁人民出版社1998年版,第54—62页。
③ 参看于景祥《骈文的蜕变》一文,原载《文学评论》2003年第5期,后收入氏著《骈文论稿》,中华书局2011年版,第24—25页。
④ 如宁薇《唐代骈体公牍文论稿》总结原因为:"一、少用典故,不尚藻饰;二、文从字顺,不用生词;三、出入六经,洁而不芜;四、句杂长短,骈散结合。"世界图书出版公司2014年版,第139—154页。又见郑强《陆贽研究》,山东师范大学2008年硕士论文第四章,第59—85页。
⑤ [德]瓦格纳著,杨立华译《王弼〈老子注〉研究》,江苏人民出版社2008年版,第47页。
⑥ 详细论述参见瓦格纳《王弼〈老子注〉研究》,第57—61页。

Ⅰ 1a 为者败之　　　　　2b 执者失之
　　3c 是以圣人
Ⅱ 4a 无为故无败　　　　5b 无执故无失

Ⅰ、Ⅱ表示两组对偶的句子,1、2、3、4、5表示句子的先后次序,a、b、c则是根据主题关联做出的分类。1a和2b、4a和5b形式上为骈句,但从内容来看,这两组骈句可拆解为:1a(3c)4a,2b(3c)5b,亦即:

a 为者败之,(是以圣人)无为故无败;
b 执者失之,(是以圣人)无执故无失。

前后两组偶句分为两个意义单元,它们之间通过语意逻辑相绾结,结构形式有如"链体",这也是术语命名的由来。诚如瓦格纳教授所言,这一做法并"不仅仅是表达一种思想的凝练和简洁的方式",同时也"以无声的、结构的方式表达了思想的第二个层面";"在主题上,它们是相互补充的对立面,共同构成了一个存在着界域的整体"。因此对于这种结构的解读策略,应该是"空间的而非线性的读解"。①

上文举例只是标准而简单的"链体"结构,瓦格纳教授在书中还列举了其他几种较为复杂的变体,如《礼记·缁衣》以下一段内容:"子曰:君子道人以言,而禁人以行。故言必虑其所终,而行必稽其所敝;则民谨于言而慎于行。《诗》云:'慎尔出话,敬尔威仪。'《大雅》曰:'穆穆文王,于缉熙敬止。'"可拆解标记为:

　　　　　　　1c 子曰:君子
Ⅰ 2a 道人以言　　　　3b 而禁人以行
　　　　　　　4c 故
Ⅱ 5a 言必虑其所终　　6b 而行必稽其所敝
　　　　　　　7c 则民
Ⅲ 8a 谨于言　　　　　9b 而慎于行
　　　　　　　10c《诗》云
Ⅳ 11a 慎尔出话　　　12b 敬尔威仪

---

① [德]瓦格纳著,杨立华译《王弼〈老子注〉研究》,第58页。

瓦格纳教授将"穆穆文王,于缉熙敬止"两句分别标记为 14a 和 15b,但考虑到此二句实非对偶关系,故裁去不予讨论。① 可以看出,这段话共包含四组骈句和两个意义单元(2a/5a/8a/11a 和 3b/6b/9b/12b,分别以"言"和"行"为关键词),意义单元的句子之间由语意逻辑联结,骈句组构成一个有机的整体,不能被分割开来理解。"链体"结构可以说是早期汉语文本中比较常见的模式,瓦格纳教授还从《管子》、《韩非子》、《孝经》、《墨子》、《周易》等典籍中找到了相关的例子。

"链体"结构在早期文本中的普遍存在,表明古人对这一结构有意识地运用,如我国古代文体中的"连珠",可以说是典型的"链体"结构。② 关于"连珠"体的起源,学者多有讨论;兹不赘述。我们更关注其特殊的句式结构。"连珠"体的主要特点为"辞句连续,相互发明,若珠之结排"③,我们不妨运用瓦格纳教授的"链体风格"理论来分析一组陆机《演连珠》的作品④:

      1c 臣闻
Ⅰ 2a 绝节高唱,非凡耳所悲 3b 肆义芳讯,非庸听所善
      4c 是以
Ⅱ 5a 南荆有寡和之歌   6b 东野有不释之辩

不难发现,陆机虽将第Ⅰ组对偶由单句加长为两个句子,但 2a/5a、3b/6b 的结构形式与前文所举同出一辙,当是渊源有自。钱锺书先生论"连珠"体曾言:"盖诸子中常有其体,后汉作者本而整齐藻绘,别标门类,遂成'连珠'"⑤,"连珠"能够成为一种单独的文类,"链体"结构在当时写作中的广泛应用由此可窥一斑。对于"连珠"体语言形式的认识,胡大雷先生总结得非常准确:

  所谓"连珠",换一种表述就是使语言表达的外在与内在都具有足够的串联。就其外在来说,语言整齐乃至骈化,所谓顺口而下;就其内在来说,

---

① [德]瓦格纳著,杨立华译《王弼〈老子注〉研究》,第 96—97 页。
② 有学者认为"连珠"体是指一组体式相同或相近的作品,而不是一则作品,如马世年先生《连珠体渊源新探》(《甘肃社会科学》2008 年第 6 期,第 172—176 页)、《祝、史"垂戒之辞"与连珠体的起源》(《中国古代散文论丛:第三届骈文国际学术研讨会论文专辑》,世界图书广东出版公司 2014 年版,第 163—170 页)等文皆持此观点。笔者认为"连珠"用以形容每则作品的句式结构亦自无不当,不妨两存其说。
③ 欧阳询编《艺文类聚》卷五七引沈约《注制连珠表》。
④ 萧统编《文选》,中华书局 1977 年版,第 764 页。
⑤ 钱锺书《管锥编》,中华书局 1979 年版,第 1136 页。

推理论证环环相扣,这样才真正达到"连珠"。①

"连珠"体用以议论、说理,逻辑严密,环环相如,其骈俪的句式和精巧的结构浑然一体,可以说达到了内容与形式的统一,故又被严复称为"一体之骈文"②。瓦格纳教授"链体风格"的发现以及中国学者对于"连珠体"的研究,都已超越外在形式而注意到其内部结构,他们的观点和方法对于我们探讨陆贽骈文"反复曲畅"、"深切著明"的风格成因,不失为一个很好的观察角度。

三、陆贽骈文对"链体"结构的发展

笔者检阅发现,"链体"结构大量存在于陆贽奏议之中,是其议论、说理的主要形式。尤其值得注意的是,陆贽对于"链体"结构不仅深谙其理运用自如,在若干方面还超越前人自我作古,将这一结构的效用提升到了新的高度。他对于"链体"结构优势的充分发挥,可以说是其克服骈文功能缺陷的重要原因之一。以下试从几个方面讨论陆贽骈文对"链体"结构的发展。

首先,增加骈句长度,使用长联对偶(两个句子以上),对偶字数有的多达二三十字,极大地扩充了内容空间。另外,增加"链体"单元,将骈句组由两三组增至四五组甚至更多,为语意层次的扩展提供了可能。以上两点请见下文示例:

    1c 夫君之大柄,在惠与威,二者兼行,废一不可

Ⅰ 2a 惠而罔威则不畏　　　　　　　　　　3b 威而罔惠则不怀

            Ⅱ

  4b 苟知夫惠之可怀,而废其取威之具,则所敷之惠适足以示弱也,其何怀之有焉?

  5a 苟知夫威之可畏,而遗其施惠之德,则所作之威适足以召敌也,其何畏之有焉?

        6c 故善为国者

Ⅲ 7a 宣惠以养威　　　　　　　　　　8b 蓄威以尊惠

---

① 胡大雷《论"连珠"体起源于"对问"》,《中山大学学报(社会科学版)》2010年第1期,第17页。
② 严复《名家浅说》,商务印书馆1981年版,第43页。

Ⅳ 9a 威而能养则不挫　　　　　10b 惠而见尊则有恩
　　　　　　　　　　　11c 是以
　　Ⅴ 12ab 惠与威交相蓄也　　　　13ab 威与惠互相行也

以上是陆贽《收河中后请罢兵状》的一段论述①，主体部分皆为骈句，共有5组；其中第Ⅱ组(4b/5a)由4个句子组成，单句最长为11字，总字数则多达31字。孙梅《四六丛话》云："古之四六为对，语简而笔劲，故与古文未远。其合两句为一联者，谓之隔句对，古人慎用之，非以此见长也。"②至陆贽骈文，出于表达复杂语意的需要，开始有意识地大量使用长句和长联，成为其显著特点。事实上，陆贽骈文这一特点早已为前人认识并加以效仿，如顾炎武曾言："今人作四六，中多用长调，甚至数十字为一对，不知何以云'四六'也？昉于陆宣公奏议，盖论事之文，不拘一体，固然尔。"③上述特征在陆贽之前的骈文中是很罕见的。

　　其次，不再局限于偶对双行，必要时增加语意单元，用错综排比的方式展开论述，增强文章的气势和论证的力度。例如：

　　　　　　　　　1e 夫小人之于蔽明害理，如
　Ⅰ 2a 目之有眯　　　　　　　　3b 耳之有充
　Ⅱ 4c 嘉谷之有蝥　　　　　　　5d 梁木之有蠹也
　　　　　　　　　　Ⅲ
　　　6a 眯离娄之目，则天地四方之位不分矣
　　　7b 充子野之耳，则雷霆蝇黾之声莫辨矣
　　　　　　　　　　Ⅳ
　　　8c 虽后稷之穑，禾易长亩，而蝥伤其本，则零瘁而不植矣
　　　9d 虽公输之巧，台成九层，而蠹空其中，则圮折而不支矣

以上语段摘自陆贽《论裴延龄奸蠹书》④。陆贽形容小人"蔽明害理"，连用了4组比喻，即4个语意单元(2a/6a，3b/7b，4c/8c，5d/9d)；在结构上，4组比喻两两

---

① 陆贽撰，王素校点《陆贽集》，中华书局2006年版，第530—531页。
② 孙梅《四六丛话》卷三三，第626页。
③ 顾炎武《菰中随笔》，清乾隆孔氏玉虹楼刻本。
④ 陆贽撰，王素校点《陆贽集》，第668页。

相对,分为两个骈句组。根据比喻对象的指向不同,陆贽采用了不同的论证手法,句式亦随之变化:第Ⅰ组为4字对偶,主于形容小人之"蔽明",第Ⅲ组继阐其意,以两句15字对偶;第Ⅱ组为5字对偶,主于形容小人之"害理",第Ⅳ组继阐其意,以四句21字对偶。按照读者线性阅读的习惯,骈句由短而长,论述层层递进,自然而然形成一种推波助澜、排山倒海的语势,令人目不暇接。诚如明孙绪所言:"陆宣公就事论事,纤情变态无穷,而其言亦无穷,滚滚多至数千,一字不可减也。"①

第三,基于骈句的加长和骈句组的增加,语意层次更加丰富,论证逻辑更加缜密。例如陆贽《奉天请数对群臣兼许令论事状》其中一段②:

1c 其推诚也

Ⅰ 2a 在彰信　　　　　　　3b 在任人

Ⅱ

4a 彰信不务于尽言,所贵乎出言则可复

5b 任人不可以无择,所贵乎已择则不疑

Ⅲ 6a 言而必诚,然后可求人之听命　7b 任而勿贰,然后可责人之成功

Ⅳ 8a 诚信一亏,则百事无不纰缪　　9b 疑贰一起,则群下莫不忧虞

10c 是故

Ⅴ

11a 言或乖宜,可引过以改其言,而不可苟也

12b 任或乖当,可求贤以代其任,而不可疑也

13c 如此则推诚之义孚矣

此段以"彰信"和"任人"为关键词,可分为两个语意单元(2a/4a/6a/8a/11a,3b/5b/7b/9b/12b)。我们试以a组为例,来分析其句子间的语意层次和逻辑关系。2a提出"推诚"在于"彰信"的论点,4a进而论证"彰信"在于"言则可复",此论点之具化,为第一层次。6a为正面论证,"言而必诚"(亦即"言则可复")则可使人"听命";8a为反面论证,如"诚信一亏"则"百事无不纰缪",6a/8a正反论证,可

---

① 孙绪《沙溪集》卷一一,清《文渊阁四库全书》本。
② 陆贽撰,王素校点《陆贽集》卷一三,第403页。

视为第二层次。11a 在上述论证的基础上提出"言或乖宜"的改过之法,为语意的第三层次。整段内容思路清晰,逻辑严密,论述由"信"而"言"而"诚",最后归结"引过改言"可谓水到渠成,非常具有说服力。

除了上述几大特点之外,陆贽骈文在结构突破方面还有其他值得注意的地方,此不一一论列。笔者认为,陆贽骈文对于"链体"结构的发展主要还是通过加长骈句、增加骈句组来经营更复杂的语意层次和逻辑关系,以此来实现骈文议论、说理的功能拓展。同时不可否认,骈散兼行以及"夫"、"也"、"以"等虚词,"故"、"是以"、"是故"等连词的使用,也确实起到了疏瀹文气、润滑关节的功用,使陆贽骈文达到了"卷舒之态自然,襞襀之痕尽化"(《四六丛话》)的效果。如果说"连珠"体这一精巧结构在前代只是零章片段、类似箴言的存在,那么陆贽无疑将其功能调适并巧妙植入骈体行文的脉络之中,使之成为论述机体的重要构成,"链体"结构的功能优势在陆贽骈文中也得到了淋漓尽致地展现。前人评价陆贽骈文"事理明畅,情义剀切"①,寻其根源正得益于此。

四、陆贽骈文实现功能突破之原因

陆贽之所以能够做到对"链体"结构的超越和突破,若迹其变化之方,自其不变者观之,不过是以理驭词,纵意所如,因地制宜,随物赋形,像苏东坡所言:"行于所当行,止于不可不止"(《文说》)。虽然如此,我们还是不妨探讨一下陆贽骈文采用"链体"结构取得功能突破的原因所在。

其一,"链体"结构与古人思维模式有着天然耦合之处,"链体"结构的展开更是契合于古人的论述理路。中国传统文化中的阴阳观念以及二元论的辩证思维,都可视为骈词俪语自然生成的文化土壤,《文心雕龙》言"心生文辞,运裁百虑,高下相须,自然成对"②,正可反映出古人对于骈偶由来的认识。袁枚《胡稚威骈体文序》对此论述得尤为精彩:"文之骈,即数之偶也,而独不近取诸身乎? 头,奇数也;而眉目,而手足,则偶矣。而独不远取诸物乎? 草木,奇数也,而由蘖而瓣萼,则偶矣。山峙而双峰,水分而交流,禽飞而并翼,星缀而连珠,此

---

① 张谦宜《絸斋论文》,王水照《历代文话》第四册,第3923页。
② 刘勰《文心雕龙·丽辞》,人民文学出版社1958年版,第588页。

岂人为之哉？古圣人以文明道，而不讳修词。骈体者，修词之尤工者也。"①胡适倡导白话文运动，其《文学改良刍议》认为须从"八事"入手改革文体，其七为"不讲对仗"，但也不得不承认："排偶乃人类言语之一种特性，故虽古代文字，如老子、孔子之文，亦间有骈句。"②从根源来看，骈体的运用与古人思维的表达并非不可调和的矛盾。另一方面，当骈体写作成为风气，也会反过来影响古人的思维，如朱光潜先生所言："文字的构造和习惯往往能影响思想。用排偶文既久，心中就于无形中养成一种求排偶的习惯，以至观察事物都处处求对称"，"中国诗文的对偶起初是自然现象和文字特性酿成的，到后来加上文人求排偶的心理习惯，于是就'变本加厉'了"。③

中国文化的特定语境以及古人思维的运作习惯，使古代文章的论述理路自然呈现出错综交互的特点。宋人陈骙《文则》曾总结"文有交错之体，若缠纠然，主在析理，理尽后已"④，此为古人议论、说理的普遍思路和原则。反观"链体"结构的功能特点，我们不难发现两者之间存在共通之处和某种深层的契合，我们甚至可以说"链体"结构是古人经过摸索总结，为议论、说理更好地展开而"量身定制"的特定结构也不为过。宋人陈绎曾探讨骈文改良方法，以为"宋人四六之新规"，其一为"联串两句，融化明白，一段数联，又须融化相串。篇串数段，仍须融化照应。脉络贯通，语意浏亮，浑然天成，则式虽四六文，与古文不异矣。"⑤这种"联串"、"融化"的追求，需藉由"链体"结构的突破才能达成，而陆贽骈文可谓是成功的实践。

尽管如此，陆贽仍然无法严格恪守骈文规则，达到形式与内容的完美统一，在形式上他不得不时常做出妥协以保证内容的完整。如其文虽以骈句为主，但仍须杂用散句，句子也不能全用四六，至于典故、声韵、藻饰等也无多措意，这些特征都使其成为骈文的"别调"，甚至不被认可其为骈文。张之洞《輶轩语》将陆

---

① 袁枚撰，王英志校点《袁枚全集（贰）》，江苏古籍出版社1993年版，第198页。
② 胡适《胡适文存》（亚东图书馆1921年版），第21页。按：清人朱一新《无邪堂答问》亦云："周秦诸子之书，骈散互用，间多协韵，六经亦然。"
③ 朱光潜《诗论》，《朱光潜全集》，合肥：安徽教育出版社1987年版，第202页。
④ 陈骙《文则·丁》，王水照编《历代文话》，第153页。
⑤ 陈绎曾《文筌·四六附说》，清李士棻家钞本。

贽列为"古文家",称其为文"虽多排偶,不得限以四六之名"①;高步瀛编选《唐宋文举要》,甲编选散文,乙编选骈文,谨严有法,其中将陆贽《奉天请罢琼林大盈二库状》列为甲编散文之属,也是基于以上原因。笔者认为,陆贽骈文的上述特点,可以视为对骈文的改革,其所取径与韩愈等人倡导的"古文运动"有着相似之处,都是向古代典籍寻求资源。韩愈所作的"古文"并非完全复古,而是通过复古进行文体革新;陆贽骈文显示出的革新,则是某种意义上的"复古",清人朱一新认为:"宣公降格以从时,源亦出于东汉"②,此说甚有见地,只不过其源仍可上溯,五经、先秦诸子已肇其端。

其二,陆贽骈文功能的突破,也出于现实政治的需要,与唐德宗的性格爱好和执政作风有着密切的关系。本着"知人论世"的原则,我们还有必要结合陆贽骈文写作的政治环境和现实因素进行考察。陆贽奏议的直接阅读对象为唐德宗,其最终目的是得到唐德宗的认可,以取得"言听计从"的效果。然而唐德宗并非寻常君主可比,唐德宗即位之初尚能开公布诚,自遭"泾师之变"和"奉天之难",便开始猜忌防范朝臣,转而任命重用宦官,史书称其"猜忌刻薄,以强明自任,耻见屈于正论,而忘受欺于奸谀"③,又"不委政宰相,人间细务,多自临决"④,这一点也可以从陆贽《奉天请数对群臣兼许令论事状》、《兴元论解姜公辅状》等奏议中得到证明⑤。苏轼《乞校正陆贽奏议上进札子》曾言:

> 伏见唐宰相陆贽,才本王佐,学为帝师。论深切于事情,言不离于道德。智如子房,而文则过之;辩如贾谊,而术不疏。上以格君心之非,下以通天下之志。三代以还,一人而已。但其不幸,仕不遇时。德宗以苛刻为能,而贽谏之以忠厚;德宗以猜疑为术,而贽劝之以推诚;德宗好用兵,而贽以消兵为先;德宗好聚财,而贽以散财为急。至于用人听言之法,治边驭将

---

① 张之洞编,范希曾补正,孙文泱增订《增订书目答问补正》,中华书局2011年版,第665页。
② 朱一新《无邪堂答问》卷二,第90页。
③ 《新唐书》,中华书局1975年版,第219页。
④ 《旧唐书》,中华书局1975年版,第472页。
⑤ 如《奉天请数对群臣兼许令论事状》中唐德宗自言:"朕心甚好推诚,亦能纳谏。但缘上封事及奏对者,少有忠良,多是论人长短,或探朕意旨。朕虽不受谗谮,出外即漫生是非,以为威福。朕往日将谓君臣一体,都不提防,缘推诚信不移,多被奸人卖弄。今所致患害,朕思亦无他故,却是失在推诚。"(《陆贽集》卷一三,第388页)陆贽奏议中对此多有箴规,文长不录。

之方,罪己以收人心,改过以应天道,去小人以除民患,惜名器以待有功。如此之流,未易悉数。可谓进苦口之药石,针害身之膏肓。

唐德宗猜忌刻薄而又刚愎自用,其为政思路又多与陆贽相左,在很多方面都存在很大的分歧,如何才能成功说服人主?对于奏议者而言无疑是极大的挑战。

另一方面,唐德宗本人爱好文艺,文献多有记载,如《翰林志》载:"德宗雅尚文学,注意是选,乘舆每幸学士院,顾问锡赉,无所不至。御馔珍肴,辍而赐之。又尝召对于浴堂,移院于金銮殿,对御起草,诗赋倡和,或旬日不出。"①《唐诗纪事》:"帝善为文,尤长于篇什。每与学士言诗于浴堂殿,夜分不寐。"②中晚唐帝王之中,以唐德宗存诗数目最多(现存16首诗),由此也可窥一斑。不仅如此,唐德宗对于诗文还相当"挑剔",有着严厉的审美眼光。如他曾明斥崔翰诗为"恶诗"③,还曾在宣政殿亲自批阅试策文章,"或有词理乖谬者,即浓点笔抹之至尾"④。可以想象唐德宗对于文章的要求之高,能够符合其审美趣味同时具备充分说服力的文章,必须内容、形式两者兼顾,方有打动人主的可能性。这无形中也促使陆贽探索进化骈文功能的路径,以取得上章奏议的最佳效果,而"链体"结构的引入,可以说是重要而关键的一环。

史书记载,陆贽曾经一度为唐德宗"特所亲信"⑤,"虽有宰臣,而谋猷参决多出于贽,故当时目为'内相'"⑥,可以说其骈文革新确实发挥了一定效用。元人刘岳申曾言:"近古人臣进谏其君,未有如陆宣公者,以其言多与德宗不合,而推诚尽忠,反复委曲,无所不至,故为奏对第一。"⑦在表达对陆贽钦佩之情的同时,也点明了陆贽骈文"反复委曲,无所不至"的特点,这也正是我们前文着重论述"链体"结构的核心特征。清人刘熙载云:"陆宣公奏议,妙能不同于贾生。贾生之言犹不见用,况德宗之量非文帝比,故激昂辩析有所难行,而纡余委备可以冀

---

① 李肇《翰林志》卷上,清《知不足斋丛书》本。
② 计有功《唐诗纪事》卷二,《四部丛刊》景明嘉靖本。
③ 见李肇《唐国史补》卷中:"杜太保(佑)在淮南,进崔叔清(翰)诗百篇。德宗谓使者曰:'此恶诗,焉用进?'时呼为'准敕恶诗'。"(明《津逮秘书》本)。
④ 苏鹗《杜阳杂编》卷上,清《文渊阁四库全书》本。
⑤ 《册府元龟》卷九九,明刻初印本。
⑥ 《旧唐书》卷一三九,第3817页。
⑦ 刘岳申《陆宣公奏议注序》,《申斋集》卷一,清《文渊阁四库全书》本。

入。"①"纡余委备"是"反复委曲"的另外一种表达,其本质仍然是议论、说理的深刻与周详。唐德宗贞元年间,虽已出现"古文运动"的先声,有梁肃、独孤及等人的创作,但仍无法与风行于世的骈文分庭抗礼,骈文作为朝廷公牍、科举试策使用的主流文体,必定更加为"好文雅蕴藉"的唐德宗所欣赏和认可②。陆贽既然不能自由选择文体,只能通过文体内部的改革进行功能拓展,这也是促成其骈文风格形成的重要原因,不能不说与唐德宗有着密切的关联。

五、陆贽骈文之于后世影响及其他

张仁青先生曾对陆贽骈文革新的意义做出如下评价:"骈文至陆宣公,可谓极变化之能事,前乎此者,多吟咏哀思、摇荡性灵之作,自宣公移以入奏议诏书之后,骈文之范围,随之扩大,不但可以抒情,可以叙述,亦且可以议论。故骈文之形式虽未尝变,而骈文之性质与内容均已改观。"③可谓中肯之论。陆贽骈文的功能突破,使其更加适用于公牍写作,而后世文士仰慕其为人、钦服其为文,颇有以之作为效法对象者,如宋代四六文曾受陆贽骈文颇多影响,对此学者已有注意④。苏轼推崇表彰陆贽骈文不遗余力,已见于前文征引。元人戴表元曾言:"宣公吴人,以纯诚直谏、嘉猷远识、学行政术为唐忠臣,未尝以文名也。……而眉苏公父子亟慕而学焉,大苏公遂取其书进之经筵,以备讲读。自是以来,学士大夫以谏诤者尚其悫实,以诏檄者尚其明达,以书判者尚其果决,以谳议者尚其详尽,而宣公之书行矣。"⑤可知在苏轼大力倡引之下,当时文士纷纷效仿陆贽骈文已蔚然成风。

苏轼推崇陆贽骈文,主要欣赏其说理明彻、议论剀切:"孔子曰:'辞达而已矣。'物固有是。理患不知,知之患不能达之于口与手。所谓文者,能达是而已。

---

① 刘熙载《艺概》,上海古籍出版社1978年版,第20页。
② 据《资治通鉴》卷二三三记载:"上(唐德宗)好文雅蕴藉,而(柳)浑质直轻俊,无威仪。于上前时发俚语,上不悦,欲黜为王府长史。李泌言:'浑褊直无它,故事,罢相无为长史者。'又欲以为王傅,泌请以为常侍。上曰:'苟得罢之,无不可者。'己丑,浑罢为左散骑常侍。"(中华书局1975年版,第7496页)由此可窥唐德宗的文学趣味。
③ 张仁青《中国骈文发展史》,浙江大学出版社2009年版,第362页。
④ 参看黄之栋《论两宋之际的四六文》,《浙江大学学报(人文社会科学版)》,2012年第3期。
⑤ 戴表元《陆宣公奏议精要序》,《剡源集》卷七,《四部丛刊》景明本。

文人之盛,莫如近世。然私所敬慕者,独陆宣公一人。"①在陆贽骈文众多的学习者中,苏轼堪称最得其体要者,寻其登堂入室之迹,其中对"链体"结构功能的认识及运用,不能不说是其重要阶础。如苏轼《上皇帝书》中如下一段:"人心之于人主也,如木之有根,如灯之有膏,如鱼之有水,如农夫之有田,如商贾之有财。木无根则槁,灯无膏则灭,鱼无水则死,农无田则饥,商贾无财则贫,人主失人心则亡。"即为排比式"链体"结构之典型应用,清人汪中评曰"篇中凡议论譬喻引证,多用双行,是陆宣公奏议体"②,颇有见地。又如苏轼《转对条上三事状》其中一段:"凡为天下国家,当爱惜名器、谨重刑罚。若爱惜名器,则斗升之禄,足以鼓舞豪杰;谨重刑罚,则笞杖之法,足以震詟顽狡。若不爱惜、谨重,则虽日拜卿相,而人不动;动行诛戮,而人不惧。此安危之机、人主之操术也。"③则为语意层次较为复杂之"链体"结构,其联句对偶,正反论证,委曲详明,事理条畅,真堪赓陆贽骈文之余响。

两宋之际的汪藻被誉为四六文之"集大成者"④,其骈文特点之一便是多用长联,为此还曾受到孙梅的批评:"故义山之文,隔句不过通篇一二见,若浮溪(汪藻),非隔句不能警矣。甚至长联至数句,长句至十数字者,以为裁对之巧,不知古意浸失,遂成习气,四六至此弊极矣。"⑤然而此或汪藻学陆贽骈文处,但未尽其运用之妙耳。宋人学习陆贽骈文,"贤者识其大者,不贤者识其小者",许多学习者只注意到其长句、长联的表面形式,忽略了其作为意义共同体的结构特征及语意逻辑的内在关联,因而也就难以窥其堂奥、得其仿佛,效法而不得其要领,故不免出现新的弊病。"词婉而直,理顺而明"(陆贽《奉天论李晟所管兵马状》)是陆贽的写作理念,"链体"结构可以视为一种骈文写作的思维和论证的利器,帮助其更好发挥议论、说理功能,但这一结构的有效运用,不仅要求写作者具备高超的语言驾驭能力,更加需要有卓绝的识见和深刻的洞察,这也正是陆贽骈文后世难以企及的重要原因。

---

① 苏轼《答虔倅俞括奉议书一首》,《苏文忠公全集》卷一四,明成化本。
② 高步瀛《唐宋文举要》,上海古籍出版社1982年版,第1036页。
③ 苏轼《转对条上三事状》,《经进东坡文集事略》,中华书局香港分局1979年版,第558页。
④ 陈振孙《直斋书录解题》,上海古籍出版社1987年版,第526页。
⑤ 孙梅《四六丛话》卷三三,第626页。

骈体募缘疏的兴起及文体特征

沈如泉（西南交通大学人文学院）

  印度佛教传入中国后对中国文化产生极大的影响。同时，在佛教中国化的过程中，印度佛教传统也不断被改造以适应中国社会文化环境。中国佛教发展的历史其实也是中外僧人不断尝试同化两种不同文化的历史。在传教过程中，因佛教仪式需要、寺院经济发展等方面的因素影响，不少汉文佛教文体也应运而生。学术界目前对变文、愿文、偈颂等文体研究成果较多，而对佛教日常应用文体关注还不足。比如"疏"这种文体在佛教徒日常生活中有广泛应用，但并未引起足够重视。

  疏起源于汉朝。刘勰《文心雕龙·奏启》云："自汉以来，奏事或称上疏。"① 自贾谊《论积贮疏》始，疏就成为一种臣下论谏奏御、陈情叙事的文体名，即奏疏。从广义的角度说，奏疏可以包括上疏、上书、奏札、奏状、封事等多种文体。疏文后来在佛教徒那里则得到极大发展，衍生出更多文疏种类，具备更多文体功能，广泛应用于多种场合。北宋宗赜著《禅苑清规》载禅寺有书状之职，"主执山门书疏"。② 其中"请尊宿"条又载有"官疏、院疏、僧官疏、诸院长老疏、施主疏、闲居官员疏"等按照撰写者身份分类的疏名。③ 南宋叶棻编《圣宋名贤五百家播芳大全文粹》则将其分为"释疏""请疏""劝缘疏""祝赞疏""功德疏"等多个

---

① 刘勰著，詹锳义证《文心雕龙义证》，上海古籍出版社，第854页。
② 宗赜著，苏军点校《禅苑清规》，中州古籍出版社2001年版，第40页。
③ 宗赜著，苏军点校《禅苑清规》，中州古籍出版社2001年版，第90页。

门类,大致是按照疏文不同文体功能分类。日僧无著道忠编纂《禅林象器笺》时,为禅林应用文字立为"文疏门",其下也区分为"官府疏""山门疏""江湖疏""淋汗疏""化疏"等诸多门类。这些释门疏文,与佛教徒日常活动息息相关,是研究佛教僧侣日常生活及佛教礼仪、佛教文学的重要材料,但至今研究还不充分。本文拟对佛教疏文中一个小类——骈体募缘疏的兴起过程及文章结构等方面特点稍加探究。

一、募缘疏的兴起及其与寺庙经济关系

募缘疏又名劝缘疏、化缘疏等,本指为配合寺院劝募活动而撰写之疏文。因为募缘疏的使用范围有限,属于一种相对边缘化的实用文体而难入文学研究者视野,故历来论者甚少。近年只有冯国栋《涉佛文体与佛教仪式——以像赞与疏文为例》一文留意于此。冯国栋将释氏疏文分为三体:"一为道场疏,实为释道上于神佛之疏;二为请疏;三为劝缘疏。后二类为上于尊长或檀越之疏。道场疏下略分为圣节生日、国家祈祷、国忌追荐、雨旸祈祷。请疏下分住持住庵、教学(开堂、小参、讲经等)。劝缘疏下分道桥、寺庵、经像与衣资度牒等。"①这种分类方式与前人相较,明显更为合理。明代徐师曾大概是最早对募缘疏这一文体加以详细说明的人。他在《文体明辨序说》中说:"按募缘疏者,广求众力之词也。桥梁、祠庙、寺观、经像与夫释、老衣食器用之类,凡非一力所能独成者,必撰疏以募之。词用俪语,盖时俗所尚。而桥梁之建,本以利人;祠庙之设,或关祀典,尤非他事之比,则斯文也,岂可阙而不录哉?故列之。"②稍后于他的明代贺复征在《文章辨体汇选》中也选了明人募缘疏,并说:"募缘之有疏也,诸选俱不载,值神庙初年,名公巨卿多喜禅悦,创建精蓝而疏文始盛,今选数篇,与荐亡文同列焉,以备一体。"③徐师曾说募缘疏"词用俪语",而稍后于他的贺复征编选《文章辨体汇选》时却收有散体和律体两类募缘疏,可见徐说之误。贺复征说募缘疏"诸选俱不载"也是信口开河,至少宋代别集与文章选本中已经开始收录募缘疏。所以接下来先对募缘疏兴起过程加以简单介绍。

---

① 冯国栋《涉佛文体与佛教仪式——以像赞与疏文为例》,《浙江学刊》2014 年 3 期,第 83 页。
② 徐师曾《文体明辨序说》,王水照主编《历代文话》第二册,复旦大学出版社 2007 年版,第 2143 页。
③ 贺复征《文章辨体汇选》卷三七九,《景印文渊阁四库全书》本。

唐释道宣撰《广弘明集》中已收有梁简文帝萧纲《为人作造寺疏》，文为骈体，其文曰：

> 郢州某甲敬白：窃以布金须达，表精舍于给园；影石仙人，造伽蓝于离越。莫不事表区中，心凭真外。但四缠惑恼，去善源而无涤；五浊重茧，非慧刃而安挥？故以愍彼湿薪，伤兹滴器。今于郢州某山，为十方僧建立招提寺，萦负郊原，面带城雉，枕倚岩壑，吐纳烟云。重门洞启，未创飞行之殿；步榈中霤，犹寡密石之功。严饰之理难阶，瓶钵之资已罄。道俗傥能微留善念，薄奖胜缘，则事等观香，义同锡乘。昔人修檀舍，手雨七宝；前贤薄施，掌出双金。福有冥移，言无多逊。谨疏。①

这大约是流传下来最早的募缘疏。萧纲为郢州某甲代言求募造寺，作疏启以告人，疏文采用当时流行的骈体文来写。疏文可分为三部分，"敬白"以下为第一部分，引述佛典明造寺之必要。"今于"之后为第二部分，描述郢州某山建寺的自然环境，同时陈说资金不足。"道俗"以后为第三部分，劝僧俗出资助建寺以积福。

此后直到中晚唐，在一些文献中才偶尔有关于募缘文的记载。日本僧人圆仁所撰《入唐求法巡礼行记》卷一记载：

> ［开成四年正月］六日 相公参军沈弁来云：相公传语：从今月初五日，为国并得钱修开元寺旃檀瑞像阁，寄孝感寺，令讲经募缘。请本国和尚特到听讲，兼催本国诸官等结缘舍钱者。
>
> ［正月］七日 沈弁来，传相公语言：州府诸官拟以明日会集孝感寺，特屈本国和尚相来看者。兼有讲经法师璠募缘文。案彼状称：修瑞像阁，讲《金刚经》，所乞钱五十贯。状过相公，赐招募。同缘同因，寄孝感寺讲经候缘者。其状如别。沈弁申云：相公施一千贯。此讲以一月为期，每日进赴听法人多数。计以一万贯，得修此阁。波斯国出千贯钱，婆国人舍二百贯。今国众计少人数，仍募五十贯者。转催感少。②

---

① 释道宣《广弘明集》卷二八，《宋思溪藏本广弘明集》十一册，国家图书馆出版社2018年版，第27—28页。
② 圆仁撰，白化文等校注《入唐求法巡礼行记校注》，花山文艺出版社2007年版，第93—94页。

根据圆仁的记载,这次募缘活动的起因是为开元寺修瑞像阁而起,募缘方式是通过讲经活动进行。此次募缘活动是由地方长官主导安排的,官员不但带头布施金钱,还对一些外国人进行摊派。圆仁记录里提到"有讲经法师瑢募缘文",说明当时募缘活动已有相应的文章写作活动与之配合,不过在圆仁在记录中对这种文又称为"状"。据上下文意,募缘文内容似较简单,主要是说募缘目的为了开元寺修瑞像阁,集资方式是在孝感寺通过讲解《金刚经》进行建造资金募集,募集的目标是重修经费一万贯,这与后来僧人外出化募求缘并不相同。

晚唐新罗来唐的崔致远则撰有《求化修大云寺疏》、《求化修诸道观疏》两篇募缘疏。此二疏,一篇是为修佛寺而作,一篇是为修道观所作,均为骈体文。不过据现有文献看,这一时期募缘文疏仍比较罕见。日本驹泽大学图书馆所藏朝鲜重刊本《五杉练若新学备用》是五代时禅僧应之为僧侣编撰的实用文书,分上、中、下三卷,其卷中书仪部分罗列多种文疏,其中也无劝缘疏这类名目。

大约从北宋开始,僧道募缘撰疏才成为一时风气。宋代文献中习称募缘疏为劝缘疏、劝请疏或"化……疏"等。苏轼及苏门学士黄庭坚、晁补之等都有劝缘疏存世。北宋与南宋之交的孙觌以及南宋吕祖谦等也写了不少劝缘疏。此外,北宋释惠洪、南宋释居简等僧侣亦均有劝缘疏作品。从文献角度看,南宋刊刻的一些宋代作家别集、文章选本之中已经开始收入劝缘疏。北京图书馆藏宋乾道麻沙本《类编增广黄先生大全文集》第四十二卷为"疏"类文,其下又分为"祝圣""开堂""劝缘""追荐"四目。其中劝缘疏收录有黄庭坚的《六祖院劝缘疏》、《别敕六祖禅师劝请疏》、《道俗斋万僧会所疏》三篇。国家图书馆藏南宋绍熙建阳崇化魏齐贤富学堂刻本叶棻编《圣宋名贤五百家播芳大全文粹》第六十九卷至第七十卷有"劝缘疏"一类文,其下又分"修造""塑像""经典""铸钟""化供""佛事""度牒"七目,共计收苏轼、孙觌、吕祖谦等人所撰劝缘疏 71 篇,其中以骈体劝缘疏居多。上述情况说明,至迟到南宋,募缘疏已经被视为一种独立文体。虽然元明清募缘疏作者也代不乏人,就文体而言也骈散兼有,但从文章写作角度看,仍基本遵循了唐宋以来形成的文体规范。

募缘疏自入宋以后才开始逐渐流行起来,这与佛教在中国的发展,特别是佛教寺院经济的转型变化密切相关。

僧侣化缘本来是为了求得檀越布施,而接受布施是佛教的立足之本。法国学者谢和耐在《中国5—10世纪的寺院经济》一书中曾总结说："在布施于佛教的财产的观念中，法律来源于出家人。'三宝'一词在印度经文中一般均指佛教界(佛、法与僧)。但是，对中国人来说，它们也实有所指：这就是佛像、供这些佛像居住的佛堂、舍利盒和用作法事开销及以维修宗教建筑的费用；其次是经卷、说法坛以及与传播教理有关的一切设施；最后是僧侣们的住处僧房，他们的土地、杂役和牲畜等等。"①关于布施，谢和耐提出过这样的观点："对于佛教艺术来说，巨额开支不可或缺。……宗教活动表现的如同一种奢侈品：道场的建筑和装饰、在举行宗教仪轨时的巨额开支、用集体经费供养的一个新的社会阶级的出现，这都是属于完全无偿的活动。和尚们本身就是一种豪华奢侈。"②王仲尧也指出："晋唐时期中国佛教的生存主要依靠国家及社会上层布施，但布施的方式主要不是饭食，而是可以概括为四类：创建寺院、布施金钱、馈施土地、敕给封户租税。"③此外，陶希圣编校《唐代寺院经济》一书中也收录了不少布施寺院的历史文献记录。因此在佛教生存主要依靠国家及社会上层布施的阶段，很多僧侣是无需外出化缘的。当时依靠信众主动布施为主的寺院经济足以满足僧侣日常生活需要以及寺院必要的开支。我们在敦煌出土的文献中可以看到不少愿文、回向文之类的文书，其中详细记载了施主向寺院施舍的具体财物数目以及施主虔信佛教的态度和这些施舍行为想为施主带来何种福报、满足他们何种心理期待的祈求，这些文书都是配合主动施舍行为而出现的。在寺院经济还依赖外部社会主动提供强力支持之时，募缘活动可能本来就很少，自然也不会有募缘疏这种文体的流行。

从宋代开始募缘疏日益增多。应该说，这种现象是晋唐以来佛教寺院经济模式开始发生变化的一种间接体现。王仲尧曾指出："约从中晚唐起，一开始以完全不引人注目的方式，仿佛从岩栖穴止间产生出来的丛林(寺院)，以一种出乎意料的生存模式改变了佛教经济的基本方向和提出了寺院经营的基本价值，仿佛突然焕发出一种全新活力，继而迅速扩大影响，几乎彻底改造了佛教生存

---

① 谢和耐著，耿昇译《中国5—10世纪的寺院经济》，上海古籍出版社2004年版，第68页。
② 谢和耐著，耿昇译《中国5—10世纪的寺院经济》，第199页。
③ 王仲尧著《南宋佛教制度文化研究》，商务印书馆2012年版，第528页。

方式:以自生性生存机制,作为佛教生存及弘法资粮来源之基础。"①这种自生性生存机制的出现源于百丈怀海等禅宗大德倡导的农禅思想。王仲尧认为:"中国式戒律制度——禅门清规之'一日不作,一日不食'成为新的佛门戒训并以最快的速度为各宗派接受,由此标志着佛教开始在经济上摆脱单纯依赖檀施的格局,而以自立品格,寻求新的自生性生存模式。"②王仲尧在《南宋佛教制度文化研究》一书中分析了丛林营为制度,对南宋"五山十刹"等田产经营加以统计分析,从而说明这些寺院皆有丰厚田产,具备经营性基础条件。简而言之,就是这些寺院可以不依赖檀施而独立生存发展。但过度强调自生性生存机制也可能导致认识走向误区。事实上,佛教徒永远不会拒绝檀施。王仲尧统计的"五山十刹"都是当时富得流油的大庙,对于那些香火不旺的破败小寺以及独自禅修的僧人的经济生活方式并未加以考虑。如果从这一时期出现为数不少的募缘疏的表象看,则此时寺院经济的自生性生存机制还应该包括僧人摆脱了以往坐待布施供养的被动接受方式,开始主动外出化缘积极寻求檀施的行为。募缘疏就是在这个寺院经济转型及农禅思想流行起来的大背景下得到发展并成为一种独立文体的。

按照宋代禅林清规中的记载,禅寺中有专门负责外出化缘的僧侣,称"化主"。禅寺中也有专门负责各类文书书写的僧侣,称"书状"。但劝缘疏的作者往往并不是寺内书状。寺院邀请名人或名僧作劝缘疏,大概还是为了借助名人效应加强宣传效果,以便实现化缘目的。

宋代文献中保留了一些僧侣邀请文人撰写募缘疏的记录。如洪迈《容斋四笔》卷四"一百五日"条载:"吾州城北芝山寺,为禁烟游赏之地,寺僧欲建华严阁,请予作劝缘疏,其末一联云'大善知识五十三,永壮人天之仰;寒食清明一百六,鼎来道俗之观'。"③

募缘本指以募化结佛缘。佛教认为能布施者,为与佛有缘法,故称募化或化缘。募缘的观念虽出自佛教,但作为一种寺院经营方式迅速为道教所仿效。道教徒在化缘过程中也袭用了募缘疏这种源自佛教的文体。那些为道教所作

---

① 王仲尧著《南宋佛教制度文化研究》,商务印书馆2012年版,第536页。
② 王仲尧著《南宋佛教制度文化研究》,第538页。
③ 洪迈著,孔凡礼点校《容斋随笔》,中华书局2005年版,第677页。

的募缘疏除了在文章措辞方面会有一些差异,比如将涉及佛教教理的内容替换为道家学说,将佛教典故辞藻改为道家典故辞藻外,其他方面与佛教募缘疏写法并无二致。

在宋代,募缘也为一般民众募集财物时所效法。孙觌《枫桥砌街疏》就是代地方官为苏州枫桥募缘修街路而作,与宗教布施无关。但疏文中最后有"虽道路桥梁不治,盍现宰官身;而山河大地皆平,实行菩萨道"的句子,可见仍然是借助佛教为他人造福成智而求得累积功德以求解脱的布施观念来帮助达到筹资修路的目的。此外,还有以偈或诗代疏替僧俗募缘的,兹不赘述。

二、晚唐崔致远骈体募缘疏的文体特点

募缘疏采用骈体还是散体写作,并无一定之规。不过从唐宋留存下来的作品看,还是以使用骈体撰写者居多。本文限于篇幅,接下来暂不讨论散体募缘疏,仅对唐宋时期骈体募缘疏文体特点尝试加以探讨。然目前关于唐代募缘疏,笔者亦仅见晚唐崔致远所作二篇,虽比起梁简文帝《为人作造寺疏》那种孤证多出一例,然难据此为代表总结一代募缘疏文体特点,以下所论,也不过观其滥觞,聊胜于无耳。

求化修大云寺疏

大云寺募缘求化重修建瓦木工价等。详夫教列为三,佛居其一。其如妙旨则暗神玄化,微言则广谕凡流。开张劝善之门,解摘执迷之网。然则欲使众心归敬,须令像设庄严。有感必通,无求不应。垦情田而种福,游法海而淘(本文作者按,一本作"消"是)殃。不可思议,于是乎在。当州城西大云寺虽临楚甸,实压蜀冈。旧创仁祠,高标兑位。雨洗烟窗之色,万朵前山;风敲月砌之声,千株古木。在一郡乃偏为胜境,于四时则最称芳辰。至如春水绿波,杂花生树;都人士女,以遨以游。不劳听法之缘,自得消忧之所。则与城东禅智寺双肩对耸,两耳齐张。夹炀帝之遗宫,拥淮王之仙宅。壮兹乐土,倚彼福田。前年偶值飞蝗,未能避境;旋忧聚蚁,或欲毁堤。故护军特进以将隔妖氛,忽兴猛焰,遂使瑠璃之界,翻成煨烬之余。虽菩萨焚身,固为常事;而苾蒭住足,尽失安居。可惜祇园,便同隙地。今幸遇太尉

将驱众旅,伫灭群凶,既逃过去之灾,或补未来之福。欲安盛府,许葺精庐。欲使炉续朝香,钟迎夜梵,树宿猕猴之友,林栖鹦鹉之王。盖寻贞观之中,曾传帝语;岂效太清之末,酷信伽谭。所愿广运慈航,徐搥法鼓,深资功德,静划妖魔。百官荣从于鸾旌,万乘遄归于象阙。次愿太尉廓清寰宇,高坐庙堂,演伽叶之真宗,龙堪比德;举儒童之善教,麟不失时。克兴上古之风,永致大同之化。凡于戴发含齿,鳞潜羽翔,皆荷慈悲,尽能解脱。但以一毛可拔,先求信义之心;百足不僵,须赖扶持之力。既难独办,固托众缘,无吝羡财,合资洪福。富者不仁之说,自古所讥;积而能散之规,于今可诫。谨疏。①

求化修诸道观疏

紫极宫重修城下诸宫观求化瓦木等价。伏以苦县诞灵,神州演法,真性乃圣朝之祖,强名为至道之宗。玉叶金柯,耀芳阴于万代;瑶函琼笈,传妙旨于四方。遂得斋醮有归,科仪无坠。神宫灵宇,宛写诸天。祕殿精坛,严修胜地。当州东吴丽俗,南兖雄藩。鲍参军则赋炫精妍,扬执则箴夸夭矫。而乃至道少勤行者,玄门无善闭之人。味澹口中,动成大笑;义深目外,谁信上升。福庭则草没尘侵,仙室则雨倾风坏。况值枭声竞噪,虺毒强吹。到处星飞,但见羽书之急;经年雾集,唯聆甲骑之劳。俗既喧惊,教增寂默。未有葺修之暇,非无舍施之缘。今幸遇太尉德继犹龙,道深有象。黄石公之妙诀,雅称帝师;赤松子之胜游,伫迎仙友。是故出则以六奇制敌,入则以九转服勤。静除阃外之烟尘,闲对壶中之日月。三元遵敬,一气精修。果见真位高迁,殊祥荐降。彩云片片,飞来楚岫之风;玄鹤双双,唳向隋宫之月。又乃前年则江寇南逼,去岁则淮戎北侵。蚁皆恃于成群,蛇欲矜于结阵。伏赖太尉雄威坐振,众孽奔亡。四邻戴信于桓公,八郡感恩于召父。睹耕农之蔽野,听歌吹之沸天。古人有言:为可为于可为之时则可。其城下宫观,今欲旋集良工,增修旧址。拟金室银堂之制,处处腾光;俾星冠月帔之徒,人人洁迹。微功若就,良愿克伸:龙图早耀于中兴,虎旅永摧其大盗。次愿太尉运筹佐汉,迥掩张良;拊楫游湖,静追范蠡。石留马

---

① 崔致远撰,党银平校注《桂苑笔耕集校注》,中华书局2007年版,第561—562页。

迹,台挂凤音。蓬岛花开,春醉而闲乘白鹿;芝田雨过,晓耕而长任青牛。罢吟小桂之句,独迈大椿之寿。然后仰从翔翼,俯至潜鳞,凡曰含虚,悉能蒙福。但以所修官观,荒摧既久,经费甚多,无因独办资粮,唯仰众成功德。迦谭之难舍能舍,犹见乐输;道教之自然而然,幸无轻诺。谨疏。①

这两篇文章开头分别有"大云寺募缘求化重修建瓦木工价等""紫极宫重修城下诸宫观求化瓦木等价"两句,句式相仿,开宗明义,交代了为何事而募缘。其中"价等""等价"两词或有一处颠倒,笔者推测其"价"后当有空缺数字,是待上门化缘前再根据施主经济情况将所欲募集金额填入。前引《入唐求法巡礼行记》中圆仁记录看到的唐代募缘疏有"案彼状称:修瑞像阁,讲《金刚经》,所乞钱五十贯"语,就是针对施主标明了具体募集金额五十贯的,而修瑞像阁共需募集一万贯才行。

其次,是陈述寺院或道观的作用。《求化修大云寺疏》自"详夫教列为三"至"于是乎在"一段核心是写"欲使众心归敬,须令像设庄严",即佛寺存在的必要性、重要性。《求化修诸道观疏》自"伏以苦县诞灵"至"严修胜地"一段则写因道观的存在才使"斋醮有归,科仪无坠",也是说道教传播离不开道观。

次之,描写寺观所在并陈述荒废缘由。《求化修大云寺疏》自"当州城西"至"便同隙地"为一段;《求化修诸道观疏》自"当州东吴丽俗"至"非无舍施之缘"为一段;二段文字都是写战争导致寺观毁废之事。

次之,写重修由哪位长官主事并对其加以歌颂。《求化修大云寺疏》云"今幸遇太尉将驱众旅,伫灭群凶,既逃过去之灾,或补未来之福。欲安盛府,许葺精庐";《求化修诸道观疏》云"伏赖太尉雄威坐振,众孽奔亡。……今欲旋集良工,增修旧址"。据此两篇疏文所述,则当时募缘修寺观均需得到官员允许与支持,此与圆仁所述相同,故疏文中不吝笔墨盛赞官员功勋。

次之,为国家及主事长官祈愿加福。《求化修大云寺疏》中"所愿广运慈航"以下,《求化修诸道观疏》"良愿克伸"以下是为国家祈福语。二疏中"次愿太尉"以下皆系为官员祈福语。这种为国为人祈福发愿的写法从文体上说是模拟回向发愿文,而从宗教习俗角度看,则是印度佛教布施习俗的遗留。竺

---

① 崔致远撰,党银平校注《桂苑笔耕集校注》,第566—567页。

佛念等译《四分律》载:"佛言:不应食已默然而去,应为檀越说达嚫,乃至为说一偈:若为利故施,此利必当得;若为乐故施,后必得快乐。……佛言:达嚫时……若檀越欲闻说布施,应称叹布施。若欲闻说檀越法,应为赞叹檀越法。若欲闻说天,应为赞叹天。若欲闻说过去父祖,应为赞叹过去父祖……"印度佛教度以托钵乞食为生,每得施舍则必以好语为报。达嚫意译为财施、施颂,主要指布施之金银财物等。同时又指受施主布食(布施)之后,为施主说法。传入中土,凡布施化缘之文,结尾赞颂施主,或祷或愿,应该也与这种印度佛教古风相关。

最后,表达希望施主能不吝财富,允诺出资之意,并以"谨疏"作结。

比较可见,二疏写作格式基本相同。一篇疏文大致要由六个部分构成:一、破题。即开篇第一句,写明为何事募缘,募集金额多少。二、入事。引经据典介绍募集修建对象的重要性。三、入意,陈说募缘的理由。四、颂官。赞颂官员对于修寺观之功绩。五、发愿。先祝愿国家四海升平,再祝愿官员立功享寿等。六、恳请檀越出资。

不过两篇疏文在措辞上却又有所不同。崔致远能根据佛教寺院与道教宫观的不同而分别选取贴近佛教或道教的词汇来组成对句。如《求化修大云寺疏》中"垦情田而种福,游法海而淘殃。不可思议,于是乎在"明显是用佛教词汇表达佛教思想;而《求化修诸道观疏》中"德继犹龙,道深有象。黄石公之妙诀,雅称帝师;赤松子之胜游,仁迎仙友"则是以仙道人物比拟太尉。二文措辞留意到佛教、道教不同应用区别,但宗教色彩明显则是一样的。

崔致远所作募缘疏文体上远绍梁简文帝萧纲《为人作造寺疏》,但内容更为充实丰富,文章结构也更为复杂,语言表达更加华美铺陈。从二篇募缘疏文章结构的相似,我们似乎可以认为至少在崔致远作品中,我们看到骈体募缘疏已经具有比较稳定的文体形态。

三、宋代骈体募缘疏的文体特点

宋人所作骈体募缘疏,从文章结构到语言风格较之崔致远二疏又有明显发展变化。下面我们以黄庭坚写的寺院修建劝缘疏为例加以简析。

成都中和六祖院劝缘疏

伏以钟鱼鼓板,痴禅尽饱而六祖饥;卧具床敷,浊禅尽温而六祖冷。使道人如此失所,则檀越何处用心? 敢为诸仁,略开少(本文作者按,一本作"钞"是)分。相逢展手,不妨贫女一钱;随喜转头,报在龙华三会。谨疏。①

黄庭坚此疏非常简明。全疏可分三节。第一节即第一联,写六祖院禅僧饥寒交迫状。第二节为"使道人如此失所,则檀越何处用心"点明主题为募缘之事。"敢为诸仁"以下言施主随喜有报。从文章结构上说,黄庭坚此疏较之崔致远疏文简省许多。开篇没有"某某寺(宫观)求化瓦木等价"这样的句子。接下来以一联写六祖院禅僧缺衣少食窘状,不再铺叙寺院所在环境及兴废缘由等。结尾也依然只用一联劝施主由施舍而获得福报,不再有对国家、对主事官员的祝愿。全文从结构上看,符合元代陈绎曾《四六附说》中对劝缘疏文体结构的三段式划分,即:"一、破题;二、入事;三、述意。"②不但黄庭坚劝缘疏有这个特点,宋代劝缘疏在写法上基本都是使用这种结构。宋代劝缘疏对寺院历史文化、地理环境等因素不再描绘渲染,这使宋代劝缘疏在文学美感方面被削弱。但作为一种应用文体,以经济的笔墨直奔主题,其募缘劝化功能却得到突出和加强。

宋代劝缘疏中也不再为官员和国家祈愿,笔者推测可能是因为化缘行为不必再依赖官府长官主持才能进行,故此也就没有必要在劝缘疏中保留相应祈愿内容。黄庭坚集中亦有《成都府别敕六祖禅师劝请文》一篇,③文较《成都中和六祖院劝缘疏》为繁。据文题看则成都府对中和六祖院劝缘一事亦有官方的参与。然而文中与成都府相关的语句仅"今成都重臣之镇,实为护法之金汤;两川多士之渊,必且参微于云室"一联,看不出来官方在主导。当是黄庭坚除个人为六祖院僧人撰疏外,还代成都府为其起草一疏,以助其化缘。姚勉的一篇劝缘疏则提到一个尼童为求得换发度牒经费而将持劝缘疏逐门排户化缘的事。他在《余师姑募缘祠部疏并序》一文序中写道:"本寺尼童妙清,欲谋圆顶,尚欠方兄。须有富人,为成妙果。谨持短疏,遍扣高阊。一笔周全,三衣具足。""谨持

---

① 刘琳等校点《黄庭坚全集》,四川大学出版社 2001 年版,第 1441 页。
② 陈绎曾著《文章欧冶》,王水照主编《历代文话》第二册,复旦大学出版社 2007 年版,第 1272 页。
③ 刘琳等校点《黄庭坚全集》,四川大学出版社 2001 年版,第 1440—1441 页。

短疏,遍扣高闳"说明此次化缘完全是一种个人行为。

宋代劝缘疏还有一个特点,就是疏文措辞巧妙,能贴近所化之事加以形容。如苏轼的这一篇:

修法云寺浴室疏

浴为净因,佛所深赞。以一念须破尘垢缘,于三际中获妙湛乐。永惟悉达,尝感此以受生;爰逮跋陁,亦因之而悟法。本院规模素陋,年祀寖多。方澡雪于精神,或震凌乎风雨。升堂入室,未称真游;运水搬柴,殊淹妙用。新以革故,今正是时。施及受人,亦俱功德。①

此疏虽短,却写得非常精彩。佛教看重洗浴之事,东汉安世高译过《佛说温室洗浴众僧经》,经中宣称澡浴众僧能去七病、得七福报。其他经中宣扬沐浴的地方也不少,故苏轼云"浴为净因,佛所深赞"。宋代寺院多设有浴室,供僧众沐浴除垢、祛病疗疾。"以一念须破尘垢缘,于三际中获妙湛乐"一联语带双关,既可指短时间洗除身体尘垢,因此而身心舒泰;又可理解为开悟要看破尘缘,才能于过去、现世、未来明白自耀,获得解脱烦恼之喜悦。此疏前二联即是破题之句,点明募化重修浴室之意。接下来"永惟悉达,尝感此以受生;爰逮跋陁,亦因之而悟法"此联属于入事,即通过引用佛教典故进一步说明沐浴之功。西晋释法炬译《佛说灌洗佛形像经》云:"太子生时地为大动,第一四天王,乃至梵天、忉利天王,其中诸天各持十二种香和汤杂种名花以浴太子。太子得成佛道,开现圣法,济度群氓。"太子即苏轼文中悉达,"永惟悉达,尝感此以受生"指此而言。下句所云跋陁悟法,事见《楞严经》卷五。经云:"跋陀婆罗并其同伴十六开士,即从座起,顶礼佛足而白佛言:我等先于威音王佛闻法出家,于浴僧时随例入室,忽悟水因,既不洗尘,亦不洗体,中间安然得无所有,宿习无忘,乃至今时从佛出家,今得无学,彼佛名我跋陀婆罗。"苏轼以佛典对佛典,二事又均能切合洗浴典故,可谓妙合无垠,非精熟佛书实难撰成此联。"本院规模素陋"以下则属于"入意"部分,交代因为年久失修,故需募缘重修浴室。这一节内成语运用非常灵活。如将《庄子》中"澡雪精神"、《论语》中"升堂入室",禅

---

① 张志烈、马德富、周裕锴主编《苏轼全集校注》,河北人民出版社 2010 年版,第 6847 页。

宗语录中的"神通并妙用,运水及搬柴"数语通过加减字词,组成对句,使其皆与修法云寺浴室一事相关联。虽是苦心安排,却显得自然而然。比较而言,崔致远文中的那种"雨洗烟窗之色,万朵前山;风敲月砌之声,千株古木"和"彩云片片,飞来楚岫之风;玄鹤双双,唳向隋宫之月"等既优雅也容易雷同的句子在宋代劝缘疏中基本不再出现。而许多以禅宗语录为词源的通俗活泼的句子却多了起来,这使一些佛教募缘疏充满了禅趣和理趣。这个特点与宋代文字禅的流行是密切相关的,而且不单体现在募缘疏中,实为禅林榜疏文普遍具有的特点。

通过苏轼此疏还可以看出,宋代骈体劝缘疏固然会兼顾募缘一事的宗教背景,但在写法上已经不像晚唐崔致远所作疏文那样,于佛教疏与道教疏在措辞方面刻意加以区别。苏轼此疏用佛教典故较多,但也用儒家《论语》和道家《庄子》语。当然,宋代有的作者对此仍是比较讲究的,如孙觌,其所作《建光孝寺经藏疏》等基本用佛教典故辞藻组织成文,对句精工。而也有些作者撰疏时完全不考虑宗教背景,比如吕祖谦。他的《修德清慈相寺月池疏》文曰:"断崖吐月,才出半规;古甃涵星,尚怀全璧。久矣宝奁之废,时哉玉斧之修。护此寒清,被其氛翳。名高诗社,再传和仲之符;价重帝城,复置文饶之递。"文中看不出一点佛教色彩。其最后一联用典,用的是本朝苏轼与唐代李德裕相关的典故,也与佛教关联不大。元祐六年(1091)三月,苏轼曾与曹辅、刘季孙等游览过德清慈相寺月池,并题诗纪游。诗云:"请得一日假,来游半月泉。何人施大手,擘破水中天。""名高诗社,再传和仲之符"就指此事,其中"和仲"为东坡初字。"价重帝城,复置文饶之递",文饶,指李文饶,即唐代名相李德裕。苏轼《琼州惠通泉记》云"唐相李文饶,好饮惠山泉,置驿以取水",吕祖谦所云"文饶之递"本此。此疏全文写景叙事均未使用佛教词汇,甚至在文末一般表达布施有福报的地方,也仅以苏轼、李德裕作比,没有福田福报之类的表述。似乎说明宋代作者在募缘疏书写方面可以有较大的自由选择。

总之,自晚唐至两宋,募缘疏这种文体也在不断发展变化。就文体功能而言,尽管募缘疏这种文体最基本的劝化募缘功能没有变化,但其他一些方面的功能却弱化或消失了。如对寺观历史、环境的描绘与介绍变得可有可无,而为国家和官员祈福的表述则完全消失。就文章结构而言,宋代募缘疏由唐代的破题、入事、入意、颂官、发愿、恳请檀越出资六部分简化为破题、入事、入意三部分。就语言表达而言,宋代募缘疏亦由唐代之典雅铺排转为通俗简练。当然,上述分析毕竟是仅就部分作家作品比较得出的结论,唐宋募缘疏流变细节乃至募缘疏发展变化的历史及与其他文体的关联等问题还有待今后进一步去探索。

经典追认与理论抽绎
——初唐诸史文苑列传在骈文发展史上的意义

束莉(安徽大学古籍整理出版办公室)

唐高祖武德四年(621)至唐高宗显庆四年(659),在朝廷的倡议与推动之下,八部纪传体正史——《晋书》、《梁书》、《陈书》、《北齐书》、《周书》、《隋书》及《南史》、《北史》陆续问世,标志着唐王朝对于两晋南北朝的历史追述基本完成。这一系列史著中,集中体现撰写者之文学见解的,自然要属《文苑传》、《文学传》及类似性质的列传①,其中又以"序论"②部分的阐述最为充分。因此,这一组文献得到了当代学者的广泛关注,从中提炼出的文学理念也被广为接受,其核心观点即:初唐诸史文苑列传,是唐太宗及其重臣们对于两晋南北朝文学进行批判性反思,进而提倡南北融合、文质相宜之新文学的纲领性文件。③ 这一观点对于理解南北朝文学向唐宋文学的演进极具启示意义,被众多学术论著及文学史教材采纳。然而,始终沿循某一特定角度来观察这些珍贵的文献,是否也会低估了它们的丰富性,错过与其中更为多元的思想资源进行对话的机会? 此外,

---

① 主要指《周书·庾信王褒列传》,因为该传集中表彰文苑英才,并系统阐释了撰述者的文学理念,结构与功能基本等同于《文苑传》。
② 这里说的"序论",不仅包括文苑列传开篇、人物列传之前的总论,也包括人物列传后的赞语。
③ 代表性论著如王运熙、杨明合撰的《魏晋南北朝文学批评史》,上海古籍出版社1989年版;郭绍虞《中国文学批评史》,百花文艺出版社1999年版;王运熙、顾易生主编《中国文学批评史新编》,复旦大学出版社2001年版;罗宗强《隋唐五代文学思想史》,中华书局2003年版。代表性论文如陈飞《唐代文学概念的确立与实现——以早期史学为中心》,《文学遗产》2005年第1期,等等。

文学史的走向真的可以靠缜密的设计来决定吗？过于肯定古人的"先见之明"，是否符合历史的实态呢？基于这些疑问，本篇将对唐初诸史文苑列传的性质与意义再做思考。

一、想象的共同体：初唐史学转型与诸史文学批评的双重属性

长期以来，对于初唐诸史文苑列传文学思想的概括，有一个隐性的前提：初唐时期，存在着一个以魏征为中心、诸史臣密切合作而形成的"修史共同体"。田恩铭《初唐史传与文学研究》对这一共同体的组织和运作模式进行了详细阐述："史臣可以分为两个类型：一类是以魏征、房玄龄为代表的朝中重臣，他们是史书思想倾向的'把关人'；另一类是以文化地位为主的文史学家，如令狐德棻、姚思廉、李百药等人。……以政治地位确定撰史的指导思想，而后由史官来具体操作。"①这一共同体的存在，"实现了修史话语权的大一统，这些话语代表了国家意志，也引领着该时代文化建设的方向"②。

以上关于"修史共同体"的论述颇具正能量，与除旧布新的初唐气象也甚为契合。然而，如果对初唐诸史进行文本细读，却会发现以下问题：

首先，"集体协作"并没有使得诸书"神情仿佛"，它们依然各具"自家面目"。其中最有个性者，当属姚察、姚思廉父子所撰的《梁书》、《陈书》。以二书《文学传》为例。在其中，姚氏父子盛赞梁、陈二代文运昌明，对梁武帝、陈后主这样的"亡国之君"也不惜溢美之词："高祖(指梁武帝)聪明文思，光宅区宇，旁求儒雅，诏采异人，文章之盛，焕乎俱集。每所御幸，辄命群臣赋诗，其文善者，赐以金帛，诣阙庭而献赋颂者，或引见焉。……群士值文明之运，摛艳藻之辞，无郁抑之虞，不遭向时之患，美矣。"③再如："(陈)后主嗣业，雅尚文词，傍求学艺，焕乎俱集。每臣下表疏及献上赋颂者，躬自省览，其有辞工，则神笔赏激，加其爵位，是以搢绅之徒，咸知自励矣。"④按照"修史共同体"的思路，唐初诸史皆对南朝文

---

① 《初唐史传与文学研究》，第二章《史传书写传统与贞观君臣文学观念的生成》，黑龙江大学出版社2013年版，第36页。
② 《初唐史传与文学研究》，第二章《史传书写传统与贞观君臣文学观念的生成》，第34页。
③ 《梁书》卷四九，中华书局1973年版，第685、728页。
④ 《陈书》卷二八，中华书局1972年版，第453页。

风持批评态度。而实际上,梁、陈二书这些与《隋书》迥异的论调,甚至容易使人产生他们和《隋书》并非撰于同一时代的错觉。①

其次,撰史之人有交叉,而史书风格全然不同。以《晋书》为例。贞观二十年(646),房玄龄等奉诏编撰《晋书》,两年后撰成。据《旧唐书·令狐德棻传》、《新唐书·艺文志》等资料,该书撰者与《隋书》重合者,至少有房玄龄、令狐德棻、李淳风、李延寿、敬播、赵弘智6人。然而该书成稿不久,即遭到同为史官的刘知几的批评:"大唐修《晋书》,作者皆当代词人,远弃史、班,近宗徐、庾。夫以饰彼轻薄之句,而编为史籍之文,无异加粉黛于壮夫,服绮纨于高士者矣。"②众所周知,无论是行文风貌还是文学宗尚,《隋书》都质朴崇实,二书可谓大异其趣。

综上可知,唐初官方主持的撰史"标准化作业",并没有生产出众口一词的"同质化产品"——史臣们最终呈献的书稿其实各呈异彩。这种局面是如何形成的?诸史中关于文学的讨论又是以何种形态出现的呢?初唐史书撰写方式的转型或许值得关注。

(一)双线交错:过渡时期的史书撰写方式

中国古代史书的编撰方式,历来有官修与私撰两种。隋唐之前,史书即使被赋予了"敕撰"之名义,撰写者的自主性依然较强,南朝梁沈约撰《宋书》、北齐魏收撰《魏书》皆为显例。隋文帝统一南北后,开始尝试用行政命令将历史书写的权力收归国有。③唐承隋制,又采取多种措施推动这一政策的落实,主要有设史馆、指派史官、设监修官、统一撰修工序等。但唐初的修史实践,依然不可避免地带有过渡期特征。谢保成《隋唐五代史学》便指出:"梁、陈、齐、周四代史,虽然都是贞观三年(629)奉诏修于秘书内省,却不是严格意义上的官修。《梁书》、《陈书》、《北齐书》是子继父业,带有浓厚的家学印记。《周书》修撰,与魏收

---

① 如田晓菲在论及史传对于宫体诗的不同态度时曾说:"如果《梁书》作者认为写作宫体诗只不过是白璧微瑕,唐代史官则从征服者的道德立场出发,把宫体诗的写作和王朝兴亡的叙事编织在一起,从而戏剧化地夸大了宫体诗的负面价值。"(《烽火与流星——萧梁王朝的文学与文化》,中华书局2010年版,第130页)将《梁书》作者"和"唐代史官"相区别,自然稍有失察,但二者在"敏感问题"上截然不同的表述当是引起这种误判的重要诱因。
② (清)浦起龙撰《史通通释》卷四《论赞》,上海古籍出版社2009年版,第76页。
③ 《隋书·高祖纪下》载,开皇十三年(593),隋文帝下诏:"人间有撰集国史、臧否人物者,皆令禁绝。"《隋书》卷二,中华书局1974年版,第36页。

《魏书》情况大致相似:虽有'总监',却是'署名而已';虽非一人修撰,但其书'独出'令狐德棻之手。"他还特别指出,"'五代史'中,只有《隋书》是真正意义上的官修前代史"。① 也就是说,虽然官方试图起到主导作用,私撰时代的人员和已有成果还是得到了充分吸收,这就决定了唐初诸史的面貌也必然介于官修与私撰之间。

(二)文学批评的两种路径

史书修撰方式的转型,使得撰写者的立场也随之经历了由"立言"向"代言"的转变。"究天人之际,通古今之变,成一家之言。"司马迁在《报任安书》中的这段名言,或许即可视为私家撰史的最高目标。而隋唐以降,史家的撰述权被回收,他们只能接受官方的委派,成为国家利益的代言者。与此相应,"文学史"的撰写目的与方式也发生了变化,集中体现在文苑列传"序论"部分写法的变化上。

对传记体史书的文体性质进行细致观察可知,每一篇人物列传,皆为多种文体的复合物。其中序论部分,便颇似"论说文",如果追溯其演变脉络,亦可称之为"子书余绪"。田晓菲在《诸子的黄昏——中国中古时代的子书》一文中强调了"子书"与"私家撰史"的相通之处:"关于子书,人们有一种强烈的意识,就是它是一种非常'个人化'的著述,这体现在'著一家之法'的说法里。而所谓'一家之法',乃是司马迁所谓'一家之言'的变形。"同时她认为,"子书"的形态在中古时期发生了形态上的分化,"'论'实际上相当于从一部子书里面抽取出来的一个章节"。② 就中古文论来说,这样的概括也不无道理。除刘勰《文心雕龙》等少数专著或可称之为子书外,其他如曹丕《典论·论文》、钟嵘《诗品序》、萧绎《金楼子·立言》、颜之推《颜氏家训·文章》等文论名篇,无不以"论说文"的形式出现。

而文苑传的产生伊始,其序论或赞语的写法,正脱胎于文论。以最早设文苑列传的《后汉书》为例,其赞语云:"情志既动,篇辞为贵。抽心呈貌,非雕非蔚。殊状共体,同声异气。言观丽则,永监淫费。"③语句简略,却涵括了"文之缘

---

① 《隋唐五代史学》,商务印书馆2007年版,第36页。
② 载《中国文化》2008年第1期。
③ 《后汉书》卷八十。

起—创作要诀—文体辨析—美学品格"四个方面的内容,表达了作者对文学内在规律的理解。再如南朝诸史中,梁代沈约《宋书·谢灵运传论》对"音律论"的总结,萧子显《南齐书·文学传论》,对五言诗流变轨迹的勾勒、对南齐诗坛"三体"的界说,均为中古诗学的经典论述。

唐初诸史文苑列传的旨趣则各有不同。有些接续南北朝以来的思路,着重讨论文学发展的"内在理路"。王树民即指出:"(梁、陈)二书的特点和学术价值,与《宋书》和《南齐书》很接近,惟文笔较简洁。"①有些则官修色彩颇为浓郁,如《周书》、《隋书》对文学的政教功能十分强调。这种差异的产生,根本原因在于史书的撰写者有着不同的社会定位和文化心理:

	领衔撰写人	主要参与者	撰写人的总体特征
《晋书》	房玄龄	许敬宗、褚遂良、令狐德棻等	皆为长期追随唐太宗,深受信任的重要谋臣
《梁书》	姚察、姚思廉父子	无	出身文学世家。父子皆曾为南朝旧臣,后追随唐太宗,深受信任
《陈书》	姚察、姚思廉父子	无	
《北齐书》	李百药	无	出身文学世家。隋朝旧臣,后入唐,任职清要
《周书》	令狐德棻	岑文本	皆为长期追随唐太宗,深受信任的重要谋臣
《隋书》	魏征	房玄龄、令狐德棻等	皆为长期追随唐太宗,深受信任的重要谋臣
《南史》	李大师、李延寿父子	无	唐太宗贞观年间、唐高宗显庆年间,二人相继为史官,较为独立地从事《南史》、《北史》的编撰
《北史》	李大师、李延寿父子	无	

从上表可知,除李大师、李延寿父子之外,其他史书的主要编撰者,都与唐王朝的统治者关系密切,这也是他们得以修史的"准入"条件。一身兼重臣、史臣、文士三个身份,这决定了他们修史时心态的复杂;而不同身份的权重,又决

---

① 《中国史学史纲要》,中华书局1997年版,第89页。

定了他们在落笔时的具体倾向,大致可以分为两个层次:

一是出身文学世家,本身即为文坛翘楚者,如姚察、姚思廉父子以及李百药。他们所获得的声望与地位都与文学有关,因此对前朝的文学盛况展开追述时充满感情,评论也当行本色。如《梁书》、《陈书》的《文学传》即对梁武帝、陈后主多有赞美,着眼点正在于二帝对南朝社会右文风气的营造。耐人寻味的是,父子二人亲历易代,姚思廉更追随李世民多年,对于梁、陈的政治得失也了然于心。对旧主的文学功绩进行赞美,与其说是为了掩饰其政治失误,不如说他们对唐太宗、魏征等主张的"文学—政教"对立的说法持保留态度,对繁盛的南朝文化心怀眷眷,保持了"为艺术而艺术"的文士情怀。

二是文士身份被政治声望所掩盖者,如魏征、房玄龄、令狐德棻等。对他们来说,史书修撰的主旨在于对前朝得失的盘点,文苑风气也同样成了审视的对象。《周书·王褒庾信传序》、《隋书·文学传序》中都不乏批驳南朝文风的辞句,与这一立场有直接关系。但问题是,秉持"官长之教"的他们,却依然受到文士这一"隐性身份"的困扰,他们对文学的批判其实带有一点"理智战胜情感"的意味。① 正因为如此,无论是《隋书》还是《周书》,撰写者们其实都在"教化之责"与"立言冲动"之间徘徊不定,免不了还是要在文苑列传中对"文学"本体进行一番讨论。正如《四库全书总目》对于《周书·王褒庾信列传》的评述:"《庾信传论》仿《宋书·谢灵运传》之体,推论六义源流,于信独致微辞。良以当时俪偶相高,故有意于矫时之弊,亦可见其不专尚虚辞矣。"②也就是说,令狐德棻虽对庾信所引领的浮丽文风有所批驳,却依然满怀热忱地对文学之源流正变展开了讨论,他在史官职责与个人趣味之间的依违,也就一目了然。

综上所述,唐初的"修史共同体"可能是一个形式大于内容的"想象的共同体"。在"官修"与"私撰"两种史学路数相接榫的特殊时期,史官们在"立言"与"代言"的立场之间徘徊不定,直接导致了文苑列传中,两种文学批评方式——

---

① 牟润孙即认为,受北周以来以儒学为核心的王道传统影响,以唐太宗为代表的统治阶层必须抑制自己对南朝文学的好尚,宣称以北方文化为正统,调和南朝文学的靡丽倾向,这才是唐初史臣在文苑传记中倡导雅正文学观的决定性因素。《唐初南北学人论学之异趣及其影响》,载《注史斋丛稿》,中华书局2009年版。
② 卷四五《史部总叙·史部一·正史类一》,《四库全书总目》,清乾隆武英殿刻本。

"子书余绪"和"官长之教"相杂糅的局面。而同样属于初唐功臣集团成员的史臣们,由于出身的差异和文化性格的不同,在具体撰写时,对两种方式各取所好,这就造成了不同史书中文学批评各异其趣的局面:有些注重文学规律,而有些重视政治教化。它们各自有着不同的理论渊源和现实意义,均应得到细致解读。但从根本上来说,虽然各自的社会定位不同,"文士"身份依然是所有史臣们或显或隐的文化烙印,以文鸣世者如姚察父子、李百药等固然能够通过文苑列传的撰写来满足私家立言的夙愿,以体国经野自许者如魏征、房玄龄、令狐德棻等也无法完全压抑自身参与文学讨论的热情。因此,初唐诸史文苑列传对文学本体的讨论值得重视、挖掘。那么,它们最为关注的文学体式是什么,又贡献了哪些富有启迪性的观点呢?

二、经典凸显与骈文发展谱系的建构

中国古代文学的发展,从某种意义上来说,就是诸文体生、成、住、灭的历史。初唐诸史文苑列传体现了中国古代史著文论的典型特征:以时代发展为线索,不刻意进行文体区分,兼容众体,诗文交织。但从它们采撷文学作品(不包括史著、学术作品等)的情况,还是可以辨识出他们的论述重心:

作者	作品	采撷情况	文类	备注
应贞	华林园赋诗	存目	诗	
成公绥	孝鸟赋	存目		当为骈文
	天地赋	全文	骈文	
	啸赋	全文	骈文	
左思	齐都赋	存目		当为骈文
	三都赋	存目	骈文	
赵志	与嵇生书	全文	骈文	
褚陶	鸥鸟赋	存目		当为骈文
	水硙赋	存目		当为骈文
王沈	释时论	全文	骈文	
蔡洪	孤奋论	存目		当为骈文
张翰	首丘赋	存目		当为骈文

续表

作者	作品	采撷情况	文类	备注
庾阐	吊贾谊辞	全文	骈文	
	扬都赋	存目		当为骈文
曹毗	对儒	全文	骈文	
李充	学箴	全文	骈文	
袁宏	东征赋	存目		当为骈文
	北征赋	存目		当为骈文
	三国名臣颂(含赞)	全文	骈文	
伏滔	正淮论	全文	骈文	
顾恺之	筝赋	存目		当为骈文
以上见《晋书·文苑传》				
到沆	华光殿赋诗	存目	诗	
丘迟	连珠	存目		当为骈文
袁峻	拟官箴	存目		当为骈文
	新阙铭	存目		当为骈文
萧纲	与湘东王书	全文	骈文	附《庾于陵传》
钟嵘	瑞室颂	存目		当为骈文
	诗品序	全文	骈文	
周兴嗣	休平赋、舞马赋、光宅寺碑、铜表铭、栅塘碣、北伐檄、次韵王羲之书千字	均为存目		当为骈文
高爽	镂鱼赋	存目		当为骈文
刘峻	山栖志	存目		当为骈文
	辨命论	全文	骈文	
	自序	节选	骈文	
谢几卿	答湘东王书	全文	骈文	
刘勰	文心雕龙序	全文	骈文	
王籍	咏烛	存目	诗	
	入若耶溪	摘句	诗	

续表

作者	作品	采摭情况	文类	备注
何思澄	游庐山诗	存目	诗	
	释奠诗	存目	诗	
刘杳	败冢赋	存目		当为骈文
	新构阁斋赞	存目		当为骈文
	林庭赋	存目		当为骈文
沈约	报刘杳书	节选	骈文	附《刘杳传》
谢徵	感友赋	存目		当为骈文
	武德殿赋诗	存目	诗	
	放生文	存目		当为骈文
裴子野	寒夜值宿赋	存目		当为骈文附《谢徵传》
臧严	屯游赋	存目		当为骈文
	七算	存目		当为骈文
伏挺	致徐勉书	全文	骈文	
徐勉	报伏挺书	全文	骈文	附《伏挺传》
萧统	赐庾仲容诗	全文	诗	附《庾仲容传》
陆云公	太伯庙碑	存目		当为骈文
张缵	与陆襄、陆晏子书	全文	骈文	《陆云公传》附
萧绎	怀旧诗	节选	诗	《颜协传》附
以上见《梁书·文学传》				
颜晃	甘露颂	存目		当为骈文
王僧辩	答许亨	节选	骈文	附《许亨传》
陆琰	刀铭	存目		当为骈文
陆瑜	太子释奠诗序	存目		当为骈文
陈叔宝	与江总书	全文	骈文	
陆琛	善政颂	存目		当为骈文
徐伯阳	为侯安都作谢表	存目		当为骈文
	太建宴集序	存目		当为骈文
	匡岭赋诗	存目	诗	
	辟雍颂	存目		当为骈文

续表

作者	作品	采摭情况	文类	备注
蔡凝	小室赋	存目		当为骈文
阴铿	新成安乐宫	存目	诗	
以上见《陈书·文学传》				
丘灵鞠	殷贵妃挽歌	摘句	诗	
丘迟	连珠	存目		当为骈文
	责躬诗	存目	诗	
卞彬	枯鱼赋	存目		当为骈文
	蚤虱赋	节选	骈文	
	蜗虫赋	存目		当为骈文
	虾蟆赋	摘句	骈文	
诸葛勖	云中赋	存目		当为骈文
高爽	东治台赋	存目		当为骈文
	题鼓诗	摘句	诗	
	镬鱼赋	存目		当为骈文
丘巨源	秋胡诗	存目	诗	
孔逭	东都赋	存目		当为骈文
袁峻	拟官箴	存目		当为骈文
	新阙铭	存目		当为骈文
钟嵘	瑞室颂	存目		当为骈文
	诗品序	节选	骈文	
周兴嗣	休平赋、舞马赋、光宅寺碑、铜表铭、栅塘碣、北伐檄、次韵王羲之书千字	均为存目		当为骈文
刘勰	文心雕龙序	节选	骈文	
何思澄	游庐山诗	存目	诗	
	释奠诗	存目	诗	
	败冢赋	存目		当为骈文
王子云	自吊文	存目		当为骈文

续表

作者	作品	采摭情况	文类	备注
任孝恭	建陵寺刹下铭	存目		当为骈文
	梁武帝集序	存目		当为骈文
萧绎	怀旧诗	节选	诗	《颜协传》附
	太建宴集序	存目		当为骈文
	匡岭赋诗	存目	诗	
徐伯阳	太建雅集序	存目		当为骈文
张正见	上简文帝颂	存目		当为骈文
以上见《南史·文苑传》				
祖鸿勋	与阳休之书	全文	骈文	
	晋祠记	全文		当为骈文
樊逊	清德颂	存目		当为骈文
	客诲	存目		当为骈文
	对策文	全文	骈文	
颜之推	观我生赋	全文	骈文	
萧悫	秋思诗	摘句	诗	
以上见《北齐书·文苑传》				
王褒	燕歌行	存目	诗	
	与周弘让书	全文	骈文	
庾信	哀江南赋	全文	骈文	
以上见《周书·王褒庾信传论》				
孙万寿	赠京邑知友	全文	诗	
王贞	谢齐王暕启	全文	骈文	
	江都赋	存目		当为骈文
虞绰	大鸟铭	全文	骈文	
王胄	和炀帝诗	全文	诗	
潘徽	述恩赋	存目		当为骈文
	万字文	存目		当为骈文
杜正玄	鹦鹉赋	存目		当为骈文

续表

作者	作品	采摭情况	文类	备注
杜正藏	文章体式,又称"杜家新书"	存目		当为骈文
常得志	过故宫诗	存目	诗	
	兄弟论	存目		当为骈文
以上见《隋书·文学传》				
温子昇	侯山祠堂碑文	存目		当为骈文
	神武碑	存目		当为骈文
祖鸿勋	晋祠记	存目		当为骈文
樊逊	清德颂	存目		当为骈文
	客诲	存目		当为骈文
	库狄干碑铭	存目		当为骈文
	代杨愔作书,告晋阳朝士	存目		当为骈文
王褒	燕歌行	存目	诗	
	赠周弘让诗	存目	诗	
	赠周弘让书	存目		当为骈文
庾信	哀江南赋	存目		当为骈文
颜之仪	荆州颂	存目		当为骈文
虞世基	讲武赋	存目		当为骈文
柳䛒	《归藩赋》序	存目		当为骈文
许善心	上徐陵笺	存目		当为骈文
	神雀颂	存目		当为骈文
	七林	存目		当为骈文
	梁史序传	全文		当为骈文
侯白	旌异记	存目		当为骈文
明克让	咏修竹诗	摘句	诗	
王贞	江都赋	存目		当为骈文
虞绰	大鸟赋	存目		当为骈文
王胄	和炀帝诗	存目	诗	

续表

作者	作品	采撷情况	文类	备注
潘徽	万字文	存目		当为骈文
	兄弟论	存目		当为骈文
常得志	过故宫诗	存目	诗	
	述恩赋	存目		当为骈文
以上见《北史·文苑传》				

而骈文与诗歌的比例分别为：

晋书	20∶1	北齐书	6∶1
梁书	32∶8	周书	2∶1
陈书	10∶2	隋书	9∶3
南史	28∶8	北史	22∶5

以上详细列举，是为了以直观数据来刷新一种固有印象：一直以来，五言诗的发展被作为魏晋南北朝文学发展的主脉，学术论著、文学史教材皆以其为讨论中心，文章学的发展则被视为支脉，它的体量被低估，发展的线索变得隐晦，地位也被边缘化。然而对照以上二表可知，无论在创作实践还是批评视野中，魏晋南北朝时期，骈文都当仁不让地占据首席。① 初唐诸史文苑列传的主要观照对象，正是当时骈文勃兴的文学发展图景，它所容纳的，是"诗""文"交织发展的双线脉络。今人如果只根据当下的学术兴趣，进行单一维度的阐释，会导致前人累积的大量相关文论资源得不到充分发掘与利用。若能调整研究视角，对唐初诸史文苑列传善加利用，将不仅能够使"习见材料"重新焕发生机，更能让骈文研究的空间大大扩容。

与一般的文学批评方式相比，作为史著有机组成部分的"文苑列传"，"文学史"的纵向描绘是不可缺席的。那么，初唐史官采用了什么样的方式，来勾勒他们心目中的骈文发展谱系呢？研读文本可知，他们采用的，乃是一种"名家＋名

---

① 以上表格对于诗歌全部收录，文章主题与文学关系不大的则不取，如《陈书》何之元《〈梁典〉序》、《隋书》潘徽《韵纂》序言、《北史》许善心《方物志》等等，如果将它们也容纳进来，骈文的比例将进一步提高。

篇"的复合定位方法,依托当时多元的文化现象,多线交织、发散递进。较为显豁的,有以下几条线索:

首先,士的精神发展史追踪。两晋南北朝士风激扬,人物品评盛行,文苑列传以"人选"与"文选"紧密结合,充分反映了这种时代特征。以《晋书·文苑传》为例,其选文或赞士人天资的优异,如《袁宏传》围绕着其《东征赋》、《北征赋》的撰写连缀了一系列有趣的轶事;或赏其高洁,如《赵至传》选录其《与嵇生书》,将其"茕茕飘寄"却"激情风厉"的傲骨表露无遗;或美其精艺,如顾恺之《筝赋》即为当时名士高超艺术修养的文学反映;或表彰其事功卓荦,如袁宏《三国名臣颂》对曹魏名臣的风范激赏不已;或叹其怀才不遇,如庾阐《吊贾谊辞》、王沈《释时论》、蔡洪《孤奋论》、曹毗《对儒》都可见楚骚哀怨精神的流衍,寒士进取的艰难与执着。

其次,两晋南北朝多元文化圈迭兴的反映。与政治上的朝代更迭频繁、割据势力纷纷兴起、豪门贵戚弄权相应,文人的聚散也呈现出多层次、多中心的复杂状态。宫廷与京城自然是文化资源的中心,史书的相关记述也十分丰富,而一些不太引人注目的次生文化圈,却也盛极一时,这在初唐文苑列传中亦有反映。如《晋书·文苑传》有关袁宏的篇幅,实际上包含了对东晋枭雄桓温幕府文学活动的描述;《北齐书·文苑传》关于刘逖的记载,则展现了北齐建国之前,高欢与高澄、高洋父子经营霸府时期对人才的招揽;同传中对于颜之推经历的叙述,则透露了南朝梁萧绎的江陵文学集团的情况。这些视角,都颇为独特而珍贵。

其次,记述典型文学事件,从侧面描写社会心态的演进。例如,各方政治势力在武力博弈的同时,也致力于对自身正统地位的宣扬,以获得政治上的合法性。以此为背景,考察两晋南北朝不绝如缕的京都(都城)赋创作,便会对其产生与流传有着更深一层的理解。如左思《三都赋》,目前已有学者认为,它之所以产生"洛阳纸贵"的轰动效应,是西晋主流意识形态对晋承魏统政治伦理认同的一种表现,也是三国以迄西晋魏、蜀、吴三国争统的历史与政治背景的反映。①

---

① 参王德华《左思〈三都赋〉邺都的选择与描写——兼论"洛阳纸贵"的历史与政治背景》,《浙江大学学报》(人文社科版),2013年第2期。

东晋时期,庾阐写作《扬都赋》,虽然在艺术上不免"屋下架屋"之讥,却也受到了时任征西将军的庾亮之盛赞,并获得了"人人竞写,都下纸为之贵"的传播效果①,却也与当时东晋建立之后,建康作为新都的地位逐渐稳定,人心思安的群体心理有关。

综上,在芜杂、随机的表象背后,初唐文苑列传中,"名家+名篇"这一定位是颇为自觉而精准的,其衡量的根本标准,便是人物、文章与文化发展主流的关联是否紧密。头绪的纷繁与线索的断续、隐晦,恰好是对文学实态的一种客观反映。初唐史臣以经典凸显为手段,来构建"人—事—文"三位一体、互为映衬的骈文发展谱系的用心,便可称显豁了。

三、内外兼修:骈文理论的双向抽绎

在历代文苑列传中,通常存在一个嵌套结构:作家、作品选录作为主体,展现某一时代文学成就的具体内容;而首尾的序、赞,则注重理论阐述,表达撰史者对于那一时代文学特征的核心认识。二者相互生发,共同演绎特定时代的文学景观。具体到初唐诸史,史臣们站在新旧时代的交替点上,理论阐发也更具有系统性和学术含金量。前辈学者已注意到这一组文献所涵纳的魏晋南北朝骈文精义,并着重标识出"识声律、辨文笔、尚新变"三个要点,可谓探骊得珠。②不过由于本篇所采取的角度,乃专论正史中的文论,还是有意将它们放置入当时的文化发展情境,探讨一下其"当下"内涵。

(一)论题的明晰与体系的渐趋完备

浏览撰于南朝早期的范晔《后汉书·文苑传》,会发现其中的序论部分付之阙如,仅有一篇32字的赞语,简略地总结了自己的文学主张。这与唐初诸史文苑列传序论、赞语动辄数百字的规模是不可同日而语的。这是一个偶然,还是必然呢?考虑到南朝文论的勃兴,将其归结为后者也许更为允当。

早在魏晋时期,士人们对于名理研炼的兴趣便日益浓厚,但话题主要集中在《周易》、《老子》、《庄子》所谓"三玄"中。随着时间的推移,讨论的范围逐渐扩

---

① 余嘉锡《世说新语笺疏》,中华书局2007年版,第305页。
② 请参曹虹师《南朝美文的衍化》,袁行霈主编《中国文学史》,高等教育出版社1999年版。

大。西晋时期,陆机《文赋》已发先声。到南朝,"文"的生成与衍化成为常见的思考对象。此时的文士们,经过了魏晋以来辨名析理的磨砺,思辨能力明显提升,南朝齐、梁时期出现的文论名著——钟嵘《诗品》、刘勰《文心雕龙》等,已将文论的深度和系统性提至相当的高度。因此,初唐史臣们所撰写的序论、赞语中,对文之发生、文之特性、文之功用、文之发展历程等一系列问题的讨论显得井然有序,他们娴熟地征引文学史事象,对文章发展的脉络予以回溯、总结、评判。他们往往不为断代的框架所拘束,而是上下求索,努力追求中古文脉的贯通。作为魏晋玄谈的衍生,他们自然引入了哲学本体的讨论思考,强调"天、地、人"在宇宙中的共存与平衡,而将"文"定义为"人"而有灵的关键因素。理论的周备与"当代"文学事迹的紧密结合,是唐初文苑列传既区别于以往的"文学史"著作,也不同于一般文论著作的根本所在。"理"的精妙与"史"的肌理相结合,铸就了正史文苑列传的典范之作。

(二)终得确认的"缘情"发生机制

在初唐诸史文苑列传中,撰写者们对于诗文创作的缘起,近乎异口同声:"情之所适,发乎咏歌。"(《晋书·文苑传序》)"文章者,盖情性之风标,神明之律吕也。"(《南齐书·文苑传序》)"然文之所起,情发于中。"(《北齐书·文苑传序》)从文论溯源的角度来看,这种观点皆本于《毛诗序》"情动于中,而形于言"①,并无原创意义。但回归唐初文化情境,联系到当时朝野对于文学走向的辩论与思考,特别是对于骈文的社会意义和审美特质的质疑,这种援引便并非泛泛而谈,而是深思熟虑之后的郑重肯定,徘徊之后的尊体意识之流露。

(三)文章体貌与人物才性的契合

才性品评风潮发轫于东汉,盛行于魏晋,通贯南北朝。初唐诸史文苑列传"序论"对于骈文之艺术特质最精彩的阐发,乃在于他们以纪传体史书阅人无数的经验,洞见了"人"与"文"之间声息相通、如鼓应桴的关系。如《北齐书·文学传序》既肯定了文之优异有赖于天赋,"固感英灵以特达,非劳心所能致也",亦鼓励后天努力:"纵其情思底滞,关键不通,但伏膺无怠,钻仰斯切,驰骛胜流,周旋益友,强学广其闻见,专心屏于涉求,画缋饰以丹青,雕琢成其器用……安有

---

① 《十三经注疏》,上海古籍出版社1997年版,第37页。

至精久习而不成功者焉?"①联系到此前南朝梁萧子显所撰的《南齐书·文苑传序》对同一话题的讨论:"人有六情,禀五常之秀,情感六气,顺四时之序。其有帝资悬解,天纵多能,摛藻掞于生知,问珪璋于先觉,譬雕云之自成五色,犹仪凤之冥会八音,斯固感英灵以特达,非劳心所能致也。"②可知二者之间的对话关系:前者延续了曹丕《典论·论文》"气之清浊有体,不可力强而致"的思路,强调天赋论,而后者在观察了更为丰富的历史事象之后,提出更为中肯的反拨。这体现了史学视野的介入,对于玄学论辩走向深入、实际的积极意义。

(四)骈文社会功能的积极面

包括骈文和诗歌在内的文学作品,在六朝出现了唯美的艺术倾向。这一点引起了初唐君臣的警惕与反思,文章道弊与国运衰亡之间的关系被强调,这在诸史文苑列传尤其是魏征所撰的《隋书·文学传序》中体现尤为鲜明。前贤对此深有会心,论述周详。不过,诸史文苑列传"序论"中更为突出的,却是对骈文社会功能的正面肯定。

一是骈文对于个人的积极意义。如《梁书·文学传序》:"昔司马迁、班固书,并为《司马相如传》,相如不预汉廷大事,盖取其文章尤著也。固又为《贾邹枚路传》,亦取其能文传焉。"正所谓位有穷通,而名不可灭,文之为用不可磨灭。此类论述在诸史中出现多次,兹不赘述。再如《晋书·成公绥传》:"张华雅重绥,每见其文,叹服以为绝伦,荐之太常,征为博士。历秘书郎,转丞,迁中书郎。"诸史中屡屡可见这类寒门士人得到提携的励志故事,对于在门第社会中苦苦寻求上升通道的他们来说,包括骈文写作在内的文学创作,意味着突破阶层限制的一种可能。

二是骈文对于文化传播、国家兴盛的推动作用。"经礼乐而纬国家,通古今而述美恶,非文莫可也"(《梁书·文学传序》);"大则宪章典谟,裨赞王道;小则文理清正,申纾性灵。至于经礼乐,综人伦,通古今,述美恶,莫尚乎此"(《陈书·文学传序》)。对于采取行政命令,刻意压制文辞之美,史臣们也颇有质疑:"虽(苏绰变革文风)属词有师古之美,矫枉非适时之用,故莫能常行焉。"(《周

---

① 《北齐书》卷四五,第602页。
② 中华书局1972年版,第908页。

书·王褒庾信列传序》)反思的结果,甚至使得他们不愿盲从"文章误国"的通行观点,而是反向思考,如《梁书·文学传序》:"至有陈受命,运接乱离,虽加奖励,而向时之风流息矣。《诗》云:'人之云亡,邦国殄瘁。'岂金陵之数将终三百年乎?不然,何至是也?"国运有衰自有定数,文章不当其责,这种颇为"反潮流"的思想,归根结底处于唐初部分史臣对于文学本身价值的认可与维护。唐朝是中国古代文学发展的黄金期之一,如果没有这种官方的同声赞许,文学的发展还会破茧成蝶吗?

可见,在文学评论的总体水平得到提升的背景下,无论是骈文的艺术内核(生发机制、体貌特性),还是外在影响(社会功能),初唐诸史文苑列传都提供了丰富的论述,它们不仅是初唐史官的个人心得,还代表了历经南北朝向隋唐过渡的士人们,对于旧时代文化遗产的一种吸收,对新时代的一种展望。

结语

早在北宋时期,欧阳修就发出过感叹:"唐太宗致治几乎三王之盛,而文章不能革五代之余习。"[1]现代学者在对唐代文学进行反复观照以后,也基本认可了骈文在当时首屈一指的文体地位。而初唐诸史文苑列传的撰写,并非一个孤立的文化现象。它实际上应该被视为初唐君臣、文士,面对魏晋南北朝异常丰富的文化遗产时,进行总结与消化的步骤之一。与之相关联的文化现象至少还有:类书的编纂(如《艺文聚类》、《北堂书钞》、《初学记》),它们为文士们提供了骈文撰写时取材的便利;总集的汇刊(如《昭明文选》),它们的流行使文士们获得了转益多师的机会。而初唐诸史文苑列传的撰写,对于骈文发展谱系进行了初步确认,并进行了较为系统的理论抽绎,以精切、系统的阐述,助益了唐代士子对骈文文体特征的思考与把握,对骈文写作从庙堂、典册走向普及化、日常化具有推动作用。崔融品评初唐四杰的骈文成就,称"王勃文章宏逸,有绝尘之迹,固非常流所及";"杨盈川文思如悬河注水,酌之不竭"。[2] 从容洒落的背后,初唐史臣们的孜孜努力功不可没。

---

[1]《居士集》卷四一《苏氏文集序》,《四部丛刊》影元本。
[2]《旧唐书》卷一九〇上,中华书局1972年版,第5003页。

杜甫近体诗的骈化特征平议

韦异才（武汉大学文学院）

骈化，又称骈文化或骈偶化，指骈文之外其他文体出现的一些类似骈文的特点。诗歌和文章的骈化，根本特点都在对偶。作为近体五七言律诗，本来首尾两联不必对仗，完全可以像古诗一样散语叙述，很多唐代律诗也确实如此。但骈化的近体诗歌，首尾两联也都对仗，即全诗对偶。或者绝句两联都对偶。这就是本文所指的杜甫近体诗的骈化内涵。王世贞评曰："少陵笔力变化，极于近体。"杜甫的律诗很多都具备了骈化的特点，本文主要从对偶入手，分析杜诗的骈化现象及其原因与得失。

一、杜甫近体诗的骈化情况

杜甫近体诗共 916 首。其中五律 630 首、七律 151 首、五排 127 首、七排 8 首。骈化诗歌数量达 66 首。在这 66 首骈诗之中，以诗体而论，五律 37 首，排律 4 首，七律 5 首，五绝 6 首，七绝 14 首。从洋洋洒洒的长篇排律，到短小精悍的律体绝句，骈化现象存在于各体杜律之中。前者如《到村》、《遣闷奉呈严公二十韵》、《奉送王信州崟北归》等排律，才力纵横，气势浩荡。后者如《绝句二首（其一）》——"迟日江山丽，春风花草香。泥融飞燕子，沙暖睡鸳鸯"——看似只短短四句，却对偶工整、声韵天然。杜诗中为人熟知的一些名篇，如《绝句四首（其三：两个黄鹂鸣翠柳）》，五律《水槛遣心二首（其一：去郭轩楹敞）》，七律《登高》等，也都是骈化诗歌的重要典型。对仗并未束缚其思想，反而形成一种整饬的表达,构成一篇篇声韵优美、铺采摛文、对仗工整、情辞并茂的骈诗,在对仗中又加深了情感的抒发。

尾联的骈语,多以数字传达言外之意,以反对构成有力收结。诗歌中的数字也许是事实的客观描述,也许是对现实的有机夸张,而后者,不论放大还是缩小,都是表达诗情的有力武器——因为它能很好地体现诗歌超越现实的想象力。大者包罗银汉,小者细如微尘,诗歌的表现力就在极大、极小、极清晰、极绵邈的几端中遨游、激荡。有些数字是模糊的,如动辄"百年""千里""万家",除了极言其多、广、大、长之外,也传递了古人的迥绝思考、宇宙意识、家国心胸。

杜甫的律诗尾联好用数字成对,数字被他多次[①]应用在律诗结尾,却显示出化腐朽为神奇的面貌。如《水槛遣心》(其一):"去郭轩楹敞,无村眺望赊。澄江平少岸,幽树晚多花。细雨鱼儿出,微风燕子斜。城中十万户,此地两三家。"此诗如倒嚼甘蔗,渐入佳境。开头一联是中规中矩的对仗,出句和对句语气还有些拘谨。接下来,诗人放眼望去,江流滚滚,诗的风格态势也渐渐起了变化。颔联是一个典型的反对:似锦繁花配上清澈、平缓的江水,诗风也明朗起来。天降濛濛细雨,鱼儿露出水面吐泡泡。燕子也来凑热闹,伴着微风优雅地滑行。颈联把格调推向一个高潮。最后,一个数字对登场——锦官城里熙熙攘攘,万户人家,而我这里虽然人家少了点,但格外清净,还有这么优美的景色可以看。"十万户"的喧闹感扑面而来,就和"两三家"的疏落、清幽形成强烈对比,人虽少心情却悠然。这不仅是简单的数字对,还发挥了一层反意相对的作用。另外,尾联还将"城中"和"此地"相对照,暗示此刻老杜的落脚点在城外,正与开头"去郭""无村"相呼应。首尾照应得十分圆融,浑然一体。

"十万户"和"两三家"是数量的对比,至于时间的对比,老杜在尾联也一样出彩。试看《屏迹三首》(其三):"晚起家何事,无营地转幽。竹光团野色,舍影漾江流。失学从儿懒,长贫任妇愁。百年浑得醉,一月不梳头。""百年"和"一月",都是十分常见的时间单位,老杜用来毫无刻意,十分自然,十分契合前几联:居住偏僻,幽静少人,家中妻、子生活都不如意,又何况身无官职的自己呢?从写法上,这是一联宽对,不那么工整,信口道来,却活画出一个疏懒无事的落

[①] 据统计,尾联用数字对共9次。

魄文人形象。全联寓悲凉于放达之中,以精练的语言传达不尽的含义。和这一组诗里第二首对照,可以看出这一联数字对的妙用。《屏迹三首》(其二):"用拙存吾道,幽居近物情。桑麻深雨露,燕雀半生成。村鼓时时急,渔舟个个轻。杖藜从白首,心迹喜双清。"这一首尾联是很普通的顺叙,写自己挂着拐杖出门,对清幽的环境十分满意,认为正适合保持磊落不群的节操。联系全诗,尾联照应首联,重申志向。可见这一联力度平平,没有出彩之处。

"反对"是古人历来很重视的一种手法,《文心雕龙·丽辞》认为"反对"是"理殊趣合"。通过一颠一倒、一出一合的黏接,"反对"往往能取得奇绝的效果。老杜的很多骈化诗歌尾联都用了"反对",据统计共 15 次。收束时用"反对",往往能够加强力度,达到出奇制胜。"骈",二马并驾。如果用事物来作比的话,"反对"就像太极标志的阴阳鱼,一正一反、一上一下。又像古代的鱼符,左右相转一扣合,就通过了诗歌艺术的关。"正对"也很美妙,但它更像是两样东西并排放着,如香案上一左一右的两个花瓶,门前悬挂的一对灯笼,虽然也成对,但不如反对能够给读者更明显的互动感受。所以,全诗用骈语,就像在纸上画了一个大圆,每一联又是一个小圆,结尾用反对,就像画最后一个小圆时把最后一笔嵌入到了大圆的起笔处,圆美无碍。

试将两首诗对比。《对雪》:"北雪犯长沙,胡云冷万家。随风且间叶,带雨不成花。金错囊从罄,银壶酒易赊。无人竭浮蚁,有待至昏鸦。"《东屯北崦》:"盗贼浮生困,诛求异俗贫。空村惟见鸟,落日未逢人。步壑风吹面,看松露滴身。远山回白首,战地有黄尘。"前一首尾联用了"反对",仍然是重在突出含义转折营造的效果。一个"无",一个"有",把最后一联的语气力度逐渐推进,使得结尾处具备了奇崛的审美感受,所谓"文似看山不喜平"。而且,从内容来看,国家动乱未全平息,诗人飘零湖湘,独自饮酒,无人陪伴,本来心情就已经不佳,加之这一场罕见的大雪下得家家衾薄,户户衣单,国家命运和个人前途在诗人心中萦绕、纠缠,抱着这种心情一个人等到黄昏,千言万语化作一声长叹。结尾的"反对"为整首诗增色不少。

后一首尾联是平平的"正对",其中用了两个色彩词汇。但是,只起到了顺流直下收束全诗的作用,平铺直叙的手法没有给读者留下什么深刻的印象。可见刘勰的论断"反对为优,正对为劣"颇有其道理。

首联应用骈语,则可以偶句强化律体特征。杜甫之前的大诗人中,王维和岑参都是喜欢首联对仗的典型。王维晚年的一些作品都是开头就用一对句,中间两联自然地对下来。岑参首联对仗的时候更多,而且分布在不同时期。可见,首联对仗到盛唐作家那里,已经是一种习惯和好尚,虽然没有硬性要求,但诗人们不自觉地就向它靠拢。华夏民族喜欢偶对,汉语的单音孤立是促进偶对的一大因素。加上农耕民族的稳定心理,平整的对仗自然就获得极大进步。非对仗句相形之下就显得畸零。同时,由于律体具有中间二联对仗要求,这两联往往是诗人们关注的重点,创作时,诗人把注意力放在对偶的经营上,不经意间就将首联也写成了对仗,这是很自然的连带关系。日本学者松浦友久将律诗的特点概括为"对偶性、整齐性、完结性"①,简明扼要地指出了律体的内在特征。同时,他认为律诗是"对偶关系的纯粹形式"②,这一点对于我们看待骈化杜诗具有借鉴意义。

　　老杜继承了前人的这一习惯,在王维和岑参的基础上又进一步,乃至全篇对仗。他首联对仗的特色在组诗中体现得更为明显,我们且将同一组诗中首联对仗和不对仗的篇章进行对比。《秦州杂诗二十首》(其六):"城上胡笳奏,山边汉节归。防河赴沧海,奉诏发金微。士苦形骸黑,林疏鸟兽稀。那闻往来戍,恨解邺城围。"同组诗其五,首联则是:"西使宜天马,由来万匹强。"第六首咏被调遣去防守河北道的戍卒,表达对他们秋来远涉的同情之意,是全篇对仗的。首联"城上胡笳奏,山边汉节归"非常工整,画面感强烈。庄严肃穆的军事活动配上严谨规矩的对仗,那种浓烈的现场感呼之欲出。而且,此联不仅仅是平铺直叙的正对,乃是一气流贯的流水对,上下句合成一个含义,有着逻辑上的内在联系,"胡笳""汉节"不是为对仗而对仗,不是单摆浮搁,是相互依存、相互关合的事物。接下来颔联写调兵遣将开赴河北前线;颈联写当时正值万物萧瑟的秋天,军士已经不堪其劳;自然过渡到尾联的同情。整首诗浑然一体,前因后果清晰。虽然并非名篇,但章法结构十分明了。其中首联的骈语对于整首诗庄重舒缓风格的奠定,对于宏大画面的清晰描摹和强烈表现,对于肃穆气氛的精心营

---

① [日]松浦友久,孙昌武、郑天刚译《中国诗歌原理》,辽宁教育出版社1990年版,第235—243页。
② 同上。

造,都起到了不可忽视的作用。同一系列中的第五首,首联是个普通的起句,没有对仗:"西使宜天马,由来万匹强。"这开头平淡无奇,只是出句用了汉代天马的典故①,对句用了数字实写军马的数量②,并不出彩。两相对照,更可以见出对仗手法带来的艺术魅力,和首联对仗对律诗内在特征的强化。

类似的效果还有很多,再如《忆弟二首(其二)》:"且喜河南定,不问邺城围。百战今谁在,三年望汝归。故园花自发,春日鸟还飞。断绝人烟久,东西消息稀。"开头一个"反对",语气跳荡,老杜听说河南战事平定,不顾其他地狂喜起来,连邺城那边那么胶着,他都不关心了,只一心一意地希望弟弟能回到自己身边,兄弟团聚,胜过千言万语。毕竟战争使人相隔,天各一方,音讯不通,彼此惦念,内心焦灼如同火烧一样。首联两个地名,"河南"对"邺城",可是丝毫不死板,因为流水对带来了流荡灵活的语气,奠定了全诗的基调:一气贯注、层层推进,一腔祈盼之情跃然纸上。与此同时,这一联还是"反对":出句表达肯定,对句就用否定来粘接。整首诗歌浑融、圆转,首联两种对仗手法奠定的风格基础功不可没。这同组诗其一,开头是:"丧乱闻吾弟,饥寒傍济州。"首联平铺直叙地交代了弟弟的行踪和生活状况。虽然中规中矩,但相比第二首要平淡许多。

二、杜甫近体诗骈化的原因

杜甫近体诗骈化的原因,首先和当时的诗坛风尚有关。随着诗体发展的内在要求,近体诗整饬的特点必然在各个方面得到强化,不论是平仄间隔的声韵,还是对偶的工整程度和硬性要求,诗人们从各个角度对近体诗进行完善,从而使它和古风具有更为明显的差别。六朝以来诗歌骈化就蔚然成风,初盛唐诗人首、尾联对仗的现象更是屡屡出现。例如王维诗歌,五律103首中首联对仗52首,全诗对仗1首。排律40首,全诗对仗即骈化8首,仅首联对仗25首,尾联对仗10首(尾联对仗而首联不对仗2首)。七律20首中骈化——全诗对仗1首,首联对仗3首,尾联对仗而首联不对1首。五七言绝句骈化仅一首。六言绝句7首皆骈化。首联对仗的作品中不乏名篇,如《山居秋暝》、《奉和圣制从蓬莱向

---

① 《汉书·礼乐志》:"天马来,龙之媒。"
② 《资治通鉴》:"是年(乾元二年)春三月,九节度溃于邺城,战马万匹,唯存三千。"

兴庆宫道中留春雨中春望之作应制》）。他的排律骈化较多。六言绝句也出现了骈化现象。对仗的首联、尾联大多数都是正对，如"碧落风烟外，瑶台道路赊"，"彩仗连宵合，琼楼拂曙通"之类。数字对、叠字对、流水对、反对为数不多，仅仅十余例。再如岑参诗歌。五律181首，全诗对仗3首，首联对仗的篇目多达58首。排律14首中，全诗对仗2首，首联对仗5首。七律10首，无全诗对仗的篇目，首联对仗的篇目有4首。五、七言绝句无全诗对仗篇目。喜用流水对，3首骈化的五律中尾联全用流水对，五律对仗的首联之中应用十余次。喜用数字对，五律首联对仗中运用8次。但岑参反对出现的频率比王维高，也没有首联不对仗尾联却对仗的作品。名篇如《奉和中书舍人贾至早朝大明宫之作》，就是首联对仗的。

　　老杜作诗极为讲究，对诗歌技巧精益求精，这乃是其近体诗骈化的另一个原因。他的一生可以大致分为四个时期，读书和漫游时期（三十岁以前）、困居长安时期（三十至四十四岁）、为官时期（四十四至四十八岁）和西南漂泊时期（四十八至五十八岁）。纵观其创作生涯，老杜现存的骈化诗歌出现在后两期，乾元元年3首，成都时期17首，出夔州后漂泊湖湘7首。最值得注意的是，他居夔州两年，骈化诗歌多达40首，约占所有骈化诗歌60%，为创作后期之最，夔州这一阶段也正是他律诗的大成时期，可见骈化和他律诗取得高度成就是同步的、成正比的，这一现象也可视为老杜"晚节渐于诗律细"的反映。对于诗歌艺术的专注程度，也是老杜成为中国"诗圣"的重要原因。缪钺先生评价老杜"平生专精作诗，在艺术风格与手法上勤苦研求，精益求精"[①]，他也多次谈到创作经验和创作追求，如："晚节渐于诗律细"（《遣闷戏呈路十九曹长》）；"为人性僻耽佳句，语不惊人死不休。"（《江上值水如海势聊短述》）；"陶冶性灵存底物，新诗改罢自长吟。孰知二谢将能事，颇学阴何苦用心。"（《解闷二十首》之七）……诸如此类，不胜枚举。"晚节渐于诗律细"的"诗律"，不仅仅指声音韵律，更是作诗艺术风格与手法的一切规律。对偶作为骈化的要素之一，只要运用得当，可谓是提高诗艺的法宝，自然也为老杜积极学习和应用。老杜在钻研作诗上投入了很大精力，他的天资，他的儒家文化积累，加上这些投入，使得他的近体诗歌总

[①] 缪钺《古典文学论丛》，浙江大学出版社2009年版，第62页。

成就达到中国诗史的顶峰。

另外,老杜精熟《文选》,因而深受其影响。其诗《宗武生日》有云:"诗是吾家事,人传世上情。熟精《文选》理,休觅彩衣轻。"还曾写道"续儿诵《文选》"(《水阁朝霁奉简云安严明府》)。可见老杜对于《文选》的有心效法,积极学习,深入揣摩。众所周知,唐代文士读诵、研习《文选》风气甚盛。作为时代大潮里的一员,杜甫也不能例外。"读书破万卷,下笔如有神",杜甫自己也对《文选》有着深入的研习。《文选》中有大量骈文、诗歌,精熟《文选》的杜甫,不可避免地对《文选》有所吸收,从而对他个人的创作产生重要影响。作为一位勤于学习、勇于创新的作家,从他的骈化诗歌可见他将骈文的手法应用到了诗歌创作之中,进一步以骈偶形式改造律诗和绝句,予读者更为典雅、庄重、和谐、圆美的艺术感受。

与此相关,对前辈作家的推崇也是杜诗骈化的一个内在原因。儒家历来讲究"敬天法祖",具有浓厚的尊古传统。老杜是一位严格奉行儒家思想,并乐于效法前贤的作家。前辈作家既包括六朝人,也包括初唐和盛唐人。六朝作品的地位历来众说纷纭,人们的评价可谓褒贬不一。杜甫虽然也讲"恐与齐梁作后尘",但他对很多六朝作家都很推崇,并不一概贬低,可谓做到了自己所提倡的"转益多师是汝师"。在叙述自己学诗经验时,提到不少六朝诗人:"孰知二谢将能事,颇学阴何苦用心。"(《解闷十二首·其七》)说明他能看到六朝非常讲究诗歌艺术的优点。六朝时的诗歌骈化概率已经很高,如谢灵运的《登池上楼》虽然不够圆润流美,但从开头的"潜虬媚幽姿,飞鸿响远音"到末尾的"持操岂独古,无闷征在今"每一联都努力做到了对仗。到了隋代,薛道衡的名作《昔昔盐》更是唐前对仗的精品,其辞流畅美丽,声情并茂,艺术成就极高。唐代前期诸位有影响的大家中,也不乏创作骈化的前辈,如大诗人王维[①]。值得注意的是,祖父杜审言是老杜效法的重要对象,杜甫在很多方面将他祖父的成就充分发挥,并且更上一层楼。众所周知,杜审言是初唐诗人里大力创作近体律诗的作家,其诗大部分为近体而非古体。五律平仄粘对工致精切,律调谨严,《和晋陵陆丞早

[①] 骈化诗歌的代表作家(如杜甫、王维、岑参)往往也是对于近体律诗贡献较大的作家,更说明强化对仗这一特色是发展和完善近体诗歌的必经之路。

春游望》更被明代胡应麟誉为"初唐五言律第一"。杜审言还是七律的首创人之一:"唐七言律自杜审言、沈佺期首创工密。"(胡应麟《诗薮·内编卷五·七律》)更重要的是,杜审言对排律一体的发展也大有贡献,他的《和李嗣真》长达四十韵,在初唐当时属于空前惊人的长篇。而排律这一诗体作为律诗的扩展,在一联联的对仗重复中把律诗的对仗特点扩大化,使其更为明显。老杜不仅大量创作排律,而且在篇幅上大大超越其祖父,甚至出现长达一百韵的作品,而老杜的五十多首骈化诗歌中,也有几首是排律——本来排律可以首联尾联都不对仗,但老杜的性情和习惯使得他索性连首尾两联都对仗了,这样就更能凸显排律的严整。总之,显著的奉儒、法古、尊贤的意识使得老杜积极吸收前人积累的经验和成功的特点,这一点也对老杜的诗歌创作造成了深刻影响。

三、杜甫近体诗骈化的得失

在各种骈化诗体中,老杜的五、七言律诗是最为成功的。近体律诗相对于古风,本来就有平正工稳的强烈意味,而如果首尾也用对偶,就使得这一特点更加突出。七律在老杜手中正式定型,他的七律创作也历来被诗家奉为经典。如"古今七言律第一"的《登高》,首联在正对中嵌入了工稳的当句对,即"风急"对"天高","渚清"对"沙白";同时,后一对还是借对,以"清"为"青"。当句对更是偶语的局部细化,"这种对仗是对仗中的精工形式"[①]。颔联叠字对"萧萧"摹落叶纷纷之画面,"滚滚"写长江奔流之气势。颔联的叠字对写尽登高极目所见,形容精准。颈联用数字对,虽则略显夸张,但同样气魄非凡。尾联的声吻不如前三联那样流利自然,显是经过雕琢的,它仿佛在一番感慨之后接以一声叹息,留与读者深长的回味。"罗大经曰:……十四字之间,含有八意,而对偶又极精确。……胡应麟曰:此章五十六字……精光万丈,力量万钧。……此当为古今七言律第一,不必为唐人七言律第一也。元人评云:一篇之内,句句皆奇;一句之中,字字皆奇。"此诗取得这样的成就,对仗手法的运用于其中大有功焉。和此诗取得了同等艺术效果的还有《阁夜》。首联平稳地开头,出句写时间,对句写空间,平整之中又有变化。颔联笔触十分生动,而且应用了数字,自然成对。

[①] 莫道才《骈文通论(修订本)》,齐鲁书社2010年版,第90页。

被杜修可称为"陵轹造化之工"。颔联仍然用数字成对,战乱的消息,黎民的山歌,勾起诗人的伤感。最后一联的收束可谓正中有变,虽然并不够工整,但正对和当句对的结合,浅显语汇的运用,给了全诗一个力度和深度具备的结尾。胡应麟将此诗列入"全篇可法"的杜律,并给予了高度赞扬:"气象雄盖宇宙,法律细入毫芒,自是千秋鼻祖。"可见,老杜骈化的五七言律诗,有句必偶,无对不工,虽然多一联偶句,就多一重束缚,但是,在重重限制中,老杜驾轻就熟,成功突围,毫无束手缚脚之窘。

"诗家绝句,如单丝孤竹,短调独唱,清婉流丽,方为当家。"郝敬的评论点出了绝句的一大特质。松浦友久先生也认为绝句的一个特点是"单一性"①,这是和律诗的"对偶性"相应的,说明绝句以不对偶为本色。老杜以前的盛唐大家,如李白、王昌龄等,其绝句或全散语,或仅一联对仗,但杜诗在绝句中多喜对偶,乃至全篇对仗。这种改造,使人顿生耳目一新之感,其间固然有创新,但也有不足。前者如《存殁口号二首》,由于每首分别怀一在世和一去世的老友,所以格式上均衡的对举就成了必要。要形成均衡,偶句是再好不过的选择,正可以发挥老杜之长。同样是写人的绝句,《解闷二十首·其四》只咏了薛璩一人。全诗第一联用反对起,第二联以流水对结,运巧出奇,犹有绝句传统的活泼流逸在其中。成功的例子还有他瞻仰夔州诸葛亮祠的五绝《武侯庙》:"遗庙丹青落,空山草木长。犹闻辞后主,不复卧南阳。"两联一组"正对",一组"反对",均衡中又有变化和对照。尤其是后一联,前句转,后句合,既不僵板又不突兀,节奏照应得恰到好处。但《承闻河北诸节度入朝欢喜口号绝句十二首·其二》就属于骈化杜诗中不太成功的例子。全诗用当句对,非常工稳,但一则由于庙堂题材所限,二则由于所用对偶手法过于平正,反而使得全篇的诗味不够浓郁,有伤其美。绝句创作讲究起承转合,第二联的过分工稳,破坏了"转"句的作用。

以诗体而言,排律因其篇幅长大,具有先天优势,可以成为近体诗歌中最为接近骈文的一体,全诗除了首尾两联,绝大部分都对仗,几乎就像五七言句子组成的骈文。而骈化的排律,连首尾两联都对仗,在骈化诗歌中更为典型。元稹在《杜甫墓志铭》中高度称赞他的排律成就:"至于铺陈终始,排比声韵,大或千

---

① [日]松浦友久,孙昌武、郑天刚译《中国诗歌原理》,第241页。

言,次犹数百,词气豪迈而风调清深,属对律切而脱弃凡近……"①柴绍炳也认为:"夫长律既属缘情,尤贵合调,婉转深稳,音流管弦,务极天然,故杜氏卓然作者,难乎折衷矣。"这是说杜甫的排律作品能充分凸显诗体特色,是排律作家中极为优秀的。但是,也难免有雕琢之弊。《秋日夔府咏怀奉寄郑监李宾客一百韵》这一首在篇幅上可谓登峰造极,尽浩荡雄伟之至。但其艺术效果究竟如何?试分析其开头和结尾部分。"绝塞乌蛮北,孤城白帝边。飘零仍百里,消渴已三年。"开头落笔不凡,力度很强,用词简明扼要,通俗易懂,很清晰地将自己的状况交代清楚。而结尾就显得不尽人意:"勇猛为心极,清羸任体孱。金篦空刮眼,镜象未离铨。"用词变得晦涩,文气变得板滞,最后一联"金篦空刮眼,镜象未离铨"对仗虽然工整,但语气和节奏同前面的若干联一样,缺乏有力的收结。可谓白璧有瑕。郝敬评曰:"盖诗至近体,不免雕琢,更加凑砌,虽堆金积玉,兴味已尽,而葛藤蔓延,甚觉无谓。故余于长律,不甚解颐。"他对排律一体评价不高,认为排律画蛇添足,毫无必要,而且将律诗本来就难以避免的雕琢习气突出得更为明显。当然,老杜的骈化排律,"反复照应,丝毫不乱"(吴齐贤《论杜》评),而且能够尽可能地用浅近明白的语言清楚地表情达意,同时工整地进行对偶,还是达到了相当的艺术高度的。

骈化的排律几乎全篇成对,体现出对偶在近体诗创作中已经成为一种心理定势,老杜的作品又因其成就被后世奉为典范,后学如白居易、元稹等进行了积极的效法②。然而,这一定势容易造成思维局限,进而束缚了个人的才情发挥,减弱了诗的兴味,这是老杜本人始料未及的。这一点,章太炎先生评杜诗有言:"自杜诗开今……自然的气度也渐渐遗失,为功为罪,未可定论。"③确乎信然。更何况,"沉着有余,流逸不足"原本就是近体杜诗的特点,后学中才不逮杜者,就只能在板滞的圈子里打转,难以产生佳篇。

另外,各体诗末联用骈也产生了一个不容忽视的副作用——使读者产生"意未尽而言已尽"的审美错觉。这不同于"言有尽而意无穷"的妙绝,它给人带

---

① (唐)元稹撰,冀勤点校《元稹集》,中华书局1982年版,第601页。
② 仇兆鳌:"长篇排律,起于少陵,多至百韵,实为后人滥觞。元白集中,往往叠见,不免夸多斗靡,气缓而脉驰矣。"(《杜诗详注》,第1716—1717页)
③ 章太炎讲演,曹聚仁整理,汤志钧导读《国学概论》,上海古籍出版社1997年版,第64页。

来的是心理落差。如《宿江边阁（即后西阁）》的"不眠忧战伐,无力正乾坤。"尾联的对仗平淡、僵板,又将整首诗的情绪一下子降到了冰点。"不"和"无"构成一个"正对",所表达的情绪有所重叠——对于混乱时局的无奈、感伤。读者正期待老杜后边说些什么,却发现整首诗都结束了。于是就跟着老杜在哀伤的情绪中低回。《文心雕龙·丽辞》篇有言"反对为优,正对为劣",不无道理。正对因其平正,很容易流于呆板,缺乏生气。所谓"正对者,事异意同者也",举的例子不一样,可叙述的内容、表达的情绪是相同的,不能拓宽诗歌的广度。此诗颔联是化用成句的典范,但尾联对仗用得太过平整,加之颈联和尾联情调越来越低沉,从而使得整首诗"有句无篇"。他如《孟冬》尾联"终然减滩濑,暂喜息蛟螭",《题柏大兄弟山居屋壁二首·其二》"萧萧千里足,个个五花文",《江汉》"平生心已折,行路日荒芜"都是一样的效果。反而不如对仗不算特别平稳、正规的"戎马关山北,凭轩涕泗流"(《登岳阳楼》)或者"卧龙跃马终黄土,人事音书漫寂寥"(《阁夜》)。所以"对结者需意尽"[①],如果干扰了诗篇的完整性,那么对仗就用得适得其反。

老杜之后,中唐诗人下苦功追求对仗的工整和圆熟,但随之而来的是往往"有句无篇",如苦吟派的贾岛等人,读者只记得他们的"鸟宿池边树,僧敲月下门","秋风吹渭水,落叶满长安",而对于这些联所属的全诗却往往茫然。到了晚唐,李商隐等人以工丽、婉密的对偶闻名,其细密程度是初盛唐诗人远不能及的。但彼时的诗歌,却失去了盛唐的风华神韵。这是过度追求对仗带来的一种副作用。诗歌创作,要重视辞和意的平衡,不能以辞害意,对仗的手法也是一样,当它能发挥其特点和作用的时候,能自由表达作家思想感情深度和广度的时候,能帮助含义发挥而不是造成阻碍的时候才是最好,不可一味抬高,也不必一味否定。

[①] (明)胡应麟《诗薮》,上海古籍出版社1958年版,第111页。

试论李白骈文的美感特质

熊礼汇（武汉大学文学院）

　　李白是诗人，也是盛唐少有的骈文作家。今存文章60多篇，绝大多数是骈体文。研究骈文，学者们常为其有无文学性与何为其文学性而争论。有人称骈文为美文，但说到何为骈文之审美要求及美感特质，也是人言人殊。探讨李白骈文的审美属性、揭示李白骈文的美感特质，或许对认识骈文的文学性、艺术美有些启发。对李白骈文的书写策略，人们习惯于用以诗为文加以概括；对其美感特质，人们常常归结为"诗意美"。应该承认，这种看法是有道理的。但事实上，无论是李白骈文的表现艺术，还是美感特质，较之此种概而言之要丰富得多、美妙得多。本文论述李白骈文的美感特质，采取按文体分类（单论书体、赠序）选择名篇逐一言之的方法，而在论述之前，先结合初唐四杰、张说、苏颋等人的文论观点，厘清唐代所谓新骈文的审美要求，为充分而准确认识李白骈文审美特质及其存在的文学史意义提供背景材料。

一、唐代新骈文的审美要求

　　了解唐代新骈文的审美要求，不能不言及初唐四杰的文学革新主张。四杰的文学革新主张，主要是针对南朝以来，特别是初唐时期诗、赋、骈文的文风之弊而发的。杨炯《王勃集序》云：

　　　　（王勃）尝以龙朔初载，文场变体，争构纤微，竞为雕刻。糅之金玉龙凤,乱之朱紫青黄。影带以徇其功,假对以称其美。骨气都尽,刚健不闻。思革其弊,用光志业。薛令公,朝右文宗,托末契而推一变;卢照邻,人间才杰,览青规而辍九攻。知音与之矣,知己从之矣。于是鼓舞其心,发泄其用,八陲驰骋于思绪,万代出没于毫端。契将往而必融,防未来而先制。动摇文律,宫商有奔命之劳;沃荡词源,河海无息肩之地。以兹伟鉴,取其雄伯。壮而不虚,刚而能润,雕而不碎,按而弥坚。大则用之于时,小则施之有序。徒纵横以取势,非鼓怒以为资。长风一振,众萌自偃。遂使繁综浅术,无藩篱之固;纷绘小才,失金汤之险。积年绮碎,一朝清廓。翰苑豁如,词林增峻,反诸宏博,君之力焉。①

据此可知,初唐以王勃为首的四杰及其追随者推动的诗文改革,就骈文而言,主要是针对其"争构纤微,竞为雕刻","骨气都尽,刚健不闻"的弊端,使之"壮而不虚,刚而能润,雕而不碎,按而弥坚","翰苑豁如,词林增峻,反诸宏博"。联想到王勃对时下文风的感慨:"圣人以开物成务,君子以立言见志,违雅背训,孟子不为;劝百讽一,扬雄所耻。苟非可以甄明大义,矫正末流,俗化资以兴衰,家国繇其轻重,古人未尝留心也。自微言既绝,斯文不振。……《潜夫》、《昌言》之论,作之而有逆于时,周公、孔子之教,存之而不行于代。天下之文,靡不坏矣。"②以及"翕然景慕"王勃之"后进之士",未能得王勃之精粹,"窃形骸者,既昭发于枢机;吸精微者,亦潜附于声律"。"妙异之徒,别为纵诞,专求怪说,争发大言。乾坤日月张其文,山河鬼神走其思。长句以增其滞,客气以广其灵。"③还考虑到王勃说的"悲乎! 秋者愁也。酌浊酒以荡幽襟,志之所之;用清文而销积恨,我之怀矣,能无情乎"。④ "兴酣情逸,共敦行役之期;搦管含毫,独对当仁之序。"⑤"情兴未已,即令樽中酒空;彩笔未穷,须使山中兔尽。"⑥"思飞情逸,风云坐宅于笔端;兴惬神清,日月自安于调下。"⑦"昔之赋芙蓉者多矣,虽复曹王、潘

---

① 杨炯《王勃集序》,谌东飚校点《杨炯集》,岳麓书社2001年版,第24、25页。
② 王勃《上吏部裴侍郎启》,谌东飚校点《王勃集》,岳麓书社2001年版,第70页。
③ 杨炯《王勃集序》,谌东飚校点《杨炯集》,第25页。
④ 王勃《秋日游莲池序》,《王勃集》,第48页。
⑤ 王勃《夏日登龙门楼寓望序》,《王勃集》,第48页。
⑥ 王勃《山亭兴序》,《王勃集》,第43页。
⑦ 王勃《山亭思友人序》,《王勃集》,第43页。

令之逸曲,孙、鲍、江、萧之妙韵,莫不杂陈丽美,粗举采掇,岂所谓究厥艳态、穷其风谣哉。"①卢照邻说的"盖作《易》者其有忧患乎?……《骚》文之兴,非怀沙之痛乎?吾非斯人之徒欤?安可默而无述"②。"凡所著述,多以适意为宗;雅爱清灵,不以繁词为贵。"③骆宾王说的"事有沿情而动兴,因物而多怀,感而赋之"④。"每读书,见古人负米之情,捧檄之操,未尝不废书辍卷,流涕伤心。何则?情蓄于中,事符则感;形潜于内,迹应斯通。"⑤从王勃等初唐四杰对龙朔以来骈文文风之弊的批评,和对后进之士对王勃等人提倡的唐代新骈文学习不当所出现的不良倾向的指陈,可以看出四杰对新骈文是有较为明确的审美要求的。这些要求,涉及骈文的风格美、艺术精神美、功用美、表现手法的艺术美。具体说,一要在风格上具有骨气充溢的刚健美、宏大雄壮的气势美。二要贯彻儒家的思想主张,改变"周公、孔子之教,存之而不行于代"的现状,决不能"遗雅背训",弃儒家文学艺术精神于不顾。反对"别为纵诞,专求怪说,争发大言"。三要使骈文成为"君子立言以明志"的载体;成为放怀叙志,抒发作者幽忧孤愤之性、耿杰不平之气的工具;成为在思想上能"甄明大义,矫正末流"、足以影响风俗、教化兴衰的利器,能担负起经国、救时的责任。四要骈文写作伫兴而作,其性乃心中之情感应外物所生,而所作骈文应该具有使读者"可以兴"的文学感兴作用,或称兴感美。五要体物生动传神、形容用笔精省,而不可杂陈丽物,争构纤微。六要用语"以适意为宗,雅爱清灵,不以繁词为贵",即追求语言的清净美、灵动美。忌用长句,以防行文之冗滞。

以上是对初唐四杰明确提出骈文当如何写作言论要义的归纳,实际上,他们对骈文的审美要求,还体现在没有明说却见诸创作实际的观念。这些观念主要来自魏晋以来种种行之有效、富有文学魅力的写作规范和审美要求,影响较大的有下面几种说法:一是曹丕《典论·论文》说的"盖奏议宜雅,书论宜理,铭诔尚实,诗赋欲丽,此四科不同,故能之者偏也,唯通才能备其体"。论者以为出

---

① 王勃《采莲赋序》,《王勃集》,第9页。
② 卢照邻《释疾文序》,谌东飚校点《卢照邻集》,岳麓书社2001年版,第40页。
③ 卢照邻《驸马都尉乔君集序》,《卢照邻集》,第48页。
④ 卢照邻《萤火赋序》,《卢照邻集》,第3页。
⑤ 卢照邻《上廉察使启》,《卢照邻集》,第57页。

于"它们特定的目的与功能,而有一定的美感规范上的要求,也就是各有其'宜'、'尚'或'欲'"。① 二是陆机《文赋》说的"……赋体物而浏亮;碑披文以相质,诔缠绵而凄怆;铭博约而温润,箴顿挫而清壮;颂优游以彬蔚,论精微而朗畅;奏平彻以闲雅,说炜烨而谲诳。虽区分之在兹,亦禁邪而制放。要辞达而理举,故无取乎冗长"。既分别道及各体骈文风格、文学艺术风貌方面的审美规范,并提出"辞达而理举"的修辞原则,以杜绝"意不称物、文不逮意"的毛病。同时还对挖掘题材含义、遣词造句、音声协调等具体写作问题提出了要求,所谓"其会意也尚巧,其遣言也归妍。既音声之迭代,若五色之相宣"。三是刘勰《文心雕龙》对有关文体风格规范、文体要素的论述;对文学原理及诸多修辞艺术(如《镕裁》用"设情以位体"、"酌事以取类"、"撮辞以取要"之"三准",作为规范本体之法;《丽辞》明字句奇偶之用,《事类》论用事之法 ;《练字》所举缀字属篇之四忌和后人沿讹习奇之弊;以及《知音》所言"六观"对骈文写作范式的制约和对其审美要素、美感特质之标举等)的论述,皆为其所认同。四是萧统《文选序》说的"论则析理精微,铭则序事清润。美终则诔发,图像则赞兴。又诏诰教令之流,表奏笺记之列,书誓符檄之品,吊祭悲哀之作……众制锋起,源流间出。譬陶匏异器,并为入耳之娱;黼黻不同,俱为悦目之玩。作者之致,盖云备矣"。实则论及文体的风格美,及各体皆有其审美功能。又说到"若其(指史书)赞论之综缉辞采,序述之错比文华,事出于沉思,义归乎翰藻,故与夫篇什,杂而集之",实谓叙述文字的"综缉辞采"、"错比文华","出于沉思"之"事"、"归乎翰藻"之"义",皆为赞论文学性或美感特质之所在。其说对骈文写作者确认骈文审美要求,自有重要启发作用。

继四杰以后,张说、苏颋也是促成唐代新骈文文风大变的代表性人物。宋祁即谓"玄宗好经术,群臣稍厌雕琢,索理致,崇雅黜浮,气益雄浑,则燕、许擅其宗"。② 姚铉亦谓"洎张燕公以辅相之材,专撰述之任,雄辞逸气,耸动群听;苏许公继以宏丽,丕变习俗"。③ 燕、许二公的骈文主张和四杰并无二致,只是把四杰革新的骈体文风带进台阁形成新的台阁文风,张说更是将台阁文风带进碑志写

---

① 柯庆明《古典中国实用文类美学》,台湾大学出版中心2016年版,第14页。
② 宋祁《新唐书·文艺传序》。
③ 姚铉《唐文粹序》。

作中。张说本是杨炯的朋友,十分欣赏他的"文思如悬河注水,酌之不竭"。① 从他和徐坚同论"近代文士"的话,可见他所追求的文风有几个特点:一有很强的实用功能,"实济时用","无施不可";二立意端正,具有合于风雅的艺术精神;三既"雅有典则",又"滋味"不薄;四既有风骨,又"属词丰美","得中和之气"。② 值得注意的是,张说对骈文体制的突破。其句式大体整齐,并不拘于四言六字,又不大用典,即使用典,亦取易知易明而非生僻难懂者。用语朴素明朗,有和雅壮丽之美。有人说他是运散体之气于骈体之中,也有人说是纳散句于骈体之中。无疑,张说这些见解和做法,与四杰等人的主张和创作实践一样,对开元以前唐代新骈文审美要求的形成,都曾产生过积极的影响。

二、李白书体骈文的美感特质

对李白今存书、序、记、赞、铭、碑等体文类的划分,向来有骈文、散文两种不同的看法。而看法有异,主因是文中散句较多,所谓骈句也是大体对偶者多,并不一定用典。将这一现象置于开、天以前所谓骈文向散文演变的大趋势来看,就有了李白之文处于演变中但仍是骈文,和李白之文已完成由骈到散的蜕变这两种判断。其实,在唐代文学史上,并不存在所谓骈文向散文演变的大趋势,骈文有骈文发展演变的历程,散文有散文发展变化的特点。可以说两者的发展经验彼此皆有所借鉴,互为助益者多,但不能说取用对方某些特点就变成了对方。李白之文多用散句,多用意思对偶而语句未必对的"骈俪"句③,应属于对唐代新骈文发展路数的探索,近似于张说之所为,故其文仍可视为骈文。

李白书体骈文今存 6 首。一为代人之作,写于杨国忠任右相时;一"疑是永王璘胁行时所作"④。前者骈俪中规中矩,显得庄重严谨;后者似为残篇,吐露心绪,情真意切,句式并不拘于骈俪。本文特留意之书,皆为李白 30 岁左右所作,当时他正"酒隐安陆"。

一般来说,书牍的接受对象是唯一的,所述内容、表达方式及行文风格往往

---

① 《旧唐书·文苑传》。
② 《旧唐书·文苑上·杨炯传》。
③ 此即《文心雕龙·丽句》说的"丽句与深采并流,偶意共逸韵俱发"之"偶意"。
④ 李白,王琦注《与贾少公书》,《李太白文集》卷二六,中华书局 1977 年版,第 1234 页。

因接受者的身份、地位和作者作书的目的而定。观察李白四书的美感特质,当从其所述之事、所用之辞入手。

先看《与韩荆州书》。此为求人荐引之作,最能引发读者文学兴味的,是李白自炫自售而理直气壮、意色洋洋的形象。这一形象不是靠细节描写、情节安排、性格塑造完成的,甚至不是靠自我夸耀、自我形容(自道仅"虽长不满七尺,而心雄万夫;王公大人,许以气义")完成的,主要是通过他自信满满、大言不惭、尽言无忌的陈述显现出来的。而此书能自然显现李白自我张扬、超拔不俗的形象美,甚至有风神之美,又在于它所具有的另一个美感特质,即"义归乎翰藻"的"翰藻"之美。这"翰藻"之美,不仅仅见诸句式的整齐、音韵的协调,行文的铺陈、排比,以及所谓综缉辞采,错比文华等诉诸感官的形相美,还表现在书写策略上。写作求人荐引之书,作者所受的最大限制,是因作书者与受书者地位悬殊所带来的发言不自由,和彼此之间心理上的距离感。为此,作者巧妙地采用了自占地步的书写策略,为其大言壮语、抽心而谈构设平台。具体行文,则三次陈述己才己德己愿,皆先高抬对方,极言对方某一方面德行的高超,以深度认知造成亲近感,就势引出自炫自售自愿意味颇浓的说词。如开篇即谓:"白闻天下谈士相聚而言曰:'生不用封万户侯,但愿一识韩荆州。'……皆欲收名定价于君侯。愿君侯不以富贵而骄之、寒贱而忽之,则三千宾中有毛遂,使白得颖脱而出,即其人焉。……此畴曩心迹,安敢不尽于君侯哉!"说词亦转接得妙,既然"海内豪骏""皆欲……于君侯",那李白陈"愿"自不唐突。次段言说逻辑亦然。盛赞"君侯制作侔神明……学究天人",即续以"幸开张心颜,不以长揖见拒……倚马可待";夸耀"今天下以君侯为文章之司命……便作佳士",即续以"而君侯何惜阶前盈尺之地,不使白扬眉吐气、激昂青云耶"。第三段实际上是拿古人作陪衬,高抬对方热心荐引人才之事,自然引出李白的感慨,和"知君侯推赤心于诸贤腹中……而愿委身国士"的表白,以及呈献"制作","庶青萍、结绿,长价于薛、卞之门"。如此言说,不但成就了作者豪放不羁、露才扬己、不掩情性的风神美,而且言说方式本身就具有艺术美,显出作者文心的睿智与狡黠。后来,韩愈在求人援引书中将预占地步用得十分灵活,自与学李有关。

《上安州裴长史书》,写于作者"大贤不偶,神龙困于蝼蚁"(洪迈语)之时。李白为求安州长史全面了解自己,消除"谤言忽生,众口攒毁"的影响,能"惠以大遇……再辱英盼",在书中详言生平及为人特点,对裴长史称颂有加。显然,此书的高抬对方,不是为了自炫自媒提供平台,而是为增进彼此的亲近感以剖白心迹提供方便。不同于《与韩荆州书》高抬对方之后,即出以神采飞扬之语,此书用语却是音喑气沉,显得百般无奈。如说"若使事得其实,罪当其身,则将浴兰沐芳,自屏于烹鲜之地,惟君侯死生!不然,投山窜海,转死沟壑。岂能明目张胆,托书自陈耶"。可谓悲溢乎辞。又说"若赫然作威,加以大怒,不许门下,逐之长途,白即膝行于前,再拜而去,西入秦海,一观国风,永辞君侯,黄鹄举矣!何王公大人之门,不可以弹长剑乎"。貌似洒脱、傲岸,实乃不得已之自壮声色。当然这也是一种美,一种蒙冤难伸、人性憋屈、色彩黯淡的"美"。此书熠熠闪光的美,则显现在李白自道生平的叙事文字中。书以自述口吻叙写30岁以前经历,概言、细言皆能使人想象其为人,睹其形象,知其心性,产生强烈的文学效应。如言其何以憩于安州:"以为士生则桑弧蓬矢,射乎四方,故知大丈夫必有四方之志。乃仗剑去国,辞亲远游。南穷苍梧,东涉溟海。见乡人相如大夸云梦之事,云楚有七泽,遂乃观焉。而许相公见招,妻以孙女,便憩迹于此,至移三霜焉。"可谓话语灵动出彩,虚虚实实,纵有夸诞之词,却借对壮举逸兴的描述,把青年李白仗剑漫游天下、偶然落脚安州的形象,写得栩栩如生。至于自道"轻财好施"、"存交重义","养高忘机,不屈之迹",记录苏公称其"天才英丽"、马公赞其文章"清雄奔放",无不采用典型事迹或言语叙说之,故生动、形象,颇具文学兴味。如云:"指南死于洞庭之上,白禫服痛苦,若丧天伦。炎月伏尸,泣尽而继之以血……遂权殡于湖侧。数年来观,筋肉尚在,白雪泣持刀,躬身洗削。裹骨徒步,负之而趋。……遂丐贷营葬于鄂城之东。"书中义士、侠士形象赫然纸上。即使今人读之,亦少有不动容者。此书以叙事胜,故行文散句较多,而出语明白朗畅,或展现细节,或引用名言,都使人过目难忘。

《上安州李长史书》相当于今日之检讨书、悔过书。书中一再解释自己冲撞长史,是因酒后误将对方视为故人魏洽。出语低声下气,自秽之词甚多,开篇即谓"白,嵚崎历落可笑人也",又谓"白,妄人也"。"白孤剑谁托,悲歌自怜,迫于恓惶，席不暇暖。"中心内容不外乞求对方原宥，谓能免责，自己将终身感恩戴德。既言："惟大雅含弘，方能恕之。""今小人履疑误形似之迹，君侯流恺悌矜恤之恩。戢秋霜之威，布冬日之爱。晬容有穆，怒颜不彰。虽将军息恨于长孺之前，此无惭德；司空受揖于元淑之际，彼未为贤。一言见宽，九死飞谢。"又言："上挂《国风》相鼠之讥，下怀《周易》履虎之惧。愍一固陋，礼而遣之。幸容宁越之辜，深荷王公之德。铭刻心骨，退思狂愆，五情冰炭，罔知所措。昼愧于影，夜惭于魄，启处不遑，战蹐无地。"又言："何图叔夜潦倒，不切于事情；正平猖狂，自贻于耻辱。一忤容色，终身厚颜，敢昧负荆，请罪门下。倪免以训责，恤其愚蒙，如能伏剑结缨，谢君侯之德。"求人哀矜，一至于此！而吹捧对方，媚言谄语，令人肉麻，所谓"伏惟君侯，明夺秋月，和均韶风，扫尘词场，振发文雅。陆机作太康之杰士，未可比肩；曹植为建安之雄才，惟堪捧驾"。这与我们所熟悉的不以摧眉折腰事人的豪放诗人李白相比，简直判若两人！事实上，此书正是李白出于极端难堪、无奈境地和人性备受压抑之时，内心悲愁莫名的真实写照。而人性张扬或压抑本是文学表现的常用题材，如果说李白的诗主要抒发的是人性张扬或压抑的强烈感受，此书则以反映过程为主，其文学感染力或美感魅力是不在其诗之下的。至于书中多用骈句，多用典故，多用例证，一则表示作者认错态度的庄重、诚恳，一则有利于解释误会，同时也有显露才华的用意。

《代寿山答孟少府移文书》为游戏之作，文学意味颇浓。书写策略显然取自孔稚圭的《北山移文》，只是孔作托北山口吻讥嘲"周颙"，表达的是作者对所有趋名嗜利而又冒充高雅的假隐士们的厌恶和愤怒；本文则是借替"淮南小寿山"回答"孟少府移文"之指责，表明作者之人生理想和宣扬自己为人的超凡脱俗。两者都是虚拟其人其事，用文学表现的虚构手法，表达真实的生活感受和人物心境，而说理、叙事、铺陈、形容，都有以辞赋为文的特色。借虚构的山神口吻剖白心迹、申述理想，好处是能直言尽言，畅所欲言，难处是说得自然、巧妙，能引人入胜。答书的高明处是将对李白的介绍，纳入到驳斥"孟少府移书"的论据库中，只是把他作为一个论据使用。具体说，答书先是寿山颇为自负地夸耀自己种种特点和优越之处，结论是："方与昆仑抗行、阆风接境，何人间巫、庐、台、霍之足陈耶！"然后一驳移文"责仆以多奇，鄙仆以特秀，而盛谈三山五岳之美，谓仆小山无名、无德而称焉";再驳移文"又怪于诸山藏国宝、隐国贤,使吾君谤道烧山,披访不获"。此处反驳,分两层道来。一道"诸山藏国宝,隐国贤"为谬说,结论是:"天不秘宝,地不藏珍,何英贤、珍玉而能伏匿于岩穴耶?"一道"谤道、烧山"为谬说,结论是:"所谓谤道、烧山,此则王者之德未广矣。"当然,纠谬不是目的,真正的目的是为引出自己的优势、衬显对国家的贡献立论,故云:"乃知岩穴为养贤之域,林泉非秘宝之区,则仆之诸山,亦何负于国家矣。"于是下面便可以顺顺当当以李白为例大谈特谈寿山"养贤"的故事了。而说李白特长及其人生理想和处世原则、方法,都从寿山"养贤"角度道出,且自矜自伐,颇为自得。如此行文,不但畅若流水,自然而然,并且愈加显得李白其人其事之真。书中寿山话说李白,为一绝妙叙事文字。作者采用今日小说所谓"全知"观点叙事,把李白种种经历、心思细细道出;又驰骋想象,用极具浪漫色彩的语言创造出一活脱脱的"逸人"形象。寿山"客观"介绍李白,即描画出一人格独立、顺天合道、超凡脱俗、跨越千古的形象。所谓"尔其天为容、道为貌,不屈己,不干人,巢、由以来,一人而已"。而下面叙事更具故事性:"仆尝弄之以绿绮,卧之以碧云,嗽之以琼液,饵之以金砂。"而在它的调养下,"既而童颜益春,真气益茂,将欲倚剑天外,挂弓扶桑。浮四海,横八荒,出宇宙之寥廓,登云天之渺茫"。何等高大、雄伟、壮丽的形象!看来李白将飘然远去、逍遥于天地之外了。故事的戏剧性,在于李白的态度忽然有了大的逆转:"俄而李公仰天长吁,谓其友人曰:'吾未可去也。吾与尔,达则兼济天下,穷则独善一身。安能沧君紫霞、荫君青松、乘君鸾鹤、驾君虬龙,一朝飞腾,为方丈、蓬莱之人耳,此则未可也。'"出于对寿山奉养之恩的感激,李白决定留山继续加强经国之术的修养,在实现了安邦定国、使天下太平的政治理想之后,再退隐江湖。所谓"乃相与卷其丹书、匣其瑶瑟,申管、晏之谈,谋帝王之术。奋其智能,愿为辅弼,使寰区大定,海县清一。事君之道成,荣亲之义毕,然后与陶朱、留侯,浮五湖,戏沧州,不足为难矣"。李白对寿山的留恋及其志存高远的人生设计,自是寿山骄傲的资本,于是一方面表态尽力资助,玉成其事,为其提供安全保障和优雅的生活环境。所谓"必能资其聪明,辅以正气,借之以物色,发之以文章,虽烟花中贫,没齿无恨。其有山精木魅,雄虺猛兽,以驱之四荒,磔裂原野,使影迹绝灭,不干户庭。亦遣清风扫门,明月侍坐"。一方面又自夸"即仆林下之所隐容,岂不大哉"。"此乃养贤之心,实亦勤矣。"将李白的自明其志置于寿山的自夸之中,正是本文构思的高明处、巧妙处。寓真于假,藏实于虚,而来得自然顺畅,煞有其事。其文学表现的成功,不啻带来了骈文辞赋化而有的浪漫想象,和因铺陈、夸张、形容而有的可观可赏的辞采美,还带来了骈文独特叙事、描写手法(包括句式和修辞手段等)所创造的美感特质。

综上,李白书作有三种类型,一为求人荐引者,一为求人开脱罪名者,一为借以自明其志者。第一类因自占地步,高抬对方,亦垫高自己话语平台,因而大言壮语,畅所欲言,其美感特质主要表现在气扬采飞、挥斥方遒、豪放无羁的人物形象、精神面貌上。其以气运词所带来的抒情性,以及出于高度自信而求人荐引的迫切性,也足以引发感动人心的文学效应。后来,自占地步成为古文家上书求人荐引的常用手法,李白对这一书写策略的运用,无疑有率先垂范的作用。第二类由于作书者处于被动地位,忙于解释误会和乞求哀矜,故出言嗫嚅,有气难伸。从文学表现生命意识的角度看,此类书作充分映现人性压抑的痛苦,精神上无助、无奈的悲哀,自有其独特的文学感兴作用和足以摇荡性灵的美感特质。第三类以虚写实,貌似游戏文字而寓真于假,真话实说,愈显其真。代表作为《代寿山答孟少府移文书》,其写作特点,是用寿山反驳孟少府移文的方式,以李白为例,自夸自耀"隐容"之"大"、"养贤之心""勤矣"。把李白的人品、修养、政治理想、人生理则以及整个人生道路的设计,说了个淋漓尽致。其美感特质见于叙事的表现性,显现为寿山不乏个性的拟人化形象、李白的"逸人"形象,和富有戏剧性的故事性,以及采用独特描写手法(铺排或用若干骈句构成的排比句,或用纳若干骈句于句中的长句加以形容)所呈现的形相美。此外,答书用充满浪漫色彩的想象写山、写人、叙事、写景,以及说理、陈述政治理想和人生蓝图,所展现的脱俗境界,也给人以文学美感。

三、李白送序骈文的美感特质

李白集中,收序文20篇。其中《泽畔诗序》为诗集《泽畔吟》序言,属序跋之序。《夏日陪司马武公与群贤宴姑苏亭序》、《夏日诸从弟登汝州龙兴阁序》类似记体之作,《春夜宴从弟桃花园序》为宴游序①。余皆为送别序,或称赠别序。其送别序之体制有二,一以公宴、祖饯诗或送别诗之序言为之,一撇开诗序之意、别创新体。无论何种体制,都写到作诗之事,公宴、祖饯有诗,送别有诗。充分说明唐代赠序功能、体制,皆由赠诗、送别诗序演变而来的特点。两种体制的赠序,着眼点不一样,美感特质亦有区别。

（一）先说以诗序为赠序者的美感特质

无论是公宴诗序、祖饯诗序,还是与筵饮无关的送别诗序,其内容大都会写到诗作者的用心、宴情或祖饯或送别的对象,有的还会言及设宴者的情况或送别者的心绪,序之美感特质亦因此而生。如其《奉饯十七翁二十四翁寻桃花源序》,中心内容是说"诸公赋桃源以美之",即谓参与饯行者皆以桃源为题作诗,赞美二翁探寻桃源的雅兴。其美感特质,在于对二翁探寻桃源之胜、富有想象力的描写:"问津利往,水引渔者;花藏仙溪,春风不知。从来落英,何许流出。石洞来入,晨光尽开。有良田名池,竹果森列,三十六洞,别为一天耶?今扁舟而行,笑谢人世,阡陌未改,古人依然。"写景不乏诗意,当与"诸公赋桃源"诗同一境界。《秋日于太原南栅饯阳曲王赞公、贾少公、石艾尹少公应举赴上都序》,末云"请各探韵,赋诗宠行",实为饯别诗序,与王勃《秋日登洪府滕王阁饯别序》(一称《滕王阁诗序》)同类。序以"神仙之胄"、"述作之雄"、"廊庙之器"分别称许王、贾、尹三公,并简述其应举赴上都事,又对太原主簿饯别三公一番渲染,全与说诗作缘起、用意相关。而说三公终将有为:"咸道贯于人伦,名飞于日下。实

---

① 《春夜宴从弟桃李园序》,为李白骈文名篇。但关于他的文体性质,历来看法不一。清人余诚《古文释义》释题名谓"桃李园,长安之名园也。春,桃李盛开,太白与诸兄弟夜宴于其中,相与赋诗,而为之序",是以此文为诗序。近人钱穆《杂论唐代古文运动》谓《春夜宴从弟桃李园序》,曰:'不有佳咏,何伸雅怀,如诗不成,罚依金谷酒数。'是席间各约赋诗,而特以序引端也。"实未言其属于何种文体。今人台大柯庆明教授在其《古典中国实用文类美学》中,明确称其为"宴游序",即《文心雕龙·明诗》中讲的"叙酣宴"之作。它纪述宴游活动,当然会涉及宴游赋诗的内容,但不是为宴游诗作的序,更不是为宴别诗作的充当赠序的诗序。其内容安排,如柯氏所说:"它始于'夫天地者,万物之逆旅;光阴者,百代之过客'的宇宙意识,而导引出'而浮生若梦,为欢几何'的生命自觉。因而自'古人秉烛夜游,良有以也'的故事,得出'夜宴'的理据。然后是'况阳春召我以烟景,大块假我以文章','会桃李之芳园'的季节时序、地理景观;'序天伦之乐事','群季俊秀,皆为惠连;吾人咏歌,独惭康乐'的人际情意;以及'幽赏未已,高谈转清。开琼筵以坐花,飞羽觞而醉月'的宴游活动。……并且最后是指向了临宴赋诗的行乐与其游戏规则。……这种生命意识的升华的表现,即使不考虑它全篇几乎皆为对句,充满了意象辞藻比喻,甚至谐韵等形式美感的特质,未尝不可视为一篇近似《将进酒》之类的《将赋诗》的文学作品。"(《古典中国实用文类美学》第二章,第77页)

难沉屈,永怀青宵。剑有隐而气冲七星,珠虽潜而光照万壑。"说主簿设宴及主宾痛饮:"黕翠幕,筵虹梁;琼羞霞开,羽觞电举。然后抗目远览,凭轩高吟。屏俗事于烦襟,结浮欢于落景。俄而皓月生海,来窥醉客;黄云出关,半起秋色。"或用典加以渲染,或即事如实道来,用语皆可观可赏。

《饯李副使藏用移君广陵序》末云"席阑赋诗,以壮三军之事。白也笔已老矣,序何能为",是说宴席将要结束时,众人为壮三军行色而赋诗,李白则为饯别诗作序。此序先用旁说引入,为颂扬李藏用副使才干、功勋和为其"功大用小"鸣不平预作布置。其美感特质,亦在于对李公的颂扬和为其鸣不平。前者云:"我副使李公,勇冠三军,众无一旅。横倚天之剑,挥驻日之戈。吟啸四顾,熊罴雨集。蒙轮扛鼎之士,杖干将而星罗。上可以决天云,下可以绝地维。翕振虎旅,赫张王师。退如山立,进若电逝。转战百胜,僵尸盈川。水膏于沧溟,陆血于原野。一扫瓦解,洗清全吴。可谓万里长城,横断楚塞。不然,五岭之北,尽饵于修蛇,势盘地蹙,不可图也。"其勇、其威、其兵之强、其功之巨、其作战之惨烈、其长城形象之巍峨,皆借骈句特有的气势展现无遗。后者云:"而功大用小,天高路遐。社稷虽定于刘章,封侯未施于李广。使慷慨之士,长吁青云;且移军广陵,恭揖后命。""社稷"一联,借典叙事,忿恨溢乎言外,接一句"使慷慨之士,长吁青云",足见李白之大不平。其不平情绪的抒发,自能引发古今读者的文学感兴。

《送黄钟之鄱阳谒张使君序》谓"共赋《武昌钓台》篇,以慰别情耳",是以诗序为赠序。此序写法特别,先以赞扬口吻分别叙说江夏黄公、鄱阳张公过人之长处,且皆从自家经历说出。言黄公即谓"白窃饮风流,尝接谈笑",言张公则谓"每钦其辞华,悬榻见往"。然后再写饯别场景,抒情意味颇浓。有谓"诸子衔酒惜别,沾巾分赠,沉醉烟夕,惆怅凉月。天南回以变夏,火西飞而献秋。汀葭飒然,海草微落。夫子行迈,我心若何?毋金玉尔音,而有遐心。湖水演沔,勗哉是行"。借景写情,两者交融如诗。临别叮咛,尤见情深情真。其美感境界最动人者,显然是人皆有过的惜别之情。

《江夏送倩公归汉东序》末云:"作小诗绝句,以写别意。辞曰:'彼美汉东国,川藏明月辉。宁知丧乱后,更有一珠归。'"也是以诗序作赠序,同样以惜别的情深情真为美感特质。而与前序借景写情有异,此序抒发情感以叙事为主。

既用谢安与支公游赏"贵而不移",形容"仆与倩公一面,不悉古人";又用"惠休上人与江、鲍往复",比喻二人关系。既说"言归汉东,使我心痗",又说"仆平生述作,罄其草而授之。思亲遂行,流涕惜别",又寄希望于"开颜洗目,一见白日,冀相视而笑于新松之山"。叙事断断续续,总以离情别意牵连。叙事抒怀似与所赠之诗的慨叹、庆幸有所不同,但两者所表现的因倩公归去而引发的情感失落感,却大体相同,都具有文学感兴的原动力。

(二)作为独立文体赠序的美感特质

所谓独立文体的赠序,相对于以诗序为赠序者而言。文中虽也提到赋诗相赠的话,但内容安排并不限于满足诗序文体的要求,而有较大的灵活性。李白此类赠序大致有两种写法,一是自我介入,叙事抒怀;一是泛言通义,即事兴感。

先说采用自我介入,叙事抒怀手法赠序的美感特质。《暮春江夏送张祖监丞之东都序》名为送别之序,实以自道人生坎坷、自抒情怀为主。其说张侯事,全由言"仆"言"余"感受带出。如谓"吁咄哉!仆书室坐愁,亦已久矣。每思欲遐登蓬莱,极目四海,手弄白日,顶摩青穹,挥斥幽愤,不可得也。而金骨未变,玉颜已缁,何尝不扪松伤心,抚鹤叹息。误学书剑,薄游人间。紫微九重,碧山万里。有才无命,甘于后时。刘表不用于祢衡,暂来江夏;贺循喜逢于张翰,且乐船中"。看似介绍认识张侯经过,实则叙说落拓境遇、慨叹自己的"有才无命,甘于后时",而直言其"愁"。下写与张侯筵别,也从说自己感受角度道出,所谓"平生酣畅,未若此筵。至于清谈浩歌,雄笔丽藻,笑饮醁酒,醉挥素琴,余实不愧于古人也"。别后寄语更是出自"余"口:"扬袂远别,何时归来?想洛阳之秋风,将脍鱼以相待。"题为送人,实则言己。浓重的抒情意味、沉重的悲愁意绪,自为其文学感兴、美感特质之所在。

《金陵与诸贤送权十一序》乃李白送道友权昭夷南隐而作。序写别情,全借叙说二人交谊完成。有云:"吾希风广成,荡漾浮世,素受宝诀,为三十六帝之外臣。即四明逸老贺知章,呼余为谪仙人,盖实录耳。而尝采姹女于江华,收河车于清溪,与天水权昭夷,服勤炉火之业久矣。之子也,冲恬渊静,翰才峻发。白每一篇一札,皆昭夷之所操。呼,舍我而南,若折羽翼。"此以叙事代抒怀,或谓寓别情于叙事中,既是"传"人,也是自传。其美感特质出于所叙之事,更在于随事显露之情。

《秋于敬亭送从侄耑游庐山序》入篇即云:"余小时,大人令诵《子虚赋》,私心慕之。及长,南游云梦,览七泽之壮观。酒隐安陆,蹉跎十年。初,嘉兴季父谪长沙西还时,予拜见,预饮林下。耑乃稚子,嬉游在旁。今来有成,郁负秀气。吾衰久矣,见尔慰心,申悲道旧,破涕为笑。"此序"申悲道旧",由"小时"而"及长"而"吾衰久矣",一如自传。固借叙说叔侄交往之事以道别离之情,但最具美感特质的还是李白衰暮之年对青少年时代经历回忆所特有的人生感受。

《冬日于龙门送从弟京兆参军令问之淮南觐省序》也是通过忆念往事表达对从弟的送别之情。有云:"紫云仙季,有英风焉。吾家见之,若众星之有月。……常醉目吾曰:'兄心肝五藏,皆锦绣耶!不然,何开口成文,挥翰雾散。'吾因抚掌大笑,扬眉当之。使王澄再闻,亦复绝倒。观夫笔走群象,思通神明,龙章炳然,可得而见。"此处是写季弟,更是写李白自己,是作者自我的深度介入。其美感动人处,岂仅在季弟"醉目"乃兄的神态和妙不可言的赞语,还在李白"吾因抚掌大笑,扬眉当之"的举动。这"抚掌"、"扬眉"云云,真把李白眉飞色舞、喜不自胜、自信自负、当仁不让的形象写活了。有意思的是,李白文心狡狯,写出自己的得意后,还来一句:"使王澄再闻,亦复绝倒。"意谓王澄闻此也会俯仰大笑,何况于我!不但如此,还来一番论证:"观夫笔走群象……可得而见。"作者说得认真,读者觉得有趣,由此可以看出诗人性情的另一面。

又有《早春于江夏送蔡十还家云梦序》,说对方"才高气远,有四方之志,不然,何周流宇宙太多耶",即拿自己作陪衬,谓"白遐穷冥搜,亦以早矣。海草三绿,不归国门。又更逢春,再结乡思"。又说二人聚散,谓"一见夫子,冥心道存。穷朝晚以作宴,驱烟霞以辅赏。朗笑明月,时眠落花。斯游无何,寻高暌索。来暂观我,去还愁人"。再者,序谓"既非远离,曷足多叹";申言"秋七月,结游镜湖,无愆我期!先子而往,敬慎好去。终当早来,无使耶川白云,不得复弄尔"。尽为作者慰己慰人之语,和叮咛对方之词。全文几乎就是作者的自白,写法如作书信,有如当面晤谈。其美感特质,实在其夫子自道之中。

《冬夜于随州紫阳先生餐霞楼送烟子元演隐仙城山序》也是全文内容一概出于作者自述。既谓"吾与霞子元丹,烟子元演,气激道合,结神仙交,殊身同心,誓老云海,不可夺也"。又谓"白乃语及形胜,紫阳因大夸仙城。元侯闻之,乘兴将往"。又自道个人秉性及向往栖隐仙城之心。颇具美感特质、文学兴味的,是作者自述所言"元侯闻之,乘兴将往。别酒寒酌,醉青田而少留;梦魂晓飞,度渌水以先去",所勾勒出的洒脱自由,即兴而为的形象。还有他对元侯此去的向往:"吾不凝滞于物,与时推移。出则以平交王侯,遁则以俯视巢、许。朱绂狎我,绿萝未归。恨不得同栖烟林,对坐松月。有所款然,铭契潭石。乘春当来,且抱琴卧花,高枕相待。"又一个洒脱自由,且高扬自我、平等意识强烈的逸人形象!而他将向往之心、相会之约,写得何等富有诗意。正是这种诉诸形象的话语形式,使得自述文学美感在在有之。

再说应用泛言通义,即事兴感手法赠序的美感特质。《江夏送林公上人游衡岳序》基本上是以颂扬林公上人"俊人"、秀士之美,道其衡岳之游和称其"高标胜概",敷衍成篇。中谓"江南之仙山,黄鹤之爽气,偶得英粹,后生俊人。林公世为豪家,此土之秀",写人之优异。其想象之思路,对韩愈《送廖道士序》、欧阳修《送廖倚归衡山序》均有影响。其对林公游衡之举意义的张扬,不无夸张,但托喻形容,却可观可赏。有谓:"予所以叹其峻节,扬其清波。龙象先辈,回眸拭视。比夫汩泥沙者,相去如牛之一毛。昔智者安禅于台山,远公托志于庐岳,高标胜概,斯亦向慕哉!"

《春于姑熟送赵四流炎方序》中,被送者为迁客,言事抒怀,皆极尽骈文委婉达意、以虚指实之能事。如称赵四不俗,有谓"白以邹、鲁多鸿儒,燕、赵饶壮士,概风土之然乎?赵少翁才貌瑰雅,志气豪烈。以黄绶作尉,泥蟠当涂。亦鸡栖鹤笼,不足以窘束鸾凤耳。"末二句用譬喻形容赵四才不得伸,有不平意,且说得形象。首二句使人想到韩愈说的"燕、赵古称多感慨悲歌之士",韩语寓意丰富而情感倾向明显,白语说得客观、冷静,似与被送者关系不大。仔细寻味,却能感到他对赵某评价不低。又如言其"以疾恶抵法,迁于炎方。辞高堂而坠心,指绝国以摇恨。天与水远,云连山长。借光景以顷刻,开壶觞于洲渚。黄鹤晓别,愁闻命子之声;青枫暝色,尽是伤心之树"。首二句叙事即有深意,下写迁客愁绪,可谓综辑辞采,错比文华。或短或长,骈句络绎。而谓"上当攫玉弩,摧狼狐,洗清天地,雷雨必作。冀白日回照,丹心可明。巴陵半道,坐见还吴之棹。令雪解而松柏振色,气和而兰蕙开芳。仆西登天门,望子于西江之上"。虽然前景美好,有"白日回照,丹心可明"的可能,甚至"巴陵半道,坐见还吴之棹",但这毕竟是一厢情愿的想象之词。现实情形是即刻上路,流放炎方!李白转而开导赵四:"吾贤可流水其道,浮云其身,通方大适,何往不可,何戚戚于路歧哉!"人生漂泊,当如行云流水,通方大适,无所不可,临路歧自不必悲。这是李白的一种人生方式。说到底,也是人类在处境艰难、不得已时,作为心理补偿的一种人生智慧。他用此类达观的话劝导对方,正见出他的关爱之切。无疑,此序虽较之于一般送别迁客的赠序,在内容安排方面并无多大突破,但就所表现的人性、人情之真而言,就虚笔描画的人生转折、美好场景而言,却颇有文学兴味,而深具美感特质。

《送戴十五归衡岳序》所送戴侯也是一位政治上不得意的人物,作者于其遭遇也有不平之意。其不平,一见于对戴侯的推崇。既用他人之不然衬显其高,所谓"白上探玄古,中观人世,下察交道。海内豪俊,相识如浮云。自谓德参夷、颜,才亚孔、墨,莫不名由口进,实从事退,而风义可合者,厥为戴侯"。这个评价真高。一见于正面评价。所谓"戴侯寓居长沙,禀湖岳之气;少长咸、洛,窥霸王之图。精微可以入神,懿重可以崇德,谟猷可以尊主,文藻可以成化。兼以五材,统以四美,何往而不济也"。骈句、散句、排比句,所带来的形式美感,和作者所强调的戴侯的"五材(指勇、智、仁、信、忠)"、"四美(指精微、懿重、谟猷、文藻四者)"之长,都成为可观可赏的审美对象。一见于以婉转语言道其不遇、落拓而归衡岳事。如谓"其二三诸昆,皆以才秀擢用……而此君独潜光后世,以期大用。鲲海未跃,鹏宵悠然"。又谓"属明主未梦,且归衡阳。憩祝融之云峰,弄萦葤之湍水。……鸡黍之期,当速赴也"。用婉转语(包括用典)叙事,意味深深耐人体会,正显出骈文委曲道来的优势。而作者有意婉转言之,自有其同情心在。

李白送别序于送别者多有赞扬语、惜别语、安慰语,而少有劝勉语,似无不平语,绝无讥刺语。其功用主要是叙说作者和送别对象的友谊、抒发自己的人生感受,其美感特质也主要是出自人物形象的描叙和情感的抒发。描述的人物主要有两类,一是送别对象,一是作者自己。李白写送别对象,多以赞扬语气言之,手法多种多样。有作概括评论的,而概括评论有正面论述者,如《送黄钟之鄱阳谒张使君序》谓"东南之美者,有江夏黄公焉。白窃饮风流,尝接谈笑。亦有抗节玉立,光辉炯然,气高时英,辩析天口。道可济物,志栖无垠"。《送傅八之江南序》谓"《易》曰:'观乎人文,以化成天下。'穷此道者,其惟傅侯耶?侯篇章惊新,海内称善,五言之作,妙绝当时。陶公愧田园之能,谢客惭山水之美。

佳句籍籍,人为美谈"。有先借他人作陪衬、继而正面描述者,如前引《送戴十五归衡岳序》"……自谓德参夷、颜,才亚孔、墨,莫不名由口进,实从事退,而风义可合者,厥谓戴侯"。而续以"戴侯寓居长沙……何往而不济也"。又如《秋夜于安府送孟赞府兄还都序》谓"夫士有饰危冠,佩长剑,扬眉吐诺,激昂青云者,咸夸炫意气,托交王侯。若告之急难,乃十失八九。我义兄孟子,则不然耶"。而续以"道合而襟期暗亲,志乖而肝胆楚越。……孔明披书,每观于大略;少君读《易》,时作于小文。……虽长不过七尺,而心雄万夫。至于酒情中酣,天机俊发,则谈笑满席,风云动天。非嵩丘腾精,何以及此"。描述送别对象人品、德行之高,自然生动、形象,能给人以美感。较之对送别对象的描叙,赠序由自我介入带来的作者形象似乎更有生气和风采,最为传神和引发美感兴味的,是那些过目难忘的、带有夸张色彩的人物动作和个性独特的人物语言。李白赠序的美感特质,还来自它的抒情性。有人说"太白文萧散流丽,乃诗之余"①,其赠序多以诗为文,足以当之。而以诗为文的重要标志就是抒情性强,叙事、写人无不渗透情感因素。不但对流放炎方的赵四,对失意而归的戴侯,写其人、叙其事不掩其同情心,而微露其不平;送老友离别,送从弟觐省,亦抽心而谈,情真意切;就是送人探游桃源,登临庐山,春去东都,冬栖仙城,也是忆念往事,倾吐友情,而说向往之心,总是兴致勃勃,溢乎言表。有趣的是,送别序本以赠人以言、言人之事为主,李白有的赠序竟反客为主,开篇即大谈自己为之"伤心""叹息"的人生悲哀,说他人之事涉及自己经历时,更是兴致顿起,喜怒哀乐,酣畅淋漓。韩愈倡导古文,用尽心力吸纳多种文体文学表现形式、技巧为古文创作所用,以增强古文的文学兴味、丰富其美感特质。其赠序的以诗为文,其佳构能成为无韵之诗或绝妙之散文诗,李白赠序之影响不可低估。

结语

李白骈文远不止书与赠序二体,其代人草拟之表三篇,厅壁记一篇,颂文二篇,碑文五篇,祭文二篇,铭文二篇,赞十二篇。绝大多数皆为骈体,铭、赞正文本为韵文,骈句自多。其《溧阳濑水贞义女碑铭》序言,有谓"缅纪英淑,勒铭道

---

① 引自王琦注《李太白全集》之《建丑月十五日虎丘山夜宴序》批语。

周,虽陵颓海竭,文或不死"。李白高度肯定所作碑铭之不朽价值,一则出于对所纪贞女事迹(即"伍胥东奔,乞食于此。女分壶浆,灭口而死")卓绝千古、千古不朽的自信,一则出于对其文章表现艺术足以使贞女事迹流传千古的自信。的确,李白骈文的美学价值、美感特质,不但表现于内容、精神,还表现于书写策略、修辞技巧和外在形式。如何看待李白骈文美感内外兼具的特点,将其置于初唐以来骈文演变的进程是必要的。南朝骈体文风之弊延续到初唐,遭到四杰等人的抵制和唾弃,使得唐代新骈文步入健康发展的轨道。同时前代文风之旧弊和学王勃而不及的新弊仍在文坛蔓延,虽经燕、许二公的矫正,收效并不明显。李白是在盛唐时期自觉践行四杰骈文文风改革主张,努力端正其艺术精神、增强其文学意味、丰富其美感特质的作家。为此,他尝试以诗为文,以辞赋为文,把骈文变为表现人、人性、人情的文学载体。故其骈文将描叙人物即人物的志向、品德、修养、阅历、境遇、情感等事关生命意识、价值观念、处世理则、人生智慧的元素,以及天人合一的惬适与欢乐,人性挣扎的痛苦与悲哀,作为中心内容。而独特经历的展示,情感波澜的再现,无一不在叙说人生感受。有些带有"自传"性质的文字,不但自述经历,而且独抒性灵,处处显出李白个人的形象和风采,其文学感染力和美感魅力并不亚于他那些个性鲜明、情感外溢的诗。李白的骈体文,内容实在,气扬采飞,风格鲜明,而造句骈散兼用,以适意为宗。无论体物叙事,以辞赋为文,还是写人抒情,以诗为文,皆因题制宜,灵活运用。而骈句的出语自然、朗畅,典故的易道易明,较之王勃似乎还胜一筹。时至中唐,骈文内竭外侈之弊日甚一日,王勃、李白等人坚持的良好文风消失殆尽。韩、柳等倡导古文以抵制其弊,他们在制定古文审美规范和创造古文美感特质时,就从王、李等人革新骈体文风的经验中,借鉴和吸纳了许多有益的做法。

论元结散文自我创变过程中的骈散互融现象

肖献军(湖南科技学院人文与社会科学学院)

一

元结是盛中唐之际古文运动的倡导者,《木笔杂抄》曰:"唐之古诗,未有杜子美,先有陈子昂。唐之古文,未有韩退之,先有元次山。陈、元盖杜、韩之先驱也,至杜、韩益彬彬耳。"①肯定了元结在唐代古文运动中的先驱性地位。古文是相对于骈文提出来的一个概念,明王志坚《四六法海》说:"古文如写意山水,俪体如工画楼台。"王运熙指出:"唐代中叶,一部分文人厌恶华靡的骈文,提倡朴实的散文,以先秦西汉的古代文章为宗法对象,故被称为古文。"②可见,古文和骈文具有某种相对性,故有学者说:"次山之文常用四字句式,并非是学习骈体,而有远古之渊源。他的文章一扫骈体之习,凡所为文,皆与时异,而崇尚古风。"③

在盛中唐之际,元结确实是比较彻底的复古主义者,他的复古首先表现在崇尚古道。为此,他写下了《补乐歌》十首、《二风诗》等,对尧、舜等上古帝王进行了歌颂,同时批判了太康、夏桀等荒淫的君主。元结复古上及太古,他在《元

---

① (宋)佚名《木笔杂抄》卷二,《学海类编》本。
② 王运熙《关于唐代骈文、古文的几个问题》,南阳师范学院学报,2004年第1期,第66页。
③ 邹文荣《试论元结复古以求新变的古文主张》,兰州教育学院学报,2007年第1期,第29页。

谟》中写道："上古之君,用真而耻圣,故大道清粹,滋于至德,至德蕴沦,而人自纯。"①在《思元极》也说:"天旷莽兮杳泱茫,气浩浩兮色苍苍。上何有兮人不测,积清寥兮成元极。"②在元结看来,时代越久远道德越清粹,民风越淳朴,他通过这些诗句表达了对上古淳朴生活的向往,这是元结复古的第一个方面。

元结在行为上也实践了其主张。天宝九载(750),他与其弟元季川习静于商余,筑居于余中谷,他在《述命》篇中言:"人之命也,亦由是矣。若夭若寿,若贵若贱,乌可强哉? 不可强也。不可强也,不如忘情,忘情当学草木。"③习静也即习养静寂的心性,元结筑居于山谷中,耕种田地,隐居山林,忘情世事,其实也是向古人学习。元结每到一处,首先寻找隐居的乐趣,他在《游潓泉示泉上学者》中说:"惬心则自适,喜尚人或殊。此中若可安,不佩铜虎符。"④《说洄溪招退者》:"吾今欲作洄溪翁,谁能住我舍西东。勿惮山深与地僻,罗浮尚有葛仙翁。"⑤元结不仅学习古人的行为,在穿戴上也向古人学习。他在《与何员外书》中写道:"昔年在山野,曾作愚巾凡裘,异于制度。凡裘领,缁界缁缘缁带,其余皆褐。带联后缝,中腰前系;愚巾,顶方带方垂方,缁葛为之,玄丝为缕,次山自衣带巾裘。"⑥而且还鼓励何昌裕能像他一样,能够穿戴"异于制度"的服饰。

元结在诗文的创作上也呈现出复古主义倾向。孙望先生编订的《元次山集》中,收录了一首《橘井》诗,此诗最早载于明本《元次山集》的附录中,《全唐诗》也载录了该诗,现录该诗如下:"灵橘无根井有泉,世间如梦又千年。乡园不见重归鹤,姓字今为第几仙。风冷露坛人悄悄,地闲荒径草绵绵。如何蹑得苏君迹,白日霓旌拥上天。"⑦然而,该诗被王国维认为是伪作。而另外一组《海阳泉帖》(包括诗十三首,铭一篇),不见于明本《元次山集》,《全唐诗》、《全唐文》皆未收录,仅《全唐诗逸》收录了进来,虽认可为唐人所作,却没有认定是元结的作

---

① 元结《元次山集》(孙望校本),中华书局1960年版,第48页。
② 《元次山集》卷一,第11页。
③ 《元次山集》卷五,第76页。
④ 《元次山集》卷三,第42页。
⑤ 《元次山集》卷三,第40—41页。
⑥ 《元次山集》卷八,第131页。
⑦ 《元次山集》卷三,第47页。

品。后来日本的太田晶二郎等学者认为这是元结的作品。① 判断《海阳泉帖》是元结的作品直接证据并不多,仅刘禹锡《海阳十咏并引》中提到"元次山始作海阳湖",《吏隐亭述》"海阳之名,自元先生。先生元结,有铭其碣",这只能证明元结到过连州写过铭,与《海阳泉帖》并无直接关系。而证明《橘井》非元结诗则完全没有任何依据,只是学者依据元结诗歌的独特风格来判断的。《海阳泉帖》则与元结诗风十分接近,现录两首如下:

自从得海阳,便欲终老焉。怪石状五岳,旋回枕深渊。激繁似涌云,净同冰镜悬。(其一)

海阳泉上山,巉巉尽殊状。忽然有平石,盘薄千峰上。寒泉匝石流,悬注几千丈。(其八)(同上)②

这与元结喜采用五言形式,喜用生僻字,不讲究对偶与华丽辞藻的复古诗风类似。总观元结诗歌,具有如下鲜明特征:(1) 体裁上多古体,主要有四言诗,如《补乐歌十首》、《二风诗十首》;乐府诗,如《系乐府十二首》等;五言古诗,如《与党评事》、《与党侍御》等;骚体诗,如《引极三首》、《演兴四首》、《闵岭中》等;歌行体,如《石鱼湖上醉歌》、《宿丹崖翁宅》;七言古诗《宿洄溪翁宅》、《宿无为观》等。在元结的所有诗歌中,大多是唐前流行的体裁,虽也有五言诗(五言四句、五言八句、五言多句)、七言诗(七言四句、七言八句、七言多句),但元结的五言诗和七言诗中没有一首是合律的。(2) 元结的诗歌语言古朴,不假雕饰,用韵自由,不讲究对偶,如《宿无为观》:"九疑山深几千里,峰谷崎岖人不到。山中旧有仙姥家,十里飞泉绕丹灶。如今道士三四人,茹芝炼玉学轻身。霓裳羽盖傍临壑,飘飘似欲来云鹤。"③元结作诗,似乎在有意打破偶句的形式,而采用散句入诗,诗歌呈现出明显的散文化特色。用韵上,元结的诗歌用韵自由,如《无为洞口作》韵脚为"下"、"嫁";"幽"、"求"、"休",中间进行了换韵。如果把《橘井》拿来与元结诗进行对比就能发现,《橘井》诗语言雕饰色彩较明显,中间两联对

---

① 参见[日]太田晶二郎,王汉民、陶敏译《无名氏〈海阳泉〉诗当为元结作》,《吴中学刊》(社会科学版)1994年第4期。
② [日]何世宁《全唐诗逸》卷下,广文书局1970年版。
③ 《元次山集》卷三,第36页。

仗工整,与元结的诗歌全不类似,元结在《箧中集序》中写道:"风雅不兴,几及千岁,溺于时者,世无人哉!……近世作者,更相沿袭,拘限声病,喜尚形似,且以流易为辞,不知丧于雅正。"①《橘井》中体现的风格正是元结所反对的,《海阳泉帖》则与元结的诗风十分类似。

  在为文上,元结也被认为是复古派的代表。宋欧阳修《集古录跋尾》中写道:"唐自太宗致治之盛,几乎三代之隆,而惟文章独不能革五代之弊。……次山当开元、天宝时,独作古文,其笔力雄健,意气超拔,不减韩之徒也。可谓特立之士哉!"②明代胡应麟《九流绪论》也说:"大概六代以还文尚俳偶,至唐李华、萧颖士及次山辈始解散为古文,萧、李文尚平典,元独矫峻艰涩,近于怪且迂矣,一变而樊宗师诸人,皆结之倡也。"③元结在这场古文运动中,处于先驱地位。清代纪昀等《四库全书总目提要》:"考唐自贞观以后,文士皆沿六朝之体。经开元、天宝,诗格大变,而文格犹袭旧规。元结与及始奋起湔除,萧颖士、李华左右之。其后韩、柳继起,唐之古文,遂蔚然极盛。斫雕为朴,数子实居首功。"④元结的文章,特别是他前期的文章,如《七不如七篇》、《订古五篇》、《自述三篇》,全用散体,这些文章不讲对偶、语言朴质,间或参以对话体形式,其为文与唐代散文风格有很大不同。

二

  然而,元结并非是一个为复古而复古的人,他不是一个泥古不化的复古主义者,现实生活中的元结是一个性格诙谐,关怀现实,且极具文学创新性的人。

  元结的创新首先表现在对文体的开拓上。如铭文,《说文解字》载:"铭,记也。"《文心雕龙·铭箴》:"故铭者,名也,观器必也正名,审用贵乎盛德。"⑤其本意是在器物、碑碣上铸刻的文字,用来记述人物生平事迹、颂扬功德。至刘勰时代,铭文主要还是起颂功、颂德的作用,并不具备多少文学色彩,所以刘勰写道:

---

① 《元次山集》卷七,第100页。
② 《元次山集》附录三,第179页。
③ (明)胡应麟《九流绪论》卷中,《文渊阁影印四库全书》本。
④ 纪昀等《四库全书总目提要》别集类三。
⑤ 范文澜《文心雕龙注》,人民文学出版社1962年版,第193页。

"赵灵勒迹于番吾,秦昭刻博于华山,夸诞示后,吁可笑也!"[1]在元结以前,极少有人把铭文当作文学作品看,铭文主要还是实用性文体。元结也继承了这一写法,也写下了一些歌功颂德的文字,如《大唐中兴颂》,但这不是元结铭文的主体,元结的铭文主要是描写自然山水。他一生中共写下了26篇铭文,除《大唐中兴颂》、《虎蛇颂》、《自箴》、《县令箴》等篇,其余篇章均为描写自然山水。而且元结在写作铭文时,还给每一篇铭文(除2篇箴外)加上了序。元结的序,不仅仅交代了铭文的写作背景,还有如一篇篇优美的山水散文,如他的《寒泉铭序》:"湘江西峰直平阳江口,有寒泉出于石穴。峰上有老木寿藤,垂阴泉上。近泉堪 𪠘 维大舟,惜其蒙蔽,不可得见。踟蹰行循,其水本无名称也。为其当暑大寒,故命曰寒泉。"[2]这样的文字与铭文相结合,相得益彰,大大增添了铭文的文学性。

元结不仅善于改造文体,还善于开创新文体。据洪迈《容斋随笔》:"又有《元子》十卷……而第八卷中所载方国二十国事最为谲诞,其略云:方国之僧,尽身皆方,其俗恶圆。设有问者,曰:'汝心圆',则两手破胸露心,曰:'此心圆耶?'圆国则反之。言国之僧,三口三舌。相乳国之僧,口以下直为一窍。无手国足便于手。无足国肤行如风。其说类近《山海经》,固已不屑,至云:恶国之僧,男长大则杀父,女长大则杀母。忍国之僧,父母见子,如臣见君。无鼻之国,兄弟相逢则相害。触国之僧,子孙长大则杀之。"元结的这类作品遭到了前人的批评,被认为"皆悖理害教,于事无补"[3],然从洪迈的描写看,这类作品当属于小说类。宋王尧臣《崇文总目·小说类》中就记载:"《猗犴子》一卷,元结撰。"另外,在元结早年时还著有《异录》,据其名称,也应该是小说类作品。可见,元结在小说上也有所成就。中国古代小说发展较为缓慢,至魏晋南北朝时,始出现小说的雏形,然其时未必有意为小说。元结的这些作品虽已散轶,但从洪迈的片段记载中可以看出元结当是在有意为小说。元结的这些作品,产生于安史之乱前后,是唐代较早的小说了,则元结在文体上开创意义较大。

元结虽然对上古道德的纯粹表示羡慕,但他并非主张人们重返上古社会,

---

[1] 范文澜《文心雕龙注》,第193—194页。
[2]《元次山集》十卷,第159页。
[3] (宋)洪迈《容斋随笔》卷一四《元次山元子》,明弘治十一年李瀚刻本。

他的复古以矫正当下时弊为目的,故其诗文呈现出明显的现实主义文风。元结创作《二风诗》十篇,纯用古体,他在《二风诗序》中写到了创作这组诗歌的目的:"天宝丁亥中,元子以文辞待制阙下,著《皇谟》三篇、《二风诗》十篇,将欲求于司匦氏,以裨天监。"①在《二风诗论》中他写道:"客有问元子曰:'子著《二风诗》何也?'曰:'吾欲极帝王理乱之道,系古人规讽之流。'"②《系乐府十二首》:"古人歌咏不尽其情声者,化金石以尽之,其欢怨甚耶戏?尽欢怨之声者,可以上感于上,下化于下,故元子系之。"③元结青少年时生活在盛唐开元、天宝年间,其时唐王朝表面呈现出繁荣景象,但实际已潜伏着重重危机。唐玄宗宠幸李林甫、安禄山,官场黑暗;与杨氏姐妹过着奢华享受的生活,老百姓却遭受自然灾害的威胁,挣扎在死亡的边缘;好大喜功,不断开拓边土,也使得人民饱受战争的灾祸。元结就亲自见到过,《闵荒诗序》:"天宝丙戌中,元子浮隋河,至淮阴间。其年水坏河防,得隋人《冤歌》五篇。考其歌义,似冤怨时主,故广其意,采其歌,为《闵荒诗》一篇。"④元结借《冤歌》五篇,对唐王朝统治者提出警告:如果再这样持续下去,势必会重蹈隋王朝的覆辙。他在诗歌中写道:"奈何昏王心,不觉此怨尤。遂令一夫唱,四海忻提矛。"⑤据元结《喻友》载,天宝六载(747)元结与杜甫参与制举考试,李林甫以草野之士卑贱,恐泄漏当时之机,结果没录取一人,反而"遂表贺人主,以为野无遗贤"。⑥这样的现实令元结反思,他认为唯有以古道才能拯救时弊。在他前期的诗文中复古思想提得较多,主要是主张任用贤才、提倡节俭,反对奢侈之风,反对穷兵黩武,这些正是当时唐王朝要解决的问题。

安史之乱后,唐王朝面临的危机更加严重,元结基本上舍弃了间接讽喻的方式,在诗文中直接指出唐王朝面临的弊端,他在《舂陵行》中写道:"所愿见王官,抚养以惠慈。奈何重驱逐,不使存活为。"⑦《贼退示官吏》中也说:"使臣将王命,岂不如贼焉?今彼征敛者,迫之如火煎。"⑧元结的作品,均是有为而作,他想

---

① 《元次山集》卷一,第5页。
② 《元次山集》卷一,第10页。
③ 《元次山集》卷二,第18页。
④ 《元次山集》卷二,第17页。
⑤ 《元次山集》卷二,第18页。
⑥ 《元次山集》卷四,第52页。
⑦ 《元次山集》卷三,第35页。
⑧ 《元次山集》卷三,第35页。

用古道来矫正时弊。在《问进士》中,元结更是提出了唐王朝面临的现实问题:"天下兴兵,今十二年矣。杀伤劳辱,人似未厌。控强兵、据要害者,外以奉王命为辞,内实理车甲、招宾客、树爪牙。"①小人在朝,贤士在野;田地荒芜,太仓空虚;物价飞涨,人心惰游。虽然元结没有明确回答这些问题,但从《问进士》中可以看出元结对现实的关注。

三

从上分析可以得知,元结虽然提倡复古主义文学观,但他的复古不是终极目的,只是一种手段,其最终目的是为现实服务,是为了"将欲求于司匦氏,以裨天监"②。元结文学上的复古针对性较强,主要是针对当时的时文,他在《箧中集序》中写道:"近世作者,更相沿袭,拘限声病,喜尚形似,且以流易为辞,不知丧于雅正。"③《刘侍御月夜宴会序》中写道:"於戏!文章道丧盖久矣。时之作者,烦杂过多,歌儿舞女,且相喜爱,系之风雅,谁道是耶?"④可见元结从两个方面反对骈文,一是从形式上看,骈文"拘限声病,喜尚形似,且以流易为辞",一是内容上反对,时文多写歌儿舞女的内容。元结反对的正是骈文的两个重要特征。元结之所以反对骈文,除认为骈文无补于现实外,另一重要原因是元结个性浪漫,崇尚自由,不愿受骈文形式的束缚。元结在《自释》写道:"后家瀼滨,乃自称浪士。及有官,人以为浪者亦漫为官乎,呼为漫郎。既客樊上,漫遂显。樊左右皆渔者,少长相戏,更曰聱叟。"⑤元结个性漫浪、诙谐,崇尚个性自由,这使得元结为文极具自由性。与唐代同一时期的作家相比,元结除有意避免写作绝句、律诗外,几乎擅长于任何一种文体,因为律诗与绝句不自由,需要注意对偶、平仄和音韵。骈文也一样,也是元结所不喜欢的,所以在安史之乱发生之前,在元结尚未进入官场之前,元结不仅没有写过一篇骈文,甚至连严格的骈句也没写过一句。

---

① 《元次山集》卷九,第138—139页。
② 《元次山集》卷一,第5页。
③ 《元次山集》卷七,第100页。
④ 《元次山集》卷三,第37页。
⑤ 《元次山集》卷八,第113页。

但元结的文学创作在不断发生改变。在安史之乱前,元结诗歌基本是四言诗、五言诗和骚体诗;安史之乱至隐居武昌樊水期间创作的诗歌,四言诗与骚体诗变少了,五言诗成了主要诗体;任道州刺史后,五言诗仍有不少,但七言诗占了相当大的比例,并且逐步抛弃了年轻时期钟情的骚体诗、四言体诗。这一转变说明了元结开始意识到复古只是一种形式,当有更适合反映现实且更容易为读者接受的形式时,他便会放弃原有的形式而选择新的形式。元结在为文上也是如此。在安史之乱发生前,无论是创作上还是理论上元结都反对骈文,但安史之乱发生后不久,元结开始进入官场,并上《时议》三篇,其上有句:"今河北陇阴,奸逆尚余;今山谷江湖,稍多忘命;今所在盗贼,屡犯州县;今天下百姓,咸转流亡;今临敌将士,多喜奔散;今贤士君子,不求任使。"①又有"天子往在灵武,至于凤翔,无今日兵革,而能胜敌;无今日禁制,而无亡命;无今日威令,而盗贼不起;无今日财用,而百姓不亡;无今日封赏,而将士不散;无今日朝廷,而人思任使"②。当然,这样的文字更多像战国策士的文风,但从中不难发现,文中出现了大量的四字句,还有些句子运用对比手法。骈文又称四六文,其主要采用四六的句式,讲究对偶的工整、音韵的铿锵及行文的气势,如果把元结《时议》中的这些句子与骈句进行比较,不难发现元结散文发展到此时,已不同于之前的文体,有向骈文过渡的趋势。

骈文与颂、表、状、耒、铭等不同,是从形式的角度来定义的一种文体,本身与内容没有任何关系。"以对偶句(骈句)为主的文章叫作骈文。与之相对,以非对偶句(散句)为主的文章叫作散文。"③不过到南北朝时,文人意识到了骈文的形式之美,比较适宜于表情达意,于是用骈文描写山水和情感。到唐代时,骈文的表现空间得到了进一步拓展,皇帝的诏书,大臣的表、状,大多用骈文书写,骈文成了当时官方流行的文体,称为时文,骈文也开始由抒情文体走向应用文体。元结在未进入官场前受这种文体影响较小,但自进入官场后,元结复古的文学样式让元结难于融入社会中,这在某种程度上促使元结改变自己的文风。但骈文严格的对仗、标准的四六格式与元结崇尚自由的个性相抵触,这一矛盾

---

① 《元次山集》卷六,第93页。
② 《元次山集》卷六,第93页。
③ 谭家健《关于骈文研究的若干问题》,《文学评论》1996年第5期,第111页。

的解决需要元结个人的努力,骈文要适应社会,适应元结的为现实而作的文学观,元结也必须要适应骈文,他对骈文(主要是对骈句)的革新在他进入官场后就提上了日程。

骈文本身与内容并不相关,这从骈文最初表情、写景到后来用之于朝廷公文可以看出,骈文在内容方面试图突破表情写景的范畴。但这一文体存在缺陷,它具有唯美性,需要作者花费大量的时间在文章的形式上。文人在写作过程中,要考虑用典、押韵、对偶、句式,发展到唐代时,还要考虑平仄。闻一多先生曾说过,律诗是"带着镣铐跳舞",骈文也与之类似。因为太注重形式,作者往往会忽略其内容,或者为了形式的完美而改变其内容,于是骈文便带上了形式主义色彩。莫道才先生指出,"以诗为文"是骈文文体本质特征。[①]"以诗为文"概括非常准确,但骈文正因为带上了"以诗为文"的形式,也导致了骈文在内容上具有了诗歌的主要特征:长于抒情而弱于叙事,故这一文体实用范围大大受到了局限。

骈文是一种自上而下推行的文体,唐代的科举考试考律赋,对骈文的推行也起了一定作用,不少参加科举考试的学子在创作赋时,实际上写成了骈赋,其句式、用韵、用典与骈文并无多大异处,如咸通三年(862)王棨创作的《倒载干戈赋》就是一篇典型的骈赋。元结在天宝年间多次参加进士考试,并在天宝十二载考中了进士,无疑对律赋和骈文十分了解。又唐代庙堂音乐盛行,祭祀、颂歌其辞多用四言形式,而且也还押韵、用典。骈文在某种程度上又称为四六文,且四六这一名称比骈文还早,其句式主要以四言和六言为主,但如果统计一下就会发现,在骈文中四言远比六言要多,因而唐代的庙堂音乐在某种程度上与骈文有相通之处,元结在此之前就创作了大量的四言庙堂歌辞,这也是元结为什么能够由极力反对骈文到最后能够大量运用骈句进行创作的原因。元结对骈文的革新主要表现在以下三个方面:

首先,根据骈句长于表情,弱于叙事的特征,决定哪些文章采用骈句写,采用多少骈句写。元结骈文句式较多的文章有:(1)表情文。骈文完美的文学样

[①] 莫道才《以诗为文:骈文文体诗化特征论》,《广西师范大学学报(哲学社会科学版)》1997年第2期,第72页。

式适合于陈情。在元结文中,那些需要陈情百姓疾苦、苛税繁重、民不聊生的表、状,元结用了较多骈句,如《请省官状》陈述唐、邓两州在安史之乱遭受战争破坏之惨烈:"荒草千里,是其疆畎;万宝空虚,是其井邑;乱骨相枕,是其百姓;孤老寡弱,是其遗人。哀而恤之,尚恐冤怨;肆其侵暴,实恐流亡。"①这样的句子情感充沛,可以充分打动上层统治者,从而达到预先设定的目的。另外,元结三代单传,其父在安史之乱稍后便去世,在长达二十多年的仕宦生涯中,元结与其母相依为命,但安史之乱后的唐王朝并不太平,元结开始由文人转变为武将,常年在外带兵作战,很多时候元结不得奉养其亲,这令元结十分痛苦,他多次上表陈情,表达弃官归隐,侍奉老母的愿望。先后写下了《辞监察御史表》、《乞免官归养表》、《让容州表》,言辞恳切,甚为感人,在这些文章中,也运用了较多骈句。

(2) 写景文。骈句音韵铿锵,犹如山涧流泉,优美动听。元结的写景文较多,如《寒亭记》、《殊亭记》、《右溪记》、《九疑图记》等,采用了不少骈句。如《寒亭记》:"及亭成也,所以阶槛凭空,下临长江;轩楹云端,上齐绝巅。若旦暮景气,烟霭异色;苍苍石墉,含映水木。"②《右溪记》:"水抵两岸,悉皆怪石;欹嵌盘屈,不可名状;清流触石,洄悬激注;休木异竹,垂阴相荫。"③除此两类文外,元结文中所用骈句甚少。可见,元结在改造骈文时把骈文表达的内容局限在六朝骈文表达的范围,这一回归,在某种程度上也是一种"复古",它更符合骈文文体的特征。

其次,吸收并改造骈文句式,以散句对之,把诗化的骈文改为散文化的骈文。在元结的文章中,如六朝骈文那样,讲究四六句式,讲究对偶、用典的骈文,一篇也找不到,甚至在元结的文章中,像六朝那样严格的四六句式也没有一句,所以不少人认为元结是一个彻底的复古主义者。但在传统的骈文表现领域,如抒情文、写景文中,元结并没有完全抛弃骈文,他对骈句进行了改造,改造后的文章,依然具有六朝骈文的味道。下面对比一下六朝骈文和元结的文章,可以发现二者间的关系:

往往见大谷长川,平田深渊;杉松百围,榕栝并之;青莎白沙,洞穴丹

---

① 《元次山集》卷七,第100页。
② 《元次山集》卷九,第137页。
③ 《元次山集》卷一〇,第146页。

崖;寒泉飞流,异竹杂华;回映之处,似藏人家;实有九水,出于中山。①(元结《九疑图记》)

夹岸高山,皆生寒树。负势竞上,互相轩邈;争高直指,千百成峰。泉水激石,泠泠作响;好鸟相鸣,嘤嘤成韵。蝉则千转不穷,猿则百叫无绝。鸢飞戾天者,望峰息心;经纶世务者,窥谷忘反。(吴均《与朱元思书》)

这两段文字有许多类似的地方,都以四言句式为主,都注意音韵之美,押韵都较为自由,可以自由换韵,甚至连描写的对象、描写中蕴含的画面都有某种相似性。但二者还是有所区别,吴均《与朱元思书》虽以四言为主,但中间还是夹杂着整齐的六言句,因而是典型的四六文,元结《九疑图记》则没有采用六言的形式,在元结的其他文章中,也极少采用四、六言相配合的句式。《与朱元思书》多采用隔句对,且对仗工整,这一句式也是六朝骈文常采用的句式,而《九疑图记》没有出现隔句对,就是当句对也不多。四言句子也多以流水对形式出现。《九疑图记》散文化特征明显,《与朱元思书》诗化倾向较强。经过改造后的骈文句式与散文句式互融了,这样的句式既具有散文的特征,又具有骈文的特征,表达上也更自由了。

再次,骈文在兴起之时,就注重用典,发展到唐代时用典更繁。元结之文,少用典故,多直抒胸臆。典故与骈文的结合,带有某种必然性。如前所言,骈文是一种注重形式美的文学,带有形式主义倾向,也因此招致了不少批评,元结就在《刘侍御月夜宴会序》、《箧中集序》等文章中批评过。为了改变骈文内容的空虚,于是在骈文中加入了大量典故。典故用多了,内容加深了,但也使得骈文难以卒读,同时也极大增强了文人在写作过程中的难度,为此元结在用典上也对骈文进行了改造,下面比较一下元结的《让容州表》和卢照邻的《乐府杂诗序》:

时方大暑,南逾大山;举家漂泊,寄在湖上。单车将命,赴于贼庭;臣将就路,老母悲泣。……昔徐庶心乱,先主不逼;令伯陈情,晋武允许。②(元结《让容州表》)

君升堂入室,践龟字以长驱;藏翼蓄鳞,展龙图以高视。林宗一见,许

---

① 《元次山集》卷九,第142页。
② 《元次山集》卷一〇,第156页。

以王佐之才；士季相看，知有公卿之量。南国蛟龙之耀，下触词锋；东家科斗之书，来游笔海。朝阳弄翮，即践中京；太行垂耳，先鸣上路。①（卢照邻《乐府杂诗序》）

元结和卢照邻的文章都运用了典故，这些典故也都加深了文章的表达内容。但在典故的运用上有所不同。元结用典较疏，且用熟典；卢照邻用典很密，多用僻典。自然，卢照邻的文章展示了其渊博知识和文学才华，但对于没有深厚文学功底的人而言，很难读懂。元结的文章却通俗易懂，以情感人。如读到"令伯陈情，晋武允许"，自然会想到李密的《陈情表》，会想到他陈情时的感人泣下的情形。这样的典故再结合元结的实际，容易催人泪下。这样的用典，同样也符合元结"浪漫"性格。

经过元结改造过的骈文，在形式上完全打破了骈文的局限，成了抒写自由而又适合于表情达意的文字。由于加进了不少散文句式，元结的文章行文也更为流畅，元结不仅成为古文运动的先驱，同样也是唐代骈文革新运动的先驱，对韩、柳的骈文革新影响巨大。

---

① （唐）卢照邻撰，祝尚书笺注《卢照邻集笺注》，上海古籍出版社1994年版，第342页。

元明清骈文研究

才子之文
——论易顺鼎辞赋、骈文的情感特质与风格

陈松青（湖南师范大学辞赋骈文研究中心）

晚清三湘作家,可谓群体纷起、名家辈出。其中,龙阳(今汉寿)易顺鼎(1858—1920)是继"一代文宗"湘潭王闿运之后活跃于近代文坛的三湘作家中的翘楚。其诗比肩湖北恩施樊增祥,与樊氏同为"中晚唐诗派"之领军而"誉满天下"。其词,则与王梦湘、张祖同等湘籍词人联袂而"并驱中原"①。

其实,易顺鼎的辞赋、骈文创作也有不俗的表现。其辞赋、骈文创作的数量大致是:光绪三年(1877)至四年(1878)所作存录于《丁戊之间行卷》,卷一为赋、卷二为骈文,分别为 6 篇、44 篇,均为早年作品;其散存的前期辞赋 1 篇,早期骈

---

① 叶恭绰撰,张璋辑《遐庵词话·王以敏梦湘〈檗坞词存〉》:"余年十五学词于梦湘丈,今遂四十载。丈词奄有梅溪、梦窗之胜,以不为标榜,故知者较稀,然湘社中翘楚,足与湘雨、楚颂并驱中原。"参见张璋、职承让、张骅、张博宁编纂《历代词话续编》,大象出版社 2005 年版,第 604 页。"湘雨"指张祖同,有《湘雨楼词》;"楚颂"指易顺鼎,有《楚颂亭词》。也有人认为他的词与江苏无锡王蕴章、长洲吴梅、安徽绩溪汪渊等同为"一代词宗"。吴承煊说:"词学尚雅,正当以张玉田之空灵婉丽为宗。……易实甫、王蓴农、吴瞿庵、汪诗圃、程筠甫、刘语石、周梦坡、王睫庵,皆一代词宗,大致不外乎雅正者近是。"(见易顺鼎等著,刘锦江编纂《文学常识》,新光书局印行,民国廿六年三月再版本,第 22 页)

文 1 篇,后期骈文 24 篇①。一生共计创作辞赋 7 篇,骈文 70 篇。此外,还有一些用骈体写成的诗词小序,未予计算。

在晚清湖南作家中,易顺鼎的骈文创作,无论数量,还是质量,足可与李星沅、周寿昌、王闿运、王先谦、皮锡瑞、阎镇珩等相颉颃,而各有特色,同为骈文名家②。笔者认为,整体而言,易顺鼎的辞赋、骈文成就不及其诗、词,似乎也不及其散体文,但特色鲜明,具有独特的艺术价值。易顺鼎的辞赋数量不多,其情感内涵、风格与骈文相近,而且这两种体式在易氏的作品里呈杂糅之态③,因此不妨将它们放在一起来讨论。

一

易顺鼎的辞赋、骈文,就其所涉的内容、所表达的情感而言,无疑是丰富的,但是给读者印象最深刻的,也最能打动人的,还是那些反映人生困顿、内心挣扎与充满个人情感的篇章。具体表现在以下三个方面:

(一)伤逝之哀

易顺鼎生性敏慧,幼年亲历丧乱,死里逃生,因而对于死生之大分特别敏

---

① 易氏散存辞赋《人天清感楼赋》(光绪十一年)。散存骈文《湘社集序》(光绪十七年,《湘社集》);《自题像赞》、《哀知己铭》(光绪十九年至二十年间,《慕皋庐杂稿》);《拟谢授钦差大臣恩折》、《谢皇太后赏御书福寿松寿字恩疏》、《蒙皇太后赏御书谢皇上天恩疏》、《讨日本檄文》(光绪二十年,《盾墨拾余》);《抵厦门小记》(光绪二十一年,《盾墨拾余》);《致荣禄札》(光绪二十六年、二十七年,《近史所藏清代名人稿本抄本》第 1 辑,第 68 册);《谢恩折稿》(宣统元年)(《己酉诗砖集》);《到任告示》、《饬属送呈图志碑版札稿》、《祭南皮相国师文》、《龙母庙祈晴文》(宣统元年,《己酉日记》);《观风告示》(宣统三年,《南洋官报》1911 年第 145 期);《寒云茗话图记》(民国二年,《庸言》1913 年第 1 卷 22 号);《致梁士诒函》(民国二年,《梁士诒史料集》题作《易顺鼎请援助函》,中国文史出版社 1991 年版,第 383 页);《寒山社诗钟选甲集序》(民国二年,《寒山社诗钟选甲集》正蒙书局 1914 年);《复友人函》(民国三年,王森然《近代名家评传》);《祭于大兄晦若文》(民国四年,《民权素》1916 年 1、2 月第 14 集,署"石甫");《问苏小小郑孝女秋瑾松风和尚何以同葬于西泠桥试研究其命意所在》(又题《游戏策问一则》,民国五年,虫天子辑《香艳丛书》第六集卷三);《交通文艺集序言》(民国八年,《交通丛报》1920 年第 65 期);《岳云别业公宴记》(民国八年,《小说月报》1919 年第 10 卷第 12 号);《清代闺阁诗人征略序》(作于民国九年,施淑仪编《清代闺阁诗人征略》,上海商务印书馆 1922 年);《奉使车臣汗记程诗后叙》(作年不详,《国学萃编》1908 年第 8 期)。
② 吕双伟《晚清湖湘骈文的崛起》,《求索》2016 年第 2 期。
③ 易顺鼎的辞赋、骈文语体混杂的情况表现为:一、不少骈文带有骚体句;二、《为母作祭内侄女陈氏文》、《榕城四贤祠春祭文》、《榕城四贤祠秋祭文》等篇,虽以"文"命篇,且置于"骈文"卷内,却是典型的骚体赋;三、骈文与辞赋文体界定融而未明,或以为骈文包括辞赋,或以为不包括,或以为包括骈赋而不包括其他赋体文学,易顺鼎的《春人赋》、《拟庾子山小园赋》等是骈赋,而《兰赋》虽整体看是一篇对问体的赋,但其主体部分讲对偶,与骈体无别。

感。易氏集中有多篇悼念亲朋故旧的骈文。如《姊夫陈君诔》云："不谓金谷之宴,方陪季伦;玉楼之文,已促长吉。濛瘴易敛,奄晖不居。宿诺何追,玄赏畴析。呜呼痛哉!伟赩文于初服,而駸駸之步旋徂;丽翠趾于早芩,而鹂鸠之鸣罔歇。故山猿鹤,蕙帐先空;早岁龙蛇,瑶棺遽下。诚执好之殊戚,生人之极艰也。"①陈君指陈慎楷。慎楷既是易顺鼎的姊夫(易莹的丈夫),也是他的表兄。顺鼎年少时,因父亲长年在外,便常随母亲居住在舅家,中表之情自然是很深的。慎楷体弱多病,二十多岁便去世了。易顺鼎此节文字回忆昔日的诗酒游宴,而今生死遽变,虽然反复铺陈,却并不显得累赘,倒有助于情感的表达。

易顺鼎的表姐陈氏(慎楷的堂姐)也去世得甚早。她因父亲死于战乱,又遇人不淑,离开婆家,投靠易家,与新寡的易莹相处甚契。易顺鼎《为母作祭内侄女陈氏文》说:"来三岁于兹域兮,瞻(通'赡')余外其犹父。余有弱息亦早孽兮,旋归侍夫膝下。瞰二女之同居兮,志弗迕乎同行。既赋命之不犹兮,聊释忧以相羊。"②"余外",是"余外子"之省文,这里是易母陈夫人用以称其丈夫易佩绅。这段文字反映出易、陈两家的情谊与表姐的贤淑。表姐陈氏的早逝,易顺鼎在给好友陈三立的书札中也曾言及:"委生灭为下乘,等彭殇为妄作。知子非鱼而仍乐,呼我为马而不辞。"(《与陈白严书》)化用庄子典故,表达的却是感伤无奈,甚至有些愤激的情感。

《哀知己铭》(十六篇)是易顺鼎在服母丧期间所写,涉及僧格林沁、陈永皓、陈景沆、刘昆、麻维绪、梁耀枢、郭嵩焘、沈桂芬、潘祖荫、周寿昌、左宗棠、张鼎华、曾国荃、李鹤年、倪文蔚、孙云锦、崧骏等十七位当世名人与亲人。其中哀悼外祖父、舅父一文有云:

> 同治乙丑至丁卯,父往秦中,母尝携余读书外家。外家距城数十里,外祖海阳公、舅氏少海先生,方家居也。余操笔,学为文,外祖辄点定。间效诸昆,作应举试帖,如"项王别虞姬"句云:"籍也犹如此,虞兮奈若何?""周郎破曹公"句云:"敌方奔北日,神更助东风。"尤为舅氏称赏。父不喜其借对,舅氏争之曰:"'殊锡曾为大司马,总戎皆插侍中貂。'非借对乎?"未几,

---

① 拙编《易顺鼎诗文集》第3册,湖南人民出版社2010年版,第1256页。
② 拙编《易顺鼎诗文集》第3册,第1255页。

外祖寿终。舅氏与其二子殉贼难,第三子复夭,仅存一孙。外家故居,母携余读书处,片瓦不存,而吾母今亦不可得见矣。余焉能忍而与之终古哉?铭曰:黄公垆畔,西州门外。华屋山邱,桑田沧海。儿尚依然,母今安在?有泪成河,誓身化块。①

序文记叙作者年少在外祖家生活、学习情景,以及后来外祖家与自家的变故,蕴含深悲巨痛,但语气尚属平缓,而铭辞则将此深悲巨痛,喷薄出之。《哀知己铭》形式上属于碑铭,序为散体,铭为骈体韵文,序主叙事,铭主抒情。但与寻常的墓碑文不同,一是它们并不施于墓碑;二是,在质朴凝重之外,文笔摇曳多姿,体现总序所说的"兴怀逝者""志不在文,直书其事"的创作旨趣。

在哀悼性质的骈文中,以其晚年所作《祭南皮相国师文》、《祭于大兄晦若文》最为纯熟。此二作将数十年的师生(与张之洞)、朋友(与于式枚)情谊作了高度的浓缩,而后者更显深情委婉,凄恻动人:

呜呼!大哉死乎,君子休焉。既伤逝者,行自念也!……回忆庚辰初识,乙酉再逢。从大峨之看云,迄胶岛之对月。君念我者,在羊肠鱼腹、猿臂蛾眉;我悲君者,在蛇足虎须、龙髯马角。寒山早偕拾得,北海能仿孝章。本非酒人,有青骨成神之谑;颇同石友,记白首同归之言。昨夜星辰,犹照严陵滩濑;平生风义,遽哭刘蕡寝门。……《广陵散》于今绝矣,何况山中天半之凤鸾;华亭唳可复闻乎,谁为日下云间之龙鹤?长空孤雁,知兜率之归真;披发骑麟,倘大荒之来下。依然绿瓜朱李,无异漳滨旧游;宜用青荔黄蕉,以配罗池新祀。尚飨!②

"庚辰初识,乙酉再逢",说的是于、易二人会试期间在京初识,又于成都再次相逢。在成都时,易氏兄弟与于氏兄弟等人同游峨眉,于式枚还为时任四川布政使的易佩绅编次《王侍郎奏议》,居署一月。其后,易、于二人屡有交集。《列子·天瑞》说:"大哉死乎!君子息焉,小人休焉。"曹丕《与吴质书》说:"既痛逝者,行自念也。"易氏将之删改为"大哉死乎,君子休焉。既伤逝者,行自念也",

---

① 拙编《易顺鼎诗文集》第3册,湖南人民出版社2010年版,第1302页。
② 拙著《易佩绅易顺鼎父子年谱合编》(下册),湖南师范大学出版社2018年版,第880页。

自然贴切。至于"《广陵散》于今绝矣""华亭唳可复闻乎"等,都是古之熟语、熟典,信手拈来,却又十分工整。

(二) 绮丽之情

"绮情"一语,古已有之,南朝梁沈约《绣像赞》说:"绚发绮情,幽摛宝术。"一般将"绮情"理解为"美妙的情致"。但考察易氏"绮情"一词的语境及一生行迹,他所说的"绮情"之所指,除了冶游性质的男女之情,还指对文艺作品(尤其描写情爱题材的部分)欣赏与创作的热爱之情。他早年称其书斋为"忏绮斋",目的是戒除对"小说淫词"的爱好。其《鬘天影事谱自序》认为"词"这种文学体裁是不回避抒写"绮情""绮念"的,其情感是表现"秋士之悲"与"冬郎之悔"①的。因此六朝以来的"香艳"文学,对易顺鼎辞赋、骈文创作影响甚深,香艳故事,不仅是易氏骈文的常见题材,也是他频频使用的典故。

《春人赋》是一篇回文赋,描写一个体弱多病的年青女子(歌妓),其中一段说:

> 若乃玩翠南浦,踏青东园。半颊羞桃,双趺想莲。练湖写净,兰圃呈暄。衣熏似花,锦障如霞。漪蓝影散,岫碧光斜。微波碍棹,香尘引车。鹂争语逗,蝶聚身遮。归先响佩,隔似笼纱。迷春有客,卜夜仍娃。聚月珰圆,欹云鬟薄。鼓羯停挝,篦鸾借掠。庑静鹦笼,扃严兽钥。伫久知谁,归迟怨暮。语偶生疑,嚫多转谑。谱按红幺,图摹翠削。苦味嫌茶,佳名选药。纻换惊寒,针穿讳错。舞约春留,歌催月落。②

描写这位女子的美好与深情,辞句精练华丽,但像"双趺想莲"一类句子,却是作者病态意识的表达。其他如《题秋香影事图高阳台词序》、《重修陶然亭香冢启》也赋予歌妓以美好与深情的品质。

《香国檀栾谱》(似今已不存)是仿清人安乐山樵(吴长元)《燕兰小谱》和四不头陀《昙波》,描写男性旦角演员的著作("愁续燕兰之谱,誓圆昙海之波")。易顺鼎的《香国檀栾谱序》说:"唱柳家残月,不数红牙女郎;踏花陌轻尘,原是绿

---

① 冬郎是唐代诗人韩偓的小名。韩偓诗以写艳情著称,称为"香奁体"。易顺鼎集中多侧艳之词,其诗被称为"中晚唐诗派",大半以此。
② 拙编《易顺鼎诗文集》第3册,湖南人民出版社2010年版,第1216页。

衫年少。浓啼浅笑,偶现人天绝代之身;款语深盟,别开儿女相思之局。十三垂手,半晌催成;百万回眸,几生修到。于是凤城词客,燕市酒人,暝邀青犊而来,晓换红鹦而去。……年时水阁,嘈杂呼灯;别后秋风,沉吟弃扇。谁能遣此,芙蓉木末之思;何处寻君,杨柳天涯之路。萍因靡定,蕙叹方深。金尊不祓其艳愁,绮语能消其英气。此则攀来山木,悦君不知;吹皱水波,干卿甚事。感华年于锦瑟,怀俊侣于铜驼者矣。"①写男伶的表演、士优之间交往的情景,用语优美,其中不乏伤春叹逝的情感。

此外,易顺鼎还记述他参与过的文学创作活动,散文以《诗钟说梦》为代表,骈文以《湘社集序》为代表。《湘社集序》作于光绪十七年(1891)。当时,易顺鼎是在"五试都堂,七浮沧海"、阔别长沙近十年之后旧地重游,携弟顺豫与湘社诸子郑襄、袁绪钦、何维棣、吴式钊、姚肇椿、周家濂、程颂芳与程颂万兄弟、王景峨与王景崧兄弟联吟,以蜕园为中心,畅游天心阁、定王台、开福寺、湘江、岳麓山、三叉矶等。湘社诸子创作诗词近千首,最后"以丛稿瘗于蜕园西隅"落幕。这是一次伤逝、悲时的青春祭奠。文中有云:

> 今夕何夕,与君相对;昨日之日,弃我不留。曾几何时,复当为别。是以子桓论文,悲漳滨之游;向秀怀旧,恸山阳之饮。临河初集,已慨彭殇;吹台再登,徒思高李。鲁国男子,高阳酒徒。他日或南山之南,北山之北。此则指薪道尽,绵绵者语言;舟壑运穷,悠悠者文字。②

从易序,可以想见诗友重聚的豪情与悲慨。其时,易顺鼎早已青春不再,却写下如许华丽而感伤的文字。陈三立即对他作于同一时期的《江上看花歌》(七言歌行)批评说:"作者行年三十九,尚不忘少年才子语耶?"③其实,其《湘社集序》未尝不具有"少年才子语"的情调。而在易顺鼎那里,这也是被归属为"绮情""绮念"的。

值得注意的是,易顺鼎常将"声色"(文艺表演)与佛禅意蕴比并起来加以描

---

① 拙编《易顺鼎诗文集》第3册,湖南人民出版社2010年版,第1229页。
② 拙著《易佩绅易顺鼎父子年谱合编》(上册),湖南师范大学出版社2018年版,第345—346页。
③ 《江上看花歌》一诗风华绮靡,从结句"但愿花开我先死,但愿死便葬花底"殆可想见。(拙编《易顺鼎诗文集》第1册,湖南人民出版社2010年版,第581页。)是年易顺鼎虚岁34岁,陈氏评语作"行年三十九",误。

写。《香国檀栾谱序》所说的"以生天成佛之思,为选色俦声之举",与痴琴生《昙波序》所言"大千世界,无非傀儡之场;第一功名,亦等俳优之戏""以热肠冷眼之思,为惜玉怜香之作"①一样,认为戏曲艺术(尤其是爱情剧)的创作旨趣在于因色悟空、因空见色,是借佛理来忏除"绮障"的。他的《游天宁寺征同人诗启》"忏绮念于茶寮,悟鬘情于画壁",也是这个意思。

易氏的《人天清感楼赋》表达"因色悟空"的意思最为明确。赋序虚构作者所居"人天清感楼","楼中无他物,惟贮《石头记》一册"。赋文铺陈众多女子的凄楚命运,而以"万艳同坏②,千红一窟"收束:

> 且夫浩浩者愁,茫茫者劫,无命者花,有情者石。或以苦命成神,或以浓情证佛,或历劫而归南,或孤魂而葬北,或惊闻狮吼之声,或痛洒鹃啼之血,或白头而闲坐凄然,或黄皈而余生澹绝,或枯坐而持般若之经,或痛哭而裂坤灵之牒,或投钏而埋古井之波,或倚杵而看荒村之雪,或琵琶别抱于春风,或环佩空归于夜月,靡不万艳同坏,千红一窟,玉骨都寒,香名不热。③

这是说众女子都将埋于山丘,逃脱不了死亡的结局,也就是《红楼梦》里"槛外人"妙玉所引古诗"纵有千年铁门槛,终须一个土馒头"(《红楼梦》第63回)的意思。

但是,易顺鼎并不是佛教徒,比如他的《游天宁寺征同人诗启》虽充斥着"禅榻""灯影"一类佛禅意象,然而所蕴含的却是人类常有的真实感慨,与佛家境界没有多大关系。因此,在他看来,天宁寺固然是"空王礼钵之名区",却是"我辈题襟之胜所"。这个"启",不是邀约同人诵经礼拜,而是把道场当作诗坛,题襟吟唱。总之,上述"以生天成佛之思,为选色俦声之举","忏绮念于茶寮,悟鬘情于画壁",都是"门面话",读者不可当真。

由此看来,易顺鼎所向往的最高境界——"灭",不过是一种癫狂性的言说(所谓"才人之语")而已。他是这样说的:

---

① 张次溪《清代燕都梨园史料正续编》(上册),中国戏剧出版社1988年版,第386页。
② 此处的"坏"字,原刻即如此,并非"杯"字之讹,"坏"(pēi)是"土丘""山丘"的意思,是易顺鼎有意为之。从"靡不万艳同坏,千红一窟,玉骨都寒,香名不热"数句可知,体现了易顺鼎对《红楼梦》"万艳同杯"的别解与化用。参见拙文《易顺鼎与〈红楼梦〉》,《红楼梦学刊》2010年版第2期。
③ 拙编《易顺鼎诗文集》第3册,湖南人民出版社2010年版,第1736—1737页。

儒与仙、佛,三教虽异,皆求不灭。儒求不灭于名,仙求不灭于形,佛求不灭于神。我则不然,以灭为主,以为一身灭则无一身之苦,一家灭则无一家之苦,世界灭则无世界之苦。佛云灭度,庶几近之。然身灭而心不灭,形灭而神不灭,其苦犹在。故佛法尚不如我法也。若夫立德功言,儒家之所谓不灭,神仙长生,道家之所谓不灭,久以粪土视之,以酖毒观之,曾何所动其毫末哉!(《自叙兼与友人》)①

他要破除道教之"形"(养气存形)、佛教之"神"(形尽神不灭)、儒之"立德""立功""立言"(三不朽)观念,求得肉身、魂灵,以及道德、功名、文章的寂灭,不仅"一身灭",而且"一家灭""世界灭"。但是正如叶昌炽所说,易顺鼎的"学问宗旨在一'灭'字。……刍狗万物,实欲驾释老而上之,可谓好奇矣"②。纵观易顺鼎一生,所谓"一身灭"云云,的确只是"好奇"而已。母亲死了,他以多种方式自杀。正值甲午中日战争爆发,他出关、渡台,誓死于战场,以殉母殉国,却以乩具相随,时常问个生死平安;渡台时遭遇大浪,可以死,却庆幸母亲的在天之灵护佑自己;这些都是他不想"灭"的明证。不忘红尘,嗜好文艺,表现"华才",《沪上冶游诗词自序》所说的"证完口业,本来甘堕泥犁",才是他真实意思的表达。总之,在精神境界上,他是庸常之辈。他不同于庸常之辈的是,那种"幻过梦寐"的"微尘之踪",在"深入膏肓"的"幽忧之性"③里所激起的情感,能借着生花妙笔表达出来,形成一篇篇灿烂的诗文。而这一点,其辞赋、骈文让人看得更清楚罢了。

(三)幻灭之感

易顺鼎用骈文抒写幻灭之感,与其所处的时局相关。他未能躬逢湘军崛起、亟需人才之时,但他又不愿平流进取,只得依违仕隐之间,蹉跎岁月。中日甲午之战,在他看来,是实现其英雄梦想的良机。他"墨绖从戎",随刘坤一北上,算是赶上晚清湘军的尾声。无奈大清帝国气息奄奄,中日议和,易氏只得蹀躞垂翼、铩羽而归。"国家不幸诗家幸",这一时期易顺鼎创作了大量诗文。其

---

① 拙编《易顺鼎诗文集》第3册,湖南人民出版社2010年版,第1270页。
② 叶昌炽《缘督庐日记》(光绪二十六年三月二十二日文)。转引自《琴志楼诗集》,上海古籍出版社2004年版,第1535页。
③ 易顺鼎《与王翕澄书》,拙编《易顺鼎诗文集》第3册,湖南人民出版社2010年版,第1244页。

骈文也反映着他奋进的心迹。《讨日本檄文》堪称名篇。文中所写"维驹维骐，维驷维骆，千群则代产云屯；如虎如貔，如熊如罴，四面则楚歌雷动。李临淮之壁垒，草木皆兵；刘太尉之旌旗，风云变色"①，在对偶的句式中，运用博喻、铺陈的手法，状写我军的声威。《拟谢授钦差大臣恩折》说："二三豪俊为时出，冀得戚继光、俞大猷以平倭；七十老翁何所求，追勉曾国藩、左宗棠而张楚。直抵黄龙痛饮耳，誓收宋室之河山；让于朱虎往钦哉，共拯虞廷于水火。"②虽然是代拟之作（代刘坤一作），实际也吐露了自己的心迹，尤其从"追勉曾国藩、左宗棠而张楚"一句，可以看出其承续湘军伟业、扩大湖南影响的梦想。

然而易顺鼎的抗日经历，未能给他带来仕进的好处。干谒权贵，便成了他获取出身的捷径。今存易顺鼎致清廷重臣荣禄的手札多件，其中有云："职道之见中堂，洵为千载一时之会；中堂之待职道，更有片言九鼎之恩。倘蒙苏此涸鳞，怜其焦尾。鸡豚逮养，藉娱晚景于桑榆；犬马酬知，誓捧朝阳于葵藿。"③自拟于"涸鳞""犬马"，尽显乞讨的媚态，也足见英雄事业未就的悲凉。有一点颇可玩味：易顺鼎在写给荣禄的这些手札中，虽然屡屡称荣禄为"吾师"，但在他自己公开刊行的诗文中，却从未如此。这一点，与他对待真正知心的张之洞迥然有别。可见，易顺鼎投效荣禄，内心未尝没有挣扎。④

入民之初，易顺鼎一度十分潦倒。他曾向北洋政府要员梁士诒写信请求援引："伏思灾同肤切，急比眉燃，但求偃鼠之饮河，即免枯鱼之索肆。先生主持公道，爱惜人才，当令其重见天日于今兹，而免作汨罗之怨魄也乎！"⑤以屈原自比，的确是拟于不伦的，但是，这种行文自然流畅，却又属对工整，甚至带有些许自嘲的机巧，倒也冲淡了几分穷愁乞讨、饥不择食的难堪。

二

如前所述，在易顺鼎的创作前期，辞赋、骈文兼有，后期有骈文，无辞赋。其

---

① 拙编《易顺鼎诗文集》第3册，湖南人民出版社2010年版，第1418页。
② 拙编《易顺鼎诗文集》第3册，第1398页。
③ 虞和平主编《近史所藏清代名人稿本抄本》第1辑，大象出版社2011年版，第158—160页。
④ 拙作《易顺鼎致梁鼎芬荣禄等函札八通考释》，《文献》2017年第6期。
⑤ 陈奋主编《梁士诒史料集》，中国文史出版社1991年版，第383页。

前后两个时期的骈文,在风格上有同有异,异大于同。易顺鼎早年的辞赋、骈文用典繁密,且喜用僻典,语言古奥,多用奇字,形成"诘屈古艳"的艺术风格。陈三立评价易顺鼎早年诗文说:"樊宗师之奥辞,扬子云之奇字,拥纸载吟,骇眩眙愕,几于目瞠躯稟,舌拚然不能下。徐而诵之,引伸而类之,乃得其句读,沛乎有以得其归。甚哉,足下之诡于文也。"①《香艳丛书》十集卷二称他的"骈文诗词""古艳新鲜,善为才语"②。兹分述如下:

(一) 多用"奥辞""奇字"

如《与陈白严书》:"胡绳纚纚,皇坟赟赟。研其旨趣,旭历锐锒。敹其华色,亄费锦缋。"前两句用语出自常书,尚属浅近。而"旭历锐锒",颇显生僻,是"奥辞",出自汉代黄香《九宫赋》。《古文苑》卷六录该赋云:"眄旭历而锐锒。"章樵注:"言以明历推算,始知浩博之中分为九宫。锐锒犹钻研。"锒,或作银。《骈雅》卷一《释诂》:"锐锒,钻研也。"《历代赋汇》卷一百五作:"盼旭历而锐崒。"五、六句中的"敹""亄"是僻字。《说文》:"敹,从攴,择也。"扬雄《方言》:"亄,嗇贪也。荆汝江湘之间,凡贪而不施者谓之亄,或谓之嗇,或谓之吝。"

(二) 对偶精致,力避滑熟

程杲《孙梅四六丛话后序》称"四六对法"有所谓的单对、偶对、长偶对、反对、正对、借对、巧对、虚实对、流水对、各句自对等,以为"要使百炼千锤,句斟字酌,阅之有璧合珠联之采,读之有敲金戛玉之声,乃为能手"③。易氏骈文对偶精致,新颖别致,不落俗套。兹举数例:

《与黎星甫先生书》:"过丁卯之别业,猿鹤生愁;梦辰巳于礼堂,龙蛇憎命。"这是正对。前一句指唐许浑的丁卯别业。后一句用郑玄典,《后汉书·郑玄传》说:"梦孔子告之曰:'起,起,今年岁在辰,来年岁在巳。'既寤,以谶合之,知命当终,有顷寝疾。"在十二生肖中,辰为龙,巳为蛇,所以说"龙蛇憎命"。此二句对仗甚工。

《重修陶然亭香冢启》:"七九甫过,十千倦沽。"这是流水对。其巧在于,"七

---

① 李开军《陈三立年谱长编》上册,中华书局 2014 年版,第 64—65 页。
② 王森然《易顺鼎先生评传》也持此说,见王飙校点《琴志楼诗集》第 4 册,上海古籍出版社 2012 年版,第 1458 页。
③ 孙梅著,李金松校点《四六丛话》,人民文学出版社 2010 年版,第 6—7 页。

"九"与"十千"字面上是数字相对,但从内涵上看,却是名词相对。前者指农历冬至日起第五十五天至第六十三天,指的是一个时间;十千,是指昂贵的酒,用曹植《名都篇》"美酒斗十千"之典。因此,这两句也是借对。《送笠唐舅氏归于湖序》说:"重九旋届,十千甫沽。"也是同一机杼。

《与刘松生将军书》:"鸿乙舛飞而莫值,蟀庚佚嬗而堪惊。"虽属正对,但"乙"与"庚"字面上是天干字相对,实际上,是鸟名相对。"乙"同"鳦"。蟀庚,指蟋蟀和仓庚。《与余云卿丈书》也有"雁乙分飞,蟀庚递换",也是同一用法。这是一种借字法(借对)。比温庭筠《苏武庙》"回日楼台非甲帐,去时冠剑是丁年"的"假对干支"多了一层曲折。

易顺鼎喜欢用"鵻"替代"欢"字。《游龙冈记》说:"虽濛瘖易敛,而雅鵻不队(坠)。"鵻,鸟名,借作"欢"。《与友人书》云:"即以救贫为辞,亦当竭鵻是念。"竭鵻,即"竭欢"。同篇又云:"巡甲乙之帐,一军鵻腾;还丙丁之帽,诸吏詟伏。"鵻腾,即"欢腾"。"鵻"与"詟"相对,是单字的"偏旁对"("鸟"对"龙")①。《恩赠知州世袭云骑尉州同罗君家传》:"其润躬也,莺然春野之过雨;其和物也,鵻然夏峰之动云。""鵻"与"莺"对(偏旁"鸟"相对)。

(三)在以骈四俪六行文的段落中,讲究俪对的变化

上引程杲所说"单对"是指"一句相对","偶对"是"两句相对",认为"一篇之中,须以单偶参用,方见流宕之致"。在骈四俪六的行文中,"单偶参用"的基本方式有五种:四/四、六/六、四四/四四、四六/四六、六四/六四。它们的配合使用,是形成骈文语句节奏"流宕"之美的基础。

易氏骈文,不追求通篇以骈四俪六行文,但在以骈四俪六行文的段落中,却极度讲究俪对的变化。此举《拟王中头陀寺碑》开头一段为例:"原夫夵囷趰阐,懿化唱于成鸠;埊默渐辇,纯观改乎椓蠡。龙蛇风雨,倚金刀而奠苍生;车马河山,提玉斧而尢赤县。靡不镌徽窽蝐,镂烈窶螭。光绩常留,英灵自舞。乌蟾娄罄,难销日月之光;虬虎犹惊,不断风云之气。可谓炜矣,可谓豪矣。然而地雁宵鸣,天狼晓磔。赪盘象燧,碧聚虫沙。碎春焰于雷霆,能飞贼胆;涂秋腥于雾

---

① 在易顺鼎的诗里,也有这种情形,如"麟阁侬家惭李杜,鸥波你我羡昇昂"(《奉和天琴先生初夏即事元韵》),"李杜"两"木"字旁,与"昇昂"两"日"字头对,二句构成不完整的"偏旁对"。

露,半掷民膏。"(为了让读者看清偶对,对句末尾皆标句号,不悉依文意标点。)依次排序为:四六/四六、四六/四六、四四、四四、四六/四六、四四、四四、四四、六四/六四。五种方式缺"六/六"、"四四/四四"对。其中"可谓烨矣,可谓豪矣"实为散文句法。再配以"原夫""靡不""然而"等表示发端、双重否定、转折的词语,整个段落整饬中富有参差变化之美。这种情形在易氏骈文中十分普遍。

(四)改变对偶句的内部结构

易顺鼎早期骈文,整体上讲究俪对,但偶尔改变偶对句子的内部结构,形成字数不等的对偶句,造成新颖别致的效果。如《与陈白严书》:"加以体素通侻,行更轻侠。和者好粉,有殷勤之意者好丽。"前两句"体素通侻""行更轻侠",对仗工整;后两句上下字数不等,是从《韩诗外传》"夫仁者好伟,和者好粉,智者好弹,有殷勤之意者好丽"摄取而来。

(五)改变语序

为了语言的新僻,易顺鼎有时使用倒装语序。如《讨日本檄文》:"国于蜗之角,田惯蹂人;谁谓鼠无牙,墉将穿我。"文章所要表达的意思是:日本不过一蕞尔小国,却竟敢侵凌我邦。化用《左传·宣公十一年》"牵牛以蹂人之田,而夺之牛"及《诗经·召南·行露》"谁谓鼠无牙,何以穿我墉"。原书意思显豁,但经易顺鼎改铸之后,却不好懂了:"田"怎能"蹂人"? "墉"(墙)怎么能"穿我"?正常表达的语序应是:"国于蜗之角,惯蹂人田;谁谓鼠无牙,将穿我墉。"当然,这样的表达,气势不如前者有力,韵律也不如前者谐调。

易顺鼎"善为才语",是与他广泛的阅读、刻苦的写作训练分不开的。易氏《与王翕澂书》自述其好学与理想说:"研经双印之楼,环坐三珠之树。凡数万言《尧典》之释,廿二史鲁传之遗,六十四卦道学之原起,一百三家文章之流别,靡不葩华萍布,旭历锐银。它日经学、儒林、名臣、文苑,此四佳传相逼而来,恐诸君子莫知所税也。""辄排比近作,题曰《丁戊之间行卷》。时未盈乎二稔,不必摹甲子之编年;地匪滞乎一陬,安在昉《丁卯》之署集?"① 可见他涉猎极广,在学术与文学上都有远大志向。其《哭盒传》也说:"已而治经,为训诂考据家言;治史,

---

① 拙编《易顺鼎诗文集》第3册,湖南人民出版社2010年版,第1244页。

为文献掌故家言;穷而思返于身心,又为理学语录家言。"①他所说的"安在昉《丁卯》之署集"(《丁卯集》,唐人许浑撰),显然是表明他要创作比古人更多的作品。而事实上,其诗文的刊行,差不多是一地一集,一年一集,经、史、子方面的著作均有传世,且为学林推重。

总之,易顺鼎的青少年时代,生活相对优渥,加上刻苦的学习、广博的涉猎,写作辞赋、骈文这类可以炫博逞才的体裁,成为释放其旺盛生命力与创作力的最佳方式。也可以说,早年的易顺鼎正是按照古人所指示的"会须能作赋,始成大才士"②,来规划自己的人生,只是后来走样了。

三

不同于早年骈文用典繁密、语言生僻、节奏过于急促、句子组织方式比较单一,易顺鼎的后期骈文,句子长度增大,注意在长句中融摄骈对的词语、词组与短句,复句的形式更加多样,并通过发端置词,运用句中、句尾的虚词,条畅文气。

(一) 用语浅近,鲜用僻典

如《祭南皮相国师文》为整齐的四言韵语,叙写张之洞一生的公德私恩,语言浅显,几乎不用典故。《龙母庙祈晴文》虽用典故,但为寻常典故,其中有云:"湖光碧树,王渔洋之过露筋;帘影红楼,姜石帚之吟仙姥。"③作者担心读者不知出处,特意加了小注:"姜白石祷风于湖仙姥词云:'仙姥来时,正一望、千顷翠澜。'末句云:'又争知、人在小红楼,帘影间。'"其实所用王士禛(渔洋)、姜夔(白石)之典,皆非僻典。又如《问苏小小郑孝女秋瑾松风和尚何以同葬于西泠桥试研究其命意所在》:"呜呼!绿杨春雨,扁舟鸣渔夫之榔;黄叶秋风,满路压樵夫之担。吊芳魂于何处,明月三更;话旧梦于当年,暮烟一缕。冯小青本为情死,李香君尚以名传,而况检点香车,盛称油壁,缠绵画舫,别筑歌场。若苏小小者,非足增色西湖,扬徽北里者也? 考其墓址,实在西泠桥畔。石柱欲圮,户坏(pēi)略封,凄凉理玉之乡,惆怅销金之窟。荒唐杜牧,已醒扬州;落拓香山,空

---

① 拙编《易顺鼎诗文集》第 3 册,湖南人民出版社 2010 年版,第 1289 页。
② (唐)李延寿《北史》,中华书局 1974 年版,第 2034—2035 页。
③ 拙著《易佩绅易顺鼎父子年谱合编》(下册),湖南师范大学出版社 2018 年版,第 866 页。

谈溢浦。指江山而屡幻,问城郭以皆非。数百年来,幸留斯冢。孰意结闺中之伴,雅愿效擎;联方外之缘,亦思接武。附姓名于息壤,留事迹于穹碑。"①所用文史掌故,也比较寻常。

(二)巧用"长偶句",纾缓语意

《清代闺阁诗人征略序》是易氏易簧之年为施淑仪所编《清代闺阁诗人征略》所作的序,长句(程杲所谓"长偶对")中,融摄骈对的词、词组与短句,全文粗粗读来,恍如散体。如其开头:"昔吾孔子采风十五国,选诗三百篇,以思无邪为旨归,以乐不淫为准则,家庭教育尤注意于诸侯大夫,闾巷歌谣居多数者妇人女子。盖治莫先于门内,化必起于闺中,是以《雎》、《麟》、《驺虞》留两大间之十分春色,《虫》、《螽》、《蟋蟀》写三代上之一片秋声,而犹以周之太任、太姒,卫之共姜、庄姜,为一朝宫壸之仪型、千古闺襜之楷式焉。"全文大率如此,较之早年骈文急管繁弦的风格,已然而成致意再三的絮语。

(三)注重发端置词与虚词的运用

易氏《复友人书》说:"况下丈夫暂摄上大夫,并非旧令尹已易新令尹。非赵帜易汉,乃萧规曹随。彼早已满谷满坑,不留余地;我岂能作威作福,遽易新人?不待智者而知,当为友朋作谅。嗟乎!韩昌黎诗曰'偶然题作木居士',小神本无降福之权;秦韬玉句云'为他人作嫁衣裳',贫女仍是逢穷之命。"②当时(民国四年)易顺鼎代理印铸局局长,有人向他求职,他回信拒绝。文意周详,用语简约。运用"况""并非""乃""岂"等虚词,形成行文流畅、一气呵成的效果。

当然,其诗词的篇前小序,易氏一生,大致遵循使用寻常典故、行文灵巧的传统做法,变化较少。早年写的,如《木兰花慢序》:

噫!榕车二水,浮来天外之书;荆筑万山,遮断梦中之路。五更店月,初动鸡声;一尺关云,欲连马色。辞根落拓,触绪羁孤,而乃垂念故人,远颁新什。鱼波雁路,斗无恙之吟身;象管鸾笺,索相思之秀句。传兹素臆,只托湘毫,谱入红腔,都含墨泪。晓风唱处,定烦二八女郎;宿酒醒时,又隔几重山水。仆和惭下里,鼙效西家。勉复继声,聊将赠远。比柳色渭城三叠,

---

① 拙著《易佩绅易顺鼎父子年谱合编》(下册),湖南师范大学出版社2018年版,第880页。
② 拙编《易顺鼎诗文集》第3册,湖南人民出版社2010年版,第1743页。

代梅花江路一枝。①

晚年写的，如《江南雪十首序》：

> 《江南雪》者，为雪印轩校书作也。大千春色，都付儿家；廿四年华，已过风信。仆曾经沧海，一觉扬州。绝艳惊逢，定禅几破。来玉女明星于枕上，了知不在人间；见藐姑肌雪于汾阳，窅然丧其天下。书生薄命，逢卿在金尽之时；尤物移人，杀我即玉成之德。瑶琴一曲，瑱佩三挑。对此茫茫，惟呼负负而已。②

这种小序，实际承担解题的功能，帮助读者理解诗词内容、主旨，当以浅近的表达为宜。

四

如前所述，易顺鼎后期骈文，整体而言，语言浅近，没有刻意的雕琢。这与晚清文风整体趋俗有关。甲午失利之后，出于开启民智的需要，在维新人士的推动下，白话报刊风行海内，公私文牍乃至政府的文告法令开始白话化③。黄遵宪对"近世章疏移檄，告谕批判，明白晓畅，务期达意"，尤其当时文坛小说创作"语言文字几几乎复合矣"④的"言""文"渐趋一致的写作状况持欣然肯定的态度。梁启超更提出"诗界革命""文界革命""小说界革命""曲界革命"等一系列主张。与黄遵宪、梁启超有多年交情的易顺鼎，虽没有提出自己的主张，但后期诗歌及白话小说（《呜呼易顺鼎》）创作，一定程度上体现出语体革新的自觉。对此，笔者曾有探讨，此处不赘述⑤。当然，从更远的背景来看，中国古代文学中历来就有一个用通俗语体创作的传统，不待晚清而然。胡适作《白话文学史》，即借此为倡导白话文运动寻找理论根据。而骈文作为典型的文人化写作，"言""文"背离是文学体类中最严重的，无怪乎胡适倡导白话体文学，将主要矛头指

---

① 拙编《易顺鼎诗文集》第3册，湖南人民出版社2010年版，第1606页。
② 拙编《易顺鼎诗文集》第3册，第1178页。
③ 姜荣刚《从语体革新看晚清文学变革的两难处境及其转向——兼及晚清文学的评价及定位问题》，《兰州学刊》2014年。
④ 陈铮编《黄遵宪全集》（下册），中华书局2005年版，第1420页。
⑤ 拙文《易顺鼎与清末民初诗歌演变》，《中国文学研究》2010年第4期。

向骈文①。易顺鼎骈文创作大致体现了上述文化与文学背景,当然还有一些具体的原因有待分析。

（一）个人遭际的变化

早年的易顺鼎陶醉于"神童""才子"的光环中,仕隐无常,优游度日。36岁时,母亲的去世,对他打击很大。严家邱《盾墨拾余叙》说:"乃自癸巳哭母以来,倚庐擗踊,过于中路婴儿,暮鸟失林,哀声噍杀,申申其詈,乙乙若抽,每有所作,一洗浮华故习。"②反映其抗日经历的《盾墨拾余》,以及晚年担任地方官员所作的各类文章,多以朴实见长。当然,入民之后,易氏失意牢愁,性情恣肆放浪,诗风、文风多样而复杂。

（二）创作背景与应用场合的不同

不同于早年的征歌逐舞、悲金悼玉,后期的易顺鼎一度以恪尽职守的官员身份,偶尔用骈体写作实用文书,虽也驰骋才情,但注重应用场合,讲究适用。如宣统元年,在署广肇罗道期间所作《到任告示》、《饬属送呈图志碑版札稿》、《观风告示》等骈文,虽讲究属对,但自然晓畅。如《到任告示》开篇叙述广州、肇庆之史地:"为出示晓谕事,照得广州于古号南海,为山川博大之区;肇庆在粤称西江,亦风物清嘉之地。崔清献、李文溪之亮节著美于前朝,张忠武、苏高要之遗徽于近代,名贤辈出,善俗相承。"虽骈而不觉其骈。叙述身世的文字云:"本道幼承庭训,世受国恩。赖贤王虎旅神威,五六龄曾逃贼难;当先帝龙飞初纪,十八岁已举孝廉。甲午冬,墨绖从戎,阻和议,而渡台者四次;庚子初,麻鞋诣阙,留行在,而转饷者两年。早险阻艰难之备尝,置祸福死生于不顾。龙州三月,服官之日无多,而凤阙九重,报国之心何已。兹者起从废籍,来莅名邦,欲稍展平生胞与之怀,庶仰酬罔极君亲之德。卅一属,忝膺表率,何德何能;五十年虚度光阴,可悲可痛。"③娓娓道来,没有雕饰之感。《观风告示》说:"本道自惭无学,承乏是邦,爱古人而不薄今人,念往者而弥思来者,所愿家修共勉,国粹同

---

① 《新青年》第2卷第6号(1917年2月)刊钱玄同致陈独秀的信:"顷见五号《新青年》胡适之先生《文学刍议》,极为佩服。其斥骈文不通之句,及主张白话体文学说,最精辟。"
② 拙编《易顺鼎诗文集》第3册,湖南人民出版社2010年版,第1370页。
③ 拙著《易佩绅易顺鼎父子年谱合编》(下册),湖南师范大学出版社2018年版,第862页。

留,松经寒雪而不凋,草遇疾风而更劲。"①也有同样的特点。

辛亥鼎革之后,旧式文人常有宴集,作游艺诗钟之会。易顺鼎在这种场合写作的骈文,不同于官场写作,仍一如早年,用典繁多,精心属对,其《交通文艺集序言》《岳云别业公宴记》即有这个特点。尤其《寒山社诗钟选甲集序》一文,指摘时事,用典属对,十分精致:"于时金人辞汉,玉马朝周,然后管弦无凝碧之悲,襦匣少冬青之恨,既未至于《黍离》《麦秀》,更幸免于瓜剖豆分。"②此言辛亥鼎革。"于时牛心争炙、羊头满街,政客多于鲫鱼,议郎音如鸮鸟,或非驴而非马,或如蜩而如螗。违山十里,尚闻蟪蛄之声;览晖千仞,讵有凤皇之下?"此乃讥讽民初参众两院的议员制。"既而龙战再酣,狐鸣又发。儵忽称帝,争凿中央;蛮触成邦,欲居两角。"此言袁世凯与孙中山等各种势力的纷争。全篇文风恣纵而诙谐,已失早年骈文的雅致与高古。

(三) 文章观念的变化

易顺鼎居母丧期间,撰有《国朝文苑列传》,对清代著名散文家,如号称"清初古文三大家"的侯方域、魏禧和汪琬,清中期的袁枚、郑燮皆予立传。对桐城派也有关注,方苞、姚鼐都有单传。《方苞传》云:"自苞为文,颇用制举文体,而义理粹然,一出于正。天下遂号曰'古文'。其同邑刘大櫆继之,始稍奇诡挥斥。大櫆传其弟子同邑姚鼐、吴定。天下又号曰'桐城派'。"③对骈文名家毛奇龄、陈维崧、胡天游、邵齐焘、洪亮吉、李兆洛、刘星炜、吴鼒、曾燠、孙星衍、汪中也都有记载。其《国朝文苑传赞》认为"文章之事,莫盛于汉,亦莫备于汉",自汉以降,则各有所胜,如"六朝以复行之文胜","宋以单行之文胜";盛称本朝文章"从古所未有","数朝所专工者,以一朝兼工之",但以各体文学而言,只有"试帖律赋,则又本于唐而胜于唐",其他(包括五七言诗、复行之文、单行之文、八股文)则皆处于"追攀"的境界,如"为复行之文者必力追于六朝","为单行之文者必力追于宋"④。这表明易顺鼎观念上对骈体、古文并无轩轾,只是认为骈体以六朝、散体以宋的成就最高。

---

① 拙著《易佩绅易顺鼎父子年谱合编》(下册),湖南师范大学出版社2018年版,第876页。
② 拙著《易佩绅易顺鼎父子年谱合编》(下册),第878页。
③ 拙编《易顺鼎诗文集》第3册,湖南人民出版社2010年版,第1335页。
④ 拙编《易顺鼎诗文集》第3册,第1285页。

中年以后的易顺鼎,加大了对散体文的写作分量。《曹野人先生传》、《蒋超传》二篇文情摇曳,有苏轼《方山子传》一类文章的风致。《国朝文苑列传》中的各传,短小精悍,颇得六朝以来笔记之体。他绝意科举之后的多篇戏拟八股之作,文笔恣肆。《盾墨拾余》所录奏疏、杂稿,力主抗战,虽然眼界有所不足,然而议论风发、辞情飙举,深染战国纵横家遗风,不失为一时之雄文。可见其创作上对各类文体的态度,也并无厚薄之分。

因此,易顺鼎的后期文章,骈散兼行,便不难理解。《盾墨拾余》所录的多数奏疏、杂稿,尤其是日记体的《魂南记》,以散体行文,但不乏偶对。《请罢和议褫权奸疏》更是传诵一时的骈散兼行的长文,其中云:"辽东者,北洋之藩篱;台湾者,南洋之门户。今日无辽东,明日即可无北洋;今日无台湾,明日即可无南洋。天下畏盗之人必求远盗,未有揖盗于门内而求其不发箧探囊;天下畏虎之人,必求远虎,未有纳虎于室中而冀其不磨牙吮血。行见奉、锦、登、莱一带,不复能立锥,江、浙、闽、粤各疆,不复能安枕,海口海面皆非我有,饷械无从接济而海运立穷,战守无从布置而海防又立穷,中国将来必无可办之洋务。"①即体现出桐城派初祖方苞曾在《古文约选序例》所说"触类而通,用为制举之文,敷陈论策,绰有余裕"②的行文特点。

从以上论述可知,虽然易顺鼎关于文章理论的正面表述不多,但综合其创作历程与零星的理论片断,可以推知,随着时世的变化、阅历的增多、文学视野的拓展,他对各类文体,均持平和、肯定的态度。清代骈、散之争颇盛,汪中、李兆洛、谭献诸人"以为骈散合体,不应分家"③。汪、李二人年辈早,易顺鼎无从得见,谭献则与易氏父子颇相交契。据考,谭献与易顺鼎的交往始于光绪九年(1883),也即在易氏《丁戊之间行卷》结集之后、《国朝文苑列传》写作之前。④ 谭献一生推崇李兆洛所编的《骈体文钞》,数次加以评点,并以此倡导于浙中。⑤ 主张骈散不分,本来就是晚清文章家的主调,而"谭献心目中之文,是西汉文章的

---

① 拙编《易顺鼎诗文集》第3册,湖南人民出版社2010年版,第1385—1386页。
② (清)方苞《方望溪全集》,中国书店出版社1991年版,第303页。
③ 陈子展《中国文学史讲话》,北新书局1937年版,第264页。
④ 拙著《易佩绅易顺鼎父子年谱合编》(上册),湖南师范大学出版社2018年版,第247页。
⑤ 金钜香《骈文概论》说:"夫骈散不分之说,自汪中、李兆洛等人发之,其后谭献即以此体倡浙中,其风始盛。"金钜香《骈文概论》,商务印书馆1934年版,第141页。

散体不分",且主张文章应该"与经术互为表里"①。易顺鼎在其《国朝文苑列传》里所蕴含的文学观念与其骈、散文的创作实际,一定程度上受到了汪、李、谭诸人文章观念的影响。

五

易顺鼎作为"近代文人中之怪杰"②,无论人品,还是文品,时人与后人的评价,可谓毁誉不一。这种情形是作家评价、文学批评中再正常不过的现象,也是作家作品的特殊价值之所在。正因为易顺鼎留下如此多的疑问,笔者才花费不少精力,从事其诗文的整理与年谱的编纂,通过大量与细致的阅读,形成一鳞半爪,未必为通人认可的想法。笔者以为,对待易顺鼎这一类风格歧变多端的作家,从其人格、心理、天资、性情等个体内在特质出发加以讨论,相比仅就作品立论的做法更加适合。这也是本文将易氏辞赋、骈文的情感表达与风格联系起来加以探讨的原因。

古人说:"文以气为主。"(曹丕《典论·论文》)"夫才由天资,学慎始习,斫梓染丝,功在初化,器成采定,难可翻移。"(刘勰《文心雕龙·体性》)气质、天资等先天的人格因素,以及由此形成的才性,的确对作家一生的创作造成重大的影响。

易顺鼎天分甚高,富有才思学力。张之洞称其"信乎才过万人者矣","才思学力无不沛然有余"③;闻一多评价易氏《经义莛撞》说:"论《毛诗》数条,精悍绝伦,虽王氏父子未可多让,信乎才人能事,无施不可。"④张、闻二氏所说,并非虚誉。骈文是讲究词藻、用典、俪对、声律的艺术,需要敏捷的思维与丰厚的学殖。易氏自小精于作对,一生创作数量惊人的诗钟联语⑤,有"钟王""钟中仙"之称。陈士廉《诗钟九友歌》说:"龙阳才子钟中仙,摇笔思攫榜花元。忽然攫得喜欲颠,一生夺魁数累千。"⑥尽管联语的创作不同于骈文,但俪对、用典的锻炼,无疑对骈

---

① 蔡长林《文章关乎经术——谭献笔下的骈散之争》,(台湾)《东华汉学》2012 年 12 月第 16 期。
② 陈诒先《易顺鼎轶事》,《申报·自由谈》1948 年 10 月 30 日。
③ 拙编《易顺鼎诗文集》第 1 册,湖南人民出版社 2010 年版,第 7 页。
④ 闻一多著,孙党伯、袁謇正编《闻一多全集》第 12 册,湖北人民出版社 2004 年版,第 271 页。
⑤ 收录易顺鼎联语的有《集韩》、《湘社集》、《吴社集》、《潇鸣社诗钟集》、《寒山社诗钟选》等。据笔者统计,易氏一生创作的联语共 1599 副。
⑥ 易宗夔《新世说》,山西古籍出版社 1997 年版,第 116 页。

文的创作有很大帮助。这应该是易顺鼎创作出众多精美骈文的最基础的原因。

易顺鼎的人格因素,具有多重性,主要表现为忧郁和痴狂。

所谓"忧郁",就是易氏所说的"幽忧之性"(《与王翕澂书》)、"生性多哀少乐,若抱忧生之嗟"(《自叙兼与友人》)。天生的忧郁气质导致易顺鼎易于接受传统文学中偏于感伤的部分。比如,他的诗文大量使用楚辞意象,却特别钟爱幽邈、哀怨的"山鬼"。如其描写寡居的姐姐:"窈窕遗世,邀山鬼与谈;婵娟问天,倚碧云而立。"(《湘真馆画兰题辞》)赋予姐姐幽冷的气质。从《沪上冶游诗词自序》"本《离骚》佚女之幽情,作醇酒妇人之生活"二句,也可看出他对《离骚》的喜爱,不是屈原通过"佚女"意象所寓托的远大理想,而是"佚女"本有的绮丽故事。在创作上,他自然也会偏爱这类凄艳、伤感的题材,虽然他的文学风格又往往呈现出豪放、恣肆的一面。

易氏醉心于声色之场,其实也体现了他忧郁性格中渴望得到他人(尤其异性)欣赏的一面。易顺鼎有所谓的"七生"说,依其《呜呼易顺鼎》所记,"七生"依次为王子晋(王子乔,东周人)、王昙首(晋人)、张梦晋(名灵,明人)、清张船山(名问陶,清人)、张春水(名澹,清人)、陈纯甫(名少海,顺鼎的舅父)、易顺鼎。其中王昙首为顺鼎前身的说法,不见于易集他处。其《哀知己铭·兵部侍郎浙江巡抚满洲崧公骏》记载他的前身是清人王昙(字仲瞿)。大概是为了时间的不错乱,《呜呼易顺鼎》将清人王昙换成了晋人王昙首。"前身""后身"之说,虽然极度妄诞,但透示出易氏的真实心理。王子晋是仙传人物,其他都是才子,不止他们本身是才子,像王昙、张问陶、张澹的妻(妾)也都是才女。这种夫妇而兼诗友、知音的关系是易氏倾心向往的。最为顺鼎倾慕的吴中才子张灵,更传下了他与崔莹(素琼)凄艳的爱情故事,频频成为明清以来小说、戏曲、诗歌、绘画描写的题材。反观易顺鼎,虽然其妻妾不少,但都是寻常女子,继室沈氏虽出生于官宦家庭,粗通文墨,但没有诗才①。张、崔爱情故事的本事,虽然未必是真实的②,但被易顺鼎当作现实版的才子佳人故事,在诗文中反复歌咏。《题双红豆

---

① 在易氏长年漂泊不定的生涯中,沈氏居家于湘,偶尔出外同游。易集《吴篷诗录》有《赠内》,又有《代答》,可知沈氏缺乏诗才,不能作诗。
② 张灵与崔莹故事真伪莫辨,张媛媛《黄周星〈补张灵崔莹合传〉本事考论》认为"张崔情事应为后人杜撰,并非实事"。张文见《西昌学院学报》(社会科学版)2015年第1期。

图》"风流我任两前身,文采君追诸老辈",易氏注释说:"卷中船山、仲瞿皆有余前身本事。"①可知顺鼎歆羡的是这些"前身"们的"风流""文采"。易氏向往"绮情",未尝不是一种心理补偿。

易顺鼎个性的另一面是"痴狂"。时人冒广生用"近狂"②二字来评价他,也有人认为易氏所表现出来的"甚笃诚,意之所之,即行无回顾",不是"狂",而是"痴"③。不过,无论是"痴",还是"狂",说的都是易顺鼎性格固执,不在乎他人的评价。

易顺鼎的"痴狂",对其文学创作的影响,在艺术形式上表现为:一是让"经典"④的更经典。前文所引陈三立谈论阅读易氏诗文的体会说:"骇眩眙哗,几于目瞠躯禀,舌挢然不能下。徐而词之,引伸而类之,乃得其句读,沛乎有以得其归。"这说的是,易氏诗文是有"句读"的,是有所"归"的(有主题以及相应的形式),只是读者粗读之下,不得"其句读"、不得"其归",以至于极度惊愕而已。(这也是笔者点校易氏骈文,最感吃力的原因。)这不是对"经典"的破坏,而是对"经典"的别样推进,也就是将写作技巧推进到他人难以超越的境地。易氏骈文、辞赋、近体诗中不少作品,体现出这方面的旨趣。二是,对"经典"的肆意破坏。这主要体现在他晚年的似诗似文、非诗非文的古体诗的写作上。但是,无论是对"经典"的推进,还是对"经典"的破坏,个人"性情"永远是其创作的主导,至于读者能否接受、作品能否流传,则都不在他考虑之列,诚如其《丁戊之间行卷自叙》所说:"故其所作皆抒写己意,初不敢依附汉、魏、六朝、唐、宋之格调以为格调,亦不敢牵合《三百篇》之性情以为性情。……若夫其传,幸也;不传,分也。传与不传皆有命也,斯又念虑所不到者矣。"⑤晚年所作的《读樊山后数斗血歌作后歌》为自己遭人非议的诗歌辩护:"时至今日身之得失且勿计,尚何计及诗之得失为?……我诗皆我之面目,我诗皆我之歌哭。我不能学他人日戴假面

---

① 孙雄《眉韵楼诗话》,转引自王飚《琴志楼诗集》第 4 册,上海古籍出版社 2012 年版,第 1534 页。
② 冒广生《小三吾亭词话》卷三:"实甫近狂,由甫近狷,实甫之有由甫,真子瞻之有子由也。"拙著《易佩绅易顺鼎父子年谱合编》(下册),湖南师范大学出版社 2018 年版,第 804 页。
③ 奭良《易实甫传》,拙编《易顺鼎诗文集》第 3 册,湖南人民出版社 2010 年版,第 1910 页。
④ 廖可斌先生在一次学术讲演中认为,明代徐渭诗歌创作旨趣,可以用"非经典化"或"非理性化"来概括。其所说"经典""理性",强调的是题材、风格、形式、技巧方面的"合体"。本文沿用这一说法,但偏重于形式技巧方面。
⑤ 拙编《易顺鼎诗文集》第 1 册,湖南人民出版社 2010 年版,第 3 页。

如牵猴,又不能学他人佯歌伪哭如俳优;又不能学他人欲歌不敢歌、欲哭不敢哭,若有一物塞其喉。"①他自信自己的诗是唯一的,是他人无法仿效的。可见,易氏所谓"抒写己意",重点在表达自己的格调,抒写自己的性情,这是其诗文风格歧变多端,尤其晚年在歌行体古诗创作上,肆意破坏"经典"的根本原因。当然,不同的文体毕竟有不同的要求,文学创作也就存在得体与否的问题。骈文之所以是骈文,句式偶对是最起码的要求。这就决定着,无论骈文的句式如何变化,偶对的形式是无法放弃的。纵观骈文的文体变化,大约一是骈体与散体的互渗,二是偶对的形式、手法的变化。如果放弃偶对,也就放弃了骈文。所以我们看到的是,易顺鼎晚年将歌行体的非诗因素发挥到极致,而骈文,无论如何只能在传统路数里,辗转腾挪。

从文学作品的题材、内容来看,易氏的"痴狂",表现在他言人所不敢言,言人所不屑言,最突出的表现是对伶人才色的狂热倾慕与夸张描写。黄濬《花随人圣庵摭忆》说:"其生平才语,若九天珠玑,不可悉数。……其中为伶人作者甚多,然先生于诸伶亦取瑟之意,非有何交昵,而诗中好作奇语、昵语,世遂哗称'龙阳才子,主持风月'。以余所知半非信史。至于寄情丝竹,则当时朝士,十九从同,不过不尽如先生之能文大胆耳。"②黄氏所言易顺鼎"于诸伶亦取瑟之意,非有何交昵",是有曲意回护之意的。(当然,易氏与伶人的交往,不是一般意义上的"滥性"。)但正如黄氏所言,易顺鼎不同"当时朝士"的是,在这方面,他进行了大量而夸张的描写。通观易顺鼎这方面的诗文,它们一方面寄托着作者对青春的颂赞与人生易老的悲哀;另一方面,则通过对男性的否定(他认为相对于"清淑灵秀"的女伶,那些"开国伟人""先朝遗老"不足哂;历史上有名的男性"才人""学人",也都在女流之下),来表达对历史的编写与现实秩序的怀疑。就骈文而言,他早年所写《沪上冶游诗词自序》,即直言自己"无柳下之贞,有桑中之喜",晚年更写出"书生薄命,逢卿在金尽之时;尤物移人,杀我即玉成之德"(《江南雪十首序》)这类癫狂而精巧的句子③。这种"才人之语"的表达方式,比起诗友樊增祥指摘他、他自己也承认的"好色(以致于)不怕死"(《读樊山后数斗血歌

---

① 拙编《易顺鼎诗文集》第2册,湖南人民出版社2010年版,第1122页。
② 黄濬《花随人圣庵摭忆》,上海古籍出版社1983年版,第437页。
③ 拙编《易顺鼎诗文集》第3册,湖南人民出版社2010年版,第1178页。

作后歌》引)的直白式表达,显然有趣得多。

易顺鼎的骈文当然不乏对社会现实的关注,如奏疏、公牍之类,但这些毕竟是产生于官场的应用性文章,况且有的还属于为他人代拟。当他脱离这种写作场合,在固有的"幽忧之性"的作用下,他的文学世界立即变得狭小起来。其《国朝文苑列传·洪亮吉传》言及汪中的《汉上琴台铭》、《黄鹤楼铭》、《广陵对》、《狐父之盗颂》、《吊黄祖文》等名篇,而无视最富有现实内容的名作《哀盐船文》,以及从其赞赏汪中《自序》"仿刘孝标之作,哀感顽艳,世尤悲之"①,都可以看出具有"哀感顽艳"一类情貌的作品,才是他最赏爱的。易顺鼎没有像汪中那样反映重大的现实题材的骈体文,与同为湘人的王闿运(作有《哀江南赋》、《上征赋》)、弟弟易顺豫(作有《哀台湾赋》)比较,除了产生于特殊背景的《讨日本檄文》,也缺少这类题材的骈体文。再如,《问苏小小郑孝女秋瑾松风和尚何以同葬于西泠桥试研究其命意所在》本是一个刁钻的征文题目(又称《游戏策问》)。对于革命志士秋瑾,易顺鼎的应征之文所描述的是:"秋以不羁之才,罹无端之狱。红线久居于记室,文姬何惮乎征尘?讵知缇骑来催,竟目钩党,遂令爱书骤定,同殉于市曹。天果阒如,人真愁煞。"对秋瑾的思想境界缺乏应有的揭示。易氏全文认为题中所述数人同葬于西泠桥畔的用意,就在于"莫说美人黄土,当遍历桑海奇观;愿留老衲青山,永澈悟彭殇小劫"一类沧海桑田、勘破死生的意思而已。可见其立意作成一篇香艳文章,自然也就成为"香艳丛书"的选篇了。至如前述《寒山社诗钟选甲集序》对现实政治的评价更是缺乏正确的眼光,充满"前清遗老"的气味。这些都决定着,置于整个辞赋史、骈文史中,易顺鼎可称名家,却难称大家。

从清末民初的一些文学选本,也可看出时人对易顺鼎辞赋、骈文的看法。张鸣珂所辑《国朝骈体正宗续编》收有易顺鼎的《湘弦词自序》、《送笠唐舅氏归于湖序》,而《湘弦词自序》又重刊于民初由梁启超创办的名刊《庸言》第1卷第11号,算是给易氏骈文一席之地;张廷华(虫天子)所辑《香艳丛书》收有易氏《春人赋》、《问苏小小郑孝女秋瑾松风和尚何以同葬于西泠桥试研究其命意所在》,而《香艳丛书》是收录隋唐至晚清反映女性生活与艳情的文言小说、诗、词、曲、

---

① 拙编《易顺鼎诗文集》第3册,湖南人民出版社2010年版,第1350页。

赋的女性专题丛书,这就无疑加重了读者对易氏作品"香艳"的认知。湘人王先谦辑有清朝骈文选本《国朝十家四六文钞》,以刘开、董基诚、董祐诚、梅曾亮、傅桐、周寿昌、王闿运、赵铭、李慈铭为"十家"。此集不以求全为目的,易顺鼎没有入选,自然在情理之中。王先谦又辑有《骈文类纂》,这是一部兼收自先秦至晚清辞赋和骈文、规模较大的通代选本。晚清湘人周寿昌(14篇)、王闿运(10篇)、皮锡瑞(99篇)、苏舆(2篇),孙鼎臣、郭嵩焘、蔡枚功(各1篇)皆入选①,阎镇珩、易顺鼎等落选,似乎过于严苛。易氏之所以落选,应该是因为他的骈文、辞赋不符合王氏"文以明道,何异骈散"(《虚受堂文集·复颜季蓉书》)、"洗俳优之俗调"(《骈文类纂序例》)的文章观念与选文标准。王先谦还在《国朝十家四六文序》中说:"是以学美者侈繁博,才高者喜驰骋。往往词丰意瘠、情竭文浮,奇诡竞鸣,观听弥眩。"②这些"弊病",易顺鼎早年骈文、辞赋差不多一应俱全。当然,王先谦不选易氏作品,也可能出于对易氏人品的考虑,而"因人废文"。

张之洞曾告诫易顺鼎说:"紧要诀义,惟在'割爱'二字。若肯割爱,二十年后海内言诗者,不复道着他人矣。"(张之洞《题易顺鼎庐山诗录》)因为不愿割爱,易氏诗文泥沙俱下,但是,其诗文确乎"排沙简金,往往见宝"。对这样一位不愿割爱,愿以完整而又真实的面目留示后人的作家,今日之学人更应该给他一个公允的评价。

---

① 据《骈文类纂撰人姓氏》,王先谦辑《骈文类纂》,浙江古籍出版社据光绪二十八年(1902)思贤书局本缩印,1988年版,第33—34页。
② 王先谦《国朝十家四六文钞》,清光绪十五年(1889)刻本。

明代乡会试诏诰表公文考试析论①

侯美珍（台湾成功大学中国文学系）

一、前言

今日遴选公务人员，必须考试应用文、公文写作，古代抡才亦然。汉代以察举选拔人才，间或实施考试。东汉安帝(94—125)时，胡广(91—172)被察举为孝廉，"既到京师，试以章奏，安帝以广为天下第一，旬月拜尚书郎，五迁尚书仆射"。②王应麟(1223—1296)推测此为章奏试士之始。③东汉顺帝(115—144)阳嘉元年(132)，左雄(？—138)亦尝建议以考试甄别察举所得之孝廉："诸生试家法，文吏课笺奏。"④唐张昌龄(？—666)贞观二十年(646)考中进士，次年蒙唐太宗(598—649)召见，"试作《息兵诏》草，俄顷而就"⑤，获太宗之青睐、擢用。王应麟以为此乃试诏之始。⑥唐代进士科考试，主要是考试帖经、杂文、策文三场。

---

① 本论文为2017年7月"骈文国际学术研讨会"会议论文（湖南师范大学文学院、中国骈文学会等主办），正式刊登于《国文学报》（台湾师大）第62期(2017年12月)，第125—158页。感谢《国文学报》编辑部核准转载。
② (南朝)范晔《后汉书》卷四四《胡广传》，中华书局1965年版，第1504页。
③ (宋)王应麟《辞学指南》卷三《表》，收入王水照主编《历代文话》第1册，复旦大学出版社2007年版，第966页。
④ (南朝)范晔《后汉书》卷六一《左雄传》，第2020页。《顺帝纪》载"诸生通章句，文吏能笺奏"（同书卷六，第261页）；《胡广传》作"儒者试经学，文吏试章奏"（同书卷四四，第1506页），文字虽微有出入，皆指出因儒生、文吏身份之别，分别考试经学及笺奏、章奏等公文的现象。
⑤ (五代)刘昫等《旧唐书》卷一九〇《张昌龄传》，鼎文书局1976年版，第4995页。
⑥ (宋)王应麟《辞学指南》卷一《诏》，第958页。

"杂文"所试为何？徐松(1781—1848)作《登科记考》云："杂文两首,谓箴铭论表之类,开元间,始以赋居其一,或以诗居其一,亦有全用诗赋者,非定制也。杂文之专用诗赋,当在天宝之季。"①可见在天宝(742—756)以前,杂文或出箴、铭、论、表等。如唐显庆四年(659),"进士试《关内父老迎驾表》";开元二十六年(738),"西京试《拟孔融荐祢衡表》"。②

宋代科举考试制度经常调整,科场或考诗赋或否。因表笺等公文,"皆诗赋之苗裔","诗赋盛,则刀笔盛"。③ 故科场考诗赋时,并不乏代王言的人才。宋神宗(1048—1085)时王安石(1021—1086)推动新法,改革科举,于熙宁四年(1071)罢诗赋、试经义后,因"今进士纯用经术","士皆不知故典,亦不能应制诰骈丽选",于是三省奏言设宏词科,试以诏、诰、章表、箴、铭、赋、颂、赦、敕、檄书、露布、诫谕等应用文,以网罗能"能骈俪"、"记故典"之"文学博异之士"。④ 自北宋哲宗(1077—1100)绍圣二年(1095)实施至南宋末,长达百余年,后人泛称为"词科",实则科目名称从"宏词科"改成"词学兼茂科"、"博学宏词科"到"词学科",考试的内容、规定也几经调整,但其设科之目的,则皆为拔擢起草诏诰文书、代王言的词臣。

至金、元时期,虽为外族统治,仍用科举取人,考试亦含应用文、公文。金代设宏词科,试诏、诰、章表、露布、檄书、诫谕、颂、箴、铭、序、记等。⑤ 元代科举,蒙古和色目人不考公文,公文见用于汉人、南人第二场考试中。皇庆二年(1313)所颁初开科举诏令,规定"第二场古赋诏诰章表内科一道"。⑥ 经罢科举,至元六年(1340)决议复行科举,定:"第二场古赋外,于诏诰章表内又科一道。"⑦

回顾以往以应用文、公文试士的历程,可见因任官、为臣需具备诏、诰、表等

---

① (清)徐松撰,孟二冬补正《登科记考补正》卷一"永隆二年(681)",北京燕山出版社2003年版,第84—85页。
② (宋)王应麟《辞学指南》卷三《表》,第966页。
③ (宋)王铚《四六话序》,收入王水照主编《历代文话》第1册,第6页。王铚生卒年不详,为北宋末、南宋初人,序末署宣和四年(1142)作。
④ (宋)叶绍翁《四朝闻见录》卷一《制科词赋三经宏博》,收入《景印文渊阁四库全书》第1039册,台湾"商务印书馆"1983—1986年版,第24页。(元)脱脱等撰《宋史》卷一五六《选举二》,鼎文书局1983年版,第3649页。
⑤ (元)脱脱等撰《金史》卷五一《选举志》,鼎文书局1976年版,第1150页。
⑥ (明)宋濂等撰《元史》卷八一《选举一》,鼎文书局1977年版,第2019页。
⑦ (明)宋濂等撰《元史》卷八一《选举一》,第2026页。

公文写作之能力，故抡才时试以公文，由来已久，明代科举考试亦然。明各级考试，殿试仅以策题试士；乡试以下的县、府、院试、岁、科考试等小试，主要以《四书》义为主，兼或试以《五经》义，偶或试策、论等，小试中较少用诏、诰、表等作为考试内容。故明代公文考试主要施用于乡、会试第二场中，第二场除作论题一道，判语五条外，考生必须从诏、诰、表等公文中，择一作答，尔后逐渐弃诏、诰不作，选作表文。（详后）

诏、诰、表作为秦、汉以来通行已久的公文，经常应用在行政沟通上，亦常见收于文章总集中，尤其是表文，具文采，用途广，数量多，如《出师表》、《陈情表》、《谏迎佛骨表》皆脍炙人口，故亦不乏研究论著，或以人、以篇、以朝代为对象，或从文学、文体的观点，或从行政、官文书的角度加以研究。但据笔者所见，并未有结合科举加以考察者，故本文以"明代乡会试诏诰表公文考试析论"为题，运用历史文献分析法及统计法，探索诏、诰、表等公文在科场上的出题，以及作为考试文体，如何影响考生的学习、备考。本课题的研究意义，在文体学领域方面，由于先前未曾关注诏、诰、表等公文在明代抡才时之作用、演变，本论文可裨补此之不足，增进对公文文体的认识。在科举学领域，则有助于提升对明代科场实施公文考试的研究，对于其他朝代公文考试、举业文体的探讨，也可供参照、比较之用。

二、明代公文考试及诏、诰、表文体

洪武初举行乡、会试，洪武三年（1370）五月颁《科举诏》，因需才孔亟，连开科举，共举行四次：三年八月乡试，四年二月会试、八月乡试，五年八月乡试，洪武六年正月即因未能得人而暂罢科举。①

洪武初三次乡试，未见试录流传，独洪武四年会试录犹得传世，②得以考察实施情形。该科试录第二场载有论题及诏、诰、表各一题，可藉以得知，洪武四年会试公文考试已是"诏、诰、表内科一道"。由于向来乡、会试所试内容多一

---

① 参郭培贵《明代科举史事编年考证》，科学出版社2008年版，第5—12页。
② 《洪武四年会试录》，收入宁波市天一阁博物馆整理《天一阁藏明代科举录选刊·会试录》第1册，宁波出版社2007年版。《建文二年会试录》，收入学生书局编辑部辑《明代登科录汇编》第1册，学生书局1969年版。

致,明会试"所考文字与乡试同"。① 因未见朝廷有修正、更易考试内容的记载,可类推洪武四年、五年乡试,考试内容亦与四年会试相同。②

洪武十七年(1384)复行科举,并颁定《科举成式》,规定:"初场试《四书》义三道,经义四道。……二场试论一道,判五道,诏、诰、表内科一道。三场试经史时务策五道。"③十七年所颁新制,仍维持"诏、诰、表内科一道",沿用到明末,有诸多的试录、文献可以为证。

总之,最迟始自洪武四年至明亡,在乡、会试二场中一直涵盖"诏、诰、表内科一道"的考题,而诏、诰、表又是怎么样的文体?科场出题的类型又如何呢?以下略加举例、概介。

"诏"为上对下之王言,或称"诏书",是秦以降,国君用来昭告臣民宣布重要政令、重大措施或任用高级官员的文书。诏书因其特定用途,多有专名,如恩诏、求贤诏、罪己诏、遗诏、哀诏、即位诏、亲政诏等。④ 如王祎(1321—1372)所代拟《开科举诏》,属国家重大措施宣布;⑤宋濂(1310—1381)《谕安南国诏》则因安南有王位篡夺之祸,基于《春秋》大义下诏征讨乱臣贼子。⑥ 科场所出之诏题,罕见负面不吉者,多以拟汉之求贤及重大举措为题,如洪武四年(1371)会试诏题《拟汉光武帝封功臣为列侯诏》、建文二年(1400)会试诏题《拟汉文帝求直言极谏之士诏》。⑦

郎瑛(1487—1566)云"诰"为"布告令于四方者也,与诏同义",为上告下之王言,又言"今乃告身之诰是也",⑧指出同于"告身",为授官、任命的文书。徐师

---

① (明)黄佐《南雍志》卷一,伟文图书出版社1976年影印明嘉靖二十三年(1544)刻本,第32页。
② 尚需存疑、考辨的,仅洪武三年八月乡试,文献言三年开科举诏取士,公文考试之文体,除"诏诰表"一说外,也包含考"诏诰表笺"、"诏诰章表"等不同的论述,可参拙作《从元代到明初乡、会试二场考试内容辨析——"诏诰章表内科一道"之断句及解读》,《文与哲》第33期,第261—288页。文中辨析文献述及明初科举考试内容,所言"诏诰表笺"、"诏诰章表",其中之"表笺"、"章表"其实都仅单指表文而言。
③ (清)张廷玉等撰《明史》卷七〇《选举二》,鼎文书局1975年版,第1694页。
④ 胡元德《古代公文文体流变》,广陵书社2012年版,第98、100页。
⑤ (明)王祎《开科举诏》,收入(明)程敏政编《明文衡》卷一,收入《景印文渊阁四库全书》第1373册,台湾"商务印书馆"1983—1986年版,第3—4页。
⑥ (明)宋濂《谕安南国诏》,收入(明)程敏政编《明文衡》卷一,第7页。
⑦ 《洪武四年会试录》,收入宁波市天一阁博物馆整理《天一阁藏明代科举录选刊·会试录》第1册。《建文二年会试录》,收入学生书局编辑部辑《明代登科汇编》第1册。
⑧ (明)郎瑛《七修类稿》卷二九《各文之始》,收入《续修四库全书》第1123册,上海古籍出版社2002年版,第4页。

曾(1517—1580)云："至宋,始以命庶官,而追赠大臣、贬谪有罪、赠封其祖父妻室,凡不宣于庭者,皆用之";明代"五品以上官而赠封其亲及赐大臣勋阶赠谥皆用之;六品以下则用敕命"。① 如王祎《皇外考妣追封诰》追封马皇后之考、妣为徐王皇、徐王夫人;②宋濂《安统除兵部尚书诰》因安统有征讨事功及论思献纳之益,授兵部尚书之职。③ 科场所出之诰题,多为唐代官员升迁改秩之拟诰,如洪武四年会试诰题《拟唐太宗以马周为中书令诰》、建文二年会试诰题《拟唐韩愈授京兆尹兼御史大夫诰》。

"表"是臣子所作、下对上的上行公文。吴讷(1372—1457)云："三代以前,谓之敷奏。秦改曰表","唐宋以后,多尚四六,其用则有庆贺、有辞免、有陈谢、有进书、有贡物,所用既殊,则其辞亦各异焉"。④ 吴讷略分表为庆贺等五类,徐师曾对表的分类,更为烦琐,分为论谏、请劝、陈乞、进献、推荐、庆贺、慰安、辞解、陈谢、讼理、弹劾诸类。⑤ 唐、宋以后,表文进言议事的作用逐渐让位于奏议等文体,而仅用于陈谢(谢官、谢赐)、庆贺、进献。⑥ 如苏伯衡《代翰林院贺登极表》、⑦宋濂《进〈元史〉表》、⑧刘基(1311—1375)《谢恩表》,⑨分别为贺表、进表、谢表。袁黄(1533—1606)云：

> 汉表无四六,自唐而后,其体始定。故场中之表,惟出唐、宋及本朝。表之用有六,曰进、曰谢、曰贺、曰辞、曰谏、曰请。今场中所用者,惟进、谢、贺而已。⑩

---

① (明)徐师曾著,罗根泽校点《文体明辨序说·诰》,人民文学出版社1998年版,第115页。
② (明)王祎《皇外考妣追封诰》,收入(明)程敏政编《明文衡》卷一,第10页。
③ (明)宋濂《安统除兵部尚书诰》,收入(明)程敏政编《明文衡》卷一,第17页。安统,元末明初人,生卒年不详。
④ (明)吴讷著,于北山校点《文章辨体序说·表》,人民文学出版社1998年版,第37—38页。
⑤ (明)徐师曾著,罗根泽校点《文体明辨序说·表(笏记附)》,第122页。
⑥ 胡元德《古代公文文体流变》,第65页。
⑦ (明)苏伯衡《代翰林院贺登极表》,收入(明)程敏政编《明文衡》卷五,第3—4页。苏伯衡,元末明初人,洪武二十一年(1388)任会试考官,传见(清)张廷玉等撰《明史》卷二八五《文苑一》,第7310—7311页。
⑧ (明)宋濂《进〈元史〉表》,收入(明)程敏政编《明文衡》卷五,第8—10页。
⑨ (明)刘基《谢恩表》,收入(明)程敏政编《明文衡》卷五,第10—11页。
⑩ (明)袁黄《游艺塾续文规》卷五,收入《续修四库全书》第1718册,上海古籍出版社2002年版,第12—13页。

以时代论,曹灼(1504—1577)《表学轨范》,只收宋名家之作及明两京试录之程文;①陈仁锡(1581—1636)《皇明表程文选》所收,拟宋表亦居多数,偶见唐表,愈近明末则出明表的情形益多。以类别而论,谢表居多数,贺表、进表也颇常见出题②,袁黄说科场出题"惟进、谢、贺",洵为实情。

三、诏、诰、表公文考试的立意及地位

乡、会试共分三场考试,各有其目的。公文写作是官员应备素养,用以甄拔人才,有其必要及价值。谢铎(1435—1510)云:"先之经义,以观其穷理之学,则其本立矣。次制、诏、论、判,而终之以策,以观其经世之学,则其用见矣。穷理以立其本,经世以见诸用。"③祝允明(1460—1526)云:"本之初场求其性理之原,以论观其才华,诏、诰、表、判观其词令,策问观其政术。"④王世贞(1526—1590)云:"为经书义以观理,为论以观识,为表以观词,为策以观蓄。"⑤万时华(1590—1639)言"士试经义,犹令各占论、表、判、策,以征古学、考时宜",乃"兼体用、该文质,制严且备"者。⑥ 方以智(1611—1671)言洪武立制,考诏、诰、表、判,乃为"观王体国法"。⑦ 乾隆九年(1744)上谕:"经所以考其根柢,论所以试其识见,表所以觇其淹洽,判所以观其断制,策所以验其经济,事事皆切于士人之实用,而

---

① (明)曹灼《表学轨范序》,《表学轨范》卷前,中国国家图书馆藏,明隆庆二年(1568)娄东曹氏刻本,第2页。
② (明)陈仁锡辑《皇明表程文选》,收入《四库禁毁书丛刊·补编》第51册,北京出版社2005年版。考察卷前《皇明表程文选目录》,可见表文出题倾向。
③ (明)谢铎《桃溪净稿》卷二八《科举私说》,收入《四库全书存目丛书》集部第38册,庄严文化事业公司1997年版,第7页。因制、诰皆可用以命官,谢铎以"制、诏"代指"诰、诏"。徐师曾云"以制命官,盖唐宋之制也","考欧、苏、曾、王诸集,通谓之制,故称内制、外制,而诰实杂于其中,不复识别"。《文体明辨序说》,第114—115页。
④ (明)祝允明《怀星堂集》卷一一《贡举私议》,收入《景印文渊阁四库全书》第1260册,台湾"商务印书馆"1983—1986年版,页9。
⑤ (明)王世贞《四书文选序》,《弇州山人四部稿》卷七〇,伟文图书出版社1976年影印明万历世经堂刊本,第23页。
⑥ (明)万时华《溉园集二集》卷二《后场四奥序》,收入《四库禁毁书丛刊》集部第144册,北京出版社2000年版,第245页。
⑦ (清)方以智《浮山文集前编》卷三《士习论》,收入《续修四库全书》第1398册,上海古籍出版社2002年版,第203页。

不可偏废。"①黄中坚(1649—1708后)云试表"以观其才华"。② 据以上文献,可见三场考试内容,有其拔擢人才通盘之考虑,而试以表文等公文,乃为藉此以观考生之"淹洽"、"词令"、"才华",对"王体国法"之熟悉。就实务层面,考察公文写作能力,可藉以"视其代言、献纳之方"。③

然而,表文在明代科场的重要性如何呢?曹灼为自编《表学轨范》作序云:"国朝设科取士,虽以经义为先,而去取实决于二场之论、表。"④陈仁锡为所辑《皇明表程文选》作序时,也举了以后场取中之例:

> 辛未之役,分较一经,如二十六人额,阅二场,得八人焉;阅三场,得四人焉,径舍额取十二人。而自首卷至三卷,皆初场败卷中人。……闻诸某前辈云:某科会元本房已落,某前辈过之,读其论,大惊赏,遂置第一,是科遂皆以后场殿最。⑤

这两笔叙述,二场的论、表似颇重要,为中式与否的关键。然笔者以为,这应是曹、陈二人为突显自己所编表选等后场科举用书仍有一定重要性而发,明科举"重首场"方为常见的现象。

拙作《明清科举取士"重首场"现象的探讨》已指出:明、清科举取士,乡、会试虽分三场试士,但一直偏重首场之经义,特别是《四书》义。从明至清,虽朝野屡次申诫、呼吁,强调要前后场并重,但未见成效。截至清末,科举虽分三场,而偏重首场的现象依然存在。⑥

如晚明冯琦(1558—1603)曾说:"初场取中,后场寂寥短篇,仅不曳白,皆在

---

① (清)昆冈等奉敕撰《钦定大清会典事例》卷三四七,新文丰出版公司1976年影印清光绪二十五年(1899)刻本,第8—9页。
② (清)黄中坚《蓄斋集》卷五《制科策二》,收入《四库未收书辑刊》第8辑第27册,北京出版社2000年版,第4页。
③ (元)陈高《不系舟渔集》卷一五云:"习之诏、诰、表章,以视其代言、献纳之方。"收入《景印文渊阁四库全书》第1216册,台湾"商务印书馆"1983—1986年版,第11页。
④ (明)曹灼《表学轨范序》,《表学轨范》卷前,第2页。
⑤ (明)陈仁锡《序》,《皇明表程文选》卷前,第5—7页。"辛未之役",指崇祯四年(1631)会试。此书卷前,除此总序外,接续有《表选序》、《论选序》,为《皇明表程文选》、《皇明论程文选》而发。(明)陈仁锡《无梦园遗集》卷三,收入《四库禁毁书丛刊》集部第142册,北京出版社2000年版。此书又收有《后场精简录序》、《后场衡总序》、《论选序》、《表选序》、《策选序》等。
⑥ 侯美珍《明清科举取士"重首场"现象的探讨》,《台大中文学报》第23期(2005年12月),第323—368页。

所收。初场见遗,后场即有佳卷,置不复省。"①万时华甚至夸张的描述:平居业后场者,"师友窃笑,父兄交让,曰是徒废有用,攻无益,方视之与博弈等"。②凌义渠(1593—1644)言:"主司鲜能留意真才,前场取中,始觅后场,前场偶落,后场即有董、贾真才,何繇物色?"③陈子龙(1608—1647)亦云:

> 今天子制诏春官,以取士必重实学、征材用,故崇二、三场所试论、表、策者,虽《书》、经义不佳,论、表、策佳者取之。诏书甚著,自宜遵行。然两京十三藩及举于南宫者三百人,有人以论、表、策得隽乎?曰:无有也。④

指出虽天子下诏尊后场,但乡、会试未见有人"以论、表、策得隽"。方弘静(1516—1611)《千一录》亦曾载一提学岁考实例,生员陈有守因经义不佳,考六等被黜,虽工于作表,亦无益于事:

> 休宁陈达甫_{有守}……达甫老犹就试,试表,四六素其长技,谓必高等,而以六等黜。督学者以经义疎,遂不览表,表徒工无益也。⑤

也许有些针对时弊的发言过激,流于绝对,但综合观察,作为二场考试内容的表,一般是远不如首场的制义重要。所谓以后场取中,多指在首场获青睐后,合观后场之得失以定去取,故曹灼言"去取实决于二场之论、表";若前场不佳,终因后场出色而被取中,仍属罕见。正因罕见,文献中或特加记载,津津乐道。然而,公文在科举考试中,虽非最关键、最重要的,但识者仍肯定其重要性,认为不可轻忽不习。

---

① (明)冯琦《宗伯集》卷五七《为重经术祛异说以正人心以励人材疏》,收入《四库禁毁书丛刊》集部第 16 册,北京出版社 2000 年版,页 12。
② (明)万时华《溉园集二集》卷二《后场四奥序》,第 25 页。
③ (明)凌义渠《正文体疏》卷一八一,收入(清)陈梦雷编《古今图书集成·文学典》,鼎文书局 1977 年影印民国二十年(1931)间上海中华书局影印清聚珍本,第 26 页。
④ (明)陈子龙《安雅堂稿》卷七《丁丑二三场干禄集序》,收入《续修四库全书》第 1388 册,上海古籍出版社 2002 年版,第 9—10 页。序中《书》、经义,指《四书》义与《五经》义。丁丑为崇祯十年(1637)。
⑤ (明)方弘静《千一录》卷二四,收入《续修四库全书》第 1126 册,上海古籍出版社 2002 年版,第 30 页。《明史·选举志》载:提学官用御史或副使、金事任职,一任三年中,必须"两试诸生",针对生员举行"岁考"和"科考"。岁考分六等,"一二等皆给赏,三等如常,四等挞责,五等则廪、增递降一等,附生降为青衣,六等黜革。科考"其等第仍分为六,而大抵多置三等,三等不得应乡试,挞黜者仅百一,亦可绝无也"。陈有守考六等被黜革,据此可见,此应为提学岁考。(清)张廷玉等撰《明史》卷六九《选举一》,第 1687 页。

刘勰(约465—520)《文心雕龙》已曾强调这些公文的重要,《诏策》篇云"王言之大,动入史策;其出如綍,不反若汗",故加意于此,"岂直取美当时,亦敬慎来叶矣"。《章表》篇云:"章表之为用也,所以对扬王庭,昭明心曲,既其身文,且亦国华。"① 唐大历年间洋州刺史赵匡②,主张进士科杂文两首,不应试诗、赋,应"试笺、表、议、论、铭、颂、箴、檄等有资于用者"。③ 北宋张方平(1007—1091)亦尝言制诰的功用及影响:"前代国家有事之际,或以单札之辞,折冲千里之外,使三军感励、万方悦劝,背逆凶丑或以革心,夷狄异类或以向化,故知文辞书命有足以助国威、宣王泽也。"④ 宋绍圣初年,置宏词科,乃因认为诏、诰、章表等公文、应用文,"皆朝廷官守日用不可阙"者。⑤ 元苏天爵(1294—1352)亦以为试以诏、诰、章表,"应制代言,则可以敷号令,非雕虫篆刻之为工也"。⑥

　　因此,明代科举立制包含公文写作之考试,朝野屡有重后场之议,也在情理之中。祝允明曾云:"诏、诰、表、判,或上以令下,或下以告上,正有官之切用,不可忽易。"从为官的实用性着眼,甚至认为既有的诏、诰、表内科一道不够,主张:"诏、诰、表内,宜增科二道"。⑦ 嘉靖陈垲认为明代科举取士之制"去词赋声律而仍用诏、诰、表,盖词赋无用,而诏、诰、表有用也"。⑧ 黄汝亨(1558—1626)强调:以表取士,"此祖宗所以教事君也","盖论以极其情,策以尽其略,草野倨侮者,未尝无焉。试之以表,而君臣之体绝,廊庙之文严,虽猖狂无忌,亦必谐宫商、肃

---

① (南朝梁)刘勰《文心雕龙》,收入《景印文渊阁四库全书》第1478册,台湾"商务印书馆"1983—1986年版,卷四,第12页;卷五,第4—5页。
② 赵匡,生卒年不详,约与啖助(742—770)同时,事迹见于大历年间(766—779)。
③ (唐)赵匡《举人条例》,收入(唐)杜佑《通典》卷一七,收入《景印文渊阁四库全书》第603册,台湾"商务印书馆"1983—1986年版,第26页。(宋)欧阳修等撰《新唐书》卷四四《选举志上》载,德宗建中二年(781),"中书舍人赵赞权知贡举,乃以箴、论、表、赞代诗、赋"(鼎文书局1985年版,第168页)。虽未详述其故,其意应与赵匡略同,认为应用文较诗、赋有用。
④ (宋)张方平《上英宗乞知制诰详择人材》,收入(宋)赵汝愚《宋名臣奏议》卷五六,收入《景印文渊阁四库全书》第431册,台湾"商务印书馆"1983—1986年版,第6页。据文末注,此文为北宋治平元年(1064)张方平任翰林学士所上。
⑤ (元)脱脱等撰《宋史》卷一五六《选举二》,第3649页。
⑥ (元)苏天爵《滋溪文稿》卷三《常州路新修庙学记》,收入《景印文渊阁四库全书》第1214册,台湾"商务印书馆"1983—1986年版,第19页。
⑦ (明)祝允明《怀星堂集》卷一一《贡举私议》,第11页。
⑧ (明)陈垲《名家表选序》,《名家表选》卷前,收入《四库全书存目丛书·补编》第13册,齐鲁书社2001年版,第1页。陈垲生卒年不详,嘉靖十一年(1532)进士。

伍伍,始晓然知告君者当如是"。① 清高宗(1711—1799)亦言科场试以重声韵对偶之表文,乃因"士子名列贤书,将备明廷制作之选,声韵对偶自宜留心研究也"。② 于此皆可见公文在官场中的实用价值。

即使单就科场取中而言,也不能轻忽表文等公文备考,诚如前引凌义渠所言,考官通常是"前场取中,始觅后场",在首场获得考官赏识后,常需兼阅后场是否无疵,足以录中。以故,林希元(1481—1565)在《家训》中交代子弟:"每早读书食饭后,就作义一篇……又须论、表、判、策相间而作,大要以三分为率,二分头场,一分二场、三场,自然本末兼举。"③王世贞云:"凡论而表而策,最近古而易撰;其于经书义,稍远古而难工。天下之为力于论、表、策者,十之三,而为力于经书义者十恒七,而犹不足。"④林、王两人之言颇为一致,反映出嘉靖、万历间,考生备考心力主要投注在制义的钻研上,后场论、策、表、判的部分,仅投入约十分之三的心力,显见偏离了三场考试设计的立意,但也可透露出公文虽非取中的关键科目,仍需投注部分心力备考。

四、由"诏、诰、表内科一道"到独重表文

虽自明初规定"诏、诰、表内科一道",乡、会试录中亦皆录有诏、诰、表之试题,然而文献中论后场,常以策、论为代表,不及公文;偶言及公文者,又常只言表文,不言诏、诰。以前一节所引述的明代文献观之,如林希元、王世贞、黄汝亨、万时华、陈子龙等诸笔,皆只言表而未及诏、诰。

更有文献直接点出士子不作诏、诰题,咸选考表文,万历年间李维桢(1547—1626)云:"明制:试士初以经书义,再以论、诏、诰、表、判,三以策。诏、诰久不行,其他如故。"⑤明末钱澄之(1612—1693)崇祯年间所作《拟上兴学取士

---

① (明)黄汝亨《寓林集》卷七《表衡序》,收入《四库禁毁书丛刊》集部第42册,北京出版社2000年版,第4页。
② (清)清高宗敕纂《大清会典则例》卷六六"乾隆二十二年(1757)上谕",收入《景印文渊阁四库全书》第622册,台湾"商务印书馆"1983—1986年版,第12页。
③ (明)林希元《林次崖文集》卷一二《家训》,收入《四库全书存目丛书》集部第75册,庄严文化事业公司1997年版,第17页。
④ (明)王世贞《弇州山人四部稿》卷七〇《四书文选序》,第23页。
⑤ (明)李维桢《大泌山房集》卷二六《论表策衡序》,收入《四库全书存目丛书》集部第151册,庄严文化事业公司1997年版,第1页。

书》更云：

> 二场试诏、诰、论、表、判，取其鸿辞博学，足为国华，不知何以永废诏、诰不试，而但存题纸。①

径言明末诏、诰"但存题纸"。清初王士禛（1634—1711）云："诏、诰二道，乃具文，自明相沿已久。"②故康熙二十六年（1687）因向来"诏、诰题士子例不作"，循名责实，而废诏、诰题。③

以上诸文献屡言士子选考表文，不作诏、诰题，口吻似颇渺远，但却未见详言此种现象始于何时？何以如此？以下将试加探析。

从元到明初，科场对诏、诰还有一定的重视，可从公文类用书之主题订定及命名得窥。元代现存的公文类科举用书，有元郭明如编《新编诏诰章表机要》④，以及题作元郭明如辑、元刘瑾增广《新编诏诰章表事文拟题》5卷、《新编诏诰章表事实》4卷。⑤ 据此三部科举用书的命名、编选，可见并非独重表文。

杨士奇（1364—1444）《文渊阁书目》所列科举用书多为二三场用书，以策为

---

① （清）钱澄之《田间文集》卷六《拟上兴学取士书》，收入《四库禁毁书丛刊》集部第144册，北京出版社2000年版，第2页。
② （清）王士禛《古夫于亭杂录》卷一，收入《景印文渊阁四库全书》第870册，台湾"商务印书馆"1983—1986年版，第19页。
③ 赵尔巽等撰《清史稿》卷一〇八《选举三》，中华书局1998年版，第3149页。又，（清）吴振棫《养吉斋丛录》卷九云："二十六年停止二场诏、诰题，四十一年仍用诏、诰。"（收入《续修四库全书》第1158册，上海古籍出版社2002年版，第11页）稍嫌语焉不详，易生误会，《大清会典则例》载："四十一年议准：诏、诰二题，令习《五经》者兼作，阙者不录，其习一经者仍如见行例。"故知此乃针对极少数《五经》全作考生之规定。参（清）清高宗敕纂《大清会典则例》卷六六，第6页。
④ （元）郭明如编《新编诏诰章表机要》，收入《续修四库全书》第457册，上海古籍出版社2002年版。按《续修四库全书》编辑原误题为金人、金刻本，应为元人、元刻本。可参付佳《〈新编诏诰章表机要〉版本考》，《中国典籍与文化》2014年第4期，第55—57页。
⑤ （元）郭明如辑，（元）刘瑾增广《新编诏诰章表事文拟题》，《日本国立公文书馆藏宋元本汉籍选刊》影印元至正四年（1344）刊本，凤凰出版社2013年版；（元）郭明如辑，（元）刘瑾增广《新编诏诰章表事实》，《日本国立公文书馆藏宋元本汉籍选刊》影印元刊本，凤凰出版社2013年版。对两书的概介与《续修四库全书》所收元刻本《新编诏诰章表机要》间之异同，参杨忠《日藏〈新编诏诰章表事文拟题〉、〈新编诏诰章表事实〉初探》，《北京大学中国古文献研究中心集刊》第10辑，北京大学出版社2011年版，第1—12页。又，《新编诏诰章表事文拟题》、《新编诏诰章表事实》两书，以下两书目亦曾著录：《中国古籍善本书目》编辑委员会《中国古籍善本书目·子部》卷一九著录两本收藏在北京图书馆（上海古籍出版社1996年版，第54页）；严绍璗《日藏汉籍善本书录》著录两本收藏在日本国立公文书馆（中华书局2007年版，第487—488页）。

大宗,但亦收了元孙可渊集《诏诰章表》、郭明儒集《诏诰章表》。① 明嘉靖晁瑮《晁氏宝文堂书目》之《举业》类,收不署编者《诏诰表章机要》一书。② 黄虞稷(1629—1691)《千顷堂书目》之《制举类》收不署编者《诏诰章表拟题事实》9 卷、《诏诰表程文》5 卷。③ 钱大昕(1728—1804)《元史艺文志》著录元统元年(1333)进士王充耘(1304—?)《拟两汉诏诰》2 卷。④

这些以"诏诰"、"诏诰表"、"诏诰章表"等为主题的科举用书,多为元人或明初之人所编或收藏,由其书名尚兼诏、诰,可见仍不致完全偏废。明初以后,则可从乡、会试录所选录的程文来考察。

今流传的明代乡、会试录,多数收印在《明代登科录汇编》、《天一阁藏明代科举录选刊·会试录》、《天一阁藏明代科举录选刊·乡试录》⑤、《中国科举录汇编》等丛书中,⑥透过这些丛书中的印本,再加上其他少数的一些善本馆藏、文献载录,去掉如《洪武四年会试录》中,仅有试题页,未录程文;⑦或如《明代登科录汇编》所收《建文二年会试录》,其中第二场仅选录论体程文 2 篇,未见诏、诰、表之程文;以及试录虽流传并收录程文,但程文残损脱佚无从得知者。计获乡试 316 种、会试 59 种,共 375 种载有二场诏、诰、表程文的乡、会试录,此 375 种在

---

① (明)杨士奇《文渊阁书目》卷一,收入《景印文渊阁四库全书》第 675 册,台湾"商务印书馆"1983—1986 年版,第 49 页。孙、郭两人生卒年不详。(明)夏良胜等纂《(正德)建昌府志》卷八载"《诏诰表章》,郭明如集"(收入《天一阁藏明代方志选刊》第 11 册,新文丰出版公司 1985 年版,第 5 页);后文所言晁瑮书目载不著编者《诏诰表章机要》,(清)傅维鳞《明书》卷七六载"郭明如集《诏诰章表》"(收入《四库全书存目丛书》史部第 39 册,庄严文化事业公司 1997 年版,第 6 页),这些书籍命名近似,疑皆源出于郭氏所辑同一书,"郭明儒"疑应作"郭明如"。

② (明)晁瑮《晁氏宝文堂书目》卷中,收入《续修四库全书》第 919 册,上海古籍出版社 2002 年版,第 73 页,《举业》。晁瑮生卒年不详,嘉靖二十年(1541)进士。

③ (清)黄虞稷撰,瞿凤起、潘景郑整理《千顷堂书目》卷三二《制举类》,上海古籍出版社 1990 年版,页 785。《诏诰章表拟题事实》9 卷,疑为《新编诏诰章表事文拟题》5 卷加上《新编诏诰章表事实》4 卷的汇总。

④ (清)钱大昕《元史艺文志》卷四,收入《续修四库全书》第 916 册,上海古籍出版社 2002 年版,第 28 页。除王书外,另著录:元苏天爵(1294—1352)《两汉诏令》、宋末元初人虞廷硕《历代制诰》5 卷、《诏令》4 卷,钱大昕将三人之作,归在"制诰类",而非"科举类"。然而王充耘纂有多种举业用书,如《书义主意》、《书义矜式》、《四书经疑贯通》等,再加上科场公文,多为拟题,由其书籍之命名《拟两汉诏诰》,可知应为科举用书。另两人之书,由于线索不明,不易判断。

⑤ 宁波市天一阁博物馆整理《天一阁藏明代科举录选刊·乡试录》,宁波出版社 2010 年版。

⑥ 姜亚沙等主编《中国科举录汇编》,全国图书馆文献缩微复制中心 2010 年版。

⑦ 黄瑜指出,洪武十八年(1385)试录始录程文:"洪武初惟刻序及执事与中式姓名暨三场题目而已,乙丑、戊辰始刻文,而录可见。"(明)黄瑜《双槐岁抄》卷九《会试论表》,收入《四库全书存目丛书》子部第 239 册,庄严文化事业公司 1997 年版,第 16 页。黄瑜,生卒年不详,景泰七年(1465)举人。

明代各时期的分布如下表。

表 1　明代 375 种乡、会试录在各时期的分布

	洪武	建文	永乐	宣德	正统	景泰	天顺	成化	弘治	正德	嘉靖	隆庆	万历	天启	崇祯	合计
乡试	0	1	2	1	0	3	5	32	28	39	123	20	57	3	2	316
会试	0	0	4	2	5	2	3	8	6	5	15	2	7	0	0	59
合计	0	1	6	3	5	5	8	40①	34	44	138	22	64	3	2	375

从上表可见今所流传的试录，以成化至万历年间居多，此乃因明代乡、会试录最重要的搜集者、典藏处为范钦(1506—1585)天一阁。范氏为嘉靖十一年(1532)进士，卒于万历十三年(1585)，故明中叶至范钦生前之间的试录搜罗较丰富。明中叶以前的试录，在范氏搜集时已多散佚；范氏卒后至明亡，因缺乏刻意搜集的后继者，故乡、会试录传世较少。

考察明代乡会试录收诏、诰、表文情形及统计其比例，如下表。②

表 2　明代乡、会试录收诏、诰、表程文之统计

	程文	诏	诰	表	诏诰	诏表	诰表	诏诰表	合计
乡试	科别数	0	0	310	1	1	2	2	316
	比例	0	0	98.1%	0.3%	0.3%	0.6%	0.6%	100%
会试	科别数	0	0	56	0	3	0	0	59
	比例	0	0	94.9%	0	5.1%	0	0	100%
合计	科别数	0	0	366	1	4	2	2	375
	比例	0	0	97.6%	0.3%	1.1%	0.5%	0.5%	100%

试录收诏、诰、表程文的考察结果如下：

（一）据表 2 之统计，乡、会试录收录程文的倾向，并未有明显殊异。试录以单收一文为常态。未见单收诏文或单收诰文者，单收一文者，全是表文，共 366 种，占所有样本数之 97.6%。

---

① 按：成化年间 40 种试录中，元年到十六年，占 31 种，十六年后占 9 种。
② 本表所据之原始资料，感谢成功大学中国文学系硕士生李竺颖汇整提供。

(二) 兼收二、三篇程文者较为罕见。收"诏、诰"者 1 种,仅建文元年(1399)应天乡试。①收"诏、表"者 4 种:天顺四年(1460)会试、成化二年(1466)会试、成化四年(1468)应天乡试、弘治六年(1493)会试。收"诰、表"者 2 种:永乐十二年(1414)福建乡试、永乐十八年(1420)浙江乡试。收"诏、诰、表"者 2 种:成化十年(1474)顺天乡试、成化十六年(1480)山东乡试。

(三) 据表 1,可见明代传世之试录以中叶后居多,明初至成化十六年间的试录样本数合计仅 59 种。而以上统计诏、诰见收者共仅 9 种,其中有 8 种见于此段期间,比例占此期间试录样本数的 13.6%。可见比起中叶后,前期选录诏、诰的现象,相对较多。

(四) 成化十六年之后至万历年间,所掌握的乡、会试题多达 316 种,但仅见弘治六年兼收诏、表,显见成化中叶后,更加独重表文的现象。

(五) 从 375 种乡、会试录,皆收有表文,可见表文始终是最受重视的。明中叶前,对诏、诰虽较中叶以后重视,但自明初已有明显偏重表文的趋势。

必须要澄清的是,王世贞《弇州史料前集》、《弇山堂别集》,皆提及成化二年会试:"《五经》各刻文三篇,二场刻诏。"②沈德符(1578—1642)《万历野获编》亦云:

> 会试录刻文,先朝多不拘式。如成化二年丙戌,《五经》各刻文三篇,二场乃刻诏。十七年辛丑二场刻论二篇,弘治六年癸丑,亦刻论二篇,又刻诏一篇。③

万斯同(1638—1702)言成化二年:"是科试录,《五经》各刻文三篇,二场刻诏一

---

① 丁丙(1832—1899)《善本书室藏书志》卷九著录《京闱小录》一卷,言此试录之程文,录"诏、诰各一首"。(清)丁丙《善本书室藏书志》,收入《续修四库全书》第 927 册,上海古籍出版社 2002 年版,第 16 页。《京闱小录》为建文元年应天乡试,笔者查核上海图书馆藏清抄本《建文元年京闱小录》,收录第 30 名浦陕所作《拟汉文帝举贤良方正能直言极谏者诏》以及第 9 名计登《拟唐太宗以魏征为侍中诰》,未收表文。
② (明)王世贞《弇州史料前集》卷九,收入《四库禁毁书丛刊》史部第 48 册,北京出版社 2000 年版,第 11 页。(明)王世贞《弇山堂别集》卷八二,收入《景印文渊阁四库全书》第 410 册,台湾"商务印书馆"1983—1986 年版,第 6 页。
③ (明)沈德符《万历野获编》卷一四《会试刻文》,中华书局 1997 年版,第 376 页。

篇,旧例诏、诰、表惟科表一道,刻诏变例也。"①三人所云,正所谓"少见多怪",诚如曹灼所言,当时试录"必刻表以垂训多方",②因试录惯见刻《五经》义的每一经各录2篇,论1篇,表1篇,因此对于非常态者,才特别关注、论及。然其记述,易使读者误解,以为成化二年、弘治六年仅刻诏文,此两科会试录,幸得流传至今,实皆为兼收"诏、表"者。

从乡、会试录所收程文的统计数据,显现在明中叶前,虽已偏重表文,但考生偶见有作诏、诰者,而成化中叶后选考诏、诰者,则益加零星。以下再辅以其他文献的论述,以探究明中叶前选考、学习诏、诰、表的消长。

(一)景泰年间黄瑜言:"诏、诰、表内科一道,兼作者听,永乐辛卯福建第一人林志,刻诏及表是已。"③指出永乐九年(1411)福建乡试解元林志,"刻诰及表",皆可与乡、会试录的统计数据互相印证,证明在明中叶前,考生选作诏、诰者,尚不属罕见。

(二)正统十年(1445)进士叶盛(1420—1470)《水东日记》云:

> 昆山教谕嘉兴朱士章先生,季考、月试勤而且严。其考二场文字,厌人作诏、诰,以字数少不能衬贴论文,必欲其习四六、作表,且授以作表之法,曰:"起语须切题,不尔则号大家幞头矣。"昆山科举虽不乏,而未有刊文字者。正统三年南京所刻《进新唐书表》为昆山郑文康,六年《敬天图表》则予所为。后科则太仓军生陈铨皆刊表,皆先生门人。④

显现宣德、正统年间之际,仍有选作诏、诰者。叶盛受教谕朱冕"厌人作诏、诰"影响,选考表文。尝言:"予性颇不喜场屋程文,异时所作《四书》、经义亦不多,惟《书经》大、小题俱有破题,又有删节王濬南《书义》一帙,此外惟论十数通、

---

① (清)万斯同《明史》卷七二,收入《续修四库全书》第325册,上海古籍出版社2002年版,第301页。按:据影本所见,作似"诏十篇",应为漫漶所致;"科表"疑为"刻表"之误。又,明代试录选文有常见之惯例,但并未有严格规定,故偶见出入,特别是前期,观诏、诰、表所录程文或1篇,或2篇,3篇可知。万历四年(1576)神宗阅两京及各省乡试录,对所录程文或一篇或二篇,有所质疑;张居正回应:"所刊文论,皆取诸士子文之佳者,量刊一二篇为式,多则二篇,少则一篇,随其宜也,且历科相沿,大率如此。"可见至万历四年仍存在并允许程文选文的出入。南炳文、吴彦玲辑校《辑校万历起居注》,天津古籍出版社2010年版,第144页。
② (明)曹灼《表学轨范序》,《表学轨范》卷前,第2页。
③ (明)黄瑜《双槐岁抄》卷五《场屋知人》,第12页。
④ (明)叶盛《水东日记》卷八,收入《景印文渊阁四库全书》第1041册,台湾"商务印书馆"1983—1986年版,第12页。按:朱冕,字士章,生卒年不详。

表二十余道耳。"①正统六年(1441)应天乡试录刊其所作表文,且自述言及习作论、表,亦不言习作诏、诰等。

(三) 正统元年(1436)进士李龄(1406—1469),天顺六年(1462)任江西提学,修建书院,所作《白鹿洞规》云:"每业习举业者,除三、六、九日作文字或学答策一篇,月终通九篇就,于作文日随作诏、诰、表一道。"②"习举业",志在科场中式,可见在天顺年间,考生应仍有作诏、诰者。

(四) 天顺元年(1457)进士刘诚(1433—?),曾任训导,"取汉、唐、宋、诏、诰、章表可为训者,作《典谟遗旨》"。③ 由于科场常出汉诏、唐诰、唐表和宋表,此亦应为备考学习表文之科举用书。显见科场选诏、诰虽渐式微,选表文者渐多,但当时诏、诰仍有部分选考者,故刘诚纂集《典谟遗旨》才会包含了诏、诰。

以上关于明初至天顺间的记述,显现此时期不乏作诏、诰者,从明初至中叶后,日益偏重表文,作诏、诰者逐渐减少。蔡清(1453—1508)中进士后,曾精选《四书》程文优者为学子式;在正德元年(1506)任江西提学时刊行此书,并作序云:"尚欲徧选诸经及论、表、策、判等文之优者而批点之,使各有所式。"④不含诏、诰,亦可作为此时诏、诰几乎从科场遁退的证明。陈垲嘉靖二十六年(1647)为所编《名家表选》作序亦云:"近时士子应试率多作表取中。"⑤显见此时作诏、诰者,已属寥寥。由是之故,反映在明中叶后科举书的编纂上,诏、诰、表三体,独重表文的编选。以下所搜得专门为表题备考而出版的选集、书序,全为明中叶以后所编写,不在少数。然而相对的,中叶后却未见以诏、诰为主题的科举用书。

(一) 嘉靖八年(1529)进士胡松督学山西时编《唐宋元名表》作为"士子程式

---

① (明)叶盛《水东日记》卷九,第1页。"王滹南"即金人王若虚(1174—1243),入元后自称"滹南遗老"。
② (明)李龄《宫詹遗稿》卷三《白鹿洞规》,收入《四库未收书辑刊》第5辑第17册,北京出版社2000年版,第29—30页。
③ (明)过庭训《本朝分省人物考》卷九《刘诚》,收入《续修四库全书》第533册,上海古籍出版社2002年版,第6页。
④ (明)蔡清《虚斋集》卷三《刊精选程文序》,收入《景印文渊阁四库全书》第1257册,台湾"商务印书馆"1983—1986年版,第50页。
⑤ (明)陈垲《名家表选序》,《名家表选》卷前,第1页。

之书"。①

（二）嘉靖十一年(1532)进士陈垲编《名家表选》8卷，乃其任广东提学副使时，"所选以训士子者"，含唐表1卷、宋表7卷。②

（三）太史沈一贯(1531—1617)、督学苏浚(1542—1599)合作评选了《评注表选》。③

（四）曹灼隆庆二年(1568)，取宋名家所作及明两京试录所刻者，辑为《表学轨范》。④

（五）《天一阁书目》载不著编者《程墨表选》4卷刊本，为嘉靖末、隆庆初程墨表文选集。⑤

（六）陈仁锡辑《皇明表程文选》8卷，收录科场程墨，首篇为正德八年(1513)应天乡试程文，末篇为万历二十五年(1597)福建乡试程文。

（七）万历张一卿编《新镌古表选》12卷，其《凡例》云："文义无关制举者，并从裁汰"⑥，可见"为场屋拟表作"，主要收唐、宋表文，"凡本题事实及引用典故皆略为注释"。⑦

---

① （清）纪昀等撰《四库全书总目》卷一八九《唐宋元名表》提要，艺文印书馆1989年版，第24页。（清）范邦甸《天一阁书目》卷四之四载："《唐宋元名表》四卷，刊本，明李新芳辑并序。"(收入《续修四库全书》第920册，上海古籍出版社2002年版，第3页)按：此误标为"李新芳辑"，应为胡松所辑，嘉靖二年(1523)进士李新芳仅是作序者。今所见(明)胡松《唐宋元名表》，收入《景印文渊阁四库全书》第1382册，台湾"商务印书馆"1983—1986年版。虽未见李序，《四库全书总目》提要亦未言及李序，然而(清)丁丙《善本书室藏书志》卷三九《唐宋元名表》条，言此书"前有嘉靖壬寅松自序，盖提学山西时，选辑古名臣表词为士子程式也，又有上党李新芳序"。第18页。
② （清）纪昀等撰《四库全书总目》卷一九二《名家表选》提要，第28页。
③ （明）陈继儒《陈眉公集》卷六《评注表选序》，收入《续修四库全书》第1380册，上海古籍出版社2002年版，第5页。
④ （明）曹灼《表学轨范序》，《表学轨范》卷前，第2页。
⑤ （清）范邦甸《天一阁书目》卷四之四原注"明隆庆丁卯科起至嘉靖甲子科止"（第5页）。亦即始自隆庆元年(1567)止于嘉靖四十三年(1564)止，时间叙述颠倒，应作"明嘉靖甲子科起至隆庆丁卯科止"，这段时间，举行了嘉靖四十三年乡试、四十四年会试，隆庆元年乡试。又，此名《程墨表选》，与明郑光弼辑《新刻批评注释程墨表选》书名类似，又同为4卷，令人怀疑是否为同一书。郑书收藏于吉林大学图书馆，经吉林大学文学院历史系高福顺教授代为抄录此本目录加以比对，郑书所收不限嘉靖、隆庆，亦包括弘治、正德、万历等时期之程墨，故两者非为同一书。在此诚挚感谢高教授拨冗协助。
⑥ （明）张一卿《新镌古表选凡例》，《新镌古表选》卷前，收入《域外汉籍珍本文库》第5辑史部第20册，西南师范大学出版社、人民出版社2015年版，第1页。
⑦ （清）纪昀等撰《四库全书总目》卷一九三《古表选》提要，第51页。《中国古籍善本书目》编辑委员会《中国古籍善本书目·集部》卷二八著录《新镌古表选》12卷，明张一卿辑，明万历四十八年(1620)刻本，中国科学院图书馆藏。（第141页）

《中国古籍善本书目·集部》总集类，除有以"策"、"论"、"判"、"二三场"、"后场"命名之科举用书外，又收有若干以"表"为主题的明人选刻本：明李廷机(1542—1616)等辑《新镌翰林评选注释二场表学司南》4卷，明万历二十三年(1595)余秀峰刻本；明李儒烈辑《续编球琳瀚海表学启蒙》3卷(明刻本)；明郑光弼辑《新刻批评注释程墨表选》4卷、《续刻》4卷(明末刻本)。①《中国古籍善本书目·子部》又著录了万历十九年(1591)葆和堂刻本4种，含：

《新锲注选历朝捷策百家评林》六卷，明杨道宾撰；《新锲注选历朝捷论百家评林》六卷，明邹德溥撰；《注解历朝捷表选百家评林》八卷，明刘文卿编；《新锲注选历科捷判百家评林》一卷，明李廷机评注。②

囊括了二三场之论、策、表、判等文体，却未见诏、诰。又，茅坤(1512—1601)之子茅维于万历三十三年(1605)编《策衡》22卷，万历四十三年(1615)之际，又编《论衡》6卷、《表衡》6卷，③论、策、表各有专选，"皆录历科程文"，④而书目著录，却难觅科场诏、诰之选。有些书籍搜罗较广，以后场的举业文体作为主题，如李维桢编《论表策衡》⑤、郑鄤(1594—1639)编《论表策选》⑥、张自烈(1597—1673)编《古今论表策合辩》⑦、来集之(1604—1682)编《论表策世业》⑧，从其命名，可见在诏、诰、表三体中，皆独举表文，不见诏、诰。又，明末书贾所编《后场四奥》，所谓"四奥"，仅单指"论、表、判、策"而言，不含诏、诰。⑨

---

① 《中国古籍善本书目》编辑委员会《中国古籍善本书目·集部》卷二八，上海古籍出版社1996年版，第193—195页。按：李儒烈、郑光弼，生卒年不详。书目中，陈仁锡等前已言及者，此不赘引。
② 《中国古籍善本书目》编辑委员会《中国古籍善本书目·子部》卷一九，第63页。
③ (明)黄汝亨《寓林集》卷七收有《策衡序》、《论衡序》、《表衡序》。《论衡序》云："万历乙巳，孝若刻《策衡》，余实为之序。……又十年而《论衡》、《表衡》成，余又序之。"(第2—3页)茅维，字孝若，明末人，生卒年不详。
④ (清)黄虞稷撰，瞿凤起、潘景郑整理《千顷堂书目》卷三二《制举类》，页784。
⑤ (明)李维桢《大泌山房集》卷二六《论表策衡序》，第1页。
⑥ (明)郑鄤《峚阳草堂文集》卷七《论表策选序》，收入《四库禁毁书丛刊》集部第126册，北京出版社2000年版，第40页。
⑦ (明)张自烈撰，谢苍霖点校《芑山集》卷一一《古今论表策合辩原序》，江西教育出版社2007年版，第317—318页。
⑧ (清)毛奇龄《西河集》卷二六《来氏论表策世业序》，收入《景印文渊阁四库全书》第1320册，台湾"商务印书馆"1983—1986年版，第7页。
⑨ (明)万时华《溉园集二集》卷二《后场四奥序》，第25页。

五、何以弃诏、诰而选作表文

以上考述，显现中叶后书坊所刻售的公文类科举用书，不再兼顾诏、诰，而单以"表"名书的表选，更为频见；若为二三场、后场汇总的科举用书，则常略诏、诰，单选表文，与后场其他科举文体并峙。再佐以乡、会试录中叶以后咸皆仅选表文作为程文，此皆可证"诏、诰、表内科一道"的规定，在中叶后，益加名存实亡，科场考生几乎皆选作表文，越趋晚明愈是如此，故前引明末李维桢、钱澄之等人，才有诏、诰"久不行"、"但存题纸"的言论。

"内科一道"，是考生可以自主的；弃诏、诰而选作表文，是考生自由选择的结果。而何以考生自明初就偏爱选考表文，且日益偏重呢？是否表文出题，较诏、诰出题容易掌握、拟题？

通过科举，金榜题名，光耀门楣，是考生所企盼的，备考莫不全力以赴，因此科场常见事先拟题、记诵，临场抄写的现象，故中式之文或为"场外之文"。然而，就公文出题的情况而言，诏、诰多为拟汉诏、拟唐诰，范围相对小而固定，且为拟王言，国君仅一人在位，作为诏、诰出题之素材有限。而表为臣言，四方臣子为数众多，在选表考生递增后，刻意增加出题范围、广度以避拟题。故表题的出题范围益加扩大，明中叶以前，拟宋表居多，拟唐表次之，愈近晚明愈常出拟明表，换言之，涵盖唐、宋、明，出题的范围更广，拟题的难度也更高。① 选考表文在拟题备考方面，并未占得便宜。然则，何以考生选考表文？笔者认为主要应是文体的因素。

首先，表是下对上的臣言，较好发挥，且更为通行、常用，官员较常有上表的机会；诏、诰是代王言，不易揣摩，掌王言、知制诰仅是翰林、内阁等少数官员的职责，即使是考官，也未必有代王言的机会和经验。北宋张方平说明知制诰、代王言的重要，可"折冲千里之外"，"使三军感励、万方悦劝"，"足以助国威、宣王泽"之余，也强调由是之故，"非才誉允洽，何以当其选？"②欧阳修（1007—1072）《谢知制诰表》云：代王言"质而不文，则不足以行远而昭圣谟；丽而不典，则不足

---

① 比起诏、诰，表题出题范围扩大，题目来源包含更多朝代，也正反映了选考诏、诰少，出诏、诰题只是聊备一格，不必求变、费心防弊，而表题不然，需尽量求变，以避免考生拟题、抄袭旧文之弊。
② （宋）张方平《上英宗乞知制诰详择人材》，收入（宋）赵汝愚编《宋名臣奏议》卷五六，第6页。

以示后而为世法",以其人之才华,犹曰"居是职者,古难其人"。① 黄佐(1490—1566)云:"翰林职代王言","国朝两制悉归本院,非鸿儒历显秩者不可掌"。② 孙承泽(1592—1676)云:"制诰为国家重典,唐宋以来,官不轻授,明初以文学大臣专掌,深为得体。"③

也因此,王夫之(1619—1692)认为诏、诰虽重要,但却不适合在科举中作为科目用以抡才:

> 士方在衡茅,使习知经国长民之道,固无不宜。若王者命令之大体,非立朝廷之上,深喻国体者不知。故唐、宋知制诰者,即文名凤著,官在清要者,尚须试授,则不可使士子揣摩为之明矣。④

"非立朝廷之上,深喻国体者不知",如此看来,表是臣子的心声,考生较易同理、代言;而代国君立言作诏、诰,在心理、口吻的揣摩上,比写作表文难度更高。

再者,被誉为"善教者"的朱冕,⑤据前引《水东日记》记载,其任教谕,"厌人作诏、诰,以字数少不能衬贴论文,必欲其习四六、作表",由鼓励考生习四六、作表文的叙述,透露出:就文体形式言,诏、诰字数少,较少用偶对骈句;而表文多用四六骈俪,可舞文弄墨,显露文采,且篇幅长,较有发挥的空间,是故,选考表文较选诏、诰容易炫才、出色。

观察试录所收诏、诰、表程文,试录多仅收一表文,只有少数兼收"诰、表"、"诏、表",而"诏、诰、表"三者全收的,今仅见成化十年顺天乡试录、成化十六年山东乡试录。以此两科所收程文来统计其字数:

---

① (宋)欧阳修《文忠集》卷九〇《谢知制诰表》,收入《景印文渊阁四库全书》第1102册,台湾"商务印书馆"1983—1986年版,第6页。
② (明)黄佐《翰林记》卷一一《知制诰》,收入《景印文渊阁四库全书》第596册,台湾"商务印书馆"1983—1986年版,第1—2页。于此则中,黄佐并交代了明代掌王言、知制诰者之递变,正统后内、外制皆属内阁。又解释内、外两制之分,明代内制包罗甚广,"外制则文官诰敕而已"。
③ (清)孙承泽《天府广记》卷二六《诰敕事宜》,收入《续修四库全书》第730册,上海古籍出版社2002年版,第42页。
④ (清)王夫之《噩梦》,收入《续修四库全书》第945册,上海古籍出版社2002年版,第23页。
⑤ (明)徐象梅《两浙名贤录》卷二,收入《四库全书存目丛书》史部第113册,庄严文化事业公司1997年版,第34页。

	诏	诰	表
成化十年顺天乡试①	130	248	741
成化十六年山东乡试	106	132	219

由于文体性质不同,表文有较多发挥的空间,故不但有较多骈文之丽辞,②篇幅亦远甚于诏、诰。成化时期是如此,明前期呢?考察兼收"诰、表"的永乐十二年福建乡试,所收诰、表,分别为:91字、195字,可见永乐时期的篇幅已颇悬殊,由于文体的性质使然,表文偏长。③

就文体的应用、风格来看,诏、诰代王言,宜典雅正大,宋罗大经(1196—1242)强调制诰、诏令不同于寻常四六:

> 殊不知制诰、诏令,贵于典重温雅,深厚恻怛,与寻常四六不同。今以寻常四六手为之,往往襃称过实,或似启事谀词,雕刻求工,又如宾筵乐语,失王言之体矣。④

代王言当言简意赅,本毋须费辞,唐陆贽(754—805)奏言:"所赐诏书,务从简要,慎其言以取重,深其托以示诚。"⑤丘浚(1421—1495)引述其言后,特别强调陆贽所奏,"凡代王言者不可不知也"。⑥郎瑛亦云王言"贵乎典雅温润,理不可僻,而语不可巧也"。⑦可见在措辞方面,必须简要而得体。若过度雕琢、逞才以争胜科场,反画蛇添足。如王充耘是元代举业名家,且作有《拟两汉诏诰》以教考生应试,显然已是个中高手,然而万历三十二年(1604)所刊《新锲诸名家前后场肄业精诀》中,尚批评王充耘:"拟作诏、诰,文甚美丽,但其间有纤巧处,便非

---

① 《成化十年顺天乡试录》所收王敏《拟司宋马光进〈资治通鉴〉表》,此篇所在页数应为版心所刻页40、41、45,而误插入之页42、43、44文字,应为策问第一问之文。按:本节所引各科试录,皆收入《天一阁藏明代科举录选刊·乡试录》中。
② 《成化十六年山东乡试录》所收刘镃《拟宋曾巩谢赐〈唐六典〉表》,用骈文句式书写,尤为明显。
③ 兼收"诰、表"的,尚有《永乐十八年浙江乡试录》,但试录载诰、表处,多块状剥蚀,无法统计字数。
④ (宋)罗大经《鹤林玉露》卷一四,收入《景印文渊阁四库全书》第865册,台湾"商务印书馆"1983—1986年版,第1页。
⑤ (唐)陆贽《翰苑集》卷一六《兴元奏请许浑瑊李晟等诸军兵马自取机便状》,收入《景印文渊阁四库全书》第1072册,台湾"商务印书馆"1983—1986年版,第7—8页。
⑥ (明)丘浚《大学衍义补》卷一二九,收入《景印文渊阁四库全书》第713册,台湾"商务印书馆"1983—1986年版,第14页。
⑦ (明)郎瑛《七修类稿》卷二九《各文之始》,第4页。

王者之言。"① 可见分寸的拿捏必须得宜,过犹不及。

大学士张璁(1475—1539)于嘉靖七年(1528)八月奏言:

> 成化以前,制诰之体犹为近古……其于本身者,不过百余字,其覃恩祖父母、父母并妻室者,不过六七十字。言之者无费辞,受之者无愧色。近来俗习干求,文尚夸大,藻情饰伪,张百成千,至有子孙读其祖父母、父母诰敕,莫自知其所以然者。卒使万乘之尊,下誉匹夫匹妇之贱。……伏乞敕下内阁,自今以后,凡为诰敕,必须复古崇实,一切枝叶浮夸之辞,尽行删去,庶王言重而人知所劝矣。殊非制体,宜加厘正。②

朱国祯(1557—1632)也指出:"文臣诰敕穷工极变,皆作谀语,大失丝纶之体。"③ 诰为任命、封赠官员的文书,或及其祖父母、父母、妻室,若以天子之尊,对臣子过度揄扬,甚至对无功名、非官员的匹夫匹妇过誉,有失帝王之尊。因张璁之议,明世宗(1507—1567)下诏申饬:"自今诰敕,务崇简实,不许竞饰浮词,致亵制体。"④ 在隆庆、万历之际,张居正(1525—1582)因诰敕多夸靡过谀,致"以上谀下",为整顿诰敕文字,奏云:"礼贵从先,辞尚体要。况命令之辞,乃一代典制,传之四方,垂之后世,所关非小",请国君"戒谕各撰述官,自今以后,凡为制诰,必须复古崇实,毋得徇情饰辞,以坏制体"。⑤ 在行政实际上对代王言的要求如此,科场中也应有相同的期待。

随着时代发展,人口成长,读书习文更普及,应试考生数量也不断增长。科举抡才,是为了遴选未来的行政官员,而行政体系所需官员额度相对稳定,故科举录取名额所增有限,在应试者日增的情形下,科举录取率不断下降、竞争逐渐

---

① 旧题(明)李叔元辑《新锲诸名家前后场肄业精诀》卷四,中国国家图书馆藏明万历三十二年(1604)建邑书林陈氏存德堂刊本,第 14 页。
② (明)张孚敬《太师张文忠公集》卷四《重制诰》,收入《四库全书存目丛书》集部第 77 册,庄严文化事业公司 1997 年版,第 17 页。按:原名张璁,因避嘉靖皇帝讳,而改名孚敬。又,明科场所试之"诰"体,与"制诰"、"诰敕"同为君王任命、封赠官员之文书。
③ (明)朱国祯《涌幢小品》卷三《诰敕》,收入《四库全书存目丛书》子部第 106 册,庄严文化事业公司 1997 年版,第 6 页。
④ (明)徐阶等纂修《明世宗实录》卷九一,"中央研究院"历史语言研究所 1964 年版,第 1 页。
⑤ (明)张居正《奏疏》卷三《明制体以重王言疏》,张舜徽主编《张居正集》第 1 册,湖北人民出版社 1994 年版,第 117—118 页。

加剧,也是必然的趋势。① 差以毫厘,就会与功名擦身而过。科场拟诏、诰,代王言,较难揣摩,较短,尚简实,不能如表文用四六骈偶、洋洋洒洒的辞藻以夺主司之目。诏、诰过誉则谀美臣下,有失身份;而表文"颂圣"本是常态,②尽情抒其忠悃、大肆畅其贺忱谢意,在颂扬贺谢中,逞其才华。倘若在首场制义已获青睐,而因公文不够出色而败北,岂不功亏一篑、令人扼腕? 科场竞争的严峻,考生为了争胜于考场而选考表文,师生转相授受,遂益加偏重表文而弃诏、诰不作了。

六、结论

本论文以明代科举乡、会试第二场公文考试为研究范畴,运用历史文献分析法和统计法进行研究。在《前言》部分,回顾过往以应用文、公文抡才的历史,并简略说明本论文的研究动机、目的、方法,及本课题在文体学、科举学领域的意义。第二节《明代公文考试及诏、诰、表文体》,概介明科举考试公文之制及文体。据传世的《洪武四年会试录》可知明初出题已为"诏、诰、表内科一道",此制沿用到明亡,乡、会试二场中一直包括"诏、诰、表内科一道"的试题。续又举例说明诏、诰、表三种文体及科场出题的类型,以作为后续申论的基础。

第三节《诏、诰、表公文考试的立意及地位》,此节引述文献,说明科举抡才考试公文之意义,及公文考试在实质上对考生取中的影响。前人认为二场公文等,可藉以考察考生是否淹洽、善词令,具才华,对"王体国法"是否熟悉,考核其代言、献纳的公文写作能力如何。然而,明代三场考试中,长期偏重首场制义,忽略二三场考试,朝野屡有批评,但难以矫枉。由于公文写作对官员而言,有切用之需,且科场虽以制义为去取之关键,然制义入选后,常必须兼阅后场是否无疵,故仍不可轻忽,林希元、王世贞皆指出,考生将十分之七的心力倾注于前场,后场论、策、表、判亦需投注十分之三左右的心力备考。

---

① 明代科举录取率的下降,可参钱茂伟《国家、科举与社会——以明代为中心的考察》,《明代科举的录取率》、《会试录取率及廷试与会试额对照》,北京图书馆出版社 2004 年版,第 87—109、295—299 页。郭培贵《明代学校科举与任官制度研究》之《明代科举各级考试的规模及其录取率》,中国大百科全书出版社 2014 年版,第 345—362 页。

② (元)陈绎曾《文筌·四六附说》,收入《四库全书存目丛书》集部第 416 册,庄严文化事业公司,1997 年版,第 24 页。(明)朱荃宰《文通》卷八《作表格式》,收入王水照主编《历代文话》第 3 册,复旦大学出版社 2007 年版,第 2797—2798 页。言及表的作法,不论是贺表、谢表、进表,皆有"颂圣"的段落。

第四节《由"诏、诰、表内科一道"到独重表文》，首先呈现文献中对士子不作诏、诰题，偏爱选考表文的叙述，并进一步探析这种现象始于何时。经考察，元代公文类科举用书，尚见以"诏诰"、"诏诰表"、"诏诰章表"作为书名、主题，可见尚不致偏废诏、诰。再将明代375种试录收录诏、诰、表程文的情形，加以统计、考察。有366种单收表文，兼收诏、诰者仅9种，这9种中就有8种见于洪武至成化十六年间，显见前期选作诏、诰者，较明中叶以后多。共375种乡、会试录，除建文元年应天乡试外，其余374种皆收有表文；单收一文者，全为表文，多达366种，可见表文始终是最受重视的。自明初即已明显偏重表文，而明中叶后偏重表文趋势更严重，越近明末越全面。不管文献之记载，书目之著录，皆可见明中叶后公文类科举用书的编纂，诏、诰、表三体中独重表文。至今犹可搜得许多专门为表文备考而作的选集、书序，却未见以诏、诰为主题的科举用书。这和考察试录程文收录所得之结论一致，皆可见明中叶后益加偏重选考表文。故明末清初，有公文考试，诏、诰但存题纸、徒为具文之讥，而康熙二十六年，为求名实相符，遂顺势废诏、诰而仅考表文。

第五节《何以弃诏、诰而选作表文》，进一步分析考生为何偏爱选考表文。表文出题范围较诏、诰广，在明中叶以前，多为拟宋表，间出拟唐表，趋近晚明常出拟明表，涵盖唐、宋、明，在猜题备考上较诏、诰更形困难。然而，拟诏、诰乃代王言，不易揣摩，宜典雅正大，言简意赅，篇幅较短，文尚简实；而表文为臣言，用四六骈偶，篇幅较长，藉颂圣辞藻以逞其才华，夺主司之目。由于文体的特色使然，故使得考生在明初即有偏爱选考表文的现象，随着应试者增加，考场竞争更形激烈，师徒传授，弃诏、诰而选考表文的现象，也就更普遍了。

本论文之探讨及获致结果，除有助于提升对明代科举第二场诏、诰、表文体的认识外，亦可作为其他朝代公文考试、科举文体研究的参照，同时关涉到当时科举考试立制之意、科举用书的编纂、图书出版及考生备考。对于了解明代文章学、文体学，或考察后场科举用书及表选的编纂、盛行，皆有裨益。由于学界先前对此领域未有专门的探讨，限于篇幅及心力，本论文仅为初探，公文考试尚有许多可探讨的主题，相关课题研究，留待他日另行撰文深究。

从实用到审美:晚明时期骈文的嬗变

李金松(河南大学文学院)

在中国骈文发展过程中,明代向来被认为是中衰时期。近代学者刘麟生在《中国骈文史》中说:"明代文学称盛,而模仿之作居多,创造之意为少,以言骈文,粗制滥造,庸廓肤浅,虽有作品,难登大雅之堂。"①这是后世学者对明代骈文创作的很具代表性的看法。姜书阁在《骈文史论》中也说:"至明代中叶,前后七子出,大倡'文必秦汉,诗必盛唐',则此种非驴非马之四六骈俪亦绝迹于文人之集了。"②认为骈文在明代"绝迹于文人之集"。姜氏的这一论断自然有违明代文学的事实。事实上,骈文书写虽然在明初遭到朱元璋的严厉指责"骈丽绮美,而古法荡然",并予以禁止:"凡表笺奏疏,毋用四六对偶,悉从典雅。"③然而,尤其在明中叶以后,出于实用的需要,骈文涵盖的某些文体如书启、表疏、青词以及对官吏的考评等④,一直被文人士大夫写作。而在晚明时期,骈文创作开始呈现复苏的趋势,更是涌现出了"骈体尤精妙"⑤的大家陈子龙。可见,明代的骈文书写并没有像姜书阁氏所说的那样:"绝迹于文人之集。"因此,深入地探讨晚明时期的骈文书写,无疑将拓深我们对中国骈文发展史与明代文学的认识。基于这

---

① 刘麟生《中国骈文史》,东方出版社1996年版,第94页。
② 姜书阁《骈文史论》,人民文学出版社1986年版,第526页。
③ 转引自王之绩《铁立文起》,《续修四库全书》第1714册,上海古籍出版社2002年版,第282页。
④ 《明史·周嘉谟传》:"上官注考,率用四六俪语。"见张廷玉等《明史》卷二四一。中华书局1974年版,第6259页。
⑤ 张廷玉等《明史》卷二七七,中华书局1974年版,第7096—7097页。

一考虑,本文拟做如下的探讨:晚明之前骈文的书写情形是怎样的？而晚明时期骈文书写的嬗变又是怎样的？是什么原因导致了晚明骈文书写嬗变的发生？而这种嬗变具有怎样的文学史意义呢？

一、晚明之前实用性的骈文书写

作为一个历史概念,晚明主要是指明万历(1573—1620)至崇祯(1628—1644)年间这一历史时期。骈文书写虽然在明初遭到朱元璋的禁止,但是,"以为四六者,应用之文章"①,作为一种实用性较强的文体,骈文书写在晚明之前是不绝如缕的。自永乐(1403—1424)至弘治(1489—1506)这百余年间,臣工文士之集,多有骈文之作,这是因为:大凡文集中,一般都有赋作。这些赋作,既有骚体,也有骈体。骚体赋我们姑且不论,骈体赋如杨荣的《皇都大一统赋》、沈炼的《筹边赋》、桑悦的《听秋赋》,分别见于《明文海》卷二、卷五、卷七等。明人所写的这些骈体赋,从总体来说,文学成就不如汉魏、六朝、唐宋,但其中的某些篇什,未必逊于前人。在赋体之外,明人的文集中,多有日常应用之作;这些日常应用之作,其中不少是以骈偶之体书写的。如杨士奇《东里文集》(中华书局,1998年)卷二十三有《两朝实录成史馆上表》、《经筵谢表》以及《黄思恭学士像赞》、《晃庵像赞》等。李东阳《怀麓堂集》(《文渊阁四库全书》第1250册)卷三十八有《拟进宪宗纯皇帝实录表》、《拟册立皇太子贺皇太后表》,卷四十有《西社别言诗引》、《周原己席上题十月赏菊卷》、《柳通判考满旗帐词代广平府作》、《与潘南屏纳征启》,卷四十二"诔祭文"《倪文僖公诔》、《祭朱文鸣文》,卷九十六《代袭封衍圣公谢恩表》、《代衍圣公谢修庙遣祭表》、《南溪赋序》等。即使以散体文著称的归有光,其集中亦有《谕祭赠资政大夫南京礼部尚书裴爵并配赠夫人杨氏封太夫人郜氏文》、《谕祭提督福建等处军务都察院右佥都御史涂泽民文》、《谕祭山西巡抚都察院右副都御史毛鹏文》、《谕祭原任南京兵部右侍郎刘畿文封朝鲜国王妃朴氏诰文》等骈体之作。从以上所举杨士奇、李东阳、归有光的骈文篇目来看,他们的骈文书写多出于应用。

正德(1506—1521)、嘉靖(1522—1566)年间,是明朝骈文书写的第一个高

---

① 孙梅撰、李金松校点《四六丛话》卷一,人民文学出版社2010年版,第2页。

峰。这是因为,首先,在这一时期,以苏州为中心,文坛上出现了一个崇尚骈文书写的六朝文派。王世贞在《答王贡士文禄》中论述自明初以迄嘉靖时期文坛风尚变化时,曾说:"国初诸公承元习,一变也,其才雄,其学博,其失冗而易;东里再变之,稍有则矣,旨则浅,质则薄;献吉三变之,复古矣,其流弊蹈而使人厌;勉之诸公四变而六朝,其情辞丽矣,其失靡而浮;晋江诸公又变之为欧、曾,近实矣,其失衍而卑。"①其中所说的"勉之诸公",即黄省曾、黄鲁曾与皇甫冲、涍、汸、濂中表兄弟等,他们在明代的文章书写发展中是"四变而六朝",文章书写一般师法六朝文,多骈俪之作,因而在当时的文章书写中形成了与李梦阳为代表的秦汉派、王慎中为代表的唐宋派鼎足而立的六朝文派。六朝文派在其产生及发展过程中,王世贞认为是"六朝之华,昌谷示委,勉之泛澜",②徐祯卿导夫先路,而黄省曾等则推波助澜,壮大了六朝文派的队伍,扩大了六朝文派在文坛上的影响。今检徐祯卿的文集,发现其中不少篇什为骈俪之作,如《为朱性甫买驴疏》、《答献吉书》、《崇化论》、《代鸠讼鸦文》、《谪龙母文》等,这诚如稍后的刘子威所言:"有吴自迪功始为六代。"③虽然明中叶的六朝文派由徐祯卿开创,但在六朝文的书写上取得成就最大的,则不得不推与徐氏同时而稍晚的皇甫汸。皇甫汸传世有《皇甫司勋集》60卷,前33卷为赋及诗;后27卷,除三、四卷为散体外,其余基本上是骈体之作。对于皇甫汸的骈文书写,晚于他的胡应麟在《题皇甫司勋集》一文中,曾作这样评价:"文四六,偶俪之中,有翩翩自得之妙。先是,吴中为六代者数家,类矜局未畅。昌谷、伯虎,书尺工美,诸体蔑闻。至子循,操笔纵横,靡弗如志,几化于六代矣!以较江左诸人,虽渊藻不足,而神令殊超。总之,名家本朝,而必传来世者。"④认为皇甫汸的骈文书写不但"操笔纵横,靡弗如志,几化于六代",能够自如地表达自己的情志,而且风神意态"翩翩自得"、"神令殊超",只是"渊藻不足",在辞藻的华美方面不及六朝骈文。在皇甫汸所作的骈文中,诸体兼善,尤以书序、赠序为多,亦以此见长;而且,其骈文书写在

---

① 王世贞《弇州四部稿》,《文渊阁四库全书》本第1281册,上海古籍出版社1987年版,第139页。
② 王世贞《艺苑卮言》,见丁福保《历代诗话续编》,中华书局1983年版,第1025—1026页。
③ 刘子威《送魏季朗序》,见所著《刘子威集》卷一〇,《四库全书存目丛书》"集部"第120册,齐鲁书社1995年版,第31页。
④ 胡应麟《少室山房集》卷一〇五,《文渊阁四库全书》本,上海古籍出版社1987年版,第765页。

实用性的基础上,大有向审美性倾斜之势。可以说,皇甫汸是明代第一个专力作骈文的大家,即使骈体有"精妙"之称的陈子龙与之相较,也有所不及。在皇甫汸之外,其二兄皇甫涍、中表黄省曾等,集中亦多骈体之作。但是,他们的骈文书写,基本上是以实用为主。如皇甫涍《皇甫少玄集》卷二十六,均是骈体之作,其中篇目分别是《请立东宫第一表》、《第二表》、《第三表》、《请立东宫上昭圣第一表》、《第二表》、《第三表》、《请立东宫上章圣第一表》、《第二表》、《第三表》、《请立东宫再上表》、《东湖颂并序》、《吊瀨原阡辞》、《代郡守祭神文》、《祭外姑查孺人》、《祭杏东司徒夫人文》、《祭毛同年乃翁东石文》。由这些篇目看,除《东湖颂并序》属于审美性书写之外,其余诸篇,则是属于实用性的书写。六朝文派由于拘于吴中地区,虽然远不如文章书写中的秦汉派、唐宋派声势浩大,但一直是绵延不绝的。

其次,嘉靖中后期青词书写的畸形繁荣。明世宗朱厚熜是中国历史上最崇奉道教的皇帝。为了企求长生,他"深居西苑,专意斋醮"。① 在斋醮科仪中,有文学活动,即诵呪步虚词和青词。步虚词是诗,而青词则多是以骈体书写的送给天神的奏章祝文。为了能使天神认可自己奉事的敬诚而赐予福佑,明世宗不但自己撰写青词,而且挑选大臣以及词臣为自己撰写对仗工整、文辞华美的青词。《明史·佞幸传》载:"帝益求长生,日夜祷祠,简文武大臣及词臣入直西苑,供奉青词。"②"自嘉靖中年,帝专事焚修,词臣率供奉青词。工者立超擢,卒至入阁。时谓李春芳、严讷、郭朴及炜为'青词宰相'。"③有明代第一奸臣之称的严嵩,其一生的宠辱、荣枯,都是因为青词的撰写。上行下效。由于上层政治人物的偏好,因而在嘉靖中后期的文坛上掀起了撰写青词的风潮,造成了作为骈文文体之一的青词书写的畸形繁荣,如当时曾官南京户部主事的孙光辉,曾撰青词数十卷。④ 对当时文坛上盛行的青词书写,沈德符《野获编》有过较为具体的描述:

---

① 张廷玉《明史》,中华书局1974年版,第5928页。
② 同上,第7897页。
③ 同上,第5118页。
④ 李开先在《南京户部夹谷孙君墓志铭》中叙述孙光辉"屡以边事上疏干进,又作青词数十卷。将用之矣,为执政大臣所阻"。见李开先《李开先集》,中华书局1959年版,第507页。

惟世宗奉玄,一时撰文诸大臣,竭精力为之,如严分宜、徐华亭、李余姚,召募海内名士几遍。争新斗巧,几三十年,其中岂少抽秘骋妍可垂后世者!惜乎鼎成以后,概讳不言。然戊辰庶常诸君尚沿余习。以故陈玉垒、王对南、于谷峰辈,犹以四六擅名,此后遂绝响矣!又嘉靖间倭事旁午,而主上酷喜祥瑞,胡梅林总制南方,每报捷献瑞,辄为四六表,以博天颜一启。上又留心文字,凡俪语奇丽处,皆以御笔点出,别令小内臣录为一册。①

在这段文字里,沈德符指出了明世宗崇道与青词书写繁荣的因果关系,以及嘉靖后期骈文书写。由于明世宗奉道,"专事焚修",因而臣工纷纷投其所好,"竭精力为之",创造了中国文学史上青词书写的辉煌,"几三十年"。虽然严嵩、徐阶、吕本等对青词的书写是"竭精力为之",而他们传世的诗文集中,并没有收录青词篇什。尽管如此,但这并不妨碍他们作为青词书写方面的专家。而他们对青词的撰作影响到稍后一辈对骈文的书写。所以,"戊辰庶常诸君,尚沿余习",赓续了由此前青词撰作开创的骈文书写传统。沈德符所云的"陈玉垒、王对南、于谷峰",即是陈于陛、王家屏与于慎行三人,他们都是"戊辰庶常诸君"。陈于陛,字元忠,号玉垒,四川南充人,隆庆二年(1568)进士。有集《万卷楼稿》,今佚。王家屏,字忠伯,号对南,大同山阴人,隆庆二年进士。其著作有《王文端集》。《王文端集》中,诗之外,纯是揭、疏之类的公文。而这些公文,多是骈文。于慎行,字无垢,号谷峰,山东东阿人,隆庆二年进士。《明史》本传称其"学有原委,贯穿百家。神宗时,词馆中以慎行及临朐冯琦文学为一时冠"②。而钱谦益《列朝诗集小传》云:"公于诗文,春容弘丽,一时推大手笔。"③著有《谷城山馆诗文集》。在《谷城山馆文集》中,卷二十九、三十为启,卷三十一为哀辞,卷三十二、三十三为祭文,卷三十四为赞、书、表,这五卷,基本上全是骈文。而集中其他诸卷,亦时见骈体之作,如卷十二之《玄同馆草叙》、卷十五之《重修颜庙碑》等。此外,抗倭名将胡宗宪的"报捷献瑞,辄为四六表",表这一骈文文体,在这一期间的局部范围有过繁盛。今检胡宗宪幕客之一徐文长的《徐渭集》,有《代

---

① 沈德符《万历野获编》,中华书局1959年版,第270页。
② 张廷玉《明史》,中华书局1974年版,第5739页。
③ 钱谦益《列朝诗集小传》,上海古籍出版社1983年版,第547页。

胡总督谢新命督抚表》、《代初进白牝鹿表》、《代初进白鹿赐宝钞彩缎谢表》、《代擒王直等降敕奖励谢表》、《代江北事平赐金币谢表》、《代再进白鹿表》、《代再进白鹿赐一品俸谢表》等多篇。表在这一时期的局部繁荣，与青词的情形是非常类似的。

从以上所述中，我们显然可以看出：晚明之前的骈文书写基本上是属于实用性的。(富有审美性内涵的赋摒除在论列之外，因为从狭义的骈文观念来看，赋另属一文类)。换言之，实用性是晚明之前骈文书写的主流，骈文书写在这一时期承担的是个人交际或政治交际的社会功能，而不是出于审美需求。

二、晚明时期骈文书写向审美性折转

晚明时期的骈文书写同晚明之前相比，悄然发生了不小的变化。而这变化，就是渐渐地由实用性向审美性折转。晚明时期骈文书写的这种变化，以下的两个方面最具表征意义。

(一) 抒情性书写的日渐增多。晚明之前的骈文书写，如哀辞、祭诔、吊唁、赞之类的文体，虽然也有抒情性的表达，但这是由情境与文体的规范而确定的表达，而由这种表达达成的是个人交际或政治交际的社会功能，是出于实用的目的。相比较而言，晚明时期的骈文书写，虽然实用性仍然占很大的比例，但却逐步地缩小了表达空间；而抒情性则一步步地在加强，并侵蚀实用性骈文书写的空间，不断地扩大表达领域，一些原本属于实用性书写的骈文文体，这时其内核被置换成抒情性的表达，书写的是个人的情志、旨趣。譬如约这种文体，本来是彼此之间的一种约定，以之来规范行为，所谓"言语要结，戒令检束"①，是属于实用性的书写范畴。然而，晚明时期的文人不但用骈文进行书写，而且，消解了其实用性，一变而为展现个人情志的抒情性书写，程羽文的《剌约》是这方面最具代表性的作品：

一曰癖。典衣沽酒，破产营书。吟发生歧，呕心出血。神仙烟火，不斤斤于鹤子梅妻；泉石膏肓，亦颇颇于竹君石丈。病可原也。

二曰狂。道旁荷钟，市上悬壶。乌帽泥涂，黄金粪壤。笔落而风雨惊，

---

① 徐师曾《文体明辨序说》，见《文章辨体序说文体明辨序说》，人民文学出版社1962年版，第129页。

啸长而天地窄。病可原也。

　　三曰懒。蓬头对客,跣足为宾。坐四座而无言,睡三竿而未起。行或曳杖,居必闭门。病可原也。

　　四曰痴。春去诗惜,秋来赋悲。闻解佩而跼蹐,听坠钗而惝恍。粉残脂剩,尽招青冢之魂;色艳香娇,愿结蓝桥之眷。病可原也。

　　五曰拙。学黜妖娆,才工软款。志惟古对,意不俗谐。饥煮字而难糜,田耕砚而无稼。萤身脱腐,醯气犹酸。病可原也。

　　六曰傲。高悬孺子半榻,独卧元龙一楼。鬓虽垂青,眼多泛白。偏持腰骨相抗,不为面皮作缘。病可原也。①

虽然抒写的是文人生活的六种病态,他们有异于常人的种种表现,但却展现了文人"意不谐俗"的生活情趣,是属于抒情性的书写。对于这种生活情趣,作者并不是排斥的,而是表现出一种由衷的欣赏态度。也就是说,这些生活情趣是作为审美对象而进入作者的审美过程中的。因此,作者的这种骈文书写是出于审美需要,而不是出于实用的目的,这就显现了与此前骈文书写迥然不同的文学趋向。

　　在进行抒情性表达方面,不独是作为实用性的约这一骈文文体,其他的文体诸如解等,在表达方面亦趋向于抒情性。按照明代文体学家吴讷的定义,解这种文体"亦以讲释解剥为义,其与说亦无大相远焉",而说则是"释也,述也,解释义理而以己意述之也"②,晚于吴讷百余年后的徐师曾将解这种文体追溯到汉代扬雄的《解嘲》,并认为"其文以辩释疑惑、解剥纷难为主,与论、说、议、辩,盖相通焉"③,徐师曾对解这一文体所下的界说与吴讷没有多大区别。所以,扬雄之后,解这一文体的基本上是遵循"辩释疑惑、解剥纷难"的规范,如韩愈的《获麟解》、王安石的《复仇解》等。然而,明末陆云龙的骈体之作《西湖解》却不同,虽然其外在形式不脱解这一文体"辩释疑惑、解剥纷难"的规范,但其内在精神则是抒写西湖"晓光方动,米家一幅水墨画图;晚景将乘,小李一片苍碧山水。

---

① 程羽文《清闲供》,见《香艳丛书》三集卷二,上海书店出版社1991年版,第139页。
② 吴讷《文章辨体序说》,见《文章辨体序说文体明辨序说》,人民文学出版社1962年版,第43页。
③ 徐师曾《文体明辨序说》,见《文章辨体序说文体明辨序说》,人民文学出版社1962年版,第134页。

烟荡漾而湖山一色,日曈昽而苍紫万状"①的自然景观。而通过这一抒写,他热情地礼赞了西湖的自然之美。因此,陆云龙的这篇《西湖解》是借景抒情,是属于抒情性的表达。再如记体,其正体乃是"盖所以备不忘……叙事之后,略作议论以结之"②。明末才女叶小鸾的《汾湖石记》作为记体,骈散兼施,骈语几占篇幅的一半,即是非骈语文字,亦具较强的骈偶意识,因此,此文可视为骈体之作。在《汾湖石记》里,叶小鸾以简略的文字叙写石之出水及其形状、色彩,然后展开联想,极力抒写此石在繁华与衰歇时的悲喜不同情形,寄寓了自己对人生、宇宙的一种深沉的感慨与领悟,因而此文同样是属于抒情性的表达。

像约、解、记等原本是骈文中不以抒情性见长的实用性文体,在晚明时期纷纷趋向于抒情性的表达,更何况本以抒情见长的哀、诔、书、启、颂之类的骈文文体呢?骈文抒情性表达在晚明时期油然而兴,这正好发挥了骈文的优长,因为与散体文比较起来,总体上"骈文却以写情见胜"③。

(二)自娱性书写的日渐增多。骈文涵盖的实用性文体,以庙堂文学居多,因而其风格要求雅正、典重④。而晚明时期,出于自娱的需要,文人学士对这些属于庙堂文学的实用性的骈文文体,进行了戏拟,典重、雅正的美学外衣包裹了诙谐的游戏意蕴。他们所作的这种戏拟书写,在体现晚明时期骈文书写向审美性折转方面,尤具典型意义。

对属于庙堂文学的骈俪文体的戏拟书写,《几社壬申合稿》中陈子龙等人所作,尤为值得注意。在《几社壬申合稿》中,陈子龙等人戏拟性的骈文书写有《册狐文》、《七夕戏上天孙表》、《鹘弹鹤文》等篇,其中同一篇有多人撰写。就文体的性质而言,册文、制辞、表、弹文等均是属于实用性的文体,但是,上述这些骈文篇什由于是戏拟,其本应实用性的表达,一转而为游戏性的书写,是出于个人的自娱的目的,其书写的目的与本质则发生了根本性的变化。如《七夕戏上天孙表》有陈子龙与朱灏各自不同的书写。陈子龙的那篇较长,姑置不论,我们且

---

① 陆云龙《翠娱阁近言》,《续修四库全书》第1389册,上海古籍出版社2002年版,第141—142页。
② 吴讷《文章辨体序说》,见《文章辨体序说文体明辨序说》,人民文学出版社1962年版,第42页。
③ 蒋伯潜、蒋祖怡《骈文与散文》,上海书店出版社1998年版,第119页。
④ 张之洞说:"古文之要曰实,骈文之要曰雅。"见所著《书目答问二种》,生活·读书·新知三联书店1998年版,第325页。

看朱灏的这篇：

> 臣闻王姑下降，先解赤縠之装；请汝司权，自成白藏之候。时称同道，功作合符。景既为澄，节亦名绮。伏惟天孙组织轮光，黼黻灵化，禀泰元而发彩，耦媪神以骈奇。绛河浣连贝之章，金汉次编珠之制。华张玄阙，绣刺清都。处远红云之居，游出白榆之外。兹逢离镜初合，望钩乍斜。鹊成梁而启晶帘，石空杼而开瑶户。綷縩练白，容裔查青。玉箱从载，环佩垂蕤。骈鸾轼于天街，逶迤九转；弃龙梭于别渚，未报七襄。烟袂时开，觉商风之甫会；霞裳既曳，知大火之初流。百和自满虹桥，七宝复光云路。妆燃贝殿，缬幔琳庭。龙烛舒文，长照金壶之夜；凤簪艳耀，分映珠阙之颜。丽景已传色丝，游光更依玉柱。鹊尾修而堪发轫，兔日明而晃浮潢。雾席荐重，星厴匀次。织停霜纬，步动月轮。未断兰膏，上悬长命之缕；遄归鸳驷，重理合锦之机。臣刺心非绣，木肠乏华，乞灵化工，断摧世绮。所冀机杼自出，勿集碎锦之文；经纬别操，能同迷日之色。玄黄在手，璇玑吐胸。河鼓鸣其声闻，天津濯乎思缕。谨设祠，奉表上进。（《几社壬申合稿》卷十七）

朱灏的这篇表文，从措辞而言，文字华美、雅正、典重，郑重其事，作者充分地发挥想象，纵笔叙写了天庭的清华美景："华张玄阙，绣刺清都"，"鹊成梁而启晶帘，石空杼而开瑶户"，"妆燃贝殿，缬幔琳庭。龙烛舒文，长照金壶之夜；凤簪艳耀，分映珠阙之颜"，以及天孙遨游天庭的情景"骈鸾轼于天街，逶迤九转"等，绝无轻佻、玩笑之意。但是，天孙乃是神话中人物，朱灏此表，无论如何是不可能达至天孙的案前。因此，作者的这一书写，只能是属于戏拟性质，不具任何的实用性。也就是说，此文达成的仅仅是作者的自娱目的，与作者文学才华的自我表现。而且，表这一文体，刘勰认为其功用乃是"对扬王庭，昭明心曲"[1]，是属于庙堂文学的范畴。而作为庙堂文学，其美学风格是以雍容、典重为依归的。朱灏、陈子龙等以游戏的态度进行表这一文体的书写，解构了表这一文体本应含具的高贵、庄严的品性，一变而趋凡俗。因此，从这一意义而言，他们的这一文学行为，极大地彰显了他们进行骈文书写的自娱性本质。前面提到的《册狐

---

[1] 刘勰著，范文澜注《文心雕龙注》，人民文学出版社1958年版，第408页。

文》《鹞弹鹤文》等篇,均可作如是观。虽然这几篇针对的对象不同,但在本质上与陈子龙、朱灏的《七夕戏上天孙表》并无二致,均是以游戏的态度进行骈文书写,充满了强烈的自娱精神。虽然类似于《七夕戏上天孙表》等这样具有强烈自娱精神与自我表现的作品在晚明时期的骈文书写中并不是大量的出现,但这些骈文作品日渐增多,无疑是这一时期骈文书写值得关注的文学现象,因为这样的骈文书写正在努力摆脱应用性的表达,疏离了此前骈文书写承担的个人交际或政治交际的社会功能,在很大的程度上改变了晚明时期骈文发展的向度。

诚然,在体现晚明时期骈文书写向审美性折转的指标还有不少,但以上所述的这两个方面无疑是最为显著的。晚明时期骈文书写无论是摒弃了交际功能的抒情性表达,还是纯粹的自娱性表达,都是出于作者个人内心的审美需求,因此,这两类表达就其性质而言,自然是属于审美性的表达。而这种审美性的表达,已悄然展现了骈文书写在晚明时期由实用性逐渐向审美性折转。如果对明代的骈文书写稍作纵向和横向的深入考察,我们则不难发现,骈文书写在晚明时期向审美性折转,正好与这一时期骈文书写的逐渐复苏相一致。这一文学事实充分地表明:一个骈文复兴的时代正在到来,而晚明时期骈文书写向审美性折转,不过是给这个即将到来的骈文复兴时代拉开的序幕而已,后面还有骈文复兴的精彩大戏陆续登场。

三、晚明时期骈文书写折向审美性之原因

如前所述,晚明之前的骈文书写基本上是实用性一统天下,属于审美性的骈文书写几乎没有空间,而晚明时期的骈文书写则折向审美性表达。骈文书写在晚明时期发生的这一变化,令我们不得不思考这样的一个问题:是什么原因导致晚明时期的骈文书写与此前迥异呢?细究起来,其故有二:

其一,尚情的文学思潮。在中国文学的发展过程中,对情的崇尚,有过两度思潮,一次是魏晋,另一次则是晚明。魏晋时期对情的张扬,正所谓"情之所钟,正在我辈"[1],或"琅琊王伯舆,终当为情死"[2],将有"情"与否作为评价人的一个

---

[1] 刘义庆著,刘孝标注《世说新语笺疏·伤逝》,中华书局1983年版,第751页。
[2] 同上,《世说新语笺疏·任诞》,第477页。

很重要的尺度,掀起了一场关于人的发现的尚情思潮。而晚明时期对情的崇尚,无论是从广度还是深度而言,则远远地超过了魏晋时期。如万历时期的袁黄在《情理论》一文中云:"人生于情,理生于人,理原未尝远于情也。"①在人、情、理这三者之间的关系上,他认为情先于人、先于理而存在。换言之,人、理是由情而派生的。稍后的冯梦龙在《情偈》一文中表达了类似的观点:"天地若无情,不生一切物。一切物无情,不能环相生。生生而不灭,由情不灭故。"②则将情视为世界上万物的本原,万物的生生不灭,源自于情的存在。可以说,这种将情视为万物本原的观念是晚明时期尚情思潮最集中的体现。而这一观念在文学领域里流衍、泛滥,自然引发人们文学观念的改变,以致当时的文人将情视为一切文艺的本原,并上升到审美的高度。如祝世禄在《祝子小言》中讨论了情与文之关系:"文生乎情,情至而文亦至焉,情尽而文亦尽焉。"③在他看来,诗文创作与情的关系是:情是诗文创作的本原,诗文创作依赖于情这一本原。汤宾尹进而认为:"凡文以情为母。"④表达的文学理念与几乎与祝世禄如出一辙。这种"文以情为母"的文学理念被作家落实到具体的文学活动中,他们自然是"为情作使"⑤,而在自己的文学书写中致力于情的表达。如汤显祖在《牡丹亭》中歌颂具有"至情"精神的杜丽娘,公安派在诗文书写中则是"独抒性灵,不拘格套",李流芳声称自己"往时情痴好为情语"⑥,明末云间派的诗文书写贯彻的是陈子龙倡导的"情以独至为真,文以范古为合"⑦的文学主张,等等,他们的诗文书写都以情作为重要表现对象,注重对自己感情的表达。处在当时文坛尚情的文学思潮之中,骈文作家自然在不同程度上会受到当时文坛思潮的影响,而不能置身于这一思潮之外,因而他们在骈文书写中亦由此前偏于实用性的表达,逐渐地向抒情性的表达折转,藉由骈文书写表现自己的情感体验,更何况骈文这一文体本身是"以写情见胜"(见前引)的呢?因此,晚明时期的文士在进行骈文书写的

---

① 袁黄《情理论》,《明文海》卷九七,涵芬楼钞本。
② 冯梦龙《情史·序》,春风文艺出版社1986年版,第1页。
③ 祝世禄《祝子小言》,《丛书集成初编》本,中华书局1991年版,第17页。
④ 汤宾尹《睡庵稿》文集卷二,明万历三笑堂刻本。
⑤ 汤显祖《续栖贤莲社求友文》,见《汤显祖集》,上海古籍出版社1973年版,第1161页。
⑥ 李流芳《沈巨仲诗草序》,见所著《檀园集》卷七,明崇祯二年刻本。
⑦ 陈子龙《佩月堂诗稿序》,见《陈忠裕公全集》卷二五,清嘉庆簳山草堂本。

活动中,尽可能地借这一文体表现自己喜怒哀乐的情思。于是乎,原本不以抒情性表达见长的约、解、记等骈文文体,这一时期被文士们用来进行抒情性表达,以达成自己的审美意趣,前举程羽文的《刺约》、陆云龙的《西湖解》、叶小鸾的《汾湖石记》等,即是其中的代表性作品。

其二,自娱的文学风尚。晚明时期,由于经济繁荣,城市发达,整个社会趋向于追求享乐。凡是能够带来生理快感与精神愉悦的一切物事,服饰、美食、女色、园林、山水、书画等,无不在人们的极力追求之列。即如袁宏道,"生平浓习,无过粉黛",且"性不耐静,读未终帙,已呼羸马,促诸年少出游。或逢佳山水,耽玩竟日。"①本无园林的刘士龙,出于对园林的无比喜爱,撰写《乌有园记》一文,以精美的骈偶文字营构出一座如同实境的想象中的园林,抒写了这座园林中的种种美景胜境,以满足自己的审美享受。当时人们对生活享受的这种追求,流溢到文学领域,改变了人们关于文学的观念,如郑元勋就这样说:"六经者,桑麻菽粟之可衣可食也;文者,奇葩文翼之怡人耳目、悦人性情也。"②又说:"但以文自娱。"③他认为六经承担的是实用功能,而"文"乃是承担"怡人耳目、悦人性情"的审美功能。而为了追求审美快感,应该以文自娱。这一文学观念,自然引发人们自觉地将文学作为审美对象,以文自娱,展开审美活动,以期获得审美满足。而"骈体者,修词之尤工者也"④,骈文在中国古代诸文体中,由于要求裁对、使事、声律、藻饰,是最具艺术美的。晚明时期人们追求享乐,自然不会置最具艺术美的骈文于不顾。而以文自娱,骈文则是其中非常重要的内容。其实,以文自娱包含两个层面:这既有以文学作品作为审美对象,进行审美阅读;同时又有以文学书写本身作为审美过程,在文学书写中获得审美快乐。关于前者,如郑元勋所编选《媚幽阁文娱》、闵景贤编选《快书》、何伟然编选《广快书》等,均是将他们认为最具有审美特性的文本提供给读者,满足读者的审美需求,所谓"藉

---

① 袁宏道《顾升伯修撰》,见袁宏道著,钱伯城校笺《袁宏道集笺校》卷四二,上海古籍出版社1981年版,第1232页。袁宏道《答王以明》,《袁宏道集笺校》卷二二,第772页。
② 郑元勋《文娱自序》,见郑元勋编《媚幽阁文娱》卷前,《四库禁毁书丛刊》集部,北京出版社1997年版,第8页。
③ 陈继儒《文娱序》所引郑元勋语。见《媚幽阁文娱》卷前。同上,第2页。
④ 袁枚《胡稚威骈体文序》,《小仓山房诗文集》(周本淳点校)卷一一,上海古籍出版社1988年版,第1398页。

彼笔墨,活我心灵"①。关于后者,则是著文自娱,借文学书写与美的创造来愉悦自己。如万历时张凤翼"惟以著述自娱"②,董裕述其兄董巽峰"时以诗文自娱"③,赵南星"间以举业文字自娱"④,黄汝亨"结庐南屏小蓬莱题目寓林,以著作自娱"⑤,张睿卿"所至怀铅授简,动以著述自娱,连篇累牍,揽笔立就千言"⑥,甚至有直接以两字命名自己的诗文集,如柴应聪《自娱集》、俞琬纶《自娱集》,崇祯时朱之任"其诗文曰《自娱集》"⑦等。从这些文学事实来看,以文自娱确实成为当时众多文士追求的一种文学风尚。因此,在这一文学风尚的熏染之中,这一时期的骈文作家不可能不改变曾经的实用性书写,而进行自娱性的骈文书写。晚明骈文作家之所以做出这样的改变,除了当时的文学风尚的作用之外,还有骈文这一文体自身的原因,因为进行骈文这一文体书写的本身即如晚唐黄滔所指出的那样:"夫俪偶之辞,文家之戏也。"⑧正是由于视骈文书写为游戏、为审美性的文学书写,因而晚明时期的文士们也不可避免地受到当时自娱的文学风尚的浸染,进行骈文书写时亦具自娱的倾向。前举《壬申几社文选》中的《七夕戏上天孙表》、《册狐文》等固属自娱性书写,而陈子龙、徐孚远、李雯、顾开雍、彭宾、宋存标诸人的《拟修淮阴侯庙教》(卷十七),李雯的《为陈皇后谢武帝书》(卷十八),以及陈子龙、周立勋、徐孚远、朱灏、王元玄、李雯诸人《拟山巨源答嵇叔夜书》(卷十八)等,又何尝不是自娱性书写呢?因为这些虚拟之作,除了呈露出的训练写作技巧之外,其实在作者的意识深处,隐含了浓重的游戏意味,所谓"姑以游戏为快意耳"⑨。而另如邢侗《来禽馆集》卷十《拟张汤劾鼠盗肉爰书》,陈与郊《隅园集》卷十《拟进穆宗实录表》、《拟唐以御制金镜述颁示侍臣谢表》、《拟宋以程颐为崇政殿说书谢表》等骈体之作,亦可作如是观。可以说,以文自娱的文学风尚改变了晚明骈文书写的向度与美学品质。

---

① 刘士鏻《文致序》,见陈万益编《晚明小品快读》,三环出版社2005年版,第3页。
② 张凤翼《答沈纯父书》,见所著《处实堂集》卷五,明万历刻本。
③ 董裕《巽峰兄七十序》,见所著《董司寇文集》卷二,清雍正十三年宸翰阁刻本。
④ 金日升《赠少保谥忠毅赵公》,见所著《颂天胪笔》卷一一,崇祯二年刻本。
⑤ 赵世安《(康熙)仁和县志》卷一八,康熙三十六年刻本。
⑥ 王稚登《张稚通集序》,见所著《王百穀集十九种》之《清苔集》卷下,明刻本。
⑦ 齐召南《朱觉庵遗集序》,见所著《宝纶堂诗文钞》文钞卷四,嘉庆二年刊本。
⑧ 黄滔《与王雄书》,见所著《黄御史集》卷七,四部丛刊影明刊本。
⑨ 凌濛初《二刻拍案惊奇·小引》,上海古籍出版社1985年版,第1页。

四、晚明骈文书写审美性折转的文学史意义

需要继续深入讨论的是:晚明时期,骈文书写由实用性向审美性折转,就文学史而言,具有怎样的意义呢?

首先,晚明文学精神的集中体现。如果我们对明代的文学发展历程进行深入的考察,即可发现:晚明之前的文学书写基本上是以古为尚,无论是台阁体、茶陵诗派、前后七子,还是六朝派、唐宋派,都存在这一倾向,只不过他们尚古的对象各自不同罢了;而晚明时期的文学书写,表现的情形虽然比较复杂,但概括起来,不外乎崇尚情、俗、雅这三个字。尚情,是晚明文学的主潮,这一时期无论是某一文学流派,还是独立于流派之外者,均是以抒写情志为依归。如前所述,不以抒情性表达见长的实用性骈文文体如约、解以及记等,都被晚明骈文作家用来抒发情志,更何况那些本身以抒情性表达见长的骈文文体呢?所以,作为"以写情见胜"(见前引)的骈文在展现晚明文学尚情精神这一方面,尤擅胜场。而晚明文学精神的尚俗,则是公安派及其追随者汲汲追求的,袁宏道所谓"宁今宁俗,不肯拾人一字"①,即是这一精神的显豁表达;这一时期唐宋派的古文创作,亦是"动言韩、欧,而俚质又直如注释"②。不过,公安派及其追随者在诗文领域里纵横也就二三十年。随着竟陵派在文坛的崛起,公安派及其追随者渐告澌灭,他们以俗为美的文学追求虽然在小说、戏曲等通俗文学领域仍然保留,但在诗文书写领域却逐渐遭到了文士们的排斥、摈弃。在美学风格上,骈文是以雅正相尚的,骈文书写在晚明时期的逐渐复苏及其向审美性折转,其实是以雅正来对抗或消融公安派及其追随者以俗为美的文学风尚,以相反的姿态彰显晚明文学的尚俗精神。而当公安派在文坛崛起之际,即有论者本着雅正的文学立场对其以俗为美的文学追求进行严厉的批评。如与袁宏道同时的缪昌期在《原文》中指出:"一二轻敏之士,起而掊之,乃以信心信腕,不受束缚为宗;然其学俭,其气薄,其脉乱。究也失汉、唐,得宋、元;失饾饤,得俚俗。……无前人之典

---

① 袁宏道著,钱伯城校笺《袁宏道集校笺》卷二二,上海古籍出版社1981年版,第781—782页。
② 吴应箕《楼山堂遗文》卷四,《续修四库全书》第1389册,上海古籍出版社2002年版,第41页。

型,是名鄙倍,不名自然。乃鄙倍之毒人也尤甚。"①缪昌期严厉批评公安派及其追随者之"俚俗"、"鄙倍",是以自己意识中雅正的文学理想为理据的。可见,晚明时期尚雅的文学精神,在传统的士大夫之间,一直是维系着的。何况尚古的前后七子派、六朝派虽然遭受了公安派及其追随者的大力抨击,但并未因此而消亡,反而逐渐合流、壮大,天启、崇祯年间崛起于文坛的云间派,即是其中的表表者,为明清之际影响最大的文学流派。而前后七子派、六朝派虽然在文学书写以尚古为依归,但其内在精神则是雅正。所以,云间派的代表人物陈子龙主张文学书写"语裁古而愈庄,字铸雅而益密"②,就不足为奇了。至于文学书写尚雅,是骈文这一文体的题中应有之义。云间派诸人均以骈文书写见长,是因为他们尚雅的文学精神在骈文书写中最能得到体现。所以,无论从哪一个角度而言,晚明时期逐渐复苏的骈文书写及其向审美性折转,在表现这一时期的文学精神方面,无疑是最具代表性的。

其次,揭开了骈文复兴的序幕。从中国骈文发展史来看,骈文书写在元明两代,是颇为衰微的。而到了清初,突然涌现出众多骈文名家或大家,如陆圻、尤侗、吴绮、陈维崧、毛奇龄、毛先舒、吴兆骞、陆繁弨、章藻功等,实际上,骈文书写在此时已经复兴了;乾嘉时期,则是骈文书写的又一个鼎盛时代。然而,我们应当看到,骈文复兴是一个有相当时间长度的历史过程。而在这个历史过程中,晚明时期骈文书写的复苏及其由实用性向审美性折转,为骈文的复兴做出了极为重要的贡献。这是因为:这一时期骈文书写由实用性向审美性折转,即意味着骈文作家力图使骈文书写摆脱其原本具有的实用性功能,强化其审美性功能。而骈文书写审美性功能的强化,这就使骈文在艺术形式与意蕴上更具美学价值。骈文所具的这种美学价值使其在晚明的各种文学话语中,越来越被文人士大夫所看重,从而导致越来越多的文人士大夫从事骈文的书写。如万历时期的邢侗,"夙以古文词鸣,最熟太史公、班孟坚,晚乃驰骋于东汉晋宋间,好作骈俪语。一时操觚之士,于大江以北,咸推子愿狎主齐盟"③。张宽夫"文则出入

---

① 缪昌期《原文》,见所著《从野堂存稿》卷二,《续修四库全书》第 1373 册,上海古籍出版社 2002 年版,第 409—411 页。
② 陈子龙《彭燕又文稿序》,见所著《安雅堂稿》卷三,辽宁教育出版社 2003 年版,第 33 页。
③ 黄克缵《邢子愿先生传》,见所著《数马集》卷二七,清刻本。

秦汉、四六骈丽"①,崇祯时吴士琇"工古文辞,尤赡骈丽之作"②,以至形成了"烈皇帝时,学官子弟皆好为六朝骈丽之文"③的局面。甚至在这一时期,出现了由作家个人创作的骈文专集,如李瞻于的《四六效颦》,邢士登的《四六草》等。对于万历以来骈文书写逐渐复苏的大致情形,赵南星在《废四六议》中进行了这样的叙述:"余自万历乙亥(1575),结发薄游,士大夫书札,往来直抒情愫,鲜有用四六者。当司理时,座主为相,亦以散书闻,固亦未尝以为不恭也。至癸巳(1593)罢官,乃有以四六来者。"④不到二十年,骈文书写已逐渐风行。而到了明末,吴应箕针对当时骈文书写风行海内的情势,则这样感叹道:"世之无古文也久矣! 今天下不独能作,知之者实少。小有才致,便趋入六朝,流丽华赡,将不终日而靡矣。"⑤指出了当时文坛"小有才致"者热衷于骈文书写,并且他们使骈文书写在艺术形式上呈现出"流丽华赡"的样态。而吴应箕语中"小有才致"者纷纷致力于骈文的书写,以及骈文书写"流丽华赡"艺术样态之出现,则不能不说是骈文书写向审美性折转而促成的文学现象了。换而言之,骈文书写向审美性折转,带来了骈文书写的日渐繁荣。而这一时期骈文书写的日渐繁荣,则标志着骈文书写由此前的衰微时代而进入了复苏时代。因此,晚明时期骈文书写的复苏及其向审美性折转,无论是艺术实践还是作家队伍,为清代骈文书写的复兴作了充分的准备,如前举清初9位骈文名家或大家中,除章藻功外,均是由明入清者,只是吴兆骞、陆繁弨二人在明朝灭亡时才十岁左右。可以说,晚明时期骈文书写的复苏及其向审美性折转,揭开了清代骈文复兴的序幕。而清代的骈文复兴,不过是晚明时期骈文书写复苏及其向审美性折转的逐渐展开而已。

长期以来,明代骈文书写由于被认为是中衰,因而其文学成就及其在中国骈文发展史上的文学地位被低估,被忽视。之所以如此,除了明人较少进

---

① 李培《闽游草序》,见所著《水西全集》卷八,明天启刻本。
② 丁廷楗等纂《(康熙)徽州府志》卷五,清康熙三十八年刻本。
③ 文德翼《梅溪制义序》,见所著《求是堂文集》卷四,《四库禁毁书丛刊》第141册,北京出版社1998年版,第365页。
④ 赵南星《废四六议》,见黄宗羲所编《明文海》卷八二,涵芬楼钞本。
⑤ 吴应箕《与刘舆父论古文诗赋书》,见所著《楼山堂集》卷一五,《续修四库全书》第1388册,上海古籍出版社2002年版,第545页。

行骈文书写而骈文总体成就不是很高之外,很大的原因还在于清代以来的学者很少接触到明代的骈文书写,因而他们对明代骈文的文学成就所作出的判断不尽与事实相合。事实上,晚明时期的骈文书写相当杰出,尤其是以陈子龙、夏完淳等为代表的云间派,他们的骈文书写是可以继美六朝、初唐的。只要我们翻开这一时期一些著名文家如孙七政、陈子龙、陆云龙、屠隆、夏完淳等人的别集甚或清言作品,精美的骈文篇什会扑眼而来。这些骈文篇什,或华赡流丽,或清新自然,各臻隽妙。因此,对于明代,尤其是晚明时期的骈文书写,目前我们所做的研究工作还远远不够。我们应该对之进行更为深入的研究,重新评估其在中国骈文发展史上的文学成就与文学地位,拓深学界对明代骈文书写的认识。

论清代的骈体游记

路海洋（苏州科技大学文学院）

亲近自然、悠游山水，是中国传统文人雅士历久弥新的群体性好尚，当这种好尚与文学相遇，模山范水、借景抒怀的纪游文学便应运而生了。在中国古代纪游文学史上，游记文数量繁多、历史悠久，其既有以散体为之者，也有以骈体为之者，但长期以来，骈体游记一直得不到学界的重视，甚至有学者将骈体游记排除出游记的范畴，这种认识上的偏差亟待更正。清代是中国骈文的复兴期，骈体游记的兴盛即其重要表现之一，不过除了洪亮吉、李慈铭、王诒寿、樊增祥、皮锡瑞等人的部分骈体游记被简略提及[①]，其他此类作品几乎无人问津，这显然不利于我们客观认识中国游记文学史的真实面貌。本文即在辨析骈体游记文体特征的基础上，对清代骈体游记发展演变、兴盛原因、主要特征及文学史价值试作探论。

一、骈体游记的文体特征

游记的文体特征，学者们多有论及，但梅新林、崔小敬《游记文体之辨》一文及王立群《中国古代山水游记》（修订本）一书考辨精详、影响较大，代表了目前游记文体辨析的主流观点。《游记文体之辨》系对王立群《游记的文体要素与游

---

① 如梅新林、俞樟华主编《中国游记文学史》第十章《清代游记文学的新旧转型》之三、四两节，学苑出版社2004年版，第338—356页。

记文体的形成》一文的辨证与引申,主要探讨了游记文体的要素、发生、形态、意涵及体式①;王著《绪论》部分,既回应了《游记文体之辨》中的辨析与质疑,又基于学界的相关论述,对游记文体特征作了进一步的论述总结,将游记定义为"以散文形式记写游踪、描摹景观、抒发主体现实旅行游览见闻感受的独立成篇的记体文学样式。"②

应当说,王著对游记的定义,简洁扼要,基本能够概括成熟型游记文体的核心特征。当然,这一定义所指涉的内涵并非没有缺憾,其亟须辨明者有二:

第一,游记是否只限以散体文? 关于游记的体裁归属问题,学界大体有三种观点:其一,认为游记除了包括散文,还"应该把带有游记性质的诗歌、小说、词赋等都归入游记文学的范畴"③。其二,认为游记是散文的一个门类,王著及皋新、沈新林《古代游记发展初探》、《辞海》(缩印本)的相关概括比较典型④。其三,游记可骈可散,谭家健《南朝山水游记初探》及梅新林、俞樟华《中国游记文学史》持此观点⑤。

前述第一类观点具有明显的文体泛化倾向,其所指涉的实际是广义的游记文学或纪游文学,而非通常所说的具有独特文体特性、范畴的文学游记,用此观点来界定游记,相当于消解掉了游记文体的独立性,故不可取。第二类观点在学界最为流行,而王著的论析具集大成性质。王著论游记语体特征时指出:"运用散体,是山水游记记写发展的必然选择。运用散文,更能发挥记体的文体功能,即与诗歌、骈文等音律形式等要求较严的文学样式比较,更能发挥叙写游

---

① 梅新林、崔小敬《游记文体之辨》,《文学评论》2005 年第 6 期,第 39—45 页。
② 王立群《中国古代山水游记研究》(修订本),中国社会科学出版社 2008 年版,第 18 页。
③ 朱德发《游记文学的发展刍议》,《中南民族学院学报》(哲学社会科学版)1994 年第 6 期,第 104—106 页。
④ 皋新、沈新林《古代游记发展初探》云:"游记作为中国古代散文的一个门类,是地理与文学的结合。"见《苏州大学学报》(哲学社会科学版)1998 年第 4 期。《辞海》释"游记"云:"游记,散文的一种。文笔轻快,描写生动,记述旅途见闻,某地历史沿革、现实状况、社会习尚、风土人情和山川景物、名胜古迹等等,也表达作者的思想情感。"见《辞海》(缩印本),上海辞书出版社 1999 年版,第 2063 页。
⑤ 谭家健《南朝山水游记初探》云:"所谓山水游记,应具有以下特征:一、以模山范水的再现型描写为基本内容;二、有具体的游踪记录或较明显的游览意图;三、包含作者的主观情感与体验。凡符合这三条的,不论其为山水赋、山水诗序、山水书简,亦不论其或骈或散,皆可称为山水游记。"参见《辽宁师专学报》(社会科学版)1999 年第 1 期。梅新林、俞樟华《中国游记文学史》之论游记,侧重点在考察游记的发展演变,而游记从魏晋诞生到唐代成熟,再到清代的衰变,都既有散体为之者,亦有骈体为之者,因此,游记可骈可散是暗含在该书整个论述过程中的观念。

踪、模山范水、抒情议论的功能。""承认游记的语体特征是散体文,就可以与六朝至唐代甚至清朝以骈体记游的文章划清界限。"①诗歌姑且不论,就骈体文来说,王著的这一论断无疑存在一些认识上的偏差。首先,散文虽然更能发挥记体的文体功能,但并不是骈文不擅长叙写游踪、模山范水、抒情议论,实际上就模山范水、抒怀述情而言,骈体文似更胜散文一筹;其次,散体游记固然是游记文的主流,但六朝、唐代与清代大量的骈体游记无论如何也不应被忽视。因此,将骈文游记排除出游记范畴的论点,无视文学史事实,是站不住脚的。换言之,谭家健和梅新林、俞樟华等人认为游记可骈可散的观点,是合乎史实的客观之论。

第二,游记文体是否只限于"记"体?王著在论述游记文体特征时,特别强调"记"的文体独立性、纯洁性,认为"文体研究中当遵依宁窄勿宽的原则方能把握一种文体所独有的特征",这一原则固然是正确的,但是到底"窄"到什么程度却要实事求是地看待。文体数量繁多且许多文体交叉融合,是中国古典文学文体的基本特征,"记"体文也不例外。在游记发展演变的过程中,赋、书、序、赞等都曾作为游记的重要载体,六朝时期的纪行赋以及被梅新林、俞樟华等视为"不仅是宋代也是整个中国游记文学史上最辉煌的篇章"②的苏轼前、后《赤壁赋》,被刘师培称为"游记之正宗"的赵至《与嵇茂齐书》、鲍照《登大雷岸与妹书》、吴均《与朱元思书》、陆云《答车茂安书》等,以桓玄《南游衡山诗序》、慧远《庐山诸道人游石门诗序》等为代表的诸多诗文序,洪亮吉引人注目的赞、序交融的赞体文,等等。其中大量篇章既有游踪叙写,又有模山范水、抒情议论,不能以文体独立性、纯洁性的铁律将其一概排除在山水游记范畴之外。

当然,"宁窄勿宽"的原则在讨论游记的文体范畴时仍然适用,不过要考虑游记文体范畴的发展性和固定性两类因素。所谓发展性,是说游记文体有一个从发生、发展到成熟,再到承衍和进一步拓展的过程,就此而言,只要某一文章体裁(包括赋、书、序、赞以及宋代盛行而清代延续的笔记体、日记体游记等)具备游踪(或游程)、景观(或游观)、感情(或游感)三大要素,都在"记"的范畴之

---

① 王立群《中国古代山水游记》(修订本),第13页。
② 梅新林、俞樟华主编《中国游记文学史》,第9页。

内。但研究游记文体既要考虑其发展性,也要顾及它的相对固定性、成熟性。正如所知,游记文体成熟于唐代,至此,游记基本完成了从赋、书、序等多种文体与记并存,到逐步向记靠拢、收束的进程,以此为界,宋以后的游记呈现出以"记"为正体、以"序"为旁支大宗,偶尔渗入其他文体的比较固定的格局。在这个意义上,我们认为谭家健先生所言"不论其为山水赋、山水诗序、山水书简,亦不论其或骈或散,皆可称为山水游记",梅新林、俞樟华等所言"不管游记是采用赋、序、书、记等哪种体裁来写",只要它具备游程、游观、游感三大要素,"便可算作游记"①,都稍显宽泛。

综合考虑文体发展性、固定性、纯洁性因素,不妨将具备游踪、景观、感情三要素的游记文体,分为广义、中义、狭义三个考察范畴:广义强调文体发展性,不论赋、书、序、记、赞等皆可称为游记;狭义突出文体固定性、纯洁性,只有以"记"名者方称游记;中义兼顾发展、固定、纯洁诸因素,将游记收束在以"记"体为正宗、以"序"体为旁支的范围内。当然,此处所论中义范畴,是将宋以前赋、书纪游之文视为游记文体发展过程中的必要准备,而将宋以后的该类作品排除在游记范畴之外;同时,将清代洪亮吉、方履籛等所作记赞结合、赞序结合的纪游之作,视作游记文体的一种拓展和变体。本文所论游记,取中义。

要之,游记既包括散体,又包括骈体;骈体游记是以骈文形式记写游踪、描摹景观、抒发主体现实旅行游览见闻感受的独立成篇的文学样式;在历史上,赋、书、序、记、赞等都曾是骈体游记的重要载体,但成熟、定型后的骈体游记,以"记"为正宗、以"序"为旁支,清代的一些记赞结合、赞序结合的纪游之作则是游记文体的一种变体。

二、清代骈体游记的兴盛及其因缘

清代骈体游记的发展历程,与清代骈文复兴的步伐并不完全一致。综合考量时代、作家、创作风格等各种因素,可以将清代骈文发展史分为三个阶段,即沿袭振起期(从清初至康熙末年)、创辟鼎盛期(从雍正初至嘉庆末)和承衍渐衰

---

① 梅新林、俞樟华主编《中国游记文学史》,第3页。

期(从道光初至清末)①,清代骈体游记的历程基本与清代骈文史的第二、第三阶段相对应。

清初的近一百年时间,是所谓散体学人游记②的发达期,骈体游记在此期"默默无闻",陈维崧、尤侗、吴农祥、毛奇龄、陆繁弨、章藻功、黄之隽等骈体名家的文集中都找不到典型的骈体游记。在其他骈散文作家的文集中可以找到一些具有骈体游记部分特征的作品,如厉鹗的《秋日游四照亭记》,该文以散体成篇,但述游、写景间用骈体笔法,如"经乎禅窟,入乎独园,梁空水而鹤影丁桩,据盘石而苔花驳荦"③之类,这样的作品只能视为清代骈体游记兴盛的一个前兆。

清代乾嘉间,骈文发展臻于鼎盛,骈体游记也随而勃然兴起。最早在骈体游记上取得开创性成就的,是洪亮吉与吴锡麒。洪氏骈体游记,以记名篇者数量最多,此外尚有序体、赞体游记多篇。这些作品大多骈散相间、颇少用典,文辞清丽劲畅,以写景擅胜,是对六朝小品的回归,也是骈文"常州体"④的典型。与洪亮吉同时的吴锡麒,也写作了一系列骈体游记,其既写与洪亮吉游记相似的骈体小品,也写作《游泰山记》、《游焦山记》、《游西山记》这样骈散兼容的大型文化游记,尤其后者,在游记文学史上几乎前无古人、后乏来者。洪、吴二人是清代骈体游记史的开山宗匠,洪亮吉更是清代骈体游记史影响最大的名家巨擘,他们的作品打开了清代骈体游记兴盛的局面。洪、吴而后,骈体游记名手辈出,刘嗣绾、彭兆荪、乐钧、胡敬、王衍梅、黄安涛、曹埙、吴慈鹤、刘开、董基诚、董

---

① 关于清代骈文发展分期问题,参见拙著《清代江南骈文发展研究》,中国社会科学出版社2016年版,第37—38页。
② 梅新林、崔小敬《游记文体之辨》一文,"依据游程、游观、游感这三大核心要素在具体游记作品中的表述详略与功能强弱,再参以时代精神与作家气质",将历代游记分为诗人游记(唐代)、哲人游记(宋代)、才人游记(明代)、学人游记(清代)四种形态,其中学人游记主要兴盛于清初。
③ 厉鹗著,董兆熊注,陈九思标校《樊榭山房集》,上海古籍出版社2012年版,第779页。
④ "常州体"是清代重要骈文体式之一,刘麟生《中国骈文史》论常州派有云:"洪亮吉与孙星衍齐名,皆为常州人,所为骈文,以轻倩清新取胜,世有常州之称。"又云"常州作家稍后起者,为刘嗣绾,造句遣词,专以轻倩取胜",其作"不免琢句纤巧",而"当时作家,如杨芳灿、彭兆荪、曾燠诸人,及清末之李慈铭,均不免有此结习也"。认为轻倩清新是"常州体"骈文主要特征。又台湾学者张仁青《中国骈文发展史》承刘说而稍变,谓"(洪)亮吉所为骈文,格调纤新,笔致轻倩,世有常州体之称,稍后之刘嗣绾、杨芳灿、彭兆荪、曾燠、李慈铭专学之,影响殊为深远"。此说将洪亮吉视为骈文"常州体"开山宗师,而有意避开孙星衍,是比较慎重、可靠的,但其所论"常州体"骈文特点与刘麟生之论是内在一致的。本文所说典型"常州体"骈体游记,即具"轻倩清新"或"格调纤新,笔致轻倩"之特点。引文分别见刘麟生《中国骈文史》,东方出版社1996年版,第107—109页;张仁青《中国骈文发展史》,浙江大学出版社2009年版,第481页。

祐诚、方履籛等即其佼佼者,他们与洪、吴一起将清代骈体游记推向了鼎盛。其中刘、王、吴、"二董"、方诸人,绍述洪亮吉而有所拓展,其余诸人也各有名篇、各具面貌,而刘开以桐城古文名家而创作数篇质量上乘的骈体游记,积极回应了打通骈散的时代文学潮流。

乾嘉以后的骈体游记仍显示出比较旺盛的生命力,作家数量可观、佳篇可圈可点,这种发展局面一直持续到清末。此期的代表作家,学者们比较熟悉的是李慈铭,他不但写作了多篇承续"常州体"小品的典型骈体游记,还完成了《萝庵游赏小志》这样兼具宋人日记体游记体式和晚明游记小品笔致的综合性游记。《萝庵游赏小志》以散体为主,偶用骈体,总体上不宜划入骈体游记范畴,但经由它不难看出骈散融通的文坛大势在游记文体上的进一步渗透。黄金台是被历史"遗忘"的晚清骈文名家,他创作的数量较大的骈体游记也随而淹没在历史的尘雾之中,但展读《木鸡书屋文》三十卷骈文作品,我们不得不承认黄金台在清代后期的骈体游记名家地位。李、黄而外,袁翼、张鸣珂、王诒寿、缪荃孙、皮锡瑞、樊增祥、冯煦等也具代表性,他们共同铸造了清代骈体游记的第二次辉煌。道光以降的骈体游记创作,主要延续洪亮吉、刘嗣绾、"二董"等人擅长的六朝小品风格,在骈体游记体式、内涵等方面并没有多少发展、创新,总体可视为乾嘉时代骈体游记的延续。

骈体游记在盛唐以后沉寂了将近一千年,终于在清代乾嘉以后再次兴起,这显然不是一个偶然现象。究其原因,首先与清代尤其是乾嘉文人的骈体创新努力有直接关联。清代骈文的"跨越元明"①、"率驾唐宋而追齐梁"②,既体现为名家辈出、佳作迭现,又体现为各种文体的全面兴盛,这其中就包括骈体游记。王先谦编纂的具有集大成性的骈文总集——《骈文类纂》,对此有令人信服的呈示:《类纂》所录杂记类作品中的游记,唐代仅有3篇(即作为骈体游记发端的达奚珣《游济渎记》和窦公衡《石门山瀑布记》、李友道《游妙喜寺记》),唐后的宋、元、明三朝所选为零,而清代此类作品则有20多篇;同时,《类纂》所录序跋类作品中的游记,清人所作也与唐人相埒。王先谦《类纂》的合理性历来得到学者的

---

① 刘麟生《中国骈文史》,第105页。
② 谢无量《骈文指南》,中华书局1918年版,第79页。

肯定,因此,从其杂记类、序跋类所录骈体游记,已能非常直观地看出清代骈体游记的高度繁荣。当然,在清初骈文渐次兴盛的过程中,游记并没有得到充分发展,赞、诔及题图记、序等的情形也是如此,只有等到骈文演进的这种累蓄酝酿充分成熟,等到乾嘉骈文家们带着文体开拓的雄心尝试各种文体的创作,游记、赞、诔、题图文等才勃发出充沛的生命力,换言之,清代尤其乾嘉文人的骈体创新努力,带来了包括游记在内越来越多的骈文文体的兴盛。

其次,清代骈体游记的兴盛与清代的骈散争衡也有内在联系。清代的骈散争衡,从清初陈维崧《词选序》、毛先舒《湖海楼俪体文集序》推尊骈体、提倡骈散平等时已经展开;到清代中叶,前有姚鼐讥讽凌廷堪"至以《文选》为文家之正派"[1]并在编选《古文辞类纂》时特意"不取六朝人"[2],后有姚氏弟子梅曾亮嘲笑骈体文"如俳优登场,非丝竹金鼓佐之,则手足无措"[3],引发了来自骈文阵营的激烈反驳,骈散之争乃臻于高潮。骈文阵营在理论上强调骈散一源、提倡骈散融通,在实践上既精心编选《骈体文钞》这样的骈文选本,又大量创作或全篇俪偶或偶散兼容的骈文作品,目的就是要与以桐城派为代表的古文阵营针锋相对。就创作而言,有一个隐而未彰的事实是,被桐城古文家视为历来古文擅胜的各类文体,骈文家几乎都要拿来写作俪体文,其中游记一体就很具代表性。事实上,只要客观梳理清代游记文学史就不难发现,清代骈体游记的发展史几乎与被学者视为"独成体系"的桐城散体游记之发达史同步[4]。由此可见,清代骈体游记的兴盛,实与骈文阵营刻意同古文阵营争衡有关,与清代旷日持久的骈散之争有关。

再次,清代骈体游记的兴盛与洪亮吉、吴锡麒,尤其洪亮吉的示范引导颇有关联。吴锡麒虽然也是清代骈体游记开拓的宗匠,但他最有代表性的大型文化

---

[1] 姚鼐《姚惜抱尺牍·与石甫侄孙莹》,上海新文化书社1935年版,第82页。
[2] 姚鼐《古文辞类纂序》云:"古文不取六朝人,恶其靡也。独辞赋则晋宋人犹有古人韵格存焉。惟齐梁以下,则辞益俳而气益卑,故不录耳。"参见吴孟复、蒋立甫主编《古文辞类纂评注》卷首,安徽教育出版社2004年版,第18页。
[3] 梅曾亮著,彭国忠、胡晓明校点《柏枧山房文集》卷二《复陈伯游书》,上海古籍出版社2005年版,第20—21页。
[4] 梅新林、俞樟华《中国游记文学史》认为桐城游记融合了清初以顾、黄、王等人为代表的学人游记与清代中叶以袁枚为代表的才人游记,"独成体系",并与学人游记、才人游记"构成三足鼎立之势"。参见《中国游记文学史》,第377页。

游记后继乏人,因此文学史影响不如洪亮吉大。洪亮吉大量创作骈体游记,既有偶然性也有必然性。偶然性系指洪氏因越职言事、被贬伊犁的人生转折,以此为界,此前为一种刻苦力学、锐意进取的人生,此后为一种淡看俗世、纵情山水的超脱人生,这与他前期只创作了有限的几篇骈体游记,后期则创作大量该类作品的事实是一致的。必然性则谓洪亮吉的天性使然,他说自己"生平性嗜山水,踪迹所至,几遍寰宇,绠凿幽险,冒犯霜霰,若饥之于食,渴之于饮"①,这样深沉的山水之嗜与其丰沛的骈文才华相际会,必然催生出优美的骈体山水游记。有意味的是,洪亮吉的骈体游记绝大多数都可划入他所开创的"常州体"小品范式,而清代骈体游记的主体范式取向正是这种清丽流畅的"常州体",刘嗣绾、彭兆荪、李慈铭等"常州体"骈文家是如此,其他绝大部分作家也是如此,这显然与洪亮吉骈体游记的卓越成就及其"名家效应"之影响颇有关联。

三、清代骈体游记的总体特征与成就

清代骈体游记的总体特征,也许可以扼要地概括为复古与新创并备。复古既是说它复六朝、唐人骈文游记语体之古,又是说它复自古以来骈散文游记类型、体式、旨趣、笔致之古;新创则既相对于唐宋以降散体游记占主流而言,又相对于唐宋以降游记文学文体相对固定而言。具体可从三方面着手分析:

其一,类型相对集中,旨趣比较统一。

关于游记文的类型,学界主要流行两种分法,一是梅新林、崔小敬等所说的诗人游记、哲人游记、才人游记和学人游记,二是王立群概括的再现型游记、表现型游记和文化型游记②。这两种类分法各有所长,也各有所短,本文主要借鉴王立群先生的三分法,兼采梅新林先生等的四分法。概而论之,清代骈体游记基本都可以归为"侧重景观自然描摹"的再现型游记,像刘嗣绾《龙泉寺记》,吴慈鹤《春日游白云山序》,董基诚《八月十五夜泛月舣舟亭序》,董祐诚《游牛头山记》,方履篯《春暮游陶园序》、《江行记》、《游菊江亭记》,黄金台《游虞山记》,缪荃孙《游浣花草堂记》这样的作品,虽然写景、抒情兼胜,但仍以侧重写景为主,

---

① 洪亮吉《更生斋文乙集》卷二《平生游历图序》,刘德权点校《洪亮吉集》,中华书局 2001 年版,第 1073 页。
② 参见王立群《中国古代山水游记研究》(修订本),第 24—26 页。

与宋人"侧重情感抒发"的表现型游记有根本的相异,故也宜归入再现型游记。

不过,洪亮吉《东阿寻西楚霸王墓记》,吴锡麒《游泰山记》、《游焦山记》、《游西山记》,袁翼《游晋祠记》,彭兆荪《天池记》等作品需另当别论。洪氏《东阿寻西楚霸王墓记》中纪实、写景所占比例很少,主要是借寻项羽之墓来抒发"三户崛起,得死士而能然;一人从亡,较兴亡而烈矣"①的历史感慨,当归入表现型游记。吴锡麒三记,皆是"本《三都》、《两京》之笔,抒十华、八会之材"②的大型游记,它们融诗文引述、历史考证、写景抒情于一体,是再现型游记与文化型游记、文人游记与学人游记的综合体,主要应归入文化型游记。袁翼《游晋祠记》体量虽然不如吴文,但文章类型则与之相似。彭兆荪《天池记》涵融历史考证、诗文引述与写景、述情、议论,有与桐城派散体游记相似的兼重义理、考据、词章之特点,也不宜简单归入再现型游记。当然,这些个案虽然特别但比较有限,不妨碍我们得出清代骈体游记类型相对集中的结论。

王立群先生曾将中国古代山水游记的创作理论概括为"山以贤称,境缘人胜""仁者乐山,智者乐水""随其性之所适,及乎境之所奏"③三者,其虽曰创作理论,实际也正揭示出了山水游记的创作旨趣。清代骈体游记中体现的旨趣,既有"仁者乐山,智者乐水"的"以物比德",又有情与境会、情景交融的"天人合一",但以后者为主。吴锡麒的山水之趣含有一些"以物比德"成分,如《汪秀峰琴川纪程诗序》述其旨趣云:"仁智所乐,鱼鸟喻其怀;谣咏相闻,樵牧谐其趣。"④又《游西溪诗序》:"奏樵渔之趣而轩冕锄心,畅山水之音而筝琶却御,境之移人,情不能已,斯固然乎!"⑤后者实际既含"以物比德"之意,又有"天人合一"之趣,已具双重旨趣。至于吴氏《西山纪游诗序》所谓"庶几上交霞景,远畅山心"⑥,《游西山记》主张"远迹尘壒,息志簪缨"以游⑦,则明显偏向情与境会的意趣了,这与方履籛《游菊江亭记》强调"物外之思""赏心之悟"⑧,黄金台《游虞山记》放

---

① 洪亮吉《卷蒒阁文乙集续编》续编,刘德权点校《洪亮吉集》,第378页。
② 黄金台《木鸡书屋文五集》卷五《游焦山记》,清道光、同治间刻本。
③ 王立群《中国古代山水游记研究》(修订本),第284—311页。
④⑤⑥ 吴锡麒《有正味斋骈体文》卷六,清嘉庆有正味斋全集本。
⑦ 吴锡麒《有正味斋骈体文》卷一六。
⑧ 方履籛《万善花室文稿》卷四,清光绪七年王氏刻畿辅丛书本。

言"借山水为涵泳之资"①等是内在一致的,而这也构成了清代骈文游记的主体创作旨趣。

其二,结构比较固定,文体不无开拓。

清代骈体游记的章法布局在洪亮吉、吴锡麒两人作品中基本定型,后世沿用较为常见的有四类:一是先写游览因由,继写游览所见所闻所感,末结以议论抒怀、游览时间及参与人员等,洪亮吉《游幕府山十二洞及泛舟江口记》、《八月十五泛舟白云溪诗序》、《游极乐寺看荷花序》、《游京口南山记》、《黄山浴朱砂泉记》,吴锡麒《大通桥春泛记》、《湖心泛月记》等皆属此类;二是以议论开篇,继写游览经历、见闻,如洪亮吉《琴高溪夜游记》、《游武夷山记》;三是出笔径写游览所见所闻,最后结以议论感慨,如洪亮吉《自下洋川取道游九华山记》、《游庐山记》;四是开篇总括游览对象之特征、面貌,继写具体游览见闻、感受,洪亮吉《游南湖记》、《游天台山记》即是此类。后世鲜有沿用的还有一类,那就是吴锡麒《游泰山记》、《游焦山记》、《游西山记》采用的日记体。当然,系统梳理清代骈体游记发展史不难发现,虽然清人的骈体游记结构有五大类型,但实际只有洪亮吉之作在章法上颇多变化,其他绝大部分作家基本一致地选择了前述常见四类中的第一类,这不能不说是清代骈体游记的一个不足。

在文体选择上,清代骈体游记基本是以"记"为主、以"序"为辅,这是游记文学发展成熟阶段的自然选择,与散体游记的情形并无二致。不过,洪亮吉、方履籛记(序)、赞结合的一些篇章,值得我们深味。这里的记、赞大体有两类,一是以记名篇,但记后缀赞词,洪氏《游京口南山记》、《游城北清凉山记》、《自下洋川取道游九华山》、《黄山浴朱砂泉记》、《游幕府山十二洞及泛舟江口记》等皆属此类。此种体式,在游记文学史上几乎找不到先例。二是径直以"赞"名篇,如洪亮吉《少寨洞赞》、《师子厓赞》、《白水河赞》、《天山赞》、《瀚海赞》、《冰山赞》、《净海赞》及方履籛《立鱼峰赞并序》,方氏之文明言在赞文前有序,洪氏诸文虽未明言,但也是赞文之前缀以序文。从文章篇幅所占比例来看,诸文赞语体量很小,占很大篇幅的恰是赞前之序,而这些序与骈体游记、游序的内容、布局、功能完全一致,如洪氏《师子厓赞》:

---

① 黄金台《木鸡书屋文四集》卷四,清道光、同治间刻本。

  自黎平未至天柱县百里,有师子厓焉。予行黔楚中几遍矣,若兹之奇,则未之睹也。青气往往,迷兹岭坳;玄冈累累,突出天半。其下则表里洞达,东西延袤。已枯之松,倒挂者千尺;欲落之石,相黏者径寸。踪无能停,瞬不及转,如此者半日,方抵平坦。则麦陇铺秀,云光疑锦,延回一村,异景百出。高曾居巢,卑幼处穴。一榻之外,无非鸡豚;百仞之余,乃匿牛马。怪鱼窥人,头尾五色;妖鸟咒客,飞鸣百回。黄果满树,即儿童之粮;红蕉百寻,裁蛮女之袴。此则吴越山水,逊其灵奇,荆江土风,减彼殷阜者矣。赞曰:石若立干,岩如覆盂。穴腹空洞,倒生棕榈。奇邪嵚崎,常有落势。人行其间,目辄上视。纡行百盘,直下千级。厓方师蹲,马忽人立。①

  赞文有序,古来颇多其例,姚鼐《古文辞类纂》"颂赞类"、李兆洛《骈体文钞》"杂颂赞箴铭类"皆有选录,不过以骈体纪游的赞文,大概只有《骈体文钞》所录戴逵《闲游赞》勉强可以算作一篇,洪亮吉之后为此体者也后继乏人。因此,洪亮吉、方履籛记(序)、赞结合的骈体游记,几乎是前无古人、后无来者的创体;由于这类作品产生在游记文学文体相当成熟的清代中期,我们不能简单将其与赋、书等早期游记文体归入一类,而应将其视为是对清代骈体游记甚至中国古代游记文学的一种拓展、创新。

  其三,写景是其特擅,造境亦彼所长。

  骈体文在性质上,首先是一种唯美文学,而最能充分展现骈文唯美特点者,必首推以清丽绝艳的辞采来模山范水,这也是骈体文与散体文的重要区别之一。清代骈体游记作家的绝大部分作品,都具备写景优美、色彩斑斓的特点,洪亮吉《八月十五泛舟白云溪诗序》、董基诚《八月十五夜泛月舣舟亭序》这类写景名篇自不待言,他如刘开《游石钟山记》、《雩都行记》、《孔城北游记》,黄金台《游狮子林记》、《南湖访秋记》,李慈铭《重五日游龙树寺记》、《夏日雨中集天宁寺记》,皮锡瑞《游空灵峡记》,缪荃孙《游浣花草堂记》等,也都是此类作品中的佼佼者。

  以刘开《雩都行记》写"至雩都,取道由陆"后所见景致文字为例:

---

① 洪亮吉《卷葹阁文乙集》卷八,刘德权点校《洪亮吉集》,第 375 页。

  层岩刺天,高霞翼领。或连冈成奇,盘旋千丈之际;或孤标秀出,独冠群山之巅。茂木高林,侧道褊峡,百里以外,尽为飞岗,终日所行,不出青霭……若其地削丹崖,滩多赭石,虎牙角立,龙潭独沉。净湍回清,流瀑悬素,盈溪蓄雾,倾涧怀烟。翡翠一群,宅无定在;蝙蝠百岁,身能倒悬……至于腾危蹑险,陵高降深,骇鱼匿渊,惊川跖谷。激沙绝岸,如闻崩声;危矶中流,恒有倾势。奇观谲境,奔赴而前,乃以精灵与之应答,鼓勇前进。①

此文写雩都陆行所见山水景致,虽然不像洪亮吉游记那样刻意好奇,但奇诡历落,形象有力,文笔工致,色彩斑斓,允为写景佳篇。在清代嘉道间骈散之争"如火如荼"之际,刘开以古文家而主张骈散"并派而争流,殊途而合辙","不可偏废"②,并创作多篇骈文作品,显示出开阔的理论视野,他的几篇质量上乘的骈体游记,也充分说明了骈体文尤其骈体游记的艺术优长。

  骈体游记中的模山范水,大多与抒情、议论相结合,而优秀的骈体游记往往具有情与境会、情景交融的特点。刘嗣绾《龙泉寺记》写作者重过龙泉寺所见所感,是这方面的典型:"废井空碧,颓垣乱青。驱车径返,归路惶惑。惊鸦影之堕地,悲马鸣之向天。盖如旧识者,冢中之人;可对语者,道旁之石而已。"③这样的笔调与文章前半"说剑动魄,吟诗悦魂。片石之砚,能留白云;小团之茶,可代明月"截然相反,但也正是这初与友人游聚的欢欣,引发了作者重过旧地而"云烟顿改"、物是人非的"惶惑"。在这里,"废井空碧,颓垣乱青"八字景中含情、情景交融,成功营造出了荒凉寂寞、人去楼空的诗化意境。又黄金台《游虞山记》写作者游虞山钱谦益故居所见景象云:"他若绛云楼杳,蛩吊夕阳;红豆庄荒,鸟悲残月。龟趺草没,谁知杨柳芳魂;马鬣烟平,莫问蘼芜小字。"④钱谦益是明末清初盛名盖世的一代文宗,绛云楼、红豆山庄不知承载了多少哀乐兴衰,黄金台精简的两个联句就在烟草荒芜中寄托了丰沛的兴亡之感,营造了内涵充盈的意境,确有《文心雕龙·物色》所谓"物色尽而情有余"的"晓会通"⑤之长。刘、黄二

---

① 王先谦《骈文类纂》卷三四下,浙江古籍出版社1998年版,第735页。
② 刘开《孟涂文集》卷末附《与王子卿太守书》,清道光十一年刊本。
③ 刘嗣绾《尚絅堂文集》卷二,清道光六年大树园刻本。
④ 黄金台《木鸡书屋文四集》卷四。
⑤ 刘勰著,周振甫注《文心雕龙注释》,人民文学出版社1981年版,第494页。

人之作而外,清人骈体游记颇多此类文笔,不再缕述。《中国游记文学史》论清代游记有云:"骈体化游记在整个清代游记中并不属于大宗,但它的存在自有其优势所在,最主要的是更有利于以精美的文辞建构特定的诗化意境。"①这是比较中肯的评断。

应当说,清代骈体游记在写景、造境方面的特擅,相对于散体游记可谓有过之而无不及,它既突出了骈体游记的个性,又在一定程度上弥补了其在类型和章法布局相对单一上的不足。

结语

经由前文的论析,清代骈体游记的面貌基本已经被描勒出来。概言之,随着清代骈文的渐次复兴,骈体游记在乾嘉间勃然兴起,而洪亮吉、吴锡麒堪称此体开山宗匠,洪、吴而后直至清末,名家继起、一脉相沿,保持了比较旺盛的生命力。其类型相对集中,旨趣比较统一,结构比较固定,文体不无开拓,其最善于模山范水、营造诗境,总体集复古、新创于一体,是中国游记文学史的重要组成部分。

客观地讲,与中国古代散体游记相比,骈体游记的历史积累相对不够深厚,总体成就也相对薄弱,但是我们不应对骈体游记特别是清代骈体游记的独特存在、历史价值置之不理。通过本文的探研,应当可以让我们认识到,骈体游记虽非中国游记文学史大宗,但无疑是其不可忽略的重要组成部分之一;清代骈体游记虽然不是清代游记文学之主体,但它是中国骈体游记的大宗,它以笼括众体、继往而作的气度,不但继承并发展了六朝以来的骈体游记,而且在散体游记之外别树一帜,充实了中国游记文学史的内涵。或许可以说,本文对清代骈体游记的探研还有待进一步深化,但它应当有助于学界认真审视清代骈体游记的历史价值,更正一些认识上的偏差。

---

① 梅新林、俞樟华主编《中国游记文学史》,第 346 页。

陈维崧骈文经典地位的形成与消解

吕双伟(湖南师范大学辞赋骈文研究中心)

陈维崧骈文在清代被选择、被接受与被扬弃的过程,其实就是其骈文经典地位的形成与消解的过程。在清代前、中和后期的不同文学观念与学术思潮下,不同读者对陈维崧骈文的阅读消费与接受理解自然不同。已有陈维崧的骈文研究较少,昝亮最早发表专题论文,对其版本与流传、艺术成就与不足做了深入分析。此后,陈曙雯对陈维崧骈文的雄健博丽、对偶新奇,用典灵活、善写兴亡之感、成就原因及文学史意义等做了细致探讨。杨旭辉将陈维崧视为"哀江南情结"的代表之一,对其骈文成就渊源、家国之感、沉博绝丽内涵等进行了独到阐释。张明强对陈维崧骈文的独特成就、影响及文学地位等进行了全面探究。路海洋也对陈维崧骈文的版本、内容、成就等进行了深入论述。[①] 迄今为止,无人对陈维崧骈文在清代的经典化及其消解进行全面探究,本文就此抛砖引玉,以求教于方家。

一、陈维崧的骈文情结与杰出成就

陈维崧是清初,甚至清代最重视骈文的文人,具有浓郁的"俪体"情结。他

[①] 分别参昝亮《陈维崧骈文试论》,杭州大学古籍研究所、中文系古汉语教研室编《古典文献与文化论丛》,中华书局1997年版,第145—157页;曹虹、陈曙雯、倪惠颖《清代常州骈文研究》,江苏人民出版社2010年版,第77—104页;杨旭辉《清代骈文史》,人民出版社2013年版,第143—158页;张明强《陈维崧与清代骈文复兴》,《学术论坛》2013年第5期;路海洋《清代江南骈文发展研究》,中国社会科学出版社2016年版,第57—89页。

爱好和推重"四六""俪体";又身体力行,一生创作了质量颇高的近两百首骈文。这些构成了其骈文经典化的前提和基础。他天资聪颖,文学禀赋超越常伦;又从小受过良好教育,研习诗赋、古文、制艺等,十岁就能代祖父陈于廷写出备受赞誉的《杨忠烈像赞》。

自韩柳古文运动以来,骈四俪六的文章地位一直不高。文人即使写作,也多以之为至浅之事。清初骈文同样备受轻视,徐庾俪体被视为"齐梁小儿语"。对此,陈维崧极力驳斥:"客亦未知开府《哀江南》一赋,仆射《在河北》诸书,奴仆《庄》、《骚》,出入《左》、《国》,即前此史迁、班掾诸史书,未见礼先一饭;而东坡、稼轩诸长调,又骎骎乎如杜甫之歌行与西京之乐府也。盖天之生才不尽,文章之体格亦不尽。"①将徐庾体的代表性文章与子、史地位相提并论,视其为文章体格之一。陈维崧对六朝骈文,特别是徐庾骈文的肯定,正是晚明复社、几社重视文采,推崇六朝诗文的延续。"正因为特别重视诗歌的文采,陈子龙等便非常推崇以文采斐然见长的六朝诗文,这是复古运动第三次高潮的一个重要特点。"②陈维崧15岁时就拜陈子龙为师,向他学习诗文,自然包括他擅长的骈俪文。陈维崧一生毫不遮掩自己对骈文的偏爱,堪称现存清代最早一位诉说自己擅长四六文的人。去世前两天,他哭泣着对三弟陈维岳说:"吾生平所为诗词古文,吾死后,弟为吾润色删定之。"又说:"吾四六文不多,固吾擅场之体,恨未尽耳。"③清初"古文"概念有时可以涵容"四六",这里的"古文"不管包含与否,他能特意在"诗词古文"之外,单列"四六文"为擅长文体,可见其对"四六"的推重和自己四六的珍惜。在此基础上,晚清李元度《国朝先正事略》踵事增华,转述陈维崧之语曰:"吾胸中尚有骈体文千篇,特未暇写出耳。"④

同乡好友蒋景祁(1646—1695)看望重病的陈维崧时,陈"从枕上顿首云:'某二十余年来,雅好填词,而薄长尤在俪体,甚不忍其无传,谨以属之子,而论定搜辑,幸呼我南耕(曹亮武)共之。'"⑤可见,对于诗、词、散体和骈文来说,陈维

---

① 陈维崧《词选序》,陈振鹏校点,李学颖校补《陈维崧集》,上海古籍出版社2010年版,第54页。
② 廖可斌《明代文学思潮史》,人民文学出版社2016年版,第559页。
③ 陈维岳《陈迦陵俪体文集跋》,陈振鹏校点,李学颖校补《陈维崧集·附录》,第1809页。
④ 沈云龙主编《近代中国史料丛刊·正编》第十二辑111册,第1744页。
⑤ 曹亮武《陈检讨集序》,陈振鹏校点,李学颖校补《陈维崧集·附录》,第1815页。

崧最为重视、最渴望流传的是骈文。因此，蒋景祁在陈去世两年后，即首先刊刻其俪体文；还特意点明陈维崧的偏好之心："所撰散体古文最多，时散见诸名人集，皆不录，独以是编授余，其意可知已。"①另一同乡好友徐喈凤(1622—1689)也指出陈维崧以擅长骈文"自喜"：

> 诗词古文不下数千首，而骈体尤极工丽，直踞徐、庾、王、骆之上，当世士大夫称骈体者必推其年，其年亦自喜长于骈体，以文请者多以骈体应之。②

这不是朋友之间的夸饰之语，而是顺治至康熙前期的文坛实况。名流的肯定与自己的喜爱，使得陈维崧对其骈文充满自信，非常珍惜。"伯兄俪文，海内咸推之，而兄亦自以为有心手独得处。弃之箧中，积有一百六十许首，石已镂板行之矣。兄散文不名一家，脱稿随手佚去，多不存者。"③相比而言，他对散体文重视不够。这正是蒋景祁最早刊刻其俪体文的原因。

陈维崧不仅嗜好骈文，大力创作骈文，还具有鲜明的骈、散分体意识。骈体和散体本质上是一种语言表达方式，一种修辞手段，文体的自足性不强。因此，清代以前的骈俪之文，只是发展出独立性较强的"四六"，没有出现以"俪体""骈文"或"骈体"命名的文集。陈维崧效法骈四俪六特征鲜明的徐庾体和初唐四杰体，具有骈、散分体的高度自觉性。他曾计划编选《今文选》和《今文钞》——偏于骈体和偏于散体的选本。其《征刻今文选今文钞启》有曰："是以遴彼鸡林，探其象罔，都为一集，派以两家。学秦、汉、六朝者，入萧家《文选》之中；仿韩、柳、欧、苏者，归茅氏《文钞》之部。庶几两美，要可单行。所望高贤，共成胜事。"④顺治十八年(1661)，陈维崧与冒嘉穗、冒丹书编成《今文选》。该书共八卷，包括赋、表、颂、启、书、序、诔、碑等文体，选录陈子龙、夏允彝、吴应箕、宋征舆、周亮工等人的骈体文。《凡例》云："凡云选者，悉仿萧梁太子；凡云抄者，俱拟唐宋八大家。"⑤这里不仅体现了鲜明的骈、散分体意识，而且以"今文"为名，收入赋体，

---

① 蒋景祁《陈检讨集序》，陈振鹏校点，李学颖校补《陈维崧集·附录》，第1812页。
② 徐喈凤《陈检讨集序》，陈振鹏校点，李学颖校补《陈维崧集·附录》，第1813页。
③ 陈维岳《迦陵文集跋》，陈维崧著，陈振鹏校点，李学颖校补《陈维崧集·附录》，第1802—1803页。
④ 陈维崧著，陈振鹏校点，李学颖校补《陈维崧集》，第253页。
⑤ 陈维崧、冒禾书、冒丹书《今文选》，清康熙元年(1662)刻本。

为"陈维崧俪体文集"首卷收录律赋、骈赋开了先河。据毛际可所说,陈维崧生前已开始编录自己文集:"居久之,陈子其年访余邸舍,出其全集见示。自赋骚书启以及序记铭诔,皆以四六成文。"①这里的"全集"包括赋、骚、书、启等八种文体,都以"四六成文",故被陈维崧视为一种体类。清代以前的"四六"文集一般没有收赋,陈宗石刊刻的"陈迦陵俪体文集"收入律赋和骈赋,既是陈维崧文体思想的准确体现,又超越了之前四六一般不收赋的传统,反映了清代骈文对赋的扩容,深刻影响了后来的"俪体""四六""骈体""骈文"文集收录赋作,从而为赋与骈文的关系开拓了新空间。

在骈文批评上,陈维崧继承晚明四六推尊骈体的传统,不遗余力地呼唤骈文的正常地位。在晚明四六序跋中,四六、古文同源共流,经典文本中已有排偶句式等与古文争地位的理论已出现。古文家倡导先秦两汉单行之文,特别推崇五经等儒家经典。如果这些经典中出现或者惯用对偶,那么,骈文的根本特性就有了先天的合法性依据。因此,古文家攻击骈文背弃经典,追逐骈俪,远离风雅的观点就不攻自破。但这种为骈文争取地位的声音,在顺康之际势单力薄,影响不大。康熙前期,六朝骈文特别是工整华丽的四六骈体依然备受轻视。陈维崧在《词选序》中推尊词体时,附带涉及了骈文。在为友人陆廷抡的文集作序时,陈维崧进一步专门为六朝骈文发声:

将使江、萧染翰,弁龙门纪事之文;潘、左操觚,序鹿洞谈经之作。则筵前授简,请以属之他人;座上挥毫,愿以俟夫君子。何则?燕函越镈,递有专家;北辙南辕,要难并诣。一疏一密,既意隔而靡宣;或质或文,复情暌而罕俪。然而诸家立说,趣本同归;百氏修辞,理惟一致。倘毫枯而腕劣,则散行徒增阗冗之讥;苟骨腾而肉飞,则丽体讵乏惊奇之誉?原非泾渭,讵类玄黄?②

他清楚地意识到江淹、萧统、潘岳、左思的骈体之文与司马迁、朱熹散体史、经特征不同,差异较大。两者存在"疏""密"之异与"质""文"之别,用骈体为散体的经史作序,杂糅交错,会导致"意隔""情暌"。但两者并无高低之分,立说之

---

① 毛际可《陈其年文集序》,《安序堂文钞》卷五,《四库全书存目丛书》集部第229册,第549页。
② 陈维崧《陆悬圃文集序》,陈振鹏校点、李学颖校补《陈维崧集》,第333—334页。

趣和修辞之理一致。散行运用不当会导致愚钝之讥,俪体使用得体会带来惊奇之誉。在《吴园次林蕙堂全集序》中,陈维崧更是借吴绮(1619—1694)之口说出当时为文,主要指骈文"自俗学之师心,致前型之偭矩"。这导致两个弊端:一是"纥库干运笔成锥,斛律金署名类屋。宿儒老子,高谭《内则》《归藏》;末学小生,粗识《孝经》《论语》。上车不落,便尊唐宋而薄周秦;体中何如,辄誉开元而卑大历。是则胸无故实,笥鲜缥缃,裸民诮雾縠为太华,瞎女憎西施之巧笑"。即腹笥空空,却妄分流派,嗤点高低。二是"或则仅解虫镌,差工獭祭,悔读《南华》之卷,不精《尔雅》之篇。仿兰成碑版之作,只堪借面吊丧;效醴陵离别之言,仅可送人作郡。不知六诗三笔,每每以古郁称奇;四库五车,往往以沉雄入妙。徒组釧笙簧之是侈,将风云月露其奚为?是则刻云端之木雁,未必能飞;琢箭上之金徒,何曾解舞。成都粉水,弱锦濯而宁鲜?河北花笺,钝笔描而失丽。益成挦撦,劣得揣摩"①。即只会模拟,追求形式,最终导致剽窃古人,形同优孟。陈维崧、吴绮都重视六朝诗歌、骈文,彼此以知音相待,以文学相高。吴绮甚至说:

  粤沿古以迄今,羌无奇而不耦。是故珊瑚笔格,互说庾、徐;翡翠书床,交推温、李。晋家潘、陆,梁代阴、何;南朝则江、鲍齐名,北府亦温、邢竞爽。歌楼丽句,元、白同声;酒舍香词,周、秦继响。昔人所载,何代无贤。当斯世而有吾两人也,宁集成而无子一言乎?②

《林蕙堂全集》由骈文、诗、词组成,这里通过"点将"历代作家来说明两人的偏爱。说诗词成就"斯世而有吾两人",自属夸张,偏离事实;但说当时骈文以他们为高,却符合事实。乾隆时四库馆臣也这么认为:"国初以四六名者,推绮及宜兴陈维崧二人,均原出徐庾。维崧泛滥于初唐四杰,以雄博见长。绮则出入于樊南诸集,以秀逸擅胜。"③陈维崧不仅倡导骈体,而且大量创作,取得了杰出成就。

相对于唐宋元明"四六"来说,陈维崧的"俪体"内容大为拓展,体式更加丰富,情感更为真挚,风格更趋多样,这标志着清初骈文创作高峰的来临。康熙二

---

① 陈维崧著,陈振鹏校点,李学颖校补《陈维崧集》,第 319 页。
② 陈维崧著,陈振鹏校点,李学颖校补《陈维崧集》,第 319—320 页。
③ 永瑢等《四库全书总目》卷一七三,中华书局 1965 年版,第 1521 页。

十六年(1687),四弟陈宗石出资印行《陈迦陵俪体文集》。该书共十卷,收录15类骈体167首,包括序90首,启29首,书11首,赋10首,祭文9首,诔4首,像赞3首,颂、疏、哀辞各2首,碑文、志铭、记、跋、题后各1首。从《樊南四六》开始,直到清初,各种"四六"文集与四六话,其叙述对象主要为诏诰、表启、上梁文和乐语等应用性文体,主体是表启。它们多属于公牍文,政治性较强,抒情性较弱,个人化空间较小,很少抒发个人真情实感,诉说离愁别绪,感慨兴亡盛衰等,多为无病呻吟、冠冕堂皇的客套话,文学性与情感性不够。陈维崧大大突破了前代窠臼,为骈文内容开辟了新空间,树立了新典范。

陈维崧主要效法齐梁至初唐骈体文风,即以徐庾及四杰为代表的骈文。同时,他又力图超越,表现自我真实感受,叙述自己亲身经历,追求雄博富艳的风格。《陈迦陵俪体文集》收录15类文体,第一卷为律赋与骈赋,为清代骈文集首创;序为文集的主体部分。在陈维崧的骈文中,这两种文体较有代表性。《璇玑玉衡赋》为康熙十八年(1679)应试博学宏词时所作。律赋内容虽多润色鸿业,歌功颂德,但形式雍容,用词典雅,造句旁征博引又能融会贯通,非博学多才者不能为之。从形式上来说,《璇玑玉衡赋》多用四六隔句对和四四隔句对,几乎每句都用典故,字字皆有来历,文风华丽,风格典雅。除了押脚韵与四六表启不同外,其他艺术特征基本相似。《铜雀瓦赋》①虽然篇幅不长,但饱含兴亡沧桑之感,情感深沉:

> 魏帐未悬,邺台初筑。复道衮延,绮窗交属。雕甍绣栋,矗十里之妆楼;金埒铜沟,响六宫之脂盝。庭栖比翼之禽,户种相思之木。驱娑前殿,逊彼清阴;柏梁旧寝,嗟其局蹙。无何而墓田渺渺,风雨离离。泣三千之粉黛,伤二八之娥眉。虽有弹棋爱子,傅粉佳儿;分香妙伎,卖履妖姬;与夫杨林之罗袜,西陵之玉肌,无不烟消灰灭,矢激星移。何暇问黄初之轶事,铜雀之荒基也哉?春草黄复绿,漳流去不还;只有千年遗瓦在,曾向高台覆玉颜。②

---

① 李金松注意到陈维崧和冒襄文集中都有《铜雀瓦赋》,内容基本相同,认为《铜雀瓦赋》为陈维崧所作。参见《陈维崧、冒襄诗文集中〈铜雀瓦赋〉之著作权辨》,《中国韵文学刊》2014年第1期。
② 陈维崧《陈迦陵俪体文集》卷一,陈振鹏校点,李学颖校补《陈维崧集》,第173页。

全文同样运用四六、四四隔句对等句式,就铜雀台及其遗事抒发兴亡盛衰之感。先描摹邺台初筑时的富丽堂皇和金粉绮丽,连驳娑宫及柏梁台都黯然失色。接着感叹人事兴亡,化用曹操临终分香卖履典故,感慨宫女、曹丕、何晏、曹植等最终都灰飞烟灭,更加不必说黄初轶事和铜雀台的荒基了。最后以春草复绿,漳水无情,一切荣华都将消逝,只有曾目睹红颜歌舞的铜雀瓦依旧留存,点明主题。全赋虽辞藻华丽,题材普通,但以情纬文,以心为文,因此毫无凝滞、呆板的缺点。序占据了陈维崧骈文的绝大部分,达到90首。加上其散体文中的某些序和补遗其实是骈文,总量在100首以上。陈维崧丰富了晚明四六骈体序的内容,提升了骈体序的情感底蕴和现实维度。其《曹实庵咏物词序》同样充满人世沧桑,世事荒凉之感。开头曰:

霜凋魏帐,月中之剩瓦何多;水咽秦关,地上之残城不少。天若有情,天宁不老;石如无恨,石岂能言!铜驼觳觫,恒逢秋至以偏啼;银雁䴉沙,惯遇天阴而必出。山当雨后,易结修眉;竹到江边,都斑细眼。溯夫皇始以来,代有不平之事。千年关塞,来往精灵;万古河山,凭陵鬼物。纵复人称恨甚,事奈愁何。江淹工愀怆之辞,鲍照擅苍凉之赋。正恐世阅世以成川,年复年而作谷。捧黎阳之土,埋此何穷;积函谷之泥,封来不尽。①

虽然形式工整,多用四七、四四和五四式隔句对;也使用较多典故,但感慨深沉,哲思浓郁,且典故多为明用,一气呵成,因而文意通达。《乐府补题》收录了王沂孙、周密、王易简等15位南宋遗民所作的37首词。对于南宋遗民的心情、处境与遭遇,陈维崧感同身受,悲情满怀,有曰:"粤自云迷五国,桥籖啼鹃;潮歇三江,营荒夹马。寿皇大去,已无南内之笙箫;贾相难归,不见西湖之灯火。三声石鼓,汪水云之关塞含愁;一卷《金陀》,王昭仪之琵琶写怨。皋亭雨黑,旗摇犀弩之城;葛岭烟青,箭满锦衣之巷。"②《龚介眉湘笙阁诗集序》开篇点明身处戎马乱离之世,触目皆悲;接着叙述朋友龚百药的世家出身、坎坷经历与杰出才华;最后抒发沉痛的羁旅漂泊之感:"嗟乎!碧草粘天,尽是思乡之客;黄尘匝地,谁非去国之人。袁大舍之妆台,风飘蝉鬓;冯小怜之画阁,月照燕钗。赋号

---

① 陈维崧《陈迦陵俪体文集》卷七,陈振鹏校点,李学颖校补《陈维崧集》,第364—365页。
② 陈维崧《陈迦陵俪体文集》卷七,陈振鹏校点,李学颖校补《陈维崧集》,第401页。

《芜城》,文成《枯树》,欣逢才子,快睹名篇;自愧陈人,难忘新曲。当年宋玉,应有雄风;此日王筠,空吟雌霓云尔。"①吴伟业认为该文:"撮子山、义山之长,而能自标兴会,不袭铅华。四六家在今日,当推其年为第一"②除了感情以悲苦为主,隶事丰富、平仄调谐之外,多用四六隔对也是陈维崧效法徐庾、四杰和李商隐的重要表现。钟涛指出:"四六隔对在陆机骈文中,即已出现。宋齐骈文的许多篇中,也已存在。而到徐陵、庾信之文,有两点与前人之作不同了。一是在其骈文中,四六隔对绝对数量增加了;二是一篇中,四六隔对连续运用的情况出现了。"③四六隔对的增加和连用,正是徐庾对前代骈文的发展,也是陈隋初唐骈文延续徐庾的重要表现。

二、陈维崧骈文经典地位的形成

作为文学家的陈维崧非常幸运,在顺康之际的文坛上叱咤风云。词学上,他与董以宁、邹祗谟等填词唱和,开创阳羡词派,与浙西词派、常州词派鼎足而立,奠定了清代词坛的基本格局。骈文上,他近承晚明四六兴盛之风气,远绍齐梁至初唐整赡文风,将个人身世之感、沦落之悲、家国之思等融入其中,将骈文诗词化、抒情化和个人化,大大拓展了晚明"四六"的内涵与容量,成为清代骈文发展的标志性人物。他的诗歌成就突出,在当时也赢得了王士禛、龚鼎孳等名家赞誉。虽然一生仕进无门,困于诸生;游食四方,颠沛流离,但这些反而促使他成为顺康之际的文坛明星。每到一处,聚者云集。于诗酒文会之中,作慷慨悲歌之文。清初的文学创作中心江南、京都和中州,都留下了他诗文唱和、应酬交游的踪迹。相比古今中外的很多文学家生前默默无闻,死后才声名鹊起,陈维崧已经是很幸运的了。陈维崧的骈文情感深沉,悲歌慷慨;句式工整,典故繁富;叙述和抒情交融,声律与隶事兼备;又大量运用汉魏六朝典故,尤其喜欢化用庾信、徐陵诗文;较多运用隔句对,或四六,或四四,或六四,或四七,或四五等,这使得他的骈文具有浓郁的齐梁(含初唐)体色彩。陈康祺说"国朝骈体自

---

① 陈维崧《陈迦陵俪体文集》卷五,陈振鹏校点,李学颖校补《陈维崧集》,第 271—272 页。
② 陈维崧著,陈振鹏校点,李学颖校补《陈维崧集》,第 272 页。
③ 钟涛《六朝骈文形式及其文化意蕴》,东方出版社 1997 年版,第 106 页。

以陈检讨为开山"①,正说明了陈维崧骈文的经典性地位。

陈维崧延续、拓展了晚明四六的形式与内容,树立了新的"俪体文"标准。晚明齐梁骈体文风盛行,王夫之有曰"崇祯间,齐梁风靡,骈丽为虚华"②。明末幾社领袖陈子龙精于诗赋、古文,骈体尤精妙,吴伟业谓其"四六跨徐庾,论策视二苏,诗特高华雄浑,睥睨一世"③通过陈子龙学生陈维崧等人的传承,这种文风在顺康之际表现突出。毛先舒(1620—1688)有曰:"昔者黄门夫子,振起吴松,四六之工,语妙天下。余与其年,皆及师事。悠悠摆落,仆复何言。乃其年则群推领袖,直接宗风。"④陈维崧将晚明流行的六朝骈体文风成功地带入顺康之际文人的交游应酬中,成为明末文风在清初的实际代言人;同时,他又发挥个人的杰出才华,以新内容、新情感和新技巧来创作,成为清初骈文的开拓者。同时代的冒襄、魏禧、徐乾学、王士禛、毛先舒、毛际可、蒋景祁、李澄中、胡献徵、余国柱、徐喈凤、曹亮武、尤侗、吴绮、陈维岳、陈宗石等朋友或亲戚已对他的诗词骈文,特别是骈文成就作了深入点评。这些积极性的评论,形成了康熙前期骈文史上的"陈维崧热",也为康熙中后期至乾隆年间骈文的发展提供了重要参考。虽然这些评价存在着亲友之间的夸饰,但基本上指出了陈维崧骈文的主要特征及文学史地位,成为其骈文经典化的重要内容。

陈维崧以其世家子弟身份与过人的骈体才华,赢得了广泛赞誉。陈宗石认为"兄生平所为文,尤擅场俪体"⑤。陈维崧自言魏禧(1624—1680)"猥因品骘之次,沿及鄙人;独于骈偶之家,谬推芜制"⑥。汪琬(1624—1691)很少赞赏同辈之文,独推崇陈维崧骈文,其《说铃》说道:"陈处士排偶之文芊绵凄恻,几于凌徐扳庾,余致书王十一(王士禛)曰:'唐以前某所不敢知,盖自开、宝以后七百年,无此等作矣。'"⑦同门毛先舒为陈维崧骈文作序,首先肯定陈维崧的世家高第与杰出才华,接着赞扬其"尤耽俪体,独冠当时。"这种"独冠"如果只是孤证,那么难

---

① 陈康祺《郎潜纪闻初笔》卷八,《郎潜纪闻初笔二笔三笔》,中华书局1984年版,第171页。
② 王夫之《文学刘君崑映墓志铭》,《王船山诗文集》,中华书局1962年版,第35页。
③ 吴伟业《梅村家藏稿》卷五八,《四部丛刊初编》本。
④ 毛先舒《陈迦陵俪体文集序》,陈振鹏校点,李学颖校补《陈维崧集·附录》,第1804页。
⑤ 陈宗石《陈迦陵俪体文集跋》,陈振鹏校点,李学颖校补《陈维崧集·附录》,第1808页。
⑥ 陈维崧《陆悬圃文集序》,陈振鹏校点,李学颖校补《陈维崧集》,第335页。
⑦ 王士禛《感旧集》卷一一,清乾隆十七年(1752)刻本。

免为朋友之间的客套话。但吴伟业、魏禧和吴绮都表达了类似看法,可见不是空穴来风。毛先舒进一步具体说明陈维崧骈文的独特性:

> 观其整肃则垂绅搢笏,雄毅则剑拔弩张,绮丽则步障十层,遥裔则平楚千里。或徘徊如堕明月,或夭矫如曳晴虹,或如妖姬扬袂而望所思,或如秋士餐英而思所托。……且夫其年之手,弄丸有余。能于属词隶事之中,极其开阖;不外紬青媲白之法,自行跌荡。正如山阴楷书,而具龙跳虎卧之奇;杜陵排律,乃得歌行顿挫之致。蔚乎神笔,讵不然欤!①

"整肃""雄毅""绮丽""遥裔",状其风格多样;"徘徊""夭矫"等,摹其姿态丰富。又指出其属词隶事能做到纵横捭阖,俪青妃白之中具有跌宕起伏之胜,如同王羲之楷书和杜甫排律,堪称"神笔"。毛先舒的序本身就是骈体,可谓本色当行。陈僖也从陈维崧骈文辞藻、句式、构思、文气及地位等方面作了深入点评:"锦心绣口,玉佩琼琚,思若涌泉,辞如注水。心手之调,词意之属,一字一句,皆别开生面,使人读之,觉齿颊香而心目豁者。此集出,凡辞人才子,骈黄俪绿,曳玉敲金,人握灵蛇之珠,家抱荆山之玉,皆当焚笔砚矣,岂非绝技也哉!因信文不论大小,惟有一段真精神透映纸上,便是慧业,皆足以发奎璧之光,而传之千百世也。"②"真精神"即真性情,真感受,不是无病呻吟,装腔作势;又视其为巅峰之作,肯定其可以传之后世,这正是他对乃兄骈文经典性的自信。毛际可论文黜华崇实,本来轻视骈俪之文和应酬之诗,曾经绝笔不作骈文十年;但陈维崧的骈文震撼了他,使他改变态度:

> 余偶披篇首,已见其棱棱露爽;继讽咏缠绵,穷宵达昼。言情则歌泣忽生,叙事则本末互见。至于路尽思穷,忽开一境,如凿山,如坠壑,如惊兕乍起,鸷鸟复击,而神龙夭矫于羽翮交集之中,为之舌挢而不能下。始悟文之有骈体,犹诗之有排体也。③

善于言情,长于叙事,灵活多样而又运用自如,使得毛际可认识到文章有骈体,如同诗歌有排律,都是文学发展自然演变的结果。

---

① 毛先舒《陈迦陵俪体文集序》,陈振鹏校点,李学颖校补《陈维崧集·附录》,第1804—1805页。
② 陈僖《陈迦陵俪体文集序》,陈振鹏校点,李学颖校补《陈维崧集·附录》,第1807—1808页。
③ 毛际可《陈其年文集序》,《安序堂文钞》卷五,《四库全书存目丛书》集部第229册,第549页。

康熙时代,陈维崧的骈文备受称赞,同时还被大量摹拟。汪芳藻,字蓉洲,安徽休宁人,今存《春晖楼骈体》。他师法陈维崧,毛际可有曰:"蓉洲虽师范检讨,而起复顿宕,皆有浑灏之气相为回旋,亦使人摩抄于神骨间而得之者也。京师为天子之居所,见城阙之嵯峨,帑藏之繁富,与夫朝会宴享之巨丽,导扬称述,独以骈体为宜。"①康熙五十七年(1718),汪洪度有曰:"自吴吴兴、陈阳羡两君出,仅借俪六配四,以大发其情,大阐其理,大展其势,大畅其辞,如大水浮物,其气斩之不断,其句掷之成声,遂大雪此体之耻,而别开一生面焉"②指出了吴绮、陈维崧的骈文在情感、道理、气势、文辞上的开拓,别开生面,开启一代风气。曹虹先生论述清代常州骈文兴盛时,有曰:"顺、康、雍时期,常州骈文作者有骈文专集传世或著录的,陈维崧之下,徐瑶《爱古堂俪体》、谢芳连《风华阁俪体》、瞿源洙《笠洲俪体》、史乘豫《苍雪斋俪体文》、庄骞《拟古四六》亦擅名,前五人都是宜兴人,后一人是武进人。"③从中可见,常州地区,特别是宜兴地区"俪体"的相对盛行,无疑与陈维崧俪体文集的刊行与成就的召唤有关。

乾隆初年,储大文(1665—1743)《赠通政陈君序》有曰:"君世父检讨迦陵先生骈体、乐府高一世。"④"陈君"为陈维崧四弟陈宗石的儿子陈履平,乾隆三年(1738)官至通政司右通政。此时的他还因为伯父的骈体、词独冠一世而得到鼓励。乾隆中后期纂修《四库全书》,对四六、骈体评价较为全面、客观,有意提高六朝骈体、唐宋四六和清初骈文地位,反拨自唐代古文运动以来就轻视骈俪、四六的观点。在《四库全书总目》中,四库馆臣高度概括了陈维崧骈文在清初直到乾隆后期的经典性地位。其《陈检讨四六》提要有曰:

> 国朝以四六名者,初有维崧及吴绮,次则章藻功《思绮堂集》亦颇见称于世。然绮才地稍弱于维崧,藻功欲以新巧胜二家,又遁为别调。譬诸明代之诗,维崧导源于庾信,气脉雄厚如李梦阳之学杜;绮追步于李商隐,风格雅秀,如何景明之近中唐;藻功刻意雕琢,纯为宋格,则三袁、钟、谭之流亚。平心而论,要当以维崧为冠。徒以传颂者太广,摹拟者太众,论者遂以

---

① 毛际可《汪蓉洲骈体序》,《会侯先生文钞·一集》卷六,《四库全书存目丛书》集部第 229 册,第 790 页。
② 汪洪度《鸿雪斋俪体序》,清康熙五十七年(1718)刊本。
③ 曹虹、陈曙雯、倪惠颖《清代常州骈文研究》,江苏人民出版社 2010 年版,第 16 页。
④ 储大文《存砚楼文集》卷一一,《景印文渊阁四库全书》本。

肤廓为疑,如明代之诟北地。实则才力富健,风骨浑成,在诸家之中,独不失六朝、四家之旧格,要不能以挦撦玉溪,归咎三十六体也。①

面对当时质疑陈维崧骈文"肤廓"的背景,四库馆臣肯定其"才力富健,风骨浑成",当为清初翘楚。然因传颂者和摹拟者太多,导致言辞空泛,不切实际,但不能因此否定其独冠一时的地位。四库馆臣以梁陈骈文,主要是徐庾体为极盛;又肯定赓续梁陈的四杰骈文。其《梁文纪》提要有曰:"然古文至梁而绝,骈体乃以梁为极盛,残膏剩馥,沾溉无穷,唐代沿流,取材不尽。譬之晚唐五代,其诗无非侧调,而其词乃为正声。寸有所长,四六既不能废,则梁代诸家亦未可屏斥矣。"②其《陈文纪》提要有曰:"韩、柳未出以前,王、杨之丽制,燕、许之鸿篇,多取材于是者,亦不能以其少而废之矣。"③在梁陈至初唐的骈文家中,四库馆臣最为推崇的是庾信。有曰:"其骈偶之文,则集六朝之大成,而导四杰之先路。自古迄今,屹然为四六宗匠。……至信北迁以后,阅历既久,学问弥深,所作皆华实相扶,情文兼至。抽黄对白之中,灝气舒卷,变化自如,则非陵之所能及矣。"④吴伟业的古文杂以骈俪,四库馆臣认为有违"正格":"惟古文每参以俪偶,既异齐梁,又非唐宋,殊乖正格。"⑤在他们看来,骈文的正格是齐梁(包括初唐)体,徐庾体为其代表,庾信成就最高。刘麟生有曰:"徐庾在骈文中,尚有一重大贡献,即四六句之属对是也。以四六句间隔作对,可谓徐庾导其风。古人作对,不过上句对下句;其隔句作对,亦往往多用四言。至四六句间隔作对,则首推徐庾为多。"⑥陈维崧最为推崇庾信骈文,审美标准与四库馆臣一致。在这种情况下,陈维崧的骈文地位虽受质疑,但仍然是清初最高代表。

陈维崧骈文的多次刊刻,也有利于其经典地位的形成。他去世后,文集特别是骈文集得到很好编撰与注释。去世前,同乡好友蒋景祁去看望他,他嘱托蒋刊刻;又嘱托三弟陈维岳,请他转告当县令的四弟陈宗石刊刻。康熙二十一

---

① 永瑢等《四库全书总目》卷一七三,中华书局1965年版,第1524页
② 永瑢等《四库全书总目》卷一八九,第1721页。
③ 永瑢等《四库全书总目》卷一八九,第1721页。
④ 永瑢等《四库全书总目》卷一四八,第1276页。
⑤ 永瑢等《四库全书总目》卷一七三,第1520页。
⑥ 刘麟生《中国骈文史》,东方出版社1996年版,第55页。

年(1682)五月初七,陈维崧病逝。1683年,蒋景祁就与曹亮武在宜兴选刊《陈检讨诗集》四卷。1684年,蒋景祁又在苏州刊刻其部分诗词文的合集——《陈检讨集》。1686年,陈宗石和陈维岳共同编订《陈迦陵俪体文集》,次年刊行。1687年,陈宗石编订了《陈迦陵文集》、《湖海楼诗集》。1688年,陈宗石刊刻《湖海楼诗集》。1689年,陈宗石编订《迦陵词全集》,同年四月中旬,刊刻《陈迦陵文集》。1690年,陈宗石刊刻《迦陵词全集》。① 可见,在陈维崧逝世后的约八年时间中,他的诗词文全集就已出版。这对于家道中落的陈家来说,实在不易。在这些版本中,骈文无疑最多,他本人遗愿得到了很好贯彻。康熙三十三年(1694),程师恭注《陈检讨集》二十卷刊行,所收全为骈文,这反映了时人的重视程度。

程师恭对陈维崧的骈文加以详细注释,推动了其传播与接受,对其经典化起到了不可替代的作用。程师恭(1650—1712)以蒋景祁《陈检讨集》十二卷为底本,重新厘为二十卷,对陈的大部分骈文都作了详细注解,命名《陈检讨四六》。陈维崧的骈文雄奇浩博,典故繁多,程注极大地方便了读者,加速了其流传,也给自己赢得了声誉。四库馆臣在《陈检讨四六》提要中也对之作了肯定评价,在指出一些失误之后,说:"四六之文,非注难明,而师恭捃摭故实,尚足资考证,故并存之,以备参稽。"袁枚(1716—1797)说他:"学问博雅,注陈检讨四六得名,以平时好古,不喜时文。"②乾嘉知名学者汪辉祖(1730—1807)甚至记载了他十一岁时学习《陈检讨四六》,成年后受益的故事:"元日效蹴鞠戏,奉直公诃止之,授《陈检讨四六》一册,令每日读半篇,不得下楼。辉祖后佐幕,以骈体文受知当事,本于是也。"③从中也可以窥见陈维崧骈文在乾隆年间依旧流行的情况。在程师恭的影响下,后来还有多位进行补注或笺证或评点的人,如鲍东里、王世枢、许昂霄、顾张思等④。可见,陈维崧骈文对康乾时代的人具有较大吸引力,备受重视,整个清代都罕有其匹。然而,模拟者多,创新不够,导致容易产生审美

---

① 参周绚隆《陈维崧年谱》,人民出版社2012年版,第709—712页。
② 袁枚《新齐谐》卷一三"乡试弥封"条,清嘉庆间刻随园三十种本。
③ 汪辉祖《病榻梦痕录》卷上,清道光三十年(1850)龚裕刻本。
④ 此后有鲍东里的《陈检讨四六补注》、王世枢的《陈检讨四六笺注》、许昂霄的《陈检讨四六评敬业堂诗评》、顾张思的《陈检讨四六补注》等,分别参何绍基《(光绪)重修安徽通志》卷二二九,清光绪四年刻本;王昶《(嘉庆)直隶太仓州志》卷三八,清嘉庆七年刻本;李楁《(民国)杭州府志》卷九五,民国十一年本;王昶《湖海诗传》卷四〇,清嘉庆刻本。

疲劳："昭代人文化成,骈体之工,无美不备。自陈检讨其年一出,觉此中别有天地。比来模拟相寻,久习生厌。"①这种厌倦,到了嘉道以后,逐渐由暗流变为波涛,导致了陈维崧骈文经典地位在晚清的消解。

三、陈维崧骈文经典地位的消解

陈维崧骈文并非白玉无瑕,也存在不足。由于广泛流传,大量模拟,这些不足越来越明显,从而也日益损害其经典性地位。好友李澄中(1629—1700)为其散体文作序,说明陈维崧少年学诗后,接着说道:"中年始穷极变化,复以专攻徐庾骈丽之文。其余古作者之旨,未竟所能至而止。然其天才高逸,每序一事,委曲详尽,巨细毕臻,疑近于烦碎者之所为,不知其原本《史》、《汉》,盖得物之情而肆之于心者也。虽片语单词,不乏丽藻,大抵长卿《喻蜀》、《谏猎》之遗耳,乌足为其年病哉!"②这里侧面说明陈维崧骈文的不足有:专攻徐庾骈体,没有达到古作者之旨;叙事过于详细,巨细无遗,导致烦琐、细碎;散体文中夹杂丽藻,包括骈四俪六,导致文体不纯。李澄中从维护陈维崧的角度来立论,读者可以从相反的角度来理解。康熙末年,章藻功评价唐宋至清初的骈文,有云:"惟唐工丽,得毋尚少机神;若宋流通,或且疑于轻率。降自元明以后,大都巴里之音。溯诸徐庾而前,竟似《广陵》之散。吴园次班香宋艳,但接短兵;陈其年陆海潘江,未如强弩。咀徵含商者成市,扬葩振藻者如林,而飞窃鹤声,形同犬吠。"③对吴绮和陈维崧的骈文作了否定批评,更对仅仅追求声律和辞藻的模仿者加以激烈批判。

乾嘉年间骈文盛行,吴鼒《八家四六文钞》所选全部为乾嘉时人,曾燠《国朝骈体正宗》所选也绝大部分为乾嘉作手。文章名家李祖陶(1776—1858)编选《国朝文录》时说,"嘉庆朝骈体盛行,古文予不多见"④。相对于乾嘉骈文,清初骈文家数量偏少,公认名家也不多。嘉道以来,政治上由严密趋向宽松,学术界转向汉宋兼容,文章界走向骈散不分。文风、学风由对立走向融合,是嘉道以来

---

① 毛际可《汪蓉洲骈体序》,《会侯先生文钞·一集》卷六,《四库全书存目丛书》集部第229册,第790页。
② 李澄中《迦陵文集序》,陈振鹏校点,李学颖校补《陈维崧集·附录》,第1801页。
③ 章藻功《与吴殷南论四六书》,《思绮堂文集》卷八,《四库未收书辑刊》第捌辑第24册,第448页。
④ 李迈唐《国朝文录自序》,《续修四库全书》第1669册,第300页。

普遍化的社会思潮。① 这既是自身演变的本然结果,也是外部因素作用的必然结局。骈文方面,句式声律上,推崇骈散交融,多用四言句式和单句对行文,讲究文气流贯,不刻意追求平仄调谐,骈四俪六的隔对被冷落;辞藻隶事上,追求简质清刚,反对繁缛秾艳和堆积六朝典故;内容风格上,去俗求雅,追求沉博绝丽,反对炫才使学,肆意滥情。在这种背景下,以陈维崧、吴绮、章藻功为代表的清初四六骈体遭到前所未有的冷落。嘉庆十一年(1806),曾燠主编的《国朝骈体正宗》刊行。全书十二卷,清初仅有 1 卷 18 篇,包括毛奇龄 5 篇,陈维崧 8 篇,毛先舒 2 篇,陆圻、吴兆骞和吴农祥各 1 篇,其余都为乾嘉骈文。值得注意的是,该书将《陈迦陵散体文集》六卷中的《刘沛玄诗古文序》、《与张芑山先生书》、《上龚芝麓先生书》3 篇选入,而《陈迦陵俪体文集》167 首中,只选了《周栎园先生尺牍新钞序》、《答周寿王书》、《与芝麓先生书》、《上芝麓先生书》、《与陈际叔书》5 篇。将陈维崧散体文集中的文章视为"骈体正宗",正反映了此时风尚的变化。《刘沛玄诗古文序》为刘霖恒而作。前半部分为铺垫烘托,论述文人才士"遭世訾议,与物凿枘,遘会蹈机,动而获咎"的三种表现:"一者标致诞逸,神智旷迈,接引声势,抗立崖岸,杨子幼(杨恽)怼狷之伤,杜周甫(杜密)峭激之累。二者词气英俊,姿制清绮,浚自才锋,了非依傍,耗岁月于藩溷,弃形骸于土木,一篇之工,万事都废。三者挥斥世资,惑溺上灵。体撰宫殿,则般输(鲁班)集于铅椠;形状歌舞,则牙(伯牙)、涓(卫国乐师)辏于毫素。莫不炫等空花,幻同海枣。盛宪于以夭其年命,王勃于以绝其荣华。"② 感慨文士或放诞飘逸,特立独行;或嗜好篇章,万事都废;或挥斥资财,沉溺神灵,导致遭谗受讥,被权贵遗弃。经过如此铺垫之后,接下来才叙述刘霖恒的年龄、才华、家世、性格和经历等:

> 吾友梁溪刘子沛玄,所谓文人才子者非耶! 年均终、贾,才踰崔、蔡。一门昆季,如震修、曙丹、敦白、出苍诸君,莫不怀文抱质,有汉太学五刘之誉。沛玄又温厚淳谨,推诚结纳,与人涉物,无间燥湿。是其人宜能作渭水之赋,而轗轲不类于敬通;赋零雨之篇,而幽忧不拟于正长也。乃今客游西

---

① 关于嘉道以来骈散融通的思想,参曹虹《清嘉道以来不拘骈散论的文学史意义》,《文学评论》1997 年第 3 期;关于嘉道以来汉宋交融思潮的兴起,参梁启超《中国近三百年学术史》,天津古籍出版社 2003 年版,第 28—35 页。
② 陈维崧著,陈振鹏校点,李学颖校补《陈维崧集》,第 13 页。

泠者两弥月,日与二三布衣兄弟歌叹辛苦,铺叙清婉。锦台诸公,深相玩羡。仆虽疏傲,滋愧不如。嗟乎!沛玄抑仆所云文人才士三者之为累也?人亦有言,穷而后工。刘生刘生,今虽少失意,非终穷也。然则以所为工,沛玄终当任之;以所为穷,仆亦何多让焉!①

文末以自己与刘霖恒对比,更加凸显了怀才不遇。全篇使用隔句对三处,但没有四六隔对,多用四言叙述,又夹杂着较多散句,骈俪化色彩很淡。典故虽然较多,但是比其俪体文集中的少多了。辞藻也相对简易明净,摒弃华丽。这是陈宗石、陈维岳将之编入散体文集的主要原因。其《上龚芝麓先生书》同样多用四言句式,四六隔句对较少。如开头一段曰:"维崧顿首,献书芝麓先生阁下:嗣顷玉树歌残,黄旗气黯。西京掌故,南朝文笔,便已散失,都无衷次,音辞所寄,惟在阁下。维崧,东吴之年少也,才智诞放,骨肉躁脱,当涂贵游,目之轻狂。向者粗习声律,略解组织。雕虫末技,猥为陈黄门(陈子龙)、方检讨(方以智)、李舍人(李雯)诸公所品藻。岁月不居,二十年于兹。"②开篇也是铺陈起兴,多用烘托之笔,但多是前后流贯,一意勾连的四言散句;又用纯粹散化的长短句来叙述自己经历,语意明了。接下来才使用隔句对,融汇典故,叙述历代贤才生不逢时,知音难遇:

徒以杨子幼(杨恽)之门第,华穀不少;王茂宏(王导)之子孙,青箱遂多。上不敢方井大春(井丹),次不至失枚少孺(枚皋),一流将尽,如是而已。且夫轩皇(黄帝)爱嫫母之貌而黜落英,魏文(应为魏明帝)喜槌凿之声而弃金石,中山(刘胜)闻幼眇以屑涕,墨子过朝歌而回车。何代无贤,古今同叹。③

再接着谦虚地写自己不自量力,有所撰述,间与陆圻、毛先舒、彭师度、周积贤、计东、宋实颖等交游唱和,编为一集,以"诸子皆一时之选"来含蓄说明自己的才华非同一般。又接着表达自己对龚鼎孳《尊拙斋集》的把玩和佩服,认为从汉魏至盛唐,辞赋都流行,但是"江表轻浮,贻讥吴语;伧楚沈雄,亦类老革",即

---

① 陈维崧著,陈振鹏校点,李学颖校补《陈维崧集》,第13—14页。
② 陈维崧著,陈振鹏校点,李学颖校补《陈维崧集》,第87—88页。
③ 陈维崧著,陈振鹏校点,李学颖校补《陈维崧集》,第88页。

魏晋辞赋风骨有余,兴会不够,因而提出"干之以风骨,不如标之以兴会"的观点。最后,文章以此请教于龚鼎孳,希望他回信赐教。全文篇幅适中,用了五对隔句对,为六四、四四、四四、五四和四四句式,但骈四俪六的只有一对,即使隔对也多为四言句式。又多用四言散句,一意流贯,不追求对偶和声律,正是汉魏时代的文章特征。陈维崧的较多散体文也使用隔对,多用整齐的四言句式,较多用典,从个人的角度来说,他是"以骈文为散文";从当时编选者的角度来看,他写的是骈俪色彩鲜明的骈文。

具有集合性特征的骈文,内涵和范围本身就难以铁定。随着时代的发展,骈文对骈俪、隶事、藻饰和声律等要求也不同。嘉道以来,李兆洛《骈体文钞》将秦汉骈散不分的文章选入,又有意推尊此体,加上骈散不分的汉魏文本身兼具两者之长,因此备受推崇。光绪元年(1875),张之洞的《国朝著述诸家姓名略总目》"骈体文家"条目认为:"国朝工此体者甚多,兹约举体格高而尤著者,胡天游、邵、汪、洪为最"。在列举诸家后,指出:

> 诸家流别不一,有汉魏体、有晋宋体、有齐梁至初唐体。然亦间有出入,不复分列。至中晚唐体、北宋体,各有独至之处,特诸家无宗尚之者。[①]

依时而论,将骈文分为"汉魏体""晋宋体""齐梁至初唐体""中晚唐体"和"北宋体"。同年,张之洞在《輶轩语》中叙述"古文骈体文"时指出:"国朝讲骈文者,名家如林。虽无标目宗派,大要最高者,多学晋宋体。此派较齐梁派、唐派、宋派为胜,为其朴雅遒逸耳。"[②]指出"晋宋体"为清代品格最高,多被学习,是作为骈文家的张之洞对清代骈文发展的准确概括,发人省醒。同时,这里用了最高的"晋宋体"以及齐梁、唐、宋三派,但却没有提他在前文中所说的"汉魏体",可知在他看来,"汉魏体"与"晋宋体"相连,风格相似,当可涵盖。在这种文章思潮的影响下,光绪年间胡念修进一步将"耦文"分为四种:"盖国朝文学大昌,无体不具。学奇之文,其名有四,曰周秦,曰两汉,曰唐,曰宋;学耦之文,其名亦四,曰汉魏,曰齐梁,曰唐,曰宋。"[③]明确将骈文分为四类,汉魏之后就是齐梁,没

---

① 张之洞撰,范希曾补正《书目答问补正》,上海古籍出版社2001年版,第270页。
② 张之洞撰,程方平校《劝学篇》附《輶轩语》,北京师范大学出版社2014年版,第134页。
③ 胡念修《国朝骈体文家小传叙》,王水照编《历代文话》(七),第6249页。

有晋宋,也可见他对汉魏骈文兼容晋宋的认可。张之洞将清初至乾隆时代的骈文"六朝体"分而视之,更加符合六朝文章发展的实际。确实,晋宋和齐梁陈文章在抒情、藻饰、骈俪、隶事、声律的程度上区别较大。刘宋之文,"上承魏晋,清隽之体犹存,下启齐梁,纂组之风渐盛。愈八代之内,居文质升降之关。虽涉雕华,未全绮靡。"①刘师培《中国中古文学史·宋齐梁陈文学概略》说:"试即南朝之文审之,四六之体,粗备于范晔、谢庄,成于王融、谢朓,而王、谢亦复渐开律体。影响所及,迄于隋、唐,文则悉成四六,诗则别为近体,不可谓非声律论开其先也。又四六之体既成,则属对日工,篇幅益趋于恢广,此亦必然之理。试以齐、梁之文上较晋、宋,陈、隋之文上较齐、梁,其异同之迹,固可比较而知也。"②晋宋与齐梁、陈隋之文,在四六句式的运用方面差异明显。晋宋之文更接近汉魏骈散不分、多用四言的风格。这种文章句式看似整齐,但并非工整对偶,基本不用四六隔对,语言精练,风格醇雅。晚清最为推重汉魏体骈文的思潮,无疑会消解陈维崧骈文的经典性地位。嘉庆年间,这种思潮已露端倪。彭兆荪(1769—1821)主张骈文要"远俗""法古"的理论,预示着嘉道以来骈文宗尚的改变。

曾燠主编的《国朝骈体正宗》,其实多为彭兆荪代选。彭兆荪写给姚椿的信中自言:

> 近佐辑《骈体正宗》一书,欲以矫俳俗,式浮靡,中间进退权衡,皆系所主裁断。仆虽观成,仅司校勘。且鄙文滥厕,尤不便置喙其间。然意旨所存,盖可略述。大要立准于元嘉、永明而极才于咸亨、调露。文匪一格,以远俗为工;体无定程,以法古为尚。其有新声涤滥,烦手滔堙,虽在专门,固从芟薙。或乃浅材薄植,学乏本原,龋齿折腰,意图貌袭。珠砾之似,亦勿容淆。③

所谓"远俗",当指排除文辞浮靡,内容鄙俗的应酬文;所谓"法古",当指体制上骈散兼容,不拘泥于通篇使用四六隔对,风格雅洁。正如嘉庆初孙梅在《四

---

① 永瑢等《四库全书总目》卷一八九,中华书局1965年版,第1721页。
② 刘师培《中国中古文学史》,人民文学出版社1998年版,第98页。
③ 彭兆荪《小谟觞馆文集》卷三《与姚春木书》,《续修四库全书》第1492册,第646—647页。

六丛话》中指出,"古之四六,句自为对,语简而笔劲,故与古文未远。其合两句为一联者谓之隔句对,古人慎用之,非以此见长也。"①因此,黄之隽的《香屑集序》被视为"变例"收之,尤侗、陆繁弨、吴绮、章藻功等清初四六名家则故意一篇不录。陈维崧虽然仍为清初代表,收录篇目最多,有8篇。但和乾嘉骈文家,如洪亮吉的15篇、袁枚的12篇、彭兆荪的12篇、胡天游的11篇,吴锡麒的11篇、孔广森的10篇相比,无疑相形见绌。连骈文成就并非杰出的刘嗣绾也收录了8篇,可见陈维崧的骈文经典地位在嘉庆初已经动摇了。彭兆荪还编选了《南北朝文钞》,强调对六朝骈文"欲复俳俗,归诸古音"②,同样强调去俗归古。陈维崧一生游食,骈文多应酬唱和之作,加上以并不太古的齐梁、初唐骈文为尚,骈四俪六,隶事繁复,情感泛滥,自然不太符合彭兆荪的审美标准。彭兆荪对骈文去俗返雅,去今求古的追求非常执着,反复说明。有曰:"若究其椎轮,审其径遂,义归于渊雅,词屏乎哗嚣,俾色于敦彝,合音于琴瑟,斟酌华实,逖远淫哇,作者抗行,良无愧矣。"③在回复姚椿的信中,彭兆荪对自己的骈文宗尚与清初骈文作了全面论述,以否定为主;对陈维崧的骈文缺陷作了清晰说明:

> 仆自羁丱,思学古文,渐稔其难,逡巡舍去。继乃探索汉魏、沿洄六朝、下逮三唐以迄五季,俪偶各体,略悉源流。窃欲矫厉肤庸,归诸渊雅,藉见古人文笔,无分整散,不使寡学之士,高语起衰;轻诋骈文,谓为应俗。……间尝盱衡当代,作者数人。迦陵(陈维崧)、西河(毛奇龄),承接几社,选学未坠,殊有宗风。然迦陵佳制,多在《湖海楼集》,世传《检讨四六》,本属外篇,类牵酬应。……外如汉槎(吴兆骞)、稚黄(毛先舒)、丽京(陆圻)、庆百(吴农祥),体制虽殊,咸有可采。至于西堂(尤侗)、羡门(彭孙遹)、拒石(陆繁弨)、菌次(吴绮),以及岂绩(章藻功)、希张(胡浚)诸君,繁音靡格,古法荡然,无足论已。④

彭兆荪反对为文肤浅庸俗,主张渊懿典雅,指出古人文笔不分整散,骈文并

---

① 王水照编《历代文话》(五),第4980页。
② 彭兆荪《小谟觞馆文集》卷三《与宁榕坞书》,第645页。
③ 彭兆荪《荆石山房文序》,《小谟觞馆文续集》卷一,《续修四库全书》第1492册,第698页。
④ 彭兆荪《小谟觞馆文续集》卷一《答姚春木书》,第701页。

非应俗之文。明确指出陈维崧延续晚明文社的骈俪文风,应酬交际太多,因而格调不高。至于他认为《陈检讨四六》"本属外篇",当属臆测。根据陈维崧临终嘱托,蒋景祁编选和刊刻的《陈检讨集》基本上以陈自己选定的为准,程师恭的《陈检讨四六》则是以蒋景祁的为底本。根据本文第一部分所论,这个版本虽然有所遗漏,但绝不可能是"外篇"。

道光元年(1821),李兆洛《骈体文钞》的刊刻,加速了嘉庆以来骈文散化的转向,强化了骈文向骈散不分之汉魏文,实际上是"骈散文"的推崇。该书辑录秦汉文多篇,如李斯、司马相如、扬雄、班固等人的文章,李兆洛明知这些文章还算不上"骈体",但其目的是推尊骈体,表明秦汉时并无骈散之分,而是骈散不分,借此展示骈体和散体同源共流,不能扬此抑彼。李兆洛的本意是推尊骈体,但将散化色彩很浓的文章视为骈体,无疑解构了骈文应该具有的自足性和独立性,也解构了四库馆臣以庾信为"四六宗匠"、陈维崧为清初独冠的官方评价。李兆洛泛化骈体的行为,虽遭到陆继辂、李祖陶等人的批评,但毕竟符合晚清骈散不分的文章发展趋势,符合此时学术、文学走向通融的趋势,因此《骈体文钞》风靡晚清,成为清代刊刻次数最多的骈文选本。在这种文章思潮下,晚清以陈维崧骈文为俗调的现象较为普遍。道光间汪廷儒(1804—1852)评潘曾莹骈文时就指出:"世之论国朝骈文者,皆诟病陈髯金訾俗调,岂不以绮靡丰缛之中,无简质清刚之制哉!"①朱一新(1846—1894)更是对彭兆荪的观点作了补充,进一步指出陈维崧骈文的不足:

  (清朝)而工骈文者独多。胡稚威、洪稚存、汪容甫、邵叔宝、董方立诸人,其最也。陈、吴为应酬文所累。(明末四公子,以王、谢子弟自拟。其年濡染家学,《南史》最熟,文亦如之。其摹仿邺下诸作,虽嫌太似而功力甚深,刻全集时,乃以此入于古文,遂为程叔恭《注》本所遗。其年古文不入格,独此数篇为佳,曾《选》取之是也。)②

将胡天游、洪亮吉、汪中、邵齐焘、董祐诚视为清代骈文的代表,同样指出陈、吴"为应酬文所累"。同时,朱一新没有接受彭兆荪以《陈检讨四六》"本属外

---

① 汪廷儒《小鸥波馆骈体文钞序》,上海图书馆藏清道光刻本。
② 朱一新著,吕鸿儒、张长法点校《无邪堂答问》,中华书局2000年版,第90页。

篇"的说法,只是说陈宗石刊刻全集时,将某些骈文"入于古文",即《陈迦陵散体文集》。这些骈文为"摹仿邺下诸作",即摹仿汉魏体文章的风格。可见,正是康熙前期与嘉庆时期,骈文宗尚的演变,才导致陈维崧文章归属的变化。民初郑好事更直接批评陈维崧等清初骈文名家绮靡工巧,毫无价值可言:"入清以来,文学界之以骈体名家者,举以陈其年、吴次园、章考功三人为鼻祖。然飞靡弄巧,实无丝毫价值之可言。迄乾隆中,特开鸿博科……相率而为沈博典丽之文。其高者直能俯睨王、杨,上接潘、陆而有余。于是而六朝之正则,稍稍复焉。"①胡朴安也认为陈维崧骈文伤于铺陈、夸饰:"陈其年为徐庾,遂伤敷夸。学陈者更无论已。巽轩、北江颇佳,石笥尤峻。"②

陈维崧的骈文确实多为应酬之作,序文最多就是证明。但他能于应酬交际之中,写出真性情,真精神,且这种个人化、情感化的应酬之文,在顺康文坛相当普遍,非议极少,这是他的骈文在清初得到公认的原因。游食四方,诗酒文会的生活方式,使得少年成名,世家子弟身份的陈维崧得以遍交当时名流。周绚隆详细梳理陈维崧的生平经历和事迹后,列出"先于陈维崧出生而后来与其关系密切的人物"③达136人,其中有林古度、吴应箕、张溥、傅山、陈子龙、李雯、吴伟业、冯溥、黄宗羲、黄周星、冒襄、方以智、周亮工、曹溶、宋琬、陆圻、龚鼎孳、魏裔介、曹尔堪、宋征璧、侯方域、尤侗、施闰章、吴嘉纪、吴绮、毛先舒、毛奇龄、汪琬、彭师度、魏禧等杰出文士,诗词散文骈文名家兼备。后于陈维崧出生而与之有密切交往的人物,也有王士禄、王士禛、徐乾学等。这样庞大的文学交流圈子,一方面使得陈维崧的词与骈文得到文坛高度关注,成为公认的名家,促使了其经典地位的形成;另一方面也使得其词和骈文多为应酬唱和之作,在典故、句式、思想、情感等方面走向雷同,一旦风尚改变,地位就容易消解。

从晚清骈文选本选文数量上来看,陈维崧的骈文经典性地位也逐渐消解。当然,有些骈文家创作数量本来就少,如汪中、孔广森、孙星衍,入选不多可以理解;但《陈维崧俪体文集》中就有167篇"名正言顺"的骈文,加上散体文集中的骈文,数量在清代名列前茅。但他在晚清骈文选本中,仍然处于弱势地位,从中

---

① 郑好事《骈文丛话》,上海图书馆藏民国间油印本。
② 胡朴安《论文杂记》,王水照编《历代文话》(第九册),第9109页。
③ 周绚隆《陈维崧年谱》,人民出版社2012年版,第86页。

可见其骈文地位的下降。道咸间,姚燮(1805—1864)编《皇朝骈文类苑》,只收录陈维崧文的《周栎园先生尺牍新钞序》、《与张芑山先生书》、《答周寿王书》、《与陈际叔书》4篇,且全部来自《国朝骈体正宗》。光绪间,王先谦(1842—1917)《骈文类纂》选录陈维崧骈文7篇,包括《湘笙阁诗集序》、《林玉岩诗集序》、《孙赤崖沈西草堂诗序》、《戴无忝诗序》、《家皇士望远曲序》、《王良辅百首宫词序》、《与芝麓先生书》,虽然在篇目上有创新,但数量远远不能和洪亮吉的88篇、李慈铭的31篇相比。光绪间,屠寄(1856—1921)编选地域性的《国朝常州骈体文录》,收录陈维崧骈文21篇,数量虽不少,但也无法与洪亮吉的79篇、李兆洛的65篇、赵怀玉的37篇、杨芳灿的35篇等相比。在清代骈文史上并不以骈文知名的李兆洛、赵怀玉,却入选这么多篇"骈体",就不难看出此时的骈文宗尚。其实,他们的骈体大部分是骈散不分,基本没有使用四六隔对的汉魏体文章。陈维崧的骈文大家地位,晚清人几乎忘记。提到清代骈文大家,多是乾嘉时代的胡天游、洪亮吉、汪中、孔广森,甚至袁枚、邵齐焘,就是没有陈维崧。姚燮评价骈文:"至所云胡、袁、洪、彭四家,信为昭代以来卓焉傀特焉桀者。燮以为石笥之文以力胜,小仓之文以气胜,卷施之文以度胜,谟觞之文以格胜。"①冯可镛(1831—1890)既承认姚燮的四家之说,又指出有人将汪中、邵齐焘代替袁枚和彭兆荪,与胡天游、洪亮吉并列:"洎乎胡、袁、洪、彭四家崛起,睥睨千古,皋牢百氏。……嗣是风流踵接,月旦评移,或抑袁、彭,特进汪、邵。容甫如鼓琴空山,鸟啼花放。叔宁如支筇绝壁,泉响松吟。要之吹律同音,出门合辙,絜彼权此,何轩轾焉。"②甚至连创作数量甚少的孔广森,其骈文也被推为第一:"骈体文尤雅驯,识者推为国朝第一"③姚永朴《文学研究法》从古文、骈文和诗歌三方面来评价清代文学,指出"骈文则有胡天游、邵齐焘、孔广森、洪亮吉"④,也没有提到陈维崧。更加值得注意的是,生前没有以四六或骈体获得赞赏,也没有留下骈文批评话语的汪中,为文本来不专一体,无意创作骈文。为文多以四言行文,少用六言,句式整齐却不求工整对偶,基本不用四六隔对;语言简质,骈散兼行;意

---

① 姚燮《复庄骈俪文榷》卷七《与陈云伯(文述)明府书》,《续修四库全书》1533册,第418页。
② 冯可镛《浮碧山馆骈文》卷一《谕骈》,1917年铅印本。
③ 端方《壬寅销夏录》,清稿本。
④ 王水照编《历代文话》(第七册),第6888页。

蕴深厚，风格雅洁，具有汉魏体文章特征。随着嘉道以来骈散不分思想的深入，汪中的骈文地位逐渐提高，直到清末章太炎、梁启超将之视为清代骈文第一。[①] 汪中骈文在晚清经典化的过程，正是陈维崧骈文经典地位消解的过程。

结语

清初陈维崧、吴绮、陆圻、毛奇龄等人的骈文，主要延续明末齐梁骈俪文风，是一种工整富丽的四六骈体。他们多用六朝典故，多用骈四俪六的隔对句式，藻饰精工，声律和谐，典故繁复，容易使骈文走向僵化和俗化。在嘉道以来骈散不分、骈散融合的文章思潮冲击下，这种工整的齐梁初唐骈体退出了时代的中心，逐渐边缘化。很少使用隔对，特别是四六隔对，典故较少，语言雅洁，文气流畅的汉魏体文章成为晚清骈文的典范。这不仅消解陈维崧骈文的经典性地位，也淡化了整个清初骈文在清代骈文史上的地位。从清人对陈维崧骈文的接受过程中，我们可知骈文内涵的流动性、概念的复杂性。同时可知，骈文如果走向标准的四六化，就容易导致呆板和凝滞；如果走向骈散不分，则会导致本身属性的丧失和特征的消解。这正是至今为止，完整的科学的骈文学体系还没有建立的主要原因。

陈维崧骈文的经典化，就是对其属性加以审视，对其特征加以思考，对其地位加以确证的过程。它在给后来的骈文提供了效法规则与内容时，也客观上制约后来风格的多样化。但对于富有创新精神的作家来说，经典作品必然成为他们超越的对象。因此，经典化的过程自然隐含或者彰显着去经典化。在晚清骈文风尚大变的情况下，它就遭到贬低、批评，甚至完全忽视。这自然是陈维崧的悲剧，但也是文学经典难以逃脱的宿命。这是由文学创新的本质决定的。虽然陈维崧骈文经典地位在晚清逐渐衰微，但它的形式、情感和内容等或多或少地像基因一样植入骈文文体中，成为遗传因子，影响着后来的骈文发展。

[①] 吕双伟《汪中骈文地位之反思》，《文史哲》2016 年第 1 期。

论刘麟生"美文"视野下的骈文研究

莫山洪(南宁师范大学文学院)

刘麟生是民国时期骈文研究专家,其与骈文研究相关的著作有《中国骈文史》、《骈文学》、《骈文研究法》等,为骈文研究的现代转换奠定了基础。其几篇骈文研究方面的著作,观点统一,相互补充,充分体现了其骈文研究的基本观点。他的《中国文学史》、《中国文学ABC》、《中国文学概论》等著作,也在一定程度上体现出其骈文研究上的观点。在以骈文为"美文"观点的基础上,刘麟生对骈文进行了比较系统全面的研究。

一

民国是中国传统文化面临西方文化冲击的重要时期。这一时期,西方各种理论被引进中国,中国传统的文学理论面临解构的危机。面对西方文化的强势入侵,如何确立具有中国特色的文化传统的地位,如何保证中国文学研究的独立性,这是当时学者面临的重大问题。

按照西方的文学理论观点,文学分为诗歌、散文、戏剧、小说四大类,这种划分法有其一定的道理。但是将这一划分方法与中国古代文学相对应,不免有削足适履的感觉。中国古代文学的特点是文史哲不分,很难区分纯文学与应用文章。尤其是骈文,作为具有中国语言文字独特魅力的文体,如何看待它,成为一个重要的问题。

同时,随着新文化运动的兴起,传统文化也受到了新文化的全面冲击。陈独秀等人所提出的文学革命,将骈文视为"贵族"的文学,"桐城谬种"、"选学妖孽",都在革除之列。面对这样的挑战,传统文化又将如何应对?

刘麟生等民国时期的学者从民族语言文字的角度出发,对骈文的地位作了明确的界定。他认为,骈文是具有中国语言文字特色的文体,是最能代表中国传统文化的文学样式。"中国小说戏剧的发展,容有不逮西洋文学之处,至于骈俪的文字,为我国所独擅,也足以扬眉吐气了"①,"骈文何以能为吾国文学之特产?一言蔽之,则单词只字之语言文字,有以造成之也"②,"中国文字单音只义,遂造成骈文之绝大机会,盖单音只义,易于属对,且单音之字,说话作文时,有时甚感不便,则复其字以释之,如名词中之丝绸,丝即绸也。……中国文字中之六书,亦为造成骈文之因素。日月为明,止戈为武;见其字即会其义,指其事即成诸文"③。从汉语单字单音的角度,分析骈文之所以为独具汉语特色的文体,以此体现出骈文在中国古代文学中的独特性,并由此得出骈文为中国古代文学中能与西洋文学相抗衡的文体。可以看出,刘麟生特别强调骈文为中国语言文字的特点所带来的独特文体。

文学革命倡导平民的文学,批判骈文等所谓贵族的文学。刘麟生对此大不以为然。他认为,首先要界定何为"贵族文学":"少数人所欣赏的文学,学者以贵族文学称之。"然而,"少数人所赞成的东西,不见得是坏的","少数人所欣赏的东西,往往后来成为多数人欣赏的东西。骈文固然不见得有这种趋势,然而骈文的支流余裔,如贺联挽联以及悬挂的对联,能够给人欣赏的地方,也着实是不少了"。④ 说贵族文学为"少数人"欣赏的文字,显然并未能真正认识新文化运动所批判的"贵族文学",但他说少数人欣赏的文学后来往往成为多数人欣赏的文学,有其合理的地方。他的观点直接说明了骈文之所以能成为大家喜欢的文体的原因。而且,刘麟生认为,文学革命的主将对骈文的批判,并未超过当年反对骈文的那些文人,如梅曾亮对骈文的讥讽,就很有代表性。⑤

---

① 刘麟生《骈文研究法》,《出版周刊》新89号,1934年8月11日版。
② 刘麟生《骈文学》,商务印书馆1934年版,第9页。
③ 刘麟生《中国骈文史》,商务印书馆1936年版,第3—4页。
④ 刘麟生《骈文研究法》。
⑤ 刘麟生《骈文学》,第6—7页。

正因如此,刘麟生一再强调骈文的"美":"骈文之美者,几如一幅图画,再加以音韵之谐美,造句之整齐,使读者易于记忆,直能包举美文中应有之长矣。""单音文字所给与音韵上之美感,盖有数端:一曰重言,二曰双声,三曰迭韵。"①"一音一字,易于整洁,这是第一个原因。偏重象形,读文如读图画,这是第二个原因。"②"读文如读图画,而尤非对偶不为工也。"③刘麟生特别强调骈文的"图画"特点,以为读骈文如读图画。图画是美的,骈文自然也是美的。"图画"之美,是刘麟生界定骈文的一个标准,也是其对于骈文认识的一个基本出发点。

骈文是美文,所以骈文有其特定的价值;骈文是美文,所以应当成为中国文学史中一个值得关注的文体;骈文是美文,所以是可以与西方文化相抗衡的具有中国特色的文学样式;骈文是美文,所以是可以在文学革命之外得以存在的传统文学样式。这就是刘麟生骈文研究的基础。

二

在当时社会状况下,既然要与西方文化抗衡,要针对文学革命做出回应,骈文的创作自然不能不提到议程。刘麟生对于骈文研究的第二个重要方面,就是在探讨骈文基本特点的基础之上,研究骈文的作法。值得注意的是,刘麟生在谈论骈文作法的时候,还是不忘骈文的"美"。

刘麟生认为,结合骈文的基本特点,骈文的作法主要关注以下几个方面:对偶,用典,炼字,音韵。

"骈文最大之原素为对偶,此不容有异辞。"④骈文之所以称为"骈"文,对偶是最基本的要素。"《说文》曰:'骈,驾二马也。'《庄子》:'骈拇枝指,出乎性哉,而树于德。'引申之,遂为骈俪之俪。"⑤因此,学作骈文,对偶是必须掌握的方法。当然,骈文也不都是对偶句,"反对骈文的人,以为事事求对,句句求偶,是近于矫揉造作的。其实也不尽然"⑥。不过,对偶毕竟是"骈"的基本原素。对偶的方

---

① 刘麟生《中国骈文史》,商务印书馆1936年版,第4页。
② 刘麟生《骈文研究法》,《出版周刊》新89号,1934年8月11日版。
③ 刘麟生《骈文学》,商务印书馆1934年版,第10页。
④ 刘麟生《骈文学》,第33页。
⑤ 刘麟生《骈文学》,第1—2页。
⑥ 刘麟生《骈文研究法》。

法很多,刘麟生在《骈文学》中也分别进行了描述。他总结前人观点,认为前人所提对偶的方式一共有言对、事对、反对、正对、傍犯、蹉对、假对、借对、避对格、当句对、隔联与散联、单对、偶对、借对、巧对、虚实对、流水对、各句自对、成语对等。当然,这些对的方式,是刘麟生总结前人的提法,归纳演绎的。所以他说:"作者愧非专家,不敢以心得欺人,粗陈所知,仍以古人为权威可也。"①话虽如此,相信刘麟生于对之手法,当有一定造诣。

用典是中外文学几乎都不能避免的一个问题。对于中国文学,钱钟书曾经说过:"把古典成语铺张排比,虽然不是中国旧诗先天不足而带来的胎里病,但是从它的历史看来,可以说是它后天失调而经常发作的老毛病。六朝时,萧子显在《南齐书》卷五十二《文学传论》里已经不很满意诗歌'辑事比类……或全借古语,用申今情',钟嵘在《诗品》里更反对'补假''经史''故实',换句话说,反对把当时骈文里'事对'、'事类'的方法应用到诗歌里去;唐代韩愈无意中为这种作诗方法立下了一个简明的公式:'无书不读,然止用以资为诗。'或许古代诗人不得不用这种方法,把记诵的丰富来补救和掩饰诗情诗意的贫乏,或者把浓厚的'书卷气'作为应付政治和社会势力的烟幕。"②这样说确有其道理。骈文最为人诟病的一个要素,就是用典。骈文之所以被视为"贵族文学",与这一点也有密切关系。毕竟,一个人要想弄懂文章中使用的典故,必然要读过一定数量的书籍,能读书,在大家看来,这似乎是只有贵族才能享受的生活。于是,用典也就成为骈文的一大罪状。然而"绝对不用典,是古今中外所难能的事,因为一个典故,是一段小小有风趣的事,用来觉得形容惟妙惟肖,可以省却无谓的闲话不少"③,所以用典还是有必要的。关键在于,如何才能用得更好。这就是骈文写作需要注意的问题。刘麟生以为,用典关乎骈文之"美",称"用之不适当与使用过多,均足以损文章之美"④,"用典为骈文工具之一种,专恃用典,固非上策;绝对不用,亦可不必"⑤,"文学上的美丽,不在于有意用典,也不在于有意不用典",

---

① 刘麟生《骈文学》,商务印书馆1934年版,第23页。
② 钱钟书《宋诗选注》,人民文学出版社1989年第2版,第41—42页。
③ 刘麟生《骈文研究法》,《出版周刊》新89号,1934年8月11日版。
④ 刘麟生《骈文学》,第41页。
⑤ 刘麟生《骈文学》,第48页。

"我们只要典故用得切当,用得生动,便不妨引用。不过不可以生吞活剥,以致失却文学上的风味。大抵熟典生用,生典熟用,是一个唯一的妙诀"①,"作文贵能自然,用典亦不外此","用典如何可以自然曼妙?不外乎融化剪裁"②。为此,刘麟生提出了用典需要注意的几个方面:一、不可生吞活剥;二、不可饤饾堆砌;三、不可多用生僻之典。这三点,对于其他用典文体来说,同样适用。当然,要想能用好典故,刘麟生强调还是要多读书,多积累,这样才能在使用的时候做到"天衣无缝,融化入神"③。刘麟生对于用典的问题探讨得比较深刻,所提出的注意事项,也符合文学创作的客观事实及规律。

炼字是文学创作的基本功,不存在各体文学的差异,骈文自然也不例外。对此,刘麟生还是有着比较清醒的认识:"炼字可以使文章不致庸熟,而有清新之妙;同时也不可过于雕琢伤气,生涩刺目。"④"用字贵适当,此古今中外所同。至于常用之字,用时贵能生新;偏僻之字,用之贵不刺眼。"⑤炼字固然重要,但也不可过于讲究字句,否则就容易"伤气","炼字之法至伙,惟以不损气韵为上乘"⑥,由此可知,刘麟生强调文章的"气",语言表达不能因过度强调雕琢而损伤了文章的"气"。说得非常中肯。骈文为人诟病,语言华丽即为其中之一,柳宗元"眩耀为文,琐碎排偶,抽黄对白,啽哢飞走"的提法,就是不满于骈文的华丽。刘麟生这一提法,强调炼字的"清新",符合文学发展和人们审美的需要。

刘麟生认为音韵是构成美文的重要要素,"文章之美者,本身具有音乐之性质"⑦,"音韵的效用,在美文上最为重要,并且最容易发现"⑧。骈文是美文,自然不可缺少音韵之美。骈文的音韵之美,刘麟生归结为以下几个方面:一、句法整齐;二、平仄协调;三、押韵;四、重言双声迭韵之作对。从各种文体来看,音韵之美是都需要讲究的,但是,每种文体对音韵的要求又是不一样的,刘麟生所提出的音韵问题,诗词中也大多如此。从创作骈文的难易程度考虑,刘麟生以

---

① 刘麟生《骈文研究法》,《出版周刊》新89号,1934年8月11日版。
② 刘麟生《骈文学》,商务印书馆1934年版,第41页。
③ 刘麟生《骈文学》,第46页。
④ 刘麟生《骈文研究法》。
⑤ 刘麟生《骈文学》,第50页。
⑥ 刘麟生《骈文学》,第51页。
⑦ 刘麟生《骈文学》,第55页。
⑧ 刘麟生《骈文研究法》。

为,"最重要而最简易的方法,莫如调平仄",平仄的界定,一般比较简单,从此入手,自然能最简单地作好文章。

要之,刘麟生所提的骈文作法,其前提也仍然是"美文"。骈文是讲究形式美的文体,其外在形式的美,一直是骈文为人诟病之处。但只要在各方面都能运用得好,也就不必担心其形式僵化的毛病。因此,骈文的作法,只要能不"伤气",能抓住其特点,尽可能自然创作,仍可以将骈文作得很美。

三

"美文"是刘麟生研究骈文的出发点,他之所以赞赏骈文,也正出于对骈文这一基本的认识。"骈文和律诗,虽然有他们的缺陷,确是难能可贵的美文,也是中国文学中的特色。"①"骈文的用处甚小,沉迷于骈文,固可以不必,力去打倒,也出之无谓;骈文究竟是我国独有的美文呢。"②

建立在骈文为"美文"基础上的刘麟生骈文研究,在对骈文演变历史的描述时,也特别强调骈文之"美":"矧六朝文学,为骈文之极致,美文至此,斯称大观。"③刘麟生对于历代的骈文成就,独推六朝。"六朝的骈文,何以如此之美呢?"这主要是由于六朝骈文的句法更参差、平仄渐协调、刻画细腻、炼字清新。④"一意阿谀骈四俪六的文章,与狂呼打倒六朝绮靡文学的人,都是偏于极端。文学是多方面的,以真善美为归;只要文笔自然,能描写事物,能抒发性情,便是真善美的好文学。我们研究六朝美文,也宜具此种目光。"⑤他以为,六朝是骈文之所以为美文的时期,其他时期的骈文,都不能称为"美文。"甚至六朝一些脍炙人口的名篇,也不能称为"纯粹的美文"⑥。

正是在这样的观念指引下,刘麟生对中国骈文史的描述,特别注重六朝骈文,所占篇幅也是最大的。

---

① 刘麟生《中国文学 ABC》,世界书局 1929 年版,第 4 页。
② 刘麟生《中国文学史》,世界书局 1932 年版,第 423 页。
③ 刘麟生《中国骈文史》,商务印书馆 1936 年版,第 10 页。
④ 刘麟生《中国文学史》,第 156—157 页。
⑤ 刘麟生《中国文学史》,第 152—153 页。
⑥ "鲍照《登大雷岸与妹书》(宋),陶弘景《答谢中书书》(梁),邱迟《与陈伯之书》(梁),都是脍炙人口的文章。都是介于文与笔之间的作品,但不是纯粹的美文。"(刘麟生《中国文学史》,世界书局 1932 年版,第 160 页。)

373

对于骈文的形成，刘麟生有其独到的观点。与多数人一样，刘麟生认为骈文形成的关键时期是建安，"晋魏俪偶益密，词藻更甚，骈体始植其基，建安文学，载誉于时，人才辈出，作品亦盛，实为其枢纽焉"①。刘麟生以为，东汉末年的文章还不能算是真正的骈文："东汉和魏的文章，如蔡邕《郭有道碑》，曹丕《与朝哥令吴质书》，措辞整赡，不是真正骈文。"②

刘麟生以为骈文的兴起当自魏晋，"连珠一体，实骈俪文之先锋。《文选》独取陆机所作的。当时美文的极轨，自当推潘陆二人"。骈文的"极点"，也就是优秀的骈文，刘麟生以为是齐永明时期，"美文到了永明时代，可谓达于极点"，推崇这一时期的"美文"。六朝是骈文的兴盛时期，这一时期，在文论上还有一个重要的现象，即文笔之分在这一时期得到确定，"有韵者文也，无韵者笔也"。刘麟生不这样看，他认为文笔之分，更进一步突出了骈文"美文"的特色："骈文至六朝，而后美之质素始毕见。重以作者繁兴，扢扬风雅，美文于焉称盛，殆无足奇。然进化之迹，由简趋繁，乃事之常。骈文盛而骈散文之分亦更著，于是美文号称文，而散文号称笔，判若泾渭，不可强同。"③不过，他最欣赏的骈文作家，还是徐庾，"骈文至六朝，始称极盛时期，六朝文至徐庾，骈文始臻极峰，然则徐庾之文，可谓集骈文之大成，达美文之顶点"④。"顶点"自然是最高成就，刘麟生认为，徐庾之所以成为骈文之集大成者，"以生动之笔出之"，尤其是庾信，"庾信为美文之大宗师"⑤，"入北周以后，追怀故国，所作更能凄恻动人"⑥。在其《中国骈文史》中，刘麟生专辟一章《庾信与徐陵》，对两人作专门研究。在研究中，也特别注重对两人作品的"美"加以分析："绝对不用典，亦文学中难能可贵之事，然用典能活能化，而不致有生吞活剥之嫌，亦足以增加文学上之美感。徐庾用典，无不神机独运，妙到毫秋。"⑦评析庾信《哀江南赋》称："感时伤世，且均出之以典雅之笔，精密之思，真可谓美具难并，古今独绝矣。"⑧在《骈文学》中，刘麟生

---

① 刘麟生《骈文学》，商务印书馆1934年版，第62页。
② 刘麟生《中国文学概论》，世界书局1934年版，第90页。
③ 刘麟生《中国骈文史》，商务印书馆1936年版，第50页。
④ 刘麟生《中国骈文史》，第61页。
⑤ 刘麟生《骈文学》，第31页。
⑥ 刘麟生《中国文学概论》，第90页。
⑦ 刘麟生《中国骈文史》，第63页。
⑧ 刘麟生《中国骈文史》，第64页。

对徐庾也有这样的评价:"骈文至徐庾,方登极峰。华实相副,气韵欲流。一言蔽之,得清新自然之美而已。"①无论是何种评价,在刘麟生看来,徐庾都是骈文中集大成的作家,是"美文"的典范。这样的评价,在一定程度上突出了徐庾在骈文发展史中的地位。

其他时代的骈文,刘麟生则多有否定之意。"骈体多用四六句,盛于唐朝。在音调方面,可以增加美感,可是四六文的体气就日卑了",唐代的骈文,自有其独特之处,不过刘麟生似乎不太欣赏:"唐代的骈文,公正有余,气骨不足"。对于唐代骈文大家,刘麟生独推崇陆贽,"他(陆贽)的文章,实在高过于王勃的《滕王阁序》一流文章。何以呢?因为四六文本来是美文,只可以谈风月光景,不能言政事",但陆贽的文章显然大多是"言政事"的,"他以俪语入章奏中,非常的自然。是后代流水四六的开山祖",用四六而能言政事,所以他要高明。"当时骈文的名家,如李商隐、温庭筠、段成式(三十六体),都不及他。"②这个观点,还是很有创意的。一般总是以为李商隐的骈文是美文,刘麟生在这里突破了"美文"的局限,将"言政事"作为标准,显然是想将骈文的品格做一个提升,提高骈文的品味。这样的评价,多少又有点受到文学正统思想的影响,将文学的社会功用作为评价文学的标准。

宋代骈文,刘麟生亦多否定,称宋初骈文"藻丽华赡,风格不高,致有优人挦撦之诮"③,称宋代文章"宋文肆,而有犷悍迂腐之病"④。元代"骈文则阒焉无闻,以四六论,可谓一浩劫也",明代骈文"粗制滥造,庸廓肤浅,虽有作品,难登大雅之堂"⑤,评论都不高。

不过,对于清代骈文,刘麟生还是基于了比较大的肯定。他在《中国骈文史》中罗列了一大批清代作家后,称:"清代骈文作风之盛,殆可想象。而作风之纷歧,更足以征骈文复兴之胜概。综合言之,则清代作者,渐有追踪徐庾远溯汉魏之趋势,而究其所作,亦未必能凌轹唐宋。要之起衰振弊,能以骈文真面目示

---

① 刘麟生《骈文学》,商务印书馆 1934 年版,第 86 页。
② 本段引文均见:刘麟生《中国文学概论》,世界书局 1934 年版,第 90 页。
③ 刘麟生《中国骈文史》,商务印书馆 1936 年版,第 95 页。
④ 刘麟生《中国骈文史》,第 98 页。
⑤ 刘麟生《中国骈文史》,第 111 页。

人,则清代作者之贡献,殊足以夸越元明矣。"①在论述中以徐庾为标杆,仍可看出他对徐庾的推崇。徐庾的文章,刘麟生本来就尊为"美文之顶点"。因此,在《中国文学史》中,刘麟生在谈到清代骈文复兴的同时,还提到了这样一段话:"总之骈文的用处甚小,沉迷于骈文,固可以不必;力求去打倒,也出之无谓;骈文究竟是我国独有之美文呢。"②

在"美文"观念的引导下,刘麟生对历代骈文的发展尤其强调"美",这也在一定程度上加强了其对历代骈文形式美问题的探索。

四

刘麟生作为民国阶段对骈文研究做出较大贡献的学者,其"美文"基础上的骈文研究有着特殊的意义,其对中国骈文发展演变的历史性描述,对今天的骈文研究仍然有着一定的指导意义。

首先,骈文之为"美文",在一定程度上解决了骈文的形式美问题。历代对于骈文的批评,集中在骈文外在形式的问题上,或者批评骈文的语言华美,或者批评骈文的句式过于整饬,或者批评骈文用典繁复。不可否认,骈文在形式上确实存在着这些问题。不过,对于骈文的批评,很多学者是在文学功用的基础上进行的,将骈文的形式问题与道德层面的问题混合在一起进行批评。如唐代的魏征、王勃等人,称"徐庾并驰,不能免周陈之祸"③,将王朝的兴亡归之于文辞的华丽,显然有矫枉过正之嫌。后来的骈文研究者,为与古文家抗衡,都试图从自然的角度,说明对偶本是自然的。可是那样的证明,还是就句式而论,而且是先设定了骈文存在大问题的前提。将骈文直接定义为"美文",就将骈文所存在的形式美问题上升到另一个境界,直接确立了骈文"美"的文学特性。从欣赏的角度,将骈文与其他文学体式相对应,使之成为具有一定美学特质的文体。这就抓住了骈文的性质。后来谭家健先生在谈论到骈文的"美文"问题时说:"那是对其性质的评估,而非科学的定义。"④这个提法是正确的。正因如此,刘麟生

---

① 刘麟生《中国骈文史》,商务印书馆1936年版,第124页。
② 刘麟生《中国文学史》,世界书局1935年4版,第423页。
③ 王勃著,蒋清翊注《王子安集注》,上海古籍出版社1995年版,第129—130页。
④ 谭家健《关于骈文研究的若干问题》,《文学评论》1996年第3期。

的骈文研究,建立在"美文"的基础上,才使骈文研究真正抓住了骈文的性质。从这一意义上说,刘麟生的骈文研究,是从文学自身的特性进行的研究,具有文学本体研究的意义。少了政治教化的研究,还文学研究以文学的本色,这是文学研究的基本方向。

其实从"美文"的角度研究骈文,民国时期与刘麟生交情不错的瞿兑之也有类似的做法。瞿兑之在其《中国骈文概论》,也曾经称:"因为单音的原故,所以用骈体组成的语句,容易引起联想和美感。"①又称:"骈偶是天赋予中国文字的特点,利用这特点,方才有许多美文。"②后来梁启超在1936年也出版了《中国之美文及其历史》一书,对中国的"美文"作了一番历史的描述——虽然其所说的"美文"基本上是歌谣,与骈文无关,但其用"美文"一词,显然是对文学之"美"的特质的关注。③ 由此可见,"美文"作为评价骈文的标准,进而成为评价文学的标准,在民国时期也已经引起了学术界的关注。在这个方面,刘麟生可以说用力最深。

建立在"美文"基础上的刘麟生骈文研究,在骈文史的描述上,可以说具有了现代专门史的意义。刘麟生的《中国骈文史》,勾勒了中国骈文发展的历史脉络,探讨了骈文的起源问题,并对各个时期骈文发展的特点及代表作家作品进行了比较全面地描述。刘麟生的《中国文学史》,将骈文作为重要的组成部分加以论述,也在一定程度上客观展示了中国骈文的历史地位。这样的描述,虽然借鉴了自《四库全书总目》及《四六丛话》以来学术界对于骈文发展状况的描述,但是,以专著的形式去描述中国骈文发展的历史,这对于骈文史作为专门学术史的建立无疑有着非常重大的意义。民国时期出现这样的现象,正如笔者所称:"从学术史的角度来说,这是一个开创现代骈文学的时期。"④刘麟生骈文史研究相关著作的出现,是对现代骈文学建设的重大贡献。

刘麟生对于历代骈文作家的描述,从"美文"的角度出发,也从骈文自身的美感特征全面阐释了历代骈文作家的优秀作品。这样的论述,对于重新认识骈

---

① 瞿兑之《中国骈文概论》,世界书局1934年版,第1页。
② 瞿兑之《中国骈文概论》,第2页。
③ 详见梁启超《中国之美文及其历史》,中华书局1936年版。
④ 莫山洪《骈文学发展史刍议》,《柳州师专学报》1999年第3期。

文的特质,正确评价历代骈文优秀作家作品,有着一定的意义。文学史描述,应该客观地叙述文学史中的现象,对于骈文这样一个在中国文学发展中占据很大篇幅的文学现象来说,如果不能加以正确认识,自然很难准确地反映中国古代文学发展的客观事实。

骈文研究是古代文学研究中的组成部分,对于骈文的研究,是全面认识中国古代文学发展的重要途径之一。民国时期的骈文研究,由于各种原因,我们目前还不能全面地认识,因此,有必要对民国时期的骈文研究进行全面的反思。刘麟生是民国时期的骈文研究大家,对他的骈文研究进行考察,对于当前的骈文研究有着重大的意义。

《八家四六文钞》与《国朝骈体正宗》的编选、批评旨趣及影响①

孟伟(常熟理工学院人文学院)

清当代骈文选本的编选,大致可以分为清初和嘉庆以降两个时期。清初康熙年间的骈文选本,因袭晚明风尚,所选以日常生活和官场酬应所需的笺启类实用文体为主,多为明末清初人作品,且都由书坊操作,有明显的营利目的,而较少文学理论批评价值,李渔的《四六初征》、黄始的《听嘤堂四六新书》等可为代表。嘉庆以降,随着骈文创作的繁荣兴盛、骈文"尊体"思潮的蓬勃开展,以清当代骈文为选录对象的骈文选本不断出现。其中,《八家四六文钞》与《国朝骈体正宗》作为嘉庆年间最早出现的两部清当代骈文选本,在选本编选和批评旨趣方面都有较为鲜明的特色。从后世注本、评本、续书的出现以及诸家评论来看,这两部选本都深得读者认可,产生了广泛的影响。它们堪称清当代骈文选本的典范,对于清中期以后骈文理论和创作的发展都产生了一定的影响。

一、《八家四六文钞》与《国朝骈体正宗》的编选

《八家四六文钞》与《国朝骈体正宗》作为嘉庆年间最早出现的两部骈文选本,一改清初骈文选本以"应俗"、"获利"为主要目的的编选方式,在选家身份、

---

① 本文是教育部人文社会科学规划基金"清人所编清代文章选本叙录及序跋整理"(编号17YJA751023)的研究成果之一。

作品选录、编选目的等方面都呈现出较为鲜明的特点。

（一）选家身份

从选家身份来看，《八家四六文钞》的编选者吴鼒、《国朝骈体正宗》的编选者曾燠都是乾嘉年间的著名骈文作家。吴鼒擅长骈体文，《清史列传》云："鼒所作骈体，沉博绝丽。大兴朱珪爱其文，谓合任昉、丘迟为一手。奏御文字，多命其属稿，故其名达于九重。"①谭献对吴鼒骈文极为推崇，称吴鼒"为唐人正脉足自名家也"②，"独于骈偶之篇，奄有唐贤之体。任、沈清英而不疏，齐、梁绮丽而不缛。闳深若张燕公，开阖若杜牧之，所以郎伯齐名（孙伯渊），青蓝谢色也（刘圅三）"③。认为吴鼒擅长骈文，与孙星衍齐名，胜过刘星炜，给予极高评价。曾燠亦工骈体文，《国朝先正事略》称其"文擅六朝初唐之盛"④，谭献谓其骈文"虽时堕宋调，而清刚可味，固是名家"⑤。吴、曾二人以著名骈文家的身份而编辑骈文选本，其所编选本在社会上广为流通。正如李慈铭论《国朝骈体正宗》所说："曾氏此选与吴山尊《八家四六》皆以当家操选事，并风行于代。"⑥指出吴鼒、曾燠以骈文家的身份而编辑选本，是这两部选本风行于世的原因。其后出现的清当代骈文选本的编选者也大多为骈文作家，如姚燮、张寿荣、张鸣珂、屠寄、王先谦、孙雄等，都以选本的方式表达其理论主张。以骈文作家的身份编辑选本，所编选本是其骈文理论的表达，这是嘉庆以降清当代骈文选本的共同特点，而《文钞》与《正宗》开其先河，在这一类选本中具有典范意义。

（二）作品选录

作品选录是选家文学思想与编纂意图的直接体现。吴鼒《八家四六文钞》所选作者，均为其素有交谊的师友或为其所私淑者，都为乾嘉时代的骈文名家。选录情况：袁枚25篇，邵齐焘18篇，刘星炜12篇，孔广森19篇，吴锡麒54篇，曾燠15篇，孙星衍7篇，洪亮吉19篇，共计入选文章169篇。从入选数量上来

---

① 王钟翰点校《清史列传》，中华书局1987年版，第5940页。
② 谭献著，范旭仑、牟晓朋整理《谭献日记》，中华书局2013年版，第250页。
③ 谭献《吴学士集序》，吴鼒《吴学士文集》卷首，《续修四库全书》第1487册，上海古籍出版社2002年版，第376页。
④ 李元度《国朝先正事略》，《清代传记丛刊》第193册，台北明文书局1985年版，第523页。
⑤ 谭献著，范旭仑、牟晓朋整理《谭献日记》，第232页。
⑥ 李慈铭著，由云龙辑《越缦堂读书记》，上海书店出版社2000年版，第1208页。

看，吴鼒最推崇的骈文作家是吴锡麒。

吴鼒编选《八家四六文钞》影响极大，关于八家人选，后人也有所议论，尤其是对于不选汪中，颇为人所不解。徐珂《清稗类钞》说："国朝骈文，以山阴胡稚威为第一，而江都汪容甫中亦表表者，皆在吴穀人之前，而山尊选本，宁缺不录，又何疏耶？"①吴鼒所选皆为与自己有交谊或是私淑景慕之人，胡天游年辈较早，与吴鼒没有交集，自然不在所选之列。汪中为乾隆时期的骈文名家，后人多以其为乾嘉乃至清代骈文的代表人物，吴鼒在《问字堂外集题词》中也述及与汪中的交谊，却没有将其选入《文钞》。对于不选汪中，吴鼒在《卷葹阁文乙集题词》中有所说明："容甫遗文，有《述学》内外篇，经术词术，并臻绝诣。所为骈体，哀感顽艳，惜皆不传。"②吴鼒以汪中骈文失散不传为不选理由。笔者认为，汪中骈文骈散相间，尤其擅长以四字成句，排比而下，绝无齐梁以后骈文四六对句的写法，其名作《哀盐船文》、《汉上琴台之铭》、《经旧苑吊马守真》等莫不如是。王念孙论汪中骈文说"至其为文则合汉魏晋宋作者而铸成一家之言"③，指出汪中骈文以"汉魏晋宋"为宗尚，"汉魏晋宋"骈文特点是语句整齐，骈散相间，但并不追求四六对句。而吴鼒为文宗尚齐梁至唐代的"四六"一派，如前所述，朱珪谓其"合任昉、丘迟为一手"，谭献谓其"为唐人正脉"，其个人所作文章及所选《八家四六文钞》皆有四六对句，汪中骈散相间的骈文风格显然与《文钞》所录各家骈文风格不相一致，所以也就不为吴鼒所推崇，这恐怕是他不选汪中的内在原因。因此，不选汪中，实际上是吴鼒骈文观念的体现。对于入选作家，吴鼒也有作品选录的原则。比如他对袁枚骈文不录"俗调"与"伪体"，以求"存先生之真"，（《小仓山房外集题辞》）对于洪亮吉骈文中"数典繁碎"（《卷葹阁文乙集题词》）的作品也不予选录，这些都是其骈文观念的体现。

《国朝骈体正宗》选录作家42人，文171篇。从《国朝骈体正宗》的选录情况来看，第一卷选录清初六位作者，陈维崧8篇，毛奇龄5篇，毛先舒2篇，陆圻、吴兆骞、吴农祥各1篇。其余11卷均为乾嘉时代骈文作家。其中，胡天游

---

① 徐珂编《清稗类钞》，中华书局1986年版，第3891页。
② 吴鼒在《八家四六文钞》中，对所选各家均作有《题词》一篇，叙述生平交谊，谈论词章学术，是了解吴鼒文学批评思想的重要资料。本文所引《题词》随文标出，不加注释。
③ 王念孙《述学序》，汪中《述学》，《续修四库全书》第1465册，上海古籍出版社2002年版，第385页。

11篇,袁枚12篇,吴锡麒12篇,洪亮吉15篇,彭兆荪12篇,孔广森10篇,刘嗣绾8篇,孙星衍、邵齐焘、乐钧均为6篇,这些是选文数量较多的作者。从选文数量来看,曾燠最推崇的骈文作家是洪亮吉。值得注意的是,《正宗》所录各家选文只有1篇和2篇的多达二十二位,可见其搜罗之广泛,持择之精审,这也是《国朝骈体正宗》在作品选录方面较为鲜明的特点。

《八家四六文钞》与《国朝骈体正宗》在作品选录方面,也有意旨相通之处。据笔者统计,《八家四六文钞》除曾燠外,其余七家均入选《国朝骈体正宗》,如下表所示:

作者＼篇数	《文钞》(篇)	《正宗》(篇)	二者相同(篇)
孙星衍	7	6	6
洪亮吉	19	15	11
孔广森	19	10	10
刘星炜	12	2	2
邵齐焘	18	6	6
袁枚	25	12	9
吴锡麒	54	12	6
总计	154	63	50

《正宗》选七家文共计63篇,几近总选文数(171篇)的三分之一,其中与《文钞》相同者有50篇,重合率较高,这说明曾燠与吴鼒在文章选录方面有较为相似的旨趣。《正宗》于汪中骈文只选3篇,相对于汪中骈文名家的身份,数量较少。《正宗》所录骈文并不执守"骈四俪六"的观念,但通篇绝无四六对句的文章,除汪中外,极为少见。这说明曾燠和吴鼒一样,对汪中骈文并不十分推崇。这也是他们在骈文观念方面的意旨相通之处。

(三) 编选目的

《八家四六文钞》与《国朝骈体正宗》都以弘扬乾嘉骈文、树立骈文"正宗"为编选目的。骈文在清初即呈现复兴之势,出现了一批较有影响的作家,但吴鼒和曾燠对清初骈文都较为排斥。《八家四六文钞》所选皆为乾嘉时代的骈文名家,从吴鼒对表兄汪存南言论的转述中,可以看出他对清初骈文的态度:

余年廿有一始从表兄汪存南先生学为四六之文。先生讥弹近日作者,谓陈其年学庾开府,只见其叫豪;章岂绩学徐仆射,适形其蹇弱;吾家园次以下,比之自郐。(《问字堂外集题词》)

汪存南对清初陈维崧、章藻功、吴绮等骈文作家皆持否定态度,认为这三家之外,更是不值一提。这种否定清初骈文的态度,也为吴鼒所认可。在《八家四六文钞》的各家《题词》中,他也屡屡表达对清初骈文的不满,如赞扬刘星炜骈文说:"尽去国初诸君浮侈晦塞之弊,卓然可传。"(《思补堂文集题词》)又论吴锡麒骈文说:"近代能者或夸才力之大,或极摭拾之富。险语僻典,欲以踔跞百代,睥睨一世,不知其虚矫易尽之气,为有学之士所大噱也。"(《有正味斋续集题词》)"国初诸君"、"近代能者"都是指清初骈文作者,吴鼒对清初骈文"浮侈晦塞"、"险语僻典"等弊病进行了尖锐批评。在他看来,刘星炜、吴锡麒等乾嘉骈文作者正是因为摆脱了清初流弊,其骈文创作才取得了较高成就。

《国朝骈体正宗》于清初骈文只选1卷,包括陈维崧等6位作者的18篇文章,很多清初名家未予选入,说明在曾燠看来,清初骈文作者大多并非"正宗"。彭兆荪曾协助曾燠纂辑《国朝骈体正宗》,在与友人书信中,谈及《正宗》的选录情况说:

其有新声涤滥,烦手滔堙,虽在专门,固从芟薙。或乃浅才薄植,学乏本原,龋齿折腰,意图貌袭,珠砾之似,亦勿容溷。若庑堂集唐一篇,则变例收之。尤、陆、吴、章诸家则别裁汰之。揽翩剔毛,俱存微旨。①

表明《正宗》有明确的去取标准。从其去取标准出发,清初尤侗、陆繁弨、吴绮、章藻功虽为骈文名家,但曾燠"别裁汰之"。所谓"别裁",显然暗含杜甫"别裁伪体亲风雅"之义。对这四家骈文的摒除,表明曾燠对清初骈文除少数作者以外,多持否定态度。《四库全书总目·陈检讨四六》条说:

国朝以四六名者初有维崧及吴绮,次则章藻功,《思绮堂集》亦颇见称于世。然绮才地稍弱于维崧、藻功,欲以新颖胜二家,又遁为别调。譬诸明

---

① 彭兆荪《与姚春木书》,《小谟觞馆文集》,《续修四库全书》第1492册,上海古籍出版社2002年版,第646—647页。

代之诗,维崧导源于庾信,气脉雄厚如李梦阳之学杜;绮追步于李商隐,风格雅秀如何景明之近中唐;藻功刻意雕镂,纯为宋格,则三袁、钟谭之流亚。平心而论,要当以维崧为冠。①

四库馆臣认为陈维崧为清初骈文冠冕,对吴绮、章藻功并不十分推举。《国朝骈体正宗》对清初骈文的选录,显然有受《总目》影响的痕迹。曾燠和吴鼒都看重乾嘉骈文,他们编辑骈文选本的目的在于"综为骈俪之则"(《八家四六文钞序》)②、"植立轨范"③,都有把乾嘉骈文作为典范,为骈文创作树立"正宗"的目的。

二、《八家四六文钞》与《国朝骈体正宗》的骈文批评旨趣

选本是中国文学传统的批评方式之一。《八家四六文钞》与《国朝骈体正宗》的编选者通过编辑选本的方式进行骈文批评,其批评旨趣主要有三个方面:

(一)肯定骈文文体地位

骈文自宋代以后被视为六朝"道弊文衰"的产物,古文家以"浮靡"、"俳谐"作为攻击骈文的口实。清王朝崇尚程朱理学,以理学为指归的古文占据文坛主流地位,骈文尤其受到鄙薄。作为清中期最早出现的当代骈文选本,《八家四六文钞》与《国朝骈体正宗》都以肯定骈文文体地位为主要批评旨趣。吴鼒《八家四六文钞序》和曾燠《国朝骈体正宗序》都表达了对骈文地位的肯定态度:

> 夫一奇一偶,数相生而相成;尚质尚文,道日衍而日盛。旸谷、幽都之名,古史工于属对;觐闵、受辱之句,葩经已有俪言。道其缘起,略见源流。盖琴无取乎偏弦之张,锦非倚乎独茧之剥。以多为贵,双词非骈拇也;沿饰得奇,偶语非重台也。要其拼扯虽富,不害性灵;开合自如,善养吾气。敷陈士行,蔚宗以论史;钩抉文心,彦和以谈艺。而必左袒秦、汉,右居韩、欧,排齐梁于江河之下,指王、杨为刀圭之误,不其过与!(《八家四六文钞序》)

---

① 《四库全书总目》,中华书局1965年版,第1524页。
② 本文所引吴鼒《八家四六文钞序》和曾燠《国朝骈体正宗序》分别录自清嘉庆三年(1798)较经堂刻本《八家四六文钞》和《续修四库全书》影印清嘉庆十一年(1806)赏雨茅屋刻本《国朝骈体正宗》,以下随文标出,不加注释。
③ 彭兆荪《与姚春木书》,《小谟觞馆文集》,《续修四库全书》第1492册,上海古籍出版社2002年版,第647页。

> 夫《咸》、《英》既遥,诗声俱郑。籀、斯屡变,草书非古文之衰也,运会为之哉!(《国朝骈体正宗序》)

> 夫骈体者,齐梁人之学秦汉而变焉者也。后世与古文分而为二,固已误矣。(《国朝骈体正宗序》)

吴鼒认为骈文偶对、散文单行,骈文华美、散文质朴,好比是数字的奇偶相生、大道的质文相衍,都具有天然的合理性。针对古文家认为古文源自先秦经典,而骈文产生于六朝的观点,吴鼒追源溯流,指出"古史工于属对"、"葩经已有俪言",在《左传》和《诗经》中已经有骈偶属对的表达方式了,从辨析源流的角度,证明骈文与古文均出自先秦经典。又以范晔《后汉书》的"史论"和刘勰《文心雕龙》为例,说明以"双词"、"偶语"为特征的骈文,只要运用得当,一样能够发挥作用,产生了不起的著作。对社会上尊崇秦、汉古文,重视以韩愈、欧阳修为代表的唐宋八大家,而鄙视齐、梁骈文,指斥王勃、杨炯的态度,吴鼒直接表达了不满。曾燠则用文字演变来说明文体也因时运际会而变化的道理。他认为骈文是齐梁人学习秦汉文而产生的文体,其源头也在先秦文章,那种将骈文与古文对立的观点是错误的。吴鼒、曾燠在各自的序文中,都强调骈文的合理性,表达了对骈文文体地位的肯定态度。

(二)剖析骈文弊病

面对元明以来骈文衰敝不振的局面,吴鼒和曾燠认为骈文创作中存在的种种弊病是导致骈文衰敝的原因,他们对骈文弊病进行了深刻而具体的剖析:

> 然而醇甘所以养生,或曰腐肠之药;笙簧所以悦听,或曰乱雅之音,是故言不居要,则藻丰而伤繁;文不师古,则思骛而近谬。铅黛饰容,夫岂盼倩之质;旌旗列仗,乃非节制之师。虽复硬语横空,巧思合绮,好驰骤而前规亡,贪掎撠而真精失。其有摆脱凡近,规模初祖,真宰不存,形似取具,屋下架屋,歧途又歧。又其下者,剪裁经文,而边幅益俭;揣摩时好,而气息愈嚣。启事则吏曹公言,数典则俳优小说。其不得仰配于古文词宜矣。(《八家四六文钞序》)

> 乃有飞靡弄巧,瘠义肥词,援荀、孟为石交,笑曹、刘为古拙。于是宋玉《阳春》,乱以《巴人》之和矣;相如典册,杂以方朔之谐矣。若乃苦事虫镌,徒工獭祭,莽大夫退搜奇字,邢子才思读误书,其实树旃于晋郊,虽众而无

律也;买椟于楚客,虽丽而非珍也。琐碎失统,则体类于骑驼;沉腽不飞,讵祥比于鸣凤。亦有活剥经文,生吞成语,李记室之襤褸,横遭同馆之割;孙兴公之锦段,付诸负贩之裁。掷米成丹,转自矜其狡狯;炼金跃冶,使人叹其神奇。古意荡然,新声弥甚。且也四字密而不促,六字格而非缓,变以三五,厥有定程,奚取于冗长乎?尔乃吃文为患,累句不恒,譬如屡舞而无缀兆之位,长啸而无抗坠之节,亦可谓不善变矣!(《国朝骈体正宗序》)

针对骈文弊病,吴鼒和曾燠进行了细致而全面的揭示。语言文辞方面,辞藻丰富,长于炼饰本来是骈文特点,但过度运用辞藻,就会出现繁芜杂乱之病。吴鼒所说的"藻丰而伤繁"、"硬语横空,巧思合绮"、"好驰骤"、"贪侈摭",曾燠所说的"飞縻弄巧,瘠义肥词"、"苦事虫镂,徒工獭祭",都是针对骈文辞藻过度繁复、刻意求新现象而进行的指斥。他们还注意到"词"与"义"的关系,吴鼒"思骛而近谬"、曾燠"瘠义肥词"的说法,都是指骈文写作徒有华丽辞藻而缺乏思想内涵的现象;写作技巧方面,二人对骈文在创作方面一味模拟剽窃的现象也进行了剖析,吴鼒所说的"形似取具,屋下架屋"、"剪裁经文",曾燠所说的"活剥经文,生吞成语",都是对骈文刻意模拟、生搬硬套之病的揭示。其他如吴鼒所指出的因"揣摩时好"而气息浮躁、喜欢运用小说中的典故,曾燠所指出的句式"冗长"、声韵蹇涩,也都是骈文创作中的常见病弊。作为乾嘉时期亲身从事骈文创作的作家,二人对骈文弊病的剖析可谓切中肯綮。他们认为正是这些弊病,致使骈文"其不得仰配于古文词宜矣",导致元明以来的骈文创作衰敝不振。吴鼒和曾燠在其所编骈文选本中对骈文弊病的清醒认识,是他们提出骈文创作主张的理论基础。

(三)提出骈文创作主张

面对元明以后骈文创作流弊丛生的局面,吴鼒和曾燠以编辑选本的方式矫正骈文弊病,为骈文创作树立轨范。"师古"和"去俗"是他们在骈文创作方面提出的两个重要主张。

首先来看"师古"。中国古代的文学创作,历来都有"师古"的主张。清代学习古文者以先秦两汉、唐宋八大家文章为典范,已成为社会共识。而学习骈文,却没有较为统一的看法。从骈文选本来看,清初所编骈文选本都以明末清初人骈文作品为选录对象,且局限于笺启等实用性文体。乾隆年间,彭元瑞编辑《宋四六选》,

则表达了以宋代骈文为学习典范的态度。经过骈文创作发展和理论积淀,以汉魏六朝、唐代骈文为学习对象,成为乾嘉时代骈文作家和理论家较为普遍的看法。吴鼒和曾燠在所编骈文选本中,都提出了要求骈文创作"师古"的主张。他们所说的"师古",一方面是要以六朝、唐代骈文为学习对象;另一方面,则是强调作者的学养。

吴鼒在《八家四六文钞序》中说"文不师古,则思骛而近谬",明确指出骈文创作师法古人的重要性。在《八家四六文钞》的《思补堂文集题辞》中,吴鼒认为刘星炜:"于孟坚、孝穆、子安三家致力最久而才气书卷足以副之。小儒好议论,以为入古太浅,非徒刻深,直是孟浪。"刘星炜以班固、徐陵、王勃为学习对象,这三家是汉、六朝、初唐骈文的代表作家。吴鼒认为刘星炜的"才气书卷",也就是个人学养,能够支持其对三家的效法学习,因此其骈文能够取得较高的成就。吴鼒称赞朴学名家孔广森的骈文"兼有汉魏六朝初唐之盛,尝从戴氏受经,治《春秋》、三《礼》,故其文托体尊而去古近"(《仪郑堂遗稿题辞》),认为孔广森骈文有"汉魏六朝初唐"的风貌,而师从戴震,经学修养深厚,是其骈文体貌尊严,与古人相近的原因。评吴锡麒骈文说:"先生不矜奇,不恃博,词必择于经史,体必准乎古初。""合汉魏六朝唐人为一炉冶之,胎息自深,神采自旺,众妙毕具,层见迭出。"(《有正味斋续集题辞》)也是赞扬其有经史学养,所作骈文能得古人风貌。《西溪渔隐外集题词》:"都转深于《选》学,所作擅六朝唐初之盛。""而于四六之文,则首推都转,以为其体正而诣深。"曾燠因为有深厚的《选》学修养,所作骈文具有"六朝唐初"的风格,因此在吴鼒看来,其骈文具有体貌纯正、造诣深厚的特点。《卷葹阁文乙集题词》:"余读《卷葹阁文乙集》,朴质若中郎,遒宕若参军,肃穆若燕公,盖其素所蓄积,有以举其词。"洪亮吉是深通经史考证之学的朴学名家,深厚的学养积累,令其骈文具有蔡邕、鲍照、张说的风格。从吴鼒的这些评论可以看出,他所推崇的骈文作家,都以汉魏六朝、唐代骈文为取法对象,而深厚的经史学养,是他们能够取得骈文成就的重要因素。

彭兆荪曾协助曾燠纂辑《国朝骈体正宗》,认为《正宗》选录标准是"体无定程,以法古为尚",具体则是"立准于元嘉、永明,而极才于咸亨、调露",[①]也就是

---

① 彭兆荪《与姚春木书》,《小谟觞馆文集》,《续修四库全书》第 1492 册,上海古籍出版社 2002 年版,第 646 页。

要以元嘉、永明为代表的六朝,以咸亨、调露为代表的初唐作为骈文学习对象。曾燠以"法古"为骈文创作原则,与吴鼒"师古"的观点是一致的。在《国朝骈体正宗序》中,曾燠认为骈文应"以六朝为极则",他最推崇徐陵、庾信、任昉、沈约,说:"徐、庾影徂而心在,任、沈文盛而质存。其体约而不芜,其风清而不杂。盖有诗人之则,宁曰女工之蠹。"认为六朝骈文作家也具有"诗人之则",表明曾燠认为骈文也能够继承《诗经》的文学传统,这是对骈文的高度肯定。吴鼒和曾燠都认为不能"师古",是导致骈文创作出现弊病的主要原因。吴鼒说:"文不师古,则思骛而近谬。"(《八家四六文钞序》)"后生末学,入古不深,求工章句,乃日流于浅薄佻巧,于是体制遂卑,不足俪于古文词。"(《问字堂外集题词》)曾燠也对"古意荡然,新声弥甚"的骈文创作进行严厉批评。吴鼒和曾燠认为骈文以"师古"为创作原则,就能够达到与古文一样的境界,这也代表了乾嘉时代骈文作家和理论家对骈文创作的看法。

其次来看"去俗"。彭兆荪在与友人书信中强调,"以远俗为工"是《国朝骈体正宗》的选录标准,其编纂目的是"欲以矫俳俗,式浮靡",①"俳俗"、"浮靡"是宋代以后骈文创作存在的普遍弊病,曾燠以"正宗"二字命名其所编辑的骈文选本,本身就具有矫正弊病的目的。吴鼒在《八家四六文钞》中谈到对袁枚骈文的选录说:"凡先生文之稍涉俗调与近于伪体者皆不录。雅音独奏,真面亦出。"(《小仓山房外集题辞》)不选录袁枚骈文中的"俗调"、"伪体",表明吴鼒认为骈文创作应"去俗"的态度。曾燠在《国朝骈体正宗序》中说:"古文丧真,反逊骈体。骈体脱俗,即是古文。迹似两歧,道当一贯。"他认为"俳俗"是骈文最为致命的弊病,因此特别强调骈文创作要"脱俗"。认为骈文"脱俗"则具有与古文一样的价值,可见他是以能否"脱俗"作为评判骈文好坏的标准。骈文只有在语言辞藻、写作技巧、文章内容、情感表达等方面去除俗调,才能真正获得自身的艺术品格。如何才能"去俗"?吴鼒认为"师古"是"去俗"的最好方法。他在《问字堂外集题词》中谓孙星衍"独好余所为四六文,以为泽于古而无俗调",骈文创作取法古人,有古人风貌自然就不俗了。"后生末学,入古不深,求工章句,乃日流

---

① 彭兆荪《与姚春木书》,《小谟觞馆文集》,《续修四库全书》第 1492 册,上海古籍出版社 2002 年版,第 646 页。

于浅薄佻巧,于是体制遂卑,不足俪于古文词,矫之者务为险字僻义,又怪而不则矣。"(《问字堂外集题词》)不能"师古"是骈文"流于浅薄佻巧"、"体制遂卑"的根本原因。

吴鼒和曾燠在所编选本的序文中,对骈文弊病的揭示,涉及文章写作的各个方面,而这些弊病实际上都是元明以来骈文逐渐庸俗化的表现,骈文要想获得"其体尊,其艺传"(《问字堂外集题词》)的价值,就必须"去俗",摆脱俳俗、浮靡的习气。"去俗"和"师古"作为吴鼒与曾燠在所编骈文选本中提出的理论主张,对于挽救骈文衰敝,规范骈文创作都具有较为重要的意义。

三、《八家四六文钞》与《国朝骈体正宗》的影响

《八家四六文钞》与《国朝骈体正宗》编选于乾嘉骈文蓬勃发展之际,是刊印最多、流传最广的清当代骈文选本。从注本、评本及续书的出现和后世评价两个方面,可以看出这两部选本的广泛影响。

(一)注本、评本及续书的出现

首先来看注本、评本。

光绪十一年(1885),许贞幹刊成《八家四六文注》。书前有陈宝琛序,对吴鼒所选八家各有简要评价。后有洪亮吉之孙洪熙跋,称许贞幹"乃以八家传流既久,笺注无闻"而撰成此书,"其为不朽之作,断可识矣",[①]给予极高评价。从许贞幹的"例言"可知,他对孙、洪、孔、刘、邵、曾六家进行了注释,袁、吴二家则采用旧注,而有所补益。光绪十八年(1892),陈衍作《八家四六文补注》八卷,采用摘句条列的形式,不载八家原文,有陈衍自序[②]、萧穆序。吴鼒所选八家,除袁枚、吴锡麒外,其余六家都无注。许贞幹和陈衍首次为这六家作注,使《八家四六文钞》更加便于阅读与流传,也扩大了它的影响。许贞幹《八家四六文注》和陈衍《补注》的合订本较为常见,有光绪十八年(1892)上海图书集成印书局本、民国二十三年(1934)上海扫叶山房石印本等。

光绪十一年(1885),张寿荣将姚燮对《国朝骈体正宗》的评点加以整理,自

---

① 许贞幹《八家四六文注》,民国二十三年(1934)上海扫叶山房石印本。
② 陈衍的《八家四六文补注自序》不载于他的《石遗室文集》。《自序》主要谈论注书之难,列举注书之弊十二条,研究陈衍者可资参考。

己又施以眉评,刊成《国朝骈体正宗评本》十二卷。书前有冯可镛序,谓《评本》"析其源派,玑镜在握,瑜瑕莫掩","巧示匠心","暗传绣谱","作文家衮钺,为来哲梯桄。缘指求端,摹体定习,庶无惑已"①,认为姚、张二人对《正宗》所作评点,辨析源流、评判优劣,能够为骈文创作指示门径。又有张寿荣序,谓:

> 至我邑梅伯姚先生出,用知曾氏是选,轮扁其用心尚非轮扁其技。综核全编,则上者江、鲍之艳,徐、庾之道,长卿、子云之古藻骏迈,云谲波涌,殆十之三。其次彦升简炼,简文清思与夫幽峭玲珑、鲜华朗映,颉颃于玉溪、金荃之间,又十之五。下此委茶沉赘,呻缓繁冗,间或滥厕者十之二。先生一一为之点窜品题,不少假借,是言轮扁之言,而复心其心,技其技,意者其所造而至,将不第如曾氏乎!
>
> 庶几言骈俪者人知目寓中存,求所谓不徐不疾,有以得于手而应于心也。是则予以其书广诸艺林之意焉而。②

认为姚燮所作评点能够指示《正宗》所选文章的优劣得失,为学习骈文者提供创作的方法、门径。《国朝骈体正宗评本》有光绪十一年花雨楼朱墨套印刻本,民国时期上海文瑞楼、鸿章书局有石印本,1961年台湾世界书局有影印花雨楼本。

其次来看续书。

光绪年间,继《八家四六文钞》而编选的续书有:

《后八家四六文钞》八卷,张寿荣辑,清光绪辛巳(1881)刻本。所选八家分别是:张惠言、乐钧、王昙、王衍梅、刘开、董祐诚、李兆洛、金应麟,共计113篇文章。卷首有张寿荣序,认为吴鼒所选《八家四六文钞》"剖辨乎法,明白晓畅",对于学习骈文有指导作用,他编辑《后八家四六文钞》"则循是而为八家文之选,要仍不离乎前八家之法,庶乎其足尚焉",③道出了以《八家四六文钞》为取法标准的编选宗旨。

《国朝十家四六文钞》,王先谦辑,光绪十五年(1889)长沙王氏刻本。选录

---

① 冯可镛《国朝骈体正宗评本序》,《国朝骈体正宗评本》卷首,清花雨楼刻本。
② 张寿荣《国朝骈体正宗评本序》,《国朝骈体正宗评本》卷首,清花雨楼刻本。
③ 张寿荣《后八家四六文钞序》,《后八家四六文钞》卷首,清光绪辛巳(1881)刻本。

清代中后期的骈文作者十人,分别是:刘开、董基诚、董祐诚、方履篯、梅曾亮、傅桐、周寿昌、王闿运、赵铭、李慈铭,共计153篇文章。前有郭嵩焘序,对吴鼒所选《八家四六文钞》予以极高评价,然后说:"益吾祭酒继之有十家骈文之刻,以此诸贤,方轨前哲。"①指出王选《国朝十家四六文钞》是对吴选的继承。王先谦自序说:"网罗众家,窃附全椒之例;推求正宗,或肖南城之心。"②表明《十家四六文钞》在体例和编选宗旨方面都深受吴鼒、曾燠二家选本的影响。

《国朝骈体正宗》的续书有:

《国朝骈体正宗续编》八卷,张鸣珂编选,光绪十四年(1888)寒松阁刻本。选录清道、咸以后骈文作家60家,文章155篇。卷首有缪德芬序,谈到此书的编选情况,说:"搜集宏富,持择谨严,约而不滥,华而不靡。风清骨峻者,非专门而亦存;文丽义瞆者,即宗匠而必汰。"③与曾燠在《国朝骈体正宗》中所阐释的骈文选录标准是完全一致的。

《同光骈文正轨》不分卷,孙雄编,宣统三年(1911)油印本。孙雄所作序文云:"余于壬辰、癸巳间客京师,即有继续南城曾氏选辑《国朝骈体正宗》之举,录稿凡六十余家,为文四百余篇,自嘉、道以还,同、光作者略具。"④明确表示其编辑此书是对曾燠《国朝骈体正宗》的继续。

同光年间,谢增辑有《续骈体正宗》。谭献《复堂类集》有《续骈体正宗叙》一文,徐寿基《酌雅堂骈体文集》也收有此书序文一篇。据谭献日记,可知此书未曾刊刻。

(二) 后世评价

《八家四六文钞》和《国朝骈体正宗》编成之后,后世学人多有评论,从中也可看出其影响之大。有关《八家四六文钞》的评论,以嘉庆年间法式善为最早,他在所著《陶庐杂录》中,认为《八家四六文钞》"骈丽家应奉为圭臬"⑤,《陶庐杂录》撰成于嘉庆十七年(1812)之前,⑥而《八家四六文钞》刊刻于嘉庆三年

---

① 郭嵩焘《国朝十家四六文钞序》,《国朝十家四六文钞》卷首,清光绪十五年(1889)长沙王氏刻本。
② 王先谦《国朝十家四六文钞序》,《国朝十家四六文钞》卷首,清光绪十五年(1889)长沙王氏刻本。
③ 缪德芬《国朝骈体正宗续编序》,《国朝骈体正宗续编》卷首,清光绪十四年(1888)寒松阁刻本。
④ 孙雄《同光骈文正轨》卷首,清宣统三年(1911)油印本。
⑤ 法式善《陶庐杂录》,中华书局1959年版,第112页。
⑥ 据《陶庐杂录》陈预序,可知《杂录》编成于壬申年(1812)之前。

(1798),可见《文钞》刊成不久即为学者所瞩目。光绪八年(1882),梁肇煌为新整理的《吴学士文集》作序,称誉吴鼒所选《八家四六文钞》说:

> 学士识洞三微,言贯九变。韦弦之贽,贶于宙合;山斗之誉,溢于甸外。掩一代之雅,成不朽之业。袁、吴博丽而删其滥音;邵、曾清隽而振其弱体。一篇一什,传之其人。上相倾襟,名流敛手。①

称《八家四六文钞》为"不朽之业",尤其是能够指出《文钞》对袁、吴文章"删其滥音",对邵、曾文章"振其弱体",认为吴鼒通过去取,使所选文章能够代表各家风格,这是对《文钞》价值的真知灼见。

谭献在《吴学士文集序》中,论及《八家四六文钞》,说:

> 全椒吴山尊学士,以千秋一二之才,撰八家四六之集。平章众制,希风建安;品藻群伦,复闻正始。非徒尚友古人,抑亦其中有我,所业在此,来者难诬。②

认为吴鼒所编《文钞》是以建安为宗尚,为骈文树立准则,堪称"正始之音"。又指出《文钞》并非盲目崇尚古人,其中所表达的是吴鼒个人对骈文的见解。

郭嵩焘在为王先谦《国朝十家四六文钞》所作序文中,谈到吴鼒的《八家四六文钞》说:

> 全椒吴氏八家骈文之选,萃一代之俊雄,汇斯文之渊海,牢笼百态,藻绘群伦,鼓铎以齐声容,膏馥足资津逮。③

对吴鼒所选给予极高评价,认为能够给骈文作者指示门径。

光绪年间,张寿荣辑《后八家四六文钞》,其序文曰:

> 昔吴山尊氏手录骈体文,凡八家,刊以问世。世之为词章之学者,读之玩之,咸取资焉,而有以得乎法之所在,至于今且宗尚弗衰。

---

① 梁肇煌《吴学士集序》,吴鼒《吴学士文集》卷首,《续修四库全书》第1487册,上海古籍出版社2002年版,第375页。
② 谭献《吴学士集序》,吴鼒《吴学士文集》卷首,《续修四库全书》第1487册,上海古籍出版社2002年版,第376页。
③ 郭嵩焘《国朝十家四六文钞序》,《国朝十家四六文钞》卷首,清光绪十五年(1889)长沙王氏刻本。

剖辩乎法,明白晓畅,学者可以得夫指归矣。①

指出吴鼒所编选本自问世以来就成为人们学习骈文的范本,盛传不衰,他所标示的骈文法度已经成为学习骈文者所遵循的准则。

清末易宗夔在所著《新世说》中评论《八家四六文钞》说:

(吴鼒)尝选袁简斋、邵荀慈、刘圁三、孔巽轩、吴穀人、曾宾谷、孙渊如、洪稚存之骈文,称为八大家。——是皆遵循轨范,敷彩厥旨,堪为一代骈文之正宗。②

称吴鼒所选八家是骈文"八大家",八大家遵循轨范,为清代骈文的正宗。民初徐珂纂辑《清稗类钞》有"国朝骈体文家之正宗"条,也称吴鼒所选为"骈文八大家"③,由此也可看出当时学者对吴鼒所编选本的认可。

《国朝骈体正宗》也一样受人瞩目。光绪元年(1875)张之洞刊成《輶轩语》,为诸生指示读书门径。关于学习骈体文,他认为读曾燠《骈体正宗》"可知骈文指归"④,将《正宗》与王志坚所编《四六法海》、李兆洛所编《骈体文钞》并提,认为都是学习骈文的入门之书。

光绪年间,缪德芬在《国朝骈体正宗续编序》中说:

南城曾宾谷先生尝辑《骈体正宗》一书,颓波独振,峻轨退企,芟薙浮艳,屏绝淫哇,取则于元嘉、永明,极才于咸亨、调露。钟釜齐奏,弗淆晋野之聪;珉玉并耀,特具卞和之识。固已辟途径于文圃,示模楷于艺林矣。⑤

对于《国朝骈体正宗》挽救骈文衰敝,树立骈文轨范的意义予以充分肯定。

《国朝骈体正宗评本》有冯可镛序,谓:

曾氏《国朝骈体正宗》一书,错比华词,甄综俪格。删宿莽而滋蕙,屏疥驼而获麟。集艳马、班,漱润潘、陆。酌前修之笔海,录定维摩;搴一代之词

---

① 张寿荣《后八家四六文钞序》,《后八家四六文钞》卷首,清光绪辛巳(1881)刻本。
② 易宗夔《新世说》,《清代传记丛刊》第18册,台北明文书局1985年版,第276页。
③ 徐珂编《清稗类钞》,中华书局1986年版,第3888页。
④ 张之洞《张之洞全集》,河北人民出版社1998年版,第9810页。
⑤ 缪德芬《国朝骈体正宗续编序》,《国朝骈体正宗续编》卷首,清光绪十四年(1888)寒松阁刻本。

林,集成明远。承学之士,咸资准的。①

又有张寿荣序,谓:

> 曾宾谷氏揭骈体流弊,宗六代正轨,选国朝文百七十二篇,凡四十三家,其所以示人者殆轮扁之用心与。②

冯、张二人都认为《正宗》通过删削去取,去伪存真,为骈文创作树立准的,因此给予极高评价。

谭献在所作《续骈体正宗序》中说:"游乎著作之林,判乎淄渑之味,都转之书,固为奇作。"③认为曾燠所编选本采择广泛,判别优劣,堪称"奇作"。可见,《国朝骈体正宗》倡导骈文"正宗"的编选宗旨,深为后世推尊骈体者所认可。

结语

《八家四六文钞》与《国朝骈体正宗》都出现于嘉庆前期,编者均为一代骈文名家,在作品选录、编选目的、批评旨趣等方面二者都有相通之处。后世学者也多将这两部选本相提并论,如姚燮《皇朝骈文类苑叙录》:"《八家四六》、《骈体正宗》诸选,抗衡千禩,鼓吹一时,鹄立逵通,藉存骚雅。"④王先谦序其所选《国朝十家四六文钞》说:"网罗众家,窃附全椒之例;推求正宗,或肖南城之心。"⑤胡念修《四家纂文叙录汇编序》云:"国朝力起厥衰,名家专稿,充栋盈车,于是全椒前驱,肇《八家》之选;南城结轨,订《正宗》之编。"⑥等等,都是如此,这也说明《八家四六文钞》与《国朝骈体正宗》意旨相通,共同得到了后世读者的普遍认可。之后出现的多种清当代骈文选本,在选家身份、编纂宗旨、去取标准、批评旨趣等方面都深受其影响。从编选、批评旨趣及后世影响来看,这两部选本都堪称清当代骈文选本的典范,它们的大量刊印和广泛传播,对于清中期以后骈文"尊体"思潮和骈文创作的发展也都具有一定的推动作用。

---

① 张寿荣《国朝骈体正宗评本》卷首,清光绪十一年(1885)花雨楼刻本。
② 张寿荣《国朝骈体正宗评本》卷首,清光绪十一年(1885)花雨楼刻本。
③ 谭献《复堂类集》,台湾新文丰出版公司1988年版,第109页。
④ 姚燮《复庄骈俪文榷》,《续修四库全书》第1533册,上海古籍出版社2002年版,第397页。
⑤ 王先谦《国朝十家四六文钞序》,《国朝十家四六文钞》卷首,清光绪十五年(1889)长沙王氏刻本。
⑥ 胡念修《四家纂文叙录汇编序》,王水照编《历代文话》,复旦大学出版社2007年版,第6216页。

从官场仪式化到世俗仪式感
——宋代四六启与明代四六启社会功能的对比式考察

苗民(华侨大学文学院)

在传统社会文化环境中,礼与法是相辅相成的,支撑整个社会的伦理道德系统。在很多时候,礼在维护社会稳定和政治统治方面都起着比法更重要的作用。而四六启在士绅日常应酬和官僚公文往来两个方面的频繁使用,说到底也正是中国古代复杂几于琐细的礼乐制度的一种表现形式。四六启在文体形式上有鲜明的利于展示礼节的特性,似乎是"理所当然"地便具备了礼仪性的特征。如钟惺《四六类函序》所云:"双声叠韵,聊展其恭敬之忱;合璧连珠,爰立其端严之体。又事君使臣朋友相遗,礼文之不可废者也。故诰表笺启至今用之。"[1]四六的"双声叠韵",能够展现"恭敬之忱";其"合璧连珠",能够昭显"端严之体"。故而无论是君臣应答之诰表,还是朋友往来之书启,都难以拒绝四六在辞章结构上的这种魅力,这魅力的关键就在四六的"礼文"属性,即四六是一种礼仪性很强的文字,是礼乐仪制中不可或缺的一部分。在讲究"礼"的儒家文化传统中,四六这种能够发挥"礼"的功能的文字,自有其兴盛的丰沃土壤。

因而,如果从礼制变迁的角度对四六启的形态与功能的转变方式做历时性的考察,来探究宋代四六启与明代四六启的历史存在状态,或许能够对四六启有更深入的了解。

---

[1] 钟惺辑注《四六新函》卷首,《四库禁毁书丛刊补编》第44册,第4—5页。

一、别有专门：宋代四六启的社会功能考察

关于宋代四六的研究，已经取得了一些成果，如施懿超《宋代四六论稿》、曹丽萍的《南宋四六文研究》等等，但对宋代四六启问题的专门讨论较少。总的来看，宋代四六启的兴盛就如清代四库馆臣在给《四六标准》所撰写的提要中所描述的那样：

> 六代以来，笺启即多骈偶，然其时文体皆然，非以是别为一格也。至宋而岁时通候、仕宦迁除、吉凶庆吊，无一事不用启，无一人不用启，其启必以四六，遂于四六之内别有专门。南渡之始，古法犹存，孙觌、汪藻诸人，名篇不乏。迨刘晚出，惟以流丽稳贴为宗，无复前人之典重，沿波不返，遂变为类书之外编，公牍之副本，而冗滥极矣。①

在唐以前，特别是六朝时代，骈文的文章形式似乎更多体现为一时风气所系。但是到了宋代以后，"岁时通候、仕宦迁除、吉凶庆吊，无一事不用启，无一人不用启，其启必以四六，遂于四六之内别有专门"。经过了韩柳欧苏的古文运动，骈体文的文章形式已经不再是时代风气所趋，散文的文章形式重新成为大多数文体的依托。在这种情况下，"启必以四六"在文章形式方面的特色就凸显出来，更兼此时"无一事不用启，无一人不用启"，四六启的应用范围非常广泛，这样一来，四六启便"于四六之内别有专门"，其作为一种专门的文类的意义，就自然而然的形成了。

四六启在宋代逐渐发展成为一种专门的文类，这一点在骈文发展史上是具有非常重大的意义的，惜过往的宋四六研究者在研究中多以作家为纲而不以文体或文类为纲，因而对这一点尚未引起足够的重视。窃以为，四六启这一文类在宋代的形成，至少有以下几个方面的意义：

其一，从六朝以来的骈文中逐渐分离出来的应用性骈文的一支，得以成为相对独立的一个文类，并且在文章数量上和使用空间上都成了以后数朝骈文这一文章形式的主流。

---

① 纪昀等《四库全书总目·四六标准》，《钦定四库全书总目》，中华书局1997年版，第2165页。

骈文的文章形式在东汉出现雏形,在六朝得以大盛,在唐代的很长一段时期也一直是各种文体写作所惯用的文章形式,在这一漫长的时空书写历史中,骈文的文章形式得到了极大的发展,无论是诉诸审美愉悦还是诉诸实际应用,骈文的文章形式都取得了很大的成功。但是到了宋代,骈文的文章形式不再是一时风气所向,而更多地局限于启、表等少数几种应用性较强的文体写作中,从而逐渐凸显出其作为一种文类的性质。

在实际应用中,由于四六启突出人际交往的应用性功能,因而文章写得"得体"、"不失礼"比写得"好"要重要得多,这就导致其常常缺乏在内容和形式两端创新的欲望和审美愉悦性的诉求,在这个意义上,四六启作品中套袭之风和模式化风气的盛行是有其必然性的。所以在某种程度上,到了宋代以后,骈文的文学生命便因着四六启的兴盛而几乎处于濒危状态了,只有在少数性情文人的为数不多的作品中,才能偶尔看到六朝隋唐时期骈文情辞并茂的风采,但那也似乎只能算是回光返照而已。这似乎也正契合过往文学史书写对骈文的印象式判断:四六启最盛的宋代至明代,虽然在作品数量上和作者数量上都远远超过六朝隋唐时期,但由于这种写作很多时候流于一种模式化的套路,所以这种创作的兴盛恰恰最大限度地扼杀了骈文的文学生命。这样一来,宋代至明代的骈文文学在当下的文学史中难以得到普遍的认可,也就并不奇怪了。

然而从另一个方面看,四六启这一专门的文类的出现也对骈文这种文章形式有着积极的一面。由于有了固定的文类作为附着,这就使得骈文不仅仅具有在文章形式层面和散文章形式相抗衡的意义,也愈发凸显出附着于四六启体的文体学意义上的价值。这也正如我们在阅读古文时所普遍感觉到的那样,如果要去总结归纳散文的文章形式特点,那每一种文体中的散文形式可能都有千差万别,想归纳出一个具有共性的套式几乎不可能;但如果要去总结归纳骈文的文章形式特点,则不用在六朝骈散兼行的各体骈文作品中去抽丝剥茧,而只要以骈文文体特征最突出的宋明四六启为考察对象,就很容易概括出其在用典、对仗、辞采、音律方面的几大主要特征了。将骈文的文章形式特征予以凸显和定型化,这或许也算是宋明四六启对骈文这一文章形式的一大贡献吧。

其二,是唐宋古文运动的一个极佳参照物,映衬出古文运动在文风变革中的局限性。

宋代大儒朱熹有一段话非常深刻地道出了唐宋古文运动对骈体文风改造的结果,其言曰:

> 汉末以后只做属对文字,直至后来只管弱。如苏颋着力要变,变不得,直至韩文公出来,尽扫去了,方做成古文,然亦止做得来属对合偶以前体格,然当时亦无人信他。故其文亦变不尽,才有一二大儒略相效,以下并只依旧。到得陆宣公奏议,只是双关做去,又如子厚亦自有双关之文,向来道是他初年文字,后将年谱看,乃是晚年文字,盖是他效世间模样做则,剧耳文气衰弱,直至五代,竟无能变,到尹师鲁欧公几人,出来一向变了,其间亦有欲变而不能者,然大概都要变,所以做古文自是古文,四六自是四六,却不滚杂。①

这一段话简要地描述出朱熹眼中的唐代中期逐渐兴起的古文运动对骈体文风改造的过程:被称为"燕许大手笔"之一的苏颋,已经有了欲变革文风的愿望,到了韩愈那里,锐意扫除骈文风气,并创作了大量优秀的古文作品,可惜当时除了为数不多的追随者之外,并没有得到普遍的认可,所以一直到了五代,骈体文风依然盛行。其间亦出了陆贽和柳宗元这样的骈文创作好手。到了宋初,欧阳修重新举起古文运动的大旗,以文坛盟主的身份加以号召,古文遂成为一时之风气,即便如此,其间也有一些古文运动想变革而变革不了的因素。但这些因素在古文运动中也并非一成不变,而是通过增强自身力量凸显自我特征以抗衡古文运动对它的变革,所谓"做古文自是古文,四六自是四六,却不滚杂"。

朱熹的这段话中,有些描述是在文学史上已为人所熟知的,比如古文运动自唐中期兴起,韩柳是古文运动的领袖和中坚,韩柳的古文运动并未得到社会的广泛呼应,陆贽和柳宗元在骈文创作上的成就,以及欧阳修等人在北宋时兴起的试图扭转骈体文风的古文运动等等。有一些则尚未引起学界注意,比如朱熹说韩愈的"其文亦变不尽",说北宋古文运动中"亦有欲变而不能者,然大概都要变",说"做古文自是古文,四六自是四六,却不滚杂"。这些观点有着怎样的内涵呢?

---

① 黎靖德辑《朱子语类》卷第一百三十九《论文上》,明成化九年陈炜刻本。

窃以为,这些观点都是针对骈文在古文运动过程中的命运而发的,而联系上面的第一点来看,则这种讨论正描述了骈文的文章形式如何在古文运动的进程中一步步被压缩到四六启中的过程。这个过程的完成就是在古文运动的强势压迫和四六礼仪性功能的坚守这两方面共同作用下实现的。朱熹所说的韩愈"其文亦变不尽",这正是由于骈文的文章形式在章表和书启等文体中的优势地位所造成的。正如宋代学者洪迈在《容斋随笔》中所言:"四六骈俪,于文章家为至浅,然上自朝廷命令诏册,下而缙绅之间笺书祝疏,无所不用。"① 而这种优势地位的造成则是由于四六骈俪之文的礼仪性功能所在。

属对合偶之风自从东汉形成后,便成为一种历史的积淀,它具有很好的装饰性礼仪功能,这个特性契合庙堂和日常应用的需要,不以一两个君主和一两群文人的意志为转变。从某种意义上说,四六的这种礼仪性功能已经成为群体心理层面的因素,即当某种文化因子或行为被大众接受并纳入文化传统体系中之后,它便成了一种无形的力量约束着人们的行为,这种力量往往是个体所难以抗拒的。明末清初的刁包对这种现象曾有中肯的论述,其言曰:

> 文章一道,自左氏而后,日益华靡,降至六朝五代,滥觞极矣。唐宋诸大家出,一洗藻丽驰骋之习,归诸大雅,然毕竟从文章讨生活,未能一一轨诸大道也。②

此段话可与上文朱熹那段话参看。文章合于大道固然无可非议,但是文章用途多矣,有传世之文亦有经世之文,任是哪个文人也不可能篇篇作品皆合道。且文章于合道之外尚有其他承担,比如当其承担礼仪、交际功能时,其合道的诉求似乎可以暂时降低些,而在这些地方,骈词俪句在形式上的优势便凸显出来。因而,四六骈俪之语被用于礼仪、交际的方面,是有其必然性的,也是朱熹所说的,"欲变而不能者"。正是基于这一点,所以即使是与韩愈齐名的唐代古文运动的领袖之一的柳宗元也只能是"效世间模样做则",而无法摆脱。也正是基于这一点,到了

---

① 洪迈《容斋随笔》卷八《四六名对》,明崇祯刻本。
② 刁包《用六集》卷四《与孙君侨书》,清康熙刻本。

北宋古文运动的时候,无论欧苏等人如何大力提倡古文写作,也无论欧阳修、司马光等人对四六启兴盛所导致的种种弊端如何不满,都无法彻底将骈文的文章形式扭转为散文的文章形式,而只是把这一文章形式压缩在诸如四六启这种特定的文类之中。到了这个地步,骈文就基本上被局限在强调礼仪性功能的章表和书启中,而其他文体创作则逐渐确立以散文的文章形式为正体,曾经六朝隋唐时期骈散兼行的文章创作风气被彻底改变,散文和骈文有了明显的界限,这样的结果就是朱熹所说的"做古文自是古文,四六自是四六,却不滚杂"。

其三,标志着骈文世俗化进程的开始。宋代的四六启与宋前的四六启在使用的领域上都并没有太大变化,而之所以在创作数量和使用空间上出现了极大的膨胀,归根到底是因为四六启的撰写者身份出现了变化。唐五代以后,由于文化权力逐渐下移,学习四六启写作规范的文人也越来越多,从而导致四六文的应用范围得到了大大的扩展。但由于以世家大族为中心的文化秩序已经被瓦解,在这一过程中,四六作为一种特定群体的话语方式的价值很大程度上被削弱甚至消解了,代之而来的是四六应用日趋世俗化的局面。

唐以前四六书启的写作主要是用以凸显世家大族的礼仪,而到了宋代以后,四六失去了其原本谨严而高贵的尊荣身份,而沦为一般人也可以使用的语言形式。当人们将本来运用于庙堂贵族之间的骈文形式下移到一般往来的书启中时,便自然欢喜于这种语言形式在歌功颂德、虚与委蛇,乃至无中生有的礼仪性交际需要方面的神奇效果,甚至这种语言形式本身就能使得四六文的写作者和接收者感受到一种尊贵的礼仪性象征意义。这种意义是由其原有的贵族属性所遗留下来的。而在同时,四六也并没有因为其下移到书启中,就失去在庙堂公文中的应用,在这种情形下,这种尊贵的礼仪性象征意味也就能够得到使用者更多的自我暗示。不难察觉,四六这种语言形式就奇特地在最上层的制诰章表和最下层的婚丧嫁娶的书启函牍中同时发挥着作用。而其之所以在下层能够得到无限膨胀性的使用,也正与其在最上层中的贵族礼仪性象征意味的存在相连。体现出一般的士人乃至非士人在无法满足实际的贵族特权阶层的权利和地位时,通过使用具有象征意味的语言形式来满足精神上的贵族性礼仪需求的快感。只要这种象征意味还存在,那么这种精神优越感就会依然从这种语言形式的使用中不断获得,从而也就难以废除或禁止。

二、过犹不及：明代四六启的社会功能考察

明代的四六启写作状况在很大程度上是对宋代的延续，但是其模式化和套袭之风较之宋代更盛，同时也因着明代的社会文化环境的变化而出现一些新的特点。

四六启在宋代的时候逐渐兴盛，并广泛应用于人际交往的各个方面，这种情况到了明初的时候方有所改变。洪武六年，那个生活作风简朴、痛恨奢华浮靡的明太祖便明确下诏要禁止四六文：

> 先是上命儒臣择唐宋名儒表笺可为法者。遂以韩愈《贺雨表》、柳宗元《代柳公绰谢表》进。上命中书省臣录二表颁为天下式。谕群臣曰：唐虞三代，典、谟、训、诰之词，质实不华，诚为千万世法。汉魏之间，犹近古；晋宋以降，文体日衰，骄丽奇靡，而古法荡然矣；唐宋之时，名儒辈出，虽欲变之，而卒未能尽变；近代制、诰、表、章之类，仍蹈旧习。朕尝厌其雕琢，殊异古体，且使事实为虚文所蔽。其自今凡告谕臣下词，务从简古，以革旧习尔。中书宜播告中外臣民，凡表、笺、奏、疏，毋用四六对偶，悉从典雅。①

这种由最高统治者亲自下令对文风做行政干预的事情在历史上并不鲜见。但是纵观历史便会发现，由于文章创作自身的发展规律、文人师承关系的风格延续性、具体文章创作对行政命令呼应的习惯性滞后、行政干预的强度和持久性不够等诸多问题，这种行政干预的做法很少收到良好的效果。但是朱元璋并非一般的皇帝，他对高度的中央集权有着近乎偏执的迷恋，以至于先后废除了有一千多年历史的丞相制度和有七百多年历史的三省制。明太祖以其超高压的政治威慑力和对文人的白色恐怖政策更兼自身积极的身体力行实现了对朝廷公文四六之风的改造。从效果上来看，明太祖的公文改革确实在明代前期的一百五十余年里极大地遏制了公文的四六骈俪之风。

可是在嘉隆万之后，四六的创作风气再一次兴盛起来，但是，与宋代时期四六启的兴盛局面相比，伴随着封建社会逐渐走向末期，明代四六启创作在凸显

---

① 黄光昇《昭代典则》卷七《诏禁四六文辞》，《四库全书存目丛书》史部第12册，第352—353页。

礼仪性功能的特性时，愈发暴露出其有严重弊端的一面。这个弊端的根源恰恰体现出礼仪制度或礼仪规范在实际应用中常常体现出的过犹不及的特性。被视为东林党人的万历进士邹维琏曾经对明四六的弊端予以强烈抨击，其文曰：

> 光武诏中外上书毋得言圣，明帝禁章奏浮辞，曰誓不为谄子嗤。隋泗州刺史司马攸之文表华艳，文帝诏付所司治罪，复诏公私文翰，并宜实录。我太祖亦禁表笺四六浮艳之文。尝观两汉以前，告君之表，亦止平叙。至唐始有四六，然尝以臣对君，以卑奏尊，今则朋友相与，僚属相事，一概骈语，称功颂德矣。世道之降，既此可观，岂非忠信之薄而浮伪之长乎？①

邹维琏文中提及的"至唐始有四六，然尝以臣对君，以卑奏尊，今则朋友相与，僚属相事，一概骈语，称功颂德矣"。其实也正是四六世俗化过程的必然结果。可是到了明代中后期的时候，这种世俗化的进程却使得四六启逐渐失去了其应有的社会功能。

四六世俗化的进程，表面上是儒家士大夫对人际交往礼节的要求从文化上层扩展到中下层社会，在应用范围上变得更广，实际上在这一过程中，这种交往礼节也因为其世俗化而使得其庄重、华贵的品格变得滑稽可笑，也就是说，四六书启在世俗化的过程中丧失了其作为文化品位和社会地位象征的作用，而沦落为一个空壳，这个空壳只在形式上还能指向其交际作用。民国时期的学者金茂之曾毫不客气地批评这种现象，其言曰："后来的人做骈文，偏于四六的一条路上，不免涉于做作，真实的情感逐渐消失，甚而至于完全利用典古去堆垛粉饰，七拼八凑做成一篇文字音调虽似乎很好，但神气涣散，连一些儿意味也没有。骈文的所以受人诋毁，做作的流弊，实有以造成之。"②金茂之在这里指出了四六受人苛责的主要原因之一，就是做作。但是他没有指出四六为什么会渐渐涉于做作。而这或许才是问题的关键所在。

窃以为，这种情况的出现，正是由于四六社会功能转变的缘故。各体文章皆有社会功能，这种社会功能或者指向社会某个群体，比如露布、檄文；或者指向某个个体，比如碑志、书启；当然有时也兼而有之，比如政论、策论等。这种社

---

① 邹维琏《读史杂记》卷下《四六》，民国豫章丛书本。
② 金茂之编著《四六作法骈文通》，上海大通图书社1935年版，第19—20页。

会功能的趋向在很大程度上影响着这一种文章的书写所要达到的效果。正如曹丕所说"奏议宜雅,书论宜理,铭诔尚实,诗赋欲丽",这些都是已为我们熟知的文体书写所预期的表达效果。具体到四六,由于其社会功能已经被逐渐定位为士大夫阶层人际交往的礼仪性工具,所以它也由之而来形成重视用典、讲究对偶、追求工整、趋于模式化的特性。从这个意义上看,这也并不是后来的人自己刻意非要将四六做成今人看来做作的模样,实在是这种文体自身所承担的职能所限。而如果想要改变这一点,就必须等到这种功能发生转变或者取消的时候。

老子曰:"失道而后德,失德而后仁,失仁而后礼。"窃以为,古代的礼乐制度在变迁之中,经常发生这样的情况。一种礼乐制度的产生有两个基本的诉求,一是人性的诉求,即健全和完善人性的需要,如人性对孝、敬、仁、义的需要;二是社会制度的诉求,即某一具体的历史时空的社会制度,为了健全和完善,而需要某一种礼乐制度和法度相配合。通常情况下,前一种诉求是根本的,而后一种诉求则随着朝代的变迁或者社会结构的变动而总是处在变化之中。但是,不得不指出的是,一项礼乐制度如果想要在社会上推行,必须得到具体时空统治阶层的支持或者默许,因而,礼乐制度产生,最通常的情况,就是时人按照其时的社会需要,在人性基本需求的基础上,建设而成。甚至,在某些比较极端的情况下,这种礼乐制度的建构,可以为了满足特定时空政治统治的需要,而违反人性的基本需求,比如殉葬、守贞等等。在通常情况下,大多数能够得以推行的礼乐制度是既适应某一时期的社会统治需要,又不违背人性的。这就使得礼乐制度往往既具有暂时性的价值也具有永久性的价值。然而,当某一特定的历史时空的社会需要成为过去以后,礼乐制度的那种应时而生的暂时性价值便也消解,而得以存在的理由便只是其诉诸人性需求的永久性价值了。值得注意的是,某一历史时空的统治阶层更在意的并不是一种礼乐制度的永久性价值,而是更在乎其暂时性价值。① 因而,有些过去时空的礼乐制度便不再得到政权的有效保障,而只是作为一种历史的遗留物存在于新的历史时空中。在这种时

---

① 当然很多时候,这两者并不矛盾,因而,过去时空的礼乐制度往往能够在失去其原有的暂时性价值后在另外的时空获得新的暂时性价值。

候,其存在的理由便只依托于其诉求于人性需求的方面,只要这种需求存在,并且不对新的历史时空的社会政治统治造成障碍或威胁,那么,这种遗留下来的礼乐制度便仍有存在的空间,甚至,当其契合新的特定历史时空的需要时,还有可能再次得到政权的有效保障而得到更大的兴盛。以四六而论,随着中晚唐时期世家大族的消亡,四六作为世家大族规范群体身份的礼制的意义便也失去。但是其满足人性对交际礼仪的基本需要的功能依然存在,所以它被更广泛地应用于官场交际和日常应酬中,而不限于原来世家大族的群体范围。但是,由于缺乏上层政权的有力保障,它的社会地位反而大大地降低了。这一点,可以从晚唐李商隐乃至宋代司马光、欧阳修等人对四六文写作的态度中看得出来。

在宋代的时候,四六可以说是迎来了其最佳的生存时空:其满足人性对交际礼仪的基本需求的价值被逐渐兴盛起来的庶族文人所广泛使用,同时,这种使用又并不妨碍宋代的统治政权,甚至对统治政权的巩固起到一定的促进作用。但是到了明代时,这种情况又有了变化,明初的统治者朱元璋出身社会底层,讨厌虚礼,仇视文人,他认为繁文缛节会损害政治统治,所以禁四六文,这一禁居然就禁了一百五十余年。到了嘉靖以后,随着社会文化的逐渐复苏,以及统治阶层统治思想的变化,四六也迎来了复苏,嘉隆万之际对公文繁缛之风的频繁禁令与其说是由于它影响公文效率,毋宁说是为了维护太祖遗令的尊严。但是伴随着明代中后期社会风气的变化,四六的负面影响却无可避免地渐渐凸显出来了。前已有言,一种礼乐制度的建立,是依赖于某一特定时空的政治统治之需要的,而其实施效果如何,也与政治保障有着密切的关系。如果缺乏政治保障的话,其实施效果可能会出现偏差,偏离其本来的轨迹。四六在宋代以后,在社会中的应用是处于一种半正式状态的,即中央政权虽然没有明确地予以肯定或否定,但其在官场和士绅中的应用是被默许的。只是这种默许由于缺乏足够的约束力,从而使得四六的应用最终背离了其作为交际礼仪规范的价值,而成了阻碍交际礼仪的因素。毕竟,礼乐制度是以人性的基本需要为基础的,而人性的任何需要都有一个限度,在限度之内,对个体和对群体的发展都能起到一种促进作用,而一旦逾出限度之外,则可能会起到完全相反的作用。

礼乐制度的建设正是将人性约束在合理范围的一种方式。但同样的,这些同时也是人性需求反映形式的礼乐制度也需要约束。否则,不但不能起到约束人性的作用,甚至会促使人性的某一种需求逾越限度,而妨碍个体和群体的发展。明代的四六,似乎便是这样的一个典型。作为一种维系人际交往书信往来的礼仪规范,由于应用的泛化,使得其在产生之初所保有的对四六的使用者和使用用途的约束都大大削弱甚至几乎丧失。在这一泛化的过程中,使用者们更关注的不再是四六作为一种纽带对人际交往礼仪的规范作用,而是更关注其形式本身。换句话说,当人们在使用四六时,不再考虑四六在内容上的表达,而是认为这种形式本身就代表着礼仪性的规范。这就导致当人们真正需要实现彼此之间真诚的礼仪交际需要时,四六这种已经泛化的形式所起到的更多只能是阻碍作用了。

如果联系一下明末那个危机四伏的社会环境,这种"竞艳辞""骋溢美"的"称功颂德"所带来的社会危害就更加令当时一些进步文人难以释怀。与邹维琏几乎同时的另一著名文人赵南星曾经写过《废四六启议》二首,①文中深刻地剖析了四六启作为礼仪交际工具在明末社会中的弊端性,其文曰:

一

> 余自万历乙亥结发薄游,士大夫书札往来,直抒情愫,鲜有用四六者。当司理时,座主为相,亦以散书闻问,亦未尝以为不恭也。至癸巳罢官,乃有以四六来者,余才拙性疏,不能为此。然林下无事,每抠精殚思为之,殊以为苦。今衰朽才尽,偶起一官,营职之外,复有应酬之烦,食事欲废,安能作四六也?虽有来者,必不能答,恐有不恭之罪,然此事殊亦可废也。古者书用大篆,作之颇难,自秦以用兵之际,羽檄旁午,乃去其繁复,以为隶书。解者曰谓施之于徒隶,贱之也。其书无点画俯仰之势,似即今之楷书也,历代相沿,不以其为秦法而废之,岂非以其便于时宜,犹孔子所谓麻冕纯俭者哉?今天下亦多事矣,黠虏内侵,贼民四起,不知将来竟作何状?谓宜博心戮力以济艰难,乃易散书为四六,是犹以大篆而易楷书也。失火之家犹作巧趋细步,余窃惑焉。况大篆起于仓颉,四六起于六朝,秦为变古,今为复古,不亦可乎?余是以僭为此议,愿与同志者共之,非徒自护其短也。

---

① 赵南星《赵忠毅公诗文集》卷一七,明崇祯十一年刻本。

二

何以知世之乱？在位者神识昏惹，若有物焉以冯之，而使之举动颠倒，一人若此，则必有祸，人人若此，未有不乱者也。今之人亦可谓颠倒矣。虏侵地削，群盗纵横，至危也，而更忻愒；困窈空虚，闾阎萧索，至窘也，而更奢侈；夫戍妇寡，人号鬼哭，至惨也，而更淫乐，此皆甚可骇异。即四六启之事亦足以见其一端矣。无论纷拏多故之时，不暇作此。虽使天下平康，文恬武熙，亦无所用此为也。其以为欲平，则章奏宜用之而不然也，乃用之竿牍何也？吏隐而高才者，第以为游戏然，必以颂美为主精工之极，即谄佞之极也，不能无坏心术。其倥偬无暇及不能者，仓卒求人，所求亦未必能，剿袭钉饤声拗而文拙，加以鲁鱼帝虎之讹，举烛飓段之谬，献谄适以受□，故山人游客之能者，无不入幕，若蛄蟹之相依，往往请寄，雇金钱不肖者至与之通贿，损官方而污吏治，其害岂细哉？夫目眚之作也，视苍以为素，及神光既复，见一物真，即物物皆真矣。惟心亦然。故谚曰一法通万法通，诚知四六之所以可废，自兹而类推之，尽去颠倒之见，而得其本来之心，忻愒也而知惧矣，奢侈也而知慎矣，淫乐也而知忧矣。以其为四六之心思用之以出至谋奇计，以其养游客之金钱用之以礼贤人君子，同心匡社稷，耆力救生民，功成名就，使大雅之士如吉甫奚斯者，歌颂盛美，勒金石而流管弦，岂不伟哉。

余之厌四六，犹齐宣王之于败紫也，作此议欲与士大夫共废之，而不能家至户晓，即知之而未必肯从，欲上疏而以其事细不足言也，乃属掌道彭侍御飞仲等，刻之以与台中诸君，人各一通，骢马所至，即下令禁之，不期月而天下无四六矣。天启癸亥五月。

在第一篇文字中，赵南星提出欲废除四六的理由主要有两条：其一是繁复难做，耗费心力；其二是国家正值多事之秋，交际应酬之事理应从简。

这样一种"繁复"的文体写作，在内忧外患的明末社会环境中，愈发显得不合时宜。赵南星忧虑地写道："今天下亦多事矣，黠虏内侵，贼民四起，不知将来竟作何状？"在这样一种国家前途难测的处境下，官僚缙绅们应该"博心戮力以济艰难"，如果仍然耽于这种繁复的四六启写作，便如同"失火之家犹作巧趋细步"般荒唐不堪了。此外,赵南星还进一步具体论述四六启兴盛的局面对明末社会的危害,概而言之就是明代四六启的三个流弊:其一是多谀佞颂美之言,坏人心术;其二是无暇者及不能者仓促为之,往往弄巧成拙;其三是成为山人入幕的钻营之术,败坏官府风气。这都足见四六之诸般害处。赵南星作为一位有责任感的官员,其废除四六的理由正是以国家制度建设和官僚机构运转作为根本出发点的,因而他对于四六启社会危害的论述也正中要害。

上文曾论及礼仪制度的两个诉求即健全人性的诉求和维护社会制度的诉求。在晚明的时候,无论四六启在维系人际交往方面的作用是否还像唐宋时期那么明显,至少它在维护社会制度方面已经是无可救药的弊大于利了。

结语

实用性文体的外在文体形式通常会伴随着一个特定时代的制度变化而解体或者变异,但是其内在的体制和精神则可能会被传承到后代的其他文体中去。比如章太炎《国故论衡·辨诗》中所言及的先秦时期表达庆贺礼仪的"发"、表达祭祖礼仪的"造",虽然在后世便消亡了,但是其所表达的功能和精神则被延续在其他的文体形态中。因而对于如四六启这样的实用性文体的研究,窃以为不能太过于纠结语言形式和篇章结构上的承袭或相似性,而要更多追究其功能上的承袭或相似性。在这个意义上,四六启的研究应该不要太汲汲于其骈文的语言形式,而要考虑其剥除这层语言形式后的特定时代中的精神价值和功能性。

更进一步来看,上层之礼是讲求名副其实的,而世俗之礼则可以是有名无实的且往往是有名无实的。也正是这种名不副实,使得四六启写作中所体现的种种规范只能是一种表层的礼俗,一种缺乏内在精神的礼俗。礼乐的世俗化,往往如此。下层社会对上层社会的借鉴和学习,往往袭其貌而遗其神,故而流于形式,因为上层最被下层关注的便是其外在形式,非必有意为之也,不得不然也;上层社会对下层社会的借鉴和学习,往往鄙其貌而得其神,因为上层社会要保持其与下层的界限,就需要改造其外在形式,非必有意为之也,亦不得不然也。

基于这样的理解,似乎可以得出以下观点:四六是有自身的文类属性的,其存在的最大价值就是凸显仪式性。这一点也是其在官场和民间礼仪交际场合能够一直存在的根本原因。那么在凸显仪式性的前提得到保证的情况下，去融入一些敷理或者抒情乃至修辞的一些特点是可以的。问题在于一旦太过强调敷理，就会使得四六凸显仪式性的基本功能被削弱，出现宋代"以文体为四六"的创作趋向。更危险的是，这种趋向由于更加符合儒家的一些经典文章观诸如文质彬彬、文以明道等理念，所以容易取得普遍的认同。这也就是我们现在所能看到的很多宋代乃至明代四六话中充斥对陆、欧一脉的推崇的背后原因。但是站在四六的立场来看，这样的散文偶化之辞的创作观念将导致四六因为仪式性特征的削弱失去其存在的必要性。

窃以为，礼仪交际层面对外在语言形式规范的要求要远远比审美娱情对外在语言形式规范的要求更严格也更重要。正如我们在回顾历史时可以很清晰地看到，从宋代到明清，无论推崇散文偶化的四六创作观念的风气有多么盛，无论推崇者是欧阳修或者王世贞这样的文坛领袖（有时他们的声音甚至是以朝廷公文的形式正式下发的），四六在创作中的礼仪性特征的主导属性都一直存在，并且也因为这种存在，四六一直在朝廷和民间礼仪交际中发挥着古文所不能替代的功能。宋代的时候，伴随着语体使用水平的普遍提升，四六和散体出现了不同的文体附着，这种附着的细化和固定化使得骈体的语体形式在文章写作层面逐渐淡出了文学史的视野。而到了明代中后期，四六启作为一种维系人际交往书信往来的礼仪规范，由于应用的泛化，使得其在产生之初所保有的对四六的使用者和使用用途的约束都大大削弱甚至几乎丧失。而明代四六启逐渐走向没落的写作状况，则又使得骈文这种文章形式随着文体附着的又一次重新估量，而在清代再一次重新进入文学史的视野。

《畅叙谱》著者非沈德潜考

潘务正（安徽师范大学文学院）

　　《畅叙谱》是清代一部关于饮酒条规的著作，著者认为"雅集依此去取，皆成雅酌，庶足以畅叙幽情"①，故名。书前有"夷门侯生"所作之序、著者自作之引及中山颖（一本署酒国遗民）所撰之《糟邱寓公传》；正文一卷，以骈文形式记录饮酒条规三十八则，每则之后以"酒史氏曰"阐发著者观点及做法；另录有五种杯器式。此书版本不多，较通行的为光绪十八年皖人徐士恺刊刻的《观自得斋丛书别集》本，作者一般著录为沈德潜。作为清代著名诗人，当时托名于他的著作与文章不在少数。然还存在另一种情况，即后人编制书目时，将一些本非沈德潜之作不加细考地署上他的名字，如上海图书馆所藏《沈文恪公书札》就是这种情况②。此处所要论述的《畅叙谱》著者也是被张冠李戴的例子，兹予以厘清，并探讨出现错讹的原因。

一、文献著录问题

　　《畅叙谱》今存三种版本。最早的是清乾隆刻本，藏于中山大学图书馆，索书号为3393。正文书名《畅叙谱》之下，署有"糟邱寓公编，酒国遗民录"字样，该馆据此著录编者与录者。道光六年，长洲顾沅编《生花舘》丛书时将此本抄入，

---

① 《畅叙谱引》，《畅叙谱》卷首，《丛书集成续编》第87册，上海书店1994年版，第534页。本文所用即此版本，为避免烦琐，以下不一一注出。
② 参见拙撰《上图藏〈沈文恪公书札〉考》，《图书馆杂志》2011年第12期。

不过在该丛书的目录中,此书著者则署"侯繙"。检是书仅序为"夷门侯生"所作,且此人除了可能姓侯外,其他情况不详①;书中亦未有任何信息显示"侯繙"为此书著者。顾氏如此署名,不知所据为何。此丛书并未刊刻,抄本现藏于"台湾中央图书馆"。

上述两种版本流传不广,均为孤本。《观自得斋丛书别集》本与此有所不同,最主要的差异是署名的有无。乾隆刻本、顾氏抄本中《糟邱寓公传》下署"酒国遗民撰",正文前署"糟邱寓公编,酒国遗民录",此本均无。徐士恺在丛书前的目录中,亦未署著者之名。清人著录是书时,也审慎地不予署名,如丁丙《八千卷楼书目》云:"《畅叙谱》一卷,不著撰人名氏,观自得斋本。"②不过,民国初年出版的杨守敬、李之鼎所编《增订丛书举要》一书,已在《观自得斋丛书别集》中的《畅叙谱》下赫然注明"沈德潜"③,由于其为丛书编目的集大成之作,影响较大,故而自此之后沈德潜就与《畅叙谱》联系在一起。

今人著录此书时,除个别未标明外,一般均题沈德潜,应是参考了杨、李之著的结果。如国家图书馆藏有三种古籍,其中两种索书号分别为 8535:24、42500:2,另一种无索书号,三种均为《观自得斋丛书别集》本,版本信息中著者一栏则均著录为"沈德潜 清 撰"的字样。南京图书馆著录两种刻本,一种索书号是 GJ3011765,著者署"沈德潜";一种索书号为 GJ3011906,未署著者。前一种与《伦敦竹枝词》合刻,为《观自得斋丛书别集》本;后一种为单独的刻本,据核查,亦为丛书本。湖南图书馆藏有两种刻本,索书号分别是 391.5/9、51/17:18,根据著录可知均为《观自得斋丛书别集》本,著者署为"沈德潜"。高校图书馆中,北京大学图书馆藏有两种版本,索书号分别是 X/081.17/2849:3、Y/9100/4220.62/2,根据版本著录,均为丛书本,著者均著录为"沈德潜"。河南大学图书馆藏版本索书号为 080/S914/3-2-18,辽宁大学图书馆藏版本索书号为 081.471/2849,四川大学图书馆藏版本索书号为 0235-28,根据著录信息,三者

---

① 疑侯繙即侯嘉繙。据袁枚《侯夷门墓志铭》(《小仓山房文集》卷五,王英志主编《袁枚全集》第二册),侯嘉繙字元经,号夷门子,诸生,官上元县丞,享年52岁。又据阮元《两浙輶轩录》卷一八引黄润川曰:"方其(按:指侯嘉繙)殁也,(秦)涧泉文战春闱中……是年,涧泉大魁天下。"(浙江古籍出版社2012年版,第1293页)秦大士为乾隆十七年(1752)状元,则侯嘉繙生于康熙四十年(1701)。
② 丁丙《八千卷楼书目》卷一二子部,民国本。
③ 杨守敬原编,李之鼎补编《增订丛书举要》,国家图书馆出版社2010年版,第221页。

俱为丛书本,亦均题"沈德潜"。

由国外图书馆目录著录信息可知,该书亦多被海外学者归于沈德潜名下。如日本静嘉堂文库、国立国会图书馆、京都大学人文科学研究所东方图书馆等所藏丛书本均著录为沈德潜撰,只有前田育德会、东洋文库馆藏信息中未署撰者姓名。

目录学著作中,该书亦无一例外归为沈德潜之作。《中国丛书综录》第一册《总目》于《观自得斋丛书别集》下有云:"《畅叙谱》一卷,(清)沈德潜撰,光绪十八年(1892)刊。"第二册子部中著录云:"《畅叙谱》一卷,(清)沈德潜撰,观自得斋丛书别集。"①《中国古籍总目·子部》云:"畅叙谱一卷,(清)沈德潜撰,观自得斋丛书本(光绪刻)。"②《中国古籍总目·丛书部》亦云:"《畅叙谱》一卷,(清)沈德潜撰,清光绪十八年刻。"③另外,台北新文丰出版公司1988年印行的《丛书集成续编》第102册、上海书店1994年印行的《丛书集成续编》第87册均收入是书,亦署名"沈德潜"。

以上著录多将《畅叙谱》归在沈德潜名下,一致的依据就是《增订丛书举要》。而杨、李认定《观自得斋丛书别集》本《畅叙谱》的著者为沈德潜,应是根据书前"夷门侯生"之序及《糟邱寓公传》中透露的信息。《传》云寓公"一日出一册题之曰《畅叙谱》授余",则此"寓公"应为是书著者(这与乾隆刻本、顾氏抄本中署"糟邱寓公编"正合);而此人又是一位酒中隐士,他终日沉溺醉乡,"性涓滴不饮,而无日不醉。招饮者日数辈,卒一不赴。曾不独饮,而又未尝宴客"。他无名无姓,"尝自称寓公,其所行所事,无不寓也。其醉也寓,其醒也亦寓"。而记录此传者乃是"中山颖",一个类似韩愈小说《毛颖传》中的主人公;且著者于书中以"酒史氏"现身说法,这些都使得"寓公"具有奇幻色彩。加之"夷门侯生"序中又云:"吾闻寓公所居,与吾友归愚沈氏为邻。""归愚沈氏"即沈德潜,在整部书中,他仅于此处出现,虽其身份为"寓公"的友人,但因此人的虚幻特性,于是目录学者就将其视为沈德潜化身,或者当作沈氏故意施放的烟幕弹。在此情势下,沈氏与著者就被视为一人了。实际上,《畅叙谱》的著者根本就不是沈德潜,

---

① 分别见《中国丛书综录》第一册第234页、第二册第950页,上海古籍出版社1982年版。
② 《中国古籍总目·子部》,中华书局2010年版,第1516页。
③ 《中国古籍总目·丛书部》,中华书局、上海古籍出版社2009年版,第591页。

而是另有其人。

二、著者非沈德潜考

《畅叙谱》一书体现的著者之思想、性格以及文学观念,均与沈德潜本人不符,由此可以考知"糟邱寓公"并非沈德潜。

首先,《畅叙谱》一书的思想格调与沈德潜不类。"夷门侯生"于序中云,此谱"大半准公安",这一方面是说《畅叙谱》与袁宏道《觞政》在内容上有相似之处,如《觞政·一之吏》云:"凡饮以一人为明府,主斟酌之宜。酒儒为旷官,谓冷也;酒猛为苛政,谓热也。以一人为录事,以纠坐人。须择有饮材者。材有三,谓善令、知音、大户也。"①而《畅叙谱条规》开篇即曰:"凡设食,主人执觚而进,举一人为酒监(主行令),一人为酒史(掌谱籍),一人为酒尉(主行酒),与主人互相纠察(席广添设一尉)。若举其人不职,能才反屈在闲散之位者,罚以银爵八分。所举之人滥膺,同罚;曾辞者不坐。"这种相似,可能是《畅叙谱》承袭了《觞政》的写法。但这种承袭更主要的是在思想意趣上,特别是对女性的态度。如第三十四则条规后酒史氏曰:"新欢到手,通词未托微波;尤物当前,作合岂凭鸩鸟。偎红啮臂,何辞名挂弹章;倚翠盟心,不惜室如悬磬。可知居士多魔,莫怪天花乱舞。今某气尽胭脂,失却樽前职守;魂销金粉,全忘座上专司。新剥鸡头,摩挲不置;暗开豆蔻,咀味无休。宜黜玷箴,并惩助狎。"这种士女杂坐狎邪宴乐的场景与情调,正合公安派的作风。但此举却非沈德潜所能为。作为一个正统的士人,他对艳情极为反感,编选诗集时,将此类作品排斥在外。其《清诗别裁集·凡例》云:"诗必原本性情,关乎人伦日用,及古今成败兴坏之故者,方为可存,所谓其言有物也。……动作温柔乡语,如王次回《疑雨集》之类,最足害人心术,一概不存。"②此虽后期所编,实为其一贯的主张。这一选诗原则遭到袁枚抨击,他说:"本朝王次回《疑雨集》……沈归愚尚书选《国朝诗》,摈而不录,何所见之狭也!尝作书难之云:'《关雎》为《国风》之首,即言男女之情。孔子删诗,亦存《郑》、《卫》,公何独不选次回诗?'沈亦无以答也。"③袁枚所作之书即《再与沈大

---

① 钱伯城笺校《袁宏道集笺校》,上海古籍出版社2008年版,第1415页。
② 《清诗别裁集》卷首,上海古籍出版社1984年版,第2页。
③ 《随园诗话》卷一,江苏古籍出版社2000年版,第12页。

宗伯书》，强调"艳诗宫体自是诗家一格"①，诗选中大可不必删去。袁枚的观点近于公安派，他对沈德潜的批判，正可见出沈氏与此派思想的格格不入，因此沈德潜不可能写出《畅叙谱》之类的著作。

其次，《畅叙谱》著者的性格近于六朝名士之做派，也与沈德潜不侔。著者在《畅叙谱引》中云："拔剑悲歌，老我萧萧霉发影；挑灯夜读，负他喔喔数年声。寄死生于蝶梦，可叹风驰；逞富贵于蚁柯，犹怜火灭。直教击碎唾壶，问天何补；不如醉倒邻家，干卿甚事。倘客能荷锸，赏定多佳；而主解留宾，罚须尤雅。"此中运用了《庄子·齐物论》、李公佐《南柯太守传》及《世说新语》中王敦击碎唾壶、阮籍醉卧邻家、刘伶死便埋我等典故，可以看出此书著者是一位倾慕六朝名士风范的饮者。条规第六则亦云："今某既昧设施，偏多机诈，常使流涎雅好，肠断曲车；岂知蹙额难堪，眼花落井。屈正则独醒何辞，刘公荣沉酣不获。"亦与《引》中流露的格调一致。而沈德潜则是一位典型的儒家正统士大夫，恪守伦理道德，思想极其平正。《说诗晬语》开篇即云："诗之为道，可以理性情、善伦物、感鬼神、设教邦国、应对诸侯，用如此其重也。"其论文亦以儒家之道为根本："夫文章之根本，在弗畔乎道。顾吾之弗畔乎道，要取诸古人之文之与道为一者。而古人之文，不能尽然。自唐虞三代以来，理则天人性命，伦则君臣父子，治则礼乐刑政，如江河乔岳，万古不可磨灭者，六经四子之文是也。"②其诗作，正如彭启丰所评价的，"以忠孝为本，以温柔敦厚为教"③。袁枚批评其诗"有褒衣大袑气象"④，正是就此而言。由其文学观可以见出，沈氏之为人与《畅叙谱》中体现的著者性格完全不侔。

另外，从文体来看，《畅叙谱》亦非沈氏所愿为。《畅叙谱》通篇以骈文书写，而沈德潜论文以明道致用为准，故对骈文颇有微词，他批评萧统《文选》"辞采烂然，而不根乎道"⑤，所以在骈体盛行的乾隆朝，其文集中没有收录一篇骈文，可见他不作此体。就此而言，沈德潜也不会写出《畅叙谱》。

---

① 《小仓山房文集》卷一七，王英志主编《袁枚全集》（二），江苏古籍出版社1997年版，第286页。
② 《答滑苑祥书》，《归愚文钞》卷一五，潘务正、李言编辑点校《沈德潜诗文集》（三），人民文学出版社2011年版，第1376页。
③ 彭启丰《光禄大夫太子太师礼部尚书沈文悫公墓铭》，《芝庭先生集》卷一三，光绪二年刻本。
④ 袁枚《答沈大宗伯论诗书》，《小仓山房文集》卷一七，《袁枚全集》（二），第284页。
⑤ 《答滑苑祥书》，《归愚文钞》卷一五，《沈德潜诗文集》（三），第1377页。

综合以上诸种因素不难看出,《畅叙谱》的著者不可能是沈德潜,以往的著录均不准确,此书著者另有其人。

三、著者"寓公"考

《畅叙谱》非沈德潜所作,那么此书真正的著者"寓公"应为何等人物？既然"夷门侯生"所云沈德潜与寓公为好友,则其诗文集中应该能找到些线索。翻检沈氏初刊于雍正年间的《竹啸轩诗钞》卷六有《怀友十二章》,其八云:"脱帽歌呼号酒狂,吴门烟月蓟门霜。知君广武山边过,匹马寒风吊战场。"据诗后小注,此诗所怀之友人为"蓟门马寓公"①,他是否就是《畅叙谱》的著者"寓公"呢？经过对比可以看出,《畅叙谱》的著者就是此人。

首先,马寓公与《畅叙谱》著者经历相似。《糟邱寓公传》云:"糟邱寓公,初不详其姓氏。操吴音,或曰晋人。"据此可知此人长期居住于吴中,能操一口流利的吴音,但其祖籍却是外省。"或曰晋人"即有一种说法是其来自山西,但不一定不可靠,故云"或曰"。沈诗中"吴门烟月蓟门霜"一句,吴门与蓟门对举,则说明他身在吴中,而来自蓟门即北京,此与《糟邱寓公传》所言大体一致。"夷门侯生"序云沈德潜"必知其底蕴所在",则沈氏所言"蓟门"当更可靠。

其次,马寓公与《畅叙谱》著者嗜好相同。据夷门侯生序、《糟邱寓公传》不难看出,著者的一大兴趣爱好是饮酒。《畅叙谱》第十四条规酒史氏曰:"今某巴蛇为性,巨象可吞。乳虎同形,全牛欲抟。惊沙飒飒,疾如秋雁唧芦;夜雨萧萧,密若春蚕食叶。苏子老饕之赋,专是为人;卫侯温克之容,不闻斯语。"可以看出其嗜酒如狂的性格特征。而沈诗中"脱帽歌呼号酒狂"一句,正写出马寓公的这一特性,二者相符。

第三,马寓公与《畅叙谱》著者志向一致。《糟邱寓公传》云此人"尤长于《韬》《钤》,每一及,辄止而不言"。所谓"《韬》《钤》",即《六韬》与《玉钤篇》,二者均为兵书,可知糟邱寓公擅长用兵谋略。然其胸有抱负而未能实现,故托迹酒狂。沈诗后两句"知君广武山边过,匹马寒风吊战场",诗中广武山为楚汉相争

---

① 《沈德潜诗文集》(二),第780页;又见《归愚诗钞》卷一九,《沈德潜诗集》(一),第388页。

的古战场,阮籍曾登临此处,发出"时无英雄,使竖子成名"的感慨①;李白过此而作《登广武古战场怀古》一诗。沈氏所用典故,当即在此。过广武山而吊古战场的"酒狂"马寓公,正与《糟邱寓公传》云传主"尤长于《韬》《钤》"契合。

由上可知,沈诗中的马寓公,正是《糟邱寓公传》的传主,也就是说《畅叙谱》的著者当为马寓公。只不过"寓公"非其真名,"夷门侯生"与《糟邱寓公传》的作者或不知"其底蕴所在",或"初不详其姓氏",于其真名全然无知。即便沈德潜与寓公为邻居,但除其姓氏外,于其真名亦不曾知晓,此人当为隐士。

那么,马寓公为何要隐姓瞒名?其中缘由关系到《畅叙谱》一书的性质,兹考之如下。

据《竹啸轩诗钞》卷六所署写作时间,《怀友诗十二章》作于康熙四十九年庚寅(1710),可知在此之前,沈氏与马寓公即已订交。又"夷门侯生"序云:"寓公所居,与吾友归愚沈氏为邻,归愚有酒德人,且所居石鼓山下,特为是公而移堂以就树者。"可知沈德潜曾因马寓公而自其祖居地苏州葑门外竹墩移家至石鼓山,与马寓公为邻。考石鼓山在灵岩山中,《(同治)苏州府志》云:"灵岩山在府西三十里,高三百六十丈,一名砚石山……《越绝书》:'砚石山有石城,去姑苏山十里,阖闾养越美人于此。'《寰宇记》引《郡国志》:'石城山有吴王离宫,越献西施于此。山有石马,望之如人骑。南有石射堋,又名石鼓山。'"②移居的时间,考沈德潜作有《灵岩杂咏》组诗,分咏《馆娃宫》《琴台》《吴王井》《妍池》《采香泾》诸名胜③,知是时沈氏可能即已移居灵岩山中。此组诗可能作于康熙三十八年已卯(1699)④,若推测不误,则至迟在此年他已成为马寓公邻居。而马寓公自北京移居吴中之后,应一直居住于此。

至于马寓公定居于吴中石鼓山的原因,则可能有不为人知的用意。《吴郡志》引董监《吴地记》云灵岩山"南有石鼓,鸣即兵起"⑤,石鼓鸣响则天下兵起,恰

---

① 《晋书》卷四九《阮籍传》,中华书局1974年版,第1361页。
② 冯桂芬《(同治)苏州府志》卷六,光绪九年刊本。
③ 《一一斋诗》卷一,《沈德潜诗文集》(二),第647页;又见《归愚诗钞》卷四,《沈德潜诗文集》(一),第61—64页。
④ 《一一斋诗》卷一之诗作于此年,然《竹啸轩诗钞》卷四(《沈德潜诗文集》(二),第768页)亦收录此诗,作年为丁亥即康熙四十六年(1707)。《竹啸轩诗钞》前四卷诗与之前的《一一斋诗》多重复,是作者后来的整理,因此作年不同者,当以《一一斋诗》所注年代为准。
⑤ 冯桂芬《(同治)苏州府志》卷六。

与马寓公"尤长于《韬》《钤》"的才能志向吻合。或许此人是具有反清意志的遗民,正如顾炎武定居华阴以待天下之变,马寓公择居石鼓山中亦有此图;乾隆刻本与顾沅抄本《糟邱寓公传》之作者与是书记录者"酒国遗民",这一署名也可与此印证。马寓公的另一好友即书序作者为"夷门侯生",这显然是借用《史记》卷七十七《魏公子列传》中的夷门监者侯嬴之典故。由此不仅可知此人姓侯,还昭示其为一有抱负的隐士,亦与糟邱寓公声气相投。从年龄来看,康熙四十九年其人尚在世,若为明末出生,此时当七十岁左右。今虽不能得其真名,然其强烈的遗民意识却以"寓公"这一自号得以呈现。自此之后,沈氏诗文集中再也没有出现马寓公的任何信息,最大的可能是他此后不久即抱憾谢世。

正因为马寓公负有反清意识,故其潜心《韬》《钤》之略,迁居于吴中灵岩山之石鼓,等待时机以图起事,并与具有同样意识的"夷门侯生"及"酒国遗民"等人为友。然清廷统治渐趋稳定,他深感复明无望,《糟邱寓公传》所云"尤长于《韬》《钤》,每一及,辄止而不言"大有深意。故他虽不能饮,仍沉溺于酒以泄其忧愤,且撰写《畅叙谱》以抒其怀抱。这是一部深寓隐衷之作,而不能仅以袁宏道《觞政》一类酒政之书视之。"夷门侯生"序云:"其余艺纵轶侠而仙,规条款款,不激不徐,又儒者而吏者。吾乌能测其所至哉!而但以酒人目之,浅之乎视酒史氏矣。"《糟邱寓公传》亦云:"其所行所事,无不寓也。其醉也寓,其醒也亦寓。"著者在《畅叙谱引》中自抒怀抱,亦可见出名士的旷达中寓含隐忧、悲愤,所言作书之意正与序、传相符。其隐姓瞒名,自称寓公,亦与此怀抱相关。

正是寓公的身世及《畅叙谱》一书的性质,导致后人对此书著者产生误解。今揭橥其人之志向,则《畅叙谱》一书价值自明。就此而言,马寓公及其所著《畅叙谱》应引起研究者的重视。

晚清民国湖南骈文举隅

谭家健（中国社会科学院文学研究所）

晚清时期，列强入侵，国门大开，古老中华面临瓜分之势，清王朝在风雨飘摇中挣扎。思想文化领域，西学东渐，一系列新的文化元素对中华传统文化带来冲击。紧跟历史潮流的散文家，最早是地主阶级改革派，接着是洋务派、维新派、资产阶级革命派。他们所用文体，首先是桐城派古文，及其支派湘乡派、侯官派，继后是新变的报章体、新民体。这时骈文较清前期中期冷落了，但还有一定地盘和影响。叶农、叶幼明说："这时的骈文起了如下变化。一是骈文的重心由江浙转到沅湘，集中到曾国藩幕下；一是长篇巨制减少，而多为短篇；一是弃博丽而尚轻倩。"[1]民国初期白话文开始在报刊上出现，五四以后蔚然成风，古文逐渐稀少，少数作者的骈文创作活动，延续到二十世纪二三十年代。到了四十年代，古文和骈文都淡出文坛。

晚清的骈文批评较之中期大为逊色，骈散正统之争逐渐倾向于骈散相用。其中在骈散理论界贡献最大者当首推曾国藩。

曾国藩(1811—1872)，湖南湘潭人，平定太平天国的首功之臣，对晚清时期历史进程有重要影响，在其事功成就之前已有文名，随着政治地位的提高，学术地位也日益强化。他包容汉宋，兼擅骈散，宗桐城而有所突破。在姚氏义理、考据、辞章之外加上经济，把阳刚阴柔的美学标准加以细化。他不赞成阮元诸多

---

[1] 叶农、叶幼明《中国骈文史论》，澳门文学艺术学会2010年出版，第159页。

观点。曾氏依姚氏《古文辞类纂》体例,编《经史百家杂钞》,包括先秦、两汉、六朝、唐宋,明代只取归有光,清代只取姚鼐,基本上是桐城派的文统,所不同的是不排斥六朝。该书《题语》说:"近世一二知文之士,纂录古文,不复上及六经,以云尊经也。然溯古文所以立名之始,乃由屏弃六朝骈偶之文,而退之于三代两汉。今舍经而降以相求,是犹言孝者敬其父祖而忘其高曾……将可乎哉!"《杂钞》所选内容广泛,经部包括五经之文,子部有《孟子》、《荀子》、《庄子》、《韩非子》、《淮南子》等,史部有《史记》、《汉书》、《后汉书》、《三国志》、《唐书》、《资治通鉴》,六朝文中选了许多骈体文。该书既有别于当时众多的古文选本,同时也是用事实对阮元的"经史子非文"进行反驳。他把散文的外延大大扩张,包括了骈文在内,符合中国散文史的实际情况,是相当通达的散文观。

在《湖南文征序》中,曾氏深入阐发骈散各有所长,骈宜于抒情,散长于说理。"自群经而外,百家著述,率有偏胜。以理胜者,多阐幽造微之语,而其弊或激宕失中;以情胜者,多悱恻感人之言,其弊常丰缛而寡实。自东汉至隋,文人秀士,大抵义不孤行,辞多俪语,即议大政,考大礼,亦每缀以排比之句,间以婀娜之声,历唐代而不改。虽韩李锐志复古,而不能革举世骈体之风,此皆习于情韵者类也。宋兴既久,欧苏曾王之徒,崇奉韩公,以为不迁之宗。适合其时,大儒迭起,相与上探邹鲁,研讨微言。群士慕效,类皆法韩氏之气体,以阐明性道。自元明至圣朝康雍之间,风会略同,非是不足与于斯文之末,此皆习于义理者类也。"把骈散的历史发展以习于情韵或义理相分,平等看待,而且揭示宋以来散文兴盛与儒家理学大师迭起有关。清代文人概述骈散历史者甚多,曾国藩此论是比较深刻、全面的一篇。黄保真三位的《中国文学理论史》说:"他这样来论述文章发展的历史,就一举打破了宋代以来古文家所严守的壁垒,不仅在内容上兼重情理,而且在形式上融会骈散了。这一来长期解决不了的骈文与散文之争,明理与抒情之争,都变得没有必要了。"①

曾国藩对历代一些骈文名家有很好的评价,其《鸣原堂论文》说:"陆(宣)公则无一句不对,无一字不谐平仄,无一联不调马蹄(一种押韵方式),而义理之

---

① 参黄保真等《中国文学理论批评史》第七编《姚门弟子与曾国藩的古文理论》,北京出版社1985年版。第90页。

精,足以化隆瀍洛;气势之盛,亦堪方驾韩苏。退之本为陆公所取之士,子瞻奏议终身效法陆公。而公之剖析事理,精当不移,则非韩苏所能及。吾辈学之,亦须略用对句,稍调平仄,庶笔仗整齐,令人刮目耳。"这样细致入微的鉴赏,在历代四六话中罕见。在给儿子曾纪译《拟陈伯之答丘迟书》的批语中,他强调骈文贵在运气,"六朝偶俪文中,有能运单行之气,挟傲岸之情者,便于汉京不甚相远"。曾氏认为,韩柳古文代替骈文而兴起,是物极则变的必然规律。韩愈对偶俪文并不是绝对排斥,而是吸收入其古文创作之中。(见《送周荇农南归序》)皆开明圆融之见。

曾国藩的朋友、门人撰文赞同并发挥曾氏。罗研生《文征例言》说:"文章家每轻视骈体,以谓徒工藻绘,难语于高古精深。然此在文之命意修辞求之,不在体之单行与比偶也。"说文章是否精深高古,不在形式,而在内容。郑献甫《与阳朔容子良书》讲到,"仆谓散文若古诗,难学而不易工;骈文若律诗,易学而最难工。然散文之工不工皆自知,而骈文之工不工多不自知"。以骈文散文比之于古诗律诗,见解非常精到。

曾国藩以后,骈散相用渐渐为越来越多的文人所接受。

周寿昌(1814—1884),字荇农,湖南长沙人,道光进士,历任翰林院编修、内阁学士、礼部侍郎。毕生好学,尤嗜史书。学古文于梅曾亮,亦能骈文,朴茂清切,有《思益堂骈体文钞》。他和曾国藩、李鸿章、郭嵩焘都是好朋友,有论学谈文书信来往。曾作《曾涤生侍讲求阙斋记》,曾国藩三十几岁筑"求阙斋"书室,周文把"求阙"的含义作深入阐发:一曰"砭志",即磨砺意志;二曰"箴述",即认真作学问;三曰"翊化",即赞助教化;四曰"呕生",即关心民生。是对曾氏的殷切期许,也包含周氏的人生理念。最后一段写到斋舍本身:"则是斋者,固鲁宗道退思之岩,阮长之不欺之室也矣。斋无定构,择里斯处。十尺非隘,寻仞非阔。有图有史,有琴有尊。墉北开以当风,户东向以纳日。禽鸟时至,能为好音。苔藓径生,领其野趣。间于其中,招素心,数晨夕,商榷今古,激昂文酒。斯又事外之旷致,境中之胜概也。时与吟少陵之诗,得千万间广厦;客有入歧伯之室,试五千卷读书。"条理清楚,有分有合,但前面几大段典故太多,不大好懂。最后这一小段境界高雅,清爽明快,而又切题,把全文的意脉引向高潮。

王闿运(1832—1916),字壬秋,号湘绮,湖南湘潭人,19岁秀才,25岁举人,以后多次会试不第,短期入曾国藩湘军幕,因意见不合离去。平生以著述、讲学为主业,以经术、辞章名扬海内,经史子集皆有重要成就,诗名尤高。著作丰富。光绪三十四年(1908),清廷特授翰林院检讨,旋加侍讲,辛亥革命后任清史馆长、参政院参政。得知袁世凯有复辟企图,即辞职还乡,享年85岁。王氏年高望重,门生故旧甚众,性诙谐,有傲气。思想倾向保守,但爱国立场鲜明。其文章"溯庄列,探贾董,其骈俪则揖颜庾,诗歌则抗阮左,记事之体一取裁龙门"。①(《清史稿》本传)有《湘绮楼骈体文钞》。

晚清学人面对列强入侵,有战和两种主张的争论。王闿运的骈文《御夷论》认为,"和战者,政教之末迹;争议者,谋国之下道"。应以"强国"为要。先要明白何以其攻势之常不敌。曰"夷狄之患起于我弱,我弱之故生于失政"。国家贫弱必然挨打。所以,"内不强不足以谋外,人无衅不可以构隙。(夷狄)其尊中国也如天,其觊觎也如鬼。……其闻圣人首出,诸侯效命,则蒲伏稽颡,求通属国;其有自负强大,侵轶边界,则驱之而已奔亡矣。是故中国强夷弱,则秦人置百越之郡;中国强夷狄强,则汉文为渭桥之师;中国弱夷狄弱,则元、成(汉武帝、汉成帝)受匈奴之朝;至于中国弱夷狄强,边患滋多矣"。这是从中国两千年中外关系史中总结出来的。他一连写了三篇《御夷论》,讨论对付外敌的策略,可见其对国家命运的关切。此文骈散兼用,不用典故,纯是白描,有古文的晓畅和骈文的整齐,共同构成遒劲有力的气势。

王氏骈文名作是《秋醒词序》,为自己的《秋醒词》作序,内容实为"秋夜有感",抒怀而兼谈理。假寐而醒,家人皆入睡,一片沉寂,唯有清风蚊鸣。作者感到"乃绝声闻",唯见"北斗摇摇","蠹墙如练",顿时产生大千世界"辽落一身"的孤独感。联想自然界一刻不停慢慢在变,人生或长或短,或仕或隐等。待到家人醒来,"群籁渐生",由静而动,恍忽又从仙界回到人世。于是悟出静而思动,动而慕静的玄理。文章融景于情,由情悟道,参用佛玄却未陷入消极出世。这类哲理骈文魏晋盛行,而清代稀见。他把道理讲得清楚明晰,文章写得流畅优美,故很受好评。既有学六朝文痕迹,又具备晚清骈散互用的特色,句尾多用虚词叹词,行文显得摇曳

---

① 沃丘仲子《近代名人小传》,中国书店1988年版,第2—3页。

多姿。王文濡评点说:"超于象外,得其环中,会心处正不在远。"①陈耀南说:"理深文妙,华实相扶。"②

《桂颂》。序文说:"湘绮楼东,有古桂一株,枝叶婆娑,秋日花余,折繁枝置水缸中,凡百余日。大树根深,花悉凋歇。宛彼弱条,寄于勺水,无根苍之可托,寡柯条以为辅。微花四秀,风香郁然。"作者联想到有的人"少遇挫折,遂以夭枉。智慧内削,丰采外凋"。然而"嗟此桂枝,依柯分命,独能苕颖不悴,飞馨流艳;鉴寒泉而写影,零暮雨而无悲。非徒表劲于疾风,明贞于晚岁而已。似别有怀抱,自负孤贞,不夺不移,有符大道"。于是大加颂扬,把桂枝比拟于楚囚钟仪和汉代司马迁,并把自己此颂比拟于屈原《桔颂》。提倡不怕艰苦环境,在挫折中挺拔独立的人格理念。序文兼用骈散,颂文纯用四言,前后互补,相得益彰。

王闿运有两封给妻子的书信,风格迥异。

《与孺人笺》,用六朝文体。其中写道:"十年相守,一旦分襟,既殊少小之愁春,复异关山之远役。想卿独处,应不劳思?然孔雀五里一徘徊,文君白头而踥蹀,况于燕楚异地,凉暄殊节者乎;当阶红叶,寸寸劳心;入室燕雏,喃喃疑语。中人偶望,远感仍来。又足以驻景延年,化公为童者也。"纯用偶语,文辞流丽,较六朝倩人代作寄妻书之虚情假意,有天壤之别。

另一封《到广州与妇书》,以质素的语句,缕述岭南土特产和饮食习惯:

> 菜必生辛,羹必稠甜。若夫槟榔酸涩,蕉子甘蓝。薯重十斤,芥高七尺。君迁小柿,新会大橙。不含霜雪,多复腐皱。腌橄榄以盐豉,取蚁粪为奇南。榕树不可蘖,木棉不可絮。……邦人市海鲜,别为厨馆。则有鲨鱼之翅,海蛇之皮,章举、马甲、鱼逐、鱼夷、天蚝、咸蟹、龙虾、雄鸭、腊鹅,腥秽于市井,纷错于楼馆者,不可胜计。又俗好烧炙,物喜生割。操刀持叉,千百其徒。乞人待肉食而餐,宾筵以多杀为豪。婚礼烧猪,辄列数百。

所述广东菜肴和饮食风气,至今仍然如此。当时湖南人不可理解,王氏斥为"奇诡"、"可笑"。今天许多湖南人在广东打工,已经完全接受了。文章题材新颖,描述准确细致,用语不拘奇偶,通俗易懂,读来亲切有味。

---

① 王文濡《清代骈文精华》,上海文明书局民国五年版。
② 陈耀南《清代骈文通义》,学生书局 1977 年版。

中年所作《吊朱生文》,是另一种气氛。同治四年(1865)春,王氏从北京返湘,在河北真定旅馆见到朱姓人灵柩,询其二仆得知,原是同乡,并先后中举,同年参加会试,乃作文吊之。其中写道:"我生而返,子死而归……闻子之来,航海通津,父子离别,以病托人。亦穷于药,亦遍于神。药不医死,神岂遍问?迟速之期,子又奚吝?无恤无亲,于友于殡。无畏不归,余送子櫘。余情好悲,独往无聊,爱与之子,爱暮爱朝。虽未相识,仿佛而要。"竟然陪朱生灵柩同归故里,可见极重乡情。纯用四言,声调低沉,读来不胜凄怆。中国古代科举考试途中,南方举子到北方京城参加会试,有的要经过数月长途跋涉,某些人贫病交加,死于途中。这类故事在小说戏曲中往往出现,恰恰让王闿运在现实中遇到了。他自己那一年是第二次落第,所以既吊唁死者,也倾吐自己的郁闷。此文与明王守仁《瘗旅文》有相似之处。王守仁是远谪之官吊远来之吏,王闿运是落第举人吊落第举人。颇有"同是天涯沦落人,相逢何必曾相识"的共同感受。

王闿运喜欢模拟六朝骈文名篇。其《哀江南赋》仿庾信同题名作,描述太平天国之乱,亦步亦趋,连音韵也相同。其政治立场成问题,艺术水准确实很高。张仁青说:"《湘绮楼集》中,隋珠赵璧,璀璨满纸,虽曰模仿之作,创作之意少,舍己从人,处处无一'我'在,然而其上继骈文之正轨,延续骈文之命脉,遂使骈文一道,不作广陵之绝,则大有功在焉。"①

谭嗣同(1865—1898),湖南浏阳人,曾任军机处章京,改良主义激进派,为了促进改革,不惜抛头颅,洒热血。他的文章,自谓先学桐城派,后学魏晋。其实,既非桐城,亦非魏晋,内容是混杂儒佛道墨,古今中外,语言是参差不齐,非骈非散,唯意所之。也有少数传统的骈体文。如《报刘淞英书》:

> 嗣同少禀悎惸,长益椎鲁。幸承家训,不即顽废。然而家更多难,弱涕坐零;身役四方,车轮无角。虽受读于瓣姜大围之门,终暴弃于童蒙无知之日。东游江海,中郎之椽竹常携;西及天山,景宗之饿鸱不释。飞土逐肉,掉鞅从禽。目营浩罕所屯,志驰伊吾以北。穹天泱瀼,矢音《敕勒》之川;斗酒纵横,抵掌《游侠》之传。戊己校尉,椎牛相迎;河西少年,擘拳识面。于时方为驰骋不羁之文,讲霸王经世之略。墨酾盾鼻,诡辩澜翻;米聚泰山,

---

① 张仁青《中国骈文发展史》,浙江大学出版社 2009 年版,第 431 页。

奇策纷出。狂瞽不思,言之腾笑。以为遂足以究天人之际,据上游之势矣。

讲的是他少年狂傲,游侠四方的豪情壮志。于景祥说:"这是地道的骈体文,不但讲究对偶,而且又使事用典,但与传统骈文相比,其文气更为舒逸,感情真挚、浓烈,同时又文笔简洁,条理明晰,表现出以气命词的特征。"①这类文章,他只是偶尔为之。

易顺鼎(1856—1920),湖南汉寿人,15岁秀才,21岁举人,多次会试不第,曾入张之洞幕,后捐资入仕,历任广西、广东等地道员。甲午战争中,极力主战,反对割让台湾,两次入台,支持刘永福武装抗日活动。辛亥革命后闲居北京,结交袁世凯之子袁克定,支持恢复帝制,被委为政事堂参事、印刷局帮办、铸币局局长。袁氏败后,易氏漂泊京师,姿娱声色,抑郁而卒。

易顺鼎是清末民初知名学者和诗人,与樊增祥并称"两雄"。淹通经史,有诗词近万首,诗集二十卷,学术杂记一百余卷,骈文四十余篇。

关心国事的作品有:《与刘松生将军书》,末段写道:"方今僭宗狙伺,娕徒蜂起。绿林横行于郡邑,白棒窃伏于里闾。困已难苏,流方未艾。且西郊蝼蚁(指西北暴乱),虽受王鈇;东海鲸鲵(指日本),久窥国鼎。海外神州有九,传箭堪虞(指列强挑衅);军中国士无双,登坛可待。一旦戈横下濑,矢及中原,屦嘘腥绿之烟,鸱啸浓青之雨,则大丈夫建功立业,此其时矣。"对内外危机四伏有清醒的分析,鼓励刘将军要准备为国效力。气势雄壮,感情充沛,是不可多得之作。

借景抒情之作如《湘弦词自序》:

> 碧湘九曲,空灵之境也;朱弦之叹,疏越之音也。帝子欲降,微闻落叶;灵均不来,谁拾芳草。然而芙蓉水仙之庙,雨唱犹留;薜荔山鬼之词,烟讴靡歇。尝击汰江介,搴华木末。寺楼坐久,湖天碧蓝;岩树断处,神灯青绿。白蘋花老,鲤鱼拜风;黄陵人去,鹧鸪啼月。孤蓬寂寞,听风听水之思,九歌缥缈,迎神送神之曲。又或三闾秋士,远游制冠;九嶷云君,相思命驾。女嬃意苦,谁家捣砧;洞庭天远,昔年张乐。云梦八九,揽之于空阔;烟骚二五,绎之于杳冥。空青摇愁,冷翠戛响。飘飘乎遗世而独立,泠泠然山高而

---

① 于景祥《中国骈文通史》,吉林人民出版社 2002 年出版,第 1003 页。

水深。能移我情,其在是已。

仆以恨人,生兹福地。臣里东家,宋玉之所居处;君山北渚,湘灵之所往来。渔卧秦桃,樵炊楚竹。盖将于是乡终老焉。虽其间桂隐不常,萍踪罕定。牂江留滞,雄溪羁旅。乌篷细雨,何处归舟;红叶小桥,有人吹笛。江枫之泪,每渍乎青衫;山木之谣,难忘乎翠被。既乃驾飞龙兮北征,歌阗蛙而西适。黄河远上,津吏敲鼓;紫台径去,蕃儿鸣角。而故乡烟水之气,入人最深;儿时钓游之地,探怀宛在。三十六湾,二十五弦,未尝一日离诸襟抱也。

此文是作者《湘弦词》之内容提要,表达了对故乡湖南历史文化和山川风物的无限思恋之情,色泽鲜艳,裁对精工,几乎没有散句。张仁青说:"律以时代精神,或不免失之轻艳。若站在文学的艺术美的立场观之,则亦有足多者。"①

晚清湖南其他知名骈文作者还有:

王先谦(1842—1917),长沙人,18岁秀才,22岁举人,23岁进士,在翰林院多年,后改任国子祭酒、江苏学政。任满后回长沙讲学,任城南书院山长、岳麓书院山长十余年。是湖南大儒,著作等身,主要有《汉书补注》、《后汉书集解》、《荀子集解》、《庄子集解》、《续古文辞类纂》等。其《虚受堂文集》收骈文11篇,名作如《边疆行役图记》,描写湘西靖州—辰州—绥宁沿途自然及人文风光,比之于山阴之道、桃源之津,并结合赞美地方官员的才干,颇富奇趣及联想。此公是学术上的巨匠,政治上的侏儒。以乡绅身份干预湖南地方事务,抗拒维新思想传播,反对民主革命。学术界曾与王闿运齐名,政治上不如湘绮老人后期之觉悟,骈文成就差距甚大。写中国骈文史一定会提到王闿运,而不提王先谦,是有道理的。比王先谦政治表现更坏的还有同乡人版本目录学家、骈文作家叶德辉,在1927年湖南农民运动中作为土豪劣绅被处决。

阎镇珩(1846—1910),石门人,17岁中秀才,以后屡试不利,不求仕进,以执教为业,曾任石门天门书院山长、荆门州学教谕,著作甚多,著名的是《六典通考》200卷。有《北岳山房骈文》25篇,序文较多,往往涉及湖湘人物及景观,借以抒情言志,如《新刻屈贾合刻集序》等是。

---

① 张仁青《六十年来之骈文》,文史哲出版社1977年出版,第24页。

皮锡瑞(1850—1908)长沙人,经学家。13岁秀才,33岁举人,三次会试不利,乃潜心讲学著述。甲午战败后,积极宣扬保种保教,熔合中西,纵论变法图强,遭到王先谦、叶德辉等保守派的攻击。戊戌变法失败,他被清廷革去举人功名,逐回原籍,交地方官严加管制。他的经学代表作有《经学历史》、《五经通义》等。有《师伏堂骈文二种》,其中《游空灵峡记》,四言为主,骈散兼用,气韵生动,写景与用典交融,抒情与议论相间,建筑与游人兼顾,婉转流丽,意味隽永,别具审美旨趣。①

在辛亥革命成功、中华民国成立之际,有许多文人以诗词歌赋、散文、骈文等文学形式,热烈歌颂,欢呼胜利,畅想未来,兴奋之情,洋溢报刊。稍后,革命团体南社成员集结其作品为《南社丛刻》共二十二集,起民国元年,迄民国十二年(1912—1923)其中多数是古文,少数为骈文。比较有代表性的骈文作者是郑泽(1882—1920),湖南长沙人,字叔容,南社社员,民国以后,曾任长沙日报主笔、湖南高等师范教授、中学校长、财政厅秘书等职务,39岁病逝。著作有《郑叔容诗文词集》、《萝庵遗稿》等。他有28篇文章收入《南社丛刻》第8卷、12卷、15卷。18篇古文,10篇骈文。其中《湖南光复纪念颂》(《南社从刻》15集),又收入李定彝编《当代骈文类纂》,民国九年国华书局出版。该文的中心是赞颂辛亥革命和湖南首先响应之动。兹摘录其中心段落如下:

> 武昌首义,天下响应。湘浦踵兴,中原色骇。爰整劲旅,载扬洪伐。西克荆襄,北控鄂豫。扬旗舰于洞庭,翔笳幕于汉皋。曾未浃月,虏酋扫命,子黎喁喁,重见天日,视夏配天,不失旧物。兵不刃血,农不辍耒,行者歌于涂,居者庆于野。畎裔抗棱,宅中定命,武略张皇,声威震赫,如积薪之爇火,沸汤之沃雪也。伊古以来,玉步之改多矣,未有若斯之易者也。抑所以左右而先后之者,湘中实有力焉,逐客无哀郢之思,大国有张楚之号。南风方兢,朔土乖离。盖一旅可以复夏,而三户终必亡秦。天实为之,岂偶然哉。

> 且夫湘土之奥衍,海内之上区也;湘士之劲厉,军中无所敌也。故天下非弱也,席卷者四百州;神器难妄干也,窃据者三百哉。及湘土光复,鄂渚

---

① 关于晚清湖湘骈文的宏观考察,请参看吕双伟《晚清湖湘骈文的崛起》,《求索》2016年第2期。

安枕。湘土长区,胡马夺气。借使汉阳不守,虏骑渡江,湘无异军之突起,鄂乃后顾以增忧。八千子弟,将卷斾于江东;百二关河,畴封泥于函谷,天下事未可知也。天造草昧,湘为首庸。度德量能,其谁与让;建威销萌,靡得而称,湘之茂绩,蔚矣盛矣。元年改朔,九秋戒序。宇清宙澄,云开日朗。烽燧既息,鸡犬无警。追思旧烈,式表元功。五色之旗蔽天,百戏之陈沸地。歌呼雷动,威得星驰。庆兹佳节,纪为盛事。既感汉族重兴之烈,复美湘士继起之伟。

十月十日,武昌起义成功,湖南新军于十月二十二日发动起义,占领长沙。十月二十七日,袁世凯命令冯国璋向汉口的革命军反扑。湖南起义军闻讯,立即于十月二十八日派新军独立第一协北上援鄂。同日,著名的湖南籍革命党人黄兴、宋教仁到达武昌,黎元洪委任黄兴为革命军总司令,担当起保卫武汉重任。而此时黄兴的儿子也在湖南援鄂新军之中。在巩固武昌起义成果的战斗中,湖南是起到重要作用的,这是湖南人引以为荣的骄傲。郑泽这篇骈文,写作时间在民国元年。文中说"元年改朔、九秋戒序","宇清宙澄,云开日朗","庆兹佳节、纪为盛事",当即民国政府于民国元年九月确定十月十日为国庆节之后。文章所表现的热烈欢庆之情,正是当时全国人民共同的心情。

除本文外,郑泽的骈体文还有《光复纪念颂》(歌颂辛亥革命)、《民国政府成立纪元纪念辞》(作于民国二年元月一日)、《南北统一共和纪念辞》,皆热烈歌颂辛亥革。《洪司长诔》,民国元年七月,湖南军政府司法司长洪春严因操劳过度而猝死,诔文充分肯定其贡献。《为秋瑾女士改葬麓山公启》,简单概括秋瑾革命事迹,称赞她"就义杭州","浙潮偕热血俱飞,湘水共愁心齐咽"。"愁雨秋霖,严霜夏陨"。还有《润亥先生五十寿颂》,颂扬好友傅熊湘的父亲在教育方面的贡献。《长郡中校校友会杂志序》,该校是郑泽的母校。《祭宋先生文》,代长沙日报同仁祭奠刚刚被刺的宋教仁,作于民国二年四月三日。《与柳亚子书》,给南社创办人寄上诗文数首求正。郑氏其他十多篇古文,几乎每篇都与辛亥革命有关。

在《南社丛刻》中,湖南籍的骈文作者还有傅熊湘(1882—1930),湖南醴陵人,名专,号钝庵或钝根,曾就读岳麓书院,留学日本,参加同盟会,鼓吹推翻帝制,建立共和,与柳亚子等组织南社。1910—1911年主编长沙日报、大汉日报。辛亥革命后,反对袁世凯阴谋恢复帝制,遭通缉。袁死后,历任多家报纸主笔,经常批评北洋军阀和政客。1924年与"湘中五子"组织南社湘集。1929年后,历任湖南省参议员、中山图书馆馆长、沅江县长等职务,1930年病逝。著作有《傅熊湘集》,湖南人民出版社2010年出版。《南社丛刻》录其文75篇(比《傅熊湘集》多若干篇)其中骈文5篇。《钝庵诗自序》,说明他的诗是与社会变革密切联系的。《与柳亚子书》(他有与柳亚子书多通,唯此文是骈体)作于遭通缉避难山中时。《一夕词序》,作于1914年8月,与一群文友聚会,嘲风月,弄花草,不谈政治。《红薇感旧记》是一篇很有特色的抒情骈文。傅熊湘别号"红薇生",遭通缉避难之际,得到歌妓黄玉娇的掩护。当时的政治环境是:"飞章朝播,志士魂惊;警电夕传,壮夫胆碎。望门乃投张俭,临渡谁期子胥。""则又倾城艳质,施弱腕以扶将;绝世佳人,矢素心而薰沐。斫断枇杷之树,门闭车迷,歌残杨柳之枝。泥沾絮定,春风鬓影,茂陵何处无家;细雨檐花,杜老于焉有咏。"这篇感旧记实为当时所作诗集之序。其中"望门投张俭"是非常贴切的典故。张俭是东汉末年秀才,名士,曾上书朝廷检举大宦官侯览为非作歹,残害百姓。侯览仇之,指使他人诬告张俭结党营私,乃通缉捕捉。张俭四处躲藏,望见人家就去投奔。民众仰慕其品德,不惜代价掩藏,被李笃保护出居塞外。后来侯览等失势,党锢解禁,他回到家乡,被朝廷征聘为卫尉,察觉曹操有不臣之心,乃辞官归隐。张俭的经历与傅熊湘反对袁世凯而被通缉的处境十分相近。傅氏后来又作《书〈红薇感旧记〉后》,此时玉娇已经嫁人。傅氏好友蒋同超作《红薇感旧记序》,把黄氏的姓名、身份和她与傅熊湘的亲密关系描述更清楚。傅氏之《红薇感旧记》政治价值颇高,可惜《傅熊湘集》只收《书后》而忽略了《红薇感旧记》。傅氏的古文内容丰富,传记二十余篇,多为革命烈士;游记十余篇,多记湘中山水。与柳亚子的书信很多,《傅熊湘集》所收不全。

下面介绍两位骈文作者生活的时代较晚,写作地点是在台湾。

李渔叔(1905—1972),湖南湘潭人,毕业于日本明治大学,抗日战争中投笔从戎,后来任台湾师范大学教授。是著名诗人、散文家,有《花延年室诗集》、《鱼千里斋随笔》、《墨子今译今注》等书。他也写作骈文,如:《微芬室联存序》,是为张剑芬所作联语集的序言。此文纯用四六,几乎没有散句。概括其作品之价

值,简述其生平之大略,品性之高雅,把一些古代文人典故,化作比拟形容,契合无间。可谓精妙超群。全文如下:

> 张君剑芬,幼标聪察,长益徇齐。夺锦裁篇,吐音惊众。杏花万叶,动清盷之冷风;蕙带荷衣,洗西岩之霁绿。遂乃飞轩长路,振跡交衢。风鹏摇翮而前,神骥解缰而逝。云廊攀桂,才是胜衣;山县栽桃,犹然未冠。昔陆士衡擢秀丘园,王僧孺争妍萤雪。并为茂器,早有荣名。方之于君,未为加荣。君始分符剧邑,再谱瑶弦,薙本必憯强宗,苇杖但宜醇化。绩文交美,藉甚声称。于时慈谿陈君,玉振彤庭,寥亮区寓。览君词翰,拔自下僚,剪拂使其长鸣,顾盼增其善价。自是恒听金钥,亦佩银鱼。脂药九霄,麻鞋万里。顾君本以通材,素怀兼济。纵辞工黄绢,不争府吏之趋;而被冷青绫,颇倦夕郎之拜。旋乞外补,凡所更历,并有能名。洎乎全陆论胥,沧溟波荡,飘摇旅翩,遂谢华簪。平生显默之间,于兹略具矣。近以端居多暇,手录所作联语,属为评骘,并序其岂。君久薄浮华,全删客慧,栖心般若,杜口毗耶。以为当叔季而托空文,逞孤鸣而希众听,是犹植秾桃于雪谷,带华藕夫修陵,任矢深功,终乖凤望。然而亦亲铅椠,不废雕镂。盖慧业虽系凡情,文字不逾圣量,留兹余习,保损玄风!至其胜义英词,精思丽藻,虽为小道,足抗前修。既已别有笺题,不复重烦论列。用是详君志事,以告儒流;眷此微芬,特其余绪。庶几源头浅酌,识活水于曹溪;天际深蟠,见一鳞于云海。

文字典重古雅,接近清初陈维崧。李鱼叔亦善古文,有《鱼千里斋随笔》,记晚清至民国杂事,包括其先辈、姻亲、朋友之轶事、趣闻,所见风俗习惯,所结交诗文作家、学人,读经史子集之感想等等,文字简洁隽永,具有史学、文学多方面的价值。

在台湾较年轻的湘籍学者中,有人竟能用骈体文翻译英文的宗教著作。译者李绍昆(1928—2014),湖南永顺人,土家族,武汉大学肄业,1949年到台湾,先后就读于台湾大学中文系和香港新亚学院哲学研究所,六十年代留学美洲,获加拿大渥太华大学心理学硕士学位和美国公教大学博士学位,1968年入美国籍,任宾州大学哲学系教授,1997年退休后常来中国大陆讲学。从五十年代末到六十年代中期,李先生应《公教报》之约,将英文版《入德之门》翻译成中文。该书原作者圣方济各(1181—1226),出生于意大利,后来成为天主教圣方济各派创始人。他的这本布道之书有1609年英文版,"入德之门"系《公教报》负责人摘用宋代程颢的话。程氏在《四书》中的《大学》开头题辞说:"《大学》孔氏之遗书,而初学入德之门也。"用来作为圣方济名的书名,增添了中国传统文化色彩。李绍昆用白话文翻译该书,唯独卷之一第二十章"隆重宣誓,立志度生"用骈体文,兹摘录一段如下:

> 归去兮,到天主之台前,悔往罪之累累,觉肝肠已寸断,求新生于今朝。伏望吾主垂怜,仰救主蒙难之功,全赦我罪;发领洗所许之誓,再明心迹。拒邪魔之诱惑,弃世俗之虚伪。驾七情如有羁之马,驭六慾若驯服之驹。但愿终身如此,永久不移。仰天父子仁爱,愿终身以事之。感上主之慈悯,请永远以爱之。协我精神之能,尽我灵魂之力。瘁其心机,劳其身躯,此所谓以心体心,以爱还爱乎。我既自献为燔祭矣,则不得污此牺牲;我既委身于天主矣,则直于安心顺命。海枯而石烂兮,此志不移。噫嘻!邪魔猖狂,人性脆弱,倘我不幸,背其誓约,则愿仰圣神之助佑,赖自我之奋发。洗其心而革其面,挺其身而昂其头。悔我所犯,得蒙主休。以上所陈,乃我心声。俱为由衷之言,毫无保留之意。

这一节文字,属于白描骈文,全文一千多字,以对偶句为主,有少量排比句和散句,不用典故,不加藻饰,明白晓畅,是现代骈文诸品种中一朵小小的奇葩。

清代桐城麻溪姚氏家族的骈文思想与创作

汪孔丰(安庆师范大学文学院)

麻溪姚氏是明清时期桐城地区久负盛名的文化家族。尤为显眼者,有清一代,这个家族与桐城派的关系极为密切,自十五世姚范至二十一世姚纪、姚豫、姚翁望等人,七代传承古文义法,历经文派的潮起潮落。[①]因此,姚家可谓桐城派世家的典型代表。这个家族在诗文理论与创作、学术思想与著述方面的业绩与成就,一定程度上代表着桐城派的业绩与贡献。当前,学界对姚家成员的诗文创作、学术思想、科举考试等情况多有关注,而对其骈文思想与创作情况罕有注意。清代骈文复兴的热潮有没有席卷到这个家族?如果有影响、有冲击,姚家哪些人在骈文批评与创作上又有哪些成就?此外,作为桐城派的中坚力量,姚家对桐城派的骈文思想又有什么样的贡献?厘清这些问题,不仅有助于全面认识姚氏的文学业绩与成就,也有利于进一步体认桐城派的骈文思想与创作。[②]

一

谈及麻溪姚氏的骈文思想与创作时,有必要提及姚家的八世祖姚希廉。他

[①] 参见拙文《麻溪姚氏与桐城派的兴衰嬗变研究》,上海大学博士学位论文,2013年。
[②] 当前学界对桐城派骈文观的研究成果,论文有吕双伟《桐城派的骈文态度》(《安徽大学学报》,2012年第6期),论著如陈耀南《清代骈文通义》(学生书局1977年版)、于景祥《中国骈文通史》(吉林人民出版社2002年版)、奚彤云《中国古代骈文批评史稿》(华东师范大学出版社2006年版)、莫山洪《骈散的对立与互融》(齐鲁书社2010年版)等亦有对桐城派姚鼐、梅曾亮、刘开、曾国藩等个别作家骈文观的简述。

是明代正德、嘉靖年间人,通晓诗文。现仅存一首《感怀诗》,其旨在于训诫后世子孙发达富贵之际要厚恤宗人。此诗有小序,颇值得注意:"予少治章句,长习躬耕,顾以世族之后,恐遂式微,用羞厥绍,训子尊师,既忠且敬。单衣粝食,终窭且贫。詈语盈庭,空怨天高自蹐;追呼在野,敢云门设常关。子无马氏之白眉,徒羡鱼而结网;身似曹家之黄雀,甘见鹞以投罗。率尔成章,少宣抑郁,亦以示后世子孙'苟富贵,毋相忘'云尔。"①序文以骈偶为主,用事贴切,亦情真意切,这表明姚希廉应该擅长骈文写作。此序在明代骈文衰微的境况下别有一番意义。需要指出的是,在姚希廉去世之后,其子孙后代在科举成功之时对这首《感怀诗》多有步韵赋和,并由此形成了独特的家风传统。② 这首《感怀诗》序文及步韵传统对清代姚家文人的骈文思想与创作到底有多少影响,不好断定,但至少可以说明姚家在文章创作中不薄骈俪的渊源有自。

到了清代,进入桐城派阵营的姚家文人对待骈文态度如何呢? 先来说说桐城派肇基者方苞的看法,毕竟他提出的"义法"说奠定了桐城派古文理论的基石。他说:"古文中不可入语录中语,魏、晋、六朝人藻丽俳语,汉赋中板重字法,诗歌中隽语,《南》《北史》佻巧语。"③显然,为了保持古文的纯净与醇雅,他反对古文中存在"藻丽俳语"。这条写作禁令成为其"义法"说的一部分,在一定程度上限制了桐城古文的格局与气度。此外,从这条古文戒律亦可看出他对六朝骈俪之文有所戒备、有所轻视。这又可从其《古文约选》所收文章窥知,此选本收两汉书奏与唐宋八家之文,并未选录魏晋南北朝藻丽之文。于此,我们不难理解方苞的骈文观:他对骈文抱有偏见、轻视之态度,且又厉禁古文中存在骈句丽辞。作为一代文宗,方苞的古文禁忌之言对桐城后学还是有一定影响力的。不过,同属桐城派阵营中的姚氏文人却对此并不感冒。

年齿小方苞三十四岁的姚范不仅对方苞的"义法"说有过指摘,还打破了方氏的古文戒律。姚范的《援鹑堂笔记》卷四十四云:"文字自是贵藻丽奇怪。屈、宋以来再变而为相如、子云,皆如此。昌黎《南海庙碑》壮丽,从相如来,岂从宋

---

① 潘江《龙眠风雅》卷一,《四库禁毁书丛刊》集部第98册,北京出版社1997年版,第40页。
② 参见拙作《赓和〈感怀〉:明清麻溪姚氏家风的一个面相考察》,《池州学院学报》2017年第4期。
③ 沈廷芳《隐拙轩集》卷四一《书方望溪先生传后》,清乾隆年间刻本。

人所能及?"①在他看来,从屈宋骚赋到汉代大赋中的文字都有"藻丽奇特"的一面,这是值得肯定的。他还提及尊崇对象韩愈,其《南海神庙碑》亦受司马相如的影响,得汉赋之气体,故而富丽壮观,造语雄奇,非宋人所能及。当然,就司马相如赋来看,铺采摛文,辞藻富丽,且间用骈偶,骈化倾向突出。连倡导古文的韩愈都不忌避,学韩者又何必画地为牢呢?由此推之姚范所论:他不排斥辞藻华丽的骈俪之辞。这与方苞倡言古文中不可入"藻丽俳语,汉赋中板重字法"的观点截然不同。

尤须提及者,姚范还擅长骈文创作,这在早期桐城派作家中较为罕见。他的《援鹑堂文集》中骈文有《三希堂赞》、《祭某公文》、《代同里诸公祭家从祖母张宜人文》、《为同邑某先生议举贤良方正状》、《圣驾南巡颂》、《皇太后七十万寿无疆颂》等。兹择取《祭某公文》片段为例:"惟公幼娴礼囿,长骋文衢。王氏《七录》,惠口五车,假篇章为膏沃,藉笔墨为佃渔。何菁英之未摘,畴道腴之未嚅。云敷翼藻,工谢雕镂。颜光禄之丽词,悉联金采;陆士衡之《文赋》,触目璚敷。南国之璆历录,东方之宝珣玕。于斯时也,人号寡双,士推少耦,穿棘场之杨叶,先泽宫之貍首。李程五色,有目皆知;太冲《三都》,不胫而走。乃读中秘之书,才居木天之石。叩击琅函,胙枕二酉。夸史才于东观,汉家咸谓尹班;追襄喆于西京,晋室多言峤寿。"这里通过铺陈典事称颂了某公的才能,也从侧面反映出姚范学问的渊深厚重。

作为姚范的侄儿,姚鼐虽自幼受教于伯父,但在骈文观上还是有些差异。他在《古文辞类纂序目》中说:"古文不取六朝人,恶其靡也。独辞赋则晋宋人犹有古韵格存焉。惟齐梁以下,则辞益俳而气益卑,故不录耳。"②这段话鲜明地透露出他的选文宗旨,也表露了他对六朝文章的看法。六朝文风有靡丽之弊,故"古文不取六朝人",这倒是与方苞的观点颇有相通之处。不过,他认为晋宋年间的辞赋因"古韵格存焉",值得注意,这要比方苞开放得多。尤需注意者,我们不能据"古文不取六朝人"就认为姚鼐反对骈文。实际上,他还是比较关注骈文、谙识骈文的。如他对友朋的骈文创作多有肯定之语,称杨芳灿"骈丽之才亦

---

① 姚范《援鹑堂笔记》卷四四,清道光十六年(1836)刻本。
② 姚鼐《古文辞类纂》卷首,《四部备要》本。

自可喜"①,张汝霖"博学多闻,尤工骈体文及诗"②,袁枚"古文、四六体皆能自发其思,通乎古法"③。倘若不知晓骈文,姚鼐岂能如此赞誉朋友之才?此外,姚鼐与后学王芑孙(1755—1817)交好,后者又以骈文体雅气畅而成为名手,姚鼐研读过王芑孙的文章,称:"先生文章之美,曩得大集,固已读而慕之矣;今又读碑记数首,弥觉古淡之味可爱,殆非今世所有。夫古人文章之体非一类,其瑰玮奇丽之振发,亦不可谓其尽出于无意也;然要是才力气势驱使之所必至,非勉力而为之也。"④姚鼐从审美的角度赞扬了王氏文章(包括骈文),并指出文章之体并非仅有一类,瑰玮奇丽之文,只要是才力气势驱使而成,也堪称佳构。总之,姚鼐不反对骈文,也关注骈文。

姚鼐的儿子姚景衡也是一位古文家。他既承家学,又师从桐城名儒方绩。据现存文献,未发现他评论骈文的只言片语。不过,透过他的古文创作,倒是可以寻觅他援骈入散的痕迹,以《余秋门诗序》为例:"昔余游浙江,泛舟严陵台畔,维时春峦叠翠,俯镜清流,杂花绕溪,间以碧蓧,鸂鶒鸂鶇,群相往来,倏然自得,天下佳山水也。迄今忆之,盖与二南诗境相似。暨由衢州而上,观烂柯之山,望江郎之石,遂踰仙霞、牛牯诸岭,憩乎武夷之下,则其奇峰削立,翔跱不恒,奔湍激石,时作怒吼,而林木阴翳,风雨倏来,髣髴与武夷君遇,则畹阶先生之诗境似之。返乎西湖,日眺览于南屏鹫岭之间,峰不必奇而邱壑蔚然森秀,水不必深而渺弥湛碧,澹沱宜人,草树自馨,好鸟悦音,雪光铺素,朝烟升寒,余甚乐其清丽之无间于冬春与晴雨也。每欲取其境以入诗,则抑塞郁屈之气时与相阻,遍求海内诗人,冀获一似其境者,二三十年间迄未之见,顾不谓读秋门诗而恍然遇也。"⑤在这段文字中,他分别以浙江富春江山水、福建武夷山水、浙江西湖山水的优美景色来比喻周乐(字二南)、尹廷兰(字畹阶)、余正酉(字秋门)三人之不同诗境。作者通过汲骈入散,大量骈体四言单句镶嵌于文,不仅使行文避免了板滞凝重之弊,还彰显出文风的简练雅洁、文势的起伏变化,做到了阳刚与阴柔

---

① 姚鼐《惜抱轩尺牍》卷五《与陈硕士书》,清宣统小万柳堂刻本。
② 姚鼐著,刘季高点校《惜抱轩诗文集·文集》卷一三《广州府澳门海防同知赠中宪大夫翰林院侍讲加一级张君墓志》,上海古籍出版社1992年版,第201页。
③ 《惜抱轩诗文集·文集》卷一三《袁随园君墓志铭并序》,第202页。
④ 《惜抱轩诗文集·后集》卷三《与王铁夫书》,第289页。
⑤ 姚景衡《思复堂文存》,清同治十二年(1873)刻本。

二美的和谐统一。显然,姚景衡的创作表明:他不拘骈散。

二

在姚家十八世中,姚元之、姚柬之、姚莹三人是佼佼者。以年齿论,姚元之(1773—1852)居长,姚柬之(1785—1849)与姚莹(1785—1853)同龄。他们三人都曾经受到姚鼐的指教,精通诗文,但在骈散问题上存在着一些差异。

姚元之的文集已散佚,文章罕见,不过,现存的一些文献仍能看出他擅于骈体创作。如陆以湉《冷庐杂识》卷三记载:"桐城姚伯昂侍郎元之,因事被议褫职,旋奉命授内阁学士。姚缮折谢恩,其略云:'圣无弃物,木虽朽而仍雕;帝有恩言,垢纵污而顿涤。钦承新命,回忆前尘。燕识旧巢,庇下之欢更洽;羊追歧路,补牢之计弥殷。臣惟有事事讲求,时时省察。向倾葵藿,感恩有甚于迁除;收望桑榆,纠过常萦于寤寐。'"①显然,姚元之这道谢恩折通篇应是用骈体写成。从其现存内容来看,对仗工整,用典贴切,措辞雅近宋人。姚元之作为馆阁之臣,擅写骈文应是其必备技能。这也表明:他不反对骈文。不仅如此,他写作古文时往往会羼入骈偶之辞。他的《竹叶亭杂记》卷五云:"扬州梅蕴生孝廉植之,绩学士也,能诗。又善琴,方弱冠,琴已擅名。喜深夜家人睡静后,独坐而弹。一夕曲未终,见窗纸无故自破,觉有穴窗窃听者。俄而花香扑鼻,已入室矣。乃言曰:'果欲听琴,吾为尔弹。吾顾不愿见尔也。'急灭其灯,曲终乃寝。自是每鼓琴,窗外必有窸窣声。间亦有鬼至,满室如臭沟之味,乃曰:'此味殊不可耐。'乃不弹。鬼亦去。昔师旷奏于郭门,空天鹤至;敬伯弹于洲渚,刘女魂来。妙音感通,琴其最也。梅君之琴,盖妙矣,而深夜无人,鬼来不怖,其胆亦不可及也。"②此篇短文写扬州名士梅植之深夜弹琴引鬼之事,颇有《聊斋》风致。就语句来说,全篇以散句为主,其间羼入"昔师旷奏于郭门,空天鹤至;敬伯弹于洲渚,刘女魂来",可谓神来之笔,以骈俪用典之句引发议论,起到了意想不到的表达效果。总之,姚元之是一位骈散兼擅的作家,不恪守古文中不可入骈俪的戒律。

---

① 陆以湉著,崔凡芝点校《冷庐杂识》卷三,中华书局1984年版,第134页。
② 姚元之著,李解民点校《竹叶亭杂记》,中华书局1982年版,第118页。

姚柬之既是古文名家,也是骈文作手。他与曾燠交好,尝写诗称:"知音自古恒苦少,眼前惟有南丰老。……诵公选文读公集,故人强半姓名入。我忧险难独后来,举世茫茫嗟子立。先生乃许分一席,穷途遇此意良得。"①曾燠尝任两淮盐运使一职近十年,主持风雅,幕宾云集。他既撰有《赏雨茅屋诗文集》,又辑有《国朝骈体正宗》。姚柬之自称诵其选文,读其别集,据此推之,他的文学观念与创作当可能受到曾氏的影响。他的《上书曾宾谷先生》亦可为佐证,书为骈体,云:

> 柬之顿首顿首,奉书宾谷先生阁下:柬闻嶰谷生竹,律吕斯定;大壑吐云,雷雨斯从。洛钟何与铜山,而东西孚响;浦珠何事海月,而上下一体。盖情终夫同,物聚于好,万里之外,九天之遥,犹且如影随形,若泥载印。况夫亲炙欣幸,谒似先生星辰在胸,江河擘手,横三万轴于架上,察九万里于睫间。芊眠藻思,沈鲍拊肩;沛艾鸿词,徐庾敛手。而又琳瑯在室,不弃珷玞;松柏参天,能曜桃李。凡在菰芦,文士薛荔,经生襃裳而来,擔笈以赴先生,莫不嘘枯若春,恢量如海,鸠莺入于梁苑,亦称文禽;樲棘植于邓林,即名佳荫,固无怪乎蒲海倾心,胜流首矣。夫古之人有甘飡粗粝之食而以相依为欢者,严仆射是也,而公之学过之;古之人有听议论之宏辨、观容貌之秀伟而乐文章之聚者,欧阳翰林是也,而公之福又过之。经席伊远,抠衣莫由,心仪神驰,匪朝伊夕。每当驱车燕赵,鼓楫江湖,山登泰岱之高,水观洞庭之大,西风潮长,落日秋来,洒洒问天,吟诗吊古,以为世有斯人,我固不识,年华浡至,鬓发将衰,百念纷来,莫能自已。昨奉大教,夙愿获伸,造次即绵,其深情婉转,复导以胜慨。揖我就座,言臭者兰;为我开筵,气温其玉。与林宗共乘,人望若仙;得退之到门,士矜此鬼。而有赐我文综,惠我诗集,飞云异色,玉皇香案;颁来贝叶,名经释迦。灵台领出,奏南宜雅,桃骚祖风,百川趋流,万羽戢翼矣。柬少本蠢愚,长益放浪。陈遵好侠,雅见许于通人;太冲能文,难乞怜于曲士。大冶金跃,人谓不祥;焦爨桐音,声已半燬。荷宠益感,慕德滋惭,谨附呈诗一首,楹帖一联,以志倾倒之忱。伏乞藻鉴。嗟乎!盐车之鸣,非希脱靮,志伸知己也;在阴之和,非希好爵,爱

---

① 姚柬之《伯山诗集》卷五《赠曾宾谷中丞即题其赏雨茅屋诗后》,清道光二十八年(1848)刻本。

近君子也。侯嬴将老,孰肯停骖;长卿奇穷,谁为负弩。所望述伯鸾于庑下,论孝章于筵前。正叔好学,得正献之荐,则益尊明复治经有希文之资,则不废冒渎,大贤能无悚仄。临笺翘首,书不尽怀。①

从这封书信,可见其姚柬之与曾燠交游之情形。在他的文集中,骈体文章还有《熊母田太孺人七十寿序》、《送饶啸渔序》、《镇篝陈总戎阶平恩遇分年录序》等。其中,《送饶啸渔序》一段文字值得注意,可见其骈文主张:"夫文以载道,古岂易言,必风骨之具陈,始声情之并茂。有风无骨,如朽粪土之墙;有骨无风,似塑泥洹之像。若力除偶语,便诩宗风;一意单行,即称古制,是则瘖哑之人,奉孔子无言之教;裸身之国,焚周公制礼之书。惜翁曾无是言,硕公未必邃尔也。"②显而易见,姚柬之提倡文章要有"风骨",并反对"力除偶语""一意单行"的做法。由此推之,他在骈散问题上是奉行骈散兼容的。这还可以从其散文中也可看出来,如《重修桂阳书院记》云:

> 连山西门外有大溪焉,巨石磥磥中,怒而峙天。雨初霁,山水暴发,汹涌澎湃,砰磅訇磕,响若轰天之雷,迅如六龙之驰。耳为嘈嘈,目为瞠瞠,奇恣崛峍,不可犯也。循溪而南,有方塘焉,广可一亩,杂植茭苇,好雨东来,微风与俱,细縠革纹,安翔徐回,澹容与乎,其可乐也。……然而文有刚柔焉,有奇正焉,有显微焉,或直而行也,或曲而致也,于是乎有瑰奇壮丽之伟辞焉,有高深隐秀之远韵焉,而皆主于气。气犹水也,诸生观于水可以悟气之刚大焉,观于塘之水可以悟气之涵蓄焉。若夫风水相遭邂逅而遇,无所为而为者成,有所发而发者神,则将进诸生观乎潮,观乎海,又非独山径之溪涧、潢汙之行潦而已。③

文章文辞句式多变,骈散相间,文气起伏顿挫,雄阔畅达,颇能代表姚柬之古文的艺术风貌。

姚莹文集中未见骈文创作,也无骈文批评之语。不过,他的一些散体文还是有一些骈偶之辞。如《释氏不切于用》云:"嗟乎!释氏之说,余反复推究,其

---

① 姚柬之《伯山文集》卷五,清道光二十八年(1848)刻本。
② 《伯山文集》卷六《送饶啸渔序》。
③ 《伯山文集》卷七。

言心性之旨,未尝不与吾儒同其终始,故程子、朱子,皆谓其不言近理。然不可舍吾儒而从之者,高而不适于用,远而不切于事,则不中之过也。未生以前,本有未生前事,既以往而不可问;既死以后,自有既死后事,方未来而不可求。惟此现有之身,则有此身之事,修其五德,其五伦,推己及人,推人及物,身修而家齐,国治而天下平。"①据此段文字,可看出姚莹也不是固守骈散畛域之人。

总之,作为麻溪姚氏十八世的杰出代表,姚元之、姚柬之、姚莹三人在文章创作实践中呈现出了他们的骈散观念。他们在固守桐城古文的同时,呈现出沟通骈散、不拘骈散的倾向。这种倾向也是桐城派古文在道咸时期新动向的缩影。

三

十九世姚濬昌是姚莹之子,年青时入曾国藩幕府近五载,这段人生经历对其影响甚深。在曾幕,姚濬昌既得曾氏之精心栽培,又受莫友芝之谆谆教导,诗文均有所精进。曾国藩在骈散问题上,既有理论,又有实践,卓有建树。他在《送周荇农南归序》中认为,天地之数,以奇而生,以偶而成,一奇一偶,互为其用,文字之道亦是如此,有骈就有散。骈散之间,也是互补互用的。在这方面,六经如此,司马迁文也是"义必相辅,气不孤伸,彼有偶焉者存焉"②;他在日记中还提出了"古文之道与骈体相通"的看法③。此外,他的文章创作,"虽由姬传入手,后益探源扬、马,专宗退之,奇偶错综,而偶多于奇;复字单义,杂厕相间,厚集其气,使气采炳焕,而戛焉有声"④(《论桐城派》)。曾氏的文章思想与创作对姚濬昌有所影响。

虽然姚濬昌的文章现存不多,但也有些骈文作品,最有代表性的是他在幕府内代曾国藩所拟的《拟赈饥告示》,文曰:

> 为赈济饥黎,剀切晓谕事。照得皖省自军兴以来,已将十载,遭祸之深,憯于他省。始由人事之不虞,继以天灾之叠至。盖贼之初来也,假口仁

---

① 姚莹著,施培毅、徐寿凯点校《康輶纪行》卷八,黄山书社1990年版,第232页。
② 曾国藩著,唐浩明点校《曾国藩全集·诗文》(十四),岳麓书社2011年版,第236页。
③ 曾国藩著,唐浩明点校《曾国藩全集·日记》(十七),岳麓书社2011年版,第24页。
④ 李详《李审言文集》,江苏古籍出版社1989年版,第888页。

义,焚掠有时,吾民犹得苟且偷生,乘间偷种。既而王师进剿,屡挫凶锋。该匪鼠窜狼奔,渐无宁晷,往来既夥,焚掳遂繁,始由搜括钱财,继且及于子女。床头升斗,已竭于初至之先锋;户下庋廖,又尽于后来之土匪。康庄举火,万瓦顷刻成灰;沟壑流腥,一室顿如永诀。于是逃亡死绝,消息不知,父子夫妻,仳离成惯。弃田背井,始思逃死于他乡;路梗人稀,又复求生于故土。数人出而一人归,半埋道侧;十家存而百家尽,尚恐贼知。加之旱魃为虐,蝗虫曾至,耰锄祓襫,鬻以充饥,陂泽田畴,秽而不理。本阁部堂自入皖以来,据各州县禀报,并随时巡阅,触目惊心,深加轸念。今幸赖国家鸿福,及诸军之力,扫荡群丑,渐次廓清,尔等自可复业安居,休养生息,惟念尔等流亡初返,旧业已荒,耕耘则种谷难筹,借贷则秋成尚远,而且陆居无屋,水居无舟。散去者不知生死,只望魂归;聚处者难计存亡,但言命在。鸠形鹄面,何尝菜色之可言;蚁聚蜂屯,尽是苍生之无告。用特遴员采买谷石,择日设场开赈,一面筹给居处,以免跋涉。为此示仰远近饥民知悉。①

此告示通俗易懂,无藻辞,无典故,切于实用。就骈散而言,以骈为主,骈中带散,气脉通畅。

姚濬昌之子姚永朴、姚永概承继家学,其骈散观较为通达。如姚永朴在《国文学》中说:"虽然,一阴一阳谓道,文之不能不有奇与偶,亦犹道之不能不有阴与阳,故主于奇之文亦用偶,主于偶之文亦用奇,不相用不可以文,此词赋类所以括于古文词之中,周秦先汉之文,亦未尝不为昭明所以甄录也。韩退之主于奇者也,而所为文实兼取扬、马之长。陆敬舆主于偶者也,而奏议指陈事理,明白晓畅,其洞达治体,又岂让于贾、晁哉? 是故文无论所主者为何,亦视其所为之工拙何如耳。是素非丹,窃所未喻。"②他在《文学研究法》中亦说:"若夫偏于用奇之文与偏于用偶之文之发生,则用奇者必居乎先,观伏羲画卦先《乾》后《坤》可见。但有奇即当有偶,此亦顺乎自然而不可以已者。"③又引李兆洛《骈体文钞序论》、曾国藩《送周荇农南归序》之论,"据此,则用奇与用偶,其流异,其源

---

① 姚濬昌《五瑞斋遗文》,民国元年(1912)铅印本。
② 姚永朴《国文学》卷一,宣统二年(1910)京师法政学堂铅印本。
③ 姚永朴著,许振轩校点《文学研究法》,黄山书社1989年版,第61页。

同,彼此訾謷,亦属寡味"①。结合这两则材料,姚永朴认为,骈散是源同流异,"不相用不可以文",没有必要"是素非丹"、"彼此訾謷"。姚永朴文集中未见骈文之作,其古文却有偶对之迹,如《送马通伯入都序》云:"夫古之人为学,不求闻于人也,正其行而已;不求媚于时,守其道而已。其孜孜不怠,惟行吾心之所安,岂以出处而或渝哉?今之君子则不然,始劳而终斁,朝嗜而暮捐,彼其诵诗书、谈道艺,平居无所欲之时则然耳,有可以得名者,而好学之心怠矣;有可以得利者,而好名之心亦怠矣……"②不过,姚永朴的古文,大多以散体为主,骈偶情况还是较为少见。

姚永朴之弟姚永概也不拘骈散。他在谈文法时,尝提及"文有单行""文有排偶":"文有单行。单行者,一直说下去,无并举之意,亦无并举之句是也。""文有排偶。排偶者,两两并举。有两层之排偶,有三层、四层、五六层之排偶;有句子之排偶,有整段之排偶。"③这表明他不反对排偶,行文中应当单行与骈偶并存。他在古文中也有运用排偶的痕迹。如《赠高仲葵序》云:"予始见君时盖年三十余矣。夫石之苍然润者,中必有玉;水之油然媚者,中必有珠。士君子苟仁义充塞乎中,德辉洋溢乎外,一时有通有塞,终能出类而遐彰也。今之自饰以欺名者所在多有,乃或矫其弊而于一切声华之著视之浼焉宜也,遂至读书讲道亦以为务外而绝不为毋亦过乎?吾既深嘉君之为人,而欲更勉以学。因举此告之。"④这段文字中排偶的使用,使得文气跌宕,不至于一泄无余。

综前所述,麻溪姚氏是桐城派世家的典型代表,其骈文思想与创作还是值得重视的。就其骈文观念而言,他们并不排斥骈文,也不固守骈散之畛域,尤其是嘉道以后,随着文坛不拘骈散观念的流播,以姚元之、姚永朴、姚永概等为代表的姚氏文人也提出了奇偶骈散互用相成的观念,显示出这个家族在文学观念上的开放性与灵活性;就创作而言,这个家族还是以古文为主,不过其古文中间或有骈句俪语,显示出骈文渗透的痕迹;此外,姚范、姚柬之、姚濬昌等人也有骈文创作,显示出他们骈散兼擅的一面。实际上,倘若我们由这个家族的骈文思

---

① 同上,第62页。
② 姚永朴《蜕私轩集》卷三,民国六年(1917)北京共和印刷局铅印本。
③ 姚永概著,沈寂等点校《慎宜轩日记》(下),黄山书社2010年版,第1477页。
④ 姚永概《慎宜轩文》卷四,民国初刻本。

想及创作推之于桐城派,我们可以发现:桐城派对待骈文的态度总体上来看,也是因时而变,并非壁垒森严、故步自封的。尤其是进入近代以来,桐城派的骈散观更显通达,骈散合一的意识深入人心,其创作也是或骈中带散,或散中带骈。这种新变还有待我们进一步深入阐论,兹不展开。

蒲松龄的骈文刍议

赵伯陶(中国艺术研究院《文艺研究》编辑部)

骈文,又称骈俪文,若不讨论其与先秦两汉骚赋的渊源问题,汉魏以后的南北朝时期是骈文的兴盛期。骈文以偶句为主,唯骈俪是求,以藻绘相饰,讲究对仗和声律,音调铿锵,因而易于讽诵。清李兆洛《骈体文钞序》有云:"六经之文,班班具存,自秦迄隋,其体递变,而文无异名。自唐以来,始有古文之目,而目六朝之文为骈俪。而为其学者,亦以是为与古文殊路。"[①]在20世纪以后的文学史研究中,骈文的声誉与地位远不及实用性较强的古代散文,这一方面源于其形式大于内容的华丽装饰,另一方面则是与读者的心理沟通容易产生隔膜,若无一番细致耐心的查考功夫,实难体会作者煞费苦心的修辞之妙。骈文讲究使事用典,无独有偶的意象纷呈,如同天花乱坠,却又迂回宛转、含蓄模糊,一望之下,难明所以。然而也许正是这种类似于文字游戏的文学表达,令作者高自位置的虚荣心可以淋漓尽致地得到满足,至于其功效究竟如何,则非作者虑所能周了。

一

清代一般被视为骈文的兴盛期,有远承唐宋、超迈元明的气局。有论者将清代骈文的兴盛与八股制艺取士相联系,实则两者的关联性并不明显。清吴敬

[①] 郭绍虞主编《中国历代文论选》,上海古籍出版社1980年版,第465页。

梓《儒林外史》第十三回《蘧駪夫求贤问业,马纯上仗义疏财》中专事选评八股文的马二先生曾说:"文章总以理法为主。任他风气变,理法总是不变。所以本朝洪、永是一变,成、弘又是一变。细看来,理法总是一般。大约文章,既不可带注疏气,尤不可带词赋气。带注疏气,不过失之于少文采;带词赋气,便有碍于圣贤口气,所以词赋气尤在所忌。"马二先生又说:"也全是不可带词赋气。小弟每常见前辈批语,有些风花雪月的字样,被那些后生们看见,便要想到诗词歌赋那条路上去,便要坏了心术。古人说得好,作文之心如人目,凡人目中,尘土屑固不可有,即金玉屑又是着得的么?"①尽管八股文风在明清历朝皆有所变化,或尚简明,或尚繁缛,但马二先生的一番话基本与诸多考官八股试卷的评判标准相一致,则可以肯定。类似的体认在《儒林外史》第三回《周学道校士拔真才,胡屠户行凶闹捷报》中也有明确的表达。升任广东学道的周进与参考院试的童生魏好古的一番对话耐人寻味:

> 那童生道:"童生诗词歌赋都会,求大老爷出题面试。"学道变了脸道:"'当今天子重文章,足下何须讲汉唐!'像你做童生的人只该用心做文章,那些杂览学他做甚么?况且本道奉旨到此衡文,难道是来此同你谈杂学的么?看你这样务名而不务实,那正务自然荒废,都是些粗心浮气的说话,看不得了。左右的,赶了出去!"一声吩咐过了,两旁走过几个如狼似虎的公人,把那童生叉着膊子,一路跟头叉到大门外。②

小说中的所谓"杂览",也就是童生魏好古所说的"诗词歌赋",骈文等文体自在其内,其写作与八股制艺的冲突不言而喻。骈文的写作通常以四六句为主,形同对联,又讲求粘对,追求声律的和谐,至于用典使事,事典与语典不必像八股文须"代圣贤立言",局限于战国以前的时代。八股制艺中的"破题"、"承题"、"起讲"、"入手"之后,须有"起股"、"中股"、"后股"和"束股"四个大的段落,而每个段落中,都有两股排比对偶的文字,合成八股,故称八股文。以段落为基础两相对偶,显然与类似于对联写法的骈文不同,同时钻研两者,不但难以相辅相成,而且还可能有所妨害,周学道目之为"杂览"一类,就说明了骈文与八股这两

---

① 吴敬梓《儒林外史》,人民文学出版社 1977 年版,第 166 页。
② 吴敬梓《儒林外史》,第 36—37 页。

种文体本质的不同。

姜书阁先生《骈文史论》探讨了律赋与八股文的关系:"我们还不能说律赋是八股文的直接来源,但八股文确是从律赋吸取了很多重要的工艺。而律赋是骈文,是骈文的律化,那么,也可以说八股文是从骈文辗转演化出来得一个怪胎。我称之为'骈余',毋宁还是给予它一个美名吧?"①这一说法现在看来较牵强。启功先生《说八股》有云:"其实八股文对偶的一比一比中,散语较多,有也较随便,写完了一股,还须比照前股的尺寸,给它去配出下一股,岂不是自找麻烦。有时两边凑和长短,真要费许多力气。当然也有一些一股中的骈句,和下股的骈句字数不太相同的。"②这一论述简明扼要,对偶修辞在骈文与八股文中所呈现的不同样貌一目了然。

有论者在讨论清代骈文的"复兴"态势时,往往与清代严苛的文字狱相联系,仿佛骈文在清代的兴盛与当时考据学的发展有着共同的因子。如莫道才先生认为:"而作为少数民族统治全中国的统治者,清王朝采取了严厉的文化专制政策,大兴文字狱,动辄革职,甚或弃市,株连九族,这使得文人在写作时噤若寒蝉,谨慎异常,恰如龚自珍在《咏史》诗中所说的'避席畏闻文字狱'。这样,骈文这一重辞采、典故的文体成了文人逃避社会现实的工具。"③杨旭辉先生《清代骈文史》则用形象的语言审视骈文兴盛与清代文字狱的关系问题:

> 文化检察官,或是阴暗角落里的小人,一手操握满纸典故、晦涩难读而不知所云的诗文集,特别是其中有不少骈文,一手直指被枷带锁者,厉声呵斥:"呔!从实招来!问汝辞赋何所携?!"而骈文作者的回应之词却异乎镇定:"却道从前尽陈迹!不过是一些陈谷子烂芝麻之类的断烂朝报而已,别无他意,请大人明察定夺!"④

以上所引观点,笔者认为有低估文字狱制造者的智商以及皇权专制政体的极端残酷性之嫌。骈文文体的典故串联运用,适以造成文章意象的模糊性,极有可

---

① 姜书阁《骈文史论》,人民文学出版社1986年版,第534页。
② 启功等《说八股》,中华书局1994年版,第27页。
③ 莫道才《论清代骈文研究的几个问题》,载《广西师范大学学报》2003年第39卷第3期。
④ 杨旭辉《清代骈文史》,人民出版社2013年版,第183页。

能倒执干戈,授人以柄。而欲加之罪,何患无辞,康熙间戴名世《南山集》案、雍正朝查嗣庭科场试题案、乾隆时期胡中藻《坚磨生诗抄》案,无一不书写着封建专制皇权的荒谬绝伦。就此而论,清代骈文的兴盛可谓与文字狱毫无关联性,这与在文字狱阴影下,清代众多文人士大夫每喜逃避于考据学中的现象,似乎不可同日而语。

蒲松龄生于明末,主要活动则在清康熙时代,其骈文写作当具有历史传承性的重要因素,而非八股文研习的要求,更非文字狱阴影下的产物。

二

康熙九年(1670),三十一岁的蒲松龄曾应同邑进士、扬州府宝应县知县孙蕙之邀,出走江淮为幕不到一年,历练人生之余,也大长了见识。宝应县在清代属于"冲、繁"之区,县衙事务杂乱,官场应酬文字与公文往来大多须为人做幕者经手处理,这一类为人作嫁的文字有时需要写得冠冕堂皇,又要避免陈词滥调,不落旧套窠臼,骈文写作就成为县衙幕僚或称师爷的必备本领。这一类文字在《聊斋文集》中不乏其例,如蒲松龄代孙蕙所拟《十一月二十三日贺济南太守》一文就属于官场应酬文字①。这篇骈文开头即云:"伏以北阙捧双龙,日下焕红轮之晓;东州嘶五马,雨来随朱毂之春。"结尾:"微忱恪具,短楮遥飞。敢祈台鉴之渊涵,何任下情之荣藉。临启不禁鹄恭雀跃之至!"这无疑类似于一般套话,置于新官上任的贺启中皆可适应。骈文中另有云:"济水冰寒,已有阳和之早到;淮流月映,预知光采之无私。"切合时令与地域,连带点出孙蕙在淮河一带的宝应县为邑令的地位,当是蒲松龄行文构思中的巧妙处,属于创造性思维。又如《正月二十六日迎淮扬道张》一文②,也是蒲松龄为孙蕙代拟的迎候上司的骈体呈文,其中有"伏愿电霜交映,清万里之芳尘;棨戟遥临,散两城之化雨"一类的应酬话语,也有切合本地风光的颂扬之语:"太微二十五星,映二十四桥之明月;长淮千百余里,流千百万世之歌思。"虽对句重复"千"字,对仗不甚工稳,但属于蒲松龄戛戛独造之语而非掉扯前人成句则可以肯定。

---

① 盛伟编校《蒲松龄全集》,学林出版社1998年版,第1171页。
② 盛伟编校《蒲松龄全集》,第1181页。

贺启一类无关具体事物的文字可用骈文写作,装饰门面而外,还可以令原本空洞无物的内容熠熠闪光,完全倚赖华丽的形式得以传扬四方。这可能是骈文这一文体突破时代鼎革因素,得以绵绵不断流行于官场文牍的优势所在。然而在一些需要具体请示或指示的官场文件中,骈文就不切于用了。在上述《贺济南太守》贺启的前两日,蒲松龄有为孙蕙代拟《上管粮厅》一文,就不用骈体而用散文了,如其中有云:"总之,所估板工,卑职日夜督催,可以无劳清虑;惟石工三段,共需石一万七千余丈,途远石少,采运维艰,前已将个中情状,并占山便宜,两具详情,万恳钧力详转,俾得石有定局,则诸料悉易事耳。"①有关河工繁杂事宜,若用骈文书写,显然不能敷用,也难以表达清楚;只有运用散体,方能一五一十地娓娓道来,具有付诸实践的可能。

有学者曾经用一巧妙的比喻形容骈文与散文两种文体的区别:骈体如同一只装饰华美的硬壳箱子,即使其中空洞无物,至少可以保持具有体面的外表;散体则如一只绣花软口袋,倘若其中无有货真价实的物品,就会塌瘪叠折不成模样。蒲松龄在一些世俗应酬文中,也喜用骈体为文。如《募建西关桥序》、《募葬郝飞侯序》、《鸳鸯谷募修桥序》、《贺周素心生子序》、《题时明府余山旧意书屋》、《〈我曰园倡和诗〉跋》、《唐太史豹岩先生命作生志》等文章,就全用骈体行文,堪称心思费尽。蒲松龄《王如水〈问心集〉跋》一文,虽有散句,但大体以对句为主,如:"恶之大者在淫,北雁晨钟,切宜猛省;善之尤者为孝,西风夜雨,更要深思。"②这种非散体文字的表达,颇类似于明中叶以来社会上流行的清言小品诸如明洪应明《菜根谭》、吴从先《小窗自纪》一类的句式,与传统骈文的文字有一定区别。蒲松龄另有一篇《王如水〈问心集〉序》,与上揭者堪称姊妹篇,虽也用偶句,但以散句为主。如云:"舌剑笔锋,逞文人之才技,迎风待月,夸名士之风流,习而安焉,率以为常者,不几辱朝廷而羞当世士耶?《书》曰:'作善降之百祥,作不善降之百殃。'咿唔儿曹,盛触天怒,因假手于秦皇帝,举天下而坑之,遂使不道之名,归之一人,识者冤之矣!"③可见在骈文写作中,蒲松龄并非执一而求,而是运用之妙,存乎一心,以内容优先为写作目的。

---

① 盛伟编校《蒲松龄全集》,学林出版社1998年版,第1169页。
② 盛伟编校《蒲松龄全集》,第1115页。
③ 盛伟编校《蒲松龄全集》,第1045页。

半散半骈的写作,或曰骈文中不避散行文字,是蒲松龄重视文章实用性的体现。《王村募修地藏王殿序》属于募捐一类的文告①,以劝捐钱财修庙为目的,需要简明扼要说明事情原委,方有效用。此序先用骈句先声夺人:"盖以斋熏讽呗,是谓善根;建刹修桥,厥名福业。三生种福,沾逮儿孙;一佛升天,拔及父母;所谓无有际岸功德,具慧性者所不疑也。"此后又以若干骈句论述崇佛的必要性,接下即以散句切入主题:"王村大寺,其来已旧,宫殿巍峨,规模宏敞,相传古丛林也。历年既久,几莽为墟。"后虽经修缮,却因资金不足,"地藏一殿,未遑修葺",于是"某上人志大难酬,壮行不惧,意将洪宣诸号,独抱旗铃,广募十方,不惜发体,愿固太奢,意亦良苦"。最后又以骈句收尾:"惟愿恒河八宝,并献鸡园;金像十围,再辉雁塔。由此馨流花界,解八难于慈云;梵落梅梁,脱十缠于甘露。则挑脚之成功,即为善之快事也。"如此行文,重修地藏殿的意义与劝募的效果堪称皆大欢喜。

在蒲松龄的骈文写作中,并非全由独创,有一些属于因袭前人或将有关套语略加变化而成,这就需要平时注意积累,甚至自筹《兔园册》一类的笔记,以备不时之需。《聊斋文集》中有所谓"拟表"九十三篇、"拟判"六十六则,笔者认为这些骈体文字似非蒲松龄所自拟,当系抄录他处以备随时参阅揣摩者。即以"拟表"而论,每篇皆不同于"拟判"篇幅短小,而动辄五六百字的骈文写作,需要耗费作者的大量精力,绝非轻易可以蒇事。即以内容而论,如《拟上因亢旱,躬祷南郊,仍命大臣清理刑狱,群臣谢表》《拟上以天下荡平,赐群臣宴,赏赉缎匹有差,群臣贺表》《拟上命将御制"孔子赞词"并"四子赞词",著翰林院书写,交国子监勒石摹拓,颁发各省,群臣谢表》等等,诸如此类的朝廷重大题目,一位乡村塾师何所得而闻?退一步讲,即有所闻,草拟如此政治性极强的骈体文字,意欲何为?蒲松龄乡试场屋屡败屡战,难以中式,则离考中进士且选入翰林院作词臣之距离相当遥远,可以说希望完全渺茫。预先做翰林词臣工作的准备,非但是不急之务,且自旁观者而言,岂不荒唐可笑?蒲松龄当不会如此不通世故,为此无益且有一定风险之举。蒲松龄常年坐馆毕际有家,毕家属于官宦之家,当有条件抄录到以上"谢表"一类的副本,蒲松龄另加抄录存底,无非是扩充自

---

① 盛伟编校《蒲松龄全集》,学林出版社1998年版,第1056—1057页。

家眼界的好学之举,亦无可厚非。后人整理蒲松龄集,细大不捐,将"拟表"类的著作权完全划归蒲松龄,唯恐有所遗漏,也可以理解。然而若从文字风格论,这些所谓"拟表"与蒲松龄流传至今的骈文风格乃至文章气局截然不同,非蒲氏之作当为事实。我们今天研究蒲松龄,此事不可不辨。

在《聊斋文集》中,有一篇涉及婚启的骈文,其题目即大有意味:"野人曹芳者,其侄女议婚于李氏,覆启已倩人写成矣,但其上只'允亲'二字,意甚其无文,托余再写数行,以壮观瞻。余因就两字凑成数句,笑而付之。"①其文云:"贰好协鸠鸣,冰媒合而百年托爱;允臧叶凤卜,鸳牒下而千里成欢。庆洽宗祊,喜溢门阑!恭维台下:淄水高人,青莲旧裔。畎亩足乐,已闻歌者如金;弓冶相传,况复田中尽玉!弟材只堪食粟,宁举乌获之钧?兄子未谙作羹,敢作南容之配!乃弗嫌于葑菲,遂永结于丝萝;惟愿琴瑟鸣欢,兼祝熊罴吉兆!"这篇骈文允婚文启虽不无套语陈词,但以"青莲旧裔"切合对方姓氏为"李",又以"弓冶相传,况复田中尽玉"两句美化对方的普通农家身份,也动了脑筋,并非信手拈来的文抄公之作。《聊斋文集》在此骈文婚启之下,又有所谓《通启》一篇,则是一篇普适性强的婚启骈文,大约属于仓促中无暇细思的应急底稿一类文本,反映了清初农村这一类文字需求量的巨大。

明末战乱频仍,人口剧减,但社会中读书人的比例不断增加也是事实。顾炎武《生员论上》有云:"一得为此,则免于编氓之役,不受侵于里胥;齿于衣冠,得于礼见官长,而无笞、捶之辱。故今之愿为生员者,非必其慕功名也,保身家而已。以十分之七计,而保身家之生员,殆有三十五万人。"②以此计算,则明末的进学诸生已达五十万人。另据顾炎武《日知录》卷一七《生员额数》:"至宣德七年,奏天下生员三万有奇。"③宣德七年为公元1472年,距离明末不过一百六七十年,诸生数量已经扩增十六倍之多,不能进学的童生数量更数倍于生员,则明末的读书人已达数百万之众,这在全国人口已达二亿左右的17世纪初④,也

---

① 盛伟编校《蒲松龄全集》,学林出版社1998年版,第1285页。
② 顾炎武《顾炎武诗文集》,中华书局1983年版,第21页。
③ 黄汝成《日知录集释》卷一七,岳麓书社1994年版,第600页。
④ 《中国历代人口统计一览表》(http://3y.uu456.com/bp—2d5efd0825c52cc58bd6be80—1.html)据《明熹宗实录》卷四统计,明光宗泰昌元年(1620),全国有户983.5426万,总人口5165.5万。与二亿左右的估计相差过多,这里不作辨析。

不是一个小数量。骈文写作有一定的门槛,并非从事八股举业者全擅长此道,但相互借鉴陈词滥调,敷衍成文并不困难。普通百姓为装潢门面,婚丧嫁娶皆需要用声调铿锵的骈文张皇其事,上揭蒲松龄为"野人曹芳"所撰婚启即可见一斑。清康熙以后,人口的增加速度加快,骈文的需求量也将大增,加之有关类书的问世与刻书业的发展,在如此社会基础上,一些文人士大夫专意于骈文的创作并力图创新,就顺理成章了。

清初尤侗、吴绮、毛奇龄、陈维崧、吴兆骞等,乾嘉间胡天游、袁枚、邵齐焘、汪中、吴锡麒、洪亮吉、孙星衍、孔广森、曾燠、阮元等,皆可以骈文称家。博览群书,熟记故典,是这些骈文家的基本功。即以陈维崧为例,其词创作豪放,效法南宋辛弃疾,用典较密,这与其同时专意于骈文创作有一定关联。蒲松龄的《聊斋志异》也擅长用典使事,这与他的骈文写作当亦有所关联。应酬之作而外,蒲松龄的《聊斋自志》、《陈淑卿小像题辞》、《张视旋〈悼亡草〉题词》、《题时明府余山旧意书屋》、《赌博辞》、《为花神讨封姨檄》、《〈妙音经〉续言》等皆可视为其精心之作,后三者且融入于其小说创作中,可见作者对之爱不释手之情怀。

三

《陈淑卿小像题辞》是一篇情浓意切的骈文之作,几达八百字,融入了作者无限情怀,描写男欢女爱甚至稍嫌刻画:"引臂替枕,屈指黄檗之程;纵体入怀,腮断明珠之串。红豆之根不死,为郎宵奔;乌臼之鸟无情,催侬夜去。幸老采萍之能解意,感女昆仑之不惮烦。"[①]于是有论者认为这篇文章是蒲松龄为自家纪念刘氏以外的另一位在患难中结褵的夫人陈淑卿而作[②]。蒲松龄究竟有没有第二位夫人,曾一度引来学界的争议。马振方先生经过翔实的考证,认为这篇声情并茂的骈文系蒲松龄代友人王敏入而作[③],终于结束了这场争论。蒲松龄对于男女情怀理解尤深,正如其《聊斋志异》中的相关刻画一样出神入化。《张视旋〈悼亡草〉题词》也是为友人一系列悼亡诗作所题写,如:"因出离情之论,续为

[①] 盛伟编校《蒲松龄全集》,学林出版社1998年版,第1110页。
[②] 田泽长《蒲松龄与陈淑卿》,载山东大学蒲松龄研究室编《蒲松龄研究集刊》第一辑,齐鲁书社1980年版。
[③] 马振方《〈陈淑卿小像题辞〉考辨》,载《文学遗产》1985年第1期。

悼亡之诗,锦绣铺成,泪随声至,心肝呕出,文趁情生。燕燕飞来,昔年之华屋非故;真真唤去,重泉之粉黛如生。读其文,如鹦鹉枝头,呜咽而询妃子;吟其词,似杜鹃月下,悲鸣而怨王孙。"①书写恩爱夫妇阴阳两隔的怀念之情哀怨万般,缠绵悱恻,堪称淋漓尽致,具有感人至深的魅力。

蒲松龄将这种驾驭骈偶文字的能力运用于小说创作中,也往往有惊人之笔,如通过官府断案的骈文判词就极大丰富了小说的内容,也是蒲松龄小说积极修辞的有效手段之一。《聊斋志异》卷七《胭脂》篇后的判词,作者确实下了一番功夫,为使典用事与小说人物名字浑然天成,"胭脂"与"鄂秋隼"的取名的确大有讲究,可见其精雕细琢的用心。如云:"胭脂身犹未字,岁已及笄。以月殿之仙人,自应有郎似玉;原霓裳之旧队,何愁贮屋无金?而乃感《关雎》而念好逑,竟绕春婆之梦;怨《摽梅》而思吉士,遂离倩女之魂。为因一线缠萦,致使群魔交至。争妇女之颜色,恐失'胭脂';惹鸳鸯之纷飞,并托'秋隼'。莲钩摘去,难保一瓣之香;铁限敲来,几破连城之玉。嵌红豆于骰子,相思骨竟作厉阶;丧乔木于斧斤,可憎才真成祸水!葳蕤自守,幸白璧之无瑕;缧绁苦争,喜锦衾之可覆。嘉其入门之拒,犹洁白之情人;遂其掷果之心,亦风流之雅事。"②连续用典,反复陈说,有意为儿女情长铺道开脱,以遮掩其背后凶杀案的残暴血腥,并凸显了断案者的怜才与仁慈之心,可谓一举数得。

卷四《马介甫》属于《聊斋志异》中有关悍妇、妒妇的题材,是文言小说中的名篇。"异史氏曰"后特意以平居所作骈文《〈妙音经〉续言》为殿,深化了小说讽世劝世的菩萨心肠。所谓"妙音经",即谓佛经中《妙音菩萨品》。《妙法莲华经》简称《法华经》,七卷二十八品,姚秦弘始八年(406)鸠摩罗什译。是说明三乘方便,一乘真实的经典,为天台宗立说的主要依据。其中第二十四品为《妙音菩萨品》,佛告华德菩萨关于妙音菩萨过去供养云雷音王佛的因果和处处现身说此经典的本事。据《大日经疏》卷一载,妙吉祥菩萨又称妙德、妙音,以其大慈悲力之故,开演妙法音,令一切众生得闻。清何垠注云:"此借梵语为房帷之戏谑耳。"③所见中肯。《续言》中不乏隽语、冷语,作者幽默诙谐又以慈悲为怀,行文

---

① 盛伟编校《蒲松龄全集》,学林出版社1998年版,第1111页。
② 任笃行《全校会注集评聊斋志异》,第1994页。
③ 任笃行《全校会注集评聊斋志异》,第1093页。

不拘一格,令读者解颐。如云:"秋砧之杵可掬,不捣月夜之衣;麻姑之爪能搔,轻拭莲花之面。小受大走,直将代孟母投梭;妇唱夫随,翻欲起周婆制礼。"又如:"买笑缠头,而成自作之孽,太甲必曰难违;俯首帖耳,而受无妄之刑,李阳亦谓不可。酸风凛冽,吹残绮阁之春;醋海汪洋,淹断蓝桥之月。"①串联语典、事典,清新自然,一气呵成,流畅的骈偶表达中竟然包孕有严肃的经典《尚书·商书·太甲中》叙事,自能令读者忍俊不禁。

卷二《黄九郎》是一篇反映封建社会男性同性恋现象的小说,作品描写何子萧对黄九郎情感之执着,反映了封建社会士大夫阶层的部分现实,对于暴露当时社会风气有一定的认识价值。蒲松龄本人对于同性恋常常抱有一种调侃戏谑的超然态度,并且于篇末不惜费时费力运用骈文形式以炫才,所谓"笑判"也者,并非是一种决绝的表示,而是具有一定的宽容度,这从卷二《侠女》一篇"异史氏曰"中的三言两语亦可得到证明:"人必室有侠女,而后可以畜娈童也。不然,尔爱其艾豭,则彼爱尔娄猪矣。"②"笑判"篇幅不长,却也是蒲松龄搜索枯肠之作,其中典故取材于《尚书》、《孟子》、《韩非子》、《左传》、《公羊传》、《三国志》、《北齐书》、《五代史》等外,晋陶渊明《桃花源记》、南朝宋刘义庆《世说新语》、唐李白《蜀道难》,甚至唐元稹《莺莺传》,也皆在提取事典的范围,可见其用心之细。对于此类近乎游戏的文字,蒲松龄不无悚惕之情,卷八《周生》写周生用骈文代替时县令的夫人参礼碧霞元君,曾以狎谑之词嘲讽时县令的同性恋性取向,篇末"异史氏曰"有云:"恣情纵笔,辄洒洒自快,此文客之常也。然婢嫚之词,何敢以告神明哉!狂生无知,冥谴其所应尔。"③以自己文章的穷形尽相而快意无限,却又畏惧神明的惩罚,非常准确地道出了自家心态。

卷三《赌符》篇末"异史氏曰",即其所作骈文《赌博辞》的照录,对于当时农村弥漫的赌博之风深恶痛绝,而悲天悯人的劝善之心也灼然可见。如云:"既而鬻子质田,冀珠还于合浦;不意火灼毛尽,终捞月于沧江。及遭败后我方思,已作下流之物;试问赌中谁最善,群指无裤之公。"④调侃赌徒之衰相,暴露其狂赌

---

① 任笃行《全校会注集评聊斋志异》,齐鲁书社 2000 年版,第 1090—1091 页。
② 任笃行《全校会注集评聊斋志异》,第 313 页。
③ 任笃行《全校会注集评聊斋志异》,第 2371 页。
④ 任笃行《全校会注集评聊斋志异》,第 622 页。

入迷之心态,可谓颊上三毫,传神写照尽在阿堵中。借骈文写作劝善戒赌,凸显了这一文体实用性的一面;作者通过骈文写作借题发挥,彰显自家才学,则反映了这一文体文学表现力极强的一面。

卷三《谕鬼》一篇中尚为诸生的"石尚书"之"谕鬼文",就有作者自炫其才的目的。通过妙手著文章,宣谕于恶兽或厉鬼,令其遵命远遁或就此销声匿迹,唐代韩愈早开先河。唐宪宗元和十四年(819)的春天,刑部侍郎韩愈因谏迎佛骨,被"夕贬潮阳路八千",远徙至岭南做潮州刺史。据《新唐书》卷一七六《韩愈传》有云:"初,愈至潮,问民疾苦,皆曰:'恶溪有鳄鱼,食民畜产且尽,民以是穷。'数日,愈自往视之,令其属秦济以一羊一豚投溪水而祝之曰……"这就是其《鳄鱼文》名篇的由来。据《韩愈传》记述,"祝之夕,暴风震电起溪中,数日水尽涸,西徙六十里,自是潮无鳄鱼患"①。正史即如是说,令人有真假莫辨的疑惑,但以文章驱物,如送穷神一类的佳作却不绝于史,可见这一作法在文人思维中的根深蒂固。《谕鬼》所录之"谕鬼文"文字无多,谨录于下,以见其全豹:

> 石某为禁约事:照得厥念无良,致婴雷霆之怒;所谋不轨,遂遭鈇钺之诛。只宜返罔两之心,争相忏悔;庶几洗髑髅之血,脱此沉沦。尔乃生已极刑,死犹聚恶。跳踉而至,披发成群;踯躅以前,搏膺作厉。黄泥塞耳,辄逞鬼子之凶;白昼为妖,几断行人之路!彼丘陵三尺外,管辖由人;岂乾坤两大中,凶顽任尔?谕后各宜潜踪,勿犹怙恶。无定河边之骨,静待轮回;金闺梦里之魂,还践乡土。如蹈前愆,必贻后悔。②

作者用四六骈文精心结撰,对仗工稳,文采焕然,用典工巧,虽篇幅无多,却声色俱厉,读来的确非同凡响!

在《聊斋志异》中,作者炫才意识最为浓厚者还要数卷四《绛妃》一篇。小说以第一人称书写,托以梦中与花神相会并为之写作讨伐风神的檄文,其实就是为其《为花神讨封姨檄》一文特意设置的小说情境。《聊斋志异》的最早刻本为青柯亭本,刊于乾隆三十一年(1766),距离蒲松龄去世已经五十余年。青柯亭本将《绛妃》改名《花神》,作为全书之殿,排于第十六卷之末,而清人评注《聊斋》

---

① 欧阳修、宋祁《新唐书》卷一七六,中华书局1975年版,第5262—5263页。
② 任笃行《全校会注集评聊斋志异》,齐鲁书社2000年版,第594页。

者多据青本,故但明伦有评云:"一部大文将毕矣。先生训世之心,摅怀之笔,嬉笑怒骂,彰瘅激扬。"冯镇峦有评云:"殿以此篇,抬文人之身份,成得意之文章。"何守奇有评云:"此书之旨,在于赏善罚淫;而托之空言,无亦惟是幻里花神,空中风橄耳。'约尽百余级,始至颠头'全书归宿,如是如是。"①其实,《绛妃》在手稿本中在第三卷,绝非作者杀青之作。然而但、冯、何三氏之评虽皆属于郢书燕说,现在看来,仍有一定认识价值。康熙二十二年(1683),蒲松龄四十四岁,补廪膳生,长孙立德出生。这一年他在毕际有家设馆已经四年,《聊斋志异》的框架也在此前四年大体告成,有其《聊斋自志》以及高珩所作序可证。因当时作者生活尚较顺心,心境较为平和,故能从容不迫地徜徉于前人类书与有关诗文之中,寻章摘句,连缀成篇。讽世之心,容或有之,但炫才之意,当为主因。古人骈文之作,就是以诸多典故为资粮,巧办佳肴,串联古人的有关情事传达出自己内心中之所想。作者融通古今、借鉴化用的巧思固不可或缺,如何纵横捭阖、花样翻新也是必不可少的功课。作为一篇骈文力作,蒲松龄苦心孤诣、精心结撰,的确非一蹴而就之笔。

这篇讨伐"封姨"的檄文佳句纷呈,如:"昔虞帝受其狐媚,英皇不足解忧,反借渠以解愠;楚王蒙其蛊惑,贤才未能称意,惟得彼以称雄。沛上英雄,云飞而思猛士;茂陵天子,秋高而念佳人。"②运用虞舜、楚襄王、汉高祖、汉武帝的相关故事,巧喻风威,思绪曼妙。其中"楚王"三句,意谓楚襄王受到风的蛊惑,对于楚贤者的一次召问未得要领,于是仅满足于对"大王雄风"的自我陶醉。楚王,即楚顷襄王(前298—前263在位),楚怀王子,名横,曾与秦和亲,后又欲与齐、韩联合伐秦,终为秦所败,质太子于秦,在位三十六年卒。贤才,当谓楚国的一位猎者。据《史记·楚世家》,顷襄王十八年,"楚人有好以弱弓微缴加归雁之上者,顷襄王闻,召而问之",此人巧妙设喻,劝谏顷襄王果断确定外交策略,但此人最终未获重用,仅"遣使于诸侯,复为从,欲以伐秦"③,终于导致失败。所谓"贤才未能称意"即指楚顷襄王虽有贤者在旁却仍于外交与军事上遭受挫辱。所谓"称雄",这里谓以"雄风"(强劲的风)之说自我陶醉,相对于当时楚国困顿

---

① 任笃行《全校会注集评聊斋志异》,齐鲁书社2000年版,第1113—1114页。
② 任笃行《全校会注集评聊斋志异》,第1111页。
③ 司马迁《史记》,中华书局1959年版,第1730—1731页。

的处境仅仅聊以自慰而已。所谓"雄风",语本战国楚宋玉《风赋》:"楚襄王游于兰台之宫,宋玉、景差侍。有风飒然而至,王乃披襟而当之曰:'快哉此风!寡人所与庶人共者邪?'"于是宋玉以"大王之雄风"与"庶人之雌风"的不同为答,并形容雄风:"清清泠泠,愈病析酲,发明耳目,宁体便人,此所谓大王之雄风也。"①蒲松龄所谓"贤才"何指?只有查考《史记》等相关文献方能找到正确诠释的路径。目下《聊斋志异》诸多注本皆谓"贤才"就是指《风赋》的作者宋玉,未能找出《史记》有关猎者的书写内容,就可能错会了蒲松龄这三句的原意。

《聊斋》个别篇章与作者骈文创作有水乳交融的联系,不能忽视;小说文字的用典修辞技巧,也有借鉴骈文写作方式的地方,由此更可见探讨蒲松龄骈文写作对于《聊斋志异》研究的重要性。

---

① 萧统编《文选》,中华书局1977年版,第191页。

明末清初文坛"六朝转向"与骈文演进[①]

张明强(贵州师范大学文学院)

汉语言文字有其独特的民族特性,刘师培云:"准声署字,修短揆均,字必单音,所施斯适。远国异人,书违颉诵,翰藻弗殊,侔均斯逊。是则音泮轻轩,象昭明两,比物丑类,泯迹从齐,切响浮声,引同协异,乃禹域所独然,殊方所未有也。"所以称:"俪文律诗为诸夏所独有;今与外域文学竞长,惟资斯体。"[②]骈文文体正是基于汉字单音,且有四声之别的特点,从而形成整齐美和声律协和。凡遇到重视形式美、崇尚华丽的社会风尚,骈文便蔚然兴起,即与其形式特征密切有关,六朝如此,晚明亦如此。

元明以来,骈文呈现程式化和俗化问题,骈文创作处于沉寂期。明末社会形成一股崇尚奢华、追逐侈丽的审美思潮,在这一思潮的鼓荡下,奢华思想浸染士人群体,士人特别是作家在文学思想和文学创作中找寻与奢华世风相适应的文风,骈文这种讲究对偶、辞藻、声律的文学样式受到重视,于是复古的对象由之前前、后七子派尊崇的秦汉、盛唐和唐宋派所标举的唐宋转向六朝。这是新的审美思潮渗透到文学领域的必然选择,"六朝转向"对明末清初骈文兴起有着关键影响。

[①] 本文为国家社会科学基金项目"明清之际骈文研究"(项目编号:15XZW024)的阶段性成果,于2017年提交骈文国际学术研讨会暨第五届中国骈文学会年会(长沙),其后经过修改发表于《苏州大学学报》(哲学社会科学版)2018年第4期。兹予以重新修订。
[②] 刘师培《中国中古文学史汉魏六朝专家文研究》,商务印书馆2010年版,第3页。

一、元明以来骈文程式化和俗化

骈文至宋形制体格已大备,元代陈绎曾《文章欧冶》附《四六附说》将"四六"分唐体和宋体①,虽未上溯六朝,但俨然总结一套骈文创作章法供人模范。元明两代骈文沿着两个方向发展,即程式化和俗化。元明骈文成绩平庸,清末谭莹《论骈体文绝句十六首》序云:"骈体文盛于汉魏六朝,洎晚唐以迄两宋已有江河日下之势,至元明两代则等之自郐,无讥可耳。我朝人文崛起,而骈体之佳者亦直接汉魏六朝之坠绪。"②民国学者瞿兑之《中国骈文概论》谓:"元明以后,骈文绝响。……而骈文只限于一部分的用处。于是骈文成为极狭隘的用途,也就变成极卑陋的风格。"③元明骈文衰微,正是程式化和俗化的结果。

朝廷制诰文字多用骈体,因这些文章已形成固定结构,甚至只需改动其中的官衔和姓名即可,出现程式化倾向。元代曾在翰林院负责文秘工作的文人多有此类作品,板滞一律,缺乏个性,延及明初,仍有此习。明太祖朱元璋于洪武六年(1373)九月庚戌"诏禁四六辞",并谕曰:

> 唐虞三代,典谟训诰之辞,质实不华,诚可为千万世法。……朕常厌其雕琢,殊异古体,且使事实为浮文所蔽。其自今凡告谕臣下之辞,务从简古,以革弊习。尔中书宜播告中外臣民,凡表笺奏疏,毋用四六对偶,悉从典雅。④

这道上谕针对当时"表笺奏疏",要求臣民写作此类文体勿用四六骈体,其实是要求天下臣民写作文章率禁四六。罗宗强以为朱元璋具有"尊典谟,重实用,去华饰,求平实的文章观念"⑤,这种文学观亦要求摒弃讲究对偶、辞藻、格律、用典的骈文。朱元璋皇帝的文学思想直接影响明初文坛,被推为"开国文臣之首"⑥的宋濂以理学家自命,认为文章乃道之外发,反对秾艳、排偶之文,其《赠

---

① 陈绎曾《文章欧冶》,王水照编《历代文话》第二册,复旦大学出版社2007年版,第1269—1270页。
② 谭莹《乐志堂诗集》卷一一,《续修四库全书》第1528册,上海古籍出版社2002年版,第543页。
③ 瞿兑之《中国骈文概论》,世界书局1934年版,第111页。
④ 《明实录》之《明太祖实录》卷八五,"中央研究院历史语言研究所"1962年版,第1512—1513页。
⑤ 罗宗强《明代文学思想史》,中华书局2013年版,第32页。
⑥ 张廷玉等撰《明史》卷一二八《宋濂传》,中华书局1974年版,第3787—3788页。

梁建中序》云：

> 余自十七八时，辄以古文辞为事，自以为有得也。至三十时，顿觉用心之殊，微悔之。及逾四十，辄大悔之。然如猩猩之嗜屐，虽深自惩戒，时复一践之。五十以后，非惟悔之，辄大愧之；非惟愧之，辄大恨之。自以为七尺之躯，参于三才，而与周公、仲尼同一恒性，乃溺于文辞，流荡忘返，不知老之将至，其可乎哉？自此焚毁笔研，而游心于沂泗之滨矣。①

很明显，宋濂以道摄文，晚年不但不讲求修辞藻采，最终连文辞都抛弃了。他的文学观是典型的重道轻文，文章只是治政、明道的工具。其《銮坡前集》卷一载《拟诰命起结文》，共十则，包括吏部尚书、吏部侍郎、吏部郎中等十种官职，完全是封赠官员的文字模板，几乎适用于所有任此类职务者。这种程式化的骈文，并无新意，陈陈相因，熟滥雷同，严重阻碍明代骈文的发展。

朱元璋及其文化政策深刻影响明代的文学发展状态和节奏，之后文坛上形成质朴之风。使明代前中期骈文无法承续元代官样文字，日益走向沉寂，骈文文脉几乎中断，惟八股文渐趋成型。晚明沈德符《万历野获编》"四六"条详论明代骈文的发展状况，云："本朝既废词赋，此道亦置不讲。惟世宗奉玄，一时撰文诸大臣竭精力为之，如严分宜、徐华亭、李余姚，召募海内名士几遍。……然戊辰庶常诸君尚沿余习，以故陈玉垒、王对南、于谷峰辈犹以四六擅名，此后遂绝响矣。"②沈氏所述基本符合明代骈文发展实际，明初禁止骈文的政策一直影响到明中期，嘉靖时，皇帝喜好骈偶，大臣们开始以骈体上奏，风气渐变。直到万历中期骈文流行，官场公文、私人交际应酬往往用骈体，成为新的时尚，形成与明初文风截然相反的新风气。但此时骈文蹈袭严重，不仅朝廷诰命封赠依样画葫芦，日常交际酬应亦有模板，毛际可云："尝见某公《赠广陵游子序》，炳曜铿锵，美言可市。适余友有西陵之行，遂戏易广陵为西陵，并稍更其'竹西歌吹'等语，则全篇皆可移赠。因叹此道雷同倚附，盖千手如一律也。"③骈文程式化是元明以来骈文发展的障碍，明末骈文渐兴，重要一点就是摆脱程式化、创造出富于

---

① 罗月霞主编《宋濂全集》之《銮坡前集》卷一○，浙江古籍出版社1999年版，第558页。
② 沈德符《万历野获编》，中华书局1959年版，第270页。
③ 毛际可《安序堂文钞》卷五，《四库全书存目丛书》集部第229册，齐鲁书社1997年版，第548页。

个性风格的骈文。

元明以来骈文另一趋向是俗化,这是元明市民崛起、知识下移、商业繁荣、通俗思潮渗透等相助推的结果。说话、戏曲、白话小说日益兴盛和雅化,而骈文这一贵族文学样式被俗化,构成雅俗互动态势。以明代而论,瞿兑之云:"明朝人只有笺启上用四六,现在偶然看见一些,都恶劣不堪。"①明人所作骈文当然不限于笺启,若表、书、序等皆有以骈体出之者。但瞿氏指出明代骈文的一个特点,即通俗熟滑,这是明代后期骈文的基本特征。如杨慎《升庵集》卷一《戏作破蚊阵露布》:"窃惟蜎化之孽,元匪贞虫之群。似鸭似鹅,久贻害于羊罗鼠夹;如虎如豹,曾煽虐于鼍社淮津。血国三千,睫巢亿万。饥方柳絮,妄学阿香之声;饱类樱桃,借拟炎官之色。……如花越女,颦蛾撩乱锦窗;似柳张郎,挫精儳直灵殿。"②马朴在明代以骈文著称,但后来其骈文隐没不彰,所著《四六雕虫》卷四《寿阳谷南年伯八秩》:"恭惟南极腾祥,弧照上元之节;东山敛福,筹添大耋之年。……九转炉中,炼就真人之气;万枝灯里,印来活佛之形。……子侄蟠桃,自蓬岛天曹而至;孙曾斑彩,舞琅璈云曲之间。"③皆以俗语、熟调入四六之中。姜书阁《骈文史论》"明清骈余第十五"转录元人陆居仁撰《募缘疏》后,云:"这种文白相间、句法长短自由、不限于四六的新体俳文。"④又举祝允明《烟花洞天赋》片段,评曰:"实是雅俗兼用,不拘四六常格的俳体游戏文字,与元人为瓦肆勾栏中歌妓所作之词,取同样或近似的风调。"⑤从实例中可看出元明时代通俗文学对骈文俗化的渗透,多倾向于俳谐性的游戏娱乐型骈文。叶农、叶幼明《中国骈文发展史论》以为:"元明两代是我国戏曲、小说的兴盛期……骈文至此时,除文人所不齿的民俗体之外,已是穷途末路,气息奄奄了。"⑥这或许主要针对元至明中叶骈文而言,同样指出元明骈文俗化问题。这一格局在明末清初逐步得到改变。

---

① 瞿兑之《中国骈文概论》,第111页。
② 杨慎《升庵集》,景印文渊阁《四库全书》第1270册,台湾"商务印书馆"1986年版,第10—11页。
③ 马朴《四六雕虫》,清同治十一年敦伦堂刻本。
④ 姜书阁《骈文史论》,人民文学出版社1986年版,第522页。
⑤ 姜书阁《骈文史论》,第531页。
⑥ 叶农、叶幼明《中国骈文发展史论》,澳门文化艺术学会2010年版,第142页。

二、明末崇尚奢华社会思潮与文坛"六朝转向"

明代万历中期之后,社会上形成崇尚奢华的社会思潮,从帝王至庶民皆以华丽为美,这一思潮渗透到文学领域,文士们找寻文章中的华美文体,骈文这一讲究形式和辞藻的文学形式便受到重视,出现了肯定和学习六朝文的倾向,并迅速形成崇尚六朝文的审美取向,使文坛上继前、后七子师法秦汉文,唐宋派模范唐宋八大家文之后,将复古的对象指向六朝文,呈现"六朝转向"的局面。

万历之后,特别是启、祯年间,盗贼横行,夷狄侵犯,民不聊生,而王公贵介、富商巨贾却以奢侈相高,影响所及,市井细民、村野男女亦以奢靡为荣,社会上掀起一股奢华风气,生活于此时的张岱可作为当时社会的一面镜子,其《自为墓志铭》云:

> 蜀人张岱,陶庵其号也。少为纨绔子弟,极爱繁华,好精舍,好美婢,好娈童,好鲜衣,好美食,好骏马,好华灯,好烟火,好梨园,好鼓吹,好古董,好花鸟,兼以茶淫橘虐,书蠹诗魔,劳碌半生,皆成梦幻。①

张岱出身于累世官宦之家,富家赀,居于杭州,其喜好奢丽非为个案,在当时具有一定普遍性。万历时的张瀚《松窗梦语》卷七《风俗纪》记万历时的服饰之绮丽云:

> 秦少游云:"杭俗工巧,羞质朴而尚靡丽,人颇事佛。"今去少游世数百年,而服食器用月异而岁不同已。毋论富豪贵介,纨绮相望,即贫乏者,强饰华丽,扬扬矜诩,为富贵容。

又云:

> 国朝士女服饰,皆有定制。洪武时律令严明,人遵画一之法。代变风移,人皆志于尊崇富侈,不复知有明禁,群相蹈之。如翡翠珠冠、龙凤服饰,惟皇后、王妃始得为服;命妇礼冠四品以上用金事件,五品以下用抹金银事件;衣大袖衫,五品以上用纻丝绫罗,六品以下用绫罗缎绢;皆有限制。今

---

① 张岱《张岱诗文集》(增订本),上海古籍出版社2014年版,第373页。

男子服锦绮,女子饰金珠,是皆僭拟无涯,逾国家之禁者也。①

张瀚卒于万历二十三年(1595),此时杭俗已以奢靡华丽为尚,穿衣戴帽务取精巧,奢侈品风行全国。表现于房屋建筑方面,土木大兴,园林之崇侈,布置之巧夺天工,浪费之惊人,令人叹绝。《娜嬛文集》卷四《五异人传》记载张岱堂弟张萼(字燕客)建造园林情形云:

> 先是辛未,以住宅之西有奇石,鸠数百人开掘洗刷,搜出石壁数丈,巉峭可喜。人言石壁之下得有深潭映之尤妙,遂于其下掘方池数亩。石不受锸,则使石工凿之,深至丈余,畜水澄靛。人又有言亭池固佳,恨花木不得即大耳。燕客则遍寻古梅、果子松、滇茶、梨花等树,必选极高极大者,拆其墙垣,以数十人舁至,种之。种不得活,数日枯槁,则又寻大树补之。始极蓊郁可爱,数日之后,仅堪供爨。古人伐桂为薪,则又过其值数倍矣。恨石壁新开,不得苔藓,多买石青石绿,呼门客善画者以笔皴之。雨过湮没,则又皴之如前。②

辛未即崇祯四年(1631),张萼之行为达到了随心所欲地步,不惜重金购买珍木异树,侈丽奢华。这种风气不独杭州为然,全国皆染此风,黄承昊是嘉兴人,他于崇祯十年为《(崇祯)嘉兴县志》撰序,于该书卷十五末有一段补述,详叙明末风俗之变:

> 我生之初,俗犹俭朴,民犹淳谨,殷厚之家尚多。不数十年而俗奢荡,人桀傲,钟鸣鼎食之家,指不数屈矣。揆厥所由,奢侈孕其源,浮薄鼓其波,以至于是。请略言其概:家苟温饱,则酒核之设辄罗水陆之珍;室即空虚,而妇女之妆必竟珠翠之巧。市井少藜藿之食,仆隶皆纨袴之衣。梨园、青楼,何日得暇;画船箫鼓,无日不闻。比栉崇墉,谁念贫交之无以举火;夸多竞美,反嗤苦节者以为鄙夫。口角习吴下之浇风,俚语对联,动辄谑浪,因而贻害于上官;婆娑多江汉之游女,冶容倩饰,不惮诲淫,甚且日依夫妖秃。务本者少而入身公门者日盛月新,居肆者希而袖手游闲者肩摩踵接。③

---

① 张瀚《松窗梦语》,中华书局1985年版,第139—140页。
② 张岱《娜嬛文集》卷四《五异人传》,故宫出版社2012年版,第214页。
③ 《(崇祯)嘉兴县志》,《日本藏中国罕见地方志丛刊》本,书目文献出版社1991年版,第638页。

黄氏以亲历者的身份讲述崇祯时的社会风气,士民皆尚奢侈,以致竭尽家财而不顾。全社会的审美趣向势必波及文坛,士人找寻与自己奢侈之风相适应的文学样式,于是六朝重形式、辞藻和声律的文学受到青睐,连黄承昊这段描写他所忧虑的奢侈之风的文字亦用骈体,可见四六之风之盛行,人人难免受其影响。当然六朝文学受到明人重视并非始于明末,但万历后期以来骤然形成一股崇尚六朝文的潮流。吴应箕《与刘舆父论古文诗赋书》云:"世之无古文也久矣,今天下不独能作,知之者实少。小有才致便趋入六朝,流丽华赡,将不终日而靡矣。"①吴氏所述乃发生于崇祯年间之事,六朝文风炽盛亦可知。文坛上继前、后七子主张师法秦汉、盛唐,以及唐宋派着重学习唐宋文的复古格局又出现一大变迁,复古的对象指向六朝,可以说六朝文在晚明受到重视是其社会审美风尚在文学领域的渗透。

明清之际,骈文文献得到大规模整理出版,屠隆、梅鼎祚、张溥、张燮、陈子龙等人重估六朝文,且整理相关文献,为六朝文风的盛行做出重要贡献。为骈文辩护的言论日渐增多,陈子龙、李雯、夏完淳等创作不少骈体名篇,而且以陈子龙为首的云间作家群和陆圻、毛奇龄等杭州作家群都开展骈文创作,切磋技艺,积累骈文创作经验,为清初骈文复兴先声。这主要表现在以下三个方面。

首先,明代后期逐渐形成肯定和崇尚六朝文学的思想。明朝中叶已有肯定六朝诗文的言论,如杨慎、黄省曾、金陵六朝派等②,但或出于个人喜好,或拘于一时一地,未能形成全国性、持续性的影响。十六世纪后半叶以降,社会风气日趋繁华,文学上产生了重估六朝文的思潮,王文禄《文脉》卷一云:

> 《昭明文选》,文统也,恢张经、子、史也。选文不法《文选》,岂文乎? ……皇陵碑文体用六朝,气雄两汉。文华也实见,六朝后不足法也。夫六朝之文,风骨虽怯,组织甚劳,研罩心精,累积岁月,非若后代率意疾书,顷刻盈幅,皆俚语也。……今变复古,必选历代之文定其格。夫《文选》

---

① 吴应箕《楼山堂集》卷十五,《续修四库全书》第 1388 册,上海古籍出版社 2002 年版,第 545 页。
② 参见李清宇《明代中期文坛的"四变而六朝"——以黄省曾与李梦阳的文学观念之异同为中心》(《北方论丛》2004 年第 2 期)、雷磊《明代六朝派的演进》(《文学评论》2006 年第 2 期)、张燕波《论明代金陵六朝派的发端与发展》[《南京大学学报》(哲学·人文科学·社会科学)2008 年第 3 期]、吴冠文《论六朝诗歌的批评与整理在明代中期的兴盛》[《上海大学学报》(社会科学版)2012 年第 6 期]。

尚矣,莫及焉。选诸史之文不可也,简短不华之文删去可也。①

王氏卒于万历年间,正是文学趋向浮华之时。他明确主张将诸史之文和不华之文排斥在文之外,以"事出于沉思,义归乎翰藻"②为选文标的。欣赏六朝文的形式美,以为其"文华也实见",组织工稳,将《文选》作为总集的标准。他较为系统地阐发六朝文的地位、价值,是对长期以来受到贬抑、冷落的六朝文学的反动。何良俊亦云:"六朝之文,以圆转流便为美。"③

稍后的名士屠隆的文学批评有一定的代表性,其《鸿苞集》卷十七《论诗文》云:

> 秦汉六朝唐文有致,理不足称也;宋文有理,致不足称也。秦汉六朝唐文近杂而令人爱,宋文近醇而令人不爱。秦汉六朝唐文有瑕之玉,宋文无瑕之石。

> 文莫古于《左》、《国》、秦、汉,而韩、柳、大苏之得意者亦自不可废。莫质于西京,而丽如六朝者亦自不可废。莫峭于《左》、《史》,而平雅如二班者亦自不可废。莫简于《道德》,而宏肆如《南华》、《鸿烈》者亦自不可废。诗莫温厚于三百篇,而怨悱如《离骚》者亦自不可废。赋莫庄于杨、马,而绮艳如江、鲍者亦自不可废。……至于不可废而轩轾难论矣。人亦求其不可废而何以袭为也?④

屠氏在《与王元美先生》中又云:"信如于鳞标异,凌厉千古,吞掩前后,则六籍之粹白,汉诏诰之温厚,贾长沙之浩荡,司马子长之疏朗,长卿之词藻,王子渊之才俊,六朝之语丽,不尽废乎?"⑤他耿耿于怀者,乃不惬于后七子惟学古人之一段而不及其余,所以主张取法秦汉、六朝、唐宋各个时期之长,出以自家面目。其实是为他自己喜爱六朝丽辞找理论根据而已。因当时七子派文必秦汉、诗必盛唐的论调仍有影响力,长卿以各有所长为由间采六朝,实际上是万历时新的审美趣味所致。屠氏又专门评点六朝骈文代表作家徐陵、庾信的文集,以《徐孝穆

---

① 王文禄《文脉》,王水照编《历代文话》第二册,复旦大学出版社 2007 年版,第 1692 页。
② 萧统编,李善注《文选》卷首《文选序》,上海古籍出版社 1986 年版,第 3 页。
③ 何良俊《四友斋丛说》卷二三,中华书局 1959 年版,第 210 页。
④ 屠隆《鸿苞集》,《四库全书存目丛书》子部第 89 册,齐鲁书社 1995 年版,,第 252—253 页。
⑤ 屠隆《由拳集》卷十四,《四库全书存目丛书》集部第 180 册,齐鲁书社 1997 年版,第 559 页。

集》十卷和《庾子山集》十六卷合刻行世,《四部丛刊》初编本收录。

晚明启祯年间四六文字风行宇内,赵南星《废四六启议二首》其一云:

> 余自万历乙亥,结发薄游,士大夫书札往来,直抒情愫,鲜有用四六者。当司理时,座主为相,亦以散书闻问,亦未尝以为不恭也。至癸巳罢官,乃有以四六来者,余才拙性疏,不能为此,然林下无事,每抗精殚思为之,殊以为苦。今衰朽才尽,偶起一官,营职之外,复有应酬之烦,食事欲废,安能作四六也。①

万历三年乙亥(1575)赵氏尚年少,士大夫之间往来文字尚以散体,四六不多,但万历二十一年癸巳(1593)自己罢官家居时,四六应酬多了起来,至作此议的天启三年癸亥(1623)则率用四六,可知骈体从万历初期到天启年间逐渐流行的大体状况,这与黄承昊所述万历后绮丽之风发展进程相一致。

其次,万历之后,六朝文整理出版成绩卓著。梅鼎祚纂辑唐代以前之文编为《八代文纪》,以副冯惟讷辑《古诗纪》。包括《西晋文纪》、《宋文纪》、《梁文纪》、《陈文纪》等十二种,俱收入《四库全书》集部。宋、南齐、梁、陈之文多骈偶,梁、陈尤是骈文全盛之代。故《四库全书总目》卷一八九《梁文纪》提要评云:"一代帝王(按,指梁简文帝),持论如是,宜其风靡波荡,文体日趋华缛也。然古文至梁而绝,骈体乃以梁为极盛,残膏剩馥,沾溉无穷,唐代沿流,取材不尽。譬之晚唐五代,其诗无非侧调,而其词乃为正声。寸有所长,四六既不能废,则梁代诸家亦未可屏斥矣。"②

梅氏以总集形式编纂先唐文,张燮则取先唐诗文可单独成集者,人各一集,成《七十二家集》,雕刻行世。张燮勤于搜罗,张溥称其"近见闽刻《七十二家》,更服其搜扬苦心,有功作者"③,以专集形式出版易于士人择取选购,也易于阅读,无疑对明末六朝文的普及有重大影响。

张溥是明代整理出版六朝文的集大成者,他受张燮辑刻《七十二家集》的影

---

① 赵南星《赵忠毅公诗文集》卷十七,《四库禁毁书丛刊》集部第68册,北京出版社1997—1999年版,第519页。
② 永瑢等《四库全书总目》,中华书局1965年版,第1721页。
③ 张溥著,殷孟伦注《汉魏六朝百三家集题辞注》,人民文学出版社1960年版,第313页。

响,汇辑《汉魏六朝百三家集》,将先唐文人专集网罗殆尽,为先唐文学功臣,不为过矣。其《汉魏六朝百三家集》叙云:

> 余少嗜秦、汉文字,苦不能解,既略上口,遍求义类,断自唐前,目成掌录,编次为集,可得百四五十种。……两京风雅,光并日月,一字获留,寿且亿万;魏虽改元,承流未远;晋尚清微,宋矜新巧,南齐雅丽擅长,萧梁英华迈俗;总言其概:椎轮大路,不废雕几,月露风云,无伤骨气,江左名流,得与汉朝大手同立天地者,未有不先质后文、吐华含实者也。人但厌陈季之浮薄而毁颜、谢,恶周、隋之骈衍而罪徐、庾,此数家者,斯文具在,岂肯为后人受过哉?①

张溥是明末文坛领袖,他评价六朝文的语气和方式与前引屠隆等人不同,张氏直接肯定南朝文华之价值,为颜、谢、徐、庾正名,与崇祯年间崇尚靡丽风气和文学上的骈偶思潮相合。在这一文学思想指引下,明末之幼童接受的便是华丽文风,这些人虽经明清换代,人生道路或多或少发生转折,但其少年濡染的习气和喜好难以清除,清初骈文家的创作和骈文观承晚明而来,受晚明骈文创作影响甚深,可以说是其自然延续。

第三,晚明骈文创作已趋于个性化,出现富有内容和个性的作品,陈子龙可视为其代表。他重视六朝文,为文尚辞藻,陈子龙《吴问》序云:"夫敷章夸丽之文,归衷本朝尚矣。……吴人袁袠作《七称》,推本此意。惜辞太朴袭,子龙爱作《吴问》。"②该文又载《几社壬申合稿》卷二十,当作于崇祯五年壬申(1632),因袁氏所作质朴无文,于是作《吴问》,敷以词采丽章。收录陈子龙、夏允彝、彭宾、李雯等几社诸子的作品的《几社壬申合稿》二十卷,即为仿《昭明文选》而作。《明史》称其"骈体尤精妙"③,光绪年间,王先谦编辑《骈文类纂》收录陈子龙骈文22首④,包括序、书、铭、赞、诔、吊文、杂文、赋等文类,清初骈文最有成就的亦不过这几文类。

---

① 张溥著,殷孟伦注《汉魏六朝百三家集题辞注》,第313—314页。
② 陈子龙著,王英志辑校《陈子龙全集》,人民文学出版社2011年版,第854—855页。
③ 张廷玉等《明史》卷二七七《陈子龙传》,第7096—7097页。
④ 王先谦《骈文类纂》卷首《撰人姓氏》,浙江古籍出版社1998年版,第33页。按,《撰人姓氏》下云21首,据正文所收实为22首。

陈子龙骈文创作早年尚藻采,遘清兵南下,身经战乱,一变而激昂慷慨,义丰词华,如《答赵巡按书》云:

> 夫仁人君子,道非一端:或介石坚贞,洁身以寄名教;或龙见渊跃,濡足以救苍生。易地皆然,各行其志,要归之有益于世而已。况乎楚材晋用,殷士周桢;壮缪托命当涂,子珩远投邺下。岂云识务,弥见精诚。古之忠臣烈士,如此甚众,台台又何疑焉?至如衷性近山麇,质同井鲋,逢萌之冠久挂,中散之虱愈多。且星仅周三,毛已见二。秋零早剥,日昃嗟离。歌遍《五噫》,已易梁生之姓;章成《七发》,难平楚士之心。倘仰藉垂天,得游物外,黄冠自放,白发相依。俾城近青门,颇有种瓜之客;山开白社,常来插柳之人。则春笋秋莼,咸饫明德;晨钟夕梵,悉领湛施矣。相见无期,书不尽意。迹遐神迩,曷禁怆然!①

以骈偶之语抒忠义之情,骈文之振实由时运启之。其他如《秋兴赋》、《报夏考功书》等皆情辞并茂,显示出雅化倾向。陈氏骈文创作风貌昭示着清初骈文走向,其后陈维崧、吴兆骞、吴农祥、吴绮、毛奇龄等承其绪而起,成为清初骈文名家。

晚明文坛崇尚骈偶的文风,特别是对六朝文的重新评价、六朝文集的编纂出版,使当时少年士子如陈维崧、吴绮、毛奇龄等人皆深受六朝风华的浸淫,掌握娴熟的骈文创作艺术,当遭际明清之变,专事组织之文融入时代风会,便开出绚丽之花。陈维崧不仅喜读徐、庾文,且编《两晋南北集珍》以供骈文创作驱使,他在《与陈际叔书》中云:"仆才质疏放,姿制诞逸,颇致蓝田猖忿之讥,时丛平子轻狂之诮,间有侯芭嗜奇之癖,时多吴质好伎之累。每当四节之会,风日闲丽,亲懿稠密,丹轮徐动,华轩遂盈。当斯时也,宾徒迭进,则神思转给;箫笳互激,则酬应弥妙。昔大梁侯方域常作文章,必须声伎,仆不幸遂似之。至于别崇台,入曲房,弛华裳,跕利屣,银灯乍灭,文缨已绝,臣心最欢,才能一石,何论八斗。且夫燥湿之理,各有其宜;动静之性,奚能一致。"②陈氏乃清初最有成就的骈文家,少年曾受到陈子龙的指教,喜欢在歌舞声华中即兴创作,反映了明末士习对他的影响,虽经易代,审美取向未有大异,只是身世之感、家国之痛充实了骈文

---

① 陈子龙著,王英志辑校《陈子龙全集》,第838页。
② 陈维崧《陈维崧集》,上海古籍出版社2010年版,第204页。

的内容,使之沉博绝丽,避免枯槁堆砌之病。

骈文家吴绮喜宾客,《今世说》卷四云:"喜与宾客游,四方名士,过从无虚日,卒以是罢官。"①吴氏罢官是否因其游宴无虚日,在此不论,这种频繁宴集、聚集谈论,虽是晚明士习,但举办宴会、诗文唱酬为骈文创作提供场所和背景。概之,清初骈文正是承晚明追逐骈俪的风尚,并融入时代风会而振兴。

三、重视《文选》与清初骈文的雅化

随着晚明以华丽为美的社会思潮流播宇内,在文学领域,重视词藻的《文选》受到前所未有的推重,《文选》删选本、评注本、白文本皆有刊印,推动文学上侈丽之风。士人学习、模拟《文选》,实际上将《文选》作为创作标准,与一般应酬的通俗性骈文区别开来,更能提高作者自身的骈文水准,有力地推动骈文的高雅化,促使骈文走向复兴。

《文选》的作品重词章,亦重内容构思,士人学习《文选》,逐步提高四六创作水准,明末清初士人将其视作文料宝库加以开发,如刻于明天启二年(1622)的《孙月峰先生评文选》三十卷,闵齐华《凡例》云:"《文选》选于昭明氏,而盛行于唐。盖唐以诗赋取士,视此书若琼敷玉藻,愈采而愈不尽,以故释之者皆唐时人也。"②康熙十三年(1674)洪若皋为自己辑评之《梁〈昭明文选〉越裁》撰序云:"上自周秦两汉,下至三国六朝,经祀逾千,历卷盈万,翻阅多而取精远,规模大而标举奇。代无远迩,人以文分;文无后先,辞以类聚。诏、册、令、教、表、奏记、笺、骚、赋、诗歌、策……箴、铭、吊、诔、志、状,有美必收,无体不备。倾群言之沥液,漱百氏之芳润,诚文章之师资,艺林之渊薮也。"③

明末清初的《文选》热对骈文复兴的影响,前贤已有述及,陈耀南《清代骈文通义》云:"汉声魏采,既与韩、欧争长;宋明文运,于是乎变矣。晚明钱(谦益)、艾(南英),准北宋之矩矱;子龙、天如,撷东京之芳华,各引所长,分庭抗礼;而几

---

① 王晫《今世说》,《清代传记丛刊》第 18 册,明文书局 1985 年版,第 64 页。
② 萧统编,孙鑛评,闵齐华注《孙月峰先生评文选》,《四库全书存目丛书》集部第 287 册,齐鲁书社 1997 年版,第 7 页。
③ 洪若皋辑评《梁〈昭明文选〉越裁》,《四库全书存目丛书》第 287 册,齐鲁书社 1997 年版,第 679—680 页。

(陈子龙、夏允彝)、复(张溥、张采)二社,声应气和,矜尚《选》体;《百三家集》,震耀一时,汉魏六朝之风,遂再扇于江表矣。虽盛名之下,副实或难;而骈体复兴,弥足先导。"①《文选》、《汉魏六朝百三家集》的刊布为清代骈文复兴起到导夫先路的作用,诚为有见。马积高对此亦有探讨,其云:

> 明代中叶的复古运动主张散文在格调上复古,语言以古雅为尚,已含有改变语言向平淡化发展的趋向。……其影响所及,《文选》日益受到文人的关注,……注释和批评《文选》者也多起来,据今所知,嘉、隆以后即有陈与郊《文选章句》、张凤翼《文选纂注》、齐闵华②《文选沦注》、孙鑛《孙批文选》。……张燮所辑《七十二家集》、张溥所辑《汉魏百三名家集》,又为研究、学习先隋骈文名家提供了方便,这些都是骈文复兴的先导。③

马氏和陈耀南一样,以为清代骈文复兴受到《文选》大量刻印的影响。明代后期以来,《文选》选本、注本和续编本大量涌现,如张凤翼《文选纂注》、邹思明《文选尤》、汤绍祖《续文选》等。此时作家模仿《选》体十分明显,吕留良云:"明季之文,莫盛于云间,云间之文,莫著于陈大樽。虽师承《文选》,规摹六朝,然其本质超然,不为体调所汩没,且运用更见遒逸,此杜少陵自许'齐梁后尘',所谓'转益多师是汝师'者也。"④留良指出陈子龙师范六朝,承《文选》之体而得其真精神。此皆《文选》益于骈体之证。

"明末清初是《文选》评点的高潮期"⑤,不仅评点本《文选》众多,其他选评、补注、纂注等文本亦大量涌现。"有明一代对《文选》及其中诗篇进行批点、选评、纂注、增订的著作,《中国古籍善本书目·集部》共收录十五种,《北京图书馆古籍善本书目》收录二十种。去其重复,计《文选》刻本十八种,《文选》研究著作二十三种"⑥,其实这些著作绝大部分出现在万历之后,清初承之,不仅有大量《文选》相关著作面世,且产生了何焯、陈景云、邵长蘅、洪若皋

---

① 陈耀南《清代骈文通义》,香港永安印务公司1970年版,第14页。
② 齐闵华,误,当作闵齐华。见天启二年刻本《孙月峰先生评文选》每卷卷首署名。
③ 马积高《清代学术思想的变迁与文学》,湖南人民出版社2002年版,第99—100页。
④ 吕留良《吕晚村先生论文汇抄》,《历代文话》第四册,复旦大学出版社2007年版,第3338页。
⑤ 参见赵俊玲《<昭明文选>评点研究》(复旦大学2008年博士论文)第一章第二节。
⑥ 王书才《明清文选学述评》,中国社会科学院研究生院2003年博士论文,第18页。

等《文选》学家。经过晚明积累，清初《文选》学硕果颇多，与骈文发展进程相似。

受《文选》沾溉，清初骈文家如吴农祥、陈维崧、毛奇龄等能创作高雅的骈文，这是清初骈文雅化的表现。吴农祥曾对明代张凤翼所编《文选纂注》进行批校，朱彝尊亦有相关批校传世①。吴氏是清初著名骈文家，"佳山堂六子"之一。亲自对《文选》加以批评，受其沾溉是不言而喻的。陈维崧、毛奇龄承明末几社余波，受知于陈子龙，对《文选》颇熟精，彭兆荪云："迦陵、西河，承接几社，《选》学未坠，殊有宗风。"②即此谓也。与晚明以应酬为主的骈文相比，清初骈文出现不少典赡博丽的作品，这与相对古雅的《文选》的影响分不开，将明代马朴《四六雕虫》和清初陈维崧《陈迦陵俪体文集》相较，雅俗立判，从中可窥知明清骈文发展不断雅化的动向。

四、明清之际骈文演进理路及其影响

降至明末崇祯年间，历经各种复古思潮后，出现对明代文学甚至是整个古代文学、文化的反思，随着明清易代，这种反思和批判达到前所未有的广度和深度。就诗学而言，蒋寅云："清初诗学对明代诗歌创作和诗学的反思，对诗歌传统的整合和重构，既是清初文化思潮的反映，也是其中的一个重要组成部分，在某种意义上，它也有力地参与了清初思想、文化和文学传统的重建。"③如清初骈文家陈维崧《吴园次林蕙堂全集序》云：

> 原其流失，厥有二端。纥库干运笔成锥，斛律金署名类屋。宿儒老子，高谈《内则》、《归藏》；末学小生，粗识《孝经》、《论语》。……是则胸无故实，笥鲜缥缃，裸民诮雾縠为太华，瞎女憎西施之巧笑。此其为弊一也。或则仅解虫镌，差工獭祭，悔读《南华》之卷，不精《尔雅》之篇。仿兰成碑版之作，只堪借面吊丧；效醴陵离别之言，仅可送人作郡。……是则刻云端之木雁，未必能飞；琢箭上之金徒，何曾解舞。成都粉水，弱锦濯而宁鲜；河北花

---

① 参见王书才《明清文选学述评》(中国社会科学院研究生院 2003 年博士论文)第四章第一节。
② 彭兆荪《小谟觞馆续集》，《续修四库全书》第 1492 册，上海古籍出版社 2002 年版，第 701 页。
③ 蒋寅《清初诗坛对明代诗学的反思》，《文学遗产》2006 年第 2 期。

笺,钝笔描而失丽。益成挦撦,劣得揣摩。此其为弊二也。以兹二弊,足概百家。①

陈氏反思性批判明末以来骈文存在两种弊病,即疏陋不学者以辞藻华丽为口实反对骈体;骈文创作者率循陈旧格套,沿袭模拟,徒得其表,实失其精神。实际上指出了当时骈文创作存在两种不良倾向:程式化和粗俗化,清初骈文正是矫正这两方面的缺失而走向复兴的。

雅俗对立和互渗是中国文学演变的主要方式之一,元明以来文学领域里通俗文学占优势,往往是俗文学向雅文学渗透,俗文学对雅文学的影响多于雅文学对俗文学的改造。但是随着复社、几社倡导复兴古学,古雅文风逐渐获得应有地位,形成雅俗各得其所的清代文学发展新模式。前揭明末陈子龙、夏允彝、李雯等人仿《文选》而撰《几社壬申合稿》二十卷,正是借古雅的《文选》提高骈文的品位,不管怎样,明末以来《文选》学流行有助于骈文的雅化。

此外,在对明代学术思想的反思和批判中,清初形成"博通"学术思想,顾炎武《与友人论学书》谓:"愚所谓圣人之道者如之何? 曰'博学于文',曰'行己有耻'。"②清代士人多博学,与这一风气密切相关,而"博通的学术趋尚反映在骈文创作上表现为追求富丽典赡之美"③,在复兴古学的大旗下,享乐媚俗风气收敛、消沉,作家们汲取明代文学派别之争的教训,淡化门户之见,重视《文选》,追求博识,使清初骈文呈现逐渐雅化的轨迹。

应用文是骈文的大宗,明末清初骈体书、启、表、序等日益流行,但程式化应酬性骈文充塞骈文界,模拟剽窃之弊丛生,为有识之士所深恶。清初毛际可《陈其年文集序》云:

> 余素不娴骈体之文,以为文者,性情之所发,雕刻愈工则性情愈漓。尝见某公《赠广陵游子序》,炳曜铿锵,美言可市。适余友有西陵之行,遂戏易广陵为西陵,并稍更其"竹西歌吹"等语,则全篇皆可移赠。因叹此道雷同倚附,盖千手如一律也。至若《七启》《七命》,古人已蹈其胜,乃复取宫室

---

① 陈维崧《陈维崧集》,第319页。
② 顾炎武《顾亭林诗文集》,中华书局1983年版,第41页。
③ 张明强《学术思潮与清初骈文的新气象》,《广西师范大学学报》(哲学社会科学版)2015年第3期。

游猎声色之盛以相踵袭,毋论其不似古人,即似古人矣,古人已往,亦何必复有我耶?遂绝笔不为者十年。……居久之,陈子其年访余邸舍,出其全集见示,自赋骚书启以及序记铭诔,皆以四六成文。……始悟文之有骈体,犹诗之有排体也。……推此意以为文,是骈体中原有真古文辞行乎其间,陈子已先我而擅场,惜余向者之贸贸不察也。①

从毛际可对骈文认识的变化可窥见明清之际骈文由程式化、雷同化向个性化风格演变的过程②。这是清初骈文复兴的主要路径,也是主要成就所在。不论哪种文体,形成个性风格是文体成熟的重要条件。

受明末崇尚奢华社会思潮的影响,士大夫在文学领域将复古的对象转向华美的六朝文,沉寂已久的骈文开始流行。明末清初文坛的"六朝转向"促使作家重视《文选》、讲究辞藻,在日常应酬和抒发情感方面创制大量的骈文,繁荣骈文创作,并进而开拓两条骈文发展路径,即由俗趋雅和由程式化向个性化、风格化演变。清代中后期骈文沿着这两个方向继续深化,创造骈文复兴的新局面。

---

① 毛际可《安序堂文钞》卷五,第548—549页。
② 清初骈文有自觉的抒情意识,并形成个性风格,在骈文史上具有转折意义。参见张明强《清初骈文的抒情自觉与风格形成——以吴绮骈文创作为中心的考察》,《南京大学学报》(哲学·人文科学·社会科学)2014年第1期。

蒋士铨《评选四六法海》评语论骈文风格

钟　涛　岳赟赟（中国传媒大学文学院）

《忠雅堂评选四六法海》（以下简称《评选四六法海》）是清乾隆间蒋士铨对晚明王志坚《四六法海》的再次选评。王志坚《四六法海》因其评选和刊刻的精良备受后世好评，在明代众多骈文选本中，《四库全书》仅收录《四六法海》，《四库全书简明目录》谓其为"四六中第一善本也"[①]。晚清学者王先谦将此选与李兆洛《骈体文钞》视为骈文选本最善者。[②] 蒋士铨手批评选《四六法海》，本是将其当作教科书来教授家塾弟子，并未刊刻。"先大父当日评选此书，本以存教家塾子弟。"[③]《评选四六法海》最终由蒋士铨之孙蒋立昂整理编辑成书。蒋评本在选文和体例方面对王选有所继承，同时，蒋选比王氏选文更为精严，评点更为丰赡。全书评语约三千五百字，涉及骈文发展史、骈文写作方法、骈文审美风格等方方面面的问题。

评点是我国古代重要的文学批评方式，但与其他文学批评方式不同，评点是批评与文学作品共存。它最初源于训诂学[④]，是对文学作品的词句进行笺注释义，后逐渐发展为对文学作品的主观性鉴赏评价。王志坚《四六法海》评点形式为

[①] 永瑢等《四库全书简明目录》，上海古籍出版社1985年版，第857页。
[②] 王先谦《骈文类纂》，清光绪二十八年(1902)思贤局刻本，王先谦序。
[③] 蒋士铨《忠雅堂评选四六法海》，清光绪十年(1884)深柳读书堂朱墨套印本，蒋立昂跋。本文引《评选四六法海》皆出自此版本。
[④] 孙琴安《中国评点文学史》，上海社会科学院出版社1999年版，第1页。

文末总评,评语基本延续了笺注释义的传统,侧重解读人物和历史背景。王选评语大多是注释语,多是补叙作者生平或文题命名之由,多引用文献典籍,多结合史实进行考据,对作品进行赏鉴性评论的评语数量很少。蒋士铨《评选四六法海》圈抹点评极为丰赡,各种评点形式皆有。蒋评约三百条五千多字评语,夹批、眉批、尾批、注释皆备,对王氏原序亦作评,且有大量圈点。点有顿点"、",用来断句或标示人物;还有连顿点"、、、",提示文中字句精彩处。圈有单圈"。",起断句作用;还有连圈"。。。",亦是标注字句精妙处,与连顿点作用相似。此外,还有三角号"▷"标于文末王志坚注释中,用以断句。注释为双行小字注,仅在部分篇目出现,"符逐句之下"①。蒋士铨评语有对文中典故的注解。蒋评注释词语、典故喜欢大量征引典籍,与李善注《文选》类似。如卷二庾信《为阎大将军乞致仕表》"中涓"一词,注曰:"《汉书》颜师古注:中涓,官名,居中而涓洁也。"又卷二庾信《齐王进苍乌表》"转司风之翼"句,注曰:"《三辅黄图》曰:长安宫南灵台有相风乌,遇风乃动。"蒋注还引有《河图》、《列仙传》、《水经注》、《博物志》、《禽经》、《抱朴子》、《西京杂记》、《列异传》、《史记》、《山海经》、《周书》、《周礼》、《汉高祖功臣颂》等,涉及经、史、子、小说、神话、地理、诗文等各种原始典籍,征引如此之多、之广,足可见出其笺注的谨严精当,极具参考价值。蒋士铨有时也采用直注,即直接注释而不加引用。如他注解庾信《齐王进苍乌表》之"驻乘木之精"曰:"东方木帝为苍精鸟,苍色,故云乘木之精。"又如注庾信《齐王进赤雀表》之"南阳雉飞"云:"南阳郡雉县,雌止陈仓为石,雄止南阳,故名雉县。"如此注解,易于读者理解文中典事、词句,从而掌握文意。蒋士铨夹批、眉批以评为主,兼有注解及校勘语。如卷七沈约《齐故安陆昭王碑文》夹批有"禹之子,官护羌校尉,和帝时人",乃是对"邓训"这一历史人物的注解。眉批是从字句等细微处入手,点评文章风格特点、章法结构等,如"笔端有广长舌,乃能如此斡旋无迹","用笔曲折","得此顿岩,便有节奏有议论","得此一衬,更觉纤曲欲解,用笔者盍学此"等。蒋士铨尾批或称总评,保留了王志坚批语,并附于王批之后,是蒋评的主体与核心,亦是对全文的总结和评价。总评或长或短,或对句,或散语,或骈句,如"丽词不掩其劲气","排偶中独饶古致,四六家不可不知此种","华而不滞,秀而不弱,有才而能节,有气而能制"等,皆可见蒋士铨对

---

① 蒋士铨《忠雅堂评选四六法海》,清光绪十年(1884)深柳读书堂朱墨套印本,方濬师序。

骈文艺术风格的强调。蒋士铨《评选四六法海》之评亦不再限于传统评点的训诂和考据,而偏重从审美层面出发,总结分析骈文的章法结构、行文特点、风格气韵等,体现他对骈文独特的审美体验。本文拟以《评选四六法海》评点中,点评骈文风格的评语为对象,分析蒋士铨对骈文审美风格的认识与评价,探讨这些评语在骈文批评史上的理论价值及意义。

一、以"清"论骈

蒋士铨批点骈文多关注其艺术风格特征,如语言运用、行文结构、整体格调气韵等。这些评语多出现在尾批和眉批中,或品评词句、句段,或概括对全篇风格,或借前人之语,或自铸新词。"清"就是蒋士铨常用的评论骈文艺术风格的审美范畴之一。书中与"清"相关的评语如下:

卷数、篇目	评语类别	评语
卷一王融《永明十一年策秀才五问》(丁)	尾批	浓语以澹致出之,丽语以清机行之
卷二李商隐《为荥阳公贺老人星见表》(戊)	尾批	声调匀适,清婉而和
卷三庾肩吾《谢东宫赐宅启》(乙)	尾批	丽而清,秾而逸,不矜才,不使气
卷三庾肩吾《谢历日启》(甲)	尾批	清言何绮
卷三李商隐《为举人献韩郎中琮启》(庚)	尾批	渐开庸俗之派,喜其尚有清气
卷三李商隐《献河东公启》(辛)	尾批	笔致尚清,故无杂响
卷五李邕《答徐陵书》(辛)	尾批	非不清丽,视孝穆作
卷六王勃《还冀州别洛下知己序》(丁)	尾批	清圆浏亮,学六朝者,所当问津
卷六王勃《秋日登洪府滕王阁饯别序》(甲)	尾批	清华婉丽,秀逸圆匀
卷六王勃《上巳浮江宴序》(戊)	尾批	清新处自堪采撷
卷六王勃《宇文德阳宅秋夜山亭宴序》(丁)	尾批	诸篇措语清隽
卷八吕温《药师如来绣像赞》并序(戊)	尾批	非不清华

上表中与"清"构成的词汇有:清华婉丽、清圆浏亮、清机、清婉、丽而清、清言、清气、清丽、清新、清隽等,这些评语皆出现在文末总评中,是对文章语言和整体风格的总结。以"清"论骈并非蒋士铨首创,但在清代以前还是十分少见。入清以来,蒋氏之前,以"清"论骈者开始多了起来,尤其是一些骈文总集和别集的评点。如康熙间黄始《听嘤堂四六新书广集》评语与"清"相关的词汇即有:清劲、清朗、清雅、清新、清疏、清英[1]等。康熙间汪芳藻《春晖楼四六》有"一种清气往来""俊逸清新""清新俊逸"[2]等评,指的是文章语言的清新自然。蒋氏之后,许梿《六朝文絜》有"清澈之调""气格清华"[3]等评,是对文章格调的赏识。之后曾燠《国朝骈体正宗》也反复出现有关"清"的评语,如清言、清景、清醇、清铄、清析、清华、清刚、清新、清淡、清湛、清韵等。[4] 李兆洛《骈体文钞》谭献评语亦大量以"清"论骈,如:清华、清思、清整、清赡、清深、清劲、清雄、清辨、清言、清析、清新、清英、神骨甚清[5]等。有清一代,尤其是蒋士铨之后,骈文评点者皆喜用"清"这一审美范畴。由"清"所构成的审美风格大体较为相似,且呈现出逐渐丰富的趋势。

二、以"雅"论骈

蒋士铨在品评骈文的语言、风格、内容及表现手法时,十分强调"雅"这一审美范畴。如卷一梁简文帝《上照明太子集别传等表》(戊)文末评:"浑融大雅。"卷二温子升《西河王谢太尉表》(庚)文末评:"大雅不缛。"卷三任昉《为汴彬谢修卞忠贞墓启》(戊)总评:"如题顺叙,自具雅音,宋人为之,必阘冗不堪读矣。"卷四昭明太子《答湘东王求文集诗苑书》总评:"虽未遒炼,正复安雅。"卷四梁元帝《又与武陵王书》(己)总评:"诸作虽未极致,自具雅音。"蒋士铨认为骈文应具有典雅之风,"雅"反复出现在他对骈文的评语中:

---

[1] 黄始《听嘤堂四六新书广集》,国家图书馆藏清康熙间(1662—1722)刻本。
[2] 汪芳藻《春晖楼四六》,国家图书馆藏清雍正七年(1729)刻本。
[3] 许梿评选,黎经诰笺注《六朝文絜笺注》,清光绪十五年(1889)枕溢书屋刻本。
[4] 曾燠《国朝骈体正宗》,国家图书馆藏清光绪十年(1884)花雨楼校刻本。
[5] 李兆洛《骈体文钞》,上海书店出版社 2001 年。

卷数、篇目	评语类别	评语
卷一唐代宗《答王缙敕》(戊)	眉批	道宕安雅,无甜俗气
卷一徐陵《册陈公九锡文》(丙)	眉批	妙在气体渊雅
卷一王融《永明九年策秀才五问》(丁)	尾批	气体渊雅
卷一梁简文帝《上昭明太子集别传等表》(戊)	尾批	浑融大雅
卷二温子升《西河王谢太尉表》(庚)	尾批	大雅不缛
卷二沈约《修竹弹甘蕉文》(己)	尾批	虽未尽思,雅有古意,存之
卷三任昉《为汴彬谢修卞忠贞墓启》(戊)	尾批	自具雅音
卷四昭明太子《答湘东王求文集诗苑书》(庚)	尾批	虽未遒炼,正复安雅
卷四梁元帝《又与武陵王书》(己)	尾批	诸作虽未极致,自具雅音
卷四徐陵《使东魏值侯景乱与北齐尚书令求还书》(甲)	尾批	须观其俗处能雅
卷五裴之横《答贞阳侯书》(癸)	尾批	雅有劲气,存之
卷五张说《上官昭容集序》(丙)	尾批	气质古雅,度越唐贤
卷六王勃《游冀州韩家园序》(丁)	尾批	未臻高格,雅韵殊饶
卷七王勃《益州德阳县善寂寺碑》(己)	尾批	选言亦雅
卷八陆倕《石阙铭》(丙)	尾批	气体渊雅,故尔道上
卷八庾信《终南山义谷铭》(甲)	尾批	炼而能雅

安雅、渊雅、大雅、雅音、古雅、雅韵等在评语中出现了十多次,足见评者对"雅"的强调和重视。以雅论骈,也是清代骈文评点家的共同审美取向。如黄始《听嚶堂四六新书广集》即广泛以"雅"评骈,如:雅饬、清雅、闲雅、古雅、雅驯等语。① 曾燠《国朝骈体正宗》之评者姚燮亦喜以"雅"评骈,如:雅赡、古雅、庄雅、渊雅、雅懿、雅韵、志和音雅、典雅、雅昶等。② 李兆洛《骈体文钞》评语与"雅"相关的有:雅丽、和雅、韶雅、雅奏、雅懿、雅赡、雅洁、雅饬、风雅、雅味、雅令、婉雅、澹

---

① 黄始《听嚶堂四六新书广集》,国家图书馆藏清康熙间(1662—1722)刻本。
② 曾燠《国朝骈体正宗》,国家图书馆藏清光绪十年(1884)花雨楼校刻本。

雅、雅辞等。① 与"清"一样,"雅"亦是清代这一时期多数骈文评家共同的审美追求。黄始、姚燮、李兆洛、蒋士铨等皆喜以"雅"这一审美范畴来品评界定骈文作家和作品,骈文之"雅"的追求已成为清代众多骈文论者的共识。

三、以"遒逸之气"论骈

以"气"论骈,重视骈文的遒逸之气是蒋评的一个最突出特点。与"遒""逸"相关的有遒宕、宕逸、遒劲、逸气、遒逸、逸致、隽逸等,在全书评语中出现频次很高。"自曹丕《典论·论文》'文以气为主'的一句话出现后,气的观念,在文学艺术中,逐渐得到广泛的应用。"②如曹丕言孔融"体气高妙"、徐干"时有齐气"、刘桢"有逸气",③是对诗文风格的评价。唐韩愈"气胜言宜"说,是论古文之气。之后宋代苏辙、清代刘大櫆等进一步发展了文气论,如清末林纾即强调气势在文章写作中的重要作用:"文之雄健,全在气势。气不王,则读者固索然;势不蓄,则读之亦易尽。故深于文者,必敛气而蓄势。"④但以上所论基本是就诗歌和古文而言。正如郭绍虞所言:"骈文家好言音律与藻饰,散文家好言文气。"⑤

蒋士铨认识到"论四六而尚气者,鲜矣"(何胤《答皇太子启》总评),但他却频繁用"气"点评骈文,尤其是六朝骈体,以古文之气衡量骈文,意在表明骈散无高低之分,也体现其骈文文体意识的高扬。当然,以"气"论骈,并非蒋士铨首先开创。据莫道才先生所述,宋代王铚《四六话》最早引入"气"的概念⑥,以"气格""气象"等论骈,是言文章整体的气象。康熙间黄始《听嘤堂四六新书广集》用"意气""气度"等评骈,多指文章的气势。康熙间汪芳藻《春晖楼四六》亦有"一种清气往来","沉雄劲悍之气","一种苍莽浑劲之气","那得有此生气","一种浩气盘结其间","其气雅逸"等评语,气的内涵已较为多样。至蒋士铨这里,气

---

① 李兆洛《骈体文钞》,上海书店出版社2001年。
② 徐复观《中国艺术精神》,华东师范大学出版社2001年版,第97页。
③ 曹丕著,魏宏灿校注《曹丕集校注》,安徽大学出版社2009年版,第258、313页。
④ 林纾《春觉斋论文》,人民文学出版社1959年版,第76页。
⑤ 郭绍虞《中国文学批评史》,百花文艺出版社2008年版,第115页。
⑥ 莫道才《骈文文论:从辞章之论到气韵之说——论朱一新"潜气内转"说的内涵、来源与价值》,《文学评论》2013年第4期。

的内涵更加丰富,除"气韵"外,还有"气体"(11处)、"气质"(3处)等,如:

> 卷一王融《永明九年策秀才五问》总评:"气体渊雅,高出彦昇而上。"
> 卷三崔颐《答豫章王启》总评:"气体自雄。"
> 卷四应璩《与满公琰书》眉批:"气体不及乃兄,故不列七子。"
> 卷六颜延之《三月三日曲水诗序》总评:"气质古健。"

此外,还有"气体闲逸"(评魏文帝文)、"气体秀逸"(评王勃文)、"气质古雅"(评张说文)、气体古质(评沈约文)等。蒋氏所言之"气"有多种含义,笔者以为应包含文章的格调、气势、风格、气韵等,蒋士铨以"渊雅""古健""古质""古雅""秀逸""闲逸"等词汇来形容"气体","渊雅"意为深远高雅,"雄"是雄健、刚健,"古健"为古朴劲健,"古质"乃古雅质朴,"古雅"乃古朴雅致,"秀逸"为清秀飘逸,"闲逸"乃闲适飘逸。因而"气体"应是指文章整体的风格,"气质古健"则类似于建安文学的慷慨之风。总之,这些风格既有雄健飘逸美,亦有古朴典雅美,皆是气的不同表现。蒋士铨之后,以"气"评骈更为普遍。如姚燮在《国朝骈体正宗》中有"以疏文气","以气运才","文气较为遒劲","气体犹不入俗","凝练中有俊迈之气","劲气直达"等几十处关于"气"的评语;许梿《六朝文絜》也用"劲气""逸气"等评点骈文;阮元、李兆洛评和谭献评等皆注意到骈文当重"气",并喜以"气"评骈,晚清朱一新亦有"潜气内转"说,方宗诚亦曰:"骈偶之体,亦当以生气为上。"①足可见出,清代学者对骈体文章认识的逐步深入,这无疑也在一定程度上推动了清代骈文复兴和骈文理论的发展。

蒋氏识语称"徐孝穆逸而不遒,庾子山遒逸兼之,所以独有千古",又因其首推庾信,而庾信又以遒逸见长,可知他最为欣赏的是骈文的遒逸之气。孙德谦在《六朝丽指》中虽然批评徐庾文章过重辞藻、用典、对偶等,认为其不如任沈,但对徐庾的遒逸之致却高度赞赏。②孙氏还说"遒之为言健也,劲也,文而不能遒炼,必失之弱"③,是说"遒"乃劲健之意。而"遒逸"意为雄健飘逸,蒋评中"遒逸"出现5次,如下表所示:

---

① 方宗诚《徐庾文选序》,《柏堂集》前编卷二,清光绪六年至十年(1880—1884)刊本。
② 孙德谦《六朝丽指》,王水照编《历代文话》第九册,复旦大学出版社2007年版,第8455页。
③ 孙德谦《六朝丽指》,王水照编《历代文话》第九册,第8433页。

卷数、篇目	评语类型	评语
卷三李商隐《为李贻孙上李相公德裕启》（戊）	尾批	虽欠遒逸，亦自成章
卷三刘孝仪《从弟丧上东宫启》（丙）	尾批	遒逸之气，荡漾行间
卷四鲍照《登大雷岸与妹书》（丙）	尾批	跌宕遒逸
卷四徐陵《使东魏值侯景乱与北齐尚书令求还书》（甲）	夹批	"再兄"二句，更遒逸顿挫
卷四昭明太子《与何胤书》（辛）	尾批	意欲上抚建安，而遒逸之气大减矣。存之以志升降之感

可以看出，具有遒逸风格之文，蒋氏所列级别较高，若遒逸兼备，则品格更高，若遒逸皆无，则品级很低。如刘孝仪《从弟丧上东宫启》，文章是作者对从弟逝去的悲痛和怀念之情，篇幅短小，以四言对句为主，间有五言、六言对句，同时骈散句兼行，尤其是"皆""自""虽"等虚词的衔接及"百""千""三""十""三十"等数量词的运用，使得文章气脉流动，开合自然，字里行间，尽显遒逸。因而蒋士铨对此文极为赏识。又如昭明太子《与何胤书》一文，蒋士铨认为其遒逸不及建安文学，品格不高，列为辛集，保留此文仅是为了衬托其他优秀的文章。

蒋评中与"遒逸"相关或类似的评语还有遒宕（9处）、宕逸（3处）、遒劲（2处）、逸气（2处）、飘逸、逸致、隽逸，如下表：

卷数、篇目	评语类型	评语
卷一陈宣帝《天嘉六年修前代墓诏》	眉批	作四六必须有此宕逸处方佳
卷二谢朓《拜中军记室辞随王笺》（甲）	尾批	遒宕温丽，高压辈流
卷三刘孝威《谢东宫赐净馔启》（丙）	尾批	大有逸致
卷三庾肩吾《谢武陵王赉白绮绫启》（乙）	尾批	隽逸
卷四徐陵《与王僧辩书》（丙）	眉批	随合随开，斯为跌宕
	尾批	跌宕固是徐公本色

宕逸、逸致、隽逸、跌宕、顿宕、遒宕等，是指行文的开合顿挫，起伏跌宕，或气韵的流动，顺畅自然，皆是遒逸内涵的扩展，体现了骈文审美风格的多样性，丰富了文气论的内容。而对气的反复强调正是蒋士铨关注骈文整体章法、风格、气韵等内在特征的体现，亦是清代骈文理论成熟的标志。同时，蒋士铨的评价亦引起了之后骈文评家的注意。蒋士铨选陆倕文两篇，《石阙铭》列为丙集，并评曰"气体渊雅，故尔遒上"，《新刻漏铭》列为乙集，并评曰"古质中自饶风致，故佳"，可见他对陆倕这两文总体评价皆很高。此评得到了孙德谦的认可，他在《六朝丽指》中称："或评其《石阙铭》云：'气体渊雅，故尔遒上。'吾谓他篇亦复称是。"①不仅肯定蒋对陆倕此文风格的界定，而且认为陆倕其他文章亦是如此。可见，蒋士铨对骈文之气的强调一定程度上启发了之后的骈文评家。

关于徐庾文章风格，自《周书·庾信传》言其"文并绮艳"，后世学者惯以"绮艳"论之，而蒋士铨认为徐庾骈文最突出的特点是"遒逸"之气。刘师培指出："徐陵、庾信所以超出流俗者：情文相生，一也；次序谨严，二也；篇有劲气，三也。故普通四六，文尽意止；而徐庾所作，有余不尽。且庾文虽富色泽，而劲气贯中，力足举词，条理完密，绝非敷衍成篇。"②钱基博亦云："而能者为之，殊别在气，干以风力，藻耀高翔，大雅不群，是则庾信、徐陵其人也。"③刘、钱以"劲气"或"气"论徐庾，与蒋士铨看法一致。我们无法肯定刘、钱在蒋氏之后即是受蒋影响，但在清乾隆间，蒋氏既有如此看法，可谓眼光不俗。

四、以"风骨"论骈

同时，蒋士铨还用"风骨"这一审美概念来品评骈文，笔者认为他最为推崇的遒逸之气即类似于建安文学的遒劲风骨。"风骨"的内涵较为丰富，历来也存在一定争议。刘勰《文心雕龙·风骨》篇云："是以怊怅述情，必始乎风；沉吟铺辞，莫先于骨。故辞之待骨，如体之树骸，情之含风，犹形之包气。"④综合刘勰所论可知，"风"指情感或思想，"骨"指文辞，也即语言，而文辞则必须刚健、端直有

---

① 孙德谦《六朝丽指》，王水照编《历代文话》第九册，复旦大学出版社2007年版，第8482页。
② 刘师培《中国中古文学史讲义·汉魏六朝专家文研究》，上海古籍出版社2000年版，第125页。
③ 钱基博《中国文学史》，中华书局1993年版，第222页。
④ 刘勰著，范文澜注《文心雕龙注》，人民文学出版社2006年版，第513页。

力才能形成骨,风与骨融合起来即形成一种刚健遒劲的文风。同时,作者的思想情感不仅通过文辞来表达,还需通过贯穿于整篇文章的气势或气韵来表现,所以"风骨"又可指"文气"。而刘勰所谓的"建安风骨"即是说建安文学的风骨遒劲及慷慨悲凉的阳刚之气。其后,钟嵘《诗品》以"建安风力"标举建安文学,如他称曹植诗"骨气奇高,词彩华茂",评刘桢诗"真骨凌霜,高风跨俗",评鲍照诗"骨节强于谢混",①与刘勰所说的"建安风骨"内涵一致。至唐代,陈子昂批评唐初延续齐梁的侈靡文风,亦主张发扬建安文学之风骨。

然而,在蒋士铨看来,有不少齐梁骈文却颇具风骨。如谢朓《拜中军记室辞随王笺》是由随王萧子隆府文学还都迁新安王中军记室时,谢朓告别随王萧子隆的一封笺启,表现了作者与萧子隆之间的知遇之恩以及离别之情,言辞真挚,情感动人。蒋士铨对此文评价颇高,归入甲集,且在眉批中有言:"此等虽是劣句,然其俊骨独自存",是对文章首段中"朓闻潢汙之水,愿朝宗而每竭;驽蹇之乘,希沃若而中疲。何则皋壤摇落,对之惆怅;岐路东西,或以鸣邑"等句的点评。这段文字皆以典故连句,前一个四六隔对句以"潢汙之水""驽蹇之乘"来"自喻策鄙才强小智"②,表达其愿事于随王而不能的遗憾,后一个四四隔对句借"皋壤摇落"和"岐路东西"表达作者离别随王之悲痛。但因其短短几句,全由语典连缀而成,部分句子拆开来看,一个词语即为一个典故,基本无作者的自创语,又无事典,显得单调,因而被蒋士铨称为劣句。但所用典故皆出自《楚辞》、《诗经》、《尚书》、《左传》、《庄子》、《汉书》、《淮南子》等先秦两汉典籍,将原本简单的意思以古朴的语典出之,显得含蓄典雅,加之作者又善于将这些典语巧妙组织成文,而非简单堆砌辞藻,"何则"一词的使用为文句增添了劲健之气,因而这段文字便如蒋士铨所说自具清俊风骨。

蒋士铨类似评语还有很多,如他评刘峻《广绝交论》:"研炼之中自极遒宕,由其风骨高骞,故华而不靡。"评裴之横《答贞阳侯书》曰:"雅有劲气存之。"裴氏此文虽被蒋士铨列入癸集,但其遒劲之气却得到蒋的极大肯定。评沈约《为晋安王谢南兖州章》:"其秀在骨。"总之,蒋士铨所言谢朓文之"俊骨",裴之横文章

---

① 钟嵘著,曹旭集注《诗品集注》,上海古籍出版社1994年版,第97、110、290页。
② 萧统辑,李善、吕延济、刘良等注《六臣注文选》,中华书局2012年版,第754页。

之"劲气",刘峻文的"风骨高骞",沈约文的"秀在骨"等等,尽管具体内涵有所不同,但大体都接近于建安文学的遒劲风骨。而这些骈文又大都是齐梁时期的作品,可见,齐梁骈文有诸多可取处,很多文章仍保留着建安文风,而不少学者对其一味否定和批评,则未免失于客观。

当然,认识到齐梁骈文具有遒劲风骨的不止蒋士铨,如在《骈体文钞》中,谭献评沈约《齐故安陆昭王碑文》"似健于仲宝"①,"健"是指文风劲健而有骨力,类似于孙梅所说齐梁碑铭"词雄而意古,体峻而骨坚"②。蒋士铨《评选四六法海》选入沈约《桐柏山金庭馆碑铭》一文,虽未具体作评,但将其列为丙集,显然评价很高,而高步瀛评此文:"靡丽中自具风骨,终非唐贤所及。"③足见,在不少评者的眼中,六朝骈文所具有的刚健风骨和遒劲之气为后世骈体所不及。

五、以"古质"论骈

同时,蒋士铨还喜欢用"古质""古意"等词汇品评骈文,尤其是在六朝骈文的评语中。而他在评价唐宋文时,或言其不及六朝文之"古质",或言其近六朝之古意。可知,在蒋士铨看来,六朝骈文最具古朴之风。如:

> 卷一唐太宗《贞观年为战阵处立寺诏》文末评曰:"古质处犹近六朝。"
>
> 卷二江总《为陈六宫谢表》(丙)文末评:"浮靡至斯而极,其中自存古意,后来不能为也。"
>
> 卷二沈约《修竹弹甘蕉文》(己)总评:"虽未尽思,雅有古意,存之。"
>
> 卷七沈约《齐故安陆昭王碑文》(丙)总评:"气体古质,善学者参以徐庾,则善之善矣。"
>
> 卷八陆倕《新刻漏铭》(乙)总评:"古质中自饶风致,故佳。"

蒋士铨所谓的"古"应当是指先秦两汉之文,从时间上来讲,蒋氏处于清代,他是以清人的眼光来审视历朝历代之文,先秦两汉是散体文章的最早时期,对于后世来讲自然可称为"古"。而从骈散文两种形式来说,先秦两汉之散体文章

---

① 李兆洛《骈体文钞》,上海书店出版社2001年版,第533页。
② 孙梅《四六丛话》,人民文学出版社2010年版,第371页。
③ 高步瀛《南北朝文举要》,中华书局1998年版,第339页。

即是古文,六朝及之后的骈体文、四六等即是骈文。因而"古质"即为散体古文的古朴雅致,"古意"也就是散体古文的思想意趣或风范,蒋士铨强调六朝骈文之"古质""古意""古雅"等,是强调一些骈文在格调上存有古文的古朴雅致,在写法和内容上也有类似古文之处,因此他对这样的文章评价较高,也表明他以古文的标准要求骈文。孙梅指出:"古文至魏氏而始变,变而为矜才侈博,六朝由此增华,然而质韵犹存。……尚留古意。"①亦认为六朝骈文尚留古意。尽管在对六朝骈文的认识上,蒋、孙二人有很大差别,但在六朝骈文存有古意这一点上却是相同的。

蒋士铨所言不虚,六朝不少骈文的确具有古朴之风。以沈约《齐故安陆昭王碑文》为例,文章是沈约为安陆昭王萧缅所撰碑志,分为序文和铭文两部分。序文可算是鸿篇巨制,气势恢宏,开篇曰:"公讳缅,字景业,南兰陵人也。稷契身佐唐虞,有大功于天地。商武姬文,所以膺图受箓。萧曹扶翼汉祖,灭秦项以宁乱。魏氏乘时于前,皇齐握符于后。灵源与积石争流;神基与极天比峻。祖宣皇帝,雄才盛烈,名盖当时。考景皇帝,含道居贞,卷怀前代。"先以散句简单介绍萧缅,接着按时代顺序,列叙稷、契、商汤、文王、萧何、曹参、魏帝、齐帝、宣皇帝、景皇帝等贤臣或开国帝王的辅助之功和定天下之绩,为后面萧缅的功绩作了充分铺垫。接着是"公含辰象之秀德,体河岳之上灵,气蕴风云,身负日月。……万物仰之而弥高,千里不言而斯应",以日月、星辰、山川、河流、风云等自然物象来形容萧缅的风仪气度和言行品德,写得大气磅礴,风姿卓越。其后自"水德方衰,天命未改"至"震响成雷,盈涂咽水",皆是列叙萧缅的仕宦经历,作者将他一生的功业事迹一一道来,这部分写得最为详尽细致。铭文则较短,皆以四言出之,内容与序文有所重复。总体上来看,此文有较多骈辞俪句,亦有不少散句,在写法上较为质朴,没有刻意追求句式的对仗和平衡,以及辞采的富丽和华艳,而是以表意为本,用语典雅,多种句式巧妙组织成文,造语繁而不乱,典语多而不涩,内容充实,表意明确。蒋士铨评其"气体古质",显然是合理的。

蒋立昂跋语有言"然合两千年来作者其气体之盛衰,宋派之得失,已概见于此。学者但循此以求,自分别雅郑,远越近俗,与古相追,其为有裨艺林,当非浅

---

① 孙梅《四六丛话》,人民文学出版社2010年版,第610页。

鲜,则固非立昂所得以一家之传自私也",是对其祖父选评旨意和标准的准确概括,"与古相追"即道出了蒋士铨对文章古朴典雅之风的崇尚。

六、反对"庸俗"、"逗凑"

与推崇清雅、遒逸、风骨、古朴等风格相对应的,是蒋士铨对骈文浅俗、庸懦、堆砌等风格的反对和批评:

卷数、篇目	评语类别	评语
卷一唐代宗《答王缙敕》(戊)	眉批	遒宕安雅,无甜俗气
卷一任昉《宣德皇后令》(癸)	尾批	彦升渐开俗派
卷一任昉《为范尚书让吏部侯封第一表》(戊)	尾批	似此不免开逗凑之派
卷一徐陵《册陈公九锡文》(丙)	眉批	既无逗凑粗粝之患
卷二崔融《代家奉御贺明堂成表》(己)	尾批	词气颇卑近,渐开庸派矣
卷二李商隐《为荥阳公贺幽州破奚寇表》(己)	眉批	渐开俗派
卷二李商隐《为濮阳公陈情表》(癸)	尾批	大是卑近
卷三李商隐《为举人献韩郎中琮启》(庚)	尾批	渐开庸俗之派
卷三李商隐《为贺拔员外上李相公启》(辛)	尾批	其余俗调不可学也
卷六王勃《山亭兴序》(癸)	尾批	易滑之处,后人不知深求,只图易于近似
卷六顾云《题致仕武宾客嵩山旧隐诗序》(癸)	尾批	渐开俗派
卷六王勃《秋日游莲池序》(戊)	眉批	渐开恶派
卷六王勃《上己浮江宴序》(戊)	夹批	浅滑。
	尾批	滑易处断不可学
卷六王勃《宇文德阳宅秋夜山亭宴序》(丁)	尾批	亦多滑语,是以去六朝愈远
卷八李商隐《祭长安杨郎中文》(辛)	尾批	笔庸词懦

"庸""俗"在蒋士铨的评语中多次出现。蒋士铨所谓的"庸""俗"应当是指内容、格调、气韵等诸方面所形成的文章整体风格特点。蒋士铨用"庸""俗"评

价的多是唐人骈文,特别是李商隐骈文。骈文界一向对李商隐骈文评价较高,如四库馆臣称"李商隐骈偶之文,婉约雅饬,于唐人为别格"①,但蒋士铨认为李商隐部分骈文用典痕迹过重,行文不够流畅,缺乏真情实感,内容较为空洞,卑近浅俗,"渐开俗派"。蒋士铨较少以"庸""俗"评六朝骈文。《评选四六法海》中仅有卷一任昉《宣德皇后令》一文,蒋评曰:"彦升渐开俗派,义门曩亦云尔再四,规其病源,总由质重,无飘逸之气耳。"这里的"义门云尔再四",应包括何焯对任昉其他篇目的评价,如他评《王文宪集序》"任笔为有重名。亦以在当时稍为质健。特不能离去俗格"②,这里提到的"俗格"正是蒋士铨所谓的"俗派"。从《评选四六法海》全书评语来看,蒋士铨一向对任昉评价不高,或批其用典过度,或言其辞藻堆积,或评其无遒逸之气,如蒋评《王文宪集序》"体不逸,语未遒"。因而,蒋士铨虽仅在《宣德皇后令》文末评曰"渐开俗派",其实是认为任昉多篇文章皆有如此弊病。孙德谦也认为"彦升用笔稍有滞重处"③。综合何、蒋、孙三家之说,可知造成任昉文无遒逸之气的根本原因即是用典过于繁密厚重,有时难免失当,无法准确表达文义,造成上下文之间的疏离,也就影响了文气的顺畅自然。李商隐与任昉骈文风格有很大不同,但在代笔类文章的用典方面,两人却很相似,故而蒋士铨认为两人文章渐开庸俗之派。蒋士铨之后,李兆洛《骈体文钞》中亦有许多类似评语,如谭献评周朗《报羊希书》"实开纤俗之派"④,李兆洛评卢思道《劳生论》"气已涉俗"⑤,谭献评石崇《思归引序》"气体不俗"⑥,谭献评庾信《思旧铭》"亦靡矣,并开俗调"⑦,李兆洛评祖鸿勋《与阳休之书》"已涉纤俗"⑧,谭献评孔稚珪《北山移文》"俗调开山"⑨。李兆洛和谭献所言之俗主要是指针对文章风格与气势的评价。许梿在《六朝文絜》中也有关于"俗"的评语,如他评庾信《春赋》:"六朝小赋,每以五七言相杂成文,其品致疏越,自然远俗,初

---

① 永瑢等《四库全书简明目录》,上海古籍出版社1985年版,第603页。
② 何焯《义门读书记》,《学术笔记丛刊》,中华书局1987年版,第963页。
③ 孙德谦《六朝丽指》,王水照编《历代文话》第九册,复旦大学出版社2007年版,第8479页。
④ 李兆洛《骈体文钞》,上海书店出版社2001年版,第333页。
⑤ 李兆洛《骈体文钞》,第400页。
⑥ 李兆洛《骈体文钞》,第412页。
⑦ 李兆洛《骈体文钞》,第595页。
⑧ 李兆洛《骈体文钞》,第690页。
⑨ 李兆洛《骈体文钞》,第719页。

唐四子颇效此法。"①评梁代刘孝仪《谢始兴王赐花纨簟启》："绮藻宣茂,不滞于俗。"②许梿这里的"俗"是就文章语言、格调而言,他欣赏的是格调自然、清新脱俗、情文相生之文。同样是以俗评文,在不同评者的话语体系中,内涵有所不同。蒋士铨评任昉《为范尚书让吏部侯封第一表》(戊)曰:"愚谓彦升气体毕竟不佳,似此不免开逗凑之派。"徐陵《册陈公九锡文》(丙)眉批:"如此大篇,妙在气体渊雅,语议匀称。既无逗凑粗粝之患,复绝驽骖骧服之嫌。"两评皆出现了"逗凑"一词,即是堆积辞藻之意。蒋士铨认为徐陵《册陈公九锡文》无逗凑之弊当是确论,而他批评任昉此表开启了堆积辞藻的不良之风是否切当？如任文有"或足食关中……或四姓侍祠"等句,连用十一个"或"字句列举历代封侯者功勋的不同类型,颇似汉大赋的铺排之盛,读起来亦颇有气势,但罗列过多,不免有堆砌之感。孙月峰对此文看法与蒋士铨截然不同,他评曰:"其趣味全埋在用事中,所以不觉其堆铺,但见其圆妙。"③是说此文典故运用圆熟巧妙,充满机趣,未有堆积铺排之感。任昉经常代王公大臣撰写公文,有时是奉召作文,因所代之人不同,文章也就各具特色,整体上取得了较高成就。但由于部分文句用词生僻,典事过密,铺陈排比过度,削弱了文章整体的流畅性,增加了文意理解的难度。堆积辞藻亦是骈文受到论者诟病的一个原因,堆积词句,有时是因写作者的才力不足,有时是写作者为了逞才而刻意为之,皆有可能造成骈文语言晦涩难解,词句繁冗拖沓以及文意的空疏浮泛,形成侈靡的文风。蒋士铨《评选四六法海》评语中对部分作家存在的这一弊端有所批评,是有积极意义的。

---

① 许梿评选,黎经诰笺注《六朝文絜笺注》,清光绪十五年(1889)枕漪书屋刻本,第166页。
② 许梿评选,黎经诰笺注《六朝文絜笺注》,第190页。
③ 于光华《评注昭明文选》,民国八年(1919)扫叶山房石印本,第18页。

由《文体论纂要》看蒋伯潜的文体分类观念

诸海星(韩国启明大学人文国际学院)

一、文体、文体分类、文体分类学

"体"或"文体"一词,指的是各种文学作品的体裁、体类、类别(genre)或体式、样式、风格(style)等。它是文学作品思想内容的外部表现形态,构成文学作品的一种形式方面的要素,由"文体分类",可以进一步认识文学作品内部组织规律的方法。在中国古代,凡独立成篇的文字,都称为文章,包括文学作品在内。因此,在中国古代的文体,特别指的是各种文章(比文学的范围更广泛)的体裁或类别。中国古代文体的产生,有着漫长的历史,讨其源流,可以追溯到我们今天所见到的最早的典籍文献。综观中国古代文体产生与发展的过程,足以认知中国古代的各种文体,都是作者根据反映社会现实生活的需要,在民族思想、习惯以及语言特点的基础上,逐渐创新、发展和成熟起来的。众所周知,中国是具有悠久历史文化的国家,历代文学作品的累积非常可观,所以四部分类中,集部的内容最丰硕,可以说是浩如烟海。不仅文学作品的数量多、形式上的体裁各有不同,而且实质上的内容差异更大。在中国文学的发生、发展和流变过程中,随着时代的迁移、社会生活的发展和文学创作经验的累积等多方面的因素,文学的各种体裁必然会经历产生、演变、发展、盛衰的变易,于是对它们的细致观察和研究,为不可或缺的一环,这使我们具体认识和了解中国文学作品体裁的发展规律。中国古代文人、学者早已注意到不同文体的不同特点,并根据这些特点对文学作品进行了分体分类的探讨和研究,于是产生了文学理论中的一个重要分支——文体论。所谓"文体论",主要是对于各种文体的性质、特点和分类及其源流、发展和演变作专门的分析和论述,中国古代又称之为"文章流别论"。至于文体论的名称,现在从事中国文学研究的学者们,站在中国文学理论批评的立场,大多称之为"文学体裁论",或简称"文体论"。假使我们换另一个角度,从作者或撰者本身对各种文学作品进行分体分类的立场来看,也可以称之为"文体分类学"①。

中国古代传统的文体分类学,初创于东汉(蔡邕《独断》对汉代朝廷公文的文体分类与相关论述)一直到魏晋(魏文帝曹丕《典论·论文》、西晋陆机《文赋》、挚虞《文章流别论》、任昉《文章缘起》等),确立于南朝梁刘勰的《文心雕龙》,经过总集(梁以昭明太子萧统《文选》为规范,明以吴讷《文章辨体》、徐师曾《文体明辨》为代表)方面的发展,而定型于近代(清以姚鼐《古文辞类纂》、曾国藩《经史百家杂钞》为正宗)。古代文体分类学,成为中国文学理论批评不可或缺的一环,具有源远流长的发展历史。由东汉一直到清末,其间沿袭近两千年,许多文体分类学者对文体的特点、分类及其源流和演变,进行了专门的探讨和研究。其中经过他们文体理论与实践上的创新、变革,又经历了文体分类上的由简而繁、由繁而简的发展过程,取得了丰富的学术成果。

宋、元代以后,小说、戏曲等俗文学有很大的发展,但由于被中国古代传统的文学观念排斥于"文学"之外,在文体分类上并未引起多大的变化。晚清以来,随着西方近代文学思潮的传入,外国的小说和戏剧作品逐渐被翻译、介绍进来,中国的近代小说和戏剧也开始引起了人们的重视。民国成立后,随着文学革命运动的兴起,新诗歌、新小说、新戏剧得到迅速的发展,中国古代传统的文体分类法已不再能说明日益多样化和现代化的文学样式的体裁特点。于是,中国古代传统的"文"、"笔"分类法便逐渐被现代文学分类法所代替。"五四"文学革命运动(1919)以来流行的现代文学(包括诗歌、散文、小说、戏剧等所有文学作品)分类法主要是"三分法"和"四分法"。欧美美学家、文学理论家主张"三分法",根据文学表情达意、塑造形象的不同方式和特点,将各种文学体裁分为"叙

---

① 王更生《论刘勰"文体分类学"的基据》,《文心雕龙新论》,文史哲出版社1991年版,第15页。

事类"、"抒情类"、"戏剧类"三大类。叙事类作品,以描写生活事态,刻画人物性格来塑造艺术形象。这类文学体裁包括叙事诗、小说、寓言、神话等等。抒情类作品,以直接抒发作者感受和情绪的方式塑造艺术形象。这类文学体裁包括抒情诗、抒情散文等。戏剧类作品,主要由作品中人物以自己的语言和行动来完成艺术形象的创造。它不同于叙事类和抒情类文学,又兼有两者的某些特征(包括完整的故事情节和人物形象及一些抒情性特征)。这种"三分法"着眼于文学创作的主要特点和内部规律,具有较强的概括性,但忽视了各类体裁的文学作品在题材、结构、语言等方面的特点,不足以概括中国古今诸体文学作品。

中国文学理论批评研究工作者,接受西方文学理论的影响,在中国古代传统的文体分类法和欧洲传统的三分法基础上结合中国现代文学体裁的特点而提出了"四分法",根据文学作品的体制、结构、语言特点等外部形态方面的差别,将各种文学体裁分为"诗歌"、"散文"、"小说"、"戏剧"四大类。在中国文学发展史上,诗歌与散文这两种文学体裁出现得最早。其中将散文列为独立的一个大类,除了尊重中国古代传统的文体分类习惯外,主要是因为散文的范围广泛,形式多样,而在反映现实、塑造人物形象以及体制、结构、语言特点等主要方面又有别于诗歌、小说、戏剧文学作品,所以充分肯定了散文[①]在中国文学领域中的独立地位。

在文学体裁的分类上,无论是三分法,还是四分法,都是采取综合、归纳的方法,将体制、特点相似的各个文学作品归为一类。从中国古代传统的文体分类法、欧洲传统的三分法到中国现行的四分法,是一个历史发展的过程。民国以来,研究中国文体的学者们,一方面继承和参考中国古代文体分类学的成果,同时也吸收西方文学理论所带来的现代文学分类法的长处,对于中国文学作品的体裁进行了重新整理、分类和研究。本文特拣选其中一部具有开导性的文体分类学专著《文体论纂要》,对其著者简介、论述范围和主要内容以及著者的文体分类观念等相关问题,进行简略的述评。

[①] 这里所说的"散文",专指带有文学性叙事或抒情的文章。

二、蒋伯潜的生平与著述简介

据蒋伯潜之子蒋祖怡(杭州大学中文系教授)所撰《先严蒋伯潜传略》的介绍内容,学者、教育家蒋伯潜(1892—1956)先生,名起龙,又名尹耕,以字伯潜行,清光绪十八年(1892)出生于浙江省富阳县新关村(今大源镇)。光绪三十三年(1907)考入杭州府中学堂,1911年毕业后,因家境困难,在本县紫阆小学和本村美新小学任教四年。1915年考入北京高等师范学校国文系,在校期间深受钱玄同、马叙伦等著名学者的影响,又曾问学国学大师章太炎、梁启超门下,深研经学。"五四"文学革命运动中,积极参加游行、示威,并在《新青年》、《东方杂志》等刊物上发表文章。1919年毕业后,经系主任陈宝泉介绍,至浙江嘉兴省立第二中学任教。此后先后在浙江省杭州第一中学、第一师范、女子中学、杭州师范等校任教。在课堂教学中,注重讲授国文基本知识,诱导学生阅读课外书籍;对学生作文,主张多批少改,提高写作水平。在此期间,曾有两次脱离教育界。第一次是1925年,国民革命军由广东出师北伐,马叙伦策动浙江省省长夏超起义以响应北伐军,参与其事,后因事机不密,夏超被杀而失败。第二次是1927年,北伐军底定浙江后,马叙伦任浙江省府委员兼民政厅长,出任《三五日报》主编,抨击时政,文名鹊起。

1938年春,应老友蔡丏因、董任坚、周予同等之邀,赴沪到大夏大学及迁沪的无锡国学专修学校等校中文系任教,并兼任世界书局特约馆外编审。在此以前,曾为世界书局编撰初、高中国文课本十二册,世界书局总编辑署曰"蒋氏国文"。此书与当时国内一般中学课本不同,初中国文课本六册,以"记叙"、"论说"等四种文体分类;高中国文课本六册,前四册以中国文学史为纲,后两册以中国学术史为纲,出版后颇受教育界欢迎。又为开明书店编选及注释《开明活叶文选》,注释精详。此次到上海后,又和其子蒋祖怡合编一套中学国文的辅导自学读物。初中六册,均用小说形式编写:《字与词》、《章与句》、《体裁与风格》(均为上、下册)。高中六册不用小说形式:《骈文与散文》、《小说与戏剧》、《论诗》、《词曲》、《诸子与理学》、《经与经学》。其中《体裁与风格》(上、下册)、《诸子与理学》、《经与经学》均为手撰。这一套课本由世界书局于1939至1940年间陆续出版,至今尚在台湾流行,有的多至十数次印刷,《论诗》一书于1986年由广东人民出版社重版。又为上海中华书局编写了一部《中学国文教学法》,1941年出版。当时中国国内有关中学国文教学法的书籍尚属少数,此书实开风气之先。在大夏大学、无锡国学专修学校任教期间,讲授"十三经概论"一课,为配合讲课而开始撰写《十三经概论》。这部书稿,1944年由上海世界书局出版,1983年由上海古籍出版社重版,1986年再版全书五十万字。

上海沦陷后回乡,从事著述,一度任富阳县立中学教员。在富阳,用了一年时间,重新撰写《校雠目录学纂要》一稿,誊抄一份寄重庆正中书局,一份寄朱自清先生。后来得到朱氏复信,大意是:此稿博采众搜,时多卓识,总觉大驾不能来昆明,深为学生惋惜。接着,又和其子蒋祖怡合力完成《国学汇纂丛书》的其余几种。其中,《经学》、《诸子学》、《文字学》、《宋明理学》等七种为亲自撰写,《文章学》、《史学》、《诗歌文学》三种,由蒋祖怡撰写。1945年,抗日战争胜利后,应上海市立师范专科学校校长董任坚之邀,赴沪任上海市立师专中文系主任兼教授。在上海市立师专任教期间,撰成《诸子通考》(全书分上、下两编,上编为《诸子人物考》,下编为《诸子著述考》),1948年由上海正中书局出版(1984年浙江古籍出版社重版),这部书既富于学术价值,又可为青年读者研究诸子作入门的向导。与此同时还编撰了《诸子索引》,计有二十二部子书,两百万字左右,完成后交上海正中书局,惜未出版。1948年,陈仪主持浙政时,出任杭州师范学校校长,延聘进步人士袁微子等共襄校务。新中国建国后,应张宗祥之邀,任浙江图书馆研究部主任。同时,被选为省第一届人大代表。此后,连续担任省、市人大代表。1955年秋,调任浙江文史馆研究员。蒋伯潜在经学、文学、校雠目录学等多方面,均有很深造诣。文思敏捷,著述等身。

三、由《文体论纂要》看蒋伯潜的文体分类观念

蒋伯潜所编著《文体论纂要》一书,1942年6月由重庆正中书局初版印行后,1968年由台湾正中书局重印发行(台一版),为《国学汇纂丛书》之一种。全书内容除了"绪论"、"结论"外,共由二十章组成。在"绪论"中,著者先简述了文体的起源和中国历代主要文体论的发展概况。在共二十章的本论中,著者为了方便初学中国文学者参阅,集中纂述了中国历代文体论的大要。综其论述范围和主要内容,约可分为三部分:

第一部,评述以前各派的文体分类,先述旧派,后述新派。旧派中又有三种派别:一是骈文派,以《昭明文选》为其代表;二是骈散兼宗派,以《文心雕龙》及近人章炳麟的《文学总略》为其代表;三是散文派,以姚铉的《唐文粹》及清人姚鼐的《古文辞类纂》、曾国藩的《经史百家杂钞》为其代表。旧派的分类比较繁复,新派的分类比较简单;且二派所分之类,亦截然不同。其实,新旧二派所分之类之所以不同,全由其所采分类的标准之异。旧派以文章的程式与用途为其分类之标准,新派则以文章的作法与心象为分类的标准。所采分类的标准既不同,则其所分之类,自难比较评论其优劣。故本书自第一章至第五章,评述各派的文体分类,系就旧派的骈文、散文、骈散兼宗三派,及清末至现代各新派,分别评述,不加比较,无所轩轾。但以文体论的性质言,则文体分类,与其以作法心象为标准,无宁以程式用途为标准。不过诸旧派的分类,未能一律以所定的标准为中心,以致参差错杂而已。

第二部,自第六章至第十八章,作文体分类的新尝试,再就所分之类,逐一加以说明。我的分类标准,既仍采旧派的主张,注意于文章的程式与用途,则所分之类,自亦与旧派接近。我以为无句读无组织的文章,不能算作文章。文章必须组成章句,方足以表情达意、叙事传人、论理说事,这是广义的文章。狭义的文章则与文学当平列为二大部。前者可分著述、告语、记载三门,又酌分为十六类;后者可分籀写的、咏歌的、记述的、表演的四类。共计二十类,各类中间有附庸。并于分说各类时,略述其特征、源流、作法等。这十三章当然是本书中最重要的部分。

第三部,由文体推论及于文章的风格。从前古文家论文往往仅着眼于文章气象之阴阳刚柔,且多抽象玄虚之论。本书则分具体方面、抽象方面,论及文辞繁简,笔法曲直,意境动静,色味浓淡,以及章句之整齐错综,格律之谨严疏放,声调之缓急宏细,即就气象而论,阳刚阴柔之外,尚有所谓正大精巧之分。此在本书,已为余论,故于末二章及之。①

值得注意的是,著者在这部文体分类学专著中,特别介绍和评述了中国古

---

① 蒋伯潜《文体论纂要》,正中书局1968年版,第219—220页。

今文体论的四个流派。首先,在第一章《骈文派文体分类述评》中,他指出"我国旧派文体论的三派,以骈文派和骈散兼宗派的发生为较早,兹以时代为先后,依次加以评述,骈文派的文体分类,既以昭明太子的《文选》为宗,则我们评述此派文体论,首应检讨《文选》的分类"①。《文选》选文的标准是"综辑辞采"、"错比文华"、"事出沉思"、"义归翰藻",梁代又是骈俪文全盛的时期;而它所选范围之广,所分体类之细,又是空前的;所以后来崇尚骈文的一派,都奉《文选》为圭臬。他认为骈文派文体分类,由《文选》开创,后世受其影响的,则有四六文的总集等。骈文的格律化之极者为"四六文"。虽"四六文"之名,始于晚唐②,而六朝人作骈文,早已注意到四字句、六字句的句法了。③ 四六文既为骈文的一支,所以四六文的总集,也都承这部骈文正宗的《文选》的余风。例如宋人王铚的《四六话》,李刘与其门人罗逢吉的《四六标准》,明人王志坚的《四六法海》等,虽稍有修正,而渊源所自,皆出于《文选》。他又说:"清人孙梅作《四六丛话》,可谓集骈文派分类之大成;不但孙氏以前诸骈文家之说,已被它兼收并蓄,即孙氏以后,阮元诸家也不能越其范围。真是所谓'四骈六俪,观其会通;七曜五云,考其沉博;而且总分十八(类),已括萧(统)、刘(勰)'了。"④

其次,在第二章《骈散兼宗派文体分类述评》中,他认为"骈散兼宗一派,刘勰开其先河,章炳麟为其后劲"⑤。他先以刘勰《文心雕龙》为骈散兼宗派的正宗,论述了刘勰文体分类的大略情形和得失以及后世影响,并对其与《文选》的文体分类之异同作了比较说明。而后,他还评述了其师章炳麟《国故论衡·文学总略》中"文章分类表"的大概和优劣。章氏文章分类不分骈文、散文,将"文体"分为"无句读文"、"有句读文"二大类,有句读文又分为"有韵文"、"无韵文"二类;无韵文又分为"学说"、"历史"、"公牍"、"典章"、"杂文"、"小说"等六类。

再次,在第三章《散文派文体分类述评》中,他指出:"宋姚铉的《唐文粹》,虽可推为散文派总集的开山。自宋迄清,散文派的总集虽接踵而兴,但至今仍为

---

① 《文体论纂要》,第13页。
② 李商隐《樊南甲集序》:"作二十卷,唤曰《樊南》。""四六"之名始于此。
③ 《文心雕龙·章句》:"若夫笔句(章句)无常,而字有条数(字数有条),四字密而不促,六字格(裕)而非缓,或变之以三五,盖应机之权节也。"
④ 《文体论纂要》,第17页。
⑤ 《文体论纂要》,第26页。

一般古文家所奉为圭臬的,终当推姚鼐的《古文辞类纂》及曾国藩的《经史百家杂钞》。"①他先将这三部总集的文体分类,列表对照,首述《唐文粹》分目的详细;再将《古文辞类纂》及《经史百家杂钞》二书,比较评述;而后,由这三部总集分类的异同分合来说明了散文派文体分类的研究方法和得失。

最后,他在第四、五章《新派文体分类述评》中,对于清末龙伯纯的《文字发凡》、汤若常的《修词学教科书》和近人高语罕《国文作法》及梁启超、蔡元培、刘永济诸氏的文体分类,进行了普遍的考察。而后,他认为"自清末以来,新派的文体分类,可以说是小异大同的。惟近人施畸作《中国文章论》颇能于上述诸家之外,自树一帜"②。因此,他特别对于施畸的《中国文章论》和《中国文学史》中"文章演化表"的文体分类及其得失,作了详尽的评点:

> 施氏论文体,斟酌于新旧各派之间,根据心理学,分析心象,以立其纲;根据文章的流行,以别其类;其用力不可谓不勤。在新派文体论中,确是能自成一家言的。不过文体的分类,须就历代已有的作品,比较同异,归纳综合,以明其体制之异;且古今文体之演化孳乳,都为应当时的需要;故以程式、用途为分类标准的旧法,实较以作法、心象为分类标准的新法妥当,就我国已有的作品,纳绎综合,说它们的作法,有"议论"、"说明"、"描写"、"记叙"、"抒情"……它们所表现的心象,有"理智"、"情念",原无不可;若即以此为文体的类别,甚且把古今各体诗文的名称,勉强支配容纳于所分之门类中,终是费力多而成功少的事情!③

他一方面肯定了施畸的文体分类法,另一方面进一步阐明了以程式、用途为分类标准的旧法,较以作法、心象为分类标准的新法更为妥当。

至于《文体论纂要》的文体分类,在第六章《文体分类的尝试——从"文字"说到"文学"》中,著者提出了自己文体分类的新设想,并对所分各类文体,一一释名、考订源流,最后论及同文体相关的文章风格。为了认识和理解他的文体

---

① 《文体论纂要》,第 31 页。
② 《文体论纂要》,第 58 页。
③ 《文体论纂要》,第 67—68 页。

分类的新设想及其观念,先将其文体分类表的纲目①重新展示如下:

文字	不成句读的文字			
	成句读成篇段的文字(广义的文章)	文章(狭义的文章)	关于学识义理的著述	1. 论说
				2. 颂赞
				3. 箴铭
				4. 序跋
				5. 注疏
				6. 考订(附札记)
			关于世事酬应的告语	1. 赠序
				2. 书牍(附广告柬启)
				3. 契约
				4. 公文
				5. 哀祭
				6. 对联
			关于人事文化的记载	1. 传状
				2. 碑志
				3. 叙记(附日记、表谱)
				4. 典志(附法规、仪注)
		文学	籀写的	辞赋(附寓言)
			咏歌的	诗歌
			记述的	小说
			表演的	戏剧

蒋伯潜的文体分类,就以"文章"和"文学"的区别作出发点,将文体的分类重新厘定,并先列一表,示其纲目,然后逐类加以说明:

  狭义的文章,仍依曾国藩说,分作"著述"、"告语"、"记载"三门。著述门又分六类:"论说"、"颂赞"、"箴铭"、"序跋",姚鼐已有此四类;"注疏"、"考订"是新增的。告语门亦分六类:"赠序"仍从姚氏列为一类;"书牍"、

---

① 《文体论纂要》,第 77—78 页。

"哀祭",原为姚、曾二氏所同有,仅于"书牍"类附"广告"、"柬启"而已;"诏令"、"奏议"二类,合为"公文",至于"契约"、"对联"二类,则系新增。记载门所分四类,几全同曾氏;所异者,"传志"仍依姚氏分为"传状"、"碑志"二类,删"杂记"一类,分隶"碑志"、"叙记"之中,并于"典志"类附入"法规"、"仪注"。"辞赋"一类,姚、曾二氏俱有之;惟曾氏并入"颂赞"、"箴铭"二类,今仍从姚氏分出,隶于著述门。而"辞赋"则属之"文学"之部。"辞赋"为籀写的文学,"诗歌"为咏歌的文学,"小说"为记述的文学,"戏剧"为表演的文学。"寓言"虽也和"小说"有关,但其性质近于"辞赋"。话剧虽也是记述的,但终重在表演。——这二部(狭义的"文章"与"文学")二十类,是我参酌新旧各派文体论所假定的文体分类。①

他基本上认为无句读、无组织的文章,不能算作文章,只能算作文字而已。(广义的)文章必须组成章句,才足以表情达意、叙事传人、论理说事。他虽以"文章"和"文学"的区别作出发点,将文体分类重新厘定,但他的"(狭义的)文章"分类,还是依照曾国藩《经史百家杂钞》的"三门"体例,只是将"著述"一门,解释成为"关于学识义理的著述";将"告语"一门,解释成为"关于世事酬应的告语";将"记载"一门,解释成为"关于人事文化的记载"而已。至于"文学"的分类,他只分为"籀写的——辞赋"、"咏歌的——诗歌"、"记述的——小说"、"表演的——戏剧"四大类,又不包括"(狭义的)文章"中的"散文"、"骈文"。由此可见,他的文体分类的基本观点是将"(狭义的)文章"、"文学"二大类当作"成句读、成篇段的文字——广义的文章",不将中国古代传统的"散文"、"骈文"归入于"文学"范畴之内。这些现象,可能是根源于时代与传统文学观念的局限性或中国传统的文体分类习惯,并非出于他缺乏文体分类的科学性和全面性。

综观蒋伯潜所编著《文体论纂要》一书,在文体分类上,一方面采取前人的主张,注意于文章的程式和用途,同时也吸收现代文学分类法的长处加以重新整理、分类,并对所分各类文体,一一释名、考订源流、略述作法,可以说是具备标准条件的文体分类学的专著。尤其是中国古代文体分类学三个主要流派的

---

① 《文体论纂要》,第78—79页。

命名及归纳,在民国以后发行的现当代中国文体分类学方面的著作中,是初次出现的。著者所提出的中国文体的新分类法贯穿全书,对于理解这部专著的结构和内容十分重要。这些新分类法的提出,体现了他对于中国古今文体研究方法和体例的深刻思考和创见,以及对于中国文学理论批评的赡博学识和全面把握。正是这种创见和把握,使得这部专著成为崭新的一家之说,同时也使一般读者加强了对中国文体分类学的认识和理解,可以说是一本颇有新意的现当代中国文体分类学专著。此书问世至今,其间虽已经历了七十多年,但能够以短小的篇幅将中国古代传统的文体论知识充分介绍给一般读者,相信它必然会成为现当代中国文体分类学研究的重要基石之一。

域外骈文研究

有关日本平安时代诗序简介
——以《本朝文粹》所收诗序为中心
道坂昭广(京都大学综合人间学部)

  藤原明衡(？—1066)编纂的《本朝文粹》(约编于1058—1064),共14卷,收录了432篇作品①。《本朝文粹》收录的作品约创作于弘仁(810—824)到1030年,是一部以唐代文学为规范的作品集。《本朝文粹》共包含韵文、散文等39种文体,14卷中诗序独占4卷。其余大部分文体均为1卷,如赋、诗各1卷,两卷以上的仅有表(卷4—卷5前半)、奏状(卷5后半—卷7)和愿文(卷13后半—卷14)。其收录诗序之多可见一斑。

  中国唐代十分盛行创作诗序。对《本朝文粹》影响较大的宋姚弦纂《唐文粹》,乃至《文苑英华》这两部文集都收录了大量唐代诗序。尽管处于同一时期,两国诗序在内容、文体上仍存在着很大不同。特别是文体,中国唐代的诗序由注重平仄交替的骈文日渐趋向散文,而日本的诗序例如:

107 暮春于尚书右中丞亭同赋闲庭花自落 大江以言(955—1010)
  房星过中之天,华月已晚之地。
  ○ ○ ○,● ● ●
   右尚书菅中丞
   乞暇台中,勉闲廊下。

---

① 有几种写本,收录作品数各不相同。本稿依据大曾根章介等校注《本朝文粹》,岩波书店1992年版。

●　○、○　●
彼　衙门之鼓朝暮，迹虽滑龙尾之周行；
　　○●●，○●　○；
家园之花浅深，耳难抛莺声之郑重。
　○○○，○●
故　乘繁务之余力，方　惜暮月于残春。
　　●●，●○
观夫　林庭正闲，花树自落。
　　○○，●●
客散踪染，长谢鸟蹈人折之疑；鹤舞翅芳，未为雨打风驱之力。
●●，●●●○；●●，○●●●
至彼　苔发之绿忽变，沙面之白弥添。
　　●●●，●●○
廷尉之门尘深，咲雀罗于寒草之露；
●●○，○●；
御史之府日暮，嘲鸟巢于古柏之烟　者也。
●●●，○●○
于时　苍蝇声急，绿蚁味浓。
　○●，●○
花容鸟语，夸荣遇于翰林之风；
○●，　●　○○；
濡笔燥唇，钓沉思于诗流之浪。
●○，　○　○●
以言　山下之泉运迟，庭上之花词短。
　　●○○，●○●
　　　抠青襟而渐老，染紫毫而独惭　云尔
　　　○●，　○

（○表示平声，●表示仄声。下同）

500

则自始至终均是极工整的骈文。其产生原因是什么呢？本次笔者拟以《本朝文粹》所收作品为中心，简单介绍一下日本的诗序。

一

在此，笔者首先阐明本稿中"诗序"的定义。

诗序指的是，人们在某一场所相聚并作诗，在这些诗作被整理成集时所附上的散文。在文学史上，初唐以后诗序才被正式认定为一种文体。其中心人物是王勃和骆宾王等。很早以前，人们就曾以节日和举办宴席为由聚集作诗，王羲之《兰亭序》和兰亭诗群就是其中一例。特别是南朝梁陈以来，这类诗作如咏物诗、赋得、探韵等，已明显带有一种追求即兴和技巧的游戏性质的倾向。在宴席上，王勃等人将探韵等游戏性的诗作所无法表达的感情用诗序表达出来。笔者认为，唐代的新兴知识分子将诗序作为自我表达的一种文体[①]。这一时期的诗序所采用的文体是骈文。但是，在盛唐时期的张说、张九龄、王维等人之后[②]，使用骈文形式创作诗序的意识逐渐消退。另外，值得一提的是同属于新兴士人的宋之问，其《早秋上阳宫侍宴序》、《奉陪武驸马宴唐卿山亭序》是在唐高宗、武则天游宴场所创作的即兴骈文。

另一方面，日本迅速接纳了这种最新的文体。日本最初的汉诗集《怀风藻》（约编于751年末）的六篇诗序就是用骈文写的。（《万叶集》卷5也有汉文诗序《梅花诗序》）。这说明，日本不仅从中国引进了诗序、骈文文体、宴席参加者作诗（大抵是应要求作诗）的惯例，而且也承袭了整个文学创作的场所，即在汇集宴席诗时创作序。

《本朝文粹》所收诗序基本上都是在宴席上创作的文章，使用的都是极其工整的骈文，目的是为了汇总在宴席上按要求创作的诗作。笔者认为这继承了唐代的文学创作场景，应要求作诗、作序。这个时期的日本接受了白居易文学的影响，这意味着日本确实非常积极地接纳和模仿中国文学。也是在同一时期，日中虽都创作了大量的诗序，但在文体这一重要方面，两者却朝着完全不同的

---

① 关于这一点，笔者在拙稿《王勃的序》、《初唐の"序"》(此两篇都收于《〈王勃集〉与王勃文学研究》研文出版2016年版)中已有论述。
② 此外，李白的诗序也有意将其写为骈文形式。

方向发展。接下来笔者将对此展开讨论。

日中两国都有相同的文学创作场所,相同的文学创作方法。但是在中国,诗序宴会的参加者就是王勃等唐代的新兴士人阶层,他们大都属于中下级官僚(最高的官位也只是县令)。而在日本,参加者是天皇等贵族门阀,他们在宫中、宅邸、别墅、寺院等场所举办的宴席上创作诗序,这点可从诗序题目得知。当然上面提到,初唐高宗、武则天时期也有宴席上的序①。整个唐代,文学家都在皇帝及其身边贵族的宴席上创作过诗序②。但实际上,唐玄宗时期是在这种文学场所上创作诗序的最后一个时期(上面提到的张说、张九龄和王维的骈文诗序中的几篇都是在玄宗朝的宴会上做的),其后的诗序未能传世。即使是朝廷高官等权贵者举办的游宴和正式宴席等场所创作的诗序也已亡佚。

比如,《文苑英华》收录了大量唐代的序。这些序被分为"文集"(卷699—卷707)、"游宴"(卷708—卷711)、"诗集"(卷712—卷714)、"诗序"(卷715—卷717)以及"饯送"(卷718—卷733)、"赠别"(卷734)和"杂序"(卷735—卷738)七类。其中,"文集"和"诗集"所收录的是个人作品集、《玉台新咏》等选集的序,不属于本报告的考察对象。虽"诗序"也收录了几篇个人作品集的序,而"游宴"、"诗序"、"饯送"、"赠别"这四类才是本文所定义的诗序:即众人齐聚一堂,为即兴创作的诗群所附的文章。这些诗序大多作于饯别场合(《文苑英华》是按照诗序题目来分类的,从诗序的创作场景来看这种分类不能遵循)。顺带一提,《唐文粹》的《序》收录了"集序"3卷、按天地等主题分类的序2卷和"歌诗序"1卷(其中有几篇属于本稿所定义的诗序),以及"锡宴"1卷、"饯别"1卷。《文苑英华》的"游宴类"序是以权德舆、柳宗元、白居易等中唐文学家作品结束,而饯送类的作者则晚至杜牧、陆龟蒙等晚唐文学家。对比二者可见,在唐代,"游宴"这种宴席作为文学创作场所而发挥作用的时代在中唐就结束了。而饯别宴席作为文学创作场所,则贯穿整个唐代,持续地发挥了作用。参加饯送的人员,多为和王勃等处于同一阶层的士人、官僚们。从游宴到饯送,不仅反映了场所的

---

① 传到日本的《翰林学士集》(可能是许敬宗的文集)收录了附在唐太宗宴席诗前的短序《五言侍宴中山诗序》。还有唐太宗《九月九日幸临渭亭登高得秋字》,《全唐诗》卷二。
② 唐德宗有以《重阳日赐宴曲江亭赋六韵诗用清字并序》为名的短序,《全唐诗》卷四。这篇序向我们展示了在朝廷内继续赋韵的作诗方法。

变化,更加昭示了担任文学创作阶层者的变化。进一步而言,参加者的不同使诗序的内容产生变化,表现出他们作为士人、官僚自觉的身份意识。这种身份意识某种程度上也促进了文体的变革,但这部分内容与本稿主题相离,故不赘述。

以上从诗序创作场景来看,显然,中国唐代诗序与日本平安诗序在创作场景和参加者的阶层上是不同的。

其次,唐代诗序与平安诗序在诗与诗序的关系方面也不同。前面已指出,王勃等文学者用序来表达游戏诗所无法表达的感情。诗序刚在文学世界里呈现出身影的最初,就有从游戏诗独立出来的倾向,后来这种倾向越来越明显。初唐的序会记述"人分一字、四韵成篇"《张八宅别序》、"人探一字、四韵裁成"《夏日喜沈大虞三等重相遇序》(都收在正仓院藏《王勃诗序》)等作诗的要求,但是连张说、张九龄、王维等在宫廷作的诗序都不再记述这些要求。这就暗示着当时文学者不再重视作诗技巧,另一方面也说明诗序已经是一种独立的文体。而中唐以降,文学家在送别宴席上创作诗序时,则很少描述诗本身,更不会描述当场规定的作诗要求。与此不同的是,从《本朝文粹》所收诗序的题名,大都能看出对作诗的要求。这如实地证明了平安诗序与当时宴席所作的诗有密不可分的联系。

日本的诗序,也许创作年份并不同,但是每年有一些节日,比如"八月十五夜"、"七夕"、"劝学会"等会举办宴会并作诗序。年份虽不相同,而场所相同,不用说在宫廷,还在具平亲王宅邸①等同一场所举办宴会②。这种相同的情况下,唯一不同的是对作诗的要求。顺便提一下,《文苑英华》的(诗)序是根据诗序的创作场所来分类的,而《本朝文粹》则是根据诗题,比如天象、时节、山水等来分类的。这也表明日中对诗序的认识有所不同。这可以说明,唐代的(诗)序是,由于脱离诗而独立的意志才发展起来的。而平安时代的诗序,反而是因为和诗

---

① "第七亲王读书阁"(2)、"中书大王书阁"(3)、"第七亲王风亭"(87)、"第七亲王书斋"(88),都是他的宅邸。
② 而且,一场宴席上创作的序可能不止一篇。例如《暮春于文章院、饯诸故人赴任同赋风月一朝阻、各分一字》(菅原雅规 45)、《同赋别方山水深、各分一字》(庆滋保胤 46)、《同赋别路花飞白》(大江以言 47)。《晚春陪上州大王临水阁同赋香乱花难识应教》(大江朝纲 95)和《暮春陪上州大王池亭同赋度水落花来各分一字应教》(源顺 105)。《暮秋陪左相府书阁同赋寒花为客栽应教》(大江匡衡 122)和《暮秋陪左相府书阁同赋菊潭花未遍各分一字应教》(纪齐名 123)也可能是在同一场所和时间作的诗序。

尤其是作诗要求密切关联后,才走向了与唐代诗序不同的发展道路。

二

　　上面介绍到,唐代宴席的参加者是士人,平安时代宴席的参加者是贵族。双方宴席参加者不同,他们所作的诗序自然也不同。而且,宴席的目的也不同,分别是为了纪念官僚的送别场景和贵族的游宴。这些不同,即文学创作场所和文学创作方法的不同,昭示了中日之间不同的文学价值观。

　　中国的诗序创作是为了纪念宴会的场所和时间。比如饯别宴席上的序必须记录宴席举办的场所及参加者,中唐以后这样记录饯别宴席的一些序,是极具象征意义的,带有启程出行者的介绍信的色彩。根据诗序的题名,日本诗序的意义在于记录宴席上作诗的要求。换言之,日本诗序是为了记录作诗要求和按照要求作诗本身,而不是纪念当时文学创作的场所和时间。当然,作诗要求的题目和诗序当中也包含季节和场所等重要因素。但是这些并不是纯粹为了纪念当时文学创作的场所,而只是为了说明提出作诗要求的理由而已。

　　那么,创作这些有记录意义的诗时,需要满足什么样的要求呢?比方说,作咏物诗时要求须以《汉书》人物为题。唐太宗时期,文学者们一起围绕同一个题目作诗,这种情况在《翰林学士集》中有相关记载。以上大部分诗作都是所谓的"句题诗"。

　　有关句题诗,最近佐藤道生《句题诗论考》(勉诚出版社 2016 年版)详细论述了平安时代句题诗的流行情况、出题方法、技巧、规则。佐藤先生提到"日本贵族在平安时代举办了各种公私宴会,这些宴会上的诗作备受重视"。"诗宴上……按惯例,宴席的所有出席者都会对同一诗题附上诗。"关于句题,他指出"古人(中国诗人)把五言诗的其中一句作为诗题,而随时代变迁,出题者(选定诗题的人)后来也会根据古句重新创作诗题"(1 页)。

　　菅原道真(845—903)的序,与他的诗一同收录在《菅家文草》里。举例如下:

　　　　28　九日后朝侍朱雀院、同赋闲居乐秋水、应太上法皇制闲居属于谁人,紫宸殿之本主也;秋水见于何处,朱雀院之新家也。
　　○●　　○,○●　　●　　;●●　　●,●△　　○　。
非智者不乐之,故得我后之欢脱屣;非玄谈不说之,故遇我君之遂虚舟。
　　●　　●　,●　●　○●;○○　　●,●　○　●○
观夫　月浦萧萧,分镜水而绕篱下;砂崖烂烂,缩松江而导阶前。
　　　　●　○,●●　●●;○　●,○○　●　○
况乎　垂钓者不得鱼,暗思浮游之有意;移棹者唯闻雁,遥感旅宿之随时
　　　●　　○,○　○　;○　●,●　●　○。
嗟呼　节过重阳,残菊犹含旧气;心期百岁,老松弥染新青。
　　　●　○,●　○　●;○　●,○　●　○
　　风月同天,闲忙异地。
　　●　○,○　●。
　　臣昔是伏奏青璅之职,臣今亦追从绿萝之身。
　　●　●●　●　●,○　○○　○　○
　　彼一时也、此一时也。
形骸之外,言语道断焉;任放之间,纸墨自存矣　云尔谨序
　○　●,●●●○;　●　○,●●●●。
闻昔潇湘逢故人,在今乐水讵为新。
夜鱼宿处投心绪,秋月浮时洗眼尘。
潭菊落妆残色薄,岸松告老暮声频。
池头计会仙游伴,皆是乘查到汉滨。《菅家文草》卷6①

34　早春内宴,侍仁寿殿,同赋春娃无气力应　制
　　夫早春内宴者,
　　　　不关荆楚之岁时,非踵姬汉之游乐。
　　　　○●　○,●●　●。
　　　　自君作故,及我圣朝。

---

① 根据川口久雄校注《菅家文草菅家后集》岩波书店1966年版。

505

殿庭之甚幽,咲嵩山之逢鹤驾;风景之最好,嫌曲水之老莺花
　〇　〇,　〇　〇●;●　●,　●●　〇。

节则新焉,一人有庆;年惟早矣,万寿无疆。
●〇,〇●;〇●,●〇

于是　妆楼进才,粉妓从事。
　　　〇〇,●●

纤手细腰,受之父母;软云襛李,备于发肤。
●〇,〇●;〇●,〇〇

况　阳气陶神,望玉阶而余喘;韶光入骨,飞红袖而赢形。
　　●〇,　〇　●;〇●,　●　〇。

彼　罗绮之为重衣,妒无情于机妇;管弦之在长曲,怒不阕于伶人
　　●〇〇,　●;〇●●,　●　〇。

变态缤纷,神也又神也;新声婉转,梦哉非梦哉。
●〇,●〇;●〇,●〇〇

臣　通籍重门,踏彩霞而失步;登仙半日,问青鸟而知音。
　　●〇,　〇　●;〇●,　●　〇

乐之遍身,词不容口;请祝尧帝,将代封人　云尔
〇〇,●●;●●,●〇

纨质何为不胜衣,谩言春色满腰围。
残妆自懒开珠匣,寸步还愁出粉闱。
娇眼曾波风欲乱,无身回雪霁犹飞。
花间日暮笙歌断,遥望微云洞里归。　《菅家文草》卷2

39 仲春释奠,听讲孝经,同赋资事父事君
仲春之月,初丁大昕,有事于孔庙,盖释奠也。

笾豆之事,则有司存之;苾芬之仪,则鬼神享之。
●●,　〇〇;〇〇,　〇●

礼云礼云,可名目以言矣。

于是　圆冠搢节,博带抠衣。

命夫君子之儒，稽其古文之典。

立言在简，宪章于鲁堂之中；敷说如流，拟议于洙水之上。

故能　志于道据于德，拥经犹有三千；芸其草修其书，去圣曾未咫尺。

夫　　孝事亲之名，经为书之号。

谓之义者，旁观地理；谓之行者，俯察人文。

是以　膺箓受图之贵，非孝无以约左龙；啜菽饮水之卑，非孝无以据悬象

至如　子谅之心，孙谋之咏。

求之于百行，不如此一经　者也。

观其　一草一木，不伐勾甲于和风之前；乃父乃兄，无亏燕毛于观学之后。

济济焉，锵锵焉。

孝治之世，其犹镜谷乎。

况亦　资于慈父以事圣君，君父之敬可同；孝子之门必有忠臣，臣子之道何异。

然则　剔名之义，可请益于北阙之臣；形国之仪，岂失问于南陔之子。

愿录三纲之无爽，将叙五教之在宽　云尔谨序

怀忠偏得意，至孝自成人。

换白何轻死，含丹在显亲。

王生犹有母,曾子岂非臣。

若向公庭论,应知两取身。《菅家文草》卷1

虽然在此不对句题诗展开进一步的探讨,但是,与其说为了纪念文学创作的场所,这里的序更倾向于解说之后诗的内容,即为何选此作诗要求,意图何在。而且,解说时使用的是骈文,多用典故,对仗工整,平仄和谐。但是,其表现手法具叙事性质,是以了解中国古典知识为基础的。而并不带有抒情性,这与王勃等初唐文学者,以及中唐以后韩愈和柳宗元的序不同。

根据上述佐藤氏的论著和李宇玲《古代宫廷文学论》(勉诚出版社 2011 年),句题诗与唐代省试诗的考试存在着联系。那么,我们可以认为,比起抒情性,日本宴席诗更重视的是技巧性和知识性,这同样也是附在宴席诗前的诗序所重视的。与创作律诗一样,创作骈文也是考验文学者自身的中国古典运用能力、作文能力,并发挥其智慧才能的机会。

《本朝文粹》所收诗序多表达了例如"文时腐儒薄德,谬列邹枚。位才正议大夫,官犹员外吏部。染学而老,倦朝而衰。喜陪梁游,暂慰楚欷云尔"[54《秋日听第八皇子始读御注孝经应制》菅原文时(899—981)]。"爰有总州员外顺者,昔是南曹聚雪之生,今则东海指云之吏。学拙官冷,愁献芜词云尔"[57《夏日陪右亲卫源将军初读论语各分一字》源顺(911—983)]等个人的怀才不遇感和追求升迁,这表明,对他们来说,在这种宴席上创作诗和诗序是一种"认真的游戏"。

三

七世纪以后,日中都创作了诗序。但是两国文学作品的表达重点和主题完全不同。在文体方面,中国诗序起初用骈文而后用散文,而日本诗序自始至终用的都是骈文。而且,中国诗序是脱离宴席诗而独立出来的文章,而日本诗序与宴席诗密不可分,且是对宴席诗的一种详细解说。虽然不能说,日本诗序创作的场所已消失,但已经不再是主流。有时日本也会在朋友相聚的场所创作文学作品。但是在日本文学创作场所,评价诗文创作水平的主要标准是,丰富的知识(典故)和语言表达能力(对句、平仄交替)。文学价值观集中体现在表现手法和文学形式上。从当时的看法来说,诗序就是一种可以最贴切地表达文学价值观的文体。

中国在唐玄宗时期之后,宫廷已经不再是主导文学创作的场所。而后士人官僚则成了新的文学创作主导者,评价文学的方法也发生了变化。与此不同的是,在日本,天皇等贵族举办的宴席一直以来都是诗文创作的主要场所。我们不能轻易下结论,认为日本文学落后于中国文学。因为当时日本应该也了解中国序的变容和对文学评价的变容。我们可以认为,日本人是主动选择要维持和延续这种文学创作场所和作法的。他们自觉在这种场所创作的文学作品是一种典范,对后世文学作品起了示范作用,它的基础是学术知识,文体是最精炼的骈文。平安时代的贵族想以读者和作者的身份参与到中国文学世界当中,对他们来说,只有这样才能获得参与的资格,他们的宴席是需要用"正统的表达形式"创作诗文的场所。

结语

在日本的宴会上创作的"句题诗"就是需要通过学习获取知识(input),需要恰当且有规律地组合汉字的表达(output)。从这样的角度来说,他们所作的句题诗必须是正统的诗。而每次作句题诗时都须同时用"正统的文章"作序。用骈文写诗序,表明了当时日本人对骈文这种文体的认识。当然,可能当时骈文本身就已经具备了明确的文体基准,并且或许能反映当时的中国,对骈文还抱有视其为"正统的文章"的意识。平安时代的诗序使用骈文这一事实,有助于我们考察唐代骈文观。

高丽前期骈体文与古文的对立

金乾坤(韩国学中央研究院)

将高丽王朝分为三个时期的话,一般把太祖(918—943)到仁宗(1122—1146)时期看为其前期。这一时期的文学延续了三国时期(高句丽、百济、新罗)由中国传入的《文选》的影响,新罗末期的入唐留学生在新王朝继续活动,而高丽的历代国王也推行好文政策,实行科举制度,对文风的振作起到了很大的积极作用。同时,睿宗和仁宗年间的讲论经学,使得儒学到达了一个新的高度,而在这种儒学思想的影响下,高丽文坛中的词章批判论也逐渐抬头。

学界一般认为高丽前期的文学风潮受晚唐风和骈体文的影响,重视雕章琢句的科场诗文大为盛行。但是,虽然这一时期可以说是韩国文学史中骈文最盛行的时期,然而同时也可以说是古文意识萌芽的时期。本文拟通过对当时文坛整体情况的把握,具体考察骈文与古文的冲突、两派文人的对立以及由骈文向古文的转换过程。

一、新罗末期到高丽初的文风

高丽初期沿袭了新罗末期的文风,晚唐风仍是主流。这与新罗六头品出身的文人学者进入高丽时期后仍入朝为官,使得高丽汉文学建立在新罗汉文学的基础上有很大的关系。也就是说,晚唐风主导地位的形成,是因为三国时期以来,文人学者们一直以六朝唯美文风的代表《文选》为文学教材,这一影响一直延续到高丽初期,而同时新罗末期的遣唐留学生从中国带回来的也是当时所崇尚的晚唐文风。新罗末期遣唐留学生中的代表人物有崔致远、崔匡裕、崔承佑、崔彦、朴仁范等，这些文人不仅学习晚唐的文学，还精于六朝的绮丽文风，这一点在崔致远的文章中表现得很明显：

> 如某者，迹自外方，艺唯下品。虽儒宫慕善，每尝窥颜冉之墙；而笔阵争雄，未得摩曹刘之垒。①

这段话出自崔致远写给淮南节度使高骈的文章，从中可略窥其文学师从。作为外国人的崔致远，学问上仰慕颜渊和冉伯牛，文学上追崇曹植和刘桢。新罗末期所对应的时代是晚唐，晚唐的绮靡文风与六朝的绮丽之风相近，作为学习者的崔致远除了锻炼修辞与作文技巧以外别无他法，也就是说必然会学习六朝文学。更何况，为了通过宾贡科考试，必然要学习科场诗文，这种浮华无实的文风比晚唐风更加追求极致的形式美。因此，崔致远将六朝时期最具代表性的文人曹植和刘桢看作文学典范，将沈约和谢朓②视为文章大家。

在以崔致远为代表的遣唐留学生中盛行的是晚唐风，这就导致了新罗末期的韩国文坛也脱离不了晚唐风的支配与影响。这种文风与魏晋南北朝的文风相似，崇尚骈四俪六的雕琢之风，喜用大量的典故与精致的对句，追求音韵和谐之美、浮夸的修辞以及人为的技巧性表现手法。

如果说由于新罗末期文人们的推崇，晚唐或者说六朝文风有了一定的发展，那么到了高丽初期，科举制度的实施、私学的兴起、教育制度的完善以及睿宗、仁宗、成宗等君主对文学的推崇与奖励政策等，使得汉文学在崇尚词章的道路上愈行愈远。特别是在光宗九年(958)科举制度施行以后，文人为了通过进士科考试，走上仕途，不得不致力于应对科考的诗、赋、颂、策等文体的学习。因此，文人们致力于科举考试，以至于出现了以科诗、科赋、科颂、科策等为代表的"场屋文学"这种独特的文学形式。特别是科考中的"策"完全以四六骈体文的形式创作，更加追求精美的修辞和华丽的形式美。

因此，科举制度实施后诞生的场屋文学与追求极致的形式之美的唐代科文

---

① 崔致远《献诗启》，《东文选》卷四五，首尔大学奎章阁藏本。
② 崔致远《初投献太尉启》："于儒则沈谢呈才，于武则关张效力。"《东文选》卷四五。

并无二致,①也无非是文人们为实现立身扬名与家门荣达目标的手段而已。

除了科举制度,高丽的历代君主同时也崇尚文学,推行了大量的文学奖励政策,对文风的振作起到了很大的推动作用。"高丽光宗始设科,用词赋,睿宗喜文雅,日会文士唱和……由是俗尚词赋,务为抽对。"②历代君主对文学的喜好,使得文臣们更加热衷于文学创作。虽然说每一代君主都会不时举行诗会,命大臣们赋诗,文臣们也因此留下了大量的应制诗,但是能够被称为"好文之主"的只有文宗、睿宗、仁宗和毅宗。而成宗时推行的月课法,更使得文臣们的诗文创作称为定例。为了使文臣们在科举及第后也勤于诗文创作,成宗颁布教旨规定,知制诰以下的年未满五十岁的中央官员每月须创作诗三首、赋一篇,地方官吏每年诗三十首、赋一篇。③ 君主将汉文学创作看作官吏才能提升的方法,使之成了文臣们的一种义务。因此,文臣们创作词赋的能力得到了提升,汉文学有了长足的发展,而另一方面,为了向国君展示自己的能力,他们的作品中大量使用抽黄对白之法,相较于内容,更加重视文章的修辞和形式。

因此,徐居正(1420—1488)对高丽前期文风进行评价时说:"高丽光显以后,文士辈出。词赋四六,秾纤富丽,非后人所及。但文辞议论多有可议者。"④从光宗和显宗时期实施科举制度开始,高丽文风空有华丽形式而无实质内容的倾向越来越明显,秾纤富丽的四六骈文成了主流。换言之,前文所说的遣唐留学生带回本国的晚唐风在遇到科举风之后,其浮华无实的特征更加显著了。

二、高丽前期骈文的盛势

魏晋时期文人们上书时,为了使文章形式更加美观,创作出四字句和六字句的四六体,并以这种形式写作表、笺、启、状等,因此就有了骈文。⑤ 赋和策成为科举考试的科目之后,骈文更加追求精美的修辞和华丽的形式之美。将赋和

---

① 徐兢《同文儒学》:"若夫其国取士之制……乃用诗赋论三题,而不策问时政,此其可叹也……大抵以声律为尚,而于经学未甚工,视其文章髣髴唐之余弊云。"《高丽图经》。
② 徐居正《东人诗话》卷下。
③《高丽史》卷三,成宗十四年二月己卯条。
④ 徐居正《东人诗话》卷下。
⑤ 崔滋《补闲集》卷下:"盖魏晋间著述者,为文上长,欲其览之易也,章分句断,骈四俪六,以为笺表启状。"

策纳入科考,本就是为了以此考察应试者写作奏章的能力,因此相较于文章内容,更加重视文章的棱角、音律、对偶等外形之美。

因为与科举考试有着密切的关系,所以一直到高丽后期骈文也还是长盛不衰,特别是大臣写给国君的奏章、下属写给上司的尺牍等公文仍以骈文为主。甚至是擅长古文并且对骈文的弊端有着充分认识的一些文人,在上书王公大人们时,也还是要根据当时的习俗采用骈文的形式,因此骈文的势力才能经久不衰。《东文选》所收录的高丽时期文人的文章中,奏议、表、状、疏、笺、启、书等与国家政治相关的文章以及其他一些礼仪性的公文,大部分也都还是骈体文。

高丽后期崔瀣(1287—1340)编纂的《东人之文四六》可以说是高丽时期骈体文的集大成之书,该书收录了高丽初期到崔瀣的时代为止的76名作家的493篇文章,并按照文体进行了分类。该书目录中的文体类别、卷数以及各文体的作品数量整理如下:

1. 事大表状(卷1~4):122篇
2. 策文(卷5):17篇
3. 麻制(卷5):7篇
4. 教书(卷6~7):55篇
5. 批答(卷7):11篇
6. 祝文(卷7):50篇
   1) 宗庙祭祝
   2) 社稷
   3) 释奠二丁
   4) 圆丘
   5) 藉田
7. 道词(卷7~8):13篇
8. 佛疏(卷8):6篇
9. 乐语(卷8):21篇
10. 上梁文(卷8):1篇
11. 陪臣表状(卷9):34篇
12. 表(卷10~12):69篇
13. 笺(卷13):7篇
14. 状(卷13):49篇
15. 启(卷13~15):24篇
16. 词疏(卷15):6篇
17. 致语(卷15):1篇

崔瀣将文体分为17大类,又将祝文按照用途分为五种。值得注意的是,崔瀣将事大表状和陪臣表状视为不同的两类,这反映出的不仅仅是其事大意识,同时也能看出崔瀣将作者的职位和文章的用途看作是文章分类的标准之一。关于这一点崔瀣在《东人四六序》中有如下阐述:

窃审国祖已受册中朝,奕世相承,莫不畏天事大,尽忠逊之礼,是其章表得体也。然陪臣私谓王曰圣上曰皇上,上引尧舜,下譬汉唐。而王或自称朕予一人,命令曰诏制,肆宥境内曰大赦天下,署置官属皆仿天朝。若此等类,大涉僭踰,实骇观听。①

由此可以看出,崔瀣有着明显的事大主义倾向,他认为天子和王、君和臣的文章各有不同,不能以下犯上。正是因此,他才将事大表状和陪臣表状看作不同的两类。崔瀣在《东人之文四六》的序文中提到,此书的编纂契机是想要将高丽的文章展示给中国文人看,这可以看作是表面的原因。更深层的原因则是考虑到了当时中国和高丽的交流中骈文的实际性的作用。换而言之,崔瀣很可能是考虑到当时国家公文的创作以及文坛对骈文的需求,才编纂了《东人之文四六》一书,旨在为骈文的创作树立一个典范。他将《东人之文四六》增补至十五卷,也正是出于这个原因。

同时,《东人之文四六》选取的文体和作品所涉及的文人数量都很多,但是并没有只偏重于高丽的某个时期,由此可见,骈文在整个高丽时期都是十分盛行的。按所录文章数量来排序的话如下所示:金富轼(81篇)→金克己(64篇)→崔惟清(59篇)→李奎报(42篇)→朴浩(24篇)。金富轼的作品数量最多,而素有大文豪之称的李奎报的作品则相对较少,这与他们所生活时期的文坛的状况、各自在朝中的活跃度以及文章创作的个人倾向都有关系。金富轼参与平定妙清之乱,在中央舞台极为活跃,创作了很多与朝政有关的文章;而李奎报甚至在上书王公大人们时,也不喜时俗所崇尚的骈体文。② 同时从文章史来看,与李奎报相比,金富轼在高丽文坛中的地位更高。朝鲜后期文人金泽荣(1850—1927)将金富轼选入"丽韩九家",并选取了他的六篇古文,李奎报则未能入选。崔瀣本人也十分推崇金富轼。例如虽然金富轼的《进三国史记表》并非骈体文,崔瀣仍将这一篇收入了《东人之文四六》,并标注说"非四六"。

《东人之文四六》集合了当时优秀文人们所创作的追求极致的形式之美的骈体文中的精华,在文章史上意义重大。同时,所收录的文章大部分都与国事相关,作为《高丽史》的补充材料的史料价值也十分珍贵。尤其是在现存高丽时

---

① 崔瀣《东人四六序》,《拙藁千百》卷一,影印日本尊经阁藏本。
② 李奎报《与金秀才怀英书》,《东国李相国集》卷二六,《韩国文集丛刊》(1—2)。

期文集十分不足的情况下,《东人之文四六》的价值是毋庸赘言的。仅考察其所收录的未收入《东文选》的百余篇文章,也具有十分重大的意义。

总而言之,虽然高丽时期古文和骈文都有所发展,但是正如金泽荣所言:"三国高丽,专学六朝文,长于骈俪。"①高丽时期骈文的盛势可见一斑。

三、载道的文学思想的兴起与骈文批判

虽然说高丽时期骈体文与科场文相结合,总体呈现出浮华无实的形式主义的倾向,但是其间也不是没有出现对这一文风的反对与批判。从高丽太祖时期开始,儒家经典一直很受重视,科举考试中也有明经一科,由此可以推测,从高丽建国之初,对儒学乃至古文的重视一直没有中断过。太祖《训要十条》中说"有国有家,儆戒无虞,博观经史,鉴古戒今"②,强调了儒家的修身理念。而历代君王和权臣们也站在国家统治的角度,对经学或者说儒家的道德修养极为重视。因此,立足于儒家思想的文学观也有所发展,出现了对当时浮华无实的骈体文以及重视词章的文风的批判。这其中最为突出的人物是对高丽前期儒风振兴起了极大作用的成宗时期的崔承老(927—989)和文宗时期的崔冲(984—1068)。崔承老在《时务二十八条》中试图通过儒学实现其政治理想,崔冲则通过兴办私学,以教育实现儒学理念的振兴。下面这段话具体记录了崔冲的功业:

> 高丽开国,庶事草创,未遑文教。光宗好文,虽委任双冀,然其文辞,病于浮藻,不足为后学模范。冲历仕显德靖文四朝,以文学名世,兴起斯文为己任。收召后进,教诲不倦,抠衣者日众,为当时十二徒之首,东方学校之盛由冲始。自是,文章豪杰之士,彬彬辈出,铺张国家之制作,中国称为诗书之国,以至于今者,何莫非冲之赐也?③

从这段引文可以看出,崔冲所推崇的文风,与较早的双冀所提倡的文风有很大的不同。后周人双冀到高丽后,建议实施科举制度,作为科文体的场屋文学由

---

① 金泽荣《杂言》,《韶濩堂集》卷八,"国立中央图书馆"藏本。
② 《高丽史》卷二,太祖。
③ 徐居正《东国通鉴》卷一七,文宗二十二年。

此兴起,以浮华无实的词章为主的雕琢之风大行其道,但是这种文风无法成为后学之典范。相反,崔冲所主张的文风克服了这种雕琢之风的弊端,为后代学者树立了典范。崔冲作为一个以"兴起斯文为己任"的儒家学者,所追求的也必然是立足于儒家思想之上的文风。

但是,实际上崔冲并没有实现儒风的振兴,或者说并没有脱离对之前文风的蹈袭,实现文风的变革。权鳖评价崔冲的私学时说:"文宗时,崔文献设九斋,导后生,世称海东孔子。而无明道穷理之实,故及门渐被者,皆雕华浮薄之士,而务本抑邪之义,世之未闻,则所谈者特圣贤之糟粕耳。"[1]也就是说,崔冲并没有改变华丽轻薄的文风,仍是因袭骈俪文风,也并没有实现振兴儒学的目的。

因此,一直到了睿宗和仁宗年间,经筵的讲经使得通经明史的文学儒教得到了很大程度的发展,才出现了立足于儒学的积极批判骈体文的文学思想。这一时期,郭东珣认为经术乃学问之根本,向国君建议只集中学习六经,摒除朝中的雕虫篆刻之辈;[2]金富仪(1079—1136)也指出当时高丽朝中多轻薄之徒,古学不振,批判所选拔的人才大多是只会于词赋上雕虫篆刻的末端者;[3]同时,金端也研习古人之文,推崇中国古代圣人,认为雕虫篆刻非大丈夫所当为。[4] 由这些可以看出,当时对骈体文的批判也是存在的。这里的"雕虫篆刻"指的是以修辞和技巧为主,只注重形式之美的浮华无实的骈体文,与之相对的经术、六经、古学、古人之文则指代古文。

当时不仅出现了这种对骈体文的批判,甚至还出现了更明确的骈文和古文两派的对立,高丽史中关于崔瀹有如下记载:

> 上书谏曰:"昔唐文宗欲置诗学士,宰相奏诗人多轻薄,若承顾问,恐挠圣聪,文宗乃止。帝王当好经术,日与儒雅讨论经史,咨诹政理,安有事童子雕篆,数与轻薄词臣,吟风啸月,以丧天衷之淳正耶?"王优纳之。有一词臣乘隙曰:"瀹所谓儒雅,除臣等别有何人?瀹短于诗,故有此言。"王怒左

---

[1] 权鳖《与周景游书》,《海东杂录》。
[2] 郭东珣《又谢幸学表》,《东文选》卷二六。
[3] 金富仪《辞知贡举表》,《东文选》卷四二。
[4] 金端《谢释奠倍位表》,《东文选》卷三五。

迁春州府使。①

崔瀹和词臣的纷争所体现的正是经术之士和雕虫篆刻之徒的对立。崔瀹有志于成为明经通史的文学儒者，而词臣则是时俗所尚之吟风弄月之士。从文章创作来看，二者的对立也正是古文和骈文、科文的对立。从二者在国君面前争论这一事件可以推测出，当时两派的冲突已经是很明显的了。

总之，当时立足于儒学，主张载道论的文人们对当时诗、赋、骈文等浮华的词章进行了批判，将之称为雕虫篆刻，他们主张学问乃至文学皆当以经术为根本。他们希望通过对浮华无实的词章的批判，实现儒道的振兴。虽然儒家经典中的文章为古文，但是他们的主张还没有上升到古文创作的实践上去。

四、金黄元的古文习作及其与骈体文派的冲突

随着立足于儒学的文学思想渐渐兴起，对骈文的批判愈加激烈，文人们对古文也更加关心，出现了实际上的古文创作实践，这成为当时高丽社会的一个普遍现象，而其中的代表人物则是金黄元(1045—1151)。

金黄元少年时即通过了科举考试，致力于古文学习，被称为"海东第一"②，从这一点可以推测出当时高丽文坛的大致形势。因此，在古文和骈文并存或者说从骈文向古文转换的时期，两派的对立与冲突也必然更加激烈：

> 金黄元，字天民，光阳县人。少登第，力学为古文，号海东第一。清直不附势，与李轨善，同在翰林，以文章著名，时称金李……宰相李子威，恶其文不随时所尚，曰："若此辈久在翰院，必诖误后生。"遂奏斥之。尚书金商佑有诗曰："学非浮薄终归古，道不回邪岂媚今。"宣宗闻之，擢为右拾遗知制诰……金富轼请赠谥，当途有不悦者，沮之。③

以李子威为代表的当时的文人们大都崇尚骈文，而金黄元、李轨、金商佑等所推重则是古文。也就是说，李子威和金黄元的对立正是骈文和古文的对立，金黄元被贬出翰林院的原因也正是因为其积极地进行古文创作实践。在公文一律

---

① 《高丽史》卷九五《崔瀹传》。
② 《高丽史》卷九七《金黄元传》："少登第，力学为古文，号海东第一。"
③ 《高丽史》卷九七《金黄元传》。

用骈文创作的朝廷当中,金黄元等古文派定然受到排挤,但结果却受到了国君(宣宗)和金商佑、金富轼等人的支持,由此也可以看出当时文坛对古文的重视程度以及古文派势力的成长状况。

由于现存资料的不足,金黄元积极进行古文创作的背景和动机已无从考证,但是与其不喜拘束的性格应该不无关系。由于反对形式主义的骈体文,才会积极创作能够更加自由地表达情感的古文。其文集《分行集》已失传,流传下来的作品中也没有古文,因此其古文作品究竟如何已不可考。但是,金黄元为其子取名为通理、存道、通文等,由此可以推测他在文学上主张的应该是儒家的载道论。

另一方面,大致可以推测出金富轼(1075—1151)继承了他的古文。金黄元去世后,金富轼曾为其向国君请赠谥,而金富轼之弟金富仪也曾为其写墓志铭,从这些都可以看出金富轼、金富仪兄弟对其学脉的继承。因此,在高丽时期的古文发展史中,金黄元先于金富轼,不仅是古文创作的起点,①同时也在骈文向古文的转换过程中起到了重要的作用。

在骈文与古文的对立与冲突中,高丽的文风开始逐渐由骈文向古文转换,陆续出现了一些试图进行古文创作实践的文人。除了前文提到的几个古文家以外,李预、金缘(仁存)、金守雌、金富辙、权适、崔惟清等也是这一时期古文创作的代表人物,但是他们所创作的古文还没有完全脱离骈文的影响。金声振教授曾撰文考察过《东文选》中所载七篇记文,通过这些记文对古文文体的变化进行了分析。② 该论文对崔冲的《奉先弘庆寺记》、李预的《三角山重修僧伽堀记》、金缘的《清燕阁记》、金守雌的《幸学记》、金富辙的《清平山文殊院记》、权适的《智异山水精寺记》和金富轼的《惠阴寺新创记》进行了对比分析,指出在崔冲、李预、金缘、金守雌等人的文章中仍然大量使用了骈四俪六的句式,而在金富辙以后的作品中这种句式则大为减少,同时文章叙述的方式也从典故的罗列转向记叙文的形式,而且越往后虚词的使用也越来越多。从这一分析结果可以明显看出当时的文体具体经历了怎样的变化。

---

① 参见沈浩泽《高丽前期文学史的转换与金黄元》,《汉文学研究》,启明汉文学会1997年。
② 参见金声振《高丽前期散文的记述方式》,启明大韩国学研究院第十二届企划学术发表会1998年11月。

对高丽初期的古文家们,李齐贤进行了如下评价:"金侍中仁存《清燕阁记》,载于宋徐兢《高丽图经》,蔼然有德者之言也。金文烈慧阴院归信觉华诸寺碑,崔文肃《玉龙寺碑》,不为表襮,自成一家。金枢密富辙《文殊院记》,金壮元君儒《松广寺碑》,亦可喜,惜乎其有繁辞也。"①一般来说,记文和碑文不受文体的束缚,能够更加自由地记录事情的始末,相较于骈文,更适合用古文进行创作。李齐贤评价初期古文家的文章为"有德者之言",不追求繁复的形式之美,已经可以"自成一家",可以说当时的古文创作已经具有了相当高的水准。崔惟清不仅以古文创作了《玉龙寺碑文》,还为唐代古文大家柳宗元的《柳文事实》做了注,当时高丽文人对古文的关心已经蔓延至中国的古文家,古文的发展可见一斑。

五、金富轼由骈文到古文的文体转换

金富轼(1075—1151)在高丽前期的古文创作和文风转变中起了最关键的作用,历代选文家和批评家都将他和李齐贤、李穑并称为高丽时期古文大家的代表人物,并将其看作是韩国在古文创作方面取得成就的第一人。

金富轼虽然很早就致力于儒学,但是也不能完全避开当时文坛所谓的"时文"。这就使得他在修习学问以及文学的过程中,不断遇到词章和儒学的冲突,其作品也是时文和古文都有所涉及:

> 某少好学问,粗攻简编。当役役于时文,雕虫篆刻;实怅怅于大道,摘埴索涂……耻道不如古人,居常责己,誓无反圣,拟不随流。独以饥寒之忧,难抛名利之学。翻然背驰圣人之趣,斐然狂简小子之裁。②

> 少年攻章句之雕篆,壮齿好典谟而吟讽。钻仰遗风,敫敫深期于附凤。③

从上面两段引文可以看出,金富轼少年时有志于儒道,但是为了求得官职与社会地位,不得不役役于浮华无实的"雕虫篆刻",壮年之后才得以从名利之学回

---

① 李齐贤《栎翁稗说》后集二。
② 金富轼《谢魏枢密称誉启》,《东文选》卷四五。
③ 金富轼《仲尼凤赋》,《东文选》卷十。

归儒学。即使遭遇儒生理想与现实社会的冲突,金富轼也能充分认识到名利之学并非圣人之道,并且在批判词章的同时追求圣贤之道。

因此,金富轼立足于儒家的学问观和文章观,使得他的创作更倾向于古文,而非当时所崇尚的骈文。其友人僧慧素曾为金兰丛石亭写过记文,金富轼嘲笑这篇文章说"此师欲作律诗耶"。① 律诗与骈文一样,要求平仄与工整的对偶。记文分明可以写成,慧素偏偏像写律诗一般以骈文的形式创作,一味追求工整的句式和对偶,金富轼对此十分不赞同。实际上金富轼本人所写的《惠阴寺新创记》与前人相比,骈文的特征已经少了很多,虚词的使用也大为增加。② 这些都可以看作是骈文向古文转变的证据。但是在公文方面,金富轼也仍然不得不选择时俗所推崇的骈文,《东文选》中收录的他的表、状、启、册文、教书、祝文、道词、佛疏等奏议类文章,大部分也都是骈文。

金富轼的古文流传至今的除《三国史记》中的人物列传外,只有收录于《东文选》中的《惠阴寺新创记》和《进三国史记表》。金泽荣在编纂《丽韩十家文抄》时选取了金富轼的《进三国史记表》、《惠阴寺新创记》、《金居柒夫传》、《金后稷传》、《温达传》、《百结先生传》等六篇文章,认为《温达传》置于《战国策》和《史记》之中也毫不逊色,③可以说是高丽时期最优秀的作品。④ 此外,金泽荣在初读《三国史记》时,曾以为金富轼大量选用了《旧三国史》的原文,所以才能给人以丰雅之感,然而读了《惠阴寺新创记》之后,才知道《三国史记》与此文同出一人之手无疑。⑤《三国史记》中的列传可以说是优秀的叙事文学作品,《温达传》更是行文简洁,采用了纪实的手法,堪称杰作。而《进三国史记表》作为呈给国君的表文,本应写成骈文,金富轼仍采用了古文的形式,由此更能看出其对古文创作的热情。

同时,金富轼的古文更近似于西汉风,而非唐宋风。虽然他所生活的时代

---

① 崔滋《补闲集》卷上:"金兰丛石亭,山人慧素作记,文烈公戏之曰:'此师欲作律诗耶?'"
② 参见金声振《高丽前期散文的记述方式》,启明大韩国学研究院第十二届企划学术发表会 1998 年 11 月。
③ 金泽荣《答李明集论三国史校刊事书》:"如温达一传,置之战国策史记之中,几不可辨。"李祯《校正三国史记》。
④ 金泽荣《杂言》:"高丽文之杰作,当以金文烈公温达传为第一。"《韶濩堂文集》卷八。
⑤ 金泽荣《杂言》:"余初疑金文烈三国史,多仍三国本文,故能丰雅矣。后读其惠阴寺记,见其与三国史同为一手笔,然后疑始破耳。"《韶濩堂文集》卷八。

对应的是中国的宋朝,其家门对东坡也颇为推崇,其兄弟二人的名字便是依苏轼、苏辙兄弟二人名字而取,金富轼本人对中国的古文以及唐代韩愈、柳宗元的古文运动也评价颇高,①但是实际上他所创作的古文反而与西汉风更为相近。金泽荣评价其古文说:"高丽中世,金文烈公特为杰出。其所撰三国史,丰厚朴古,绰有西汉之风。其末世,李益斋始唱韩欧古文。"②《三国史记》与司马迁的《史记》文体相近,所以才有此评价。也就是说,相较于以韩愈、欧阳修为代表唐宋古文,金富轼的古文追求的辞达以及记事为主的写作方式,与西汉风更为接近。

结语

  整个高丽时期的文章史都可以看作是骈文与古文对立、并存的历史。三国时期的文选风和遣唐留学生带回国的晚唐风,使得高丽初期骈文成为文章主流。加之科举考试的实施,高丽文风便产生了浮华无实之弊病。这种浮华无实的骈文在整个高丽时期都十分盛行,在公文写作和礼节性较强的文书写作方面更是如此。而在对骈文的批判与反省的过程中,立足于儒家经典和儒道的古文意识也有所发展,最终形成了骈文和古文的对立。

  高丽前期骈文与古文的对立冲突中,金黄元、金富轼等优秀的古文家辈出。金黄元作为高丽时期第一位古文家,被称为"海东第一"。而继承了其文脉的金富轼在写作与国事相关的公文时仍采用骈体的形式,但是其所撰《三国史记》丰厚朴古,颇有西汉之风。朝鲜后期的古文大家金泽荣将金富轼与李齐贤并列视为高丽古文家的代表人物,在《丽韩十家文抄》中收录其古文六篇,并评价《温达传》为高丽时期古文中的代表作。

---

① 金富轼《谢魏枢密称誉启》:"申甫就列,周政几于中兴,韩柳挥毫,唐文至于三变。"《东文选》卷四五。
② 金泽荣《杂言》,《韶濩堂文集》卷八。

十七世纪朝鲜文人对骈文的认识与创作实践
——以南龙翼的《俪评》为中心

朴用万（韩国学中央研究院）

一、绪言

朝鲜王朝建国之后，官僚文人们高举文章报国的旗帜，喜好华美的文风以及诗歌式的修辞技巧。这种风潮使得骈文变为目的性很强的文学，丰雄高华的赞美成为其主旋律，使其更加格式化，也更加保守，但是不可否认的是，这种骈文文风在朝鲜与中国的外交以及对新王朝的赞扬方面也颇具效果。虽然当时重视道学的士林派文人也批判雕章琢句的文风，重视文章中的理与道，主张文章出于经术、经术是文章的根本这种"经文一致"的观点，但是国家政治生活中骈文的主导地位并未被动摇。

壬辰倭乱以后，人们对之前虚幻的黄金时代产生了怀疑，进行了反思，并不断摸索新的发展道路。打击外夷，恢复儒学，这些政策都使得这一时期人才辈出，形成了后世所称的"穆陵盛世"。[①] 朝鲜王朝后期，特别是到了十七世纪以后，涌现出了大量针对文章论和文章形式的文学批评，但是其中大部分都是把古文的概念作为主要探讨对象。这一时期古文的概念并不明确，既包含明代复古派的拟古文，又将其与拟古文派区别开来，定义为立足于经典的文章或者说

[①] 李家源《韩国汉文学史》，普成文化社1986年版，第215—216页。

"义理之文"①这种模糊的概念。然而,即使同是将经典作为文章的根源,各家对经典的认识也有所不同,尊崇朱子学的学者文人较于六经更重视四书,而重视实用性的学者则认为六经和四书同为文章之根源。②

对于当时文坛的这种情况,金正喜(1786—1856)作了如下论述:

> 东人骈体,自壬辰以后,忽变以为宋元后风气,遂为一功令之雄,此近今之所不免,而虽文苑大手笔,举皆如是矣。大抵我国之壬辰,不知是何等百六大运,而上自朝家典章,至于闾巷风俗,无不大变,至今未复旧。文章书画之小道,亦皆从以迁谢,竟未有挽回。如明宣以上沨沨大雅之风,不可得见,常所叹惜。③

本文将通过对南龙翼(1628—1692)的《俪评》和李植(1584—1647)的《作文模范》提出的"徐庾体"与"馆阁体"的定义进行分析,考察十七世纪朝鲜骈文的特征、当时所流行的文体、创作及鉴赏等。

二、十七世纪朝鲜俪文选集的编纂与流行

在经历了壬辰倭乱与丙子胡乱两大战乱之后,由于表笺创作的需要以及肃宗对骈文的爱好,十七到十八世纪集中出现了一批骈文选集。同时,在个人文集的篇目中也出现了"俪文"这一条目,可以看出这一时期将骈文单独编选的倾向。对于这一现象,金镇圭(1658—1716)在《俪文集成序》一文中作了如下阐述:

> 其书之自燕市来者,止翰苑新书、四六全书,而或未该括,或有踳驳。我东则赵典翰仁奎之类编,繁而未精;泽堂程选,失之偏;息庵壶谷所抄,病于略。④

1711年《俪文集成》出版之前,主要将由中国传入的《翰苑新书》和《四六全书》作为俪文创作的范本。然而,这两部书过于庞大,又失之精细,并不足以作

---

① 李植《泽堂别集》卷一四,《作文模范》,《韩国文集丛刊》88,民族文化推进会1996年版。
② 沈庆昊《汉文散文的美学》,高丽大出版部1998年版,第145页。
③ 金正喜《阮堂全集》卷四,《与张兵使》,《韩国文集丛刊》301,民族文化推进会1996年版。
④ 金镇圭《俪文集成》,《俪文集成序》。

为骈文学习的典范。此外,朝鲜时期赵仁奎(主要活动于中宗时期)编纂的《俪语类编》,收录了 1802 篇作品,其中大部分是宋代作品,也收录部分初唐四杰的文章,但是并未收录六朝骈文。到了十七世纪,由于对骈文的需求增加,以骈文学习为目的的精选集的出现成了必然。因此,1631 年李植选编出版了《俪文程选》,此外,肃宗时期金锡胄(1634—1684)编纂了《俪文抄》,1711 年柳近(1661—?)和金镇圭分别编纂了《俪文注释》和《俪文集成》。①

然而,这些选集中收录的大部分都是宋代馆阁体的骈文。这是由于编者们认为六朝和唐代的骈文绮丽有余而尔雅不足,宋代馆阁体的骈文则是辞理具备的最佳选择。

此外,个人文集中单独设"俪文"条目,这也能看出当时文人对骈文的认识。仅考察 17 世纪的文人,也会发现柳根(1549—1627)的《西坰集》、郑文孚(1565—1631)的《农圃集》、赵缵韩(1572—1631)的《玄洲集》、金得臣(1604—1684)的《柏谷集》、南龙翼(1628—1692)的《壶谷集》、崔锡鼎(1646—1715)的《明谷集》、李玄祚(1654—1710)的《景渊堂集》等都将"俪文"单独置为一类。而其他大部分文人们则将骈文看为应制文和科体文,或者将之按诏、制、表、启等文体分类收录。柳根、郑文孚、崔锡鼎、李玄祚等收录的主要为馆阁体,而金得臣、赵缵韩、南龙翼等人文集中收录的则主要是徐庾体的作品。也就是说,当时文人会根据自己喜好的不同,在"俪文"条目下收录不同文体的骈文。

朝鲜时期的儒家文学仍继承了"文以载道"、"诗以言志"的传统,因此,骈文更加受到轻视,并因其不立足于经术的浮华文风而受到批判。一般来说,骈文与朝鲜的科举制度有着密切的关系。由于与国家政事相关的文章必然用骈文的形式创作,因此从"文章华国"的角度来看的话,作为公用文书的骈文一直发挥了其价值。这也就意味着,为了特定目的创作的骈文,不管从形式还是内容来看,其文学性都不甚高。为达到某种政治性的目的,用特定形式创作的骈文,所表达的内容也具有官方的性质,并没有多少表达个人思想感情的余地。而徐庾体骈文科文的习气则较少,文艺价值较高,因此在十七世纪得到了朝鲜文人们的偏爱。任叔英(1576—1623)、赵缵韩、李植(1584—1647)、南龙翼等将目光

---

① 此外,19 世纪初洪奭周(1774—1842)还编纂了《象艺荟萃》。

投向文艺性较强的六朝骈文,这在其实际的创作及文学批评方面都有所体现。

三、南龙翼对骈文的认识与《俪评》

南龙翼根据内容的不同,将《壶谷漫笔》的各篇定名为诗评诗选、唐诗、宋诗、明诗、东诗、诗话、俪评等。南龙翼曾编纂诗选《箕雅》,可见其对诗歌选编的关注。因此他首先论述了诗评和选诗的困难所在,认为不仅要求编选者具有一定的诗歌鉴赏力,选诗时还要有一定的标准。其次,他还对唐诗、宋诗、明诗的特征以及各个时代诗人的诗进行了评价。而在论述韩国诗歌的"东诗"条目中,他则各以二字评语对二十五位高丽时期诗人和五十四位朝鲜时期诗人的诗歌特征进行了评价,他评价李仁老诗"要妙"、陈澕诗"流丽",徐居正诗"赡大"。

他认为,高丽时期的诗人中,李齐贤诗歌色韵最为精雅,郑知常诗歌声律尤其独特,而李奎报的诗歌则最为雄壮。朝鲜时期的诗人中,朴訚诗歌格调豪迈,权韠诗歌情境和谐,郑斗卿诗歌则题材别具一格。

南龙翼的诗歌风格论与中国唐宋以来的诗歌批评家们的观点相去不远,但是他的风格论较之中国的诗评家们适用范围更为广泛,分类也更加细化。因此,南龙翼的风格论并非对中国诗歌风格论的单纯模仿,而是有选择性的吸收,并形成了自己的体系。

南龙翼的诗评可以分为对诗歌技巧的评价和源流批评,这也是当时诗评家们共有的倾向。《壶谷漫笔》中南龙翼不仅整理了高丽和朝鲜时期的诗话,还收录与同时代的金得臣等亲友相关的诗话,内容涉及极为广泛。

《壶谷漫笔》集中反映了南龙翼的文学观,此书成于1680年,而作者在1689年又再次进行了整理。书中还收录了评价骈文的《俪评》,这是朝鲜时期骈文批评的开端,它脱离了单纯的骈文选编,展现了作者文学批评家视角下的骈文评价。而书中对骈文的起源以及中韩骈文史的论述,更是值得注目。以下内容将结合本书中的具体文本进行分析。

(一)对骈文起源以及中国骈文发展史的认识

相较于前人对骈文零星的评价,南龙翼的《俪评》则对中国和朝鲜的骈文进行了整体性的评价。在《俪评》中,南龙翼以常见于诗歌批评的俊句、惊句、乐句等为中心,以能否成为骈文创作的典范,或者说与徐庾体的近似程度评判作品的优劣。

> 文自六朝，流于绮丽，病于偶对，仍变为骈俪之体。而徐庾昉之，至唐而王杨卢骆振之。盖其体以格调高华为宗，以音响清楚为主，作句转排，自有程限，隔字高低，有同律诗，此所谓徐庾体也。

南龙翼认为骈文起源于六朝时期，当时文章流于绮丽，过分强调对偶，由此而发展演变成了骈文。骈文起于徐陵(507—583)和庾信(513—581)，盛于并称为"初唐四杰"的王勃(650—676)、杨炯(650—692)、卢照邻(636?—695?)和骆宾王(626?—684)。徐庾体以格调高华为宗，声律清楚为主，句式似排律，各方面限制颇多，隔字平仄高低转换，与律诗相似。

追求对偶与声律和谐是为了便于朗诵，同时也考虑到了辞藻与音律的美感。这种美是能给人以感觉器官享受的形式美。特别是辞藻之美，在对偶(整齐美)以外，还运用典故(典雅美)与比喻句(华丽美)，但其水准各有高下。①

南龙翼认为徐陵的骈文质朴，庾信的骈文华美。而庾信的骈体序《哀江南序》虽然在对偶和音律方面有不精之处，但是却开创了"俪序"之体。② 而继承了徐庾体的"初唐四杰"之中，王勃的成就最高，骆宾王次之。③

> 宋朝诸学士，始变体格，以典重记实为宗，以恳到写情为主。表诏则苏轼汪藻独步，牒启则刘(克庄)李(刘)巨擘，此所谓馆阁体。

到了宋代，徐庾体出现了新的变化，形成了以典重记实为宗、以恳到写情为主的馆阁体。馆阁体与之前的以格调高华为宗、以音响清楚为主的徐庾体有很大的不同。也就是说，徐庾体重视格调与音律，而馆阁体则看重庄重典雅的典故、对事实的记录以及对诚挚的情感的描述，两者之间有着明显的区别。南龙翼认为，馆阁体的表诏创作中苏轼与汪藻最为优秀，刘克庄与李刘则堪称牒启创作的大家，而苏轼更是使骈文文体产生了新的变化。

然而，由于明太祖反对浮华的骈文，主张以唐代韩愈、柳宗元的古文为法式，到了明朝骈文近于消失。④ 换言之，南龙翼认为明太祖将唐代主张古文运动

---

① 金光燮《17—18世纪"俪文选集"类的编纂样相与其响》，《语文论集》，民族语文学会2006年，第88页。
② 南龙翼《壶谷漫笔》卷三《俪评》："徐之劝进表，庾之纥豆陵碑，最是名作。徐犹有质，庾专尚华。哀江南序，虽对偶音律有不精处，即是俪序之祖。"以下引用南龙翼《俪评》时仅注原文，不另注图书信息。
③ "四杰俪文，王为最，骆次之。"
④ "皇明太祖，一禁俪文，只令韩柳之作为式，明则无俪。"

的韩愈和柳宗元的文章作为文学创作的典范,而古文运动所批判的骈文再无立足之地。南龙翼虽然只是简单地考察了中国骈文的起源与发展史,但是他作为朝鲜文人对当时受到批判的骈文有系统的理解这一点,是不容忽视的。同时通过对骈文发展史的考察,也使得其对朝鲜骈文的评价更加合理。

(二)对高丽和朝鲜时期骈文发展史的认识

韩国骈文始于新罗崔致远,其文集《桂苑笔耕》是现存韩国最早的文集,而他在唐朝留学的经历也使其受到了当时晚唐诗风以及骈文的影响:

> 我东自罗迄丽,皆以事大为重,故表文词命,皆循绳墨,多有可观。崔孤云黄巢檄,固已鸣于天下,而桂苑笔耕所载四六,犹有四杰余习,只句法差变。如"人间之要路通津,眼无开处;物外之青山绿水,梦有归时"之句,好矣,已非徐庾。

渡唐留学生崔致远的文集《桂苑笔耕》中的骈文中虽然仍能看出初唐四杰的影响,但是句法上有所不同,其"人间之要路通津,眼无开处;物外之青山绿水,梦有归时"之句,语句优美,但是已经脱离了徐庾体。

南龙翼认为,崔致远之后,一直到高丽时期,进行骈文创作的文人才多了起来。其中朴寅亮(?—1096)的作品最佳,此外李齐贤(1287—1367)的表文也颇为精妙。① 金坵(1211—1278)汪洋奇健,与"初唐四杰"有很大的不同,而林椿(主要活动于十二世纪)的文章则又次之。② 也就是说南龙翼认为高丽时期的文人中朴寅亮和李齐贤的骈文最为杰出,金坵的骈文与四杰有一定距离,而林椿则又次之。

朝鲜时期骈文作者虽众多,南龙翼却认为论精工不及高丽时期。③ 朝鲜时期值得关注的骈文作者主要有金安国(1478—1543)、张玉(1493—?)、车天辂(1556—1615)、赵缵韩(1572—1631)、任叔英(1576—1623)、李植(1584—1647)、李明汉(1595—1645)、李再荣(1553—1623)、黄慎(1560—1617)等人。

---

① "高丽朴寅亮请还强界表曰'归汶阳之故田,抚存褊邑;回长沙之拙袖,抃舞昌辰',谢通州守启曰'望斗极而乘槎,初离海国;指桃园而迷路,误到仙乡'等句,见称于中国。李益斋表文亦精妙。"
② "金坵之启,汪洋奇健,如'孟东野半夜悲歌,骥足白日;庄南华一生大志,鹏背青天'之句,好矣,然去四杰盖远。林椿亦其亚匹。"
③ "本朝作者,亦非一二,而较其精工,颇让于胜国。"

其中金安国的《贺嘉靖皇帝诛内逆表》句式精切,然而音调高低似不甚和谐,这是因为事大表文不得不精。① 也就是说,相对于格律的和谐,事大表文更重视形式的精密与工巧。此外,在南龙翼看来,张玉的《逍遥亭序》、车天辂的《公山会序》、赵缵韩的序文和启文等也有很多脍炙人口的篇章,但是与"初唐四杰"仍有一定的距离;唯有任叔英与四杰相近,其文出于天得。②

任叔英是朝鲜时期最杰出的骈文家,南龙翼对这一点也颇为认同:

> 疏庵统军亭序,流入中国,人多爱慕,有购其全集,赠以书籍者……置之徐庾四杰,何以辨焉?

任叔英的《统军亭序》流传入中国之后,获得了很多人的喜爱,有人购买他的全集并赠之以书籍。其作品置于徐陵、庾信以及"初唐四杰"的文集中,也无法区别,南龙翼给予其以极高的评价。对此,李睟光(1563—1628)也颇为赞同。李睟光认为任叔英之文奇古,其对策文更是前无古人,其骈文则多仿效六朝文体。当时还有礼部侍郎叶向高求购任叔英文集,并寄赠以书籍的逸话。③

可以通过下面这则逸话看出南龙翼对任叔英的骈文的评价:

> 疏庵与泽堂玄谷诸人,访友人幽居,各欲写景言志。疏庵先成俪文,其一句曰:"鸣蜩抱叶,秋阴当户牖之前;宿鸟投林,夕景在藩篱之下。"模写眼前之景如画,故泽堂以下,皆阁笔。

任叔英与李植、郑百昌(1588—1635)等人访问友人居处,想要摹写景物,各抒己志。任叔英率先写成骈文一篇,其中有"鸣蜩抱叶,秋阴当户牖之前;宿鸟投林,夕景在藩篱之下"之句,状眼前之景,如在画中,李植等人皆搁笔。任叔英这篇文章题为《友人韩君新居诗序》,文中写鸣叫了一整个夏天的蝉迎着萧瑟之气进入了梦乡,让人觉得在忽然之间秋天就到来了;宿鸟还在寻找可以栖息的树枝,

---

① "金慕斋《贺嘉靖皇帝诛内逆表》'天网恢而不漏,既服赤族之诛;日蚀既而无亏,复明黄道之照'一句,极精切而高似不甚叶,事大表文,不可不极精故也。考诸东国通鉴罗丽诸表文,则可知也。"
② "张玉《逍遥亭序》、车五山《公山会序》、赵玄洲序启诸篇,皆脍炙而皆非四杰。惟疏庵酷肖,盖出于天得也。"
③ 李睟光《芝峰类说》卷八《文章部一》:"任疏庵叔英文章奇古,其庭对策,乃前代所无,骈偶则专学六朝体。尝制统军亭夜宴序,华人誉播于中朝,阁老叶向高见而奇之,购其全集,侍郎孙如游以书籍寄赠,其取重如此。"

而夕阳已经落到了篱笆上面。通过对篱笆之下这种空间及视觉的意象的描写,表现出了萧瑟的秋气与落日余晖中的黄昏这种时间的意象。当时,任叔英与李植、郑百昌三人因光海君废母论被罢免,过着隐逸生活,被称为"三士",任叔英的这篇骈文反映出的正是当时的情境。

此外,李明汉、李再荣、黄慎等人也是当时的骈文大家。李明汉的《申同枢寿宴序》仿效"初唐四杰"的文体,但是音调高低不尽精,而李再荣的《忠烈录序》则颇得四杰之体。① 黄慎的《誓海文》也极为精切,虽是险韵,而无窘态,南龙翼称自己也曾试以险韵为文,但却仅写成四言十余句。②

南龙翼对朝鲜时期的诸骈文家进行了评价,认为任叔英为其中翘楚。综合考察李晬光、李植等当时文人的评价,任叔英确实堪当此名。但是由于南龙翼个人喜好徐庾体,任叔英获得赞赏的原因也是因为他继承了徐庾体骈文。

(三)对徐庾体和馆阁体的认识

> 徐庾馆阁之体,既岐而为二。掌词命者,当取则于苏汪诸贤,而音律亦不可不精。治散文者,当效法于徐庾四杰,而实际亦不可不顾。如或艳词于合奏庭麻,则是飨繁声于宗庙之祀也,典语于别筵华构,则是进伧父于王谢之门也。

虽然徐庾体与馆阁体被视为两种不同的类型,但是南龙翼认为两种类型各有其文学价值,同时也各有其特征。南龙翼认为,馆阁体掌词命,创作时当仿效苏轼和汪藻的文章,但是也不能忽视音律的和谐;而徐庾体治散文,当学习徐陵、庾信和"初唐四杰"的文章,但也不可不重视实际内容。同时,两种类型独立成体,可以活用,不可混用。不可将多用艳词的徐庾体用于表章奏折,也不宜将典雅的馆阁体用于离别筵席,两种文体所适用的场合各有不同。

虽然南龙翼偏爱徐庾体骈文,但是也不否认馆阁体的文学价值,他还认为李植是馆阁体骈文大家。作为朝鲜中期四大文章家之一的李植,精于馆阁体骈文创作,其作品堪称后学典范。南龙翼在编纂骈文精选集时,就将骈文分为两

---

① "近来俪文,白洲《申同枢寿宴序》,法四杰而高低,犹未尽精。惟李再荣《忠烈录序》尽其体。"
② "黄秋浦(慎)誓海文,极其精切,少无危急中窘态。余亦曾遭此境,仅构有韵四言十余句,至若俪文,则决难猝办,固知藻思之敏钝有别,而抑或风涛之缓紧不同耶。"

类,一类是任叔英所继承的徐庾体,另一类则是李植所继承的馆阁体。① 南龙翼认为任叔英是朝鲜骈文作家中最杰出的代表,但是有时又将其与李植并称为骈文家中的"双璧"。他认为当时馆阁体骈文家中,李植最为妙解,而任叔英和李植则各自是徐庾体和馆阁体的代表人物。南龙翼并没有比较两个骈文家孰优孰劣,而是认为两者各有其特征,当时除了南龙翼以外很少有人能有如此独到的见解。

朝鲜前期,古文已经完全为当时的文人们所接受,但是由于骈文与古文并举,同时更加重视公用文书的创作,很少有文人进行纯粹的文学创作。因此,有人指出从卞季良开始,朝鲜文人们仿效唐宋古文,形成了"软美"的馆阁体文学。② 在当时文坛的这种风气中,南龙翼对骈文的认识以及《俪选两体》中收录了哪些作家的哪些作品都具有重要价值,但是该书尚未被发现。

虽然南龙翼认可徐庾体与馆阁体各有其价值,但是他个人仍偏爱徐庾体优美的语言。因此,他认为只有仿效朝鲜时期徐庾体骈文家的代表人物任叔英以及"初唐四杰"的作品,才能写出满意的文章。

> 余自少时,酷爱徐庾婉语,或于望行之际,多有效颦之作。一日出示同年朴安期,则朴曰:"句法是矣,律法犹未精矣。"余初怪而不信矣,及见疏庵诸作,以溯四杰,则其言果信。自此一遵其声韵而为之。如《送耽罗李御史》、《梅鹤亭序》、《思归引》、《温泉行幸阁序》、《磻岩书院上梁文》、《箕子庙碑铭序》等作,或不无可观,而□世既不尚此体,故不敢示人,又不敢摘取乐句再犯续貂之讥尔。

南龙翼详细叙述了自己骈文创作的学习过程。作者在年少时便喜好徐庾体,对自己的仿作也颇为自负,甚至对朴安期的批评也不甚服气。所谓句法工整而格律不精,是批评其只效仿徐庾体的形式,但是格律并未圆满。南龙翼在学习了任叔英和"初唐四杰"的骈文之后,之前在格律方面的不足之处才得以

---

① "近代馆阁之体,泽堂妙解……曲尽人情,虽未尽顾格律,可为后学模范。故余尝作《俪选两体》二卷,一曰徐庾体,而以疏庵继之,一曰馆阁体,而以泽堂继之。"
② 金尚宪《清阴集》卷三九《月汀先生集跋》:"窃概我朝文苑,自卞春亭以下,率皆规唐藻宋,乐习软美,号为馆阁体,顾于古文辞,大有径庭。先生慨然自奋为词林倡,手揭赤帜,启示指南,使后来操觚之徒,知所去就,自是争尚先秦西京之文,几乎一变。"

提升。

然而,南龙翼虽然认为自己的骈文颇有可观之处,但是并未贸然展示给别人看,这主要是因为当时人们大都对骈文持有否定的态度。当时文坛普遍认为只有古文才是文章正宗。明朝前后七子的复古主义流入朝鲜之后,古文以外的文体很难得到人们的认可。秦汉也好,唐宋也好,只是学习对象的区别,但是根本上来说当时只有古文才是真正的文章这一观点已成为主流。无论是韩柳的古文运动还是前后七子的复古主义,都把骈文作为批判的对象,因此在这种情况下,骈文创作是很难得到认可的。虽然当时国家政治及外交生活中的公文仍是骈文,但是这种二元的文章观一直持续到朝鲜末期。

南龙翼本人谦逊的态度也是另一方面的原因。南龙翼本人偏爱徐庾体,在试图继承徐庾体骈文的同时,也意识到自己的作品很容易成为续貂之作。

南龙翼在进行作品批判之前先进行作品选编这一点也很值得注意。南龙翼在创作《诗评》之前先选编了《箕雅》,在写作《俪评》之前先选编了《俪选两体》,通过这种"先选后评"的行为可以推测出南龙翼有着独特而明确的批判意识,因此他的文学批评态度、方法等也更加明晰。南龙翼强调了徐庾体与馆阁体之间的不同之处与各自存在的必要性,他重视声韵、格律、体裁等,将精工、精切的骈文视为优秀的作品。

南龙翼在评价中国与朝鲜的骈文时,使用频率最高的评语是"精工"和"精切"。也就是说,南龙翼在评价骈文时,最重视的是作品之"精"。此处"精",指的应该是骈文句法与格律的精密与严谨,然而南龙翼对"精工"和"精切"并没有作具体的阐述。南龙翼认为徐庾体的特征是"格调高华"与"音响清楚",从这之中可以隐约推测出他对"精工"和"精切"的认识,但是这种认识也并不具体。因此,他对句法、律法、高低、叶韵等的论述是有一定的局限性的。但是,他对骈文的美学特征的关注以及评价仍可以说是具有重大意义的。

四、同时期文人对骈文的认识与创作实践

被南龙翼评价为继承了馆阁体风格的李植同样也创作过关于骈文的文学批评。李植重视唐宋古文,他将骈文分为古四六和今四六,前者为徐庾体,后者为馆阁体:

> 四六之文，亦有古有今。古四六，学之难而无所用。欲学制诰之文，须以欧王苏吕真大家为主，精采汪（藻）刘（克庄）李（刘）文山数子之作，为准的。古四六，徐庾为上，四杰次之，取其宏大绝妙者，人各二三篇，以助藻丽之气，虽学今文，不可废也。①

李植认为徐庾体学起来困难，且没有实际的用途。这是从功利的角度评价徐庾体骈文受对偶和声律的局限，内容空洞，形式浮华。但是他同时认为即使是学习更具实用性的馆阁体骈文，也应在一定程度上学习徐庾体的"藻丽之气"，不能全面否定。李植强调了徐庾体的文艺特征与做法，考虑到当时文人们因为科举考试而忽略徐庾体，这种认识已经是有了很大进步的。但是，李植的观点与南龙翼更加重视徐庾体的态度仍是有很大区别的。

从重视唐宋古文的李植对徐庾体的认识，可以看出当时文坛对骈文和古文二分法的态度。古文作为文章正统的地位不可动摇，而在国家政治和外交生活中骈文——馆阁体又有其存在的必要，其价值也得到了一定程度的认可，这是当时最为普遍的文章观。

另一方面，到了十七世纪后半期，朝鲜文坛出现了积极进行骈文创作实践的文学团体。"东溟派"便是这样一个文学团体，它以东溟郑斗卿（1597—1673）为首，包括了洪锡箕（1606—1680）、金得臣（1604—1684）、朴长远（1612—1671）、洪万宗（1643—1725）等文人，共同进行诗文创作。这一文学团体中的文人普遍具有活用骈文的形式进行散文创作的倾向。其中洪锡箕的文章偏向于馆阁体骈文，而金得臣的文风则倾向于较为自由的徐庾体骈文。身处同一文学团体的两人在骈文创作上表现出不同的倾向，这一方面是由于两人个性的不同，更为根本的原因则来自于文章学习中的差异。洪锡箕文科状元及第，精于科举文，也即馆阁体骈文；而金得臣则轻视科举，因此相对于典雅的馆阁体骈文，更加偏好适合表达个人情感的徐庾体骈文。两人虽然在文章创作上各有偏好，但仍然在同一文学团体中共同进行文学创作。

十七世纪朝鲜文坛有着浓厚的批判骈文、重视古文的倾向，在这种文坛风气中能够形成进行骈文创作的文学团体，这是很值得注意的。当时文坛对古文

---

① 李植《泽堂别集》卷一四，《作文模范》，《韩国文集丛刊》，民族文化推进会1996年版。

的重视度有所下降,需要寻找新的替代方案。这与其说是体现了对骈文的文体特征与价值的重视,不如说是由十七世纪的古文观向十八世纪的个性化的文章观过渡的重要表现。

到了十八世纪,丁若镛和金正喜也表现出对骈文创作较为重视的态度。他们的关注点则从徐庾体的格式转移到宋元以后的科文,但是并不能断言这是受到了十七世纪骈文家的直接影响。

结语

朝鲜时期古文比骈文更为盛行。虽然对于掌握国家词命的文臣来说,骈文创作也是必备的能力,但是除此之外的大部分文人并不精于骈文。由于骈文本身的使用频度不高,对骈文的批判也极为少见。虽然对骈文进行选编的俪文选集也时有出现,却没有专门的骈文批判。[①]

南龙翼的《俪评》虽然也是篇幅不长,但是却对中国和韩国骈文的整体情况进行了简单的论述。从六朝的徐庾体到初唐四杰,再到宋代的馆阁体和苏轼、刘克庄的骈文,从新罗的崔致远,到高丽时期的朴寅亮、李齐贤和金坵,再到朝鲜时期的任叔英、李植等文人,《俪评》中都有所涉及。南龙翼将骈文分为徐庾体与馆阁体,并略述了自己的骈文观。《俪评》所体现出的,可以说是南龙翼不同于当时其他文学批评家的文章观与批判意识。南龙翼以其广博的见识,对几乎被当时文学批评家们所放弃的骈文发表自己的观点,这在文学批评史上可以说是不容忽视的功劳。

[①] 朴禹勋《壶谷南龙翼文学论研究》,忠南大博士论文1988年,第57—58页。

越南科举与骈文创作论

孙福轩(浙江大学城市学院)

一、越南科试骈文制度

中国自汉代以来即有献赋、献策的相关记载,但作为严格意义上的科举制度,正式确立于隋,其后虽然考试的内容和科目有所变化,但却经由唐宋一直延续至清代末年西式教育的引入。作为古代一项重要的政治和文教制度,自产生以来,就对汉文化圈的朝鲜、日本和越南有着积极影响。朝鲜和越南都曾摹仿中国实行了长期的科举考试制度,日本也有试策、试赋的举措。其中越南科举考试持续时间最长,据《钦定越史通鉴纲目》[①]记载开始于李朝仁宗太宁四年(1075),"选明经博学者以三场试之,擢黎文盛首选入侍学。本国科目自此始"。从越南发展的实际情形来看,939年吴权建立独立封建王朝之前,长达一千多年的时间越南属于北化时期,从政治上说,中越同属于一个政体,文化上也是逐渐接受汉化和儒学化。[②] 越南从李朝开始实行科举考试,陈朝因之,至黎朝而至于

[①] 越南科举考试在《大越史记》《大南实录》等史书中均有记载。其具体情况参见陈文《越南科举制度研究》(商务印书馆2015年版)的导论部分,本文的骈文科试制度论述多有参考,特此注明。
[②] 东汉灵帝、献帝之时,交州人有李进、阮琴、张重等人入朝就学,分别选为交州刺史、司隶校尉、金城太守;献帝又曾以交州茂才、孝廉各一人为夏阳令和六合令。(吴士廉《大越史记全书》外纪卷三)唐代,中原选举之制流布于安南。高宗上元三年(676),专门设置选拔安南士子任官的"南选使",武宗会昌五年(845),又在安南确立每年选送进士、明经任职的制度。参见王小盾、何仟年《越南古代诗学述略》,《文学评论》2002年第5期,第16—17页。

成熟和繁盛。李朝起初的科目名称大体有进士科、试文学者、试儒佛道三教、试太学生等名目。① 但由于史料阙如,具体考试的内容尚不是十分清楚。但既然是对中国唐宋科举制度的继承,经义、诗赋和骈文应该是不可缺少的内容。

1304年,陈朝英宗帝设定考试形式为四场:第一场考暗写经书,第二场考经义、诗、赋,第三场考诏、制、表,第四场考策文。考试内容明确第三场为诏、制、表等骈体文。陈顺宗光泰九年(1396)四月规定进士科考试:

> 用四场文体,罢暗写古文法。第一场用本经义一篇,有破题接语,小讲原题,大讲墩结,五百字以上。第二场,诗赋各一篇,诗用唐律,赋用古体,或骚或选,亦五百字以上。第三场,诏制表各一篇,诏用汉体,制表用唐体四六。第四场,策一篇,用经史世务出题,一千字以上。以前年乡试,次年会试,中者御试策一篇,定其第。②

明确规定科试文诏用汉体,制表用唐体四六。据史载,陈朝的进士科于睿宗隆庆二年(1374)创立,考试取法于元,同时仿照唐朝和明初的试法。虽然具体说来考试的具体科目和内容每一代都略有变化,但科试骈文却一直保持下来。

黎朝时期,越南按照中国明朝科举成式,开设了进士科、东阁科、明经科、宏词科、制科等科目。明孙绪撰《沙溪集》记载:"余尝见《安邦乡试录》一册,安邦者,安南国一道之名,其国凡几道如中国省藩。然试录题曰洪德二年辛卯……初场,四书义四篇,五经义五篇。二场,制、诏、表各一篇。三场,诗赋各一篇。四场,长策一篇。"③严从简《殊域周咨录》亦有相似记载,言安南考试,"其第一场则用九经之文,次二场则用诏制表之文,次三场则用诗赋之文,次四场则用对策之文,次五场则入殿庭,在国王面前,又用对策之文"④。只是多出一场殿试。相较于陈朝而言,诗赋由第二场移至第三场,制、诰、表则提至第二场,这和越南统治者注重文章应用不无关系。

---

① 陈文《科举在越南的移植与本土化——越南后黎朝科举制度研究》(暨南大学2006年博士论文),第35页。
② [越]潘清简《钦定越史通鉴纲目》正编卷一〇,第25页。
③ (明)孙绪撰《沙溪集》卷一四,《景印文渊阁四库全书》本。
④ (明)严从简著,余思黎点校《殊域周咨录》卷七《南蛮·安南》,第238页。

黎朝科举考试的内容随着形势的变化而略有不同，黎太宗绍平元年(1434)进士科试法规定，乡试考四场，"第一场，经义一道，四书各一道，并限三百字以上。第二场，制、诏、表。第三场，诗、赋。第四场，策一道，一千字以上"。会试法如乡试例。黎圣宗光顺三年(1462)定乡试例，先暗写汰冗一科。第一场，四书经义，共五道。第二场，诏制表，用古体、四六。第三场，诗赋，诗用唐律，赋用古体、骚选，三百字以上。第四场，策一道，经史世务出题，限一千字以外，与绍平元年同。洪德三年(1472)定会试法。《大越史记全书》记载其试法云：

> 洪德三年三月，会试天下举人，取黎俊彦等二十六人。其试法：第一场，四书八题，举子自择四题作四文，《论》四题，《孟》四题。《五经》每经三题，举子自择一题作文，惟《春秋》二题并为一题，作一文。第二场，则制、诏、表各三题。第三场，诗、赋各二题，赋用李白题。第四场，策问一道，其策题以经书旨意之异同、历代政事之得失为问。①

到洪德六年(1475)乙未科会试的考试内容又有所变化，第一场，四书八题，其中《论语》三题，《孟子》四题，《中庸》一题，士人自择四题作文，不可缺。五经每经各三题，独《春秋》二题。第二场，诗、赋各一，诗用唐律，赋用李白体。第三场，诏、制、表各一。第四场，策问，以经史同异之旨、将帅韬钤之蕴为问。② 把诏、制、表放在了第三场。

阮朝进士科等常科考试基本上沿袭后黎朝之制，并参考中国清朝试法。嘉隆初年开乡试，沿用黎朝四场文套，世祖嘉隆六年(1807)定乡会试法，考四场：第一场制义、经五题，专治一经或兼治亦听听，传一题；第二场，诏制表各一道；第三场，唐律诗一首，八韵体赋一道；第四场，策问一道；明命初年沿用嘉隆年间四场试法，明命十三年(1832)改四场试为三场试，第一场用八股制义，五经各一题，传一题；第二场，用诗赋。乡试用七言律，会试用五言排律，律赋一首。第三场用策问。嗣德年间又数改试法，主要徘徊在三场和四场之间。如嗣德四年改三场试为四场试，第三场，诏表论各一题，诏表用四六，论用古文；嗣德八年改四场为三场，第二场为诏表论，依旧式，论题除用四六外，还诮间用古体如汉诏体。

---

① [越]陈荆合编校《大越史记全书》卷一二，东京兴生社，昭和五十九年(1984)。
② [越]陈文为撰，陈辉积校删《黎史纂要》卷三，越南汉喃研究院藏手抄本，第44页。

嗣德二十七年仍试三场，但诏表论改为七言律诗、六七韵赋各一题。值得注意的是，其间停罢四六数次。但明命十三年乡试中虽然省却四六文体，但由于诏诰笺表文字与酬应相关，乡试中增加复核一环节，考四六酬奉体一篇；嗣德二十七年停罢四六，复核用诏或表一题补四六之缺。其后福建元年（1884）又停复核四六题，成泰十五年又行复核等。①

除进士科的乡试、会试外，广义的科举考试还包括制科、杂科等形式。越南一方面仿照中国的科举制度，另一方面则根据越南国情而有所变化，李、陈时期，曾举行过试吏员、试文学者、试三教等科目，后黎朝举行过士望科、东阁科等科目考试。

关于考试内容，黎朝制科与乡试、会试基本相同。黎中宗时设制科，考四场：第一场经义，第二场四六骈文，第三场诗、赋，第四场策文。宏词科的考试内容与唐朝相似，"其试题，或诗赋，或料事，或策论，皆临辰随出，亦无一定之式云"，"赋、赞、颂、歌，咸无定体"。而"试东阁之制，原自黎初"，其试法为"御题或五言诗，唐律，或论、辨、判、赋、颂、篇、铭、记、跋，无定式"。黎朝进士科殿试之后，还要举行新科进士应制考试，从洪德年间（1470—1497）到景兴（1740—1786）末年一直如此，考试的内容主要是诗赋、策文以及一些杂文。又如"士望科"，《中学越史撮要》秋集云黎"神宗设士望科，贡士有才望始得预试。试题，诗、赋、赞、颂、歌，咸无定体"。黎朝学者黎贵惇《见闻小录》亦有记载："士望科亦号宏词科，惟贡士始得入试。其试诗赋、选颂、歌箴，无定体。中者初授知县，余循本资授实任寺丞、知县、宪副、参议职"。②又如"试官员男孙"，洪德六年乙未科的考试内容是"表一题，算一题"。洪德八年规定"从官应得入流子孙，考试中诗表及书算，许充秀林局孺生及各衙门吏，为文武子孙试中例"③。此外黎朝还举行了试天下者俊、试近侍祗候局等科目的考试，如太和五年（1447）四月，试近侍祗候局，第一场，暗写古文；第二场，作制、诏、表；第三场，考诗、赋。赐阮璋等人中格，升为入侍局学生。成为入侍皇上左右的学者。④ 又如杂科"试教职"：其

---

① 陈文《越南科举制度研究》，第336—339页。
② [越]黎贵俘《见闻小录》卷二《体例》上。
③ [越]吴士连等著，陈荆和合校《大越史记全书》本纪卷一三《黎纪》，第702页。
④ 陈文《越南科举制度研究》，第121页。

试法第一场四书各一题,五经各一题。第二场赋一题,用李白体。第三场制、诏、表各一题。①相较于常科而言,后黎朝的制科、杂科考试形式不拘,没有固定的科目,但出于简拔文职的需求,考察的多是士子的文字运用能力,骈体四六成为不可或缺的重要内容。

南越阮氏王朝(南北朝时期)统治的南方,开科取士较晚,没有形成正常化的开科。与北方郑氏政权考试科目名称不同,开设的科目有正途试、华文试、饶学试、探访试等。正途试即相当于北方郑氏政权举行的进士科。据《大南实录前编》记载:试三日,第一日试四六骈文,第二日试诗赋,第三日试策问。②比北方政权少了第一场经义试。到1740年8月,武王阮福阔下令更定试法。第一场试四六,第二场试诗赋,第三场试经义,第四场试策问。体现了阮氏王朝在十八世纪中期以后开始重视儒学,重用儒士。又如"文职试",据《大南实录前编》卷七载,1695年8月,阮福凋试文职三司于庭,考三场,第一场考四六骈文,第二场考诗赋,第三场考策问。阮朝还曾设置庭试"阮显宗孝明帝,初行殿试法,以诗赋、四六、文策试儒臣……以诗一题试相臣司及令史。南朝殿试,此为起点"③。

由上可见,由于受到中国科举制度的影响,骈体文作为越南科举考试中的基本文体,受到历代统治者的重视。从陈朝至黎朝,均有一场考诏、制、表等行政文体,只是陈朝设在第三场,而黎朝设在第二场考(洪德六年在第三场考),与中国元明时期的第二场考试内容相同。而至于南北之争时期的阮朝,起始罢经义,而第一场为四六骈文,这和阮朝崇尚武力和佛教而儒学不显相关,只是后来随着儒学的渗透和影响,统治者思想有所变化,故第三场增加经义,但仍然以四六骈文以第一场,表现出强烈的实用目的。后阮福统一全越建立阮朝,改国号为越南,又沿袭后黎朝试骈文制度(其间有所停废),一直到阮朝后期法国人进入越南后,才逐渐减少诗赋和诏表制等考试内容,维新六年(1912年)壬子科乡试,中圻各试场一并停罢诗赋,至此,延续数百年之久的越南进士科的骈文考试才最终结束。

---

① [越]陈荆合编校《大越史记全书》卷一三。
② [越]阮国史馆《大南实录前编》卷三《神宗孝昭皇帝实录》,第10—11页。
③ [越]黄高启《越史要》卷三,第29—30页。

缘于科举骈文试的影响,在越南古代的学校教育中,骈文也成为重要的日课和考察内容。越南北属时期即建立起一些学校,至李朝时,中国宋代的学校教育制度传入越南,开始设立国子监、翰林院等教育机构,黎朝、阮朝时期学校渐趋完备,有中央级学校、地方官办学校和乡学、社学和私塾。严从简云:"安南学校之制,则在国都置国子监,则有祭酒、司业、五经博士、教授之官,以教贡士辈。又有崇文馆、秀林局,则有翰林院兼掌官,以教官员子孙、崇文、秀林儒生辈。在各府则制学校文庙,有儒学训导之官,以教生徒辈。"①在国子监、太学、崇文馆、秀林馆中,所授内容主要是儒家经书和与科举考试有关的书目,如四书、五经、诗、赋以及表、诰、制、行移公文等内容。考课内容也与科举相关,如明命五年(1824)二月,定国子监监生、员子考课内容,第二期为四六、诏制表三题等。关于这一点,诸家论述较多,此不赘言。

二、科试骈文与越南骈文创作

越南汉文学的产生较晚,直到公元 10 世纪,越南才开始出现成文文学,主要以汉语诗歌的诞生为标志。② 由于李朝和陈朝的几代皇帝都重视汉文,因而促进了汉文学的繁荣。而其中使节往来、士子流动以及选举和科举考试则是越南汉文学发展过程中最为重要的促进因素。唐朝时,安南地区有些士大夫来中原参加科举考试,唐德宗时"九真姜公辅仕于唐,第进士,补校书郎,以制策异等授右拾遗,翰林学士,兼京兆户曹参军"(《大越史记全书》卷五);杜审言、刘禹锡曾流寓安南,讲学办教育,传授儒家经典,著书立说,对越南汉文化的传播起到了积极的作用。尤其是李朝仁宗泰宁四年(1075)仿中国实行科举制度,选有文学者入翰林院(1086 年)。从此以往,科举之制经黎朝和阮朝的极盛而延续至 1919 年,产生了数量巨大的举业作品,形成以汉语言文学为主流的越南语言文学传统。同时刺激了越南汉文学的发展,以诗赋为中心的越南汉文学逐渐由摹仿而至于自立,形成汉文化圈一个独特的存在。

---

① (明)严从简著,余思黎点校《殊域周咨录》卷七《南蛮·安南》,第 237 页。
② 于在照《越南文学史》,军事谊文出版社 2001 年版,第 5 页。

中国古代的科举考试,缘于简拔人才的需要,往往注重的是治国理政之才,汉代的策问即是出于这种目的,隋代开科,中经唐宋两代的诗赋取士和经义与诗赋之争,以至明清的制义考试,无不是出于统治者的抢才之需。这就既需要雅赡深宏、以观器识的经义、策论与诗赋,又需要精通文墨的翰阁之文。

越南科举由于受到中国儒家思想的深远影响,经义是考试的重要一环,往往科考中首列经义即是明证,但和中土稍有不同的是,越南科试更为重视考试文体的应用性①。仅据《越南汉喃文献目录提要》1684 种的文学书籍来看,这些类目大多是俗文学和应用文体的类目:其中俗文学图书有近七百种,属于应用的文体又占去了相当数量。为了论述的方便,先试着把越南历代纂刻骈文集(含中国骈文集的翻刻本)列表如下:

文集名	作者(编者)	主要内容	备注
骈俪名编	佚名	诏表及酬应文集,收录越南黎朝至阮朝、中国唐至清的表、启、奏、诏、谕、策、诰、记、碑、箴、诗、歌、疏、祭文、对联各文体作品。书中所录包括《北河十三宣豪目劝进表》《美梾公馆对联》《黎太祖贺明英宗登极表》《册封谢表》《太子千秋笺》《岁贡表文》《御祭太宗太妃文》《祭先哲文》《裴擒虎传》《祭桂堂先生文》《何榜眼致仕叙》等作品。原目编为 230 号。	抄本(应用文体)
骈体	佚名	骈体文集,包括三十七篇表文,用作科举参考数据此书分天文、地利、钱币、器用、农桑、书籍、动物、植物各目,附有典故的注释。原目编为 231 号。	抄本

---

① 至于越南科举考试中一直保留诗赋一场,似乎又体现出重视其文学性的一面,其实这是统治者仿照中土科举唐宋与明清的矛盾心态的体现,具体论述参见陈文《越南科举制度研究》,商务印书馆 2015 年版。又:应用性文体在发展过程中,由于文体的互渗和自身的发展,往往又表现出不同程度的文学性,如中国六朝时期的骈文,就深具文学性。越南应用文体的发展亦是如此。

续表

文集名	作者(编者)	主要内容	备 注
酬奉骈体	高春育编撰	中越古籍中的骈偶句汇编,此书所载骈偶句包括《大学》中的"在明德,在亲民",《吴家文派·谢表》中的"文熙穆穆,尧思安安"等,按门类和韵部排列。原目编为3611号。	抄本(类书)
俪语文集	佚名	喃文文集,收录一篇赋和十七篇祭文,作品有《前军郡公祭将士文》《晖郡公祭文》《妻祭夫文》《亮如龙赋》等。原目编为1931号。	抄本(总集)
陈四六(又名《陈检讨文集》)	陈维崧	收录二十篇书序、六篇祭文和四篇赋文,有《周栎园先生尺牍新钞序》《吴园次林蕙堂全集序》《陆悬圃文集序》《方素北文集序》《璇玑玉衡赋》等。	中国重抄重印本 VHv.1161
奉删四六酬奉	佚名	骈体酬奉文集,书中收录官员上呈嘉隆、明命、绍治的表文,涉及节庆、升赏、登第、朝贡等内容。附载三台余象斗所作《诗林正宗序》以及关于天、日、月、四季等的若干考证文字。原目编为2749号。	抄本 VHv.2083
四六文抄	佚名	黎正和丁丑科(1697)会试的骈体诏表制文选,皆取材于中国史籍,用作科举范文。原目编为4084号。	抄本
历科四六	佚名	历科四六体选集,包括三十一篇诏文、二十八篇制文、三十篇表文,大多取材于中国史籍书中附有自黎正和甲戌科(1694年)至黎景兴四十年(1779)共二十九科会试的登第者姓名、籍贯和成绩。原目编为1968号。	又存抄本一种,有景兴三十七年(1776)李陈伯子瑱的序文,有目录
历科四六	佚名	骈体应试文集,选自升龙、海阳、山南、山西、清化、乂安、直隶各试场嘉隆丁卯年(1807)、癸酉年(1813)、己卯年(1819)、辛巳年(1821)的乡试及明命壬午年(1822)的会试。原目编为1967号。	今存印本一种,集文堂印于嗣德四年(1851)
历科四六	佚名	诏表文集,含目录一篇。本书含诏文,表文两部分;其中诏表各四十篇,大部分为取材于中国史籍的拟作,少部分曾施用于朝廷,如阮述、吴季侗《皇朝阁臣乞印给御制越史总咏诗集表》《皇黎遣将征盆蛮诏》等;八十篇诏表大多不题作者,间有作品注明出处,如武范瑊《拟唐问风度得如九龄否诏》出于嗣德癸丑年的会试,《立政临民论》为黎廷延应制之作等。原目编为1969号。	抄本两种

续表

文集名	作者(编者)	主要内容	备 注
四六抄	佚名	骈体科举范文集,收录一百六十九篇取材于经传与史籍的诏、制、表,选自裴辉碧、范贵适等学场。原目编为4080号。	今存印本一种,多文堂印于嗣德十一年(1858)
四六撰集	佚名	科举范文集,收录取材于经史传的诏、表、论、启,阮文超撰。原目编为4081号。	抄本
古四六	佚名	黎景兴各科优等文选集,共二十篇诏、制、表,若干篇标有科场及主名。	抄本
海阳四六选	陈公宪编	收录历代名家所作骈体的若干诏、制、表,书中首篇为广义省平山县人严国师的"圣朝喜唐虞、乐商周"按:书题与内容不符。原目编为1306号。	抄本
四六新谱	佚名	本书内题"四六名家合选卷之一",则本书原为多卷,所收为试场上作的诏表,首篇为督学中正伯所作的《拟汉东驾西都长安诏》,其后有《拟未覆试贡士诏》、《述遗书于天下》、《以太牢祠孔子》、《皇帝敬劳将军》、《以沛为汤沐邑》等。原目编为4972号。	今存同刻版印本二种,骈体诏表文集,明命三年(1822)嘉柳堂据双青正本重刊
四六文集	佚名	双青学场的骈体范文集,包括诏、制、表等文体,其题材来自中国历史。内容可参见原目编为4972号《四六新谱》条。原目编为4973号。	抄本
四六新选	佚名	骈体的科举范文选;书中作品取材于经传与史籍,亦取材于时事问题,有《贺嘉隆再取富春》、《明命即位时贺寿皇太后》、《宫殿落成的贺文》、《中进士的谢恩表》等篇目。原目编为4082号。	今存印本二种,成章堂印于嗣德四年(1851)
录选今古四六今策	张国用编辑	拟作诏表论集,共一百零五篇,此书编选拟汉唐宋元明各代和越南阮朝的诏表、策论、露布等,用为考会、庭试者的范文,作品有《嘉隆即位诏》、《颁示礼乐诏》、《正直论》、《宋上资治通鉴表》、《唐裴度擒元济露布》、《皇朝求遗书诏》等;书前载录张国用的表奏一篇,述本书编辑缘起;并载《诏式》一篇,述诏书格式参见《今文合选》条。	

续表

文集名	作者(编者)	主要内容	备注
菊轩四六(又名《仁睦进士黎菊轩先生场文》)	黎菊轩	又名《仁睦进士黎菊轩先生场文》,督学黎廷延的门生所撰骈体文集,收录诏、表、论、策文八十一篇,书中各篇具体作者不详,含目录一篇。原目编为607号。	抄本
四六文抄唐宋诏书略编	佚名	所录皆取材于中国和越南史籍,拟作体裁有诏、制、表、论等体,其内容涉及求学、育人、习武等方面。原目编为4085号。	
历代四六集	佚名	拟作的诏表文集;书中收录选自各学场和各试场科举考试的诏、制、表等,大多取材于中国古籍,分《尧舜四六》、《周表》、《汉文帝诏》等。原目编为1956号。	抄本
四六合选	佚名	骈体科举范文选集。原目编为4079号。	抄本
四六式	佚名	骈体的科举范文集,收录取材于中国历史的诏表论等作品附载水舍、火舍二国国王贺阮朝皇帝及太后寿的贺表、诸将领贺阮知方升职的贺文。原目编为4083号。	抄本
四六文选	佚名	骈体文选,收录取材于中国史籍的制诏谕表等,用作科举的参考资料。原目编为4086号。	印本
拟古四六式	佚名	本书为骈体诏表范文集,书中作品取材于中国历史,附有二篇取材于越南历史的诏文。原目编为2326号。	抄本
乙未科试录	佚名	举业文集,存卷五、卷六,以卷五之名作为书题,卷五题《乙未会试》,收录明命十六年(1835)会试会元黄文收、阮弘义、白冬温等人的及第文章,附有此科的及第名单;卷六题《四六酬应》,收录庆祝明命称帝、庆祝慈寿宫竣工、明命致谢清帝、各进士致谢皇帝等骈体表文。原目编为44号。	抄本

续表

文集名	作者(编者)	主要内容	备注
博学宏词科文选	佚名	嗣德四年(1851)博学宏词科应试文集,注有所得成绩;另载及第七人的名单、嗣德的谕文和九道题目,武辉翼、陈有翼、黎有笔、陈辉积、阮懿、武惟清(一作武维清)等人撰;附有嗣德四年(1851)殿试题目和榜眼范清、探花黄春治的应试文;按,该年未设状元。参见原目编为421号《制科宏材文选》、421号《制科文选》、459号《诏表论文体》、4188号《文规新体》等条目。原目编为64号。	今存印本二种,柳文堂印于嗣德四年
制科文选(又名《制科宏材文选》)	佚名	嗣德四年(1851)博学宏材科文选,榜眼武辉翼、探花武惟清(一作武维清)撰,嗣德四年(1851)印此书前附嗣德四年有关博学宏材科的圣谕和九个考题(赋、诗、策文三体),正文为作者二人的优等考卷,后附二人的谢恩表及此科登第的七人名单。原目编为421号。	今存印本二种:一为博文堂印本;一为柳文堂印本

除此之外,《奏表名集》为绍治朝君臣所撰的二十八篇诏谕、表奏,内容包括绍治即位时所作诏书、为送赠品给英国皇帝事所下谕旨、绍治时百官因复职升迁而作的谢恩表、英国朝廷的答谢书等(原目编为3230号);《翰阁丛谈》为文章总集,收录陈、黎两朝的诏、表、檄、谕、序、记、碑、志文等,收文颇富,且多越南文学史上的名作,如陈朝有陈兴道的《谕诸裨将檄》,阮忠彦的《磨崖纪功文》,张汉超的《开严寺碑记》,阮飞卿的《清虚洞记》,莫挺之的《玉井莲赋》;黎朝有阮荐的《平吴大诰》《冰壶遗事录》,阮梦荀的《蓝山佳气赋》《至灵山赋》,阮秉谦的《中津馆碑》,潘孚先的《越音诗集进书表》《琼苑九歌》等。另附有若干中国诏文(原目编为1327号)。《方亭先生场文选》为阮文超学场的诏表文集,包括十四篇诏文、十一篇表文,取材于中国古籍中的典故,其中有拟汉唐时的诏文若干,附载请求反抗法国的表文(原目编为2758号)等。

从以上所列骈文文集可以看出,由于受到科举骈文试的影响,越南陈朝以来骈文的创作是十分繁盛的。士子从进入私塾和各级官学开始,即要练习各类骈体文的写作,根据收集黎朝历科翰阁试题及答卷的《翰阁文体格式》所载,翰阁文体的类型有判、歌、颂、箴、铭、檄、谕、露布、跋、辨、论、说、记等。其中大多都是严格意义上的骈体文(或四六文),各代进士科考试亦专门有一场考诏制表论,四六文体,诏制表的创作成为骈文创作十分重要的体类。

越南骈文的创作内容,由于受到中国骈文的深刻影响,内容也都是大同小异,如以收录陈、黎各代文选的《皇越文选》为例,涉及骈文的主要有卷三铭,卷四祭文,卷五诏文、制文,卷六谢表启文,卷八表奏公文等。仅以"表"体为例,有《该国奏表》、《臣耆奏表》、《北朝我国谢表》、《乾隆岁贡二道表文》,多是"标着事绪使之明白以告乎上也"。沿用唐代以后文例,多尚四六体。其用亦不出"庆贺、辞免、陈谢、进书、贡物"之类。①

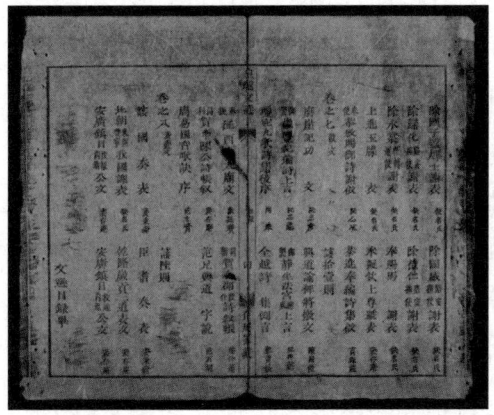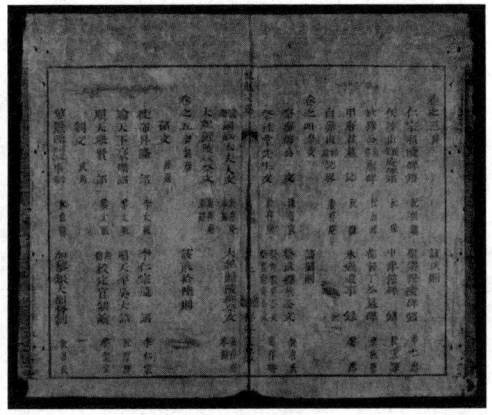

(《皇越文选》图示 1—2)

从越南骈文发展史来看,越南科试骈文及其创作还大致经历了一个风格的变化过程。裴辉璧序《皇越诗选》云:"我越有陈与国初(指黎)其气稍浑,洪德清丽,末流浸弱,中兴乃朴拙,永盛保泰更为通畅,近年颇尚意格:继今而作殆将有大雅之遗响欤。"②说到越南汉诗风格变化的过程,其实也表现出越南整个文学创作的风气转向。骈文虽然作为一种行移公文(越南更为重视应用性,不过在文人的观念中还是与文学性兼而有之的),但依然会随着帝王喜尚、时代风气与文学创作思潮的变化而有所变化。大致而言,作为一种应制文体,要以典雅为宗,经历了由唐体而元明以及综合各代之体而为之的倾向嬗转。陈顺宗光泰九

---

① 吴纳著,于北山校点《文章辨体序说》,人民文学出版社 1998 年版,第 37 页。
② [越]裴辉璧《历朝诗钞》序,见载于潘辉注《历朝宪章类志》卷四四《文籍志》,第 74 页。

年(1396)四月规定进士科考试第三场,诏用汉体,制表四六等用唐体。而生于黎朝景兴年间的著名学者、诗人范松年在《雨中随笔》中说:"我国四六,则因元明之体而杂就之者。"①由汉唐而至于元明的变迁,既是对中国科举不同时代的取法所致,如陈朝取法的中国唐宋科举制度,而黎阮则是以中国元明清科举制度为式。同时也是越南四六文创作的流变。范松年接着说:"洪德间,《安邦试录》四六文,曾为内地所称,亦见一斑耳。尝考李、陈、莫四六之文,及国朝制策章表,盖端庆(后黎朝威穆帝年号)前后,为淳漓升降一大机。就中,端庆之前,警句甚多,而其立言大意、通篇气魄无可瑕类者亦鲜。端庆以后,涉于疏散轻浮。至于中兴,而弊尤甚,盖或一句一联,自开门面,语其淳漓浮浇、繁杀斟酌得宜者,不多见焉。"以后黎端庆为骈文创作一大转折点。就中国骈文创作与理论而言,有骈散未分时期、胚胎时期、全盛时期、蜕变时期、衰落时期、复兴时期之说法。②又有永明体、徐庾体、唐骈体、宋四六等分体论,又有六朝派、三唐派、宋四六派、常州派、仪征派等派系之言。总而论之,对于唐代骈文,特别是初唐骈文,诸家多赏赞有加,而对于元明骈文,则大多以其为乏善可陈,是骈文创作的极度衰落期。

这里就有一个问题,陈代取法宋代科举,骈文创作取法于唐自然好理解,因为唐代最早试箴表论赞等杂文,宋代进士科第二场试杂文。而李陈两代受到中国唐代文化影响极深,对唐代也极其仰慕,源于唐代的诗赋取士制度也一直为越南所继承。越南学人称:"唐宋以赋取士,自后讲求格律,日益精工,盖选词按部,范意就班,则知其得力于声韵者深也。故历代试士,靡不以律赋为正轨。"③唐代骈体文贵博富精工,自然引起初起科举之越南王朝的兴趣。但对于中土极度衰落的元明两代骈文,由何却成为黎朝统治者取法的对象而登高一呼,应者云集呢?这除了从科举取法对象不同而论外,我认为还有一个至关重要的原因,即是出于应制文体重应用的考虑和文风的变化。

从中国科举制的发展而言,自宋代出现了诗赋取士与经学取士之争,时而诗赋取士,时而经学取士,但最终还是经学取士占了上风。到元朝,进士科虽仍

---

① 范松年《雨中随笔》,孙逊等编《越南汉文小说集成》第16册"四六文体"条,第243页。
② 参张仁青著《中国骈文发展史》绪论"骈文变迁之大势",浙江大学出版社2009年版,第35—37页。
③ [越]善堂门弟编《善堂赋草》,成泰十年(1839)新刊。

考诗赋,但增加了诏、浩、制、表等行政文体的内容。到明朝,完全取消诗赋考试,加大了儒家经典的内容,并逐渐发展到八股文体的经学取士,重学识、重才学、重应用的倾向比唐代有了明显的抬升。这一倾向必然会影响到黎朝统治者的文学政策。黎朝开始,便没有四六用唐体的相关记载。特别是黎圣宗时期所制订的进士科试法和倡导的文体,被称为"洪德试法"和"洪德文体",为黎朝历朝统治者所推崇,虽然间有变化,但最终还是以"洪德文体"和"洪德试法"为准绳。莫朝亦一依黎朝制度。黎中兴以后,不仅恢复洪德年间三年一比的进士科考试,而且也循用洪德文体。景治(后黎朝玄宗年号)二年(1664)二月申定会试条例规定,举人行文,"文体用浑雅,禁用浮薄险破难涩之词对策陈时务,要斟酌得体,适于实用,不得泛为夸大"。黎朝末年,"文体稍变,渐转支离。命题者以搜玄索隐为工,专业者摘句寻章为务"。郑氏统治者遂于景兴二十年十一月谕天下贡士复用洪德文体,诏曰:"我朝自中兴以来,循用洪德文体,家庭之讲习,乡国之论斤,一以典雅雄浑为尚。"要求"旨趣必究其渊微,文章必取其纯,各宜濯磨思奋,砥砺加工,先义理而后词章,敦操尚而耻浮荡,溯圣贤之阃奥,为国家之基光,以副我奖育成才之至意"①。

越南科举取尚的变化,以及重应制的科场要求和先义理而后辞章的文学风尚的转向,使得越南的骈体文创作一以实用为宗,逐渐抛舍唐代的"文辞葩丽"和宋代的"行灏气于对偶之中"(尤以苏氏父子为代表),转而趋向"含茹不及唐,而浑灏不及宋"的元明之文,想来亦是气运使然,非一人一时之能为也。②

三、越南科举骈文试的影响

骈文创作在越南进士科和应制考试中占有较为重要的地位(诗赋、策文最为重要),科举骈文试的持续进行,则又刺激了越南骈文写作的热情,大量骈体

---

① [越]吴士连等等著,陈荆和合校《大越史记全书》续编卷四《黎纪》,第1147—1148页。
② 范松年《雨中随笔》"文体条"言及越南文风变化,似乎也可以作为骈文创作的一个脚注:中兴(指黎朝中兴,笔者注)以后,文体之卑弱……余尝考我国文献,李(指李朝)文古奥苍劲,仿佛汉人,如太祖《都龙编诏》、太宗《声罪王安石檄文》,仕宗遗诏之类是也。陈(指陈朝)文稍逊于李,然典雅葩艳,议论铺叙,各擅所长,视之汉、唐诸名家之文,多得其形似。……前黎顺天以后,文之传者颇多。惟阮公鹰《永陵神道碑》、《下嫁卫国长公主制》……虽工力不齐,然体裁气魄,皆可追踪古者。……明德、大正之间(莫朝1527—1592,太祖、太宗年号)之间,气势日下。骚人文士竞趋于轻浮,盖又视前黎为尤逊者。

文的创作和文集编纂,对越南词章之学的促进、经史之学的渗融、骈文技法的成熟以及由模拟到自立的变化,汉文文学在越南的传播和发展产生了积极作用。具体到越南骈文乃至汉文学的发展来看,科试骈文的影响与意义,主要可以从以下几个方面分疏:

(一) 促进了越南词章之学的发展

越南词章之学的发展,实得益于几近千年(约公元前111年至938年)北化时期的汉化与儒学化进程,而汉文化和文学在越南的流传,相当大程度上又是通过选举,尤其是科举实现的,越南读书人进入中原为官和越南接受中国的科举而长期实行的选拔制度,以及相关的教育活动,促进了越南文学的发展。随着科举制度的持续推进,越南的汉文辞赋、杂文、策文创作逐渐兴盛,影响及于喃文文学,而科试骈文(四六)之于骈体文的影响,主要表现于骈文创制与文集编纂两端。其中历科诏制表的创作与编纂,尤为突出。

越南骈文的创制比诗歌略晚,现存最早的散文作品为李朝开国皇帝李公蕴的《迁都诏》,即是用骈文写成:

> 昔商家至盘庚五迁,周室迨成王三徙。岂三代之数君,俱徇己私,妄自迁徙,以其宅中困大,昔商家至盘庚五迁,周室迨成王三徙。岂三代之数君,徇于己私,妄自迁徙?以其图大宅中,为亿万世子孙之计。上谨天命,下因民志,苟有便辄改,故国祚延长,风俗富阜。而丁、黎二家,乃徇己私,忽天命,罔蹈商周之迹,常安厥邑于兹,致世代弗长,算数短促,百姓耗损,万物失宜。朕甚痛之,不得不徙。况高王故都大罗城,宅天地区域之中,得龙蟠虎踞之势,正南北东西之位,便江山向背之宜,其地广而坦平,厥土高而爽垲,民居蔑昏垫之困,万物极蕃阜之丰,遍览越邦,斯为胜地,诚四方辐辏之要会,为万世京师之上都。朕欲因此地利,以定厥居,卿等如何?

天命观及对殷商、武周迁都的引用都表现出中国文化的深刻影响,全文偶对迭出,议论得当,说理明晰。自此以后,陈朝科举骈试,骈文大量涌现,且多为科试文,前列数十种骈文总集、选集可以大致反映出越南科试骈文的面貌和风格。具体到骈文赋集的编纂,首先是缘于中土的骈文编纂之例,越南选家编辑汇选了大量的骈文作品集,以名家赋作昭示出越南词章之学的自立。如《古四六》收录历代名家所作骈体的若干诏、制、表;《海阳四六选》收录历代名家所作骈体的诏、制、表等。此外在一些越南文学总集和作家别集中亦多有骈文之选,端庆年间(1505—1509)榜眼黎贵惇编辑的《皇越文海》(10卷),收集自李朝至黎朝前期之诏、册、赋、颂、记、杂著、金遗文等文章。黎朝末年总集《皇越文选》(8卷)则收录李陈、黎朝各类文章:卷一古赋,卷二记,卷三铭,卷四祭文,卷五诏制册,卷六表谢启,卷七散文,卷八表奏文。内含黎太祖、黎圣宗等黎皇以及阮廌、阮直、阮秉谦、梁世荣、申仁忠、黎贵惇、潘孚先、阮伯骥等黎朝著名文学家的作品。又武干为景统年间进士,著有《四六备览》10卷传世;阮文超著有《方亭文类》,据编者作于嗣德三十五年(1885)的序,知阮文超共有随笔录六卷、地志五卷、文集五卷、诗集四卷,本书即收录其文章。卷一为诏表铭诔;卷二为制表启,其中有奉撰作品;卷三论、辨、书、说、序、跋、赋、引;卷四为庆吊、行状;卷五为庆吊别录、续集(原目编为2761号)。

不仅如此,一些士子还将中国宋元明清名表,以及黎、阮乡会试题目和中格士子答卷编辑成册,刻印发行,作为举子学习的范文。《越南汉喃文献目录提要》专门列有"举业文""酬应文""应用文体",即多是此类著作。仅汉喃研究院目前所藏即有举业文314种,如《宋诏表贺》收录中国宋朝太祖至孝宗的468篇诏表,为中国书重抄手印本;《汉表略抄全集》收录52篇汉代表文;《唐表略抄全集》收录47篇唐朝表文;《宋表略抄全集》收录42篇宋朝表文,为中国书重抄重印本,用作科举参考;①嗣德五年刻印的《历科名表》为清朝乡试会试表文选,自康熙二十六年(1687)至雍正二年(1724),收录张尚瑗、石曰琮、姜宸英、顾兹智等人文二十六篇;《骈俪名编》为诏表及酬应文集,收录越南黎朝至阮朝、中国唐至清的表、启、奏、诏、谕、策、诰、记、碑、箴、诗、歌、疏、祭文、对联各文体作品;《博学宏辞文选》专列有459号"诏表论文体",为武辉翼、陈有翼、黎有笔、陈辉积、阮懿、武惟清(一作武维清)等人所撰试文;《历科四六》中收集了阮朝前期的乡试四六题目中格者答卷等。影响所及,骈文创作成为越南科试时代的重要文体,虽然越南出于应用之目的,但也不乏一些铺陈体物、抒情达意之作,而正是这些近于文学体性之作,促成了越南古代辞章学的发展。

---

① 陈文《越南科举制度研究》,第91页。

（二）促成越南骈体文的文体自立

骈文的生成,缘于汉语文之特质,由先秦的偶对之作进而至于六朝之美文。而骈文生成之后,关于其声律、骈对、典实的讲求与批评,促进了骈文艺术的发展。骈文传入越南以后,得到广泛的应用,前揭李朝文学史上现存第一篇文章即为皇帝《迁都诏》,明显带有骈化的色彩。骈体四六于陈朝进入考试文体,虽然有唐宋与元明之别,但作为一种追求技艺的科试文体,字句、音律、偶对、典实的追求与雕琢自然是题中应有之义,这在中国骈文的发展是如此,经过了形式与内容,繁词丽句与潜气内转,气韵沉雄的反复辩争。越南对骈文的探讨,自然没有中土如此深入,其主要是作为行移公文来对待,考察的目的是要求熟悉政府公文的各种文体格式和写作技巧。在各式越南骈体文集中,也多是对中国和越南历代骈体文的汇编,序跋和评点中没有太多的理论评述,只是在一些随笔和笔记中略有涉及,如前所言范松年谈及四六文体和各类考试文体,即秉持贵古贱今的思想,对四六的雕章琢句多有批评,言及黎朝端庆前后的不同特征,警句甚多而无完篇,疏散轻浮之类,即是对当时骈文创作只讲声对,不论风骨、气韵的批评。他还借此对中国的四六发展作出评述:"四六文,盖古诗之变体也。古诗六义比兴为多,故四六文率用骈俪雕琢之工。汉时四六体最浑灝,而未有声律。唐人声律稔顺,文辞葩丽。宋人因之,然气力较减。仁宗以后,苏氏父子始创为新格,不尚搜刻华艳,行灝气于对偶之中,自成一家机轴。盖赋体多而比兴少,是又四六体之一变也。元、明以后,含茹不及唐,而浑灝亦不及宋,想亦气运使然也。"①基本吻合中国古代骈文创作不同时代的风格特征。越南文人的批评,既是对四六骈体过于束缚于科举、疲苶不振、风骨不闻的不满,同时也揭示出当时骈文创作的整体取向,具有十分重要的史料价值和理论意义。

虽然越南的科举骈文试使得骈文的应用性突显,但作为一种文学体裁,特别是文人文集的骈文书写,由于脱离了科举的限制,成为越南文学史上较为重要的体类,既丰富了越南汉文创作的宝库,而更为重要的是,随着创作技巧的成熟,逐渐由模拟走向自立,形成越南骈文的民族特色。越南汉文学虽然多是源于汉文学,但出于历代统治者不同的文制主张和文人的创作个性,对源于汉文

---

① 范松年《雨中随笔》,第243页。

学的各体文学都进行了改变,从而创作出适应民族心理的不同于汉文学的独特篇章,如诗赋,文人们在唐律的基础上,以民歌等口头文学为主要内容创造了一种新的诗体——六八体(又叫"六八六八体"或"翘体")。赋的创作亦是如此,越南汉赋创作的早期,完全是摹拟中国赋的创作路数,但到了黎朝辞赋创作的繁荣时期,越南文人便不再满足于单纯的摹仿之作,不断开拓辞赋艺术新的表现领域和艺术技巧,渗融进自己民族的文化精神,形成了越南辞赋独特的风格特色。如律体赋,起始唐宋是尚,但相较于唐宋律赋,越南赋作特别讲究篇幅的结构和文章的起承转合。骈文创作也是由摹拟到创新,由陈朝的仿唐体,至黎阮两代的因元明之体而杂就之,"杂就"虽然表现出范松年对越南骈文的不满,但由此也可观照越南骈文由摹拟走向综合创造之路,经过后期文人的极富个人特色的书写,终于由借鉴而走向自立。

(三) 与经史之学的渗融与共进

科举骈体虽为应制之一体,但骈体文经由魏晋发展,典实成为其必不可少的文体特征,尤其是一些骈文大家,更是融经史与骈文为一体;唐代陆贽骈文又成为议论时政的绝佳代表,宋代以学理入骈,长于说理。"四六经语对经语,史语对史语"(《四六谈麈》语),自然使得骈文创作或通过典实,或经由时事、经史的议论,或隐或显地体现出当时的学术取向,从而表现出骈体创作与经史之学的渗融与共进。骈文的经学倾向,与骈体的议论化、宋代以来的学术转向以及科举考试以"经史命题"、经义与诗赋论争且最终占有绝对优势有关,尤其是明清两代,以制义取代诗赋,以理学家所厘定的四书五经命题,这自然会影响到骈体文的创作(当然骈文有自己的文学特性,并不完全受经义的影响),又是时代风气和学术思想使然。越南科举骈文试所体现出来的学术特征,与儒学南传,越南陈、黎时期的儒学兴盛、史学发兴相关①,两者形成了动态的良性推阐,经义借骈文而宣扬,骈文以经史而涵蕴,两者相得兼彰。而骈文于经史之学的发动

---

① 关于越南儒家、史学的发展,可参考何成轩《儒学南传史》(北京大学出版社 2000 年版),梁宗华《儒学在越南的传播及其民族化特征》、《越南文化综汇》(越南中央文艺委员会 1989 年版),郭廷以等《中越文化论集》(中华文化出版事业委员会,1956 年版),李未醉《古代越南史学对中国史学的继承与创新》(《阜阳师范学院学报》2004 年第 3 期),梁志明《论越南儒教的源流、特征和影响》[《北京大学学报(哲学社会科学版)》,1995 年第 1 期]等相关论述。

及影响,自然也构成越南骈文和骈文学一个十分重要的方面。

此外,科试骈文也和使节文学互有影响,越南使北使节多为科考饱学之士。一方面,越南科举骈文试使得他们通晓各体汉文学的创作,尤其是与行移公文相关的制、诏、表、启之类,同时使北过程中与北方士子的交流,脱离于科举的诗文创作又使他们远离科举心态与时代氛围,创作出大量的燕行诗文,尤以诗赋和表启之类为主。这也构成越南文学和中越交流史的重要一环,具有重要的文学和史学价值。

综上所论,越南不仅在北属时期受汉文学和文化的熏染,而且在968年建立独立政权后,仍然继承中国唐代以来科举取士的传统和试法。陈、黎、阮时期,不仅进士科取士骈文考试制度化,而且制科和杂科试均有诏制表等题目。且越南骈文试文体种类繁多,甚至有超越中国文类之势。科试骈文的发展,对越南的汉文创作产生了十分重要的推动作用,从骈文创作的进程来看,促成了越南骈文的自立和辞章之学的发展,同时对经史之学在越南的流布,也产生了十分直接的影响。当然,和任何一种科举文体一样,发展到最后,都会对文学创作产生一定的消极影响,"而李陈以来,立教作人之意为之尽变。积习既久,业举子者,将经传正文断截句段,专学小注之文,而尤以史论为尚。及其当大事、议大礼,苟且迁合以求集事。至于制度,文为之末,尤鲜可观者。士习至此,而望其经体赞元,以为国家之用,其将能乎?"[1]此又关乎时代,非科举骈文之试所能独力承担者,又关乎另一重要话题,不再赘述。

---

[1] 范松年《雨中随笔》,第238页。

编后记

又到年终岁末时！对于今天的大学教师来说，"忙"或许是最深的感受。不过很无奈的是，往往忙来忙去，却不知道忙了什么，只能眼睁睁地看着光阴飞逝。再过一月，又是春节了。转瞬之间，我们承办的骈文会议已过去两年多了。

2017年7月，中国骈文学会与湖南师范大学文学院、湖南师范大学辞赋骈文研究中心联合主办了骈文国际学术研讨会暨中国骈文学会第五届年会。中国、日本、韩国的学者七十余人参加了本次大会，收到论文五十余篇。会议论文的主要内容有骈文综论、骈文文献与文本考论、骈文理论与批评阐释、域外骈文研究等。论文大都材料扎实，表达精练，观点鲜明，创新性强。会后，有的已经在《文学遗产》《文献》《中国文学研究》等刊物上发表。本次会议论文中，最为突出的是日本、韩国、越南的骈文，得到较多关注，如道坂昭广《有关日本平安时代诗序简介——以〈本朝文粹〉所收诗序为中心》、金乾坤《高丽前期骈体文与古文的对立》、朴永万《十七世纪朝鲜文人对骈文的认识与创作实践——以南龙翼的〈俪评〉为中心》、鱼江石《高丽末期稼亭李谷的表笺文研究》、丁莹《高丽中后期李奎报外交文书浅论》、孙福轩《越南科举与骈文创作论》等。这不仅对东亚的古代文学研究具有促进作用，也对中国古代文学如何被接受、被影响以及东亚汉字文化圈内的文学交流等都具有重要意义。加强域外骈文研究，将是中国骈文学术界的一个重要发展方向。需要说明的是，由于种种原因，少数论文没有收录，特致歉意。

中国骈文学会自1996年在桂林广西师范大学筹建以来,至今已经举办六次年会。其中,2013年9月,第三届在西北师范大学文学院召开。2014年,韩高年先生担任执行主编的《中国古代散文论丛(2013):第三届骈文国际学术研讨会论文专辑》出版。2015年10月,第四届在南京大学文学院召开。2017年,曹虹先生编的《省思与突破:第四届骈文国际学术研讨会论文集》出版。本次会议论文集,由于出版经费难以解决,导致出版进程较慢,实在惭愧!文集加上"守正与创新"之名,是希望骈文研究,既要坚守传统的文献学与文艺学方法,对传统的文献真伪、骈散关系、文体属性、理论批评等进行更加深入系统的研究;又要开拓创新,争取在骈文学体系构建、分体骈文史与骈文批评史重构、骈文与传统文化关系阐释、东亚各国骈文特征及其相互影响等方面有更大的发展。

湖南具有"屈贾"辞赋骈文创作的深厚文化土壤,湖南师范大学文学院具有辞赋骈文研究的优良传统。辞赋与骈文关系紧密,晚明马朴创作的《四六雕虫》,开卷就是骈赋;清代更是实现了骈文对辞赋的扩容,很多骈文、四六别集、总集,都收录骈赋、律赋。清末湘人王先谦编《骈文类纂》,更是将《楚辞》作品选入;民初湘人瞿兑之在《中国骈文概论》中也将辞赋视为骈文。我院前贤骆鸿凯先生的《文选学》,从裁对、隶事、敷藻与调声的角度,归纳出成熟期骈文的四大特征,影响深远。其女婿马积高先生更是辞赋研究大家,其《赋史》《历代辞赋研究史料概述》《清代学术思想的变迁与文学》及主编的《历代辞赋总汇》等,至今享誉学林,从而奠定了我校中文学科的重要特色。此外,曾担任国立师范学院(我校前身)国文系主任的钱基博先生,也撰写了《骈文通义》。因此,我们于2017年成立了中国辞赋研究中心;2018年,为了更好地彰显特色,更名为辞赋骈文研究中心。2018年,李生龙先生主编的《初心不忘,薪火相传:湖南师范大学辞赋研究论文集》在岳麓书社出版。这次骈文论文集的出版,将是对我院辞赋骈文研究传统的再次彰显。

感谢中国骈文学会会长曹虹先生对本次会议的支持与包容!感谢名誉会长谭家健先生以81岁高龄回乡指导,发表《晚清民国湖南骈文举隅》一文;感谢海内外各位先生,不辞辛苦,千里迢迢赶来参加本次会议,特别是韩国"中国散文学会"会长诸海星先生古道热肠,欣然与会。还要感谢文学院及学科同仁的鼎力支持!李生龙先生从来不写骈文研究论文,为了本次会议,特意撰写《骈文之辨体及其与句格、风格之关系》。令人痛惜的是,半年后,先生就因病魂归道山！蒋振华、陈松青、胡海义、曾绍皇、徐昌盛、李华、王婧之等老师也积极参与,辛勤付出,在此一并致谢！

感谢国家社科基金重大招标项目和湖南师范大学辞赋骈文研究中心对本书的出版资助,否则,出版是不敢奢望的。其实,论文集本身学术水平可观,往往是作者研究精华的体现。但在目前的评价机制下,个人论文集都难以出版,更不必说会议论文集了。

感谢凤凰出版社林日波副总编和责任编辑李霏对本书出版的大力帮助！凤凰出版社对传统文学与文化研究的热心和支持,在学术界有口皆碑,已经形成品牌,祝福这一品牌更加熠熠生辉。

"得用而行,将陈力于休明之代;自强不息,必苦节于少壮之年",在这人类有史以来文明发展最好的时代,学人研究条件和学术研究基础等最好的时代,我们更应该努力耕耘,不负初心;砥砺学术,不负此生。

吕双伟

2019年12月25日于长沙山水誉峰